大鱼

有爱的青春陪伴者

方格玻璃

上

帘十里 著

四川文艺出版社

图书在版编目（CIP）数据

方格玻璃/帘十里著 . -- 成都：四川文艺出版社，
2023.6
ISBN 978-7-5411-6662-4

Ⅰ . ①方… Ⅱ . ①帘… Ⅲ . ①长篇小说 – 中国 – 当代
Ⅳ . ① I247.5

中国国家版本馆 CIP 数据核字 (2023) 第 078524 号

FANGGE BOLI

方格玻璃

帘十里 著

出 品 人	谭清洁
责任编辑	王梓画
特约编辑	雪 人
装帧设计	颜小曼 孙欣瑞
责任校对	段 敏

出版发行　四川文艺出版社（成都市锦江区三色路 238 号）
网　址　www.scwys.com
电　话　0731-89743446（发行部）　028-86361781（编辑部）

排　版　长沙大鱼文化传媒有限公司
印　刷　长沙鸿发印务实业有限公司
成品尺寸　145mm×210mm　　开　本　32 开
印　张　16　　　　　　　　字　数　475 千字
版　次　2023 年 6 月第一版　印　次　2023 年 6 月第一次印刷
书　号　ISBN 978-7-5411-6662-4
定　价　65.80 元（全 2 册）

目 录 / 上册

C O N T E N T S

目 录 / 下册
CONTENTS

第 ___ 01 ___ 章

Fangglebli

梦里的人

My little girl

2007 年年底，寒流来袭，比以往的冬天都要冷一些。

江珣从公交车上下来时，外头已落了飘泼大雨。这一场雨来得突然，打落了树枝上仅剩的几片枯叶。高耸的梧桐树屹立在小路两侧，脚下的路是几十年的老路了，坑坑洼洼，回到家时她的裤脚湿了个彻底。

江珣收了伞，甩了甩放进了门口的桶里，进门就闻到炖小排的味道。

江眉在厨房烧饭，听到动静后望了一眼，问道："淋湿了吗？冷不冷？"

"鞋子有点湿。"

"上楼洗个澡，洗完下来吃饭吧。"

"好。"

江珣踩着湿漉漉的靴子上楼，脚底湿冷得难受，每走一步都能听见水从鞋垫里挤出来的声音。她把书包往椅子上一放，三下五除二脱了衣服就钻进浴室。

她的房间里有间单独卫浴，面积很小，放一会儿热水，浴室里就热气腾腾了。

这雨一下，气温又降了几度，隔着水声也能听到外头雨点打在玻璃窗上的声音，又急又猛，噼里啪啦的，像放鞭炮。

泡到皮肤脱水发皱了江珺才关了淋浴，然后杵住了——没拿内衣。

她皱皱眉，扯下挂钩上的浴巾裹住身子，一阵小跑来到柜子前，哆嗦着拿出内衣和保暖衣裤，往床上一扔，又拿了毛巾包头发。

她一边忙着，一边想自己真是被学院的元旦晚会给整得什么都忘了。

明天学校的元旦晚会，每个班级都准备了节目。

学校以往会把晚会举办地放在校内的礼堂内，但这次不知怎么就放到了新城区的表演厅，新城区是近几年新发展起来的区域。

这一换地方就变得隆重起来了，听说还有相关领导要来看表演，学校很重视。但可能江珺天生不是跳舞的这块料，有两个地方总是出错。她从晚上彩排结束到现在一直想着这事，要是还记不住跳错了怎么办。

手忙脚乱中，床上小小的手机振动个不停。

江珺边穿衣服，边接了电话，那头季芸仙的尖叫声快戳破她的耳膜。

"啊啊啊！小珺！我的天！我简直不敢相信！"

江珺把手机夹在脑袋和肩膀之间，开始穿保暖裤。见季芸仙兴奋得像个小孩儿，她笑了两声，问道："什么事呀这么高兴？"

季芸仙说："KAI，你知道吗？他说明天来看我表演，然后约我一起去唱歌！"

KAI是季芸仙很迷恋的一位赛车手。在季芸仙的普及下，江珺知道个大概，听说近期是因为有比赛来了墨城，而季芸仙一年前通过论坛和这位赛车手正式结识，还要到了他的"企鹅号"。

不过真约了见面……这个事情……

江珺迟疑道："他约你见面吗？会不会不太好？万一——"

"不不不！是我主动的！我好想见他一面啊！我觉得这是我的人生巅峰了！"

江珺无语。

季芸仙说："小珺，明天你陪我去吧，我一个人有点害怕。"

江珈被气笑，说："你还知道害怕？"

"哎呀，可是要见偶像真的好开心！你不追星不懂的啦！你说我明天穿什么好……"

季芸仙叽叽喳喳地说个不停，江珈冷得直打战，穿完保暖内衣躲进了被褥里。

季芸仙憧憬完道："不说了不说了，明天再和你说，我要去泡个澡敷个面膜，睡个美容觉。"

江珈挂了电话后，瞥见书桌上的剪子，那是她昨天新买的，用来剪腋毛的。

她们的表演服装是无袖的红色套装，胸口还绣着大荷花，穿上有点像村姑。班里的女生拿到这套衣服的时候都欲哭无泪，学校提供的团体表演服装有限，仙气的衣服都被抢了，轮到她们的时候只剩这一套。

无袖的衣服露着胳肢窝，不处理一下腋毛都不行。

江珈的腋毛不多，也不知听谁说的，会越刮越多，所以以前她从来没动过。

脱毛膏太贵她买不起，只能用这么原始的方法，班里的女生似乎都是这么做的。

江珈脱去保暖内衣，竖好小镜子，抬起胳肢窝对准镜面，小心翼翼地剪断那几根腋毛。

又冷又吃力。

右侧的光线不好，她坐在床上挪了个身。

也还算剪得完美，虽然近看还是看得出来。

江珈脱了保暖内衣，上半身只剩一件吊带衫，几分钟的工夫冻得鼻头都红了。她顾不得别的，快速套上毛衣和羽绒服。

"小珈，吃饭了！"江眉在楼下喊道。

"来了。"

江珈挪到床边，脚尖刚触到拖鞋，抬眸无意一瞥却猛然愣住，对面房间的窗边有个男人。

她住的院子有点像四合院，她家是靠南那一户，两层楼，院里还有两户人家，独居的孙婆婆和一对聋哑夫妻，地皮和房屋都是孙婆婆的。

　　挨着她家院子的是一座老宅，两层半楼，有个小天台。她房间的窗户正对着老宅二楼靠东房间的窗户。因为都是老建筑，所以间距非常近，大约只有一米。

　　那座老宅尘封多年，近几日似乎有人来往，但江珊万万没想到，此刻老宅里有人，并且有个男人就站在窗前。

　　雨淅淅沥沥地下着，方格玻璃窗上爬满了水珠，对面光线很暗，但这样近的距离，江珊大约能看清他的轮廓，是个年轻的男人，很高，穿着黑色的羽绒服。

　　对面的男人拿了一支烟叼在嘴里，一手捏着烟一手点火，跳动的火苗点燃了香烟，火星闪动，微弱的光映出他的眉眼。男人吸了一口烟，随后抬起眼皮，正好和她四目相对。

　　江珊的脸轰地红了，心"怦怦怦"跳个不停，她迅速拉上窗帘。

　　她刚刚穿着吊带衫的样子，他都看见了吗？还是看到了更多？

　　江珊站在窗前，背对着窗，脸越来越烫。

　　江珊木讷地站了几分钟，抿抿唇，小心翼翼地掀开了窗帘的一角。对面房间的灯已经暗了，男人也不见了，但老宅一楼还是亮着灯光。院子里停着两辆摩托车，不像普通的摩托车，更像是电视剧里那种飞车党的摩托车，狂野放肆。

　　这段时间忙于元旦晚会的事情和期末考试，江珊也没注意隔壁的动态，只是前些日子听院里的孙婆婆说，隔壁的老宅有人要租，不过还没定。

　　吃晚饭的时候，江眉在和她说有关厂里的事，她点点头应了两声，脑子里却都是刚刚的场景，她想着那个人是看到了全部还是只看到了一点点。

　　不管是全部还是一点点，那么近的距离，若是阳光明媚，都可以看清人的毛孔了，他如果是个好人就不会站在那儿盯着她看。

　　那屋子十几年没人住，她根本没有拉窗帘的习惯，以后得改改了。

　　"小珊，你在想什么？"江眉看着她。

　　"嗯？没什么……"江珊摇摇头。

　　"今天厂里发通知了，说要开元旦晚会，厂里的人都得去，老板包了酒店吃饭，有点远，妈妈可能隔天才回来，你一个人在家——"

"没事，妈，我一个人可以的。"

江眉"嗯"了声。

江珀想了想，问道："隔壁住了什么人啊？我看见屋里好像有人。"

随口一问的事情却让江眉的神色冷了下来，言语间也多了几分冷漠，只说："都是些小混混，你别和他们沾上关系，有什么装作不知道没看见就好了，他们也不会在这里住多长时间。"

江珀点点头，转了话锋，说："明天学校有元旦表演，结束后我可能要和芸仙逛会儿街再回来。"

她不敢和江眉说是去 KTV 唱歌，再过几个月就高考了，江眉希望她能一心一意地读书考个好大学。

毕竟她已经是"高四"复读生了。

第二天的元旦会演定在下午一点开始，中午十二点，表演者陆陆续续由校车接到表演厅开始化妆更衣，偌大的后台人来人往。

江珀随口说起昨晚发生的尴尬窘事，季芸仙吓了一跳，紧追着问道："你看清那个人的样子了吗？"

"天很黑，光线太暗，我也不敢仔细看，好像还挺年轻的。"

"他看到了多少？"

江珀又回想了一遍，最后摇摇头："我不知道。"

"要是站那儿看着你换衣服那真的太变态了，如果只是看见你在刮腋毛倒还好。你得当心点，这年头变态太多了，上次李倩晚上去买水果就遇到个暴露狂，把她都吓哭了。那人如果以后还这样，你和我说，我找人揍他。"

犹豫几秒，江珀压低声音说："我刮腋毛的时候只穿了吊带衫，没穿内衣。"

季芸仙下意识地瞟了眼她胸口，怔了几秒，笑嘻嘻道："你又没有胸，别人看不到的。"

江珀又气又笑。

两个姑娘嘻嘻闹闹，说些女生间私密的话语。

只是让江珀想不到的是，这一秒季芸仙与她姐妹情深，只隔了一场晚会，对方就倒戈了。

元旦会演下午四点结束，参与表演的学生走得更晚一些。

轮到江珊她们上场表演的时候，已经快要临近尾声，季芸仙紧张得手都抖了，紧张的倒不是表演这回事，而是那位 KAI 告诉她他已经来了，在观众席里，她生怕自己的舞姿不够优美。

上台前，陈昊特意过来为她们加油打气。陈昊是他们班的班草，热爱跳舞，经常往舞蹈室跑，也经常有许多女生围在那儿看他跳街舞。他长得清秀，跳舞自带气场，她们表演的舞蹈就是他编排的。

季芸仙一看见身上的村姑服装就来气，冲陈昊抱怨道："你见过穿采莲的衣服跳《菊花台》的吗？能跳出什么姿韵？"

2006 年，周杰伦的《菊花台》和那部《满城尽带黄金甲》红遍大街小巷，婉转凄美的曲调适合极了中国风舞蹈。

陈昊笑了几声，目光流转在江珊身上，说："化了妆更好看了，口红颜色很适合你。"

江珊长得像江眉，鹅蛋脸，杏眼，皮肤又白，涂了口红就更显肤色和容貌了。表演的妆容难免有几分夸张，有些姑娘化了妆像打翻了染缸，可偏偏落在江珊身上，似将她衬很精致，这套衣服也是。

对着陈昊，江珊只是笑着点点头，只是那笑容格外生疏。

陈昊想再和江珊说几句话，江珊却刻意避开了，说了声要去趟厕所就溜了。季芸仙眼珠子在这两人身上瞟来瞟去，寻摸出点异样，跟了上去。

江珊也不是真的去厕所，走到外头站着。季芸仙八卦道："你和陈昊怎么回事儿？"

"没事。"

"那你们怎么了？你怎么不理他？他摆明就是喜欢你啊，虽然没说破，但明眼人都看得出来啊。"

江珊靠在墙上，说："一个星期前我撞见薛丹和他表白。"

那天轮到江珊做排自行车的值日，管理后山那一排，阴错阳差地听到了薛丹和陈昊表白。陈昊没拒绝也没答应，一个男生的反应如此已经足以说明一切。

薛丹是十班的女生，她家里有钱，算得上他们这一届的大姐大，性格爽朗但也高傲，总之对江珊来说是不想惹的人。

季芸仙听完算是明白了，说："他想脚踩两只船？还是拿薛丹做备胎？等你拒绝了再……真是看不出来啊，还以为他多痴情呢，青春期的男生果然浮躁，靠不住，啧啧啧。"

"我也不清楚。"

"你别伤心，等上了大学什么样的男生没有？"

江珺说："也还好，就是觉得得与他保持点距离。"

"对，保持距离。"

"江珺，季芸仙！要上台了！"侧门口一女生喊道。

应了两声，季芸仙拉着江珺走进去，边走边嘀咕："怎么办，小珺，我好紧张啊，他就在台下，等会儿就要见到了，你说他会认出我吗？"

江珺安慰她："认不出的，别紧张。一样的服装一样的妆容，舞台离观众席挺远，他应该不会坐第一排吧，况且他都没见过你。"

这安慰如同泼冷水，季芸仙哎呀呀叫起来："你说得那么直白干什么，还不准人家有点小悸动吗？"

就这么充满悸动地完成了表演，观众席黑压压一片，季芸仙瞧了个遍也没找到人。

换衣服时，季芸仙收到短信：你们的舞跳得很不错啊，结束后我们在门口等你们。

季芸仙迫不及待地将短信给江珺看，江珺盯着那个"我们"出神了。

江珺问："还有谁？"

季芸仙想了想，说："出去唱歌肯定不止我们三个啊，我猜那几个也都来了。我的天，如果是真的话，那我真得给佛祖上上香了。"

"那几个？"

"之前我不是和你说过的吗，他们有一个车队，自己组的，一共有五个人。"

江珺对这些不感兴趣，所以记不住，不像季芸仙，喜欢赛车、篮球，兴趣爱好像男孩。

谢幕完，季芸仙蹦蹦跳跳地换上了自己的衣服，洗了脸重新化了个淡妆。她长着一张娃娃脸，天生可爱，加上性格活泼，这份可爱就更可爱了。

她今天穿的浅蓝色呢大衣，里面是白色高领毛衣，袖子是灯笼袖，头发扎成丸子头，这是这两年很流行的打扮。

江珈一如往常，穿着厚厚的羽绒服和黑色牛仔裤，季芸仙给自己化完妆，屁颠颠跑来给江珈化。

江珈摇摇头："别了吧，家里没卸妆水。"

"那就涂个口红。你涂了口红以后真的特别好看，整个人气质一下子就出来了。"

拗不过季芸仙的热情，那一层淡淡的蜜色果真让她像换了个人。今天化了两次妆，江珈才感受到其中的神奇，也怪不得班里的女生平时都喜欢研究什么口红、睫毛膏等。

冬天天黑得早，观众席的学生都从正门离开，表演厅大门口密密麻麻的都是学生，人头攒动，季芸仙却一下子找到了他们。

梧桐大道左侧站着几个人，有男有女，学生穿的校服，只有那几人穿的私服，因此格外突出，几个男的个子高，头发五颜六色的，就更突出了。

季芸仙朝他们招手，拉着江珈走过去，那边的张嘉凯也挥手示意。

两个小姑娘如花似玉，带着十七八岁女孩独有的羞赧，走来时仿佛脚下生花，张嘉凯愣了一下，一时被迷了眼。

只听说张嘉凯认识了一个高中生，今天约出来见面瞧瞧，没想到女孩长得那么可爱。

周树用手臂捅了一下张嘉凯："你可真行啊！"

张嘉凯笑了下，眼看着她们越走越近，破天荒地紧张了起来。那头的季芸仙也好不到哪儿去，手心出了一层汗。

江珈率先看见的是张嘉凯，他站在最前面，穿着朋克风的厚外套，耳朵上挂着两个圆圈耳钉，银色的头发里夹杂着几根绿毛，这打扮她觉得很是夸张。随后看到边上的几个人，两个男的发型极具个性，有个女孩双手抱臂站在一侧，看起来很冷漠。他们年纪都不大，左右不过都二十刚出头。

走到跟前，季芸仙别别扭扭地说了声嗨。

张嘉凯咳了两声，为了化解初次见面的尴尬，热络地向她们介绍朋友："这是贺群，这是周树、徐栀夏。"

周树挥了挥手："嗨，两个小美女。"

张嘉凯又朝左边一指："那是沉哥，芸仙应该认识。"

江珮顺着张嘉凯指的方向一看，数十米外的梧桐树下站着个穿黑色羽绒服的年轻男人，羽绒服敞开着，里头是黑色的毛衣。

男人很高，面容俊朗，眉宇间携着一股英气，正叼着烟在打电话。不知电话那头的人说了什么，他饶有兴致地挑起半边眉，薄唇一勾，虽是笑着但神情很不屑。

可能是因为长相、身高都太显眼，惹得路上的女生频频回头。

男人夹着烟往嘴里送，呼出的烟雾很快消散在冷空气里。像是感应到什么，他抬起眸子瞧了江珮他们几眼，这一瞧，他抽烟的动作都缓了许多，眼睛半眯着，视线聚焦在一个地儿。

江珮的目光猝不及防和他撞了个正着，她心里咯噔一下。

那人的眼睛特别黑，像一潭深水，里头的漩涡搅动着，深不可测又颇具侵略性。

他……是在看她吗？

江珮想着是不是自己想太多，可身边的人都围着季芸仙在说说笑笑，她又朝身后的方向望了望，没什么人。

他应该是在看她吧？他们认识吗？他那是什么眼神？

江珮稍稍侧过头望去，想再窥探几眼，男人却已经打完电话，正迈着步子走来。他身高腿长，走起来自带风，背着灰蒙蒙的夜色，有几分电影画面的感觉。

江珮还在思索着那个问题时，身边忽然多了道阴影。他不偏不倚地就停在她身边，男人身形高大，气场压下来，她瞬间有种被笼罩的错觉。

张嘉凯笑呵呵地说："沉哥，这就是季芸仙，这是她同学……哎，你同学叫什么来着？"

季芸仙挽住江珮的胳膊："江珮！李小冉知道吗？就那个'冉'加个王字旁。"

江珮头顶上方传来男人低哑又稍带点戏谑的声音："江珮……"

她不知道这人重复她名字干什么，这么一念让她觉得毛骨悚然。

贺群嚼着口香糖，见杨继沉目光徘徊在江珮身上，打趣似的问道："沉哥干吗老盯着人看？这姑娘你认识？"

周树说："沉哥万花丛中过，指不定是旧相识。"

"倒还真有点眼熟。"杨继沉注视着江珝，声音带着点笑意。

江珝低着头，乌黑的头发看上去很柔软。

贺群和周树同时笑起来。两人心里都清楚，人家小姑娘是这儿的学生，他们第一次来墨城，怎么可能认识。

"小江同学，你可得防着点，千万别栽沉哥手里，栽他手里的姑娘太惨了。"周树提醒道。

江珝不说话。

杨继沉看着旁边的江珝，她把脑袋缩在围巾里，似乎越垂越低，细碎的绒毛将她衬得柔软可人，像只受了惊的小鸟，模样怪好笑的，就跟昨晚一样。

贺群和周树一唱一和又打趣了几句，江珝始终低着头一言不发。

杨继沉把烟掐灭，看江珝没认出来自己也懒得逗她了，说："行了，人来了就走吧，老五已经到了。"

张嘉凯怕俩姑娘不自在，说道："他们嘴上总没个正经，但人不坏。"

他又对季芸仙说："我们的车停在外面，这里不让停。"

江珝走在季芸仙后面跟了上去，瞄了几眼那几个男人。那个被称作"沉哥"的男人个子最高，穿得很干净，一头短发清爽利落，倒不像另外那几个，但那副样子看上去也不是好惹的主儿。江珝暗暗摇头，那张嘉凯虽然造型夸张但还算个好人，其他的就算了。

果然，混社会的言行举止会轻浮一些。

等走到停车处，江珝怔住了，眼前是四五辆花花绿绿的摩托车。这让她瞬间想起昨晚隔壁老宅里的摩托车，一个风格的。

这念头刚闪过脑海，江珝脑子里的一根弦啪地就断了。

中间那两辆摩托车不就是昨晚那两辆吗？那……

杨继沉走向那辆红白相间的摩托车，从裤兜里掏出钥匙，熟练地插上。一阵冷风扑面而来，吹起他羽绒服的一角。

黑色的羽绒服。

江珝蓦地看向杨继沉，愣在原地。

季芸仙接过张嘉凯递来的头盔，回头寻了下江珝，只见她傻乎乎地盯着杨继沉看，那眼神错综复杂且波涛汹涌。

季芸仙又看向杨继沉，真不愧是赛车界的男神，只是站在那儿，露个侧脸或者背影就已经帅到令人窒息。

也难怪，难怪江珛看得都失神了。

接触过这一行的小女生哪个不被杨继沉迷得神魂颠倒，先不说他比赛的战绩，就那张脸，放在人堆里也格外惹眼。

不过季芸仙比较喜欢张嘉凯，张嘉凯比较有亲和力，眼睛很清亮，不像杨继沉，年纪轻轻却叫人看不透，那样的人季芸仙是害怕的。

看江珛"痴迷"的眼神，季芸仙有点热泪盈眶，想着这丫头终于开窍了。

张嘉凯盯着她看了会儿，好笑地问："你怎么一副老母亲的表情？"

季芸仙朝他眨了下眼睛，噔噔噔跑过去对杨继沉说："沉哥，你载小珛过去吧，她胆子小，你技术又那么好，她肯定不会害怕。"

江珛闻言，嘴巴微张。

杨继沉似笑非笑地看了江珛几眼，什么也没说，只是随手把头盔扔给了江珛。江珛下意识地接住了，沉甸甸的头盔扑得她往后踉跄了一步。

灰蒙蒙的天空掺杂着几道暗沉的白光，一只鸟飞过。

贺群和周树看着他们笑笑不说话，徐栀夏的视线在杨继沉和江珛之间徘徊，她握紧手里的钥匙，面上还是一如既往的清冷神色。

季芸仙那话一出口，几个男人溜之大吉，傻子才看不出来季芸仙的意思。

徐栀夏杵在原地，周树朝她吹个口哨，喊道："栀夏，走了。"

徐栀夏沉默了几秒，跨上车扬长而去。

四辆摩托车一齐驶去，地上扬起一阵尘土，扬扬洒洒。

杨继沉双手环抱在胸前，倚在摩托车上，侧头看着她："不想走？"

江珛空白的大脑渐渐缓过来，他认出她了吧？

昨晚她屋里光线明亮，从他房间看过来，什么都看得一清二楚，所以刚刚他才会那样看着她吧？

本来她已经不把这事当事了，只不过这么机缘巧合地碰上了，对方似乎认出了她，言语还那么轻浮，江珛有点愤怒。

愤怒过后扑面而来的是尴尬，无尽的尴尬。

甚至有点无所适从，她站在一个有可能看了她裸体的陌生男人面前，基于中国传统女性的思想，她还感到难堪和羞耻。

杨继沉问："怎么，害怕了？"

害怕什么？听起来一语双关。

江珋张张嘴欲言又止，捧着头盔默默走到他身边。

杨继沉跨上机车："上来。"

"哦。"

江珋从来没有坐过摩托车，还是这样并不小众的车子，随便抓了个地方脚一踩一使力便跨坐了上去。

也好在两人都穿得不少，隔了衣服倒不觉得贴着有什么尴尬的地方。

江珋捧着头盔刚调整好舒服的坐姿，只听他转动油门，车子发出"咕咕咕"的声音，轰地就冲了出去。

"啊！"江珋的尖叫声被闷在头盔里。

惯性加上害怕的心理让她下意识地抱住了唯一能稳定自己的东西。

一瞬间，周遭的事物就像被糊化了一样，摩托车转入街道，与那些轿车擦肩而过时，那风似乎能将人劈成两半。

江珋紧闭着眼，心里祈祷着他能开慢一点，再慢一点。

劲风将他的羽绒服吹起，衣角哗啦啦飘着，江珋死死抱着。

他里头大概只穿了毛衣和 T 恤，很薄。江珋抓着他的毛衣，双手贴着他的腰身，能清楚地感受到属于男人腹部肌肉的力量感和坚硬感。

杨继沉低头看了一眼环在他腰间的手，略感好笑。

坐他摩托车的，哪个不抱他，可还是头一回遇见快要把他勒死的。

辉皇 KTV 是这小城里最富丽堂皇最大的一家，一到晚上从门口开始就会变得金灿灿，绚烂的灯火似能蛊惑人心。

江珋下车，把头盔摘下还给杨继沉，杨继沉随手挂在车把上。他低头看着她，因为戴头盔的关系她头发变得有些凌乱，不过……凌乱有凌乱的美，朱唇可人，像什么呢？像一朵含苞待放的虞美人。

江珋被那灼灼目光烫得抬不起头。

杨继沉双手抄在兜里："江珺是吧？珺是玉的意思？"

江珺一怔："你知道这个字？"

杨继沉嘴角勾着若有似无的笑，似喃喃自语："还真是。"

说完他迈着大长腿走了，留下一头雾水的江珺。

季芸仙见江珺到了，兴冲冲地跑过去，贴着江珺小声道："我第一次坐摩托车哎，好刺激啊！我刚刚……还抱他了……"说到此处，季芸仙有些羞赧。

江珺还未从风驰电掣的速度中缓过来，站在地上脚有些轻飘飘的。刚才路上几个转弯，杨继沉身子伏得低，车身压得低，她差点以为自己会从车上滚下来，那种感觉比坐过山车还惊险。

季芸仙见江珺晕乎乎的，笑着说："你别害怕，YANG 是赛车老手了，得过的奖一个房间都放不下，不会有事的。"

江珺扶了扶额头，眼神有点令人捉摸不透。

季芸仙瞧出点端倪："怎么啦？是不是刚刚他们说话让你不舒服了？你别介意呀，他们就是这样，其实人都很好。你如果开他们玩笑他们也不会往心里去的，脸皮都厚着呢。我大概是他们刚刚看 YANG 一直盯着你看所以才开玩笑，要损的其实是 YANG 不是你。"

江珺侧头望了眼，那几个人在柜台那边不知道在说些什么。

江珺的视线落在站中间的杨继沉身上，说："他……好像就是住我隔壁的那个。"

"啊？"季芸仙张大嘴巴，"你是说 YANG？他住你隔壁？这么巧？哦……怪不得你刚刚看他时都看呆了，我还以为你……哎，你是说昨晚那变态是他？不可能，不可能，YANG 不是那样的人，他应该不会故意偷看你。你'飞机场'的秘密还是只有我们两个知道。"

江珺哭笑不得："泼出去的水，被拐走的闺蜜。"

季芸仙说得不是没道理，至少他应该不是那种猥琐变态。也许真的只是她想多了。

季芸仙说："我觉得应该只是 YANG 恰好站那吧。他们是来墨城比赛的，我听 KAI 说过，前阵子他为了帮 YANG 找房子跑了好多地方，最后选了一个山清水秀、清净雅致的好地方，听说好像租了半年，因为半年以后在这儿有一场赛事，YANG很看重。没想到他居然成了你的邻居。"

季芸仙顿了顿，又说："不过……刚刚YANG看你的眼神有种说不出的感觉，也难怪周树他们会开玩笑。难道他以前就认识你了？"

江珅说："怎么可能？"

"也是，怎么可能呢，我看，八成是YANG看上你了。"

江珅无奈地笑笑："你偶像剧看多了吧？"

"芸仙，江珅，走了。"柜台那边只剩张嘉凯一个人，他挥手招呼着。

季芸仙拍拍江珅的肩膀："不要想啦，难得出来开心，你平常就知道做作业，成绩已经够好了，该放松一下。走啦走啦，进去玩。"

订的包厢在八楼，听说最大最豪华的包厢就在八楼。

这儿的装修风格很华丽，像欧洲皇宫，四面八方都是带花纹的镜子和水晶灯，走廊灯光昏暗，脚下是五光十色的玻璃地面，让人有种飘飘欲仙的感觉。

张嘉凯带着她们进去，一推开门，一股烟草味扑鼻而来，偌大的包厢里男男女女，莺莺燕燕，顶上闪动的灯光似乎带着点别样的意味。

包厢有两面是大屏幕，右前方角落里有个迷你小酒吧，酒架上摆放着各种洋酒，还有个调酒师在那边。包厢中间是个舞池，舞池边上有一架崭新的钢琴。

纯白色的钢琴，是这里最亮的一抹色彩，江珅有点挪不开眼。

她见过学校里的钢琴，见过元旦晚会上的钢琴，可都远不如眼前这一架来得精致宏伟，因为它就在眼前，画面比电视上的真实、震撼。

季芸仙戳戳江珅，拉着她去坐。

宽敞的猩红色沙发差不多坐满了，除了他们七个人，还有七八个。

坐在中间沙发上的是个微胖的中年男人，大金链子挂了一身，手里那支雪茄和他的小胡子真是绝配。男人左右两边分别坐了两个女人，大冬天的，只穿了抹胸连衣裙。

杨继沉坐在左边那排沙发上，和那个男人正好是斜对着，身边也坐了那样两个女的。

他靠在沙发上，那件羽绒服被脱在一边，毛衣袖口挽着，两个女人像鲇鱼一样贴着，一个递烟一个点火。

"进去坐，进去坐。"张嘉凯伸手让两个小姑娘进去。

江珃很后悔走在最前面，不然她也不会坐在中间。

她和杨继沉之间就隔着一个女人，以至于听到一些话。

那女人用娇滴滴的声音说："YANG，我喜欢你好久了，很早的时候我就开始关注你了。"

杨继沉漫不经心地说："哦？是吗？"

"当然，我骗你干什么？"

女人咯咯咯地笑着，像老母鸡下蛋。江珃被笑出一身鸡皮疙瘩。季芸仙掩嘴笑着，给江珃递来一杯粉红色的鸡尾酒，她说："压压惊压压惊。"

盖过女人妖媚笑声的是洪亮又走音的歌声，微胖的男人举着话筒在深情演唱，心里似有千千结。

季芸仙"扑哧"笑出来，凑近江珃说："我的妈呀，他哪来的自信啊？"

江珃问："他是谁啊？"不是说唱歌吗，怎么还有其他人，而且好像来头不小。

"听 KAI 说好像也是一个玩赛车的，找他们有事情，就主动订了房间等他们。"

微胖的男人边唱边看向她们，肆无忌惮地打量着这两个姑娘，见张嘉凯对季芸仙热情不已，便把注意力都放到了江珃身上。

一首歌尽，他润了润嗓子朝杨继沉问道："这是你的妞？"

微胖的男人的目光太过裸露，心里那点想法都写在了脸上，江珃觉得不适便低头喝了口酒，又甜又刺激的味道让她微微蹙眉。

杨继沉两腿轻搭在一起，一手抽烟一手搁在沙发靠背上，似搂着那个女人。他看向男人，一双狭眸晦暗不明："五哥你身边那么多美女了，哪个不是前凸后翘，怎么，现在要改口味了？"

这一声"五哥"叫得那个叫老五的微胖男人心里不痛快，谁不知道杨继沉是个什么人，心高气傲的，从没把谁放过眼里，这声哥摆明是在讽刺他。

不过美色当头，老五笑笑说："哎，一样东西用久了总会腻，我都四十多岁了，一年比一年力不从心，总觉得身边缺点朝气，那些小姑娘吧目的性太强，反倒失了纯真，没意思。"

"嘿。"老五冲江珺抬了抬下巴，故意软着声道，"你叫什么？"

江珺握紧手中的杯子，她以为自己没有表现出什么情绪，可在外人眼里她已经如同惊弓之鸟，柔弱地颤抖着。

季芸仙翻了个白眼，心里暗骂了几句，刚想开口就被截了话。

"老五。"杨继沉双腿往茶几上一搁，"你这就不够意思了，我可没说她不是我的女人。"

江珺手一抖，鸡尾酒在杯中晃动，差点洒出去。

她转头看向杨继沉，令人昏聩的灯光下，他的眸子漆黑深邃，透着野性与狂傲，似乎根本没把斜对面的男人放眼里。

老五略微收敛了点神色，但不信，说："别跟我开玩笑，这要真是你的人，怎么还允许你和别的女人搂搂抱抱呢？对吧，小姑娘？"

杨继沉笑笑："这不是还没追到嘛。"

老五更加不信了："还有你追不到的女孩？"

"巧了，还真有。"

江珺不作声。

杨继沉眯着眼，深深抽了口烟，微抬下巴示意左手边的女人让开。女人识趣地离开，江珺旁边一空，飘来一股烟草味，那味道很快将她包围，似乎在预示着什么。

杨继沉说："你过来。"

江珺抬起头，身子好像僵住了。他又重复了一遍："你过来。"

江珺深吸一口气，机械地走到他跟前。

杨继沉低笑一声："站着干什么，坐下来。"

江珺僵硬地坐下，他手臂还搁沙发靠背上，她坐下时后肩微微碰到他的手，像……像被他搂着一样。

突然，她肩膀一紧，他的手从后落下，正好揽住她的肩膀。

这下是真的被搂了。

他扣着她的肩一使力，人就往他怀里倒，她双肩蜷缩着，脑袋挨在他脖颈间。

他的手臂很有力量，胸膛也是，硬邦邦的，应该是平时有锻炼。

杨继沉拍了拍她的肩膀，低头看她，说道："我追了你这么久了，今天要不要给我个回应？如果你不想跟我，我也不浪费时间了。"

他温热的气息悉数洒在江珊脸上，江珊从脖子红到耳根，从小到大，这是她第一次和一个异性靠得这么近。

"嗯？说话。"

江珊轻声道了句好。

杨继沉眼神淡淡的，嘴角挂着笑，说道："老五，托你的福，现在算是追到了。"

老五也不瞎，怎么看江珊都是勉强的，关键是长得水灵灵的，他心里是真的痒，不到黄河心不死。

老五流里流气道："小妹妹，你别害怕啊，不喜欢就不喜欢，别委屈了自己。"

杨继沉手指揉捏着江珊的耳垂："五哥说你不喜欢我，是这样吗？"

江珊感觉耳朵像着了火，烧得她头顶冒热气。

江珊发现此刻说话特别吃力，她干脆摇摇头，以示否定。

老五"嘁"了声，夹着雪茄，说道："那你亲一个。"

江珊愕然，和杨继沉对视了一眼，他墨黑的瞳仁里流转着淡淡的光，一贯的漫不经心。

老五说："不敢亲？自己喜欢的男人也不敢亲？"

杨继沉的目光落在江珊的唇上，鲜艳的口红很衬她，灯光底下显得有几分妩媚，可那双大眼睛里满是紧张。

他轻笑一声，看向老五，眸子略沉，说："点到为止吧。"

季芸仙看着抱在一起的两个人，吓得目瞪口呆，她戳戳张嘉凯的大腿，问道："沉哥不会真看上小珊了吧？"

张嘉凯挠了挠一头银发："我也不知道……"

坐在一旁的徐栀夏听到张嘉凯和季芸仙的对话，什么也没说，起身出了包厢。

老五不是不识趣的人，见杨继沉脸色有点冷，想着罢了罢了，一个女人而已，更何况他今天是来当说客的，怎么着都不能得罪杨继沉。

只是真的可惜了。

老五笑着说："哎，开个玩笑。你也不早点说，早知道就不喊别的女人了，让小妹妹心里添堵了。还坐那儿？还不过来！"他对杨继沉身边另外一个女人吼道。

江珅肩膀微塌，松了一口气。

老五亲自给杨继沉倒酒，像是老朋友畅谈一般，说道："你玩赛车有六年了吧，玩得这么好，前途可广着呢。不过你们自己组的车队总归比不上专业的车队，资金、训练、场地，都是有限的，没考虑过加入专业车队吗？"

杨继沉微微仰头，脸上的笑容甚是讥讽。

"哦？那你有什么推荐？"

老五心里忍不住高兴，想着这人其实也没有传说中那么难说话。

他乐呵道："国内最好的车队就数云州的云锋车队，这几年，百分之六十的赛车冠军都出自云锋，堪称赛车界的黄埔军校。郑锋你应该听说过吧？云锋的创始人，他可是曾经差一点点就走进MotoGP的人。中国在MotoGP这一块还是个空白，郑锋一直希望有个人能跨出这一步。可普通人又怎么可能轻而易举地进去，光有实力还不行，一个队员最起码要投资1500万。你要是愿意，我想这1500万郑锋找得到人投资。YANG，除了陆萧，大概全中国没有人能和你PK了。"

杨继沉这支烟抽得很慢："郑锋？我想想啊，哦……就是四年前捅了我一刀的那个郑锋？"

老五一愣："哎，这都多久的事了，不打不相识，是不是？再说了，你想进MotoGP，大概这个行业只有郑锋最有本事能帮你了。"

"是吗？"

"那年的事也算个误会，人家郑锋看中的是人才，你们俩要是合作，肯定能闯出一片天。今年的锦标赛墨城是最后一站了，这站你要是还能拿110cc单人组的冠军，那就是连续四年夺冠了。天才的名号真不是白当的，可天才怎么能安于现状呢？这世道，谁不想往上爬，而且爬得越高越好。"

"郑锋不捧陆萧反而要捧我，你说这事要是传到陆萧耳里，是不是得学学四年前的那个张……张什么来着？"

老五说："张叙。"

杨继沉挑了挑眉："对，张叙。"

他话只说一半，但老五心里清楚。

四年前，杨继沉初次参加全国摩托车越野锦标赛，破了张叙的纪录。心高气傲的张叙第一次落败，媒体的报道更是言辞激烈，任何一个站在金字塔顶端的人都不会允许自己头上被扣上"惨败""退步"这样的字眼。张叙咽不下这口气，又喝了酒，一时上头，找了七八个人堵了杨继沉。也不知道这过程究竟是怎么样，只是后来听说，张叙找杨继沉算账，但意外反被弄残了一只手，不得不退出赛车界。

这事一出，杨继沉的名声彻底响了，都说这人有点本事，还心狠手辣。

张叙是郑锋的爱徒，是他一手培养出来的。张叙的受伤对郑锋、对车队都是个打击，郑锋动了点别的关系，找人教训了下杨继沉，让他沾了点血，但没敢真闹出什么。

这两人，都是狠角色。

没多久，陆萧就进了云锋队，巧的是，回回比赛都被杨继沉压一头。郑锋越看越欣赏杨继沉，这两年陆陆续续找人当说客，可杨继沉难弄，怎么都不肯。

眼瞧着又一年要过去了，云锋队又要落个第二名了，郑锋还真有点急，就找了老五当说客。

老五说："我也就这么说说。大家都是玩赛车的，我比你还年长了十几岁，其中的滋味比你了解得多，我要是年轻时有你的运气和实力，铁定不会错过这个机会，不然到了这个年纪，肯定后悔。"

江珈听不懂他们在说些什么，所有注意力都在杨继沉那只手上。他依旧轻拢着她，手搭在她肩上，姿态慵懒，垂在那儿的手骨节分明，手背上有凸起的青筋，但这手仿佛是千斤顶，压得她快喘不过气。

身边的男人一笑，胸前微震，江珈抬眸看见他微微滚动的喉结。

一支烟终于抽完了，杨继沉收起搁在茶几上的双腿，将烟碾灭在烟灰缸里。

他身子往前倾的时候，手从她的肩头滑到了她的腰上，隔着羽绒服不轻不重地揽着。

杨继沉没回老五的话，反倒看向江珈，语气随意："你想唱歌吗？还是想吃点什么？"

"不用……"江珅的声音小得像蚊子一样，她顿了顿，说，"我去趟洗手间。"

她"噌"地站起来，像后面有狼追一般，脚步飞快地逃走了。

"哎！小珅，等等我，我也去！"季芸仙喊道。

杨继沉扫了眼空荡荡的臂弯，拿起茶几上的酒喝了几口，对老五说："不多唱几首？"

见他不愿谈那个话题，老五作罢，想着他回去总会考虑的。

老五一拍大腿，搂紧两个女人："来，唱歌唱歌，给我点一首《粉红色的回忆》。"

走廊四通八达，绕了一圈还没找到洗手间，江珅也不是真要去，只是不想再和杨继沉贴那么近，走了一圈心情平复不少。

季芸仙笑嘻嘻道："你刚刚出来时脸好红，怎么样？"

"什么怎么样？"

"被大帅哥抱的滋味怎么样？"

江珅不作声。

她低着头往前走，季芸仙拉住她："你害羞了？我感觉 YANG 好像对你有点那意思……"

江珅被季芸仙一拉，干脆不走了，靠在墙上，听她胡说八道。

季芸仙笑得坏坏的："你说，会不会是昨晚他看到你……然后……"

江珅被逗笑："你现在怎么那么坏，从哪儿学的？"

"小说里那样写，一见钟情嘛，男主角被女主角的美貌吸引。也许 YANG 第一眼看见你就想着，天啊，这是世上最美丽最纯真最坚强的女孩，我一定要爱护她保护她，所以今天又看见你时更加坚定了这个想法。除了伟大的爱情，我实在想不到别的理由了，一定是爱让人擦亮了眼睛！"

江珅"扑哧"一声笑出来："芸仙，你真的不去考北电吗？话剧专业很适合你。"

季芸仙"喊"了声："你真不心动？"

"我为什么要心动？"

"被那样一个人英雄救美，真的不心动？"

"陈昊，你躲什么？我听说你在后台看她看得眼睛都直了？怎么，还是很喜欢她？"

突然，一道尖锐的女声闯进她们的耳朵里。

江珊和季芸仙站在一个拐角处，那声音从左边的走廊传来。

"我和你说过了，我们只是正常的交流，你要这么想我也没办法。"回答的男生似乎有点恼怒。

不过这个声音耳熟得不得了，江珊和季芸仙一下子就听出来了。

季芸仙探出半个脑袋瞅了瞅，缩回脖子，低声和江珊说："是陈昊和薛丹哎，居然在这儿碰上了，他们好像吵架了。"

"嘘。"江珊示意季芸仙不要出声，想拉她走，季芸仙却不肯。

"看一会儿戏嘛，别急。"

陈昊的态度让薛丹更加火大了，她双手抱臂，一步步走近陈昊。

薛丹冷笑了声："我知道你和我在一起是为了钱，没有我，你外面欠的两千块拿什么还，靠你父母每个月给的五百块吗？陈昊，我薛丹喜欢的男孩子就一定会追到手，但这种不情不愿的真让人心里不痛快。那个江珊有那么好吗，让你惦记那么久？人家吊着你胃口总是不给你回应，你们男生还一个个排着队往上赶，这种女生就那么讨你们男生喜欢吗？"

陈昊被戳到痛脚，双手慢慢握拳，咬着牙忍了。

薛丹咄咄逼人，继续道："你以为江珊是什么好人？我可听说她家很穷，她妈还勾引厂里的主任，她自己在外面也找了个男人包养着，不然出身于一个单亲家庭，母亲一个月两千多块的工资，她怎么能过得顺风顺水？"

江珊拉着季芸仙的手僵住了，有一两道歌声从包厢飘来，顺带捎来薛丹尖酸刻薄的话语。

季芸仙双目一瞪，撸起袖子就冲过去了。

"薛丹，你算什么玩意儿就在这儿胡说八道！"

江珊来不及阻止她，追上去时和陈昊对视了一眼，他明显慌了。

江珊拉住季芸仙，看着薛丹说："我家境是一般，但我妈没有做那些事，我也没有，请你嘴巴放干净点。"

薛丹的眼神像冰锥子一样直戳她们，盛气凌人道："我说的是事实！你一天到晚装清高，装给谁看？还有你，叫季芸仙是吧？在二中轮不到你叫嚣，就你在外面认识的那些人，站在我面前照样得跪下给我舔鞋。"

季芸仙脾气一上来就像核爆炸，收不住。

"舔鞋？就你那双二十块钱的地摊货吗？你别装高贵了，你爸做生意亏了上千万，家底都快亏空了吧，你还有心思在这儿潇洒。"

"你瞎说什么！"

薛丹被戳破秘密，怒火攻心，扑上去就揪住了季芸仙的头发。两个人立刻扭打在一块儿，你扯我踢你，又狠又急。

陈昊有点蒙，第一次看女生打架，愣在那边不知该怎么办。

江珊一慌，急忙上去劝，可怎么都分不开这二人。

"别打了，别这样！你放开她！"

"啊！"混乱间，江珊被薛丹一把揪住头发，用力扯了几下，而后狠狠一推。

玻璃地面滑得像冰面一样，江珊踉跄着直往后倒。

忽然，身子一稳，有个人从后面托住了她。

头顶上传来男人懒洋洋的调侃声："哟，你们这是在跳甩头舞呢？"

杨继沉正在 KTV 的超市里买烟，突然就听到前面不远处女人的争吵声，仔细一看，那女的前面还站着个男的，任由她数落。他本想转身走的，可女的一句"江珊"让他停留了。

还没看清那两人，拐角处忽然冲出来两个女的，随后就听到一个有点耳熟的声音，那声音很干净很清澈。

几个人你一句我一句，谁也不认输。

杨继沉靠在墙上抽烟，看着这场闹剧。

"别打了，别这样！你放开她！"

那个纤瘦的身影试图在阻挡，可蚍蜉撼树，不管用。

杨继沉盯了一会儿，莫名又想起那件事，他低笑一声，抽了口烟后，随手将剩余的半支烟按在垃圾桶上的石子堆里，大步走了过去。

那凶狠的女的一推，正好将江珊推到他怀里。

杨继沉从后面扶住江珃，她小小的脑袋撞在他胸膛上，不轻不重，像片羽毛滑过。

她身上的羽绒服外套被扯得皱巴巴的，原本扎的马尾也松散了，乌黑的头发被抓得毛糙凌乱，像个小疯子。

杨继沉低头看着江珃的脑袋，忍不住调侃："哟，你们这是在跳甩头舞呢？"

他明显感觉到她一僵。

杨继沉轻笑一声，松开了她。

薛丹和季芸仙还在撕打，嘴里骂的话一句比一句狠。他倒是没看出来，张嘉凯认识的这个女孩这么勇猛。

杨继沉双手抄在裤袋里，看着那两人，声音冷了些："差不多就行了，松手。"

季芸仙看到杨继沉，不甘不愿地收了手。薛丹见季芸仙不动了，没好气地推开她，整理自己的衣服。

张嘉凯在包厢里等了好一会儿，见她们还没回来就追出来了，恰好看见这一幕。

"怎么了怎么了？芸仙，你的脸怎么青了？"

季芸仙噘着嘴拧巴着不说话。

薛丹冷笑着，对陈昊说："看见没，你喜欢的这个女生不知道在外面勾搭了多少人，这会儿还有男人帮她出头呢！她要什么没什么，一天到晚装清纯！"

陈昊站在阴影里，低低道了句："够了。"

薛丹说："为了男人打架我这是第一次，也是最后一次。陈昊，那点钱我不问你要，以后别再让我看见你！"

说完，薛丹想走，脚刚跨出一步就听见站在江珃身边的男人说："道个歉再走。"

那声音散漫却很有力。

薛丹混惯了，对这些小混混一向不以为然，仰着脖子看向杨继沉："你们想挑事也得看看自己有没有这个本事。"

杨继沉被这小女孩的语气逗笑，说道："你给她们道个歉就可以走。"

"我道歉？"薛丹难以置信地笑了几声，"你们算什么东西，她们又算什么东西，好好照镜子看一看自己！垃圾！"

薛丹瞪着杨继沉说："你想在这儿混就别惹我。"

"这样啊……"杨继沉挑眉，居高临下地看着她。

薛丹瞬间被他盯得发毛，她见过很多混混，却没一个像眼前的人这么令人不寒而栗的。

杨继沉嗤笑一声，眸光幽冷，声音低得可怕，可偏偏又好像故意用幼稚的方法调教小朋友，他说："你是想现在道歉还是……改天去班上给她们两个舔鞋？"

"你！行啊！这是你自找的！"薛丹从包里掏出手机打了个电话。

江珅生怕再惹出什么事端，这事是由她和芸仙引发的，薛丹那边的人确实不好惹，万一把他们几个人连累了……

江珅拉了拉杨继沉的衣角，小声道："算了吧。"

杨继沉垂眸，见她捏着他的衣角，黑色的毛衣，葱白的手指。

张嘉凯火大道："小珅，算什么算，你放心待着！"

薛丹对电话那头的人又跺脚又撒娇，然后得意地挂了电话。

没过一分钟，老五从走廊那头急匆匆地赶来。

薛丹一见人就扑过去："二叔！"

老五捧着她的脸左看右看："怎么肿了？谁打的？"

"老五。"杨继沉站在那儿，慢悠悠地叫了声。

老五闻声朝前一望，眼珠子瞟了几下大约就猜到了，连忙说："误会，YANG，都是误会！丹丹，怎么回事？啊？那俩姑娘你打的？"

薛丹说："二叔！是她们——"

"闭嘴！赶紧给她们道歉！"

"我不！她们算什么！"

"你怎么这么不懂事？"

薛丹被人驳了脸面，一向心高气傲的她面子挂不住，推开老五就跑了。

"这丫头！"老五低眉顺眼道，"两个小姑娘对不住了，丹丹平常被我们宠坏了，对不住对不住！我先去看一看，这丫头指不定做出什么事情！"

老五说完就着急忙慌地追了出去。

杨继沉瞥了眼站那儿的陈昊，又看向眼前的江珃，她一直微微低着头，像做错了事的小孩儿。

杨继沉说："小凯，你回去和周树他们说一声，走了，不玩了。"

"那老五那边呢？这事会不会……"

杨继沉轻嗤一声："他算什么。你告诉他，就说我女朋友不开心了，这事没意思。"

张嘉凯惊讶："女……女朋友？"

杨继沉没回答张嘉凯的话，自顾自地走了。走了几步，他回过头来说道："我去楼下透透气，等会儿把我的外套带下来。"

"噢，好。"

张嘉凯围着季芸仙心疼个不停，见江珃愣在那儿，问道："小珃你也受伤了吗？"

江珃回过神："没有，我没事。"

"那就好。"张嘉凯朝江珃身后望了望，惊讶道，"栀夏，你站那儿干什么？"

徐栀夏径直走来，什么也没说，越过他们，走了。

张嘉凯说："我们也走吧。"

江珃路过陈昊身边时微顿，想说些什么却又好像没什么可说的。

"小珃！"陈昊忽然叫住她。

江珃回头："嗯？"

"今晚的事请不要说出去。"

江珃轻声道了句好。

"谢谢。"陈昊垂着头。

江珃跟着他们回包厢，又跟着他们下楼，脑中混混沌沌，萦绕的都是那句：我女朋友不开心了，这事没意思。

杨继沉说得很随意，但又好像有那么点故意的成分在。

走出辉皇KTV，一阵冷风吹醒了江珃，她缩了缩脖子，远远地就看见杨继沉靠在机车上抽烟，身后的树灯明亮，勾勒出他棱角分明的轮廓。他抽烟时似乎会习惯性地皱眉，眉头一皱痞味更重，看起来不正经又散漫。

江珺看见他抽完了一支紧接着又点了一支。

这人的烟瘾不是一般的重。

张嘉凯把外套递给杨继沉，他把烟咬嘴里，套上外套。

周树说："要不要去吃个饭？"

张嘉凯摇摇头："我送她回去吧。"

"行啊，你小子，现在还会怜香惜玉了。"周树说，"得，那我们去吃。哎，那小江同学呢？要不要一起去？"

江珺摆摆手："不用了，我要回去了。"

季芸仙看了眼手表："已经晚上七点多了，你要怎么回去？"

墨城的交通并不是特别发达，也不似大城市里到了夜晚还可以狂欢，这儿的末班车是晚上七点，江珺平日里上下学都是坐的公交车，公交车站到她家步行十来分钟。

江珺说："没事，我打车就好了。"

季芸仙还是不放心，声音低低道："小珺，对不起，今天是我拉你出来的……"

本来开开心心出来玩的，却让她听到薛丹那些话。

江珺笑笑："没事啦。"

季芸仙说："沉哥不是就住你隔壁嘛，要不等会儿让沉哥带你回去？"

其他几个人一愣，随即笑起来。

周树说："怪不得，原来沉哥你找的房子就在小江同学家隔壁啊？"

贺群说："还真是有缘了。"

杨继沉靠在车上，一手抽烟一手把玩着打火机。

季芸仙拜托道："沉哥，你送送小珺吧，麻烦了。前些天学校里就有个女生大晚上自己一个人走出事了，我有点不放心。"

杨继沉挑眉，看向江珺："要我送吗？"

不知道是因为在冷风里待久了，还是多抽了几支烟的关系，他的声音格外沙哑。

季芸仙赶紧道："要的要的！谢谢沉哥！"

几个人哄笑着，扯了几句就散了。

辉皇 KTV 是属于夜晚的，门口的轿车络绎不绝，各色各样的人进进出出。

江珅背着书包站在璀璨的树灯下显得格格不入，她轻轻呼吸着，因为太冷，热气呼出有了雾状。半晌，她吸了吸鼻子，鼻头有点红。

杨继沉依旧倚在摩托车上，他说："等我抽完这支就走。"

"噢。"

他不和他们去吃饭，也不知道是因为要送她回家干脆不去了，还是本来就不想去。

江珅垂着脑袋，看着地上斑驳的光影。昨天那场雨下得太大，今天地面还是湿漉漉的，水洼薄薄的水面上晃动着霓虹灯光。

真是奇怪的一天。

江珅瞄了一眼杨继沉的方向，没敢抬头，只看见他交叠的双腿。

真是奇怪的男人。

杨继沉即使半倚着，也比她高很多，他目光下斜，似笑非笑地看着她。

"你在想什么？"

"没什么。"

她声音轻轻的，却是干净清脆的，不似那些女人甜得让人发腻，也不像小女孩那样软糯。

杨继沉歪着头问："你在想，昨晚我有没有看到什么不该看的？"

江珅被说中心思，瞳仁微震。

杨继沉一手插袋里一手抽烟，他弯了点腰凑近她，低哑道："你猜，我有没有？"

江珅蓦地抬起头，对上他深不见底的眸子，几丝冷风吹过，他手指上的香烟烟灰飘散在风里。

有些人三言两语之间就能洞悉他的性格，杨继沉对她来说就是这样的人。

他很高傲也很轻狂，可他有资本狂妄，在他的领域里，他是站在金字塔顶端的人。这样的人手一挥就能呼风唤雨，什么事儿都不会放在眼里。就像季芸仙说的，他那样的人怎么会偷窥。

可如果他什么都没看到，仅仅是昨晚的一面之缘，他又为什么好像很早就认识她一样，言语里总带着几分戏弄，难道她什么时候招惹过他吗？

如果他看了，所以今天再见到她才会调侃她，那倒真成了江眉口中的地痞流氓了。

但江珅隐约觉得杨继沉不是那样的人。

江珅反问道："你有吗？"

杨继沉倒是没想到她会把问题抛给他。

他直起腰，又靠回了车上，好整以暇地看着她，说："看了个背影。"

昨晚是他第一天搬进那个宅子，张嘉凯什么都安排好了，唯独卧室那盏破灯，开着和没开一样。

对面房间的光线明亮，直直地从窗户里透进来，他走到窗边就着那点光晕点烟，谁知道正好看见一些不该看的。

她当时用肩膀夹着手机，正在手忙脚乱地给自己套衣服。

她很瘦，从肩膀到腿，没一点赘肉。暖黄的灯光下少女的背影纤细洁白，这让他想起了早年前看过的一幅油画。

扫了两眼他就收回了视线，刚转身，忽然想起什么，一怔，又转头看去，他盯着她左肩膀看了一会儿，直到她把衣服穿好钻进了被窝里。

那支烟夹在手里，他也忘了点。

再抬眼的时候，她上身只穿了件吊带衫，坐在床上，背对着他，似乎在刮腋毛。

这回他看清楚了，她的左肩膀上确实有个雪花状胎记，像是文上去的一般，六角的雪花状胎记。

当时他唯一的感觉，就是邪门。

他觉得诧异的时候她正好下床。

杨继沉夹着烟递到嘴巴，点火。两个人对视了一眼，然后看到她像只受惊的小鹿，睁着湿漉漉的大眼睛，惊慌快速地拉上窗帘。

江珅以为他会回答没看，出乎意料的，他很坦白，背影……

裸着的背影吗？

江珅脸上有点烫。

杨继沉就这么看着她的脸一点点变红，像慢慢被夕阳染色的云朵。

这支烟还剩下一点，他深深吸了口，烟头火光一明一暗。他呼出了一长串烟雾，随手将烟头碾在花坛边上。

看她的头越垂越低，杨继沉笑了笑，说："你害羞什么，你们女孩子夏天不都穿着吊带衫晃来晃去。"

"噢……"

吊带衫啊……

江珺想，我夏天只穿 T 恤。

从市里回家坐公交车要半个小时，开摩托车十几分钟就到了。

江珺让杨继沉停在小路的拐角处，她怕江眉看见，毕竟手机上已经有两个未接电话了。

小路没有路灯，放眼望去，只有几户人家亮着零星的灯火。这里青山绿水，树木最多，小路两侧是梧桐树，斜着的山坡上是密密麻麻的水杉树，寒夜湿气浓重，树枝上还滴着水。

江珺下车时踩到一个水坑，鞋湿了一半。

从这儿到家有一两百米。

杨继沉说："真不用送你？"

"不用，你走吧。"

"行。等会儿路上你被大灰狼吃了我可不负责。"

他跨上车，江珺叫住他："哎……"

"怎么？"

"今天……谢谢了。"

"嗯。"

江珺说："那个……"

"嗯？"

"我们以前——啊！"江珺前一秒还在好好说话，后一秒突然大惊失色。

杨继沉顺着她的视线朝后看去。

树林里蹿出四五个戴着黑色口罩的男人，手里提着棒球棒，快步逼近，那一双双眼睛死盯着他，那些人握紧了棒球棒，扬起就往上掄。

杨继沉眼疾手快地躲过，从车上翻身而下，一把钳制住上前的男人，拎起头盔狠狠朝他头上砸，抬腿对着他裆部一顶，顺手夺下他手里的棒球棒。

身后几个人全都扑过来，凶神恶煞。

杨继沉一打五，动作再快也少不了挨两下。

杨继沉脸绷着，出手快准狠，丝毫不留情，一脚踹翻那人，举起手中的棒球棒砸了下去。那人撕心裂肺地"啊"了一声："杨继沉！你个王八羔子！"

另外几个人见领头的倒在地上，霎时不敢动了，那人像断了脚的蜈蚣，扭动着，他捂着右手痛苦地叫着，手掌心顿时沾上了一摊血。

"还愣着干什么！给我做了他！上！"

江珣的心"怦怦"跳，四周黑黢黢的，那几道身影扑来扑去，似刀光剑影。

她头一回碰上这种事，像是电影般的情节，吓得一动不敢动。

恍惚间她手腕忽然被一扯，撞进一个怀抱，那力道似乎要将她手腕折断。

杨继沉扯过她，抬起手臂挡了后头的一棍。他咬咬牙，额角汗水落在她脸上。

"小心！"江珣紧抓着他的衣服，惊呼。

后头那人双手握着球棒，直直地朝杨继沉身上砸来。

杨继沉一脚踹开江珣后面的人，还没反应过来，后背挨了一棍，猛地朝前踉跄了几步。

他眉头一皱，因为吃痛发出低低的隐忍声。

杨继沉稳住江珣，轻轻嗤笑一声。他抬起头，舔了舔后槽牙，转身看向那群人，动了动脖子，骨头咯咯地响，一步步逼近他们。

那几人也不知在害怕什么，往后退了几步。

杨继沉冷笑，言语讽刺而嚣张："怎么，是陆萧给的钱太少了，让你们这么不卖力？"

一听陆萧，那几人明显慌了神。

躺在地上断了胳膊的那个人忍着痛爬起来，咬牙切齿道："你嚣张什么！你以为你这次还能赢过陆萧？杨继沉，你狂了这么多年也该尝尝苦头了！"

杨继沉挑起眉峰："哦，还真是陆萧。"

"你！我去！看我今天弄不死你！"

江珮屏气凝神，眼看着打斗一触即发。

杨继沉站在她面前，高大的身影几乎将她全部遮住，江珮盯着他的背脊想起刚刚那一棍。

那个人打下去的时候额头青筋都暴起了，可想而知使了多大的力气。

那些人有备而来，杨继沉一个人是肯定打不过他们的。

江珮深吸一口气，举起手机，说道："我已经把你们刚刚的对话都录音了，这里也有监控，如果不想进派出所，就立刻走。"

那人身子往旁边倾斜了一点，看着杨继沉身后的江珮笑出了声："小妹妹，你是来搞笑的吧？录音？监控？你以为我们怕这玩意儿？"

江珮抑制住颤抖的手，按下播放键。

手机里的男声在空旷的黑夜里显得格外暴躁——

"还愣着干什么！给我做了他！上！"

播放了十几秒，江珮按了暂停键，说："如果你们不走，我现在就报警。"

那男的暗骂一声，威胁道："你要是敢报警，我出来就剁了你！"

江珮按下三个数字键，将手机屏幕对准他们："我数一二三，我要报警了。"

那男人抬头看了眼黑漆漆的电线杆，上面似有个方方的东西。天太黑他压根儿看不清，眼珠子瞟到江珮的手机上，咬咬牙。

"你给我等着！走！"

那几人很快消失在黑夜里，像仓皇逃窜的黄鼠狼。

江珮咽了咽口水，脑子里天旋地转，像有千万斤的东西压在她胸口，耳朵"嗡嗡"的，全身上下的每根骨头都在发抖。

她上下牙打着战，看向杨继沉："他们……他们还会再回来吗？"

他半个身子隐在黑暗里，半个身子露在灯下，深邃的眸子还未褪去厉色，就这么直勾勾地盯着她。

半晌，他低笑一声，声音依旧懒洋洋的："你胆子挺大啊。"

江珮耷拉着脑袋，像泄了气的皮球。

杨继沉问："那不是监控吧？"

"嗯……"

身边的男人轻轻笑着。

江珺也不知道自己哪来的勇气，越想越觉得后怕，双唇渐渐干裂，眼眶也有点湿。

杨继沉敛了笑意，居高临下地看着她，说："他们不会再回来的。"

他很有自信也很有把握，江珺几乎是不假思索地就信了，她内心深处也这么觉得，那些人不会回来了。

江珺狂跳的心才平稳一点，杨继沉俯身，凑近她，压低声音说："就算回来了，老子也能送他们去见阎王爷。"

他的声音低沉而狂妄，而那双眼睛比黑夜还黑，透着一股力量，好像就是这股力量让他变得肆意张扬。

江珺木讷地望着他。

她脸色不是很好，薄唇微张着，眼眸泛着水光，模样傻傻的。

杨继沉瞧着她的模样，嘴角止不住地笑，大手掌着她脑袋揉了两下，用了点力："行了，回去吧。"

江珺张张嘴，想问的也没问了，道了声好。

江珺颤着腿慢慢往前走，寒风穿过山林的细缝发出呼呼的响声，脚下是湿润的路面。

江珺心有余悸，脑子里不断重复着刚才的画面，恍恍惚惚间听到后面有脚步声。

她心猛地一跳，像个木头人一样杵住了。

后面的脚步声也停了，紧接着传来男人低沉慵懒的声音："你傻愣着干什么？"

是杨继沉啊……

江珺松了一口气，回头望了他一眼。

他推着机车，慢悠悠地走着，这人连走路都带着几分轻狂模样。

这个夜晚没有淡淡的月光，没有和煦的风，只有坑洼的路面和浓重的云雾。

她的那颗心高高悬起，又安然落地。

江珺回到家时才稍稍缓过劲来，江眉在院子门口等她，见到了人便放心了。

江眉说："你怎么不接电话？"

"手机静音了，在车上，没看见。"

"今天表演得怎么样？"

"还行。"江珅换好鞋，说，"我上楼了，作业挺多的。"

"吃饭了吗？要不要喝杯热牛奶？"

江珅这才想起，还没吃晚饭，不过已经被吓饱了。

"不用了，妈，你快去睡吧。"

江眉说："写完作业，晚上早点睡，饿了的话家里有面条。"

"好，我知道了。"

江珅走到自己房间，关上房门，随后是江眉上楼的脚步声，然后"咯吱"一声，江眉把自己的房门关上了。

江眉的作息很规律，早睡早起。

江珅把书包一放，坐在床边，低着头，她也不知道自己在想什么，脑袋里乱糟糟的，但又好像一片空白。

她没开灯，房里黑魆魆，似乎又起风了，寒风拼命挤进窗户的缝隙里，发出怪异的声音，那扇老旧的玻璃窗被吹得"咯吱咯吱"响。

突然，一道光穿过窗户照射进来，淡淡的，明亮的，那束光落在她脚上。

江珅下意识地抬头望去。

今晚不似昨晚，没有下雨，他屋里的灯光是亮堂的白炽灯，小小的方格玻璃就像一个屏幕框，框里的画面清晰度很高，并且内容很香艳。

他侧面对着她，他很快地抽了两口烟，将烟头按在烟灰缸里，看了眼手机，然后把它扔在桌上，拿起一个遥控器对着上方一按，屋外的空调外机"嗡嗡嗡"地开始运作。

他脱了羽绒服外套随手挂在椅子上，然后举起双臂，一手拉住毛衣的领子，把毛衣从身上剥离，里头还有件白色的T恤，T恤被带得向上卷起一截，露出腰腹。

江珅起身去拉窗帘，杨继沉脱了T恤微微侧了身。

他的背脊正对着她，他很高，所以背脊很宽阔。中间的脊椎曲线微微凹陷，一路延伸到裤边，线条流畅，腰两侧没有赘肉，相反，很紧实。他在解皮带扣，双臂一动一动的，上臂肌肉微微隆起，不夸张也不逊色。

年轻的躯体充满力量感，那是一种属于男人独有的诱惑。

江珹脸上有点烫，又不自觉地皱了眉。

他背上有一块特别红，甚至有点泛青。

是他帮她挡的那一棍留下的。

他好像忽然想起什么，停了手中的动作，在书桌上扫了一眼，拿起充电器和手机，转身找插头。

他一转身就看见了她，也没多惊讶，反倒是神情有点玩味。

他解了一半的皮带翘在那里，松垮的牛仔裤露出一截黑色的内裤边，内裤边紧紧贴着他腹部紧实硬朗的肌肉。

江珹的手揪着窗帘，正准备拉的时候，只见他不徐不疾地走到窗边，打开了自己房间的窗户，拿着晾衣架敲她窗户。

他微抬了抬下巴，示意她开窗。

江珹生怕江眉听到动静，赶紧开了窗，一开，扑面的冷风吹得她打了个寒战。

"有……有事吗？"她冷得都结巴了。

杨继沉嘴角勾着笑，故意逗她："你在偷窥我？"

"啊？"江珹连忙澄清，"我没有，我只是……"

"只是什么？"

"只是看见你的伤……要不要去医院看看？"

"不用。"

"可是好像很严重。"江珹心里过意不去，"啊！对了！我家有药酒，我给你去拿！"

说完，江珹"噌"地跑了，在客厅里轻手轻脚地翻找着。

回来时，杨继沉已经套了件外套，还搬了张椅子在窗前，他就坐那儿等她。

江珹把药酒装在袋子里递给他。

她说："一天搽三次，要揉一会儿，这个还挺有用的。"

杨继沉握着那瓶子看了看："要揉一会儿？"

"对。"

他挑挑眉："我怎么揉？"

"呃……"江珹被他的灼热目光盯得脸又烫了。

"你……你自己想办法吧。"江珹丢下这句话，"砰"地关上窗，也没再看他，直接拉上窗帘。

她垂眸，深吸了几口气。

脑海里都是他刚刚裸着上半身的样子，还有紧实的肌肉。

她没听到他关窗户的声音，想着是不是他在看她的窗户，这样一想，两个画面结合，她整个背脊都开始发烫了，像冒着热气的木炭。

天啊，真要命。

感觉她才是看了不该看的那个人。

更要命的是江珥晚上又做梦了，但这次和昨晚的不同。

梦里他和她挨得很近，身上的皮肤像热铁一般。

江珥醒来时脸红心跳，一头的汗。

她抓着被子，整个人都埋了进去，小小的被窝隆起，里面的人蹬了两下腿。

江珥一早上脸都是红的，到了学校好不容易平静了些，可季芸仙见到她说的第一句话就是："小珥！我告诉你个事儿，昨天嘉凯和我说，沉哥没有女朋友！"

江珥看着摊在桌上的文言文，一个字也背不进去，眼前又浮现出杨继沉的脸。

江珥低下头，试图遮住自己滚烫的脸。

季芸仙把书包一放，低声道："你知道吗，嘉凯还和我说，从来没见沉哥对一个女孩子那么关心过。"

"没有吧。"江珥轻轻道。

他对昨晚那两个穿抹胸裙子的女人好像挺感兴趣的啊，只是可能他那样的人已经习惯了调侃吧。

她还以为他们以前是不是见过，可思来想去，从前真不认识他。

季芸仙又说："哎哎，那昨晚沉哥送你回去，你们有发生点什么吗？"

江珥点点头："有。"

"啊！发生了什么？"

江珥总是被季芸仙跳脱的神经弄得哭笑不得，这都哪儿跟哪儿。

她说："快到家的时候，路上突然窜出四五个人，好像是来找他麻烦的，他帮我挡了一棍，受伤了。"

季芸仙惊讶地捂住嘴巴："我的天！好浪漫啊！"

季芸仙接着问："那后来呢？"

"后来就回去了。"

"就这样啊？"

"嗯。"

季芸仙"喊"了声，笑眯眯道："对了，后天就是跨年夜，嘉凯说让我们一起去玩。你妈不是正好也不在家嘛，我们一起过啊。"

"去哪儿？"

"还没定，到时候再说，嘉凯说让他想想怎么过。哎，小珂，你很热吗？你脸好红啊。"

"咳，好像是有点热。"江珂双手捂着脸颊，转移话题道，"你什么时候叫张嘉凯叫得那么亲热了？嘉凯？"

她记得以前季芸仙都叫他 KAI。

季芸仙的脸也热了，她摆弄着水笔，害羞地说："我们熟悉了就这么叫了啊。"

她顿了顿继续道："嗯……昨晚我们吃完饭以后他送我回去，聊了几句沉哥，我也就随口问问，他还以为我对沉哥有意思，我就说沉哥不是我喜欢的类型。他又问我喜欢什么类型，我就说像他那样的。然后……"

江珂问："然后呢？"

"然后……"

上课铃响起，打断了两个少女的窃窃私语。

季芸仙吐了吐舌头："下课再和你说。"

冬日的清晨，是萧条的、干枯的，光从雾蒙蒙的远处照进来，一点一点地开始明亮起来。教室里有笔尖划过纸页的声音，有喃喃的背书声，有老师激昂的讲题声。

有人打着哈欠，有人精神抖擞，有人因为胳膊碰到了同桌而脸红，有人因为想起亲昵的称呼而脸红。

江珂低头做着笔记。

她却因为一个梦脸红……

唉……

跨年夜前几天江珂都不曾见过杨继沉，明明只有两墙之隔，却一面也没有碰到。

白天她在学校，晚上回来他房间总是黑着，有时候凌晨会听见机车的响声，早上一看，他院子里停着车，而人应该还在梦乡中。

生活时间表将他们完全岔开，毕业班学业繁忙，江珺埋头于试题之中，尽量不去想那惊心动魄的一晚和那个人以及让她羞涩的梦。

不过墨菲定律就是那么神奇，有些人、有些事你越是回避就越是会碰上，并且可能造成不小的影响，而这些事情发生前其实冥冥中早有提示。

跨年夜前一天晚上，季芸仙给江珺打电话。

她兴奋地说着行程："我明天上午要先和嘉凯去看电影，然后中午我们一起吃火锅，下午可以打打麻将，晚上逛街啊、看跨年晚会啊都可以，只要大家一起就好了。"

江珺难得不用晚上奋笔疾书，瘫在软绵绵的床上，随口问了一句："去哪儿吃火锅、打麻将啊？"

"当然是去沉哥家啦！他家没人，比较方便，想怎么玩就怎么玩。"

江珺听到他的名字心猛地一跳，好不容易淡忘的梦境又清晰地浮现出来。

那双漆黑的眼睛总是带着三分痞气七分看不透，他盯着她，在用眼神侵略她。

江珺翻了个身，趴在床上，下巴搁在自己手臂上，瞅着被套上的碎花纹样，苦恼地叹了口气。

早该想到的，季芸仙说要一起跨年，有张嘉凯在，他们又怎么会不在呢。

只是一想到要见到那个人，她总感觉怪怪的。

临睡之际，江珺安慰自己，没事儿，明天那么多人一起，只要避开点大概就没那么怪了。

于是，墨菲定律又生效了。

早上季芸仙又给她打了一通电话，季芸仙稍有点歉意地说："小珺，周树和贺群昨晚在酒吧玩，喝醉了，估计得中午才能去。我和嘉凯去的电影院在新城区那边，离市场很远，买完火锅料回来估计得下午一两点了，所以……嘿嘿，麻烦你和沉哥跑趟超市啦。"

江珺睡眼蒙眬的，听到沉哥两个字时瞬间清醒，盯着天花板有点欲哭无泪。

"小珺？你在听吗？嘉凯已经和沉哥说好啦，你等会儿直接去找他吧。辛苦啦，爱你哦。"

今晚江眉厂里有餐会，大老板包了一家山庄酒店，请了厂里所有员工去吃饭散心。江眉在那家厂工作了十几年，这还是头一回。

早上江眉叮嘱几句就走了，江珺吃完早餐，换了身暖和的衣服准备去找杨继沉。

院子里一向冷清，那对聋哑夫妻不会说话，平日里没有半点干扰声，孙婆婆年纪大了，偶尔脑子不清醒，多数时间坐在老藤椅里看电视。

江珺关上门，哈了口气搓搓手走出了院子。

他们这儿住户少，山丘高高低低，里头的小路像羊肠，春天的时候像极了动漫里的场景，不过此刻林寒涧肃，枯枝交错，远处飘着薄雾，寒气一阵阵地涌过来。

似乎比往年要冷不少。

三两步就走到他家门口了，这座老宅江珺并不陌生，她从小就长在这儿，小时候调皮，经常偷偷溜进老宅的院子里玩。

院子用篱笆围着，没有大门，原本杂草丛生的院子现在干干净净，角落里堆着一些电器的纸箱子。

而那扇大门紧闭着，整栋房子都静悄悄的，停在屋檐下的机车颜色夺目，外壳干净，是被人细心养护的模样。

江珺深吸一口气，敲了三下门。

两分钟过去，没人开门。

她又敲了三下，依旧没人开门。

江珺想喊他名字，是什么 chen 来着……

哪个 chen？陈？晨？辰？臣？

江珺很尴尬地站着，突然想起手机里的录音，那天那个人好像叫他名字了。

她找到音频播放。

"杨继沉！你个王八羔子！"手机里爆发出男人声嘶力竭的声音。

吱！

这句刚播完，大门开了。

江珊低着头，眼前出现一双脚，穿着黑色的棉拖鞋。

空气中弥漫着一丝丝的尴尬。

杨继沉斜靠在门边，拿着牙刷在刷牙，眉梢略略一挑："你这敲门的方式挺特别啊。"

江珊抬起眸子，刚想解释，但瞬间脑子就转不动了。

他只穿了条灰色的运动裤，上半身裸着，这回看得更真切了，甚至能感受到他身上飘来的热量，还有一点点的薄荷味道。

梦里面似乎也是这种味道，清凉的薄荷和淡淡的烟草味。

江珊瞬间面红耳赤。

杨继沉好笑地看着她："你这是被冻红的，还是穿太多热的？"

江珊"呃"了几声，"呃"不出个所以然，视线瞟到左边，又瞟到右边，就是不敢再看他。

"进来吧，我上去换个衣服。"杨继沉笑笑，支起身子，迈着长腿上了楼。

他一转身后背就露出来了，那块瘀青更大了，看上去触目惊心。

江珊皱皱眉，随手关上了门。她站在门边没有动，安安静静地等他。

等了一会儿，她抬起头环顾了下四周。

房子格局不大，大多家具都是之前留下的老家具，只是铺上了新毯子和垫子，他东西不多，所以看上去没多少人气。

靠右前方的旋转楼梯是木制的，因为陈旧，踩上去有"咯吱咯吱"的声音。

没一会儿，就听见他下楼的声音，伴随着咯吱声的还有他懒洋洋的声音。

他举着手机，对电话那头的人说："没事找事是吧？买什么灯笼。"随后毫不留情地挂断了电话。

杨继沉走到桌边，拿上烟盒，看向站得规规矩矩的江珊，随意问道："这里离哪个超市最近？"

"四方路那边那家。"

"你知道要买什么吗？"

江珮眼睛看着别处，轻轻说："蔬菜、火锅丸子、羊肉卷和牛肉卷。"

　　杨继沉拿上车钥匙："行，你知道买什么就好，走吧。"

第 *02* 章

FanggebLi

擦药酒会吗

My little girl

　　元旦的街道比平常要热闹许多，超市也在做一些折扣活动，人挤人，像是都不要钱一样。

　　江珮在蔬菜区挑选，想了想朝旁边那人问道："你朋友有什么不吃的东西吗？"

　　杨继沉一手抄在裤袋里，一手推着购物车，随口答了句没有。

　　江珮背对着他，问道："我们一共七个人对吗？"

　　"嗯。"

　　江珮算好分量称蔬菜和丸子。

　　杨继沉盯着前面那个纤瘦认真的背影，嘴角微扬："哎。"

　　听到声音，江珮手上的动作一顿，她稍稍侧过脑袋，问道："怎么了？"

　　"你害怕我？"杨继沉弯着腰，双臂靠在推车的把手上，慢悠悠地走到她跟前。

　　那天她和他说话感觉都挺正常的，还好心地拿药酒给他，今天却看也不看他，载她时后背空荡荡的，她只抓了他两侧的衣角，哪像那天，抱得快把他勒死，现在走在超市里也有意无意地和他保持距离，一直留给他一个后脑勺。

是本来性格就害羞，还是他哪儿得罪她了？

他突然靠近，气息温热，江珮和他对视了一秒就快速别开视线。

写了十几年作文，江珮觉得有一句话是绝对的真理——眼睛是人心灵的窗户。

通过眼睛可以直观地察觉这个人的想法，也可以感受到他的情绪。

而他那双狭长的眼睛黑得像浓墨，带着点儿光，似能将她看个彻底，她却像个逃兵，压根儿不敢看他。

"嗯？"他又靠近了一点。

"没有。"江珮丢下这两个字，跑去了冷冻区。

杨继沉挑眉"啧"了声，不徐不疾地跟了上去。

江珮在两个品牌的火锅丸子之间犹豫，后面突然伸出一只手，拿起了右边的一包。

"随便买点就行，不用这么仔细。"

他的声音就在耳边。

为什么要靠这么近？

江珮觉得自己要疯了，脑海里不断回忆起梦里的场景和声音，越回想就越深刻。

见她像根木桩一样杵着，杨继沉拿食指叩了叩她的脑袋："你心不在焉地在想什么？"

江珮也不知道自己慌什么，着急地想离他远一点儿，一转身"咚"地撞他胸膛上，踉跄地往后退了一步，后面是冷冻柜，无路可退。

杨继沉愣了一秒，随后笑了起来。

"江珮。"他压低了声音，"你怎么那么可爱？"

也不知道她今天怎么了，又呆又傻的，脸颊总是晕着两片蜜粉色，就像一只昏了头的小松鼠。

而他此话一出，这只小松鼠脸已经红得像抹了层果酱，毛茸茸的尾巴夯着毛。

超市里人来人往，他高大的身躯就在眼前，仿佛她一抬头就会撞上他的额头。

可爱……

江珮这辈子还是头一回听到男生这样夸自己。

"哟，YANG，这就是你的小女朋友啊？"

在江珊还在想找个洞钻下去时，边上传来一道无赖的声音，抬眼一瞧，果真，人也是一副无赖相。

那男人剃着阴阳头，右耳挂着一枚十字耳钉，小小的眼睛不断打量着他们。

那男人走近了点，靠在冰柜上，说："大庭广众的，就这样打情骂俏？这就是老五说的小妹妹？杨继沉你行啊，现在口味这么清淡了？还是只能骗骗学生妹了？"

杨继沉看着来人，眼尾上挑，神情冷了些，口气一贯地散漫不屑："我还以为是谁，原来是前段时间差点摔断腿的陆公子啊。"

陆萧曾经家境富裕，后来老爷子过世之后家底一年不如一年。陆萧此人烂赌，很快就把家底输了个精光，那些狐朋狗友仍巴结着，尊称他陆公子。可搁杨继沉他们那儿，这称呼真是白白送给他们来讽刺陆萧的。

两个月前江州站的锦标赛上，陆萧在拐弯的时候试图超过杨继沉，铆足了劲却不料连人带车飞出去十来米远，腿部肌肉有轻微的损伤，医生说再摔厉害点就要骨折了。

他这一摔连第二名都摔没了，一时之间成为业内笑话，一些花边新闻标题写道：万年老二陆萧不甘被压迫，却还是难超杨继沉。

小标题是：摔相难看，当场破口大骂。

陆萧一听杨继沉的话，恨得牙痒痒，想到什么后阴阴一笑，露出友好的笑容，说："调侃几句你的小女朋友，你就这么戳我脊梁骨？这么宝贝？真是难得啊，这妞儿到底什么地方那么吸引你，听说老五问你要人你都不肯。"

陆萧往前挪了点，凑近江珊，邪邪道："难不成……也对，和小妹妹谈恋爱才更有意思。"

陆萧看着江珊涨红的脸笑得更猖狂了，有几分报复的味道。

杨继沉一手搭着推车，一手搭在江珊肩膀上，似笑非笑地看着陆萧。

他说："听说前些天蒋虎的女儿把你踹了，怎么，现在你是没地发泄，跑来骚扰我的人？"

"你……"陆萧低骂了一声，一双小眼睛死命瞪着。

蒋虎是做摩托车零件的，就一个宝贝女儿，跟了陆萧没几天就把人踢了，还对外说陆萧那方面不行，弄得他前两天走出去老被人戏弄。

杨继沉又说："合着你刚刚的意思是蒋虎的女儿没意思？这话让蒋虎听见了不得扒了你的皮。"

杨继沉笑得很轻蔑，压根儿不把陆萧放眼里。即使陆萧刚刚说的话那么难听，但好像没有伤到他一丝一毫，这人似乎很少会勃然大怒。

陆萧抖了抖眉，心头那股被人压一头的感觉又涌了上来。他不管说什么做什么好像永远都比杨继沉低一等，即使上一刻他还为捏住了杨继沉的把柄而沾沾自喜。

陆萧"哧"了一声，依然傲然。

杨继沉垂眸看了眼江珅，目光寒了几分，皮笑肉不笑地对陆萧说："老陆，你说说，你把我女朋友弄不开心了，我等会儿还得哄，你这不是给我找事吗？"

"我哪敢给你找事啊。"

"是吗？"

杨继沉盯着他，说："陆萧，你说，我们是不是该算算账了？"

他一字一句说得很沉，沉到让人心里发毛，像是威胁又像是警示。

闻言，陆萧一怔。

陆萧说："你这是什么意思？"

杨继沉侧眸，低低道："下次比赛，你那条腿可得注意着点，不然什么样的姑娘都轮不到你了。"说完他又懒懒一笑，"还有东西没买完，先走一步了，陆公子。"

陆萧咽了咽口水，又"呸"了一声，看着两个越走越远的人骂道："什么东西！"

过了半晌，陆萧才反应过来杨继沉说的是什么。

他嘀嘀咕咕又骂了一通。

杨继沉揽着江珅走到调料区，这儿人少，他扣着她肩膀的手放下了。

"头抬起来我看看。"他把推车往边上一放，好整以暇地靠在白墙上。

江珅怎么着都不肯。

"头一回听到那种话？"

江珺默认。

杨继沉一脸随意，慵懒道："见过蛆吗？就长那样。"

"噢……"

她看起来很消沉。

他看着她，两个人都不说话了。

半晌，他突然叫她的名字："江珺。"

"嗯？"

杨继沉说："二月初我在这儿有个比赛，你来看吧。"

"啊？什么？"

她抬起头，剪水的双瞳里有一丝茫然，双颊依旧红通通的。

杨继沉嘴角挂笑，声音有些低，说："来看场好戏。"

江珺依旧茫然。

杨继沉直起身，走过去拍拍她的后脑勺："你来了就知道了。"说完，他推着推车自顾自地走了。

江珺看着他高大的背影，满脑子都是他刚刚那句"你把我女朋友弄不开心了，我等会儿还得哄"。

比起刚刚那人的污言秽语，他的那几句话才更叫人在意。

哄？怎么哄？

江珺脑子一混，又想起梦中他在她耳边的喃喃低语，就像在哄着一个孩子。

唉……

江珺恨铁不成钢地拍了几下自己的脑门，怎么老想起这个？

两个人从超市回去的时候后面还跟了一辆大卡车，大卡车跟随着他们稳稳地停在老宅前。

送货师傅一个人就能扛起一台冰箱，游刃有余地将电器一一搬了进去。

买完食材快要结账的时候，杨继沉忽然说："吃火锅是不是得有锅和电磁炉？"

她点点头，然后听到他说："那行，那就去买一个。"

因为是摩托车，电磁炉和锅都不太好携带，他和超市的导购商量着送货上门，超市的规定是满 1500 元送货上门。

于是他顺带挑了冰箱、微波炉、液晶电视。

张嘉凯他们来的时候都吓了一跳。

周树摸着 42 寸的液晶电视"哇"了几声，欠揍似的说道："沉哥，你这是收了谁的嫁妆啊？是不是还缺几床棉被啊？"

杨继沉坐在沙发上，踹了他一脚："闲着没事干就去洗碗。"

"得了得了，我这就去。"

季芸仙说："没事儿，我和小珊来吧。"

"哎，谢谢老妹儿！真贤惠！"

江珊一个人在厨房洗菜，季芸仙跑过去，一个洗菜一个洗碗。

季芸仙用胳膊碰了碰江珊，回头瞄了一眼张嘉凯，笑嘻嘻地对江珊说："我觉得嘉凯好贴心呀，上午去看电影他什么都买好了，怕我坐摩托车冷，还特意多带了件外套。哦，对了，我们还一起去挑了头盔，一个蓝色一个粉色。"

这会儿的季芸仙连洗碗都看起来特别轻盈。

江珊还是有些顾虑："你们别真恋爱啊，你不参加高考了？你别忘了，你是和我一起复读的。"

季芸仙想到痛苦的复读，有点颓，不过很快又振作了起来。她说："船到桥头自然直，反正我现在很开心。这也是我和他过的第一个跨年，感觉和以往不太一样，总觉得心里暖暖的。至于考试，我比其他学生多学一年了，今年肯定比去年考得好。"

去年高考前江珊生了一场大病，发挥失常，咬咬牙后决定复读了。她不想将就，而连本科线都没摸到的季芸仙也咬咬牙跟着复读了。

江珊是真希望她多放点心思在学习上。

但这会儿她满嘴都是张嘉凯，言语里满是甜蜜，似是想起什么，说道："对了，下个月月初嘉凯他们要比赛，入场券数量有限，我向他要了两张，到时候我们一起去看啊。"

"比赛吗……他和我说了。"江珊低头专心地洗着大白菜，一片一片都冲得干干净净。

季芸仙像听到了什么大八卦，竖起耳朵，好奇地问："他是谁？沉哥？他让你去？"

"嗯……"

"我的天啊！"

她一声惊呼让江珮吓一跳。

江珮哭笑不得："你怎么了？"

季芸仙挤眉弄眼，贴着江珮耳朵轻声道："你不知道吧，早上嘉凯打电话给沉哥让他去超市买东西，沉哥连挂了他两个电话。最后嘉凯说，小珮陪你一起去，你猜怎么着？沉哥沉默了一会儿就答应了。他现在还邀请你去看比赛，不一般啊。"

"是吗？"江珮疑惑道。

"不是吗？"

江珮想了想，否决道："不是的，他好像是说，让我去看戏。"

季芸仙听完前因后果后笑得前俯后仰："看什么戏啊，明明就是约你去看他比赛！"

"真的不是。"

江珮回想起刚刚在超市杨继沉说这话的神情和语气，怎么着都不像季芸仙说的那样。

当然，她是肯定不会去的。

"我去！这个陆萧！"

客厅突然爆发出一声激昂的声音，江珮和季芸仙都被震了一下，两人同时转过头看去。

江珮一扭头正好对上杨继沉的视线，他若有所思地看着她，随后又微微勾了下嘴角。

江珮咬咬唇，快速别过头不再看他。

这人的眼睛总是能看得人心里一紧，特别是她还做了亏心事。

杨继沉手臂搭在沙发靠背上，人斜倚着，黑眸盯着江珮的背影看，弯着的嘴角渐渐抿直。

她刚刚那模样就像老鼠见了猫。

她在躲他。

"沉哥，我求求您了，能不能别再盯着小江同学看了？您都快把人家的背脊盯出个洞了，兄弟们还在这儿为您奋勇作战呢！"周树抱着小方枕头笑嘻嘻道。

杨继沉转了几圈手里的打火机，睨了周树一眼："滚。"

周树说："我不滚，我要吃火锅，还要吃小江同学洗的蔬菜。"

杨继沉挑眉："欠揍？"

周树勾住贺群的手臂："我好怕怕哦，沉哥不让我吃小江同学洗的菜。"

贺群翻了个白眼："滚。"

张嘉凯摇头笑道："好了，言归正传，陆萧那边怎么搞？"

"找个时间算账。"周树说。

"沉哥，你说呢？"

杨继沉想起上午在超市陆萧说的那些话，他扯了扯嘴角，神情淡淡的，手里打火机的盖帽和机身碰撞发出清脆的响声。

"啪嗒啪嗒"——

他漫不经心地说："他能成什么事儿，也只会用那几个手段。"

"那……就这样算了？"张嘉凯试探性地问。

杨继沉停了手里的动作，抬眸看向张嘉凯："不，得好好玩一玩。"

吃火锅的桌子是老式的四方桌，可以坐八个人，江珺看着杨继沉走过去坐下以后才挑自己的位置。

季芸仙自然是和张嘉凯坐一条凳子上，而杨继沉坐他们对面，江珺就挑了斜对着他的位置，那是离他最远的位置。

屁股刚挨到凳子，一旁的周树"哎呀呀"地叫起来，赶她："小江同学你坐这里干什么，不和沉哥一起坐？"

江珺刚想说"没事，我坐这里就好了"，周树不给她开口的机会，直接半推着她把她挪了过去，还说："我和老贺要喝酒，别熏着你，坐沉哥那儿离得远一点好。"

江珺几乎挪到凳子的最边上。

杨继沉轻挑着眉，揶揄道："乌龟也没你缩得那么边上，我会吃人？"

此话一出，饭桌上哈哈大笑。

周树说："我看是小江同学被上次的事吓到了吧？你们那晚不是遇上陆萧的人了嘛。哎，小江同学，你是不是觉得沉哥特社会特流氓，想远离一点？"

想远离一点倒是真的，但江珺其实没觉得他哪里坏，虽然和常规意义的好人不一样，但他不坏。

江珺摇了摇头："不是。"

虽然她嘴上是否认的，但一脸的尴尬和回避让桌上的人都误以为周树说对了。

一桌人忙着涮肉倒酒，江珺刚抿了一口果汁，就听见旁边的那人压低着声，说："哦，原来是这样啊。"

那语气有些懒散，又似乎有点阴恻恻。

江珺一哆嗦，只管埋头吃菜，不敢看他也不敢多说什么。

然后江珺发现这人挺记仇，或者说，太坏了。

吃完火锅，酒足饭饱，休息了一会儿，周树他们便按捺不住要打麻将，他们自己带了两副麻将过来。

可七个人，凑两桌还缺一个，凑一桌，剩下的人又显得太无聊。

沉默了一个中午的徐栀夏开口道："我不玩，我上楼休息会儿。"

她一直无声无息，江珺这才注意到她，恍惚间想起来，那天见面她也在，神情总是冷冷的，似乎是个很难亲近的人。

周树拉住徐栀夏："别呀，干啥呀，大家一起玩多热闹，缺了你谁给哥输钱！"

杨继沉半倚在沙发靠背上，捏着烟头点了一支，淡淡道："周树，你别老欺负栀夏。"

周树的皮劲儿上来，像搂哥们儿似的一把搂住徐栀夏："我就欺负她怎么了？你打我啊？"

杨继沉懒得搭理他。

徐栀夏微微弯了下嘴角："没事。可我们还缺一个人。"

贺群拍拍江珺的肩膀："这里你认识的谁会玩，叫个人过来。"

"好像没有。"

这条小道上一共住着四户人家，都是独居的老人，那对聋哑夫妻似乎从来不玩牌，是非常小心翼翼过日子的人，再稍微远一点的，江珺其实也不怎么熟。

周树脑中灵光一闪："嘿！别急！我知道个人，现在铁定有空！"

周树叫的是个女人，看起来二十七八岁，穿着貂裘毛领大衣，里头是黑色紧身的镂空花纹长裙，一头大波浪让她看起来妩媚又性感。

后来听周树介绍说，她是赛事解说员，他们已经认识好几年了，都是老朋友。

贺群看着门口的女人，惊讶道："哇！你怎么把冯姐叫来了？"

那个被称作冯姐的女人笑笑，环顾了一圈，说道："你们这是吃完了才叫我啊？这都是火锅香，让我怎么专心赢你们个分文不留。"

周树说："还有点渣，您吃不吃？"

冯娇点了下他的脑袋："滚蛋。"

"来来来，开局开局！2007年最后一搏！"周树说。

冯娇觉得有些热，就脱了外套，往沙发上一扔，然后注意到边上的两个小姑娘。

她看了看季芸仙，随后目光落在江珊身上，朝杨继沉问道："那个穿蓝色衣服的就是你的小女朋友？"

杨继沉似觉得好笑："小女朋友？"

冯娇说："你装什么蒜，圈里可都传遍了。听说这事儿还是老五促成的，你别告诉我，你是英雄救美？"

"你们女人就只会关注这种花边新闻。"杨继沉叼上烟，入座。

冯娇笑眯眯地朝江珊招手："过来，我们一起玩啊，我叫冯娇，你叫什么名字？"

"江珊。"

"江珊……很好听的名字。"

冯娇似乎故意放软了声音，或许她觉得对待小朋友就该这样温柔。

周树被激起一身的鸡皮疙瘩："冯姐，求求你，好好说话，实在不行我要和贺群换桌了。"

冯娇白他一眼，继续笑眯眯地和江珊说："你和阿沉在一起了？"

江珊洗着牌，轻轻摇头。

冯娇"啧"了一声，在桌下踢了杨继沉一脚："阿沉，你不行啊。"

杨继沉轻嗤一声。

冯娇打出一张八筒，说："江珊，你可别这么快被他追到手啊，得好好绕圈子让他吃点苦头。"

江珊说："我们……不是那种关系。"

冯娇勾唇一笑："别害羞啊。你现在可是威名四海了，圈里都在说阿沉居然有女朋友了，有几个赛车女郎还悄悄向我打听呢。你是不是不知道，阿沉从我认识他开始就没有交过女朋友，我的意思是很正式的那种，懂吗？”

江珅似懂非懂。

冯娇话音刚落就"哎呀"一声叫出来，江珅和了。她拧起细长的眉毛，看向杨继沉，哼哼两声道："你们这是打夫妻牌？"

杨继沉弹了弹烟灰，嘴角噙着痞笑："我和江珅是对家，怎么打？冯姐，话太多就要分心。"

"你这小子，那别怪我不客气了，到时候你媳妇哭了，你哄去吧。"

杨继沉笑笑，一脸的无所谓。

江珅一开始没觉得他给她放牌，但七八把下来，她都是赢家。

"沉哥，我要掀桌！不带你们这么欺负人的！"周树委屈道。

冯娇也很惆怅，她没想到江珅那么会玩，真是阴沟里翻了船。

江珅很忐忑，不知道为什么杨继沉要故意给她放牌。

她低声道："好好打吧，公平点。"

"公平？"杨继沉玩味地看着她，"我这不是把你吓到了吗，补偿补偿你。"

江珅脑筋转了三个弯才想明白这句话的意思。

周树抓耳挠腮："受不了了！你们这哪是打牌，分明是秀恩爱啊！"

贺群从隔壁桌转过半个身来："你以为我很好受？这里也玩夫妻牌！我去，2007年最后一天我要这样被制裁？"

冯娇叹了一口气："算了算了，阿沉难得追女孩，输点钱值得。哎，江珅，你可得记住，千万别让他太快追到手。"

江珅蒙了："啊？"

她真是哭笑不得，明明就不是那么回事儿。

冯娇以为她在询问，解释道："因为阿沉啊，太心高气傲，总得有人治治他才好。"

这场麻将以周树的惨烈失败收场，杨继沉后来没再给江珅放牌，三个人有赢有输，只是周树大出血。

江珅有些不好意思，毕竟前几局牌都是杨继沉故意让她的。她以前打麻将也都是和季芸仙她们随便玩玩，不会真拿钱当赌注，赢了周树那么多也是始料未及。

她把钱往桌上轻轻一推："周树哥，我不——"

"你还给我干什么？"周树一瞧她这动作就明白了，"嘿，愿赌服输，这又没什么的，就当哥给你的过年红包了。"

杨继沉斜睨着周树，周树一激灵，改口道："是沉哥给的红包，沉哥给的！他就是想让你开心，那晚的事情你别多想了，有沉哥在，没人敢动你的。"

杨继沉依旧睨着周树，周树挠耳朵，想着自己没说错啊。

冯娇笑了笑："小珺，你怎么那么单纯，把这些老油条得刮刮干净才好。"

周树说："什么老油条，冯姐你这话说的，我可是三好青年，英俊小白马。"

江珺被他逗笑。

这些人，初见只觉得轻浮，相处下来，其实就像芸仙说的，可能只是那样调侃惯了，人都挺好的。

江珺自觉地收拾牌桌，最后还差一张牌，被杨继沉拿在手里转着，他指腹轻轻摩挲着牌面的纹路。

周树他们都去准备晚上要吃的烤肉了，一堆人扎在院子里烧炭穿肉，空旷的房间里只有电视机的声音和顶上白花花的灯光。

江珺不知道这人还坐这里干什么，而且总觉得他在看她。

江珺瞄着那张牌："给我行吗？"

杨继沉捏着牌，没打算给，他说："你知道我叫什么吗？"

江珺一怔："大约知道。"

"大约？"他哼笑一声，"周树的名字你倒是记得牢，你不怕他？"

"啊？"江珺一头雾水。

杨继沉随手将那张牌扔进了盒子里，双手抄着口袋走了出去。

江珺把牌整整齐齐地排列放好，回头看了眼他的背影。

周树这个名字很难记吗？

烤肉架和炭火是贺群带来的，他们之前早早就准备好的，现下因为多了一个冯娇，食物稍微有点紧缺，江珺翻出在超市里买的方便面，煮了一锅。

七八个人坐在院子里，围着炭火，手捧着热腾腾的泡面，远处有断断续续的鞭炮声。

江珈他们住的地方其实地势偏高，朝远处望，能看见市里那边繁华的灯火，星星点点，特别壮观美丽。

大概因为今天日子特殊，不自觉地就带了一层热闹的滤镜，眼前是美景，手里是暖汤，大伙围在一起说说笑笑。这样的感觉江珈还是第一次体验到，就好像有什么突然闯进了心里，有种柔软而温暖的东西填满了心脏，那种温柔使她打心底里满足。

她住的这地方没有什么和她同龄的人，小时候连个玩伴都没有，那时候就整天窝在家里玩洋娃娃，或者去附近采点野果野菜弄着玩，孙婆婆会教她做烧饼，做遮糕，童年很单调也很纯真。

上了学以后就认识了季芸仙，幼儿园的时候两人就认识了，一直好到现在。

张嘉凯问："小珈，你和芸仙从小就认识了，快说几件她的糗事给我听听，让她再嘲笑我。"

周树捧着碗站在他们边上，挤进一个脑袋："嘲笑你什么？"

季芸仙说："他小时候掉进过粪坑。"

周树不以为然："喊，这有什么的，谁没掉过？"

贺群说："我没有。"

季芸仙说："我没有。"

冯娇说："我没有。"

徐栀夏说："我也没有。"

"我去！"周树挤到杨继沉身边，"沉哥，你呢，你掉过吗？"

杨继沉跷着二郎腿仰靠在椅子上，冷冷地看着他。

"哦，你也没有。那小珈呢？"

江珈说："我没有。"

"你们这是没童年！"

张嘉凯无奈地笑笑："小珈，你快说一件。"

季芸仙做了个抹脖子的动作："小珈，你敢。"

江珈笑着叹口气，不参与这两人的打情骂俏，起身把吃完的泡面碗拿进去洗。

冯娇见江珺进去了，挨着点杨继沉，说："你的小女朋友好像很温柔贤惠啊，挺适合你的。"

杨继沉直视着前方："哦？哪里合适了？"

"啧啧，你问这话就说明很合适了。"

"是吗？"

冯娇说："能让你上心的人就是合适的。阿沉，能和我说说吗？"

冯娇递给他一支烟，杨继沉不点，捏着烟看了看。

"说什么？"

冯娇低笑："你还和我打马虎眼？怎么就看上那姑娘了？你想好了？"

杨继沉也笑了声，抬眸又看向前方。远处有一座信号塔，红色的灯光一闪一闪。

冯娇说："哟，看来是真的了。"

杨继沉将那支烟夹耳朵上，双手抄进羽绒服的口袋里，懒懒散散地靠在椅子上："行了，你什么时候也这么八卦了？怎么，我交个女朋友很稀罕？"

"稀罕啊，怎么不稀罕，你也有认真的时候啊？"

冯娇弹了弹烟灰，一转眸正好看见徐栀夏在看着他们。

冯娇眯眯眼："我说阿沉，你这桃花真够旺的，你说我身边怎么就没有痴心人，一个个都跟演电视剧似的，撩完就跑。"

杨继沉懒懒道："你这么浑，还不允许别人跑？"

"嘿，你个臭小子！"

江珺从屋里出来，正好听到这一句，也没多想，还以为是冯娇工作做得不好，可冯娇看见她后却对杨继沉说："你可别太浪，小心吓跑你的小白兔。"

杨继沉目光移到江珺身上，她今天穿着蓝色的短款呢大衣，宝蓝色很衬她的肤色，后面还有一个蝴蝶结，看起来又清纯又可爱。

杨继沉把腿放下，挡在江珺面前。江珺眼睛瞟了一圈，绕开从另外一边进去了。

冯娇说："你这是已经把人吓到了？都绕着你走了啊……"

杨继沉扬了扬眉毛，一双黑眸注视着江珺。

开车不喝酒，喝酒不开车，这帮人将这句话执行得很到位。

江珮原以为他们那样闹腾的性格一定会喝上几罐啤酒，谁知周树说："不喝不喝，中午可以喝，晚上不可以，等会儿回去翻车了怎么办？"

冯娇说："不在这里过夜？"

"沉哥不让，我要是留在这儿大概活不过明天。"

冯娇点点头："也对，阿沉喜欢单独睡。"

周树大笑："嘁，我看他以后有了老婆还单独睡吗？"

快临近午夜零点，即将迎来 2008 年的第一天。

他们带来了烤肉架也带来了烟花，整整五箱，是前几天张嘉凯早早买好的，是买给季芸仙的，季芸仙喜欢这些东西。

江珮拉了拉季芸仙的袖口："你等会儿要回去？"

"对啊。"

江珮递给季芸仙一个怀疑的眼神，以往跨年夜季芸仙都是睡她家的。

季芸仙做了个"嘘"的手势："你可别说出去啊，不然我妈得打断我的腿，我……我等会儿和嘉凯去玩，我们说好了要通宵的。"

"你们要去哪儿？"

"你想哪儿去了，我和他去打游戏，决战到天亮。"

江珮担心道："你要保护好自己啊，虽然他对你挺好的，但是……"

"我知道的啦。"

"芸仙，这给你，来，我帮你点。"张嘉凯拿了一把仙女棒过来。

"小珮要吗？"

江珮摆摆手："你们玩吧。"

季芸仙说："小珮小时候被这种小烟花炸过，后来她就不敢玩了。"

周树站在小路边上，大喊道："你们干什么呢，快零点了，我要放烟花了！"

他一下子点了五箱烟花。

客厅里的电视机爆发出跨年晚会主持人的倒数计时："十，九，八，七……"

深夜的寒气渐渐从山脚往上蹿，像迷雾一样包裹住这里。他们追来追去，嘴里哈着热气，江珅一动不动地站在那儿，手脚都冷冰冰的。

"三、二、一，新年快乐！2008年快乐！"主持人尖叫着。

"砰砰砰——"

烟花接连冲上天空绽放，五箱礼炮一个挨着一个，静谧的夜空被各种璀璨的烟火映亮。

江珅抬头看去，张嘉凯买的不是普通的烟花，一般的只有红、黄、绿三种颜色，他买的是带花样的，有金色有紫色，烟花在空中炸成一朵圆形的花朵，花瓣亮起又暗逝，掉下来时噼里啪啦会再闪一阵。

这种还挺难得看到，印象里只有稍微有点钱的，家里办喜酒或者满月酒才会放一放。

其实距离挨得太近，花火的光是刺眼的，江珅仰着头，看得脖子都酸了，眼睛也被刺得溢出了泪水，但仍不舍得挪开眼。

贺群拿着新买的手机这儿拍那儿拍："来来来，嘉凯，芸仙，我给你们拍一个！"

季芸仙偎偎依依在张嘉凯旁边比了一个"V"。

一阵冷风呼啸而过，枯枝微微晃动，江珅缩了缩脖子，仰着头，往后退了几步。她是站在门口看的，这会儿想缩进屋里看。

"咚！"江珅撞上了什么东西，硬邦邦的，又有点软软的。

她转过头，瞬间一激灵。

杨继沉就站在她身后，双手插在裤袋里，俯视她，脸上的笑容有些玩味。

他弯腰，整张脸凑近了她，低沉的嗓音带着几分戏谑："你似乎很喜欢往我怀里撞啊？"

他的气息都洒在她脸上，漆黑的眸子就像旋涡。

见她愣着，杨继沉慢悠悠道："撞在流氓怀里，还不赶紧躲远一点？"

江珅思索一番才明白他这话的意思。

唉，真记仇。

江珅抿抿唇，转头就想走，领子被人一把拎住。

她慌了神："你……你干什么？"

杨继沉将人拎回去就松了手："你跑什么，外面不冷？"

"还好……"江珊说完就一溜烟儿闪了。

咔嚓——贺群对着他们拍了一张，然后吹了个口哨说："沉哥，追女孩子得温柔点。"

杨继沉斜靠在门边上，一个眼神扫过去，贺群讪讪的，也溜了。

江珊站在远离他的桂花树边上，冷得在跺脚取暖，圆溜溜的大眼睛稍稍瞟了杨继沉两下。见他在看她，她干脆背过身，却被边上拿着烟花棒的季芸仙吓一跳，像只小青蛙一样跳了起来，往后躲了几步。

杨继沉看着她蠢蠢的模样笑了声。

"阿沉。"

徐栀夏从屋里出来，站在他身边，轻轻叫他的名字。

杨继沉偏头看她，难得地温和道："怎么了？"

徐栀夏看了江珊几眼，垂眸，细长的眸子沉静而暗淡。她说："对那个女孩子，你是认真的？"

杨继沉说："你怎么和冯姐一样，也问这个？"

徐栀夏在杨继沉十八岁的时候就认识他了，他的所有过去她都无比清楚。

她见过他坐在女人堆里，吊儿郎当的模样；见过他事不关己，冷漠绝情的模样；也见过他买醉消沉，悲痛不已的模样。

她以为他这辈子都不会再对哪个女孩动心了。

可眼神会出卖一个人，他的目光那么炙热，视线几乎离不开江珊。

这是她第一次看见这样的杨继沉，让她觉得无比陌生，也隐隐开始害怕。

徐栀夏回想起那个人的面容，低低问道："是因为她吗？"

"砰砰砰——"

烟花盛开又陨落，巨大的声音将徐栀夏的声音掩盖，那句话就像一片羽毛，被风吹起，不知飘落何处。

杨继沉望着远处，目光淡淡的，他的视线一点点地穿过眼前的篱笆墙、路边的水杉树、山脚下的万家灯火、远方此起彼伏的山峦，追随到某个时间点。

徐栀夏等了很久也没等到他的回答，可她是安心的，他的默认让她安心。

她站了会儿，准备去找周树他们放烟火。

"不是。"杨继沉忽然说。

徐栀夏脚步一顿。

杨继沉依旧斜靠着门边，看起来很随意淡然："和她没关系。"

深夜一点不到，随着电视里跨年演唱会的结束，他们的活动也到了尾声，一伙人收拾收拾，分道扬镳。

机车飞驰在路上的响声响彻林间，还有他们的几声呜呼，欢呼着"2008 年快乐，我要做 king"。

江珮小跑着回了家，院子里静悄悄的，聋哑夫妻的房子和孙婆婆的房子都黑着，应该是睡了。

江珮插钥匙拧开锁，看了眼天边，远处的烟花依旧在绽放，这种热闹也许会持续到天明。

她换了鞋，揉了揉自个儿的脚指头，冻得都麻木了。

她有时候想不通，那些女生穿那么少好像怎么都不会冷，比如今晚的冯姐，比如季芸仙。

江珮灌了个热水袋后就上了楼，打开自己房门时莫名有一丝不自在。

她不自觉地抬眼朝窗户那边看去，窗帘是白底碎花的，比较透光。他房间的灯光就如同他这个人，带着侵略性，穿透窗帘漫进来，没有办法阻挡和无视。

江珮把热水袋放进被窝里暖着，不再想他，脱衣服准备洗完澡就睡觉。

她刚脱去外套就听见有什么奇怪的声音，像是什么东西破了的溢出声。

那声音在静谧中逐渐放大，江珮在房间里环顾了一圈，最后锁定了浴室。

浴室里的管道，长长一根贴着墙，因年代久远，去年下雪的时候被冻爆过，后来修了修，但现在看来治标不治本。

江珮打开浴室门一看，果不其然，水从缝补的白色胶布间滋出，淅淅沥沥的，像在下雨。

也真是奇怪，这么早就开始有管道冻坏了，还是室内的，以往一般都得等到下雪的时候。

江珮用手按压着，思索着怎么办。

"砰！"

忽然水管一抖，爆发出洪水般的响声，那小雨瞬间变成大雨，像喷泉一样，欻欻欻地洒着，江珮被浇了一身，忍不住一哆嗦。

地上的积水越来越多，流到下水口，形成一个漩涡。

江珮的棉拖鞋湿了一个头。

她抹去脸上的水，快速奔下楼，拿来胶布，试图将它裹上。

似乎来修水管的那个人就是这样做的。

事实证明，非专业人员是搞不定的。

江珮抓了抓头发，眉毛拧得紧紧的。

喷到天亮，得浪费多少水，本来下水道就有点堵，这样子万一水漫出来了怎么办？

江珮给江眉打电话，打了好几个都无法接通。

也是，已经深夜一点多，也许她已经睡了。

家里有什么事都是江眉处理的，江珮这才发现自己似乎什么都不会。

这种感觉非常不好。

江珮沉默着在原地站了好一会儿。

冷水从脖颈滑进衣领里，毛衣表面都湿了，江珮冻得手指发红，她抹了把脸准备把湿衣服先换一下，而浴室里依旧在喷泉表演，那小小的漩涡很快被水淹没。

江珮还来不及脱衣服，玻璃窗就被什么"咚咚咚"敲响。她回头一望，隔着浅色的窗帘隐约能看见个人影。

犹豫再三，她还是开了窗。

杨继沉似乎刚洗完澡，穿着白色的浴袍，胸口露出一片肌肤，上头还挂着水珠。

黄色的暖调灯光衬得他的肤色更诱人。

哎，他的灯光怎么可以变色，那天明明是冷色调的。

江珮也不知道自己在想些什么乱七八糟的。

杨继沉拿着白毛巾擦着湿漉漉的头发，见她开了窗，随手把毛巾扔桌上，从边上拿起那个粉红色的毛绒耳罩。

"你忘拿了。"他说着就朝她抛过去，一个优美的弧度，耳罩稳稳地落在江珅手里。

"谢谢。"江珅轻轻说。

杨继沉打量了她几眼，她头发和脸上都是湿的，就连纯白色的毛衣上也滋着水珠。

"怎么了，水管爆了？"他问。

江珅瞪大眼睛，不可思议地看着他："你……你怎么知道？"

杨继沉懒洋洋道："用脑子想的啊。"

是吗？

杨继沉问："修好了？"

江珅摇摇头。

"让开点。"

"啊？"

杨继沉跨上窗台，一步就跃了过来，江珅下意识地往边上一闪。电光石火间，他就站在了眼前，携来一阵冷风，他身上沐浴露的清香瞬间将江珅包围，让人清醒又昏聩。

江珅大惊失色，结巴道："你……你……你……"

杨继沉嘴角勾着，模仿她："你……你……你……你快点去把电源和水管的阀门关上吧。我帮你去看看。"

江珅眉头一皱，看似有点生气，但也没多说什么，知道他是要帮忙，低低地"噢"了声，转身就走。

杨继沉叫住她："家里有没有胶布什么的，或者修水管的粘合剂？"

江珅指了指浴室："胶布在那里，其他的好像没有。"

"行。"

江珅关了电源和阀门，家里瞬间一片漆黑。她在楼下找了一根蜡烛点上，护着火，回到房间。

浴室里已经没有水声了，借着月光，她看见他蹲在那儿修理，白色的浴袍像冬日里的雪。

江珅把蜡烛放在窗台上，蹲在他身边，问道："能修好吗？"

杨继沉看了她一眼："你觉得呢？"

江珅说："我们三家共用一个水阀，我关了明天早上他们就没水用了，所以早上得开。如果修不好的话就算了，明天早上我早点去镇上找人。"

杨继沉没回她，又绑了几圈，固定好，说："去下面开一下水阀，看看还漏不漏。"

"好。"

杨继沉站起身，借着烛光环顾了一圈浴室，小得只能勉强容下两个人，墙面的瓷砖是干净的白色，洗漱台上放着一个玻璃杯，里头放着一支白紫色的牙刷，没有什么多余的瓶瓶罐罐，只有一瓶大宝，上头挂着两条毛巾，粉色和绿色。

江珅跑得气喘吁吁，一进来就问道："还漏吗？"

杨继沉回头看了一眼，水管滴答滴答，有轻微渗漏，不过很缓慢。

他说："明天早上去找专业的人来修吧，维持一晚上不是问题。如果漏得厉害，怕别人要用水，就用毛巾捂着，然后拿个盆接着，我看你这边的下水道不是很通畅。"

"好……"

沉默了一会儿，见他似乎没有要走的意思，江珅开始紧张了。

这是头一回一个男人进入她的房间，还是跳窗进来的。

他为什么还不走，他为什么要帮她修水管，他为什么好像总喜欢逗她，明明才认识没几天。

江珅眼珠子乱瞟着，不敢看他，说："今天谢谢你了，挺冷的，你要不先回去吧？"

杨继沉好整以暇地靠在洗漱台上："水管工还得收几十块钱呢，怎么到我这儿只有一句谢谢。"

话音刚落就听见楼下的关门声，紧接着是"嗒嗒嗒"的上楼声，江珅心一紧，听得出是谁的脚步声。

江眉回来了。

江珅的心"怦怦怦"地跳着，脑子里快速闪过几个问题。江眉不是明天回来吗，怎么现在回来了？他还在这里，怎么办？

江珅顾不得别的，关上浴室的门，上锁，一把捂住他的嘴。

她比他矮太多，踮着脚还有点吃力。

"嘘。"

她的掌心温热，带着少女独有的柔软和香味，温柔地、小心翼翼地贴着他。

杨继沉眉峰微挑，点了点头。江珂松开手，贴着门听声音。

"小珂？"江眉边叫她，边打开了她的卧室门。

江珂紧张得手脚都在颤抖。

杨继沉往前走了一步，几乎将她压在门和墙之间的角落里，江珂不知道他要干什么，下意识地往后退，背部紧紧贴着墙壁。

杨继沉不小心碰到了淋浴喷头，水花四溅，顿时浇湿了他们两个人。

"小珂，家里怎么停电了？你在洗澡？"

江眉的声音就在外头，一门之隔。

江珂看着杨继沉，深吸了几口气，回答道："嗯，大概电闸跳了吧，我今天回来得晚，刚洗。"

幽幽的烛光照着这个狭小的空间，他背着光，低头看着她，水珠不断从他额前的发梢上滴落，一滴一滴的，落在江珂的脸上。

江珂看着他若有似无的笑，有点腿软。

混沌的脑子里浮现出那个梦，时时刻刻围绕着她，提醒着她。

水蒸气如同云雾一般逐渐弥漫整个浴室，烛光变得模糊，他的轮廓也开始变得模糊。偶尔有水滴落在她的睫毛上，眨几下眼，能看见的只有他漆黑的眉眼，狭长的眸子那么深那么沉，又带着那么几分漫不经心。

温热的水淋过他的面孔，干净清爽，薄唇微红，水流一股股地从他的脖颈流入浴袍里。

江珂不知道该把自己的视线往哪儿放才能克制住自己的想入非非，同时她为自己的想入非非诧异不已。

外头江眉敲了敲门，说："很晚了，你洗完早点睡，芸仙今天不住这里？"

"她回家了。"

"好。"

江眉出去时带上了她的房门。

江珂松了一口气，却仍不敢放松警惕，如果江眉又突然折回来呢？

她看着他腰间的白色腰带，只打了一个结，随意简单。

杨继沉饶有兴致地盯着她，微微俯了点身，她左躲右闪，就是不想和他面对面。

江珊穿的白毛衣，此刻湿了个透，毛衣沾了水被拉长，宽松的毛衣穿在她身上像小孩偷穿大人的衣服，圆形的领口露出两截凹凸的锁骨，女孩子的皮肤在烛光和水汽的晕染下如玉一般通透光洁。

杨继沉眸子沉了些，目光落在她粉嫩通红的耳朵上。

他低头，凑在她耳边低声道："你害羞什么？"

他的热气呵在她的耳尖上，江珊一痒，肩膀缩了缩。

杨继沉说："你很害怕我？"

江珊伸手推开了他，可只推动了一点点，他就像一堵墙般立在那儿。

她说："没有。"

"那你躲我干什么？"

江珊说："我没有……"

杨继沉轻笑一声，也懒得和她兜圈子，他低低地说："江珊，有些东西躲不掉的。"

江珊心一颤，猛然抬起头，却不料"砰"地和他下巴撞一起。

她轻轻"啊"了一声，揉着额头。

"嘶……"杨继沉吃痛地倒吸一口凉气，又觉得好笑，"还真是躲不掉。"

江珊下意识地伸手想帮他揉一揉缓解一下疼痛，但又觉得不合适，手僵在半空中又垂了下来。

"对不起……很疼吗？"

杨继沉又靠回洗漱台上，居高临下地看着她说："嗯，很疼。后背也很疼。"

"药酒没擦吗？"

"我怎么擦？"

江珊沉默了会儿，拒绝回答这个问题，说："我去外面看看。"

浴室门一开，热气一溜烟儿地往外挤，浴室里顿时跑进一股冷空气，杨继沉抬手关了淋浴。

江珊朝外望了望，确定江眉已经在自己房间后她关门上锁，杨继沉拨弄着湿头发正好从浴室里出来。

两个人身上都湿答答的，瓷砖地面上都是水渍，江珊一直处于很紧张的状态，这下放松了才觉得冷，湿衣服穿在身上真冷。

她说："你快回去吧，别感冒了。今天真的谢谢了。"

这人不动，一双黑眸盯着她。

江珅不自在地小声问道："还有什么事吗？"

"刚才我说的话你当耳旁风？"

"什么？"

"我说……"他拉长尾音，嗓音慵懒，"水管工都有几十块劳务费，我怎么只有一句谢谢？"

江珅咽了咽口水，牙齿打战，倒不是怕他，而是实在太冷了。

她哆哆嗦嗦地问："你想要多少？"

杨继沉慢悠悠在她的房间里闲逛，四下打量了一圈，最后停在她书桌那儿，桌上摊着一个数学笔记本，字迹娟秀简洁。

他说："我看起来像缺那几十块钱？"

江珅看着他的背影，有点不明白这个人了，心里不免有些生气，又不是她请他来的，再说了，就那样跳进来，实在不礼貌。

江珅抿抿唇，不语。

杨继沉靠在书桌上："我后背疼得睡不好，你帮个忙，帮我擦几天药吧。"

江珅想了一会儿："要不你去医院看看吧？"

杨继沉嗤笑一声。

这一笑让江珅心里"咯噔"一下，随后想起那晚他毫不犹豫就帮她挡棍子的样子，一直有意无意地将她护在身后，在紧急情况下都能想着保护女生的人，应该不是什么坏人。

虽然那些事情都是因他而起，但他也帮她解了围，即使好像有哪里怪怪的。

杨继沉双手抱臂环在胸前，歪头看着她说："你是怕我还是连帮个忙也不肯？我难道真的会吃了你？"

"不是……"

天知道她见到他有多尴尬，难道要她告诉他"我梦到过你吗"？

"真的挺疼的。"他不徐不疾地补了一句。

江珅沉默了好一会儿，最后艰难地点了点头，说："那……那如果还是疼你就去看医生吧，药酒也不一定真的管用。"

杨继沉嘴角微勾，得到满意的答案，直起身，说："行，等会儿我洗完澡过来，走了。"

江珮在消化这句话时，他一个跨步就从窗户那儿跳回了自己的房间，没给她拒绝的权利。

丝丝冷风飘进来，窗帘的边角被扬起。

江珮觉得脑子到现在还是蒙的，今天自己的反应能力好像降到了零。她对他总是来不及思考太多，总是后知后觉，他仿佛是自己天生的克星。

江珮怀揣着乱糟糟的心情进了浴室，想着，这个人可能真的是克星。

怎么好像欠他的一样。

又好像……被骗了一样。

洗完澡出来，江珮心里更加乱糟糟了。

杨继沉说等会儿过来，深更半夜的，而且江眉就在隔壁，一股忧愁涌上江珮的心头。

江珮把自己裹得里三层外三层，焦躁难安地等了会儿，又偷偷趴在窗口瞄了一眼，那边不见动静。

江珮看了眼墙上的挂钟，已经深夜一点四十分了。

房间里没有灯光，乌漆墨黑的，伸手不见五指。

她摸索了一阵，找到两元店里买的小手电筒，下楼悄悄开了电闸。

却不料上楼时迎面碰上江眉，江眉穿着枚红色的保暖睡衣，一张清素的脸似有些疲乏。

江珮被吓了一跳："妈……你站那儿干什么？"

江眉说："我听到你的声音了，你去开电闸？"

"嗯。"江珮把手电筒关了，问道，"你不是说明天回来吗？"

江眉揉了揉太阳穴，往屋里走："我不放心你一个人在家，就赶回来了。芸仙今天怎么回去了？"

"噢……她家里好像……好像有点事吧，我也没多问。"

江眉点点头："早点睡，明天还那么多功课。今年可能是近十年最冷的一年，晚上被子盖盖好，听到了吗？"

"嗯，我知道的。"

关上房门，江珮贴着门呼了一口气。

"你又和你妈说谎了？"

身后传来一道男声，江珃的心又猛地悬起，她开了房间的灯，朝声源处看去。

杨继沉坐在她床上，半靠着床头，随手翻弄着她放在床头柜上的历史书，两条长腿交叠着，看起来很惬意。

他把浴袍换了，穿了件T恤，外面套着那件黑色的羽绒服，底下是一条浅灰色的运动长裤，没穿袜子。男人的脚要比她的大很多，看起来干净有力，脚背上青筋凸起，透着劲瘦的美感。

他怎么可以这么自然地躺在一个不熟的女孩子的床上。

江珃抽掉他手里的书，说："你起来。"

她的声音很低，又那么软，听不出来到底有没有生气，但那张脸板着。

杨继沉笑笑，从躺着的姿势换成了坐着。

江珃就站在他面前，他双腿叉开着，似乎一拉就能把人拉进怀里。

"不开心了？"他问。

江珃没回答，只说："药酒呢？我给你擦。"

"这儿。"杨继沉将药酒递给她。

他仰着头，目光灼灼，似能将她盯出个洞。

江珃一直不敢看杨继沉的眼睛，即使才认识没几天，但不知道为什么，她总是不敢看他，他的眼睛好像一个陷阱，又好像一个深渊，很容易让人掉进去。

江珃垂下眼，接过药酒，拔出塞子，说："你把上衣撩起来吧，转过去。"

杨继沉站起身，很干脆地脱了外套和T恤。

要死不死地，江珃的视线正好对着他的腹部，两条人鱼线延伸进裤腰带里，腹部结实的肌肉随着轻微的呼吸而起伏。

狭小的房间漾着温暖的灯光，外头是浓墨似的黑夜，两个人的一言一行都被无形放大。

杨继沉注视着她，嗓音被深夜裹得有些沙哑性感，却依旧带着一股痞痞的腔调。

"要再看一会儿吗？"他说。

江珃瞬间脸红得能滴血，觉得百口莫辩，弱弱地道了句："你转过去。”

杨继沉轻笑一声，懒洋洋地转过身。

江珅被他背上那一大块青红的瘀青吓住了，比那天看到的更严重，就像瘀血一样。

她犹豫道：“要不还是去医院检查一下吧，万一伤到内脏怎么办？看起来有点严重。”

杨继沉动了动脖子，轻描淡写道：“没事。”

江珅边擦药酒边想，这人说疼，看来不是唬她，要是换作她大概睡觉都得趴着。

药酒冰冰凉凉的，她用手搓了会儿他的背部就热了，手法很温柔却不失力道。

身后的小姑娘小心翼翼，杨继沉几乎可以想象出她细致的模样。

他双手插进裤袋里，侧头，似闲聊道：“还学过擦药酒的手法？”

“嗯，我妈受过一次伤，给她擦药就学了。”

“挺厉害啊。你的名字是谁取的？”

江珅全神贯注地擦着，生怕弄疼他，轻声答了句：“我妈。”

杨继沉“嗯”了声。

江珅不知道他怎么突然问起这个，只是觉得从一开始见面到现在他对她似乎有点不一样，并不是电视剧里的一见钟情那种感情，而是像早就认识她一样。

江珅也随口问道：“我们……以前认识吗？”

上次他送她回家她就想问的。

杨继沉：“你猜。”

听到后面的人没声了，杨继沉笑笑，一双狭眸注视着前方，若有所思。

过了两三分钟，江珅说好了，她盖瓶盖的工夫，他就把衣服穿好了。

杨继沉打趣道：“看不出来啊，你还是老师傅，我还真找对了人。”他最后那一句话说得很慢很重，像在影射些什么。

江珅没有心思多想，已经快深夜两点，她有些困了。

杨继沉看她眼睛发红，连打两个哈欠，也不逗她了。

“睡吧，我走了。”

江珮低声道了句好，跟着他走过去，她还要关窗。

就这么一晃，他人就过去了。站稳没几秒，他忽然转过身来，像是突然想起什么。

他勾着嘴角，说："我想，我们可能上辈子认识。"

江珮迷迷糊糊地问："什么？"

杨继沉双手撑在窗台上，凝视着她，玩味道："算命的说，我媳妇名字里带玉。"

他的眼神带着几分戏弄，一双狭眸紧盯着她。

媳妇一词将她轰得耳鸣，每个毛孔发胀，像有什么东西要冲出身体，脸如火烧。

江珮猛然想起第一次见面那天，他问她"珮"是不是玉的意思？

她不知道他为什么要问这个，也不知道这到底有什么关联。

她也不想知道。

江珮手忙脚乱地关了窗，看也不看他就拉上了窗帘，静了一秒又拨开窗帘锁上窗户。

远方传来断断续续的烟花爆竹声，一下一下牵动着她的心。

江珮钻进被窝，整个人闷在里面，辗转反侧。

实在闷得喘不过气了，江珮才探出脑袋，她看着漆黑的天花板发愣。

杨继沉看着紧闭的窗户，低头笑了声，慢悠悠地也关上了自己房间的窗。

坐在床边刚点燃一支烟就接到了张嘉凯的电话。

他夹住烟，走到阳台玻璃门前。

"什么事？"

张嘉凯那头都是嘈杂的游戏声，过了会儿，没声了，他可能走到了没人的地方。

张嘉凯说："刚接到消息，说是这三天盘山公路封路，提供赛事练习场地，还有，今年可能要下大雪，所以比赛得提前半个月。"

杨继沉吸了口烟："行。"

"那明天那边见。"

"嗯。"

杨继沉挂了电话，把手机随手往床上一扔，自己倚在门边抽烟。

透过玻璃门能看见院子外面的小路，小路上还遗留着今晚放的烟花的烟花筒，有只狗走过来，嗅了嗅，打了个喷嚏，快步走开了。

不知怎的，他突然想到江珂被烟花棒吓到的模样，瞪着圆圆的大眼睛，满脸惊恐。

那模样好笑又好玩。

包括刚刚她慌张脸红的样子，也很有趣。

不知道有没有吓到她，本来她对他似乎就挺害怕的，但刚刚他就是想逗逗她，看看她什么反应，不出意外，她很慌乱害羞。

还真像那个风水大师说的那样。

杨继沉十五岁的时候算过一次命。

说起来也是可笑，千算万算终是逃不过命运。那时候杨家还有千万资产，杨继沉的父亲杨帆从一家十来人的小公司扩张到上百人的公司只用了十来年，越是富有就越害怕失去。

每次买房搬迁或者出差谈大项目时，杨帆都会请那位风水大师来帮忙算一算。

那次正值暑假，杨帆让杨继沉去趟公司，他到办公室时风水大师在里头了，好像正好和杨帆谈完。

杨帆要去开个紧急会议，就让他在办公室等一等。

王丽韵满面笑容地拉过杨继沉，对风水大师说："师父，您给我儿子算算姻缘行吗？"

十五岁的杨继沉不可一世，张扬放肆，处于少年最狂妄的年龄阶段。

风水大师扶了扶眼镜，打量起他。

他穿着白色的T恤和深蓝色的牛仔裤，个子比王丽韵高出一个头，整个人挺拔英气，又带着少年独有的精瘦和干净，就像一棵蓬勃向上的树。

杨继沉往沙发上一坐，懒懒散散地靠着，似对这些没什么兴趣。

风水大师笑笑，说："你儿子面相较硬，一身傲骨，以后会是个有出息的人，也正因如此，将来的有缘人必定与他性格相反，水容万物，以柔相辅，方得良木。"

王丽韵问："师父的意思是那女孩子性格很温柔？"

风水大师点点头。

杨家家大业大，以后儿媳是个怎样的人至关重要。王丽韵见多了商业联姻，也见多了各玩各的老板太太。他们是白手起家，比不上那些，想法自然也有些不同，虽然儿媳的身份很重要，但儿子快不快乐更重要。

一听是个温柔的女孩子，王丽韵满意地点头。

她比谁都了解自己的儿子，也正如风水大师所言，儿子真的是一身傲骨，从小到大，都一副高高在上的样子。这"高高在上"用在杨继沉身上不是贬义词，他虽然心高气傲，但从来知轻重。只是这样的脾气始终刺了点，就像一块石头，都是棱角，以后总要吃亏。

温柔的女人好，有包容性。可转念一想，王丽韵开始担心了，又问："可如果太温柔没了骨气，也不太好，师父方便多说一点吗？"

风水大师抚摸着手里的扇子，似在思忖，最后开口道："阴阳能结合，总有它的道理，世上的夫妻都有他们各自的缘分。女水男木，水能生木养木，是个好姻缘。杨太太啊，你不用太担心，一物克一物，再硬气的男儿心头也会有柔情。"

王丽韵一听，乐了，看向杨继沉，揶揄道："继沉啊，你可听见师父说的话了？以后总有个人能治你。"

杨继沉低头玩着游戏机，抬眸，眉峰一挑："是吗？"

儿子大了，她也管不了了，只好嘲笑下这个臭小子。

"你等着，以后等你娶了媳妇有你好受的。"

杨继沉不以为然，还有点不耐烦："你们一天到晚也就会弄这些了。"

风水大师哈哈大笑，拿扇子指向他说："小伙子，你这脾气得改改，不然会把人吓跑了。"

王丽韵附和道："听到没有，脾气改改。"

风水大师聊了几句要走了，王丽韵去送他。风水大师走到门口收了扇子，转过身对杨继沉说："前世有缘，今世再续，以物寻人，以玉为名。走了走了，哎，不知道今年冬天会不会下雪啊……"

风水大师又展开扇子，一边扇着，一边一摇一摆地走了。

这几句话说得玄乎，王丽韵再怎么问风水大师都不说了，说是再多说就是泄露天机。

杨继沉从来不信这些。

后来，杨家破产，从身家千万一下子沦为负债人。

杨帆突发心脏病去世，王丽韵带着杨继沉去了别的地方，不到半年，王丽韵身体就支撑不住了，为了还债她一天打三份工，从前锦衣玉食的她根本承受不了这样的生活。

那是一段最折磨最无力的时光，他明明可以做些什么，却又根本做不了什么。

杨帆曾偷偷和杨继沉说过，风水大师说过，王丽韵命里有劫数，只要熬过四十岁，就能长命百岁。

而最后王丽韵没有熬过，死于四十岁。

那时候他跪在王丽韵坟头，既觉得毛骨悚然，又怒火中烧，回了家乡，找到那位风水大师，将人揍了一顿，边打边问："你有没有算到今天有血光之灾？"

风水大师没有责怪他半分，叹口气说："这就是命。"

杨继沉嗤笑一声，他才不信，携着一身戾气离开了。

离开前风水大师送了他一句话——英雄不问出处，放手一搏吧。

等冷静下来的时候，他觉得自己开始隐隐约约受那个大师的影响了。

那晚见到江珅身上的胎记的时候，他真的背后一凉，觉得世上有些事真的微妙又邪门。

在这次的锦标赛开始前，周树吵着要去烧香拜佛，保佑这次能大获全胜。一伙人将庙里的佛像都拜了个遍，杨继沉不全信，但敬畏。

寺庙里一棵菩提树下有问姻缘的，周树一见到就跳了起来，嚷着要去，于是五个人都去算了算。起初杨继沉不想去，他觉得有些事无须知晓，顺其自然就好了。

可他们四个算完打算走的时候，算命的师父叫住他说："小伙子，2008 年是个好年，虽有坎坷，但红鸾星动，天赐良缘。"

周树大笑："这怎么跟电视里的台词一样？"

算命师父笑笑，招杨继沉过去。

杨继沉走过去，在桌前坐下，低笑着。

算命师父说："前世有缘，今世再续，以物寻人，以玉为名。"

杨继沉的笑意瞬间敛了，算命师父的话和当初风水大师说的一模一样。

这句话，后来王丽韵寻别的师父解过，大多只是笼统地说一句：良缘。

时隔多年，他对杨家那点事早就释怀了。如今算命师父这么一说，他来了点兴趣。

他手肘靠在桌子上，不徐不疾道："怎么说？"

算命师父微微笑着，说："不用急，很快就会遇上。"

算命师父拍了拍自己的左肩膀："遇见了你就会懂的。"

"师父能不能说得详细点？"

算命师父思虑片刻，叹笑道："是命就躲不过，也无须刻意去寻找，一切冥冥之中都有安排。那姑娘……"

"那姑娘怎么？"

"小伙子，她是你的福分啊。"

杨继沉笑了声，也没再多问，和周树他们打算离开。

这事和这说法都有些玄乎，几个人都半信半疑，更何况现在算命的骗子多，没几个有真本事。

从寺庙回来后，杨继沉很快把这件事扔在脑后了，在几个城市辗转，赛事紧张，根本没空想这些。

直到那晚恰巧看见江珅左后肩的胎记的时候，他真的后背一凉，那种被命运牵着走的感觉相当瘆人，他不免开始关注起这个女孩。

江珅很瘦，看上去年龄不大，完全就是个黄毛丫头。

当时他还觉得好笑，他的良缘是个小孩？

后来再遇见她，才发现她长得十分清丽，外表看上去有点稚嫩，但其实已经成年了。

后来看她拿出录音威胁那些混混的时候，杨继沉很吃惊，温温顺顺的女孩子竟然有那么勇敢的一面，也够聪明。

倒有那么点意思。

江珅一夜难眠，后来实在睡不着，干脆起来做作业，早上五点多才迷迷糊糊睡过去。

睡了不到三小时，江眉喊她起床吃早饭。从睡梦中惊醒，江珅忽然想起坏了的水管，随便塞了几口饭就跑去镇上找人。

路过杨继沉的院子时，她忍不住多看了几眼，院子里的摩托车安静地停在那儿。

回来时摩托车不在了，他应该是出门了。

下午实在是困得支撑不住，江珺缩在被褥里睡着了，一觉醒来已是日落西沉。

她吃完晚饭忐忑地等待着，她不知道他什么时候会过来，又有点后悔一时心软答应了这个差事。

那人根本就是个流氓，正常男生哪有刚认识就说什么媳妇的。

江珺坐在书桌前，左手托着脸颊，右手拿笔戳了戳摆在上头的小玩偶，像撒气一般。

"流氓……"

戳了几下，江珺拿出手机在网上搜索杨继沉的名字，只打了个杨字，词条里就跳出相关词语，他的名字排第五个。

杨继沉。

江珺现在才知道他的名字原来是这几个字，以前季芸仙和她说的时候，她压根儿没注意过。

网上有杨继沉的个人介绍，能这样被介绍的不论大小都是个人物，江珺有些佩服，又觉得很恍惚，这样的人就在身边。

杨继沉，知名摩托车赛车手。生于北城旦明县，现役于自建车队。2002 年第一次参加 CRRC 获得年度冠军……

江珺点开词条，往下浏览，看了他的出生日期，一算，他今年才二十四岁。

她不是很懂赛车行业的车手年龄，但江珺觉得二十四岁的杨继沉能有这样的成就已经非常了不起了。

往下看，都是一些他的赛事成绩，以冠军亚军居多。最后一栏是媒体点评，称他是全中国唯一有实力能进 MotoGP 的赛车手。

江珺把内容滑到最上面，网上用的封面图片是一张他戴着头盔，骑着摩托车，在赛道急速转弯时抓拍的高清图片。他穿着红白相间的赛衣，摩托车的颜色和款式似乎不是院子里那辆，院子里的那辆看起来更高级一点。

这张图片没有露脸，没有刻意摆出姿势表情，仅仅是一个侧面，有些人的气质仿佛与生俱来，他就是其中一个，身姿潇洒果决，散发着英气与自信。

江珺脑海里浮现出他带点痞气的模样和那双深邃的眼眸，她咬咬唇，退出了网页。

江珺把手机关了，拿过数学试卷埋头做题。

但心里总有个小人在说，快拉开窗帘看一看，快看一看，万一他要过来了呢？

写了半张卷子，江珺分心了，她头一次这样不专心，坐不住。

被心里的小人控制，江珺放下笔，走到窗边，撩起窗帘的一个角，像小偷一样暗戳戳地张望。

整栋屋子都是黑的，没有半点人气。

看样子他不在家。

月光朦胧，洒了一地的清冷，冷空气从老旧的窗缝里挤进来，江珺心里那股浮躁被慢慢抹平。她低着头回到书桌前，却比之前更心不在焉，好像心里有什么在一点点地坠落。

后来的两三天，江珺都没等到杨继沉，也没见过他。

她想，可能他是随口说说，不来就不来吧，反正伤在他身上，她也不用每天晚上等着，紧张着。

有时候真的很奇怪，越是想好不去想，打算去做自己应该做的事情的时候，那件不去想的事情就会赶来，像个张牙舞爪的小怪兽晃在眼前，狡黠地说：看，我又来了，我就是要让你七上八下。

不久就要期末考试，几门功课平均下来，一天的时间根本不够用，成绩再好的人也会有做不出的题目、写错的阅读理解、忘记的公式。现在连上厕所都是赶着去的，课间十分钟，能写一道是一道。午休的时候，江珺几乎都是边啃肉夹馍边写题度过的，班里的人大多是如此。

学科中唯一轻松自由点的就是体育课了，虽然时常会被主课老师拿去考试或者讲题，但偶尔还是能侥幸地上一节。

星期三下午最后一节是体育课，如果没有老师抢占用，一般最后十分钟大家都会提前整理好书包去操场等放学，体育老师也不管他们上不上课，点个名就解散。女生一般窝在教室里写东西、聊天，男生通常会去打篮球或踢足球。

点完名，江珺回了教室，打算把英语试卷做一半，季芸仙在边上发短信。

季芸仙边发边笑，江珺看了她一眼，她的脸蛋红扑扑的，笑起来眼睛里有星光。

江珸侧着脑袋："芸仙。"

"嗯? 怎么了? "

"你别光顾着发短信啊, 这次期末考试是一模, 为填志愿做准备的。"

季芸仙抬头笑笑, 露出两个可爱的酒窝："我知道的啦。"

手机振动, 季芸仙又赶忙低头去看短信。突然, 她惊喜地叫了声。

江珸问："怎么了? 你怎么笑成那样? "

季芸仙开心地说："嘉凯说他现在在学校, 我已经好几天没见到他了, 他最近忙着练习, 都没空和我聊天见面。"

江珸想到杨继沉, 原来是在练习。

季芸仙干脆利落地收拾好书包："小珸, 走走走, 我们去操场。"

"啊? 去操场干什么? "

"他们在打篮球。快点啦, 我要去看嘉凯打篮球, 为他加油! "

江珸的书包还没拉上拉链, 她就被季芸仙拖出去了, 似一阵风一样。

冬日的太阳落得早, 下午四五点的光景, 天已经灰了一半, 夕阳浮在云层里, 这几天天晴, 傍晚霞光万丈, 一缕一缕地散射着。

篮球场和足球场是连在一起的, 葱绿色的人工草坪上, 少年挥洒着汗水, 追着个球满场跑, 和篮球场比起来, 足球场稍显冷清。

江珸也是头一回见到篮球场那边那么多人的。

这节体育课有三个班上, 人比平常多一点, 篮球场边上围了个水泄不通, 熙熙攘攘, 男生的欢呼声此起彼伏。

季芸仙拨开人群挤了进去, 江珸也跟着进去。

一抬头, 只见篮球被抛出一个优美的弧度, 稳稳地落进篮筐里, 是个三分球。

围观的男生又是一阵欢呼。

篮球场上十数人, 江珸却一眼看到了杨继沉。他穿着一件白色的 T 恤, 后背有些湿, 滴汗的头发在夕阳的照耀下散发着淡淡的棕色光芒, 骨节分明的手指扣着篮球, 左右手来回运球, 找准时机往上一投, 又是一个漂亮的三分球。

他看起来没有旁人那么紧张, 而是专注, 神情懒懒的, 眼神倨傲又轻蔑。

季芸仙双手做喇叭状贴在嘴边，大喊道："嘉凯！加油！"

听到声音，张嘉凯边跑边在人群中寻找季芸仙，朝她眨了个眼。

江珅目光一直流连在杨继沉身上，季芸仙一喊，杨继沉也看了过来，就这么猝不及防地与江珅对上了视线。

江珅很自然地瞟向另外一边，却不料撞上陈昊的视线。

如果说杨继沉的眼神是侵略的、难以捉摸的，那陈昊的则是沉默的、不甘的。

自从 KTV 那次后，江珅再没和陈昊说过一句话，虽在一个班里，但忙着上课写作业，没空也没话说，他也不像以前中午吃完饭路过她桌子旁会说两句，就像一个皮球彻底泄了气。

江珅大约能猜到几分陈昊的心思。

他也许是喜欢她的，青春期的男女生会喜欢一个人再正常不过，也许是真的喜欢，也许是青春的躁动，但这份喜欢比不上他喜欢他自己。

他没有办法做到什么事都没发生的样子，像和普通同学相处一样和她相处，因为她知道了他的秘密。

一个在学校算得上是半个风云人物的男生，被女生喜欢，被男生追捧，自己也有一技之长，可他的自尊和傲气被金钱踩在脚底下，也做了最令人看不起的选择——让薛丹帮他还钱。

陈昊很快别开眼睛。

他们去篮球场的时候已经有人在那边打了，班里的男同学一下子认出其中一个男的，激动地大喊道："那是杨继沉吗？"

"哇！真是他啊！"

"我的妈呀！大……大神，你怎么会在这里？噢，我知道的，你们最近要在这里比赛，票我都买好了！"

陈昊一眼就认出了杨继沉，那天在 KTV 里的男人，连薛丹的叔叔都要给他赔笑脸。

听同学这么一嚷，陈昊大约明白了这人是干什么的，搁这里，也算半个明星吧。

那同学热情地邀请道："要不咱们一起打吧，你们一队，我们一队，反正等会儿就放学了，打晚一点也没事。"

周树正愁没人对打，一把揽过那小男生："兄弟，等会儿可别放水，好好打！我好久没出汗了！"

陈昊没出声，算是默认了这个比赛。

十七八岁的男生心中都怀揣着傲气，时常为了一句话而争得头破血流。

陈昊回想起那天的情景依旧会觉得愤怒，他觉得自己不像个男人，让两个女人为他打架，而他也是最窝囊的那个，因为害怕，所以请求江珣对这事守口如瓶。

他喜欢江珣很久了，她不像班上那些爱出风头的女生，她很安静，有些人喜欢倾诉，而她则是喜欢聆听的那个。遇见好玩的事情她也会睁大眼睛，一副很有兴趣的样子，也会追着同学询问，不是那种温柔到懦弱的脾气。

他记得有一次，数学老师说这个周末会少布置两张试卷，作为期中考试获得好成绩的奖励，让大家放松一下，可真到了周末前放学那天，数学老师按照惯例又发了四张卷子，一时之间班里哀号声不断，却没有一个人敢提，谁都知道，数学老师是个死板的中年男人。

江珣是数学课代表，下课了，坐她前面的女生转过来和她抱怨。

江珣没说什么，也没人知道她中午吃好饭去找了数学老师。这事还是后来季芸仙说的。

说江珣在办公室与数学老师大战三百回合，一开始数学老师是不同意的，觉得少发两张卷子就和其他班的学习进程差了一截，可江珣还是把数学老师说服了。

放学前数学老师来收卷子的时候说："也就你们课代表敢来说。"

这样的女生很招人喜欢，脾气好，成绩好，却又不懦弱，勇敢，有原则。

他是利用了薛丹，可耻是可耻，但最让人郁结的是，喜欢的女生知道了这个秘密，她会看不起他。

而他喜欢了那么久的女生，却轻而易举地成了别人的女朋友，即使还不是，但他觉得快了。

杨继沉看他的眼神那么蔑视，那么嘲讽。

陈昊不想在江珣面前失了最后一点点尊严，一场友谊赛被放大，成了他挽回尊严的比赛。

"嘉凯，加油！嘉凯，加油！"季芸仙跳来跳去，就差手上拿个大旗挥舞了。

篮球场上的比赛如火如荼，几抹残阳照亮少年们的身影，篮球场靠着校门栅栏，外面是条公路，路边栽了一排梧桐树，弯弯曲曲的枝干剪影落在场地上，添了些许萧瑟。

太阳一下山气温就降低了，那种冷很湿很寒，江珊和季芸仙坐在篮球场边上，季芸仙一手勾着她的手臂，一手挥舞着给他们加油打气，江珊缩成一团。

他们和班里的男同学站一起，差别很大，少年和青年，从体格和面容上就能区分，杨继沉他们更高更结实，清瘦却不失力量，面容也比班里的男同学更有棱有角一些，身上那股子英气更是勃发。

"一班加油！一班加油！"班里的女同学为他们呐喊。

陈昊运着球，试图越过杨继沉找机会。

他猛地往左边一闪，从杨继沉身边绕了过去，迈步，投篮，眼看着这个两分球就要进了，突然篮筐边伸出一只手，稳准狠地扣下了那个球。

边上男生的呼声音调转了三个弯，江珊也看得很入神。

就那么一瞬间的事情，可江珊看得很清楚，杨继沉似乎特意在等陈昊投篮，明明前面有更好的机会截他。

这人还真坏。

旁边的女生佯装晕倒在朋友怀里，故意用花痴的音调说道："天啊，比林志颖还帅哎！"

《放羊的星星》当时大火，课间女生的话题几乎都逃不开这部剧，就连剧中人物戴的手链也几乎人手一条。

那些围观的女生听说杨继沉是玩赛车的，立马将剧中的男主角和他联想到一起，不过眼前这个可是真真切切能触碰得到的人。

"等会儿过去要个联系方式吧？"

"我不去，你去吧。"

"干吗啦，你不也觉得他很帅嘛。"

"我不好意思呀。"

"喊！"

季芸仙贴着江珊的耳朵说道："完了，沉哥要被抢走了。"

"抢"这个字意义很独特。

江珊拿手捂着脸颊，想暖一暖，低声道："你乱说什么。"

季芸仙嬉皮笑脸道："我可都看到了。"

"看到什么？"

"你和沉哥抱在一起。"

江珊惊得下巴都要掉了，她什么时候和他抱在一起了？

季芸仙用胳膊肘捅她："跨年夜那天，你们在门口抱在一起，贺群把你们拍下来了，证据都有的，喏，我给你看。"

季芸仙从手机里翻出那张照片，她特意问贺群要的，本来想八卦一番，后来给忘了。

照片里，杨继沉靠着门边，低头看江珊，她站在他身前，仰头看他，两个人贴得极近，那个角度看起来是很像抱在一起。

季芸仙说："你老实交代，你们俩是不是暗度陈仓了？"

季芸仙追问个不停，江珊哭笑不得，喊了一声"张嘉凯进球了"才转移了她的注意力。

比赛时间快结束，陈昊一个球都没进。

季芸仙站起来，拍拍屁股："走，小珊，我们去小卖部买水。"

小卖部离球场不远，紧挨着校门口。逛了一圈，季芸仙拿了一瓶三块钱的矿泉水，江珊觉得有点冷就买了杯奶茶，小卖部的阿姨会提供热水泡。

奶茶刚泡好有点烫手，江珊就捧在手心里。

篮球场那边的比赛已经接近尾声。

江珊跟着季芸仙走过去，一下子就看见站在那儿的薛丹，她确实是个耀眼的人，无论是外形还是气质。

江珊也听过点小道消息，说薛丹和陈昊结束以后立马找了新的，是隔壁学校的，有钱有势，不过那人好像长得有点像陈昊。

江珊对薛丹本来没什么感觉，觉得那样要风得风要雨得雨的女孩子应该是潇洒的、大方的，但那天以后她才发现薛丹其实只是个趾高气扬的大小姐，一字一句都直戳人脊梁骨，说一些令人愤怒的谣言。

有人问："薛丹，你不会还忘不了陈昊吧？"

薛丹双手抱臂，冷哼一声："就他那样的有什么忘不了的，连球都进不了，像个废物一样。"

"我觉得这不能怪陈昊啊，是对方那几个人太强了，特别是穿白衣服那个，真的帅啊。哎，薛丹，你认识那人吗？"

"他啊……"薛丹眯眯眼，"应该算认识吧。"

"真的吗？可以介绍介绍吗？他真的超帅！"

薛丹瞥见一旁的江珣和季芸仙，翻了个白眼讥讽道："想认识他？这你得问问一班的江珣让不让。"

"啊？什么意思？江珣是谁？"

薛丹慢悠悠道："江珣啊，喏，就那个扎马尾的，那人可是她的男朋友，你们想认识，别人还看不上呢。"

几个女生半信半疑。

篮球赛结束，周树和那小男生说："打得不错，玩得挺开心的。"

男生笑嘻嘻道："啥时候有空，咱们再来一场。"

"行啊！我估摸着以后还得来。"周树瞟着张嘉凯。

张嘉凯笑笑，径直向季芸仙走去。

江珣缩在围巾里吸奶茶，看着季芸仙和张嘉凯。

季芸仙拿纸巾给张嘉凯擦汗，说辛苦啦，他捏她脸蛋，说不辛苦。

季芸仙拧开矿泉水递给他："快喝吧。"

江珣刚想吸第三口，手中的奶茶蓦地被人抽走，她愣愣地抬起头。

杨继沉握着奶茶杯，边喝边居高临下地看着她。

喝了几口，他摇了摇，差不多空了，又塞回江珣手里，不满道："有点腻。"

江珣看着这根被她咬得有点扁的吸管，脑子里像有千百只小蜜蜂在飞，"嗡嗡嗡"吵得头疼。

他为什么要喝她的奶茶？他怎么可以直接喝？

边上的女生虚掩着嘴交头接耳。

紧接着就看见那个男人俯身在江珣耳边说话，不知道说了句什么，江珣耳根瞬间红了。

杨继沉他们还要去练车，打完篮球没做停顿就走了。季芸仙在那儿依依不舍，而江珣赶紧找了个垃圾桶把奶茶扔了，活像那是个烫手山芋。

杨继沉对她说："今晚我过来。"

他打完篮球身上的热气未散，连说话呼出的热气都是烫人的，这人天生一副低哑性感的好嗓子，一句挺正常的话偏偏被他讲出几分暧昧感觉。

还好他只是私下和她说，不然旁人听到了会怎么想。

江珣坐在公交车上，有一段路在修，起起伏伏，她整个人被摇晃得厉害，脑子更混乱了，心跳像撞钟，"咚咚咚"的。

原本普通的夜晚，因为他的到来，她的内心开始充斥各种情绪。

他前几天没来，江珣以为他不会再来了，也就安安心心地专注于学习，他一说要来，她整个人就被搅得心绪难安。

吃过晚饭，江珣早早地上了楼，反锁了房门。

她发了好一会儿呆才开始写作业，竖着耳朵一直听着隔壁的动静，他要是回来的话会有摩托车的声音。

晚上八点多的时候，外头传来机车声，没一会儿，隔壁房间的灯光一亮。

江珣没心思再做阅读理解了，焦躁不安地等待着。她在房间里走来走去，走来走去，累了干脆往床尾一坐，整个人往后仰躺着。

江珣没关窗户，虚掩着，生怕杨继沉敲窗户敲得太用力惊动江眉。就这么会儿躺在床上胡思乱想的工夫，窗户被一根晾衣架推开，几秒后，一阵冷风灌进来，眼前多了道阴影。

江珣从床上惊坐起，杨继沉把一袋东西放她书桌上，毫不避讳地往她的床上一坐，小小的床塌下去半边。

"给你的。"他说。

"什么？"江珣站得老远，弱弱地问。

"我不是喝了你的奶茶嘛，所以赔一杯给你。"杨继沉拨弄着湿发，抬臂往她书桌上一靠，支撑起半边身子，好整以暇地看着她，一副吊儿郎当的模样。

他还好意思提。

"不用了，你……你以后别再那样就好了。"

杨继沉嘴角挂着痞笑，懒懒道："那你还是拿着吧，我可不敢保证以后。"

什么叫作不敢保证以后？这话说得容易让人生出遐想。

江珣被噎住，竟不知道该说什么："你……"

"我怎么？"

江珣咬咬唇，暗叹一口气，觉得说不过他，不想和他扯了，只想让他快点离开。

她转了话锋，轻声道："我给你擦药吧。你要是觉得不疼了就别来了，这样三天打鱼，两天晒网，也擦不好的。"说到后面声音越来越小，不知道是底气不足，还是别的什么。

杨继沉挑眉："你是想让我每天都来？"

"啊？"江珃一时无法理解他的脑回路。

杨继沉笑笑，站起身来开始解腰带，江珃看着他的浴袍惊呼道："等一下，等一下！"

"嗯？"

他要是脱了浴袍，岂不是全身只剩一条内裤？

江珃委婉道："你这样会着凉的。"

杨继沉说："还好，我不怎么冷。"

他解开了腰带，江珃屏住呼吸，双手掩面，着急地转过身，留给他一个颤颤巍巍的背影。

杨继沉好笑地注视着她，把浴袍往她床上一扔。

"江珃。"

"干什么……"

"你转过去干什么？"他明知故问。

"你怎么可以把浴袍脱掉？"她声音有点颤，是急的，慌的。

"你叫这么大声不怕你妈听见？"杨继沉慢腾腾地走到她跟前，拉下她的双手，"我里面又不是没穿。"

闻言，江珃睁开一只眼，瞄了一下，然后又睁开另一只。

他里头穿了条五分的黑色运动短裤，此刻她正对着他的胸膛，他身上好闻的沐浴露清香扑鼻而来，不像傍晚时他和她说话，身上有股汗味，虽然那汗味也不讨人厌。

他握着江珃的手臂，江珃觉得有点烫，挣扎几下，从他掌心中抽了出来，不知不觉间她耳朵通红。

江珃眼神闪躲，扭头走开了，背对着他拿药，说："我给你擦。"

杨继沉转过身，动了动筋骨。

他许久没有打篮球锻炼了，今天一打，晚上人像散架了一样，骨头里都是酸的。

杨继沉对着身后的人说："江师傅今晚能送个按摩吗？"

江珮半天没作声。

"答应了？"

江珮连忙否认："我没有。"

他低笑一声："行，江师傅不愿意就算了。"

杨继沉对她揉药酒的手法相当满意，后背火辣辣的，却很舒服。

后背的疼痛散去一些，杨继沉眉目都轻松不少。

江珮的脸颊依旧红扑扑的，她说："药擦完了，你可以回去了。我看你的伤比前些天好了很多，可以不用来了。"

杨继沉站起身，不慌不忙地穿上浴袍，走到她眼前，弯了点腰："那这两天不来了？"

"嗯。"

他笑着："那我过两天再来。"

"你！"江珮再一次哑口无言。

杨继沉拍拍她的脑袋。

他掌心的余温和力道还遗留在她脑门上，江珮心里七上八下的，愣愣地看着他跳窗而走，而他就像动画片里的神秘主角一般，来无影去无踪。

江珮赶紧把窗户锁上，窗帘拉得连一丝缝都不漏。

桌上那杯奶茶装在一个原木色的纸袋子里，包装看着挺高档的。

江珮踌躇片刻，打开了袋子。里头不止一杯奶茶，还有一张便利贴，上面的字迹刚劲有力，颇有风骨。

上面写着：如果有事打我电话，最近比较忙。150*****179，杨继沉。

江珮摘下那张便利贴，看了许久，在心里把那串号码默念了好几遍。

奶茶是原味的，里头的珍珠晶莹圆润。

江珮挺喜欢喝奶茶的，可能因为小时候没喝过，长大了喝多少都不觉得腻。

杨继沉带来的奶茶还是温热的，贴在杯身的标签被浸湿过，快要脱落。

他大概把奶茶放在热水里热过才拿过来的。

那股暖流从她手心传到心里，江珮没想到他是这么心细的一个人，心跳突突地快了起来。

第 *03* 章

Saiccohofeichi

赛场飞驰

M y l i t t l e g i r l

江珊没想到因为一场篮球赛滋生出许多流言。

起先说她被包养了，就是那天和陈昊他们打篮球的那个人包养的，有人还说亲眼看到那个人在操场亲了江珊，混赛车那个圈子的人也证实杨继沉确实不久前有了个女朋友。

江珊听到后全当耳旁风，清者自清，学校就是个小社会，什么样的流言没有。

可季芸仙性格冲动，那天她和季芸仙在食堂吃饭，隔壁桌的女生见到江珊便开始议论起她被包养的事情，声音还不小，像故意说给她们听的。

背地里的话就算了，这种当面的，季芸仙根本忍不了，她把筷子往桌上一拍，盯着她们恶狠狠道："你们嘴巴很闲吗？吃饭不够用还要用来放屁？"

食堂里还有老师，江珊不想把事情闹大，拉她："算了，别说了。"

季芸仙顾虑到江珊，咬咬牙，瞪了她们一眼。

那几个女生见她们只是面上发威，心里那点胆怯顿时消失，笑道："这么生气干什么，我们也是听说的啊。"

季芸仙冷笑："噢，那请问你们是听哪位吃饱了撑的说的？"

其中一个女生说道："那天在篮球场，薛丹就说了，还说在辉皇 KTV 碰见过你们呢，和那个男人勾勾搭搭的。哎，你别瞪我，是薛丹说的。"

季芸仙明了："薛丹啊……你是说那个非巴着陈昊，陈昊就是不喜欢她的薛丹啊。哟，这样一想，我们还确实在辉皇 KTV 碰见了，她一副趾高气扬的样子，最后还不是夹着尾巴逃走了。"

那几个女生明显来了兴趣，追问道："什么夹着尾巴逃走了？"

季芸仙皮笑肉不笑地说："你们自己去问啊。"

她拉起江珊，端着食盘换了个地儿吃饭。

没过一天，学校里就在传薛丹被陈昊甩了，因为陈昊其实一直喜欢的是江珊，薛丹使坏造谣。

紧接着，有了更详细的版本，有人说，薛丹在辉皇 KTV 想打江珊，但被那个包养的人给拦了。其实不是包养的人，就是江珊她男朋友，搞赛车的。

甚至还有平时关系还可以的同学会来找江珊八卦一下，但江珊只能尴尬地笑笑。

风平浪静没两天，江珊察觉出了几丝异样，不知从什么时候开始，她课桌里的书会不见，午休回来课桌里头会被塞上各种垃圾。季芸仙也抱怨道不知道是谁把她新买的车子的轮胎放了气。

一次，两次，三次……

季芸仙那么粗神经的人都察觉到了不对劲，她愤愤道："肯定是薛丹！没想到她那么坏！"

江珊想不出什么更好的方法去解决，只能与班主任打了声招呼，说自己课桌里的书总是丢，希望老师能帮忙留意一下。

今儿个是阴天，寒风凛冽，江珊一踏出教学楼就忍不住哆嗦起来。

季芸仙给了她一个暖宝宝："贴背上，很暖的。"

江珊捏了捏："下次吧。"

"我要去找嘉凯，今天他们在时光餐厅吃饭，你要一起去吗？我已经叫了车了。"

两人一起往校门口的方向走，江珊摇摇头："我不去了，你路上小心，晚上让他送你回去。"

江珊和季芸仙在公交车站分开，她上了回家的那辆公交车，前半段路车上总是挤爆，像装在沙丁鱼罐头里一样。路过中心菜场后人就会少一半，还能坐个座位。

江珅习惯性地拿出一个小本子背单词，摇摇晃晃到了站点。

黝黑的天像要塌下来一般，仿佛伸手就可以摸到云层，北风呼啸，折断了梧桐树枝，"砰"地砸在路中央。

江珅吓一跳，紧了紧领口快步往家走。

没走几步她隐约觉得有什么不对劲。

身后似乎有"沙沙"的脚步声，她一停，那脚步声也停了。

江珅脑海里翻腾出电视剧里的片段，那些匪徒就是这么跟踪的，她汗毛立刻竖了起来，拔腿就跑，而身后的脚步声似乎没有了。

江珅跑着跑着回头望了一眼，转角的路口有几个身影消失了。

时光餐厅三楼包厢。

这是一家日式餐厅，靠山环水，竹帘掀起，外头是潺潺的小溪泉，因为气温太低，水面已经结冰。

包厢里萦绕着淡淡的乐声，很是宁静。

郑锋抿了口铁观音，也不废话，开口直截了当地问："你就打算这么一直散着？"

杨继沉对这顿饭还是有点诧异的，原以为前些天郑锋叫了老五当说客没成功就不会再有什么动作，哪知道他那么沉不住气，自己跑来了。

不过郑锋也是个爽快的人，不像老五，开头还得铺垫几句，一副阿谀样。

杨继沉右胳膊往后靠在矮椅上，懒散一笑："我又不求什么，何必在你手底下看人眼色。"

"在车队能有更好的场地训练，能有专业的指导，这叫看人眼色？"

"被人管着还不叫看人眼色？"

郑锋笑了声，前头的恩怨他早就不放在心上了，他看到的只是一个有实力的赛车手，他也有意栽培杨继沉，助杨继沉更上一层楼，可偏偏这个人一副傲慢性子。

对郑锋来说，杨继沉就像一匹野马，很难驯服的野马，也几乎没有把柄可以捏控，潇洒自由，桀骜不驯，如果不是这样的性格，大概也混不到今天的成就。

郑锋看向周树他们："那你们几个呢，年纪轻轻的，也打算散一辈子？"

周树说："年纪轻才散啊，老了还不赶紧找个大树抱着。"

"得，你们都穿一条裤子。"郑锋点了支烟道，"杨继沉，你别跟我扯什么不求什么，你要是真看得开，半年后的 CSBK（中国超级摩托车锦标赛赛）参加什么呢。真不想做 MotoGP 中国第一人？"

杨继沉呼了口烟，似笑非笑地看着他："是你想做中国第一人吧？"

郑锋年过四十，却不似其他赛车教练沧桑油腻，反倒一身英气，穿上西装像个生意人，不难看出，他年轻时是个英俊的人。

郑锋对杨继沉头疼得紧，这两年好说歹说，明里暗里都暗示了许多回，这次他实在是坐不住了，想找杨继沉好好谈一谈，可怎么都说不通。

郑锋双手合十搁在大腿上，说："是，我非常想。可我年轻时失去了机会，现在腿脚不便，也不能再比赛。如果我是研究核弹的，我就会想做核弹第一人；如果我是研究水稻的，我就会想做水稻第一人。同理，中国在赛车这一块缺失的，我想以第一人的身份填补上去。这是永远不会被取代的荣耀。"

他顿了顿道："杨继沉，只有你才能超过我有实力做这第一人。"

杨继沉敛了几分笑意，似在考虑，半晌，他说："你想让我进你的车队？"

见他态度松动，郑锋一挑眉："有兴趣了？"

杨继沉说："可以啊。"

此话一出，周树他们都瞪大了眼睛。

"沉哥！"

杨继沉不徐不疾地补充道："你把陆萧踢了怎么样？"

郑锋脸色立刻沉了下来："你什么意思？"

"你说什么意思？"

郑锋听过有关陆萧的传言，说得难听点就是个败类，可不能否认，陆萧在赛车上还是有点实力的，至少在他的车队里是数一数二的。

杨继沉和陆萧一直都在争第一的位置，陆萧小肚鸡肠，输不起，郑锋大约知道点，背地里陆萧没少耍手段，但杨继沉又不是吃素的。

就这么僵持着的时候，桌上不知谁的手机短信铃响了，有一个尖细的声音喊道："启奏皇上，有短信一条。"

季芸仙尴尬地拿过手机，将头埋得低低的，点开短信页面。

张嘉凯低笑着，摸了摸季芸仙的头，季芸仙身体忽地一紧。

张嘉凯察觉到异样，凑过去："怎么了？"

季芸仙把短信给张嘉凯看，又气又急道："一定是薛丹，一定是她找人跟踪小珊，想吓唬小珊，太讨厌了！"

短信是江珊发来的，写着：芸仙，好像有人跟踪我，你到了吗？

杨继沉懒得再和郑锋周旋，听到季芸仙说小珊，忽然想起已经好几天没看见过她了。

赛事突然提前，这段时间太忙，墨城这个小城能供练习的场地也就巴掌大小，想练车得排队慢慢等。张嘉凯找了条空旷无人的路，不过离这儿远，早出晚归，他根本无暇顾及江珊。

杨继沉看向季芸仙，随口一问："什么跟踪？"

季芸仙性子直，更何况这事杨继沉多多少少是知道点缘由的。

"这几天小珊莫名其妙地丢书，课桌里还被塞垃圾，就连我的自行车也被放了好几次气。小珊刚和我说似乎有人在跟踪她。"

杨继沉听着这幼稚的把戏笑了声："你们得罪人了？"

季芸仙说："上次在辉皇 KTV 的那个薛丹还记得吗？她在学校里乱说，后来越传越乱，她肯定是觉得没面子，把气都撒在小珊头上。"

杨继沉倒是没想到几个小屁孩之间的恩怨能扯这么久。

季芸仙气呼呼道："薛丹真像个女流氓，还找人跟踪，她不怕我们报警抓她吗？！"

杨继沉把玩着手里的打火机，四四方方的金属外壳颇有质感，在他指尖转来转去。

听季芸仙这么一说，杨继沉手上的动作忽然停了，他捏着打火机，眸色深了几分。

郑锋忽略这个小插曲，给杨继沉递了一支烟，继续刚才的话题道："你别和我开玩笑了，陆萧跟了我也有两三年了，要是天分够，准能超过你。我这人只看才能，不管他在外面做了什么。"

杨继沉瞥着这支烟没拿，转而看向前方，漫不经心道："肚子饿了吗？"

郑锋眉头一皱，不懂他是什么意思。

杨继沉说："饿了就吃，吃饱了就走。郑教练，这餐我请了。"

郑锋就知道杨继沉没好话，便扔了张名片给杨继沉："你想通了就来找我。"

江珺忐忑难安地过了一晚，这事她其实也不确定，也许昨晚只是眼花呢，或者是她太神经质。

早上到学校一看，不出所料，课桌里又是满满当当的垃圾。

江珺从书包里拿出个塑料袋，一点点把垃圾从课桌里弄出来，有饼干，有口香糖，有辣条，有薯片，乱七八糟地混在一起，碎末粘在手上，怪恶心的。

不知不觉中身边多了道阴影，江珺抬头，是陈昊。

自那次在 KTV 见面以后到现在，他们还没说过话。

江珺想，他总不会是早上没睡醒梦游站在她桌边吧。

她像什么事都没发生一样，轻声问："你有事吗？"

陈昊拉开她，三下五除二帮她把课桌里的垃圾清了，他背上的书包还没放下，是刚来。

教室里只来了三四个人，空气中弥漫着寒冬的清冷气味，那两个同学正一边啃包子一边背书。

"谢谢。"江珺收好塑料袋往外走，他们教室里没有垃圾桶，在楼道尽头才有。

陈昊跟了出去："江珺。"

"嗯？"

陈昊脚步有些沉，声音也是："对不起。"

他在为薛丹的行为道歉。

江珺说："你能让她别做这些了吗，没什么意思的。"

"我和她没有联系了。"

"那算了。"

江珺的声音很干净温和，不带任何戾气，就像要买一杯水，店主说没有了，那就算了这么简单。

陈昊问："晚上放学后你能等一下我吗？"

江珃看着他，迟疑了。

陈昊说："想和你说一些话，如果现在你——"

江珃把垃圾一扔，说道："放学后再说吧。"

早上的这一段对话很快被江珃忘记，先是英语老师突然的小测验，再是数学老师新发明的学习方法，午休时才得以喘口气。

季芸仙烦躁得都吃不下饭。

江珃好笑地瞧着她："让你不好好背书。"

"啊啊啊！我要疯了，谁知道会突然考试！完了，我感觉我这次连 90 分都没有了！"

江珃啃完肉夹馍，掏出手机看时间，盘算还能写多少题，看到手机上有一条未读短信。

来自陌生号码：放学后我在校门口等你。

江珃心里一慌，以为是惹了什么不该惹的人，来找碴儿，让她放学别走，可对着那串号码看了几遍，莫名觉得有点熟悉。

150……

江珃猛然想起一个人，她把刚放进去的手机又掏出来，仔仔细细地对照了一遍号码。

真的是杨继沉。

他……他来找她干什么？

放学铃一响，大伙收拾好东西一哄而散。

江珃和季芸仙在校门口分别后左瞧瞧右望望，没在人群里看见杨继沉。

"江珃。"

有人拍了下她的左肩。

陈昊气息有些不稳，问道："你不是答应我放学后等我的吗？"

江珃这才想起来："不好意思，我忘了。"

陈昊面色一僵，喉结滚动，像有什么扼住了他的喉咙。

他低下头，深深吸了几口气，又抬头看向江珃："我和你去那边说话吧，人少。"

陈昊指的那边是学校附近的小吃街，名为小吃街，其实只有两三家开着，除了饭点其他时间都挺冷清的。

还没等走到那儿，江珺就说道："你有什么话就直说吧，没事的。"

她以为陈昊是想就薛丹的事道歉，或者安慰她，可陈昊语出惊人。

他像是真的急了，解释道："对不起，让你卷进来。上次在KTV也是我不好。薛丹的钱我已经在想办法慢慢还了。我没想到她会对你做这些事情，我一定会去和她说的。小珺……"

这一声"小珺"叫得江珺背脊僵住。

除了季芸仙，没有一个同学会这样叫她，实在是显得太过亲密了。

"小珺……你没有和那个人在一起对吧？"

江珺没料到陈昊会提到杨继沉，等不及她回答，陈昊急切道："你别和他在一起行不行，你知道我的，我喜欢你很久了。"

那天篮球赛输了以后，陈昊才发觉他再不争取就晚了。他能做的大概就是正视发生的事情，去挽回一点自己在江珺心中的形象。

面对突如其来的告白，江珺有些措手不及，她一时不知道怎么用委婉的话去拒绝陈昊，与此同时还能让他的心平静一点，帮他维护住男生的那点自尊心。

"陈昊……我……"

"看不出来啊，你很受欢迎。"

突然，一道磁性的男声从不远处传来。

江珺抬眸望去，那人双手插在裤袋里，背着光，整个人像被镀了一层金边，显得更慵懒，更气势逼人。

江珺觉得这人神出鬼没的，明明刚才还不在这儿。

陈昊闻声看去，神色开始变得难看。

杨继沉微微眯眼，叼着烟，倚在梧桐树上："等你们聊完？"

江珺没回他，把陈昊拉到更边上一点，松开手，想了一会儿低声道："陈昊，我没有恋爱，但是也不代表我在给你机会。我觉得……都过去了吧。"

她之前确实对陈昊挺有好感的，他会跳舞会唱歌，长相也出类拔萃，关键是他对她挺好的，大家说说话很开心的那种。

可这种暧昧始终没被人挑破，他对其他人似乎也是那种好。

季芸仙总说陈昊喜欢她，可当事人没承认的事情又怎么能当真。

当得知陈昊和薛丹在一起的时候，江珊并没有多失落，只是他对她依旧那样好，依旧有种道不明的暧昧，这让她反感，能避则避。就像元旦晚会那天，他看她的眼神实在太暧昧了。

也是陈昊这件事让她大约清楚了自己的感情观，她不求那个人有多完美，但如果喜欢她，请一心一意地喜欢。她也希望她未来的另一半不会像陈昊一样，为了金钱或者生活里其他未知的因素选择放弃她。

陈昊余光瞥着杨继沉，忽然觉得自己像个不知世事深浅的毛头小子，他自嘲地一笑。

江珊垂下眼，不知该说些什么，好似也没什么好说的，有些话越说越乱，越说越伤人，倒不如点到为止。

陈昊没想到她会拒绝得这么干脆，他以为江珊其实是有点喜欢他的。

陈昊拉了拉书包袋子，像是要走，他说："薛丹那边我会去说的，这些天真的对不起。"

江珊"嗯"了声，看着陈昊大步离开。

杨继沉见两人聊完了，迈着长腿走过去，手上的烟还剩一半。

江珊因为怕书再次被人恶意丢掉，所以有用的没用的几乎都塞进了书包里，好几斤的分量压着她肩膀，她比较瘦，看上去像被压矮了半截。

杨继沉一眼就瞧出了她书包有些不对劲，勾手提了提："你这是把全部家当都装里头了？"

他一提又一松，江珊被重力压得往后趔趄了一步。

杨继沉夹着烟往嘴里送，眉眼轻挑："我还以为是哪个小男生和你告白，原来还是他啊。他这么痴情，怎么不帮你保管一下书，等会儿把你压得长不高了怎么办？"

他这话说得有几分嘲讽意味。

江珊没多想也没理睬，反问道："你找我什么事？"

"知道是我给你发的短信？"

"嗯。"

杨继沉说："那你还跟他乱跑。"

杨继沉掐了烟，伸手拎过她的书包："走了，送你回去。"

江珊眨巴着眼睛："你……"

他找她就是为了送她回家？

哎，她的书包！

这人自顾自地往公交车站走，不带停顿，江珊快步跟上。

走得凑巧，公交车正好来，黑压压的车厢里，两个人勉强能站稳脚。江珊扶着杆子，偷偷瞄了几眼身边的人。

杨继沉拢紧书包带子，把书包往左肩一挂，一手拉着扶手拉环，一手抄裤袋里，那模样一如既往的轻狂。

江珊小声道："我自己背吧。"

杨继沉嗤笑一声。

公交车拐弯，路上有个小坑，整个车厢晃悠了几下，由于惯性，人都往后倒。

江珊不偏不倚地撞入他怀里，他下意识地伸手扶了她一把。

她今天穿的是校服，从头到脚都是黑的，宽松的冬季校服显得人臃肿，没有美感，大家穿上都一个样。

不过她露出的脖颈十分白皙。

她的皮肤很白，第一次见到她的时候杨继沉就发现了，皮肤白得很光滑很通透，似乎就算是太阳暴晒也不会黑。

江珊站稳脚，往后面退，不料车厢已经无处可退，站她身后的人还反着挤了她一下。

"咚！"江珊迎面又撞入他怀里。

他外套敞开着，里头是柔软的毛衣，江珊整个脑袋扎到他胸口，嘈杂的环境中能听到他有力的心跳声，很平稳，不似她，都快跳出嗓子眼了。

头顶上的人轻轻笑了声，胸腔微震。

江珊窘迫地站直身子，绷紧，纹丝不动。

就这么僵持着到了站点，下车时天色暗了一大半，周遭成片的树林黑乎乎地交叠在一起，像落在白纸上一团团的墨点。

江珊想起昨天的那一幕，趁着身边有人，没那么害怕，朝附近打量了一圈，和从前回家的情况差不多，没有人影。

她下车这一站，除了她，偶尔就几个老婆婆下车，鲜有年轻人，或者说三五成群的人。

杨继沉走了几步见后面没动静，往后一瞧，她正警惕地看向四周。

公交车行走的柏油路还算宽阔，路的另一侧是成排的水杉树，她就站在路口中间，一个小小的黑色人影，远看像一幅水墨画。

杨继沉止住了脚步，问："怎么，害怕有人跟踪？"

江珅怎么感觉次次他都得得准。

杨继沉笑笑："不走了？"

"噢……"江珅跟上了他。

"你把书包给我吧。"她说。

杨继沉把书包从肩上拿下来。

江珅说："谢谢。"

快走到家门口时，江珅没多说什么，很自然地和他岔开往自己家走，可后衣领被人一把揪住。

杨继沉说："你跑那么快干什么？"

他递给她一个白色的信封："拿着。"

江珅接过："这是什么？"

"过几天比赛，入场券。"

入场券啊……江珅想起上次在超市他让她去看比赛。

杨继沉微微俯身："你不想要？"

江珅往后缩了下，握紧信封："没有……你今天找我是为了这个吗？"

杨继沉扬了扬眉峰："不然是去看你的真情告白表演会吗？"

江珅语塞。

杨继沉笑了声道："明天见了你的小情人，记得转告他一声，惹出来的事记得善后。"

说完，他转身进了自己院子里，留下江珅在寒风中不知所云。

杨继沉的这句话，江珅到了第二天才明白。

江珅到了教室，已经准备好迎接满桌的垃圾了，可课桌里头却什么都没有，干干净净的。

薛丹终于不玩这种小把戏了。

更让人大吃一惊的是早晨的操会上，穿插了一个检讨声明。

薛丹站在升国旗的台子上，脸色难看。冬日的清晨寒风萧瑟，她咬着牙一字一句地说道："我向各位同学和老师道歉，特别是高三（1）班的江珣同学，由于自身的原因和一些误会，导致我用错误的方法去解决，给各位同学老师以及江珣同学造成不小的困扰……"

江珣在台下听到自己的名字时浑身一紧。

薛丹这番检讨来得莫名其妙。

江珣看向男生队伍里的陈昊，心里琢磨着是不是他和薛丹说了，可陈昊怎么可能一下子把薛丹说动。

做完早操，季芸仙拉着她蹦蹦跳跳地去小卖部买水。

季芸仙说："真痛快，让她使坏！现在全校都知道了！"

"怎么会突然这样，你去找过老师？"江珣和季芸仙并排走着，用只有两个人听得见的音量问她。

季芸仙"咕噜咕噜"喝了好几口绿茶，不经意道："我找老师能说什么，难不成说十班那个薛丹故意欺负我和你，希望老师管一下？又没有证据。"

"那还挺奇怪的……"江珣咬着奶茶吸管，喃喃着。

季芸仙明朗一笑："哪里奇怪了，是沉哥啊。"

江珣听到杨继沉的名字条件反射般集中了注意力，蓦地看向季芸仙，"啊"了声，是疑问的声调。

两个人顺着人群往教学楼里走，季芸仙说："我忘记告诉你了，就前天我不是去时光餐厅和他们吃饭嘛，你正好给我发短信说什么跟踪。沉哥问了一句，我就和他说了说。那天他们还约了一个什么教练，那教练走后，沉哥就和我聊了几句，哎，聊的可都是关于你的事哦。虽然他没明说什么，但这一看就是他去找老五了。那老五不是薛丹她叔叔还是伯伯吗，不然薛丹怎么可能这么乖乖听话？"

江珣觉得还真是这么回事，大概也只有杨继沉这么有威慑力了。

转念一想，她脸有点热，所以昨天他来学校找她真的是为了送她回家啊。

怪不得跟踪的事他一猜就中，原来早就知道了。

几缕冷风刮过她的耳畔，耳边的发微微飘荡，江珣的脸颊浮上两片淡淡的红晕。

季芸仙说："我和你说话呢，你听见没有，你在想什么啊？"

江珣说："听到了。"

江珺眯了眯眼，看向季芸仙："所以……我的手机号也是你给的？"

季芸仙讪讪一笑："都是朋友，存个号码也没什么的。小珺，你没生气吧？"

江珺笑着："有什么好生气的。"

"我就知道你最好啦！"季芸仙没心没肺地黏住江珺，贼兮兮地问，"沉哥找过你啦？"

江珺点点头。

"他找你干什么呀？"

"他给了我一张票，比赛的票。"

季芸仙兴奋得马尾都要冲上天了："我就说嘛，沉哥肯定对你有意思。"

又是这句话，江珺吸了几口奶茶，淡定地看着她。

江珺说："哪有那么多人对我有意思，芸仙，你快醒醒吧，世上没有那么多爱情的奇迹。"

季芸仙否认道："不，爱情是世上最神秘的感情，它的存在本身就是一个奇迹！"

江珺好笑地看着季芸仙。季芸仙总是这么活力充沛，像一匹不知世界尽头的马，不撞南墙不回头。

季芸仙谈完自己的爱情理念，忽地问道："那你去看比赛吗？"

江珺晃了晃手里的奶茶，垂下脑袋，刘海挡住了她的视线，她轻声道："去的吧……"

"那好，到时候我们一起去。到时候我要不要去理发店绑个头发啊，就像电视里那种辫子头，多酷啊。"

季芸仙是个话痨，吧啦吧啦讲个不停。

江珺心不在焉地听着，奶茶的香甜在口中化开，心尖上似停了一只蜻蜓，漾开阵阵涟漪。

比赛在下周末举行，周末前夕江珺和江眉提了一句，说她要和季芸仙去书店买书。

星期五的晚上比平日多了一层放松和宁静，江珺低头吃饭，用很平常很随意的口吻讲了出来。

以往江眉一般不会多问，通常只会说别太晚回来，可这次江眉没有那么快开口，反而用一种淡淡的、审视的眼光看她。

江珺抑制住心里的那点小紧张，轻声问道："妈，不能去吗？"

江眉张了张口，沉默了几秒问道："买什么书？"

"数学和英语的模拟卷，快放寒假了，打算在家里做。"

"嗯，别乱走，买完就回来。"江眉语气很慢，似乎还想再说点什么。

"我知道的。"

其实本来出去看个比赛也不是什么大不了的事情，那时候季芸仙拉着她去看小镇上的街头艺人表演，去看庙会，江眉从不多说什么。

但牵扯到赛车，性质就不一样了。

江眉似乎很不喜欢和摩托车搭上边的一切事物。

江珺记得小时候，隔壁刘叔买了辆二手的老式摩托车，她瞧见了就跑过去东摸摸西摸摸，刘叔抱她上去坐，玩了没一会儿，江眉从屋里出来正好看见，拔高了声音让她下来。

那时候的江眉脾气不似现在好，容易动怒容易情绪化，她似乎生活在巨大的痛苦里。

那会儿江珺纯粹以为是妈妈觉得她贪玩，担心她爬得高会摔下来，所以才发那么大的火。

江珺上幼儿园大班时，老师教小朋友画画总喜欢从他们的亲人切入，比如，画一张全家福，描述下自己的爸爸妈妈爷爷奶奶。江珺这才发现她家少了许多人，或者说她只有一个妈妈。

晚上，江眉骑着自行车在幼儿园门口接她。一见到江眉，她就欢快地跑过去，兴奋地问："妈妈，爸爸和爷爷奶奶在哪里啊？"

江眉脸上的一点笑意荡然无存。碍于在幼儿园门口都是人，江眉什么也没说，载着江珺回去了。

可小孩子总喜欢揪着一个问题不放，江眉做饭的时候，江珺拿着白天画的全家福跑过去，又问了一遍那个问题。

江眉年轻气盛，"砰"地把刀往砧板上一放，盯着江珺："你以后不许再问这个问题了！你没有爸爸，也没有爷爷奶奶！"

她声音扬得老高，回荡在这间空空的屋子里，江珺吓得"哇"的一声就哭起来了。

都说太年幼的事情容易被人遗忘，可江珺把江眉的那番话记到现在。

见她哭了，江眉心也软了下来，说是妈妈不好。母女俩抱在一起，江眉声音开始颤抖，眼睛红了一圈。

江眉抚摸着她的脸蛋，泣不成声道："妈妈一个人也能照顾好你，没有爸爸爷爷奶奶，小珺也会过得很快乐，妈妈再也不想见到你爸爸了，小珺能明白吗？妈妈很难过，你爸爸做了一件让妈妈永远无法原谅的事情。"

孩子再小，也分得清"喜欢"和"讨厌"这两个词语。

初中的时候，江珺和其他普通女孩子一样，会在地摊上买一些小玩意儿和海报，将自己的房间贴得花花绿绿的。

那是一张某男明星骑着摩托车的摆拍照，江眉进来扫地，看见那张海报，当场就撕了下来。

那时候的江眉脾气是有所克制的，她撕完没说什么，扫完地就出去了。

江珺找了个时机和孙婆婆聊了会儿天，那会儿的孙婆婆还没有痴呆，人看起来很精神。铺垫了几句，江珺问："婆婆知道我爸爸是做什么的吗？"

孙婆婆一听这话就来气，瞪着眼道："我哪里知道他做什么的，他就会不三不四地瞎混，丫头，你可别想着去寻他，不然非把你妈气死不可！"

江珺追问："他……真的很不好吗？"

江眉年轻时的往事虽然孙婆婆没参与，但在这么个小地方，孙婆婆是江眉唯一能说话的人。

孙婆婆更怒了，两条眉毛竖得笔直，气冲冲道："他就是个混账东西！你妈那么好的人他都不珍惜，如果有一天弄瞎了眼睛，那真是活该！忘恩负义的瘪三，我估计这会儿他连饭都吃不上了！"

几句云里雾里的话让江珺心里有了个大概。

女孩心细，有些事江眉不和江珺说，她也能察觉到一点。

能让一个女人一见到某些东西就产生情绪的，不是喜欢到极致就是厌恶到极致，那样东西往往代表着一个人，那东西和人之间密不可分。

而她父亲的事情可能和摩托车有关，也许是一个开摩托车车行的。不过听孙婆婆的意思，似乎不可能，也许他曾经用摩托车载着江眉遨游四海，留下过很深刻的记忆。

　　他是江眉的禁忌，直到现在依旧是。

　　江珅今年十八岁，那么十八年有余，江眉还是没放下。

　　隔天一早，等江眉上班去了，江珅就悄悄溜出了家门，她和季芸仙约定好在赛车场的公交站见面。

　　墨城去年新建了金马国际赛车场，和其他地区的不同之处是，这里安排了观众席。虽然和赛场有一定的距离，只能看清个人影，但对赛车迷来说，这已经足够了，能在终点亲眼看见喜爱的选手夺冠就足够了。

　　这是全国公路摩托车锦标赛（CRRC）的最后一站，墨城站。

　　观众席大约能容下五百人，主要集中在起点站这一块（起点即终点），全方位电子屏幕，实时转播赛况。

　　江珅和季芸仙在检票口排队，明晃晃的日头挂在空中，一扫前些天的阴霾，今天天气很好，似乎是个好兆头。

　　江珅之前未曾关注过这个行业，没想到今天来看比赛的人那么多，队伍排得像长龙，弯弯曲曲。

　　季芸仙全副武装，脸上贴了支持车队的名称，手里扛着两面旗帜，这是她专门定做的。

　　江珅盯着她脸看了会儿："J.Y最棒……J.Y是他们车队的名字？"

　　季芸仙："对啊。这是前几天沉哥刚定的，之前他们车队都没个正儿八经的队名。嘉凯说是沉哥觉得没什么意思，懒得弄，可这次主办方硬是要求他们拟个团队名称。你都不知道沉哥怎么取的，笑死我了，那天嘉凯穿的外套背后印了这两个字母，沉哥说，那就J.Y吧。"

　　江珅"噗"地笑出来，这人还真随便啊。

　　江珅其实不太懂赛车的比赛机制，问道："他们和谁比啊？一个个来，还是全部一起啊？"

　　季芸仙讲起自己热爱的东西那叫一个头头是道。

"每个赛车手只能参加一个组别的比赛，嘉凯他们参加的一直都是 150cc 排量的，cc 就是摩托车的排量单位。他们这次参加的是 150cc 公开组个人赛和队赛，个人赛和队赛同时进行，大概跑 20 公里吧。在摩协注册的车队或者个人都可以报名参加，其实参加的车队和车手不多，毕竟玩这个的人还是少，今年好像是四组吧。"

季芸仙忽地拉住江珅的手臂："你看你看，他们在那边。"

赛场上二十多个骑着摩托车的选手在飞驰，车轮急速转动与地面的摩擦声震耳欲聋，随着人影渐渐消失，声音也消失了，只留下一阵飞扬的尘土。

江珅说："我好像没看见……"

就这么一眨眼的工夫，他们就驶过去了。

"穿红黑相间衣服的就是嘉凯他们那一队的。"

江珅伸着脖子张望，等他们再转过来。

正集中注意力看着，身旁传来一个女人的声音："嘿，江珅同学，你是在找 YANG 吗？"

季芸仙吃惊道："冯姐？你怎么还没进去？"

江珅朝冯娇点头示意。

冯娇苦恼地皱眉，笑笑："起晚了，不多说了，我得赶紧进去了，不然要被老板炒鱿鱼了。"

排完队进场已经是上午八点多了，比赛九点开始，赛场上的选手还在抓紧时间练习。

杨继沉给的票堪称 VIP 座位，离起点最近，电子屏幕和座位之间的距离也正合适。

江珅屁股刚坐下，肩膀被人猛地一拍。她吓了一大跳，转过头看到一个高瘦的中年男人，他戴着眼镜，看起来斯斯文文的，但头上绑着布条，印着"云锋必胜"。

男人说："同学，我给你五百块，换个位置成吗？我的座位也不差，就在那边。"

江珅顺着他的手指望过去，是不差，不过与她的座位离了十几个位置，视野也算好的了。

云锋啊……就是那个陆萧所在的车队吗？

江珅在网上搜索过杨继沉，自然也搜索过他们口中的那个陆萧。

那天在超市里遇到的那个地痞无赖，看着就一副小人得志的样子。

那晚找了人在路上堵杨继沉的似乎也是他。

男人问："同学，要不给你七百块？"

"对不起，不换。"江珃拒绝道。

男人没说什么，转头又开始询问其他人。

赛道起始点挂着巨大的横幅——"华宇电池杯"全国公路摩托车锦标赛（CRRC）。

顶上的广播开始响起："大家好，我是解说员冯娇，欢迎大家来到此次'华宇电池杯'全国公路摩托车锦标赛的现场。这是此次赛事的最后一场比赛，很开心将和大家一起见证年度总积分冠军的诞生。在过去三届全国公路摩托车锦标赛中，J.Y 车队的 YANG，蝉联三届总积分冠军，150cc 个人组冠军，并且率领团队在去年获得了团体组冠军，可谓是赛车界的一匹黑马。组团四年，YANG 带领的团队也终于有了名字，这给我们解说员和主办方带来了很多方便，相信 YANG 的粉丝们也十分雀跃。好，除了 J.Y 以外，此次云锋队可谓是猛将齐集，在前几站表现也非常突出的云锋这次似有破竹之势，期待云锋能带来令人意想不到的反转和精彩赛事，另外还有……"

冯娇的声音不似平常那样媚气慵懒，广播里的声音十分知性干净。

冯娇做完车队介绍后，赛场上飞驰的车子也逐渐放慢速度，各自停在自己的跑道上，距起跑线的远近是按上次比赛成绩划分的，花花绿绿的队服中，黑红相间的队服参差不齐地掺在其中。

而为首的，停在起跑线第一位的穿的正是黑红相间的赛车服，背后印着一组大大的数字——08。

那应该是杨继沉吧。

场上拥上些许人，帮赛车手检查着车子，赛车女郎撑着红白相间的伞为赛车手遮阳。

上午八点五十五分，场上的教练等人员相继离场。

广播里说道："好，现在我们看到赛场上的工作人员已经开始撤离，比赛马上要开始了。"

观众席上的人突然纷纷站起，一边挥舞着手上的充气棒和旗帜，一边大喊着，为自己心仪的车队加油，声音响彻天际。

季芸仙像疯了一样，恨不得蹿到天上去，声嘶力竭地喊道："J.Y最棒！嘉凯！张嘉凯！你最帅了！"

比季芸仙更夸张的是边上的十来个女孩子，她们的口号整齐划一，铿锵有力，穿的衣服也是一模一样。

加油声震耳欲聋的，江珅也没听清她们到底在喊些什么，只见她们吼完口号，还顺带跳了个舞。

江珅联想到看过的电影，那些女孩子有点像篮球赛场上的啦啦队队员。

"砰——"

一声枪响拉回了江珅的思绪，赛场上发出"咕咕咕"的响声，赛车手攥紧油门，似火箭一样冲了出去，速度惊人。

江珅眼睛都没眨几下，他们已经拐了两个弯，二三十辆车慢慢有了差距，拖成一条线。

他们的身影小得已经看不太清，观众只能抬头看向屏幕。

江珅朝季芸仙问道："08号是——"

"对，沉哥！11号是嘉凯！你看见了吗，最边上那个就是嘉凯。他们……他们在干什么！"

季芸仙突然瞪大眼睛，难以置信地望着屏幕。

在江珅看来，一切正常，因为速度和拐弯，总会产生一些偏离和位置的变换。

江珅弱弱地问了一声："怎么了？"

季芸仙说："他们是故意的吧！"

"嗯？"江珅还是看不明白。

"小珅，你看呀，嘉凯他们三个在边上压着云锋的人，别的队超过去，他们都不管，就压云锋。"

云锋的队服是白绿相间的，杨继沉驶在第一，后面紧跟着云锋的一名队员，而张嘉凯他们在后面紧紧压制住云锋的其他人，其他队伍偶有赶超过去的，可没几下，张嘉凯他们就又把那些超了过去。

就像一场游戏，你追我赶，偏偏我让你赶不上。

江珅指着第二名问道："那人是陆萧？"

季芸仙说道："对啊，那就是陆萧，就数他最心术不正了。听说他以前在赛场上为了夺第一，把人踢了，赛车的时候挨得近，他一脚踢开了人，那人连人带车翻车，后面赶来的车来不及反应，从那人的腿上碾了过去，卑鄙无耻的小人！上次找你们麻烦的人也是他，为了赢比赛他什么都做得出来。"

季芸仙掰掰手指头道："沉哥他们组团也有四年了，这四年就像冯姐说的那样，是一匹黑马，连连把陆萧压手底下，就连云锋的气焰都被灭了不少。但云锋毕竟是支老队伍，又有郑锋那样的人物在，怎么都不会太差，国内能和云锋 PK 的也只有沉哥他们了。我不是和你说过嘛，就前段时间郑锋还来找过沉哥，想挖人，沉哥当时说了句可以，可把我们吓坏了。谁知道他又说，让郑锋把陆萧踢了他就进，笑死我了，你是没看到郑锋那脸色。"

江珃对陆萧实在反感，问道："那样的人，队伍会留着他？"

"郑锋什么人，只要名利不要人品的，谁让陆萧有两把刷子呢。"

江珃皱皱眉，注意力全都集中在屏幕上。

那两辆车每过一个弯道近得都像贴在一起。

第一名和第二名的追逐永远是赛场上的焦点，无论是哪种性质的比赛，他们都是其中的强手，强强对决最能引爆现场，观众席呼声连连。

车子呼啸的声音由远及近，机车冲过起点开始了第二圈，一共三圈。

这个转弯口，江珃清楚地看到杨继沉漂亮的压弯姿势。他整个人随着车身倾斜，从俯视的角度看的话，他就像躺在地面上行驶一般，左膝微微敞开，挨着地面，测量最好的压弯距离。回到直线后，他收起膝盖，匍匐着身子，像一头狂奔在草原上的猎豹，以绝对惊人的速度和技巧掠过一切。

他散发出来的气场就如他整个人，狂放嚣张，不把任何人或事放在眼里，那么自信笃定，而这条赛道仿佛是为他量身定做的，这场比赛就像是他的个人专场表演，镜头和解说始终围绕着他。

江珃第一次懂了什么叫赛车，这和书上或者电视里呈现的不一样，它充满激情热血，同时潜藏着危险。它是高危职业之一，而速度带来的快感几乎麻痹人的神经，就像一块吸铁石吸引着人为它发狂。

"好，现在到了最后一圈，我们看到，08 号选手 YANG 始终保持第一，而他身后的 33 号选手陆萧一直在想办法超车，可惜似乎很难找到机会……"

广播里的冯娇突然激动起来："我们现在看到陆萧从侧面切进，为了避免发生碰撞失误，YANG 只好往边上让开一点，就趁着这个机会，陆萧冲了过去！这也是四年来陆萧首次越过 YANG，难道是陆萧找到了方法吗？看来这次云锋很有希望拿到个人组的冠军。"

江珈的心猛地提了上来，她的视线紧紧追随着镜头。

季芸仙抓耳挠腮骂了几句脏话，支持 J.Y 的几乎都站了起来，铆足了劲地加油。

而杨继沉戴着头盔，全副武装，隔着赛场，江珈感受不到他的情绪。

他跟在陆萧后面进入了最后一圈，身后的张嘉凯他们继续压制着云锋。

江珈咽了咽口水，忽然感到害怕，问道："他会输吗？"

季芸仙气得眼睛都红了："不可能！沉哥怎么会输！输给谁也不能输给那个小人！"

他那样的人仿佛和"输"这个字挨不着边，永远站在顶端俯视他们。

寒冬腊月，江珈却因为太紧张手心出了一层薄汗。

还剩两个弯道的时候，陆萧的胜利近在咫尺，场上沸腾了，欢呼的多数是支持云锋的，如果赢了，这次就是被压了四年的翻身仗。

赛场上的陆萧得意忘形，转过头来朝杨继沉做了个拜拜的手势，这一幕被镜头放大，引起不小的轰动。

就在那一刹那，杨继沉压弯拐弯，平稳地、不着痕迹地从陆萧身边超了过去，陆萧一慌，追了上去。两人并排着，中间只隔着十来厘米的距离。

陆萧咬牙切齿，不经意间又稍稍被杨继沉压下半截。

他往右，杨继沉也往右，他往左，杨继沉也往左，就这么压着他半截，似故意在逗弄他。

陆萧火了，在喧嚣中破口大骂，虽然骂声只有他自己能听见。

终点就在眼前。

陆萧想赢心切，故技重施，刚想伸脚去踹杨继沉的车，没想到杨继沉似乎早有准备，车身猛地往他那边压，陆萧慌张地缩回腿。

杨继沉的车子碰到陆萧的车，带了一下，陆萧没稳住，重心没控制好，猛地从赛道上翻滚了出去。

现场哗然。

杨继沉回头看了陆萧一眼，冲过了终点。

他的回头充满了嘲讽的意味。

"这次依旧要恭喜 YANG 拿到 150cc 单人组冠军！蝉联四年的冠军！"冯娇的声音异常激动。

任何比赛中最精彩的部分莫过于反转，出乎意料最震撼人心。

季芸仙欢呼着，眼泪鼻涕流了一脸，她挥舞手中的大旗，直呼 J.Y 万岁，沉哥万岁。

江珺张大嘴巴，震惊得好半天讲不出话，脑海里不由自主地回想起那天他在超市里和她说的话。

他让她去看他比赛，看一场戏。而他和陆萧说，是不是该算算账了。他还说，你把我女朋友弄不开心了，我等会儿还得哄，你不是在给我找事吗？

这场不是比赛，而是游戏，是他玩弄陆萧的游戏。

和陆萧追逐，又故意让陆萧超过去，在陆萧以为能翻身的时候再把陆萧压下去，让陆萧眼睁睁地看着自己与终点失之交臂。

他是为自己算账，还是……

杨继沉停了机车，长腿从上面跨下，摘了头盔后拨了几下头发，然后抬起头，扫视过观众席，最后目光落在江珺身上。

她今天穿了件鹅黄色的羽绒服，很亮眼，也很衬她。

杨继沉朝她微抬下巴。

江珺蓦地一震，喉咙发紧。

淡淡的光晕照在他身上，勾勒出他高大挺拔的身影，杨继沉嘴角勾着笑，一如既往的轻狂傲慢模样。

"怦怦怦"……

她那颗疯狂跳动的心怎么也平静不下来。

后来再回想起这一天，江珺只记得，晴空万里的天际下，他以一种绝对的、侵略的、让人无法抗拒的方式闯了进来，她为此怦然心动。

　　整个赛事结束时已经差不多快下午四点，江珺在懵懵懂懂中看完了四场赛事，无论后面的比赛多么精彩，她都仿若未闻，所有的感触和记忆都停留在杨继沉夺冠的那一刻。

　　她才明白他到底是一个怎样的人。

　　之前初见时纯粹以为他们是小混混，从发型、服装到言语都一言难尽，几番接触下来倒也还好，虽然爱耍嘴皮子，但就像季芸仙所言，他们都是很好的人。

　　她不关注足球、篮球等体育赛事，而赛车这一项目在很多人心中属于不务正业的职业，是街头混混才玩的东西，唯一能让人信服一点的大概就是四个轮子的赛车，似乎更容易被人接受和崇拜。

　　有些东西不去了解就不会明白。

　　杨继沉在赛场上的模样闪闪发光，他在属于他的领域里为首称王，是那样一个夺目的人。

　　比赛结束，季芸仙兴冲冲地拉着江珺去颁奖台和记者采访区。

　　天蓝色的巨大横幅下摆了冠亚季军三个站台，杨继沉站在中间最高的台子上，表情谈不上激动欣喜，仿佛这是家常便饭。他随意地接过奖杯，象征性地举了举，底下的摄影师在疯狂拍照。

　　张嘉凯位居第三，第二是云锋队的一位成员。

　　一个队伍里有两个人拿了较好的名次，实在是很了不起了。

　　季芸仙像个小迷妹一样，对着张嘉凯狂拍。人群中就数季芸仙的模样最狂热，张嘉凯一眼就能找出她，朝她举起奖杯微笑。

　　江珺猝不及防和杨继沉对上视线，她整个人蓦地热了起来，快速别开眼，心不在焉地左右瞎看。

　　领完奖杯是记者采访，江珺被季芸仙拉去了采访那儿。

　　除了记者围绕，还有一群小姑娘。

　　江珺认得，她们就是刚刚在观众席又是加油又是跳舞的那群，一个个眼睛发光，盯着杨继沉，似乎要将他说的每一个字都刻在心里。

　　后来江珺才知道，这个人还有粉丝后援会，有专属于他的论坛、贴吧，他的每一次比赛，后援会都会来支持并更新相关资讯，这阵仗不亚于一个小明星。

记者戴着细边眼镜，举着话筒问道："这已经是你拿的第四个年度总积分冠军了，有信心拿满十个吗？"

杨继沉微挑眉峰："有吧。"

记者问："上午的比赛真是惊险又刺激，对于此次陆萧的失误你有什么看法？"

江珊一动不动地看着杨继沉，在等他的回答，哪知这个人瞥了她一眼，似笑非笑地吐出四个字："咎由自取。"

他的语气很不友善，记者喜欢挖些八卦新闻，抓住机会又问道："有传闻郑锋有意挖你去云锋，但碍于陆萧所以你拒绝了。这么多年你们都在互相竞争，私下是否结怨已深？"

"你说呢？"他语气依旧不善。

小记者尴尬了。

散场时天色已晚，一伙人讨论着去哪儿吃饭庆祝，江珊算着时间，江眉快下班了，她要在江眉到家之前赶回去。

"芸仙，我先走了。"江珊拉过季芸仙，小声道。

季芸仙道："你不一起去吃饭吗？今天是周末啊，阿姨应该不会说什么吧。"

江珊想到江眉那打量的目光便心神不宁。江眉其实是个很精明的女人，从小到大似乎都把她看得很透。如果被江眉知道她说谎去看摩托车比赛，她……她都想象不出江眉会是怎样的反应。

江珊摆摆手："不了，我先走了，晚上再联系。"

江珊瞄了一眼杨继沉，他正靠在车上和周树说着什么，嘴角勾着浅笑。

季芸仙说："你们等我一下，我送小珊去车站。"

杨继沉听到声音，终止了和周树的对话，扭头看向她们。他眯了眯眼，站起身，说道："我送她去吧。"

所有人都意味深长地看着杨继沉。

江珊感到十分不自在。

"过来。"杨继沉掏出钥匙，对江珊说道。

张嘉凯说："那我们在路口等你，这边人太多了。"

"嗯。"

一帮人跨上车呼啸而去，季芸仙坐在车上大喊道："小珊，晚上我找你聊天！"

江珃慢腾腾地走过去。

公交车站离场馆正门有十分钟的步行距离，刚散场，人群拥挤，几乎每辆车上都塞满了人。

其实她走过去就一会儿，季芸仙所谓的送她，也就是陪她一起走去车站而已。

杨继沉跨上车，问道："你不一起去吃饭？"

江珃抓住车边，跨坐了上去："不了，我得快点回去。"

"怕你妈发现？"

江珃心想，这人怎么什么都知道？

杨继沉笑笑，拧动油门，车子呼啸而去。

一眨眼的工夫就到了车站，江珃低声道了句谢谢。边上有人认出杨继沉，直呼要签名，他难得有耐心，随手挥了几笔。

签完名，杨继沉看向她："晚上找你？"

江珃心里"咯噔"一下："找我干什么？"

他背上的伤都过了这么久了，就算是骨折进医院，这会儿都能出院了。

杨继沉轻笑："那算了。"

旁边拿着签名的人多嘴问道："YANG，这就是你女朋友啊？"

杨继沉饶有兴致地问："看起来很像吗？"

"难道不是？"

杨继沉笑而不语，凝视着江珃，眼神玩味。

夕阳西下，余晖洒了一地，江珃身上鹅黄色的羽绒服被染成橘红色，她不自然地左顾右盼，脸颊上浮着淡淡的红晕。

以前被冯娇他们开玩笑倒不觉得有什么，可现在心里像有只小鹿在乱撞，都快撞死了。

终于，公交车缓缓驶来，救了她的小鹿一命。

杨继沉让离车道。

"走了。"他说。

"好，再见。"江珃清了清嗓子道。

江珃看着他的身影越来越小，最后变成一个点，消失不见。

她上了车，脑袋里一片空白，关于今天的比赛，有些想问的也没机会问出口，而她像丢了魂。

周树择了一家露天烧烤摊，傍晚五六点的光景，天空刚黑不久，夜晚的市场刚刚拉开序幕，街上烧烤摊烟雾袅袅，路边的景观树被灯光照得璀璨绚丽。

一张圆桌，六个人围着，点了一堆羊肉串，老板都来不及烤。

周树说："热乎乎的酒搭配烤串一起吃，在冬天是最舒服的事情，哎哎哎，你们两个，注意点影响行不行，真是有伤风化！"

张嘉凯和季芸仙你喂我吃一个烤腰子，我喂你吃一颗花生，旁若无人。

聊起感情问题，周树和贺群抱头痛哭，两个光棍一打就是二十多年。

周树哀叹道："连沉哥也坠入了爱河。"

杨继沉"扑哧"一下笑出来："你有毛病？"

"兄弟我可都看在眼里啊！打从你第一天见到小江同学开始，你整个人就不对劲了！你说，你要是对她没意思，今天干吗还特意送她去公交车站，是人家没长脚啊，还是这车站在国外？"

杨继沉喝了口饮料，没理他。

周树指手画脚道："喊，你以为我不知道，陆萧那小子要不是惹了小江，轮得到我们今天这样搞他？沉哥，你明摆着就是在帮小江嫂子出气！"

一转眼，"小江同学"已经成了"小江嫂子"。

杨继沉觉得好笑，靠在椅子上，好整以暇地看着周树："你是皮痒还是欠揍？"

周树扎进贺群的怀里"呜呜呜"哭起来："沉哥要打我……"

贺群醉得没他厉害，一脚踹开他："滚滚滚，恶心死了。"

张嘉凯思忖了一会儿问道："沉哥，听说陆萧伤得还挺严重的，这事儿，郑锋那边会不会找麻烦？"

杨继沉嗤笑一声："他能怎么样，也就那点本事了。"

"郑锋还指望着陆萧参加 CSBK 呢，现在也不知道还能不能参加，估计把郑锋气得够呛。郑锋这人可能是越老越糊涂了，舍不得芝麻还想要西瓜。"张嘉凯说。

"陆萧那边的情况你听谁说的？"

"冯姐呗，她刚刚给我发短信，说陆萧还在手术室呢，上午摔了以后不是立刻送医院了吗？"

"他伤到哪儿了？"

张嘉凯干咳两声，看了一眼季芸仙，想着到底要不要说。

杨继沉："嗯？"

张嘉凯压低声音道："说是海绵体骨折。"

"哦……"杨继沉看起来波澜不惊。

季芸仙吃惊道："啊！那个人……他……"

张嘉凯一把捂住她的耳朵："女孩子家家的，不要乱听……"

季芸仙被捂得脸色通红。

杨继沉笑笑，喝完最后一口饮料，起身，说："我去医院看看他，哪个医院来着？"

"中心医院。"

江珺前脚刚进家门，后脚江眉就回来了。电瓶车碾过小路上的石子会发出"哐哐哐"的碰撞声。

她小时候不想写作业偷玩的时候就学会了听声音辨别江眉的行动这项技能，能分辨江眉回家的声音、上楼的声音，江眉的一举一动她都能靠声音识别。

江珺深吸几口气，假装在倒水喝。

江眉在屋外停好电瓶车，拎着包进来。

"妈，你回来了啊。"

"嗯。"江眉扫了她一眼，淡淡道，"你买的卷子呢？拿给我看看。"

江珺差点被水呛到，"呃"了几声，说道："逛了一圈，没找到合适的，有一套老师推荐的卷子已经卖完了，我问过书店的人了，他们说月底才会有。"

江眉看着她："小珺。"

"嗯？"

"小眉啊，这是我晒好的地瓜。呀，丫头在家啊。"孙婆婆手里拎着一个篮子，里头装满了紫红色的地瓜。

孙婆婆今天看起来神思很清明，还能认出她们。

江眉敛了神色，朝孙婆婆客气道："您老自己留着吃吧。"

"哎，这怎么行，我是拿给丫头吃的，她念书辛苦！"

老人家固执，怎么着都要塞给江眉。

江眉不好意思地收下了："孙婆婆，谢了啊。"

孙婆婆摆摆手，步履蹒跚地往外走。老人的背一年比一年驼，脚步也一年比一年不稳，但儿孙只有过年才会回来。

江眉拎着篮子进厨房，说："等会儿煮完，你给孙婆婆拿点过去，老人家意识不清楚，种点东西不容易。"

"好。"江珃点点头。

"砰！"屋外突然传来一声闷响。

"孙婆婆！"江珃转头一看，尖叫出声，跑了过去。

走着走着，老人家突然晕了过去。

江眉也被吓到了，惊慌失措地掏出手机打120。

杨继沉到中心医院时，陆萧刚被推出手术室。医院床位紧张，郑锋安排了最好的病房，但最好的也得两个人一间。医院门口站了几个跑体育新闻的小记者，杨继沉是从侧门进去的。

陆萧打了麻药还没醒，杨继沉买了点水果，意思意思。

郑锋将杨继沉叫到走廊，看着他一副懒散的模样就来火。

郑锋压着音量，厉声道："你故意的？"

杨继沉往走廊墙上一靠，手肘搁在窗户上："赛场上发生意外的选手数不胜数，怎么到了郑教练这里，就成了故意的？"他的语气嚣张至极。

郑锋剑眉扬起："我指的不是伤，杨继沉。"

杨继沉笑笑："前有张叙，后有陆萧，如果郑教练爱惜人才，倒不如出点钱让他们去上上学，多读点书。"

郑锋知道，当年的事，杨继沉一直记着，如果不是因为这件事，也许现在还没那么难弄。

可当时站在他的角度，痛失爱徒，又年轻气盛，难免咽不下这口气。

郑锋深吸了一口气，让自己平静下来。他说："我依旧还是那句话，陆萧在外面干了什么我管不着，那些事我也不会管，只要这人有天分有实力去赛车就行，对你也是。杨继沉，硬争这一口气没什么意思的，男子汉能屈能伸。现在比赛结束了，在 CSBK 开始前把我的话想想清楚，你想来，就是一句话的事情，想进 MotoGP 我也有资金资助你，这是别人想求也求不到的，别错过机会，年轻时犯的错误和错失的机会到了我这个年纪，会越发觉得懊悔。"

杨继沉脸上挂着若有似无的笑意："我也依旧还是那句话，郑教练要是想让我进车队的话就把陆萧踢了。"

郑锋笑道："是吗？我踢了他，你就会进吗？"

杨继沉："噢……也许会，也许不会。"

杨继沉怎么可能轻易就进他的车队，郑锋心里明白，杨继沉就是一匹野马，令人捉摸不透，难以驯服。

陆萧这人人品不咋的，也一直和杨继沉有过节，前段时间找人打杨继沉的事情，郑锋也略有耳闻，可这次是他第一次见到杨继沉动真格和陆萧算账。

杨继沉这人，心狠，但气度比一般人大。

郑锋虽不再管车手在外头的那点事，但因为杨继沉的这份气度，对他更加另眼相看。每个行业有每个行业的难处和钩心斗角，人就像被压在玻璃罐里的水果，你叠我我压着你，许多争斗都来得莫名其妙，却让人恨得牙痒痒，而其中最合理的理由就是，嫉妒。

杨继沉忽地在这个行业里脱颖而出，又一贯的桀骜不驯，看他不顺眼的人太多，想除之而后快的也太多。

玩赛车的有规规矩矩的好孩子，也有半路出道的混子，有清清白白的人，也有浑浑噩噩的人，世界之大，跌进什么样的染缸里就成了什么样的人，有时候与职业无关。

郑锋说："你们之间的事情私下解决，别带到赛场上。"

当年陆萧在赛场上阴别人，郑锋禁了他半年赛，他不管队员的私生活和品行，但带到赛场上绝对不行。

杨继沉轻佻地笑着："私下解决？那多没意思。"

"郑教练。"杨继沉站直身子，双手插兜，微微向郑锋靠近，低声道，"我确实是故意的。"

郑锋的神色没有波动。

杨继沉敛了笑意，一字一句道："你问问陆萧，要私下解决吗？"

说完，杨继沉迈着长腿，不徐不疾地离开了。

郑锋回头看了一眼病房里的陆萧，抬手扶了扶额头。

私下解决？陆萧怕是怎么死的都不知道，有贼胆没贼脑。

郑锋快步走向走廊那边的电梯，打算去医生那边再问问情况，杨继沉已经乘坐另外一部电梯下去了。

陆萧除了海绵体骨折外，小臂还有轻微的骨裂。

郑锋摇了摇头，叹口气，一抬头他就整个人定在原地，心脏骤然停止跳动，像有什么紧紧勒着他的喉咙。

下行的电梯门打开，里头站着三个人，两男一女，中间的女人乌黑的长发散在后面，神情焦灼，两道细眉拧在一起，在盯着手上的单子看。

女人似乎察觉到什么，抬眸向前看了一眼。四目相对的瞬间，她明显慌了，往后退了一步，似乎很抗拒。

等电梯的人一拥而入，人群遮挡了她，郑锋缓过神来，跑过去，电梯门却合上了，正在往下降。

郑锋掉头就往楼梯间走。

江珃在一楼大厅忙着缴费，医院里无论何时都人满为患，排个队缴费都得十几分钟。

孙婆婆突发脑溢血，急需手术，江珃利用排队的空当联系了孙婆婆的儿子。之前他们过年回来有给她们留电话，说老人如果有什么事情麻烦打个电话通知一声。

江珃刚缴完费，手机在口袋里振动个不停，她手上拿着一堆单子，手忙脚乱地接了电话。

那头的江眉比她还慌还急，却在刻意冷静。

江眉说："你缴完费了？"

"嗯，刚缴完。"

"我现在下来找你，你到女厕门口等我。"

"好。"

江眉穿的是高跟的皮靴，她从电梯里出来，一路跑到厕所门口，拿过江珃手里的东西，叮嘱道："这儿妈妈看着就行，你快点回家去吧。"

江珊说：“可是孙婆婆还在——”

"没事。这个点公交车已经没有了，你到医院门口打辆车回去，记得必须是正规公司的出租车，上车后把车牌号和驾驶员的名字和工号用短信发给我，到家后给我打个电话。"

江眉的语气有点强硬，江珊道了声好。

江眉又急匆匆地走了。

江珊从一楼大厅的侧门出去，一出去才发现里头和外面是两个温度，刺骨的冷风几乎将人冻得寸步难行。

今年真的格外冷。

出了医院大门，人影稀疏，又是不同的两个世界。医院是近几年新建的，在新城区，不似老街那边繁华人多，就连马路上的路灯都透着几分凄凉。

马路边上有水果摊、馄饨店、炒饭店，一盏灯泡吊在杆子的最高处，炒饭的热气"噌噌噌"往上蹿，偶有几个人去买，买完犹如这雾气一般，"噌噌噌"地快步跑回医院里头。

走了几步江珊觉得不对劲，有道影子一直笼罩着她。

江珊被薛丹那事弄出了阴影，她侧头用余光打量后头，似乎是个男人。

江珊止了脚步，那人也不动了，高大的影子完全遮住了她的。

对面就是公交站台，江珊想横穿马路走过去，脚还没踩上马路就被人从后拎了回来。

"老师没教过你马路走斑马线？"头顶上传来男人打趣的声音。

这声音耳熟至极，江珊条件反射般心跳快了起来。

杨继沉松开她的羽绒服连衣帽，手重新插回裤兜里。

他是在医院大门口看见江珊的，一身鹅黄色的羽绒服，扎着马尾，头发看起来很柔软。朦胧的灯光下，她整个人看起来都很柔软，像只蜗牛一样，慢腾腾地走着，偶尔抬头看一眼天空。

杨继沉："你怎么在医院，生病了还是来探望病人？"

江珊半垂着眸子，目光落在他敞开的羽绒服拉链上："院子里的孙婆婆突然晕倒了，送她来医院。"

杨继沉回想了下："就那个有点糊涂的老婆子？"

"嗯，她突发脑溢血。"

"那你怎么出来了？"

"我妈让我回去。"

杨继沉笑了声："你还挺怕你妈啊。"

江珅轻轻道："还好吧。"

她其实不是怕江眉，只是不想让江眉多操心，依着江眉点儿就好了。比起班里一些同学的母亲，江珅觉得江眉已经很开明了，给的自由也算多的。

有些家长连孩子周末和同学出去玩都不让，做什么干什么都要一一接送。虽然他们这年龄的人是会有点小叛逆，但谁的青春没有谎言和秘密。

只要她成绩稳定，出去逛街玩什么的江眉都不会多说什么。

只有她知道江眉一个人把她拉扯大费了多少心，做父母的无非就是希望子女能够考个好学校找个好工作，什么阶段做什么事，这是江眉和她说的。

江珅觉得气氛有一丝尴尬，开口问道："你怎么在医院？"

照理来说，他这会儿应该在和芸仙他们吃饭。

杨继沉从口袋里摸出烟："来看陆萧。"

江珅问："他会有事吗？"

貌似摔得挺惨烈的。

杨继沉叼着烟，按了两下打火机，点燃，吸了一口，不以为意道："他缺胳膊断腿是好事。"

唉，这个人啊……

"他伤哪儿了？"江珅问道。

"他老二。"

江珅没听明白，疑惑地问："他老二是……"

杨继沉看着她清澈水灵的大眼睛，低笑了几声，江珅瞬间反应过来，一时尴尬得脸颊滚烫。

那个人竟然伤在那里。

"他……这个……能恢复好吗？"

"能吧。"他懒洋洋道。

"他要是再找你麻烦怎么办？"江珅有些担忧，陆萧那样的人，怎么可能咽下这口气。

杨继沉捏着烟头，嘴角勾着笑："我会怕他？"

杨继沉看她这么担心，扯开话题，问道："这戏好看吗？"

大概是抽了烟的关系，在空旷的街道上，他的嗓音显得沙哑低沉，又性感得蛊惑人心。

江珣心里一紧，答道："还……还行吧。"

江珣回答完，不知怎的，心里有几分忐忑，于是低下了头。

心里有个小人说，你看你看，他就是为了你才这样做的。

江珣踌躇半天，试探性地问："是因为那次陆萧找人堵你，你才——"

杨继沉弹了弹烟灰，打断她："江珣。"

"嗯？"

"是他心术不正，我要是不回击他，今天晚上跟在你后面的人就不是我了。"

江珣惊愕道："你是说，那些人不是薛丹……"

江珣说到后面不自觉地没了声，耳根悄悄爬上一层绯色，他那句话还有一个含义是不是"我是为了你才这样做的"？

"你那同学还没这么大的胆子去找人跟踪女同学。"

"也对……"她又垂下了脑袋。

她低头的模样像只缩着头的小黄鸡，有种说不出的可爱。

杨继沉一笑，道："我送你回家。"

江珣回过神来的时候，他已经往前走了一大截。昏黄的灯光下，他挺拔得像棵树，双手随意插在羽绒服的口袋里，背影看起来散漫又嚣张。

江珣小跑过去，脚步轻盈，像有只小鸟拎着她在走路。

这种轻飘飘的感觉维持了很久，从摩托车上下来时，她仿佛还是飘着的。

月光淡淡，几缕云雾飘过，山林环绕的地段多了几抹萧瑟。

江珣把头盔还给他，道了声谢谢。

"行了，进去吧。"

杨继沉推着机车，慢悠悠地进了自己的院子。

江珣回到房间，倒在床上，心里像在冒汽水泡儿，唤醒她的是江眉的一通电话。

江眉似乎很疲惫："你怎么连一条短信和一个电话都不回给我，到家了吗？"

"到家了。"江珋扯开话题道，"孙婆婆那儿的情况怎么样？"

"晚点她的家人就会过来，还在手术。"

江珋问："妈，那你呢，晚上怎么回来？"

墨城只是个小城市，交通并不发达，很多出租车只往返于老街那边，深夜的车更是少得可怜，更别提医院那块了。医院晚上有门禁时间，除了紧急事故，也没有那么多人来往。

江眉淡淡道："我天亮再回来吧，你自己在家当心点。"

江珋笑道："我又不是小孩子了。"

江眉欲言又止："你快洗洗睡吧，明天好好做功课，考试也不远了，孙婆婆这边的事情你不用操心。"

"好……"

江眉挂断电话，坐在走廊的椅子上，伸手捂住了脸颊，深深吸了口气，仿佛惊魂未定。

郑锋跑到医院一楼的时候，从那趟电梯里出来的人已经不知道分散到哪儿了。医院里人头攒动，每个人都一副急匆匆的模样，放眼望去，大厅里没有她。

他跑了几圈，还是没找到那个身影。

好像是他的错觉一样。

寒冬渐深，江珋在蜜罐子里越陷越深，她越是克制自己不去想杨继沉，就越是会想起他。

江珋想过自己是从什么时候开始对杨继沉格外上心的，也许是那天在 KTV 他说，我女朋友不开心了，这事没意思；也许是在超市他维护了她；也许是梦见了他；也许是他开玩笑说他媳妇的名字里有玉字。

从他出现到现在，都在吸引着她的注意，而他，是一个很难让人忽略的存在。

那样的人仿佛天生应该被簇拥，被追捧，被崇拜。

期末考试那天，教室里的学生三三两两地聚在一起，要么讨论着上午考试的题目，要么东一句西一句地聊天。

江珣一手托着腮，一手拿着笔在草稿纸上写写画画，不知不觉写了一个：YANG。

　　季芸仙倒水回来，把水杯放在江珣桌上，拍了下她肩膀："你在想什么呢？最近老心不在焉的，今天可是期末考啊，你可别发挥失常，不然寒假我怎么找你玩？"

　　季芸仙靠得近，江珣快速把这几个字母给涂黑了。

　　江珣说："也没什么，就是我妈最近好像有点奇怪。"

　　"江阿姨？她怎么了？"

　　江珣回想道："好像从孙婆婆出事那天开始，她就变得奇怪了，我也说不清。"

　　江眉整个人绷得很紧，睡眠质量也不如以前好，有时候半夜会醒来。江珣睡得晚，能听见她下楼倒水喝的声音，没过几天，江眉眼眶下就有了淡淡的青色。

　　季芸仙安慰道："也许你妈是在为孙婆婆的事操心吧，毕竟你们认识这么多年了，你妈应该把孙婆婆当亲人了吧。"

　　"也许吧。"

　　季芸仙说："等会儿下午那门考完，你要不要一起去逛街呀？"

　　江珣不动声色地问："还有张嘉凯他们吗？"

　　"对啊，我们四个一起。"

　　江珣心头一动，想着果然是这样。

　　季芸仙问："你去不去啊？"

　　"去吧……"江珣拿笔戳了戳被涂得墨黑的那块。

　　那场赛事以后，江珣见过杨继沉两次，一次是在早上她上学赶公交车的时候，他骑着摩托车从反方向驶来，似乎是玩了一整晚刚从外面回来。他一向神出鬼没，也不知道在外面忙些什么。

　　后来江珣从季芸仙那儿得到点小道消息，说是一些主办方和赞助商轮流请他们车队赴宴，交际应酬，所以他像个商人一样繁忙。

　　季芸仙还说，有个开摩托车车行的老板还想把女儿介绍给杨继沉。

　　江珣佯装平静，问道："那后来呢？"

　　季芸仙说："嘉凯说好像就饭桌上聊了会儿吧，也没什么后来，不过那女的似乎是沉哥喜欢的类型。"

"类型？他喜欢什么类型？"江珺低头写习题，耳朵却竖着。

"我觉得应该是成熟妖艳类型吧，就那种凹凸有致，肤如凝脂，说话都带媚气的。"

江珺回去后照了照镜子，又清了清嗓子，想学一学用娇滴滴的声音说话，可一张口她便觉得太羞耻，整个人干脆倒在被褥里，把头蒙着。

第二次见杨继沉是前两天在学校，他陪着张嘉凯等季芸仙，于是，顺理成章地，她也被拉上了。

杨继沉和张嘉凯打了一个多小时篮球，等他们打完天都黑了，张嘉凯饿了，于是去了学校外面的鸡排店。

四个人正好一桌，点了四杯可乐和鸡块，有一搭没一搭地聊着，多数是季芸仙和张嘉凯在说话。

杨继沉的手指叩着桌面，他的手指修长又骨节分明，不是那种儒雅白皙的手，相反，很有力量感，但不夸张。

杨继沉说："张嘉凯，我以前怎么没看出来你是那么腻歪的一个人。"

张嘉凯笑说："那你赶紧找一个呗。"边说边瞟了眼江珺。

其实杨继沉和江珺这事儿，张嘉凯一开始没放心上，那次在KTV，即使杨继沉帮了江珺一把，还说什么女朋友，但硬要说他对她有意思，实在太突兀了。而季芸仙的性格就那样，会问他一些杂七杂八的事情，问一百遍他也觉得杨继沉和江珺没什么。他们出去玩，遇到一些主动搭讪的女孩子，也会调侃几句，更何况，据他所知，杨继沉不喜欢清纯女学生这种类型。

后来就真有点不对劲了，就陆萧这事儿，就那天打篮球莫名其妙喝江珺的奶茶这事儿，就那天比赛完主动送人回去这事儿，张嘉凯从没见过他对一个女孩子这样。

以前和女孩子顶多就口头上打趣两句，聊聊天，而他似乎对女生不太上心，要不然怎么认识他四年了，还是光棍一个。

张嘉凯不知道杨继沉看上江珺什么，但他挺喜欢江珺的，江珺是个很好相处的姑娘。

季芸仙附和着张嘉凯，笑嘻嘻地说："对啊，沉哥，你不找一个吗？"

杨继沉笑笑："在找。"

张嘉凯没想到随意一提还真套出话来了，他问："真的假的？有目标了？"

杨继沉懒洋洋地靠在椅子里，嗓音低哑："嗯，算有吧。"

江珊低头喝可乐，吸管已经被咬扁。她用力吸了几口，最后里头只剩冰块，一吸，发出"噗噗噗"的声音。

三个人同时看向她。

杨继沉说："你这是在做五谷轮回排气？"

江珊窘迫。

鸡排店的老板娘喊道："你们的鸡排要加什么料？"

"四份都要孜然的，谢谢。"张嘉凯说。

"丁零零——"

鸡排店的门被推开，上头的铃铛响声清脆。

"YANG，你怎么在这里？"进门的女人吃惊道，声音柔软而娇媚。

几个人顺着声音纷纷抬头看去。

那女人一头大波浪，穿着红色格子的呢大衣，高跟长靴裹到大腿那儿，短短的小皮裙，不过身上没有那种烟尘气息，反倒很亮眼，而那双圆润可爱的大眼睛正直勾勾地盯着杨继沉。

女人说："你不记得我了啊？"

张嘉凯小声提醒："这是车行老板的女儿，祝菁。"

杨继沉"啊"了声，微微点了个头。

张嘉凯问："你怎么在这儿？"

祝菁回："我弟弟在这儿读高一，我今天接他放学，小少爷说要吃鸡排，我这不就过来给他买嘛。"

张嘉凯道："你对你弟弟真好啊！"

祝菁笑了笑，看向杨继沉。她说："我爸那边新进了一批车子，听说配置都是一等一的，你们有空要不要去试试看？"

杨继沉似乎来了点兴趣："你是指德国进过来的那批？"

"嗯，对啊。"

杨继沉："改天过去看看。"

祝菁递了张名片："你们想来就打我电话。"

"行。"杨继沉捏着名片看了几眼。

祝菁对老板娘说："拿一份孜然味的鸡排，打包，谢谢。"

张嘉凯说："我们的刚做完，老板娘你先拿一份给她。"

祝菁有些惊讶，但欢喜多过惊讶，拎上鸡排，走之前不忘说："真的谢谢了，你们记得来找我。"

"丁零零！"门又被合上了。

杨继沉把名片往张嘉凯身上一扔："收着。"

季芸仙恶狠狠道："对，你收着！"

张嘉凯蒙了："你生什么气？"

季芸仙不爽道："你装什么好人啊？给什么鸡排，还夸她，你是不是喜欢她啊？"

张嘉凯着急道："我怎么会喜欢她？你看不出来啊，这女的眼珠子都快贴在沉哥身上了，关我什么事儿，要有什么也是沉哥和她的事啊，我只是让她早拿早走。"

杨继沉踢了张嘉凯一脚："乱扯什么。"

江珊只觉得耳边"嗡嗡嗡"的，什么也听不进去。

季芸仙一副我不听的模样，任性地拿起包就走，张嘉凯好脾气地追上去。

杨继沉说："这鸡排，要不给你打包？"

江珊看了他一眼，摇摇头："不用了，我先走了。"

"我送你。"

也不知道从什么时候开始，他总是送她回家，江珊心里有点酸酸的，低声道："我自己坐公交车回去。"

她整个人像泄了气的皮球，眼神没有灵气。

杨继沉看着她，蓦地笑了："真不用我送？"

"不用。"

"行啊。"

江珊推开门，拢了拢围巾，半张脸埋在里头，双手插在校服口袋里，心不在焉地往公交车站的方向走。

车站都是等车的学生，江珊站在一棵树旁，拿出手机看了看时间。

车子正好驶过来，她收了手机，正准备上车，后衣领又被人拽住了。

杨继沉说："你还真以为我会让你一个人回家？也不看看这天色什么样儿了。"

江珊心头一暖，可转眼就看见他身后有个女人跑来，是祝菁，她还没走。

祝菁走过来，说道："YANG，我让司机先送我弟弟回去了。我想了想，要不我们现在去看车？毕竟最近来车行预约买这批车的人可不少哦，去晚了大概连尾气都闻不到。"

江珊就眼睁睁地看着公交车开走了。

杨继沉依旧拽着她的衣领，对祝菁说道："下次吧，我有事。"

祝菁说："你是指这位小妹妹吗？可以一起去啊。"

杨继沉瞧着江珊的神色，轻笑一声："不了，送她回家要紧。"

祝菁脸色有点难看："她是……"

杨继沉挑了挑眉："这位啊，你没听说过吗，我前阵子捡的小女朋友。"

祝菁瞳仁微震，这事儿她确实听说过，但半真半假，也没见杨继沉带出来过，以为是随便玩玩的那种。

杨继沉说："我们先走了，她赶着回家做作业。"

江珊被那句女朋友惊得不知所措，虽然这是他拿来拒绝祝菁的说辞。

他拒绝了祝菁……

江珊眼睛一亮。

第二天期末考试结束，铃声一响，教学楼拥出黑压压的人群，没一会儿，附近的街道开始被学生的身影覆盖。

校外的那家鸡排店却格外冷清，里头只有两个男人坐着。

老板娘苦笑道："这两天就做了你们两笔生意，真的开不下去了。"

张嘉凯挠挠头："老板娘，实不相瞒，上次尝过这里的鸡块后，我回去拉了好久。"

要不是为了等她们，他和杨继沉也不会再进这家店，外头实在太冷了。

老板娘"哎哟"几声："真吃坏肚子了？虽说我家的东西怎么好吃，但也不至于吃坏肚子吧。"

"嘿，谁知道呢，也许是吃了别的东西。"

鸡排店的玻璃门上贴着一张 A4 纸，上面写着"转让"二字。

杨继沉觉得好笑，闲聊道："老板娘，照理来说，旁边就是学校，生意应该很好啊，味道不好就找个口味好的小吃来做，稳赚。"

老板娘说："隔壁那小饭馆，米粒硬得嚼都嚼不动，但就是生意好，中午学生都排着队买，我这儿就比较冷清，夏天生意稍微好一点，天热，学生会来买几杯可乐喝。"

杨继沉说："确实，您这儿只有可乐味道最好。"

说说笑笑几句，张嘉凯手机振动，来了一条短信。

张嘉凯看了一眼，说道："冯姐发的短信，说是陆萧出院了，郑锋把人接回去静养了。哎，对了，你听说没有，郑锋前阵子突然在这儿买了套别墅，看样子是有长期待在这里的打算啊。"

"待在这里正常，半年后 CSBK 要在这里办，他手里有钱，买栋别墅算什么。"杨继沉捏着可乐杯，笑道。

"我倒是挺意外的，那天你在医院碰见郑锋，还以为他会火冒三丈呢，没想到他还一个劲儿地劝你去他那儿。沉哥，其实……说句实话，郑锋有两把刷子，要是真想——"

杨继沉似笑非笑地看着张嘉凯，张嘉凯吸了几口可乐，不再往下讲了。

他能明白的，杨继沉又怎么会不懂呢。

他们玩赛车的，要么家里有钱能供人去搞比赛，搞职业队，要么从最底层跌跌撞撞爬起来。好比他们这伙人，最开始的时候几个人合开一辆车，一边打工一边苦中作乐开着玩，后来认识了杨继沉，就跟了他。那会儿杨继沉手上也没多少钱，赢了比赛拿到点钱给他们每个人都买了辆车子，就这么几年下来，成了一个无名车队。

车队没有名字，这事儿说出去挺好笑的，那会儿杨继沉总说他没想搞这个搞一辈子，有名无名都一样，不过是为了生活罢了。

四年，摸爬滚打，像个职业车队一样还混出了头。

能坚持这么久的，总不会真是为了钱。就像那天老五说的，谁不想往高处爬，如果机会来了，张嘉凯倒是希望杨继沉能抓住。

不过人各有志，谁知道杨继沉到底怎么想的。

张嘉凯转了话锋，说道："陆萧的伤势应该是没什么大碍，但他一向睚眦必报，心眼小得很，后面要是找麻烦，我们倒无所谓，可江珊那边怎么办？上次他不就找了人跟踪江珊，我看，他是为了赢你不择手段。"

圈子里都传，杨继沉有了个小女朋友，一向不近女色的人忽然有了软肋。软肋，谁不想捏一把。

杨继沉靠在椅子里，眸色深了几分，说："不弄他他都来找麻烦了，这次也算给他提个醒。"转而嘲讽一笑，"他要是不搞点什么小动作，我杨字倒过来写。"

张嘉凯也笑了两声："哥，你老实和我说，你……喜欢江珊？"

杨继沉眉峰微扬，像在思索。

张嘉凯说："你别告诉我你对江珊没什么意思啊，还有陆萧，说到底还是因为他招惹了江珊。我可都听说了啊，就跨年夜那次，你们在超市碰上了陆萧，陆萧嘴贱，说了几句难听的话，再加上跟踪这茬儿，要不然之前陆萧张狂成那样也没见你动真格。"

杨继沉嘴角一勾："话都让你说了，我还能说什么。"

陆萧干的事儿太多了，以前他都懒得和陆萧计较，而江珊对他来说大概就是一个契机。

要说喜欢，应该是喜欢的吧。

有时候，杨继沉也想不明白这到底是什么感觉，因为算命的几句话开始注意这个女孩子，觉得逗逗她还挺好玩的，于是多放了几份心思在她身上。也想试着去了解她，逐渐地，她就成了一个他不由自主去靠近、关注的人。

江珊身上有种让人觉得很舒适的气质，干干净净的，又似乎散发着清幽的花香，很是让人放松。

说这人柔软吧，其实也没那么柔软，黑珠子般的瞳仁里漾着一股倔劲，有点小聪明，或者说有点古灵精怪，挺有意思的一个小女孩。

张嘉凯就当杨继沉承认了，有些激动，发自内心的激动。

他说："哥，你终于动心了啊，之前你难道就没遇到过心仪的？"

店里不准抽烟，杨继沉觉得嘴里干涩，舌尖舔了舔上牙，毫不犹豫道："没有。"

张嘉凯摇摇头，一副我不信的表情。

他们车队小有名气之后，爱慕杨继沉的女孩越来越多。女生嘛，都喜欢长得帅个子高的男生，偏偏这人还玩得一手好赛车，那种高高在上的感觉更是吸引了很多小女生。

要说美女，他们身边真的不缺美女，江珂和季芸仙搁里头也不算出挑，顶多是看上去比较稚气单纯。

张嘉凯自己都曾暗恋过一个小模特，他怎么也不相信杨继沉没有过心仪的女孩，就连周树他们读书的时候都有过喜欢的女孩子。

Fanggeboli

悲伤电影

My little girl

　　"丁零零——"玻璃门被推开，季芸仙迈着欢快的小步伐蹦到张嘉凯身边，她身后跟着魂不守舍的江珊。

　　杨继沉用脚拉开椅子，给江珊腾出能坐进去的空隙。

　　看她耷拉着头，杨继沉吸着可乐，问道："考砸了？"

　　江珊看向他，目光有些怨念，但她什么也没说，只是点了个头。

　　季芸仙说："这次英语有点难呢，特别是阅读理解和听力。"

　　杨继沉笑笑，对江珊说："你成绩不是挺好的吗？也觉得难？"

　　江珊烦恼道："有点吧。"

　　这次考试的难度确实比之前做的模拟试卷要大一点，但主要问题还是在自身，她分心了，在做听力的时候走了神，再回过神，已经不知道播放到哪儿了。

　　边上那人眯眯眼，似乎一眼就能将她看破，他压低声音问道："你考试的时候在想什么？嗯？"

　　江珊绷直身子，一脸刚正地摇头。

　　"是吗？"他懒洋洋地笑着。

　　从鸡排店出去后，季芸仙想要买衣服，逛了一圈也没挑到喜欢的。江珊慢腾腾地跟在最后，还在为那几道题目纠结不已。

走着走着，前面的人忽然停了，江珸急刹车，但还是撞在杨继沉背上了。

男人的背脊坚硬如山石，撞得江珸眼冒金星，往后跟跄了几步。

眼前是一家新开的商场，规模不大，但里头的商店类型应有尽有，二楼是电玩城。

季芸仙前阵子就和江珸说过，很想来这儿玩。

那两人欢天喜地地上去了，季芸仙还不忘回头朝江珸招手："你们快点呀。"

杨继沉双手插在裤袋里，看着江珸："你再心不在焉地走路，就要掉进那水池里了。"

他眼睛往边上的喷泉瞟了瞟。

"噢……"江珸低低道。

杨继沉伸出一只手，掌着她脑袋拍了两下，带了点力，将人往前挪。

"行了，考都考完了，想那么多有什么用，下回专心点，好好考。"

他迈着长腿往电梯方向走，江珸快步跟了上去，嘀咕道："说起来轻松。"

杨继沉说："你的意思是下回也很难考好？江珸，那就不是试卷难了，是你笨。"

"笨"这个字仿佛一直是暧昧关系的代表词之一，一个男生说一个女生笨的时候，往往都令人遐想。

江珸压下心头的悸动，小声回击："你才笨……"

他们坐电梯上去的时候，季芸仙和张嘉凯已经拿着游戏币在抓娃娃了，季芸仙一会儿瞪大眼睛，一会儿烦躁地扭两下。

江珸看着张嘉凯几番失手，情绪也不自觉地跟着他们起伏，摇头叹气。

季芸仙快把张嘉凯捶死了。

"你不是说你抓娃娃很厉害的吗？"

江珸看得蠢蠢欲动，换了十个游戏币，也投入了这场战役中。

抓起，松落，抓起，滑掉。

很快，十个游戏币被机器吞完了。

江珸双手扒在玻璃罩上，只能与它们遥遥相望。

杨继沉倚在边上，目光一直流连在江珻身上，见她这样，忍不住笑了起来。

江珻觉得这是徒劳无功，想收手，身后却突然多了个人。

杨继沉弯腰，塞了两个游戏币进去，双臂从她身后环绕到她胸前，一手轻捏着方向遥控杆，一手搭在大红按钮上。

他呼吸均匀平稳，有淡淡的烟草味儿。

杨继沉低笑着："小笨蛋，看好了。"

他的语气里带着点倨傲，嗓音混着烟草熏过的沙哑。

江珻被他圈在怀里，一动都不敢动，玻璃罩上映出她红红的两腮，像熟透了的秋柿子。

话音刚落，杨继沉一按红色的按钮，夹子往下一张一合，稳稳地抓了一只小兔子玩偶。

江珻惊叹，怎么一抓就中！

季芸仙摇着张嘉凯的手臂："为什么沉哥就能抓到，我也要！"

"好好好，你等着。"张嘉凯一向有耐心，继续再接再厉。

杨继沉俯身，从出口拿出那只小兔子玩偶往江珻怀里一塞，问道："还想要吗？"

江珻说："你还能抓到吗？哪有这么容易……"

她从小到大从来没有抓到过一个，这机器就是吞钱的玩意儿。

杨继沉又往里面投了两个币，轻而易举地又抓了一个。

这回江珻是真信了。

她仰着头问道："你是有什么技巧吗？"

小姑娘的眼睛亮晶晶的，里头是崇拜是惊讶是向往，这让杨继沉心情很愉悦。

他懒懒一笑，说："对啊，有技巧。"

"什么技巧啊？"

杨继沉指了指自己的脑袋："靠脑子的，教不了你。"

二十来分钟过去，杨继沉几乎把里头的娃娃一夹而空，而江珻快被娃娃湮没，一个个叠在她怀里，遮住了她的视线。

电玩城的老板都被炸出来了，哭丧着脸道："这位小兄弟，我这儿其他的游戏机今天任你玩，但这抓娃娃机能不能算了？"

杨继沉挑起半边眉，嘴边挂着淡笑，语气轻飘飘的："这你得问她。"

　　老板"哎哟"两声，对江珅道："小姑娘，你男朋友对你是真的没话说，抓了这么多也差不多了。你要是还想要，我送你个大的，然后放过叔叔的店行不行？"

　　江珅晃了两下，从玩偶夹缝中看着老板，软软道："没事的，我们不抓了。"

　　老板感动得潸然泪下，朝边上的店员招了招手。没一会儿，店员拿了个大章鱼过来。

　　杨继沉将其捏在手里："谢了。"

　　老板道："是我谢谢你啊。"

　　杨继沉笑笑，大手裹着江珅的后脑勺往电玩城的墙边走。那边有几张椅子，他往那儿一坐，好笑地看着江珅，看她累得慌就从她怀里拿下了几个娃娃。

　　江珅终于可以自由呼吸，大口大口地喘着气："其实你不用抓这么多。"

　　"我又没说都送给你。"

　　江珅眼睛睁大，转念一想，也对，他这么熟练的技巧，应该是从哪个女孩身上历练得到的。

　　江珅气鼓鼓的，刚要开口，又听见他不紧不慢地说道："不送给你，还能送给谁。"

　　他说："你傻不傻，还瞪我。"

　　墙边光线暗淡，边上无人操作的机器屏幕上画面变化，忽明忽暗的光线流转在他身上，而他嘴角挂着若有似无的笑意，一双黑眸盯着她，整个人看起来慵懒而温柔。

　　江珅喉咙一紧，一种酥麻的感觉传遍四肢百骸，她眨了眨眼睛，恢复成正常的表情。

　　"没事儿啊，你还可以送冯姐，送栀夏姐，还有你认识的别的朋友。"她低低地说，尽量让自己看起来自然平静。

　　杨继沉嗤笑一声："我有毛病吗，抓娃娃送她们？"

　　"那你……"送给我就没毛病了吗？

　　后半句江珅没敢说。

　　杨继沉说："不想要？那就——"

"没有！"江珂打断他，"想要的……"

杨继沉笑了声，把大章鱼往椅子上一放，起身："在这儿等我一会儿，我去找老板要个袋子。"

"好……"

江珂看着怀里这些花花绿绿的小娃娃，有种无法形容的满足感。

从小到大，江眉给她买的玩具并不多，她拥有过的最大的一个大概就是十岁生日时江眉送给她的，一只安了电池会唱歌的大白兔娃娃。后来随着长大，她对这些东西的欲望也自然而然地淡了。

可其实，内心还是有遗憾的吧。

季芸仙不知道从哪儿冒出来，从她怀中揪了一只小青蛙揉捏："嘉凯太菜了，一只都抓不到，有沉哥这种大神在，居然不讨教讨教。"

江珂心想：讨教不到什么吧，他应该会很不以为然地和张嘉凯说，靠脑子就可以抓到。

见季芸仙爱不释手，江珂说："你拿几个吧，太多了。"

季芸仙霍然一笑："我拿你的干什么，这是沉哥抓来哄你的。"

哄她的？

季芸仙用手捏住鼻子，另一只手臂晃在前头，问道："你知道这是什么吗？"

江珂愣愣地看着季芸仙。

季芸仙说："大象啊，你看，我还是识相的。"

傍晚六点多的时候，江珂打算回家了，她一个人先回。

她没和江眉说会晚回去，江眉最近在厂里加班，一般晚上七八点才回去，她要在江眉回去之前赶回去。

季芸仙失望道："不一起吃饭吗？这里新开了家火锅店。"

江珂说："这次考得不好，现在这么自由的话，寒假就不能找你玩了，你们去吃吧，我先走了。"

"那你路上……噢，那你们路上小心。"

你们？

不知何时，杨继沉已经站在她身边，他拿过她手里的袋子说："我送你回去。"

也不知何时，送她回去这句话好像成了他的口头禅一般。

江珃说："你和他们一起吃饭吧，我自己回去就好了。"

杨继沉："我闲着没事做在这里做电灯泡？"说完，他掌着她的脑袋把人往电梯里塞。

季芸仙笑眯眯道："再见。"

华灯初上，夜幕像一层黑纱笼罩下来，街道两侧的店铺都已有些年头，里头亮堂的灯光照亮了整条路，红白相间的格子路面干净平整，逛街的人络绎不绝，遇上旁边有停自行车和电瓶车的，人只能靠边站点，排成单排通行。

江珃跟在杨继沉身后，一步踩在白格子上，一步踩在红格子上。

他实在比她高太多，像一座山一样，遮住了她眼前所有的光。

穿过十字路口就是公共汽车总站，江珃停顿了一下，又快走了两步和他并肩。

"你也坐车回去？"

"嗯，今天没开车出来。"

江珃抱着大章鱼，吸了吸鼻子。

杨继沉边走边瞟了她一眼，她的小半张脸埋在红色的围巾里，耳尖和鼻头都被冻得通红，纤长的睫毛一扇一扇似蝴蝶振翅，而抱着章鱼的双手半缩在校服袖口里。

"很冷？"他问。

江珃点点头："你不觉得这天越来越冷了吗？而且晚上气温更低。"

"还行吧。"

江珃抬头看了杨继沉一眼，依旧是那副酷酷的样子，黑色的羽绒服永远都是敞开着的，里头只有一件薄薄的白色毛衣，下身是一条牛仔裤。

江珃看着他颀长的双腿，觉得这人肯定不穿秋裤、保暖内衣之类的。

"啊——"江珃被脚下凸起的方格子地砖绊了一下。

杨继沉伸手一捞，嘲笑道："我看你一个人回家的话估计得掉下水道。"

江珃抱紧大章鱼，尴尬地站直身体。

杨继沉把她拽到右手边，靠里的路比较好走。

他说："你一天到晚在想什么？"

"没想什么……"

杨继沉"哧"了声，缩回手，重新插回裤袋里，不徐不疾地走着。

江珈看见粉色的章鱼腿随着她的脚步起起落落的，偶尔会蹭到他的衣角。

杨继沉："你傻笑什么？"

江珈的笑僵住，默默敛了嘴角，可没过三秒，又不自觉地扬起一个弧度。

她笑起来时眼睛会弯成月牙，唇红齿白的。杨继沉觉得她可以参加"最美微笑天使"之类的活动，这种笑容很清澈柔和，很养眼。

"笨蛋。"他说。

公交车总站附近摆着许多冒热气的小摊，茶叶蛋、玉米棒、关东煮的香味一阵一阵地飘来。

两个人进了站台，坐上520号线。车厢里没人，江珈跟着杨继沉坐在了倒数第二排，她坐靠窗的位置。

他人高马大，将这双排座位衬得格外逼仄，一双大长腿无处安放。

过了一两分钟，售票员和司机还是没来。

江珈从窗口探出脑袋张望了下，问道："我们会不会坐错了车？"

"你问我？你不是经常坐的吗？"

"可是我一般不来总站坐车。"

她半扭着身子，像小狗一样趴在窗口，小脑袋转来转去，红色的围巾被冷风吹得扬起，打在他脸上。

"等着就行了，你不冷？"

杨继沉抓住她的围巾，把人给拽了回来。

劲道大了点，江珈没稳住，"咚"地仰面倒在他怀里，脑袋撞在他胸膛上，双腿跷起。

杨继沉低头看着她，嘴角微勾着，似在笑她这副模样。

一个仰头一个低头，四目相对又错开，他的视线落在她的嘴唇上，她的视线定格在他的下巴上。

夜色蔓延进来，空荡荡的车厢仅靠着一抹淡薄的自然光以显存在。

黑夜将一切感觉都放大，他温热的气息洒在她脸上，江珩听到他的心跳声，有力如鼓鸣，"怦怦怦"。

一阵冷风从车窗里灌入，吹起她的几缕秀发，像一片羽毛轻轻刮过他的脸颊。

一转眼的工夫，司机和售票员都上来了，三三两两的乘客也上了车。

售票员卖完前排的票，走到江珩边上："到哪儿？"

"二斜口，两张。"

"两张？现金还是刷卡？"

"嗯，现金。请问还要多久发车？"

"五分钟。"

"好，谢谢。"

江珩递了张十块钱，换来两张橙色的公交车票根。

售票员坐回专属座位上，和司机聊天。司机拿着茶杯吹气，热气糊住了他的镜片。

江珩将票根放在皮夹子的夹层里，放完去关车窗，旁边忽然多了道阴影，携来些许热气。

杨继沉抛给她一杯奶茶，江珩刚握到手里就急忙放下它，揉搓着指腹，烫得拿不稳。

"你去买奶茶了？"

"不然路上捡的？"

杨继沉把吸管插进去，靠在椅子上，大口吸着，一脸的随意。

车身微微颠簸，司机一挂挡，车子渐渐驶出总站。道路边是一排韩式烧烤店，屋檐下挂着长达五六米的星星吊灯，被寒风吹得摇摇晃晃，路上的人裹紧衣服，三三两两簇拥着走了进去。

江珩等奶茶温了才喝。

是原味的珍珠奶茶，味道甜而不腻。

杨继沉身子斜靠着，看着江珩。

她喝饮料似乎一直是这副样子，喜欢用双手捧着，那天喝冰可乐还用纸巾把可乐杯裹住。

吸上几口珍珠，她嚼着，腮帮子微鼓。

杨继沉右手握着奶茶，左手伸向她的脸，扯了扯。她虽然瘦，但脸有点婴儿肥，捏起来软软的。

江珬差点呛到，瞪着大眼睛看他。

杨继沉说："你吃东西时怎么那么像松鼠，松鼠就是喜欢捧着啃的。"

江珬仍愣愣地看着他。

"还冷吗？"

"啊？哦……不冷了，车里有暖气。"

"你喜欢喝奶茶？"

江珬说："嗯，还可以吧。"

杨继沉说："我听季芸仙说，你以前和她专门跑了好几条街去买奶茶喝，真有这么喜欢？"

"也不是，只是那时候觉得比较好玩吧，大家都在说那家店的奶茶好喝，但太远了，周末没事儿做就一起去了。"

杨继沉"嗯"了声。

那是高一时候的事情了，短短几年，茶饮行业发展迅速，墨城的两条主干道上已经有连锁的茶饮店，那会儿卖这些饮料的都是很小的店，同时还卖比萨、汉堡之类的。

公交车停靠学校的站台，一窝蜂上来六七个学生，有人眼尖，一下子瞟见坐后头的江珬。

一个胖胖的女生朝她招手："江珬！"

江珬听到声音，往前一看，也挥手示意了下。

胖女生和另外一个女生坐在了江珬前面的位置，转过头来问道："你怎么也那么晚回去，去逛街了吗？"

"嗯，对啊，你们呢？"

"我们刚刚去逛超市了，就街角那边新开了家小超市，卖的进口零食，看起来味道一般般，我就只买了两根大棒棒糖。"

江珬笑笑。

胖女生打量了几眼杨继沉，再瞧瞧江珬，小声问道："这是你男朋友？"

杨继沉低头在玩手机，车厢里光线暗淡，他的面容有些看不清，但感觉很俊朗。

学校里早有传闻，说江珬有个玩赛车的男朋友，但江珬从来没提过，问起这事她也只是摇摇头。

江珬轻声道："不是……"

胖女生挤眉弄眼道："咦……我懂的。"

江珬笑："你懂什么？"

"就还在播种阶段，没开花结果，我们都懂的。"胖女生用手挡住嘴巴低低道，"他很帅啊。"

"嗯……"江珬吸了口奶茶，含混不清地回答。

江珬瞄了一眼杨继沉，他不知道在看什么看得很专心，丝毫没有被她们影响。

胖女生说："对了，数学的最后一题，第二问你的答案是多少？"

江珬说："好像是2。"

"2？我听她们说是 -1。完了完了，我也是 -1，肯定错了。那英语你考得怎么样？"

"一般般吧，不太好。"

"啊？怎么可能，你英语不是一直挺好的吗？那填志愿的事情考虑过了吗？我妈借了本填志愿选学校的书，帮我看了看，我可能得跑外地去了，本地高校的分数够不上。"

"我还没考虑，看下个学期二模成绩吧。"

"本地的大学你肯定考得上的啊。"

江珬说："不好说。"

没聊几句，胖女生到站了。

车厢里除了他们两个就只剩几个老头老太，又恢复了刚才的安静。

杨继沉按了几个键，编辑短信发送，随口问道："大学要上这边的？"

江珬说："嗯，我妈只有我一个人。"

杨继沉抬起眼皮："家里没其他人了？"

"没有了。"

"你读文科还是理科，以后打算读什么专业？"

"文科，学校主攻政治。"江珬想了想，"专业的话我可能报不了想去的那个，我还挺想学音乐的。"

杨继沉眉峰一挑，似很意外。

"音乐？不能考音乐学院吗？"

"这个得先参加艺考，我是纯文化生，如果参加艺考再高考的话，学费很贵，我妈负担太大了。况且大学念什么不都一样嘛，只是要张文凭罢了。"

杨继沉笑了声："这么没志气？"

"那你呢，你大学念的什么？难道你小时候就立志要做一个赛车手了吗？"

杨继沉双腿交叠着，漫不经心道："我没念大学，高中毕业就出去混了。"

他资料上显示是二十四岁，她以为他近两年才大学毕业。

杨继沉嘴角勾着浅笑，看起来并不在意这些。

他说："我哪有钱上大学，半夜惊醒都怕被人一刀砍了。"

江珊觉得不好多问，于是用沉默回应他。杨继沉也不往下说了，只说："你想学什么就学什么呗，到了大学也有别的方法学，外地的更好的学校能考上就去，难不成你要为了你妈在这里守一辈子？"

杨继沉的话不是没有道理，江珊也曾考虑过，但真要一个人跑到外面，她莫名就开始胆怯了。那是一种很迷茫的感觉，也许是不曾有过类似经历，所以才让人不安担忧，又或者是缺了一份勇气。

江珊低着头，好一会儿才问道："你在这里比完赛后要去哪儿？"

杨继沉侧头看她，少女乌黑的头发被一根黑色的皮筋绑着，耳朵软白如玉，声音干净清爽，带着这个年纪独有的清新和柔软。

杨继沉眼眸微沉，浅笑道："大概去一个我也不是很确定的地方。"

林间小路像一条随意飘落在山峦上的丝带，巍峨粗壮的梧桐树枝干茂盛，结实的树根牢牢抓住泥土，露出的树根盘根错节，而那枝头肆意地生长，两侧的梧桐树几乎快遮住天空。

山坡上是成排的水杉树，而山坡下千万家灯火闪烁，星星点点，在这寒风凛冽的夜里散发着温暖。

江珊和杨继沉并排走着。

她记不清这是第几次和他一起走这条路了，回想起来，记忆最深刻的就是第一次的时候，突然从树林里窜出几个大汉，戴着口罩，手里挥着棒球棒，像猛兽一般扑上来，气势汹汹。

江珅不明白陆萧为什么要找人跟踪她，总之，从第一次遇见杨继沉开始，她就隐约觉得有什么将他们绑在了一起。

陆萧对杨继沉可以说是恨之入骨，光凭他这几次的作为就能知道这个人有多难缠多记仇。

他们安静地走着，脚踩在碎石子路上的摩擦声格外清脆。

江珅问道："那个陆萧他怎么样了？"

杨继沉拿着烟盒抖了两下："今天冯姐给嘉凯发消息，说他出院了。"

"那你们半年后的比赛他能参加吗？"

"看恢复情况吧。"

"他不会就这样收手对吧，我听芸仙说，那个人好赌，欠了很多钱，靠比赛赚钱，所以才这么针对你。"

杨继沉把玩着烟盒："他都能把上千万的家底败光，你说他好不好赌？正规比赛也拿不了多少钱，还不够他塞牙缝的，玩车本来也挺费钱。"

其实在陆萧正式进入云锋队之前，杨继沉就知道陆萧了，那时候他也还没认识张嘉凯他们，没有车队，一直一个人混。

十八岁接触的这个行业，靠玩一些地下赛车和高危赛车赚钱，奖金越高越危险刺激，这世上总有人吃饱了没事干，出一笔悬赏金额，然后看他们拿命去搏。

刺激、自由、狂放，是那群人的最终追求。

杨继沉淡然道："你怕什么，我在这里，他能拿你怎么样？"

江珅垂眸笑着："我知道的。"

这条路似乎很短，三两步就到了家门口。

停在他的院子门口时，江珅刚想说再见，鼻尖突然一凉，刺骨的冷风一吹，冻得人抖了抖。

江珅抬手摸了摸鼻子，凉凉的，还有点湿。

她抬头，借着她家院子里的微光能看见幕布一般的黑夜里飘落下来密密麻麻的白色雪粒，轻缓地、无声地、温柔地落下。

下雪了。

怪不得最近越来越冷。

杨继沉把袋子递给她："小笨蛋，拿好你的战利品。"

一片雪花落在她的睫毛上，她眨了眨眼，说道："放你那儿吧，不然我不知道怎么和我妈说。"

"要寄存在我这儿啊？"杨继沉挑眉道，"我收费的。"

江珺知道他在开玩笑，问道："那请问多少钱一天？"

"怎么着也得 520 一天。"

江珺微微怔住，耳尖泛红。

杨继沉指指她手里的章鱼："这个也放我这儿？"

江珺捏着章鱼腿："这个我带回去吧。"

小路尽头，就刚刚他们走来的方向，传来电瓶车的声音。

江珺仔细听了一下，像只刺猬般竖起刺，果决道："我先回去了，再见。"

说完，她头也不回地跑了。

杨继沉望着她慌张的背影无声地笑了下，拎着一袋娃娃往屋里走。

江珺奔回家，藏好大章鱼下楼时，江眉正好推门而入。

江眉拎着菜走到厨房，一刻也不停地忙着洗菜烧饭。

不过江眉脸色不佳，看上去有些恍惚。

江珺走到她身边，帮着切菜淘米，水花溅到脸上，冰冰凉，像被扎了针似的，手指头从冷水里兜一圈，骨节便泛红了。

江眉回了神，拿过江珺手里的米篮子："我来，你去看书。"

"没事的。"江珺又拿了回去。

江眉侧目注视着江珺，细长的眸子里有什么情绪在波动。屋里只剩下流水声、淘米声，深冬的夜静得出奇，静到让人不由自主地想蜷缩在一起。

江眉撑在洗手台上的双手渐渐握紧，沉默了好一会儿，深吸一口气，以寻常的语气问道："今天考试考得怎么样？"

"我感觉……有点不好。"

江眉切菜："觉得哪门功课考得不好？"

江珺回："英语。"

"上次期中考试考了多少？"

"137 分。"

"137分……那这次你估计自己能考多少？"

江珅手上的动作放慢，思忖道："125分左右吧。"

江眉"嗯"了声，昏黄的灯光下看不清她的神色，只听她淡淡地说："看年级排名就可以了，卷子难的话别人也会觉得难。上次说要买的试卷买了吗？同学之间有说要去补课的吗？"

"打算拿成绩报告单的时候再买，补课的话没听谁提起过。"

江眉说："要不要试着看看其他城市的学校？"

江珅略微惊愕，短短两三个小时之内被三个人问到这个问题，但她压根儿没想到江眉会问她本地外地的问题。从江眉以前的意思看，貌似是希望她留在本地的，墨大在本省也是排名不错的高校。

江珅回答："可是之前你不是让我最好考本地的吗？"

"我听我同事说，浙州的华西大学不错。"

江珅瞪大眼睛，不可思议道："华西大学？"

江眉吸了吸鼻子，眼睛被洋葱熏得通红，似乎连喉咙也被熏到了。她哽咽地"嗯"了声。

"妈……你最近怎么了？"江珅抬头看江眉。

自从孙婆婆突然进医院以后，江眉整个人似灵魂出窍一般，经常出神，睡眠质量也下降了。孙婆婆那边有自己的子女照料看护，也不是病危，江眉这么分心实在不合常理。

"没什么。"江眉继续切洋葱，眼眶里的泪水在打转。

这顿饭吃得食不知味，吊灯凄凉地垂着，电灯泡散发的光只照亮了客厅的中间部分，那些边边角角被虚化被忽略。

江珅不知道江眉到底怎么了，但这种感觉似曾相识。

她敢猜，却不敢问。

江珅吃过饭，踌躇了会儿才上了楼，江眉默不作声地在下面洗碗整理。

江珅把期末考试的试卷摊在书桌上，打算把一些题重新做一遍。

"叮"的一声，手机屏幕亮起，有一条未读短信。

江珅点开，发件人显示是杨继沉。

"那些小玩意儿都给你收好了，要来看看吗？"

江珅朝窗户那边瞥了一眼，窗帘遮得严严实实，只透出些许隔壁房间的灯光。

江珸手指微动，回了两个字：不了。

他秒回：那真是遗憾，我都给它们取好名字了。

江珸"扑哧"一下笑出声，回道：取了什么名字？

杨继沉回：你开窗。

江珸盯着这行字楞了会儿，不待大脑思考，身体就自觉地走过去，打开窗。

杨继沉站在窗前，伸出手："过来。"

江珸惊讶地用手指头指指自己："你要我跳过去？"

"不然呢？你有翅膀？"

江珸双手抵在窗台边上，小声道："我妈要是发现了就糟了。"

杨继沉缩回手，斜靠着墙壁，闲散道："那今晚小黄、小绿、小白什么的，我就随便玩了。"

江珸好笑地看着他，这人就是故意的。

她说："免费借给你玩一晚上。"

"哦？"杨继沉尾音上扬，颇有兴趣道，"那小江借不借？"

江珸一时没反应过来："小江是——"

后知后觉的她微咽口水，心脏"怦怦怦"地乱跳。

杨继沉看着她，继续用低沉性感的嗓音问她："借不借？"

江珸良久才憋出一句："你乱说什么……"

没有半点怒气的语调，带着南方女孩子的软糯，像在和亲近的人打情骂俏。

杨继沉嘴角噙着笑，说道："有个老板送了我几张电影票，你想看吗？"

江珸的心都快跳出喉咙了，脑海中冒出的第一个词语就是约会。

他是要和她约会吗？

杨继沉说："你想不想看？过段时间即将上映的一部小众电影，电影院有试映。"

江珸问："什么时候啊？"

"年前吧。"

"行啊，就我们两个吗？"江珸低声道。

杨继沉想了想："还有张嘉凯他们吧。"

啊……果然。

江珊心里一轻松，但莫名又失落起来。

杨继沉直起身，捂着脖子动了动："那你早点睡，别想那些有的没的了，我去找小绿一起洗澡。"

江珊笑道："那你可别把小绿洗褪色了。"

杨继沉笑笑，关了窗，开始脱衣服打算去洗澡。

江珊怔了一会儿，连忙关窗拉窗帘。

他那边没有窗帘也不知道往里走一点嘛，就这样脱了衣服。

江珊坐回桌前，拿出皮夹子里那两张公交车的票根。长方形的票根上，字体颜色是橙色的，中间印着"五元"二字，车票纸很劣质，一不小心就会撕破褶皱。

不知怎的，票根上似乎飘着一股香甜的奶茶味。

江珊拿过书架上的字典，将票根夹在了以字母 Y 开头的页面里。

抹平，放整齐，这是她从未有过的小心翼翼。

这场雪下了个把星期都没停过，每家每户的院子里都积了厚厚一层白雪，于是江珊每天多了一项任务，铲雪。

门口的要铲，阳台上的要铲，窗台上的更是要抖掉一点。

江珊在阳台铲雪的时候碰见过几次杨继沉，他出来收衣服，毛衣和牛仔裤都被冻成抹布，甚至底下滴着的水珠都结成了冰锥子。

他有时候是宿醉刚醒，眼睛都是血红的，扯下被冻得冷硬的衣服，会不满地皱眉。

他问她："你们这边冬天都这么冷的？"

江珊说："很少这样。"

墨城虽然年年会下雪，但是下的时间很短，雪又很薄，基本上第二天太阳一出来就融化不见了，所以小时候看见雪，都会格外兴奋。

他后来再出来收衣服的时候就见怪不怪了，揪着四四方方的内裤低骂了声"老子怎么穿"，然后没什么表情地进屋了。

江珊拿到成绩报告单之后一直待在家里，成绩没有达到她理想的分数，但也不算差。

发成绩的时候，季芸仙不满道："你们这些好学生，每次考试都说考得不好，但结果呢？每次都好得要死，我好不容易以为自己这次能考得好一点，结果比上次还差，怎么这么邪门？"

江珅不紧不慢地说："那是因为你分心了。"

季芸仙笑起来："你这语气怎么和沉哥那么像？"

江珅紧张地问："没有吧……哪里像了？"

"你心虚什么？"

"我没有。"

"你还说没有，你脸都红了！"

江珅收拾好东西逃了，季芸仙在后面大喊："下次被我逮到，你等着被我盘问！"

成绩不算差，这让江珅松了一口气。高考仿佛是唐僧取经的另一种演绎模式，要历经九九八十一难方能成佛，这只是其中一难。

第二天一早，江珅吃完早餐开始铲雪，一时心血来潮在阳台上堆了个雪人。

隔壁的阳台上还挂着昨天晾的衣服，照理来说杨继沉等会儿就会来收衣服了。

可江珅没等到他，等到的是季芸仙的一通电话。

季芸仙着急道："小珅！出事了！沉哥进派出所了……"

江珅木讷地站在阳台上，手往阳台栏杆上一撑，哗啦啦，成片的雪往下砸落。

她好像察觉不到什么冷热的知觉，有什么从脚底窜上来，一把揪住她的心。

江珅拿上钱包和证件，飞快地跑了出去，一步一个脚印，小路上很快留下一排。

江珅在去派出所的路上拨了季芸仙的电话，仔仔细细问了个清楚。

季芸仙也是听张嘉凯说的，事发突然，除了杨继沉，没人知道到底发生了什么。

人是凌晨四点多进去的，听说是在路上发生了车祸，和另一个开摩托车的人撞在了一起，警察来处理的时候怀疑他们吸食了毒品，就把两个人都带回了派出所。另外那个人疯疯癫癫，症状极其符合吸毒的反应。杨继沉受了点轻伤，其余都没什么，但还需要等待血检和尿检。

江珅脑子"嗡嗡"的，抓着手机问道："轻伤？伤哪儿了？张嘉凯他们有见过他吗？"

季芸仙叹了口气："我也是早上醒来刚看到的短信，不知道他们处理得怎么样了，检查结果应该没那么快出来吧。"

公交车颠簸地行驶着，到派出所的时候，江珅一下车就干呕不止，心悸心慌，骨头都是软的。

江珅在派出所门口碰见张嘉凯，张嘉凯在打电话，边打边来回走，气急败坏地对着电话一通乱吼。

张嘉凯一向温和，这是江珅第一次见到他这样着急没耐心。

张嘉凯挂了电话，双手叉腰，深吸了几口气，一抬眸正好看见江珅。

她大口大口地喘着气，头发被风吹得凌乱不堪，欲言又止地望着他。

张嘉凯有些意外："你怎么来了？芸仙和你说的？"

"嗯。他怎么样了？"

"还在等。"张嘉凯挠挠头发，烦躁得很，"都是陆萧搞的鬼。"

江珅问："陆萧？你是说和杨继沉撞一起的人是陆萧的人？"

"嗯，那人我见过一次，跟个癞皮狗一样，给点钱什么坏事都做。"

"那怎么会和毒品扯上关系？他们不会用什么手段让杨继沉沾上吧？"

张嘉凯道："现在就烦这个，就怕误食，到时候跳进黄河也洗不清。那个癞皮狗有吸毒史，这点我们多多少少知道点，我估摸着陆萧是想找他来撞沉哥，没想到他吸了毒不靠谱，翻车了。"

江珅抬手了揉太阳穴："那个陆萧，还会有下次的对吧？"

那样的人，三番五次找麻烦，像条疯狗一样，什么都不怕，什么都敢做。

张嘉凯说："只要沉哥在这条船上，他就会想办法把人踢下去。哪个行业不是这样，一山不容二虎。总有人会动歪心思，要是人人都真善美，那就简单了。"

张嘉凯见江珅忧心忡忡，安慰道："要不你先回去？等结果出来我打你电话，在这里等也不知道要等到什么时候，人在里面，见不到，我想……应该没什么事的。"

江珮摇摇头："我就在这里等吧。大厅能待人吧，我在那里坐着就好。"

张嘉凯说："行，那就进去坐着吧，外面冷。"

江珮和张嘉凯说了会儿话，问了事情的始末。

张嘉凯说："昨晚朋友的朋友新店开业，我们就去玩了一晚上，凌晨三四点散的，我和沉哥不同路，后来就接到电话通知了。"

江珮看向他："他电话通知的对象是你？"

张嘉凯笑笑，低下头说道："沉哥他……没什么亲人的，一直都是一个人，我也是。可能家庭情况比较相似，我们两个人走得更近一点，有什么就相互帮衬一把。"

江珮才发觉自己对杨继沉一无所知，关于他的过去，关于他的家人，关于他的喜好，她通通都不知道，只看到了他傲气的一面，很吸引人。

江珮的声音也不自觉地放轻了，一张口，微微呵出雾气。

她说："你们认识多久了？我听他说，他十八岁就开始接触赛车了，那时候似乎挺辛苦的。"

换作别人，张嘉凯铁定是不愿意多提的，杨继沉真反感这些，而且这是个人隐私，没必要拿出去当作八卦一样一说，但眼前的是江珮，是杨继沉喜欢的女孩子。

张嘉凯觉得挺稀奇的，杨继沉居然会喜欢江珮，这才认识多长时间，那样一个不把感情放眼里的人居然也想开始一段感情了。

张嘉凯说："我们三个和沉哥认识有四个年头了，栀夏比我们早一点，好像沉哥十八岁的时候就认识她了。栀夏跟着他从老家跑遍全国各地。女生玩赛车的很少，栀夏算里面很优秀的了，也有一股韧劲，这么多年一直揪着赛车不放手。之前的事情我也不是很清楚，但从我认识沉哥开始，他这人就挺潇洒的，但凡是从底层摸索着起来的，谁没点说不出口的过去。我们不像那些自小有条件接触这个行业的人，就好比，你们都是从幼儿园开始上学，一步步，接受正规教育。我们就像没上过小学的插班生，一边念初中一边补小学，而且还是自己硬塞钱进来的那种。"

张嘉凯顿了顿继续道："你别看沉哥现在酷得很，谁都不放眼里，刚开始的时候真的辛苦，是谁都可以把他踩在脚底下的人。不过不知道你能不能明白，有些人骨子里就是骄傲的，即使被人轻贱，他也不会自轻自贱。"

江珊点点头："我明白。"

杨继沉就是这样的人。

江珊几乎可以想象他十几岁时那种轻狂、不可一世的模样，即使在泥潭里跌滚，他依旧有着铮铮铁骨，像一只永不低头的豹子。

江珊的眼里有光，张嘉凯迟疑了几秒，忽地低头一笑。

"江珊。"

"嗯？"

"其实……其实沉哥很好的。"

江珊察觉到这话里的深层含义，不自在地别开目光，轻轻道："我知道的。"

张嘉凯说："我告诉你个小道消息。"

"什么？"江珊朝他靠近了点。

"从我认识沉哥开始，他就没谈过恋爱，好像没有喜欢过的女孩子。"

江珊想起第一天见面时周树他们说的话，听起来杨继沉似乎是个花心浪荡的人，而且在 KTV 里他很自然地调戏了那两个女人。

张嘉凯说："你别怀疑，我没骗你，真的。"

江珊依旧不信，杨继沉那样的人会四年没有恋爱过，没接触过女生吗？

张嘉凯摊手："完了完了，看来沉哥在你心中形象不怎么好啊。"

江珊浅笑着："这要怎么信？"

张嘉凯哭笑不得："那以后你自己问他。"

江珊心头微动，张嘉凯这话她算半信半疑吧。

她喜欢杨继沉，可那个人会喜欢她吗？有时候江珊觉得这种暧昧也许对他来说根本不算暧昧，他对女孩子应该都是这副样子，不会刻意避开，不会冷漠推开，吊儿郎当地开几句玩笑，调侃调侃。

而杨继沉似乎从一开始就在逗她。

江珊身处其中，自己也看不清，一边为此惴惴不安，一边渴望更多的接触。

或许这就是爱情吧，如书中所言，爱情让人迷失方向，爱情遮住了人的双眼，爱情让人患得患失。

　　就好比此刻，她心甘情愿地等在这里。

　　江珅和张嘉凯从天亮等到天黑，有个警察路过随口告知道，检查结果得二十四小时后才出来。

　　张嘉凯一天一夜没睡，眼圈微青。

　　杨继沉的检验结果得凌晨四五点才出来，还得十二个小时。

　　张嘉凯说："江珅，你先回去吧。已经五点多了，不然你父母那边不好说。"

　　"那你呢？"

　　"我回去一趟，这事儿还得找别人帮帮忙，如果真有什么的话。"

　　江珅没说话，两个人一起走出了派出所。张嘉凯问江珅要不要吃点什么，江珅说不用了，然后岔开走了。

　　走了两步，江珅摸出手机给江眉打了个电话。

　　江珅调整好语气，说："我今晚在芸仙那边住一晚，她家里出了点事情，我陪她一晚。"

　　季芸仙家庭情况复杂，以前也会把江珅叫过去过夜，江眉见怪不怪。

　　江珅打完电话给季芸仙发了个短信，沟通好。

　　季芸仙：好啊，你现在都学会拿我做挡箭牌了，你今晚要干什么去？

　　江珅飞快打下一行字：我想在这里等他。

　　季芸仙：那嘉凯人呢？

　　江珅：他回去了。

　　季芸仙：大晚上的你一个人在外面？我来陪你。

　　江珅：不用了，派出所整夜有人值班的，我等着就好了，我不去别的地方。

　　江珅折回去的时候又遇上那位警察，警察喝着热水，惊讶道："小姑娘，你还不回去吗？"

　　江珅笑着摇了摇头："我等他。"

　　警察也一笑："那人是你男朋友？"

江珊只是笑笑。

警察说："那边可以喝热水，有杯子。"

"好，谢谢。"

江珊一度昏昏欲睡，蜷缩着，雪地靴里的脚指头已经被冻得麻木没有知觉。

寒冬的拘束和苛刻将这个夜晚拉得格外漫长和难熬。

杨继沉从里头出来的时候，正好看见江珊缩在椅子上，小口小口地在喝热水，大概因为太冷，时不时一抖。

他的脚步止住，走廊灯光冷清，外面白雪皑皑，泛着白光，她就像落在白雪上的一团棉花，柔软，容易被忽略，缩得那样小。

杨继沉双手抄在裤袋里，站在原地，看了她好一会儿。

江珊喝完一杯水，起身，习惯性地朝那边望一眼。

那个高大的身影再熟悉不过。

江珊立刻笑起来，朝他挥手。

"杨继沉。"她轻轻叫他的名字，害怕吵到其他人，但这轻柔的声音回荡在走廊里，缠得他浑身都热了起来。

杨继沉喉结滚动，瞳仁渐深，一动不动地望着她。

良久，他低笑了一声。

他可能真的要开始相信命理一说了。

江珊见杨继沉不动，快步走了过去，两道细眉拧在一起，焦急地问："结果怎么样？能走了吗？"

她仰着头，眼睛里有血丝。

杨继沉答非所问："你怎么来了？"

这个问题着实把江珊难住了，她张张嘴，说不出口。

杨继沉眼尾上挑，又问道："你待了一晚上还是刚来？"

江珊愣了一下："待了一晚上……"

杨继沉笑笑，意味深长地看着她，半晌后说道："走吧。"

走了两步，他问："你夜不归宿你妈知道吗？"

江珊回："知道。"

杨继沉低头看她："你和你妈撒谎了？"

"还不是为了——"

一个"你"字江珊没说出口，这话显得太过暧昧。

杨继沉故意问道："为了什么？"

江珮闪躲着不回答，然后回归正题："警察怎么说？我们可以走了吗？"

两人已走到派出所门口，杨继沉笑了声："不能走他们会放我出来？"

凌晨四五点的冬天漆黑冰冷，伸手不见五指，派出所里微弱的光照在成片的雪上，白茫茫的，能依稀看清周围的建筑和道路。

江珮搓了搓手，冷得身上的血管都快冻住了。

杨继沉在路边招了辆出租车，躲进车里，江珮挨着暖气才觉得手指骨可以伸展开一些。

杨继沉说："师傅，在附近找个早餐店。"

江珮问："我们不回去吗？"

"回去吃雪吗？"

出租车师傅没绕路，干脆利落地把两个人带到了派出所隔壁街道上的一家早餐馆，主打卖小笼汤包的。

江珮点了碗雪菜肉丝面。喝上一口热汤，江珮才觉得整个人活了过来。

在派出所喝多少热水都暖不起来，也真切体会了一把什么叫饥寒交迫。

杨继沉夹起一个小笼包，蘸上醋和辣椒酱，一个一口。

江珮问："不烫吗？"

"不烫。"

江珮想起自己第一次和季芸仙一起吃小笼包的样子，十分尴尬。两个人不知道里面有汤汁，一口吃下去，嘴里都烫掉了半层皮，汁水溅了一桌。

而眼前的这个人，吃什么都一副淡然随性的模样，不紧不慢的。

江珮觉得自己魔怔了，不然怎么会觉得对方吃饭的样子都很赏心悦目？

江珮回过神，对上杨继沉似笑非笑的眼神，心猛地一跳，她赶紧低下头扒面吃。

杨继沉问："你什么时候去的派出所？"

江珮答："好像是昨天早上吧。"

"没吃晚饭？"

"昨天中午和张嘉凯在外面吃了个盒饭，晚饭没吃。"

杨继沉从自己的面碗里夹了块红烧肉给她，调侃道："怪不得这么狼吞虎咽，多吃点吧，小笨蛋。"

胃里有了食物，身体也跟着暖了起来，热气蒸得她双颊微红，而那句尾音撩人的"小笨蛋"彻底将江珅扔进了蜜色的染缸里。

江珅咬了口红烧肉，说："你要不要给张嘉凯发个信息？他昨天也很着急。昨天到底怎么回事？那个和你撞一起的人怎么样了？"

"也？"杨继沉抬眸，"还有谁很着急？"

江珅不作声了。

杨继沉继续道："让我想想啊，是不是那个在派出所冻了一夜的人？"

江珅羞愤地看着他。

杨继沉长指握着筷子，笑道："等会儿我会和张嘉凯联系的，这事儿你不用操心，小事而已。"

"怎么会是小事，现在是没什么，如果你被人设计了呢？可能你现在还关在里面。"江珅声音很轻，但有点急。

"那就从派出所里出来就行了啊。"他轻描淡写道。

"派出所是你想出就能出的地方吗？"

杨继沉说："不做亏心事不怕鬼敲门。"

"可万——"

他打断她："我觉得这事儿我不吃亏。"

江珅问："什么？"

杨继沉放下筷子，懒洋洋地往后一靠，清晨男人的嗓音会格外低哑一些。

他说："这不是有个笨蛋在派出所等了我一夜吗？有没有听说过一句话，牡丹花下死，做鬼也风流，差不多就这道理。"

江珅浑身一颤，一口红烧肉卡在喉咙口。

"咳咳咳！"她猛地咳起来。

杨继沉笑得颤抖，站起身，走过去，一下一下帮她拍背顺气儿。

吃完早餐，回到二斜口时天色微亮，晨曦从层层的云间散射出，北风呼啸，冰雪压在树枝上，银装素裹，万树银花。

公路上有专人扫雪，二斜口拐进来的小路则是乡间小路，无人问津，一夜过去，路上又积了厚厚一层雪，掩埋了江珬之前匆匆奔跑而去的脚印。

江珬没走几步就隐隐察觉到了湿意，雪水渗进了雪地靴里。

清晨六点多，江眉估计刚起床。

走到杨继沉的院子门口时，江珬瞥了几眼自己家，说："我能不能在你家待一会儿再走？不然我妈那边我不好说。"

杨继沉说："你要是愿意，待一天都可以。"

说完，他笑着走过去打开了门。江珬心跳依旧快得很，脑海里还回荡着在早餐店时他说的话。

他觉得这事儿值得，因为她来了。

是这意思吧？

杨继沉随手打开了客厅里的空调，脱了外套往楼上走。

江珬怔在原地，偌大的客厅里装了两台立式空调，热风从四面八方吹来，身上的寒意一扫而光。

杨继沉在楼梯拐角处停下来，看向她："要不要洗漱一下？"

江珬低头看了一眼湿沉的雪地靴，说："我想洗下脚，你有多余的拖鞋可以穿吗？"

"上来，我帮你找找。"

二楼有三间房，从旋转楼梯上来，中间是一个客厅，直通阳台，两边是两间房间，杨继沉打开了东边房间的门，那是他住的那间。

房间里的东西一览无余，一张黑色铁架双人床，靠墙的灰色衣柜，再有就是一张书桌和一把椅子。

黑灰色的床被上扔着一堆五颜六色的娃娃，看起来十分突兀，与这个屋子的风格格格不入。

杨继沉翻箱倒柜，也没找出一双多余的拖鞋，他随手把自己穿的那双扔给江珬。

"我一直一个人住，没有多余的，你就穿这个吧。"

江珬低低地应了声，拿上柔软的拖鞋，环视了一圈，在椅子上坐下，开始脱雪地靴。

杨继沉从衣柜里拿换洗的衣服，看了她一眼，问道："你的脚怎么了？"

"鞋子湿了，很冷。"

杨继沉把衣服挂在铁架床的栏杆上，走过去，蹲下，捏着她的脚踝看。

江珺被这动作吓到，下意识地缩脚。

"别动。"他皱了眉。

他掌心的温度骇人，那股暖流从她脚踝蹿到胸口，江珺脸如火烧。

杨继沉说："以前脚上长过冻疮？"

"嗯……"

"浴室里有盆，泡个脚吧。今年这么冷，要好好保护一下，不然我看还得生冻疮。"

"啊？"

江珺弯腰，凑近去看自己的脚。

果然，小脚趾一侧通红，甚至有点泛紫，而脚底板因为寒冷几乎没有血色。

杨继沉起身，往浴室走，顺带转动肩胛骨，活动了下筋骨，不一会儿端来一盆热水放在她跟前。

"多泡会儿，我去冲个澡。"

浴室在二楼客厅的右边，隔了点距离，但江珺还是能清楚地听到里头传来的流水声。

江珺泡完脚，擦干，踩进了他的拖鞋，灰色的棉质拖鞋，干净宽松温暖。

她走到窗前，向自己的房间张望。

四四方方的田字格老窗户玻璃后是碎花纹样的窗帘，好像在玻璃上开出了花一样，而房屋的墙壁因为老旧，有几道蜿蜒的裂痕，屋顶上还有几棵枯萎的野草。

原来从他房间里看自己的房间是这样的感觉。

杨继沉简单冲了个热水澡，拨弄着湿发出来，一出来就看见她站在窗前。她把头发盘了起来，脖子上围着红色的围巾，而宽大的黑色羽绒服下是两条纤瘦笔直的腿，裤脚挽起，穿着他的拖鞋。

女生的脚看起来光滑细腻，脚后跟露在拖鞋外面，白净而诱人。

杨继沉倚在门边，把白毛巾挂在脖子上："要不要下次试试从这儿跳过去？"

江珺听到声音转身，一转身眼睛都移不开了。

他只穿了条深灰色的运动长裤，胸膛上还流淌着水珠，额前的碎发湿着。

这个房间一下子变得逼仄，空气里飘着他身上沐浴露的味道，顶上的空调传送着徐徐的暖风，似三月春风拂面，一切都变得温暖而躁动起来。

江珺结巴道："你……你……不冷吗？"

杨继沉又学她："我……我……我不冷。"

杨继沉笑笑，直起腰，慢悠悠地走到床头柜那儿，拿起桌上的烟和打火机，熟稔地点上。

江珺侧过身，瞄了他一眼，正好瞄到他身上的伤痕。

他的整个右臂上都有隐隐约约的血痕，右肩头还有明显的伤口。

江珺走过去，仔细看了下。杨继沉捏着烟，转过身差点撞到她。

"你看什么？"他声音里带着点笑意。

江珺指指他的肩膀："你不疼吗？除了这里，还有哪里伤到吗？"

杨继沉毫不在意道："过几天就好了。"

"那也不能就这样洗澡啊。"

杨继沉往床上一坐，好整以暇地看着她，盯了几秒，忽然说："现在突然觉得有点痛了，江师傅家里还有什么药膏可以擦一擦吗？"

江珺知道他是随口说说，但她鬼使神差地说了句："有吧，我回去找找。"

两个人对视了一眼，波光流转，似有些心照不宣的东西在中间流淌。

江珺脸颊发烫，避开他的视线，去倒洗脚水。

杨继沉推开窗户，只开了一道缝隙。他倚在窗边抽烟，目光在江珺的背影停留了两秒，勾唇一笑。

江眉一般会在早上七点准时出门，江珺等待着七点到来，规规矩矩地坐在他的椅子上，玩捏着那天抓到的一个娃娃。

杨继沉抽完烟，随便找了件T恤套上，往床上一躺，玩着游戏机，花花绿绿的小娃娃就堆在他脚边。

房间里暖风徐徐，他似乎没她那么怕冷，大大咧咧地躺在那儿，一双干净宽厚的脚交叠着搁在床尾，头发还半湿着，修长的手指按着键，面无表情地看着游戏机屏幕，慵懒自若。

杨继沉玩了一局俄罗斯方块，觉得无聊，扔了游戏机，双手枕在脑后，看向江珊。

"你困不困？"

江珊点头："有点。"

"以前熬过夜吗？"

"没有，最多做作业做得晚一些。"

她的眼睛红得像兔子，巴掌大小的脸上泛着憔悴，像一朵蔫了的花。

杨继沉问："你要不睡一会儿再回去？"

江珊突然一激灵："不用了。"

杨继沉"咻"地一笑，用脚夹起一个娃娃，跷着二郎腿，那个娃娃就被他吊在半空中。

他说："喏，这就是小绿。"

那是只绿色的小青蛙。

杨继沉又用脚戳了戳床上其余的娃娃："这个是小白，那个是小黄，你手里的是小黑。"

江珊被他逗笑："你好无聊。"

"哪里无聊了，我可是每天都要从这里头挑一个'侍寝'的。"

说说笑笑间，江珊听到江眉骑着电瓶车碾过小路的声音，一眨眼已是早上七点。

江珊想套上湿的鞋袜再走，杨继沉皱眉道："穿进去不难受？"

"没事的，就几步路。"

"你穿我的拖鞋回去，等会儿从窗口递给我就可以了。"

也不是不可以。

江珊拿起雪地靴和袜子，起身要走。

江珊说："那我先走了，你好好休息。"

杨继沉从床上坐起，右手臂搁在屈起的右膝盖上，懒洋洋道："晚上找你看病啊。"

江珊小声道了句好，飞快下楼。

杨继沉倒回床上，捏了捏眉心，不出半分钟就睡了过去。

江珊回到家，洗漱一番，敲他窗户没反应，干脆就把拖鞋放在窗台边上。

她回了条季芸仙的消息后就钻进温暖的被窝里，精神和身体慢慢放松下来，睡意涌来，她歪着脑袋进入了梦乡。

江珊连睡觉时嘴角都是弯的。

从江珊答应帮杨继沉抹药那天开始，这人真的天天晚上来溜达一圈，就好像吃饱了饭来散步一样。

他手臂上的擦伤三五天就好了，只有肩头那里还结着厚厚的血痂。

江珊不说什么，杨继沉也不说，一来一往，他成了她房间的常客。

原本枯燥的寒假变得惊心动魄，江珊睡眠质量很差，江珊很怕江眉听到什么动静，或者发现这看上去十分荒唐的事情，但又止不住期待着每天晚上见到他。

自从那场赛事结束后，他变得有点松散，美其名曰给自己放个短假，除了出去玩乐，其余时间都无所事事，闲散惬意。

江珊和他截然相反。这是她的假期，却又不是假期。

她还在渡劫。

班里有同学在外面没日没夜地补习，一个寒假下来差不多一千五百块，抵江眉大半个月的工资。江眉提出过让她去补习，但被江珊拒绝了，一是太贵，二是她不想去。

在家长的认知里，多花了钱让孩子在假期学习，就是不放松不落后，让她紧跟步伐，巩固知识。

可江珊觉得补习不过是换个地方做卷子，有点用，但作用没那么大。

江珊买了几套试卷，每天做两张，背一页单词，晚上吃完饭会听一会儿七点黄金档的广播。那是一对她很喜欢的电台DJ，一男一女搭档，幽默风趣又散发着年轻的活力，每晚会抛出一个话题，听众可以发短信过去回复诉说，播放的歌曲也紧跟潮流。

江珊那部小手机里的歌曲是很早之前托季芸仙下载的，反复听早就听腻了，听电台音乐成了她的一大爱好。

杨继沉有时候过来就会看见她埋头做试题，书桌上那个方方正正的小收音机时不时“嗞嗞”一下，但并不会打扰到她。

江珊怕他敲窗户会被江眉听到，时间久了干脆不锁窗户了。他拿杆子一推就可以推开，江珊也会提前锁上房门。

今晚电台里的话题是：我在女朋友家，她爸妈突然回来，我藏在了柜子里，感觉像偷情一样，怎么办？

主持人调侃着观众的各种经历时，杨继沉就躺在她床上看书。

江珊做着语文阅读理解，回头瞥了他一眼。

这段时间发生的事对她来说，和电台里说的情况没两样。

他总是能在她这里找到点打发时间的东西，比如她的一些课外书，比如她往年的作业本，比如她拼了几片就扔在角落里的拼图。

每次听到外面有丁点儿动静时，江珊就条件反射地给他找地方藏，每每如此，杨继沉都会看着她笑，也不动，气得江珊掐他，拽他，捶他，却不敢发出一点儿声音。

杨继沉躺在那儿，高大颀长的身躯几乎占满她这张小小的床。他每次都是洗完澡过来的，似乎永远都不怕冷，不是穿浴袍就是毛衣加休闲长裤，而江珊洗完澡也得裹个里三层外三层。

他俨然已经把这里当成了他的地盘，很不客气。

江珊右手撑着脸颊，侧着脑袋看他，只见他翻了页书，拿过她床头柜上的椰奶，拧开，悠然自得地喝了口，然后继续看书。

他这两天很迷这本《大清正史》。

他看书的时候表情显得有点冷漠，男人的脸庞轮廓棱角分明，下颌绷着，薄唇微抿，黑色的瞳仁左右移动。

江珊起初因为他这样自然的态度，翻来覆去地睡不着。

心里的小人不断提出问题，他喜欢她吗？

如果不喜欢为什么那天他在餐馆说那样的话，如果不喜欢又为什么没事找事一直过来，而那点小伤口压根儿没到要天天涂药的地步。

江珊不敢问，也许问了他就走了。

后来再回想起来，这也许是她一生中最刺激最心动的一段时间，没人知道每天晚上都有个男人跳窗进来，偶尔会给她一些零食，偶尔会送她一点小玩意儿，他在她的房间里一待就是两三个小时，而所有的心动和无法言说都藏在他的一举一动和每一个眼神里。

江珺盯着他，看着看着心跳就漏了一拍，耳根微烫。

他不知道，他一直躺那儿，久而久之，枕头和被套上留下了他的味道，是很干净很淡的一种气味，是他的味道。

每天晚上，江珺就闻着他的味道，被褥紧紧包着她，恍惚间有种被他拥抱的错觉。江珺觉得羞耻，躲在被子里试图让黑暗掩盖这份小心思，又忍不住多闻几下这个味道，然后傻笑。

江珺没跟任何人提起，因为她觉得自己像个痴汉。

杨继沉感受到斜方的灼灼视线，眼皮抬也不抬，嘴角微微扬起："你看什么？是不是我太帅打扰到你学习了？"

江珺无语，转过头来继续做题。

杨继沉看了一眼她的背影，笑笑，也继续看书。

雪花洋洋洒洒飘着，在一个又一个夜里落满大地。

这场大雪一下便停不下来了，仿佛要将这个世界彻底吞噬，它已经不是浪漫和美好的象征了，它成了一场灾难。

2008年的大雪带走了许多人的生命，听着收音机里的新闻，江珺觉得这真是有史以来最冷的冬天。

相比其他城市，墨城的雪灾程度算是轻的，最多是出行和交通不便，目前还没听说有谁因为大雪去世。

这天晚上，电台主持人报道着其他城市的状况，有在途中意外丧生的人，有为了救援而牺牲的人。

江珺坐在书桌前吃烤红薯，吃着吃着就吃不下了。

收音机里传来现场报道的声音，隐隐约约有遇难者家人撕心裂肺的哭泣声。

老旧的方格玻璃忽然被外力推开，刮进一阵冷风，烤红薯散发的热气一股脑儿地往左边飘，江珺搓着手看向窗户的方向。

杨继沉跳了进来，手里拎着一样东西。

江珺其实已经三天没见到他了，就在她绞尽脑汁地思考他到底喜不喜欢她的时候，他忽然不来了。

但江珺还是习惯性地在晚上把窗户留一条缝。

今天他又来了。他看起来睡眠不足，神色疲倦，把东西往她桌上一放，懒懒地坐在了床上。

"这是什么？"江珺问。

"你尝尝。"

江珊打开黑色的纸质包装袋，有一个圆形的标志贴纸粘住了封口，似乎是什么商标，里面是一杯热乎乎的奶茶，纸杯的包装、盖子是黑色的，风格别具一格。

在他送过棒棒糖、进口薯片、钥匙圈、笔记本之后，江珊对这杯奶茶没太多的惊讶。

棒棒糖是别人送给他的，薯片是他吃剩下的，钥匙圈是他买东西赠送的，每次他都说，你要就给你好了，然后往她桌上一扔。

江珊问："这是你不爱喝的吗？"

杨继沉用食指敲了下她的脑袋："喝一口看看。"

江珊对奶茶一类的饮料一向没什么抵抗力，插好吸管认真品尝了一下。

是茶香很浓郁的奶茶，味道更纯粹更香醇，不似外面那些用各种添加剂调出来的。

江珊惊喜地睁大眼睛："这是哪家店的奶茶？味道很好。"

杨继沉笑，也不回答她，从口袋里掏出一张电影票给她。

"上次说的试映会，这是票。"

江珊嘴里都是那股奶香浓郁的甜味，伸手接过那张长方形的电影票，心突突突地跳了起来。

杨继沉难得不在她这儿久坐，起身捂着脖子动了动，说："走了，我还有点事，你好好念书。"

说着，他拍了拍她脑袋。

江珊拿起奶茶，吧唧吸了好几口，整个人沉浸在这甜味里。

临近春节，江眉厂里开始放假，她一般不怎么出门，白天看看电视做点家务，晚上早早睡去。

雪势依旧不小，江珊要出门成了个难题。

次日清晨，江珊八点多起来洗漱打扮。她穿了初冬时新买的灰色呢大衣，韩版双排扣，里头是宽松的高领毛衣，再搭配一条黑色的长裤和一双运动鞋，看起来比平日里成熟一点，也比较有活力。

江珊对着镜子照，敞开呢大衣，盯着自己的腿看了会儿。

穿了秋裤，看起来有种臃肿的感觉，那种松弛和肿胀让人的线条变粗变笨。

江珊一咬牙，狠心把秋裤脱了，薄薄的黑色长裤贴着肌肤，就和没穿裤子一样，江珊的两条腿不由自主地打战。

忍。

江珊告诉自己。

江眉煮了早饭，摆碗筷时看见江珊下楼。

江眉看了她两眼，淡淡道："你要出门？"

江珊"嗯"了声，打量着江眉的神色，说："芸仙说一起去看电影。"

"外面雪很大，看什么电影？"

江眉的语气明摆着不怎么赞成她出门。

江眉把粥放到江珊面前："以前你和芸仙出去玩，妈妈不管你，可现在还剩半年就高考了，是最关键的时候，得收收心明白吗？"

"我知道的。"

"妈妈不认识什么贵人，以后能帮你的事几乎没有，如今的社会要么靠自己要么靠关系。你还是复读，别在这个节骨眼上败了。下个学期就别出去玩了，高考完你们想去旅行想去哪儿我都不会管。"江眉的语气很平静，很柔和。

江珊明白这个道理，点头。

江眉想到什么，目光一沉，又提起上次的话题："华西大学的录取分数线我帮你问过了，以你的成绩有百分之八十的概率能去，你觉得华西大学怎么样？"

江珊问："会不会太远？"

从墨城坐火车过去得两天，除了学校的录取分数和专业以外，江珊不得不考虑远近的问题。如果可以，她还是想离墨城近一点，毕竟江眉在墨城没有亲人，她走了的话江眉真的只剩自己一个人了。

相依为命十几年，江珊能察觉到江眉对她的依赖，高一军训的时候她离家十天，高二学农活动离家一个星期，回来后孙婆婆说你妈想你都想疯了，总是念叨你。

江眉很不习惯没有江珊在家的日子，江眉也曾和她说过，那种感觉好像自己忽然不知道该做什么了，回到家冷冷清清的。

江珊不知道江眉怎么想的，华西大学，和江眉之前的想法背道而驰，来得很突然也很突兀。

江眉说："也不是很远，如果你觉得可以，下次填志愿就先报这个吧。"

"到时候我看一下。"

电影下午一点开始，江珈中午十二点半到达电影院，她本来想要不要叫杨继沉一起过去，毕竟顺路，毕竟是他喊她去的。

可早上吃完饭江珈敲他的窗户，半天没人回应。

他那辆机车因为车祸报废了，江珈有时候也吃不准他到底在不在家。

他最近忙碌得很，江珈也就昨晚见了他一面。

大伙儿都放了假，电影院门口熙熙攘攘，数情侣最多。

江珈倚靠在外面的不锈钢栏杆上张望，一眼就看见了人群中的季芸仙，然后是她身边的张嘉凯，还有嘻嘻闹闹的周树他们。

季芸仙穿了件橘红色的羽绒服，和张嘉凯说说笑笑着。

寒风阵阵，江珈打了个寒战，冻得牙齿打架。见到他们正走过来，她便想进电影院的大厅里等。

一转身"咚"地撞到一个人。

江珈身后是栏杆，而这个人几乎是堵着她的，可想而知，刚刚他站在她身后贴得有多近。

杨继沉上下打量着她："你就穿这么点？"

江珈颤颤巍巍道："还……还好……"

"还……还好。"杨继沉学她说话，他弯了下嘴角，"都冻成什么样子了。"

她一张小脸没半点血色，嘴唇惨白得像抹了层面粉，咬着牙哆哆嗦嗦的。

杨继沉把手里的奶茶塞给江珈，大手掌着她的脑后勺把人往厅里带。

江珈捧着奶茶暖手,黑色的纸质包装,是昨晚他给她的那个牌子。

江珈说："这家店在哪里？怎么我以前没见过，J……JY 是这个奶茶的名字吗？哎，怎么和你车队的名字一样，好巧啊。"

杨继沉靠在墙上，笑着："是啊，挺巧的，所以就买了。"

"味道真的挺好的，你只买了一杯吗？"江珥看着他空空的双手问。

杨继沉说："我的路上喝了。"

"那张嘉凯他们的呢？"

"他们有没有关我什么事。"

他垂眸看着她，深邃的眸子似能穿透人心。江珥压下心头的小雀跃，吸着奶茶，目光看向别处。

厅里人来人往，他们站在一个避开风流的角落。

杨继沉人高，长相俊朗，他双手插在口袋里，看起来痞气张扬，他很显眼很吸人眼球，身边不少小姑娘悄悄地打量着他。

江珥看了一圈，想和他说话，一抬头发现他还在盯着她看。

"那个男的好帅啊。"

"再帅也是别人的啦，人家只看女朋友，看到没？"

江珥："……"

"沉哥！"身后传来周树欢呼的声音。

他们几个一走进来，小小的等候厅瞬间显得拥挤狭小。

周树指指杨继沉："啧啧啧，你们两个果然一起来的，还躲到小角落里。"

说完，周树递给杨继沉一支烟："最近你在忙什么啊，都找不到你人。"

杨继沉捏着烟，对江珥说："我们出去抽支烟。"

三个男人走出大厅，就站在江珥之前站的栏杆边上，一边抽着烟，一边聊着天，留下三个女生在那儿尴尬。

徐栀夏也来了，但江珥和季芸仙与她都不熟。

季芸仙率先打破这个局面，笑着问道："栀夏姐，你想喝什么吗？我去买。"

徐栀夏礼貌性地笑了一下，说："我去买吧，你们要喝什么？"

季芸仙说："可乐吧，他们应该也喝可乐吧，不知道要不要爆米花？"

徐栀夏看向江珥："你呢？"

江珥看了眼手里的奶茶，回道："我的不用买了，我喝这个。"

徐栀夏点点头，踩着一双高跟鞋走向柜台。

江珥目光落在徐栀夏的背影上，她只见过徐栀夏两次，一次是在 KTV，一次是跨年夜。徐栀夏很安静，几乎不怎么讲话，一直默默待在一旁。她看起来很年轻，杨继沉也不过二十出头，她应该也差不多。

徐栀夏很瘦，干瘦的那种，像一棵纤细的树，仿佛一吹就会倒。

她其实长得很有韵味，特别是笑起来的时候，细长的眸子弯起，属于冷艳美人系。

这样一个年轻、纤瘦的女孩子在杨继沉十八岁的时候就认识他了，并且一直跟到现在。

江珅忽然很羡慕徐栀夏，张嘉凯他们不了解的，徐栀夏一定都了解。换而言之，她是杨继沉身边最了解他、最懂他的人。

季芸仙伸手在江珅眼前晃了晃："你看什么呢？"

"没什么。"

"你怎么都不帮我买一杯啊，这是哪家店的，我怎么好像没看见过？"季芸仙噘着嘴。

江珅递给她："你尝尝，很好喝。"

"嘿嘿！"季芸仙吸了一口，惊喜道，"感觉好……好……"

她一时找不到形容词。

江珅帮她补充："很醇厚香浓对不对？"

季芸仙猛点头："就感觉真的是用茶叶和牛奶煮出来的，而不是用香精啊、奶茶粉啊调出来的。你哪儿买的啊？"

"不是我买的。"江珅侧头看了一眼杨继沉，轻声道，"他买的。"

季芸仙说："我的天！"

每次听季芸仙这样说，江珅就知道后面那句肯定不是好话。

果然，季芸仙说："你们在暗通款曲？"

江珅无语。

徐栀夏买了六杯可乐和四桶爆米花，外面的男人抽完烟也走了进来，只是不见杨继沉。

江珅脱口而出问道："杨继沉呢？"

周树哈哈大笑："小江嫂子，家教这么严的吗？沉哥去买点东西。"

江珅因为"嫂子"二字满脸通红，一点儿也不觉得冷了。

因为是试映会，在场的都是被邀请来的，人不多，总共十几个，放映之前还有记者采访和拍摄。

杨继沉比他们晚进来，然后扔给她一个东西，圆形的、软的、热的。

是充电的暖手宝。

江珃惊愕："你……"

杨继沉懒懒道："好好焐着。你看你冻成什么样子了，要风度不要温度，老了有得苦吃。"

"好，谢谢……"

江珃抱着暖宝宝，不一会儿胸口就暖洋洋的。

两个人一转身就对上其他人笑嘻嘻的眼睛，除了徐柜夏，她很平静地看着他们。

周树和贺群："咦……"

江珃低下头，浑身冒着热气。

杨继沉一贯的无所谓态度，挑眉道："脸抽筋就去医院。"

江珃和杨继沉坐在最后一排，周树他们吵着不和他们坐一起，把张嘉凯和季芸仙也赶到一边，直呼最烦你们这种腻腻歪歪的。

杨继沉一副无所谓的样子，屁股往最后一排最边上的座位一坐，双腿轻搭着。

江珃站在原地踟蹰着，杨继沉说："不坐？"

那就坐吧。

灯光很快暗下来，黑漆漆的电影院里伸手不见五指，屏幕折射的光一闪一闪映在他们脸上。

电影是一部小成本制作，讲述的是一个青春故事，从大学时相爱再到不得已分开，最后重逢，故事是倒叙的，开场并不青春和清新。

一开场就是一对男女相拥亲吻着，急切地推开酒店房间的门，她揪着他的领带，他托着她的臀，倒在床上，他们看彼此的眼神炽热而冷漠，是两种情绪的碰撞。

这个镜头很短，很快就是两个人躺在床上的对话。

紧接着是回忆校园时光。

江珃看得入戏，一手摸着暖手宝，一手从杨继沉那里拿爆米花吃。

杨继沉看她腿上又是放包又是放暖手宝，就干脆把爆米花放在自己腿上，让她拿着吃。起初江珃有点拘谨，觉得这样不好，直到杨继沉伸手喂她，相比之下，她觉得还是她自己拿比较好。

电影放到一半，讲到身在大学校园里的男女主角因为淋湿了，不得已在宾馆开了一间房。他们目光撞在一起，不知不觉亲吻在了一起，男主角很急躁，又不懂，女主角害羞地缩在一侧。

他们的眼神和开场不一样，是那么真挚和单纯。

江珝以为这段床戏也会一闪而过，谁知道播了很久，还有些露骨的对白。

坐他们前面一排的张嘉凯和季芸仙不知道什么时候贴在了一起，交头接耳地讲话，看起来很亲昵。

江珝尴尬，拿爆米花的频率都变快了，谁知道往下一抓，抓到了某人的腿。

江珝猛地松开手。

杨继沉看向她，深邃的眸子在幽暗的光线下更难看透。

江珝不管三七二十一抛出了句对不起。

谁知道他会把爆米花桶挪走。

隔了片刻，杨继沉起身，说："我去趟洗手间。"

"好……"江珝紧张道。

江珝无心再看电影，捂住了脸。

天啊，她做了什么。

江珝如坐针毡，忐忑地等他回来。

过了五分钟还是十分钟，江珝记不清，杨继沉回来时，电影里的男女主角快要分手。

杨继沉的神情看起来没什么变化，清隽的脸庞轮廓分明，下颌微敛，薄唇抿着，高挺的鼻梁在屏幕光晕的照耀下显得更挺更立体，眉宇间依旧透着一股痞气。

江珝抿抿唇，视线飘回银幕上。

杨继沉往后微靠着，双腿轻搭，余光看着江珝，低低笑了声。

她看起来很不安。

杨继沉视线下移，落在她搁在暖手宝的手上。女生的手指比男生的细，皮肤也更细腻光滑，圆圆小小的指甲盖透着健康光亮的色泽。

杨继沉微微偏头，靠近她，眼睛看着屏幕，故意逗她道："还要爆米花吗？"

江珝身子绷直，低声道："不用了。"

"你想要也没有了，刚刚你吃完了，所以我把桶拿走了。"

江珃努力忽略手上的触感和不断涌出的那份羞耻，故意往边上挪了挪屁股，专心看电影。

在一个雨夜，男女主角分手了，他们声嘶力竭地争吵着，因为年轻气盛，谁也不退步不解释，两人揣着傲气背道而驰，两个身影消失在黑夜里。

电影院里环绕着一首悲伤情歌，气氛渲染得刚刚好。

女生比男生感性，就这么几秒的工夫，江珃鼻头已经酸了。她尽量保持平稳的呼吸，不让人察觉出她的情绪波动。

校园部分结束，电影又回到现实，男女主角回忆完，神色都很沉重，女主角忽然嫣然一笑，穿好衣服离开了酒店，留下沉默着的男主角。

在生活里，男女主角因为各种事情不断接触，他们面不改色地交谈着，直到男主角告诉女主角说他要结婚了，女主角说恭喜，然后一个人喝到烂醉。

江珃眼泪"啪嗒啪嗒"地直往下掉。

杨继沉听见身边的小姑娘抽抽搭搭的，抬眼一瞧，她脸上都是泪痕。

杨继沉拿过买爆米花送的纸巾，递给她："傻不傻，哭成这样。"

江珃也觉得很傻，只不过是故事而已，但她控制不住。她擦完眼泪，悄悄地擤了个鼻涕。

杨继沉说："你转过头来我看看。"

江珃不愿意。

他轻声笑着。

故事的尾声出乎江珃的意料，这一场长达十年的纠缠，结束于女主角的无法承受，令人压抑的色调画面中，女主角没有犹豫地跳了河，在一个无人的寂静夜晚。她像一颗星星，悄无声息地陨落，水面激起一圈水花，很快又平静，而男主角正站在神父前宣誓结婚誓词。

屏幕完全变黑了，电影院的音响里忽然响起一个女声，凉薄而空旷。

她说：

嘿，梁，如果你看到这里，你来找我吧。

……

不，还是别了。

不可能的不是吗？

……

我喜欢你，一如既往地喜欢你，这么多年都是你。

我想，你也曾真心实意地喜欢过我，是不是？

我想一定是的。

……

我不想再喜欢别人，也无法再喜欢别人，如果故事可以随着生命的终止而终止，那么走到这里已经足够了。

这些年我心里一直有点遗憾。

幻想着可以回到十年前。

即使依旧会分开，即使再次经历一遍这些痛不欲生的日子。

我也想再认识你一次。

我的少年，梁嘉泓。

……

那么……再见了。

屏幕忽然又亮起，没有多余的画面，只有不断滚动的演员表和相关赞助商。

江珺忽然哽咽着哭了出来，肩膀微微颤抖着。

杨继沉第一次体会到什么叫束手无策，他伸手揽住江珺的肩膀，把人扳过来，让她正面对着他，抚着她的脸颊，拇指滑过她的脸庞，帮她擦眼泪。

"只是个故事而已，都是假的。"他说。

江珺点点头，"我……我知道，只是控制不住。"

她的眼泪一颗颗落在他手背上，圆圆的杏眼红得像抹了辣椒水，纤长的睫毛被沾湿，鼻头都哭红了。

杨继沉凝视着她，目光深深浅浅。

江珺被他看得后背热了起来，自己胡乱抹着脸颊，想转过去却被他扣得死死的。

"你……你别看我。"

江珺知道自己这副样子肯定难看极了，又是眼泪又是鼻涕的。

杨继沉盯着她笑："躲什么，该看的我已经看到了。"

江珊觉得很丢脸，想捂脸，可他不让。

杨继沆说："别遮，还是很漂亮。"

江珊心跳漏了一拍。

杨继沆看着她的瞳仁，说："有没有人说过你的眼睛很漂亮？"

"没有……"

"那今天有人说了。"

江珊嘴角弯了下。

"嗝——"她突然打了个哭嗝。

嘴角的弧度僵住。

"嗝——嗝——"接二连三，十分有规律。

杨继沆挑着眉，笑道："在电影院里哭到打嗝，你应该是第一个吧。"

"哇！太难受了！不行了！"伴随电影院灯光亮起的还有一道惨绝人寰的哭声。

季芸仙靠在张嘉凯肩头哭成了傻子。

杨继沆把手里湿答答的纸巾捏成球，打趣道："你们真不愧是好朋友啊。"

电影已经播完，几个人站起身打算离开。

江珊跟在杨继沆身后，跨出门口时，江珊忽然听到身后有人喊道："梁总，我现在联系不上叶絮！你别急，我再找找！"

江珊回头，看到一个穿黑色西装的男人大步从另一个通道走了。

似乎电影开场时他也在场，记者还采访他了。

江珊问杨继沆："一开始站台上拍照采访的人你认识吗？"

"可能是负责这部电影的相关人员吧，不熟。"

这场电影之后，这个假期里江珊再没有见过杨继沆。

那天看完电影回去的路上，他告诉江珊他要离开一段时间，回趟老家。江珊觉得不好问太多，只说了声好。

杨继沆反倒问她："你就不问问我去多久，去干什么？"

江珊垂眸说："你去干什么我应该知道吗？"

男女之间似乎总喜欢互相试探。

杨继沆是另类，他说："你不知道那谁应该知道？"

江珮眼睛弯成月牙，轻声问："那你去多久？"

"我也不知道。"他一脸无赖道。

杨继沉嘴角勾着笑，又点了支烟，声音低哑道："我妈忌日，我回去一趟，不过今年下大雪，可能来回不是很方便。"

"忌日"二字实在太敏感。

江珮说："那你路上小心。"

杨继沉"嗯"了声，一手抄在羽绒服的口袋里，一手捏着烟抽。

路口两侧的梧桐树枝上压着白雪，微风一吹，哗啦啦，雪花从高处落下，银霜遍地。在这种透彻的白色中，她整个人显得更为纯粹干净，望着他的那双眼睛波光流转，清澈见底。

杨继沉眸光微敛，忽地一笑，弯了点腰，贴在她耳边说："你可别太想我。"

"哗啦啦！"边上的梧桐树枝干颤抖，成片的雪落了下来。

江珮差点喘不上气儿，低着头："谁会想你。"

抛下一句声音比蚊子声还小的话就飞一般地跑了，江珮越跑越急，心里却乐开了花，仿佛在向胜利的前方奔去。

杨继沉在第二天一早就离开了。江珮只收到他的一条短信，简洁的两个字：走了。

江珮缩在被窝里笑得跟个二傻子一样，就连这皑皑白雪也重新变得浪漫起来。

但这种喜悦很快消耗殆尽，取而代之的是各种胡思乱想。

这个假期江珮过得魂不守舍。

初春临近开学，江珮惊觉她买的试卷才做了一半，她总是在等杨继沉的短信，他回得很慢，白天经常隔一两个小时回一次，晚上会回得勤快点，偶尔会打个电话给她。

江珮把晚上的时间都挪给了他，而白天则是在发短信的过程中挪点时间做试卷。

江珮在书桌前坐了一下午，心里有两个小人在打架。

一个说："只要自己好好把握时间，不会耽误学习的，你不是很想念他吗，你舍得放手吗？"

一个说："你看，会分心吧，快要高考了，要不高考完了再说？"

打断江珮纠结的是季芸仙的电话。

她兴奋道："小珃！我今天路过学校，忽然发现那家很好喝的奶茶店就开在学校边上哎！"

开学那天，季芸仙兴冲冲地拉着江珃去那家奶茶店。

奶茶店的前身就是鸡排店。

店面装修色调灰暗，以黑白为主，二十多平方米的店面除去柜台和做奶茶的机器，还剩下很大一块地方，一进门率先看见的是贴着墙边放置的黑色布艺沙发，墙面上挂着三幅艺术插画，靠右边是三套双人桌椅，两黑一白。

初春的阳光温暖清新，洋洋洒洒地流淌进奶茶店里，里头只有一个小伙子在忙里忙外，他在大扫除。

季芸仙推门而入，挂在门口的铃铛响起，小伙子抬头看了一眼，露出两颗小虎牙笑道："抱歉，我们暂时不营业哦。"

季芸仙问："不营业？为什么啊？"

"我们的食品许可证还没批下来，暂时没办法出售奶茶。"

"怎么可能！我朋友之前都喝过了！"季芸仙指指江珃。

小伙子看向江珃："不可能的。"

江珃道："我确实喝过。"

小伙子迟疑了几秒，斩钉截铁道："这是绝对不可能的，许可证没办下来，我们不会卖的。"

两个姑娘一头雾水地离开了奶茶店。

季芸仙看了一眼奶茶店的招牌："小珃，这不会是沉哥朋友开的吧？这名字怎么那么巧，会不会沉哥是合伙人，所以偷偷拿奶茶给你喝？"

江珃笑笑："不清楚，我没听他提起过。"

"也对，如果沉哥加盟什么店，嘉凯肯定知道啊，嘉凯都没和我说过。"

第 _____ 05 _____ 章

Fanggeboli

丫奶茶店

正式开学一个星期后，杨继沉依旧没回来，江珣和他发的短信是真正意义上的三言两语。白天上课，晚上做作业，江珣极力克制自己不分心，好似他也察觉到了，每一次对话的结尾都是叮嘱她好好学习，早点睡觉。

寒假发短信和打电话花了不少话费，江珣的小金库几乎被掏空，手机在开学后很快停机。

话费是江眉帮着充的，两个月三十块，江珣不想让她察觉到异常，停机了也就没充话费。

就这么和杨继沉断了联系。

江珣只能旁敲侧击地向季芸仙打听，一来二去，季芸仙听出了猫腻。

学校食堂人声鼎沸，季芸仙咬了口大鸡腿，眯眼道："你是不是喜欢沉哥？"

"咳咳咳！"江珣被米粒呛到，咳得脸通红。

"哎哎哎，我就这么问一问而已，你反应怎么那么大？以前我说这些的时候你可不这样。"

"哪有，我只是呛到了。"

季芸仙一副过来人的样子，说道："我都懂的，谁让咱们是好姐妹呢。不过最近没听嘉凯说沉哥要回来，我会帮你问的，别急哈。"

江珣快把脸埋进饭碗里了，含糊道："不用了，我真是随口问问。"

"那个……学姐？"

说话间，头顶上传来男声。

她们饭桌边上站了个清瘦的高个男孩，顶着个西瓜头，头发乌黑有光泽，正傻笑着看着江珣。

男孩挠了挠头，回头看了一眼不远处的兄弟们，那几个男孩笑得贼兮兮的，在怂恿他，一副"你快点啊"的表情。

江珣和季芸仙对视一眼，问道："你有什么事吗？"

男孩抿抿唇，豁出去般道："学姐可以给个联系方式吗？"

江珣愣住，季芸仙戳了戳她，她回过神来说："不好意思——"

"那学姐有男朋友吗？"男孩打断她。

江珣脑海里浮现出那个酷酷的身影，应付道："那个……有吧。"

"是那个玩赛车的吗？可有人说那不是你的男朋友。"

江珣震惊，连高一的小学弟也知道了吗？

季芸仙"扑哧"笑了出来，说："现在可能还不是，但以后说不准啊。"

"芸仙！"江珣红了脸。

男孩鼓足勇气道："我喜欢学姐，希望以后我也能有机会，就算你有喜欢的人，但我一定能比过他。"

江珣哭笑不得，留下一句"不好意思"就拉着季芸仙离开。

季芸仙喊道："等等！我的鸡腿！"

男孩的兄弟们哄笑道："你把学姐吓跑了！"

江珣没把这件事放心上，直到第二天中午，她的课桌上多了杯奶茶，虽然不是学校边上那家奶茶店的，但她下意识地想到杨继沉。

江珣拍了拍前面同学的肩膀："小莉子，这杯奶茶你有没有看到是谁送来的？"

"不知道哎，我进来的时候好像就在了。"

"好。"

江珣的位置靠窗，都不用进教室，打开窗户，就能把奶茶放她桌上。

季芸仙拿上书本屁颠屁颠跑来，在江珅同桌的位置上坐下。

"你发什么呆呢？你什么时候买的奶茶？"

"不是我买的。"江珅转头看向她，"那个……他回来了吗？"

季芸仙捂住嘴："天啊！沉哥来教室了吗？"

算了，她还是写作业吧。

晚上放学的时候，江珅和往常一样，坐公交车回去，但那种被人跟踪的感觉又涌上来了。

江珅一回头，只见昨天和她告白的男孩背着书包站在她身后。

男孩说："学姐，我送你回去。"

江珅惊讶得说不出话。

五分钟过去，江珅说："下一站你下车吧，我不用你送。"

十分钟过去，江珅说："那这站你下车吧，你太晚回去你父母会担心的。"

十五分钟过去，江珅说："天都黑了，真的不用这样。"

半个小时后，江珅下车，男孩也跟着下车。

冬天的雪融化得差不多了，地面潮湿泥泞，寒冷的晚风一吹，显得四下更是静悄悄。

江珅说："谢谢你的好意，但……"

男孩沉默了一下，重新扬起笑容："没关系，我知道学姐还没习惯。我只能通过这样的方式让学姐了解我，你放心，我不会做一些让你感到尴尬的事情的，我只是单纯喜欢你。"

江珅试探地问："中午的奶茶是你送的？"

"嗯！听说学姐喜欢喝奶茶，所以就买了。"

江珅心里一阵失落，但语气依旧很亲和，说："你快回去吧，明天别送我了，我不喜欢这样。"

她的口气、神态，完全像是在和弟弟说话一样。

男孩笑了笑："那我走了，学姐再见。"

"好，再见。"

令江珅无奈的是，往后几天那个男孩仍坚持送她回去，她又没办法把人从车上扔下去，即使狠下心说了几句可能伤男孩自尊的话，但他仍雷打不动地送她。

季芸仙说："你今年桃花很旺啊。"

江珊摇摇头，并不这样觉得。

其实除了自己喜欢的人，其余的男生都不是桃花。

杨继沉回到墨城那天，是近期天气最暖和的一天，他坐了七八个小时的火车，到站时正好是中午。

自十八岁背井离乡之后，他只有过年才会回去，王丽韵死在冬天，年后的四五天。当时办完简单的葬礼后，他把她的骨灰带回老家，在那边的墓园里买了个墓地，她的墓和杨帆的就隔了五排。不知是凑巧还是天意如此，杨帆也是死在冬天。

凑巧的还不止杨帆一个，林之夏出车祸的时候也是冬天，林之夏出国的时候是冬天，骨灰运回国的时候也是冬天。

那时候杨继沉觉得邪门得离谱，一年四季中，冬天成了他最讨厌的季节。

杨继沉出站后在附近的杂货店买了包烟，和煦的阳光下，整个人都舒展开来，在火车上挤了一上午，他坐在那狭小拥挤的座位里，人都快要散架。

杨继沉从羽绒服口袋里拿出手机，翻了翻和江珊的短信记录，眉眼微挑，长指快速打下一行字：我回来了。

每天晚上他都会问一句她在干什么，可已经有两三天没收到她的短信了。江珊又明确禁止他和她通话，说是晚上要做作业，他就再也没打过她电话。

杨继沉盯着手机屏幕看了会儿，笑了声，低语道："小丫头还挺忙。"

他收了手机，手插在羽绒服口袋里，慢悠悠地往路边走，随手拦了辆出租车。

到二斜口时，杨继沉接到了张嘉凯的电话。

张嘉凯说："哥，你什么时候回来？周树和贺群今晚要回老家，大概六月再回来。"

杨继沉给了出租车师傅三十块钱，拎着背包下车，走进院子里，边开门边说道："我已经回来了。"

那头的张嘉凯蒙了："你几点到的？怎么没听你说起？"

"昨天临时决定回来的。"

“我们正打算去吃个散伙饭，然后去酒吧玩一玩，我把地址发给你。”

“行。”

也不过才离开半个月，屋里没了人就会生出一股霉味，杨继沉开了窗通风，打开房间那扇窗时却停顿了。

对面江珊房间的窗户窗帘没拉，阳光照进她的屋里，叠得整整齐齐的碎花被褥，摆在枕头边的大章鱼，深木色的旧书桌，书桌上一排书微微倾斜摆放着，墙面上贴着花花绿绿的便利贴……女孩子的房间看起来格外温馨舒适，恰如其人。

在老家待了十几天，杨继沉时不时会想起她。

纤瘦的身影，扎着丸子头，会用大红色的围巾裹住漂亮白皙的脖颈，小脑袋半缩着，每次逗她时她都会睁着大眼睛眨啊眨，面色泛红。

他说不出江珊有什么特别的，初见也不过觉得她就是一个黄毛丫头。

杨继沉接触过形形色色的女人，温柔体贴也好，性感妖娆也罢，皮囊也只是皮囊，性格再好，有些合不来就是合不来。

同在一个圈子，那些女人对他来说，太压抑了。

哪像江珊，逗起来那么好玩，不扭捏不做作，给他的都是最真实最纯粹的反应。

想着想着他都能笑出来。

这半个月，杨继沉住在王丽韵父母的家里，也就是外公外婆家，二老健在，身体硬朗，虽然因为当年的事大病过一场，但如今已释怀许多，日子照常过着。

他们也是杨继沉在老家仅有的亲人，那些叔叔伯伯除外，当年杨家破产，资产都被查封变卖，谁也没站出来帮一把，都跟躲瘟神似的。王丽韵虽然性子软，但也有她的高傲，从父母那里拿了点救助的钱就带着杨继沉去了别的地方，自己拼死咬牙地干活还钱。生怕那些追债的人找上父母，王丽韵还帮二老搬了地方，一个偏僻的小县城，两个老人不能随她一起折腾，也不愿意离开家乡，说是搬家，其实就像老鼠躲着猫，那几年每个人都活得小心翼翼。

两个老人年纪大了，嘴里总念叨两件事情，一是小沉啊，你找好工作了吗？别玩那个车子了，没前途的。二是小沉啊，你也该谈恋爱找对象了，外公外婆想在走之前抱一抱曾外孙，这样下了黄泉碰见你妈好有个交代。

外婆心细，瞧着他整天拨弄个手机，山村里信号特别差，他时不时跑到村口，只为发个短信，大晚上的，下着雪，就站在村口打电话。

于是她旁敲侧击地问杨继沉："小沉，你是不是有对象了？"

杨继沉也没含糊，直截了当道："在追。"

外婆笑得跟朵花似的，问道："那姑娘是哪里的？多大啊？做什么的？你们怎么认识的？家里是什么情况？长得怎么样啊？你们到哪一步了？"

听到杨继沉说十八岁，在读高中后，外婆抄起手边的扫帚，骂道："你个兔崽子，看我今天不打得你屁股开花！一天到晚不做正经事，还追读书的娃！"

杨继沉小时候没少挨外婆的打，男孩子总是好奇心比较重，一会儿弄坏了这个，一会儿惹了那个，被外婆追得满院子跑。直到十来岁吧，外婆才再也没打过他。

对外婆来说，孩子仿佛是一瞬间成熟起来的，而且越来越懂事。

外婆出去，逢人就夸她外孙，长得高又聪明，还懂事。

本来生活无忧，直到杨家出了事，听到他在外面打架不务正业，到现在还在搞那些车子，危险又没前途，外婆气急了，却再也管不了他。

这就算了，现在还把心思放在了读书的女孩身上，真的是学坏了！

那天杨继沉挨了好几下，也不躲，还笑着看她抄家伙。

打完了，老人家消了点气，只听杨继沉说："真喜欢，以后带回来给您看。"

外婆哼哼两声，训道："你可别耽误了人家前途，高三重要着呢！这是一辈子的事情！"

"我知道，我和她也是一辈子的事情。"

外婆想起些什么，叹口气道："喜欢就对人家好点。"

"我知道。"

外头寒风呼啸，雪高半尺，山村的夜晚寂静祥和。

杨继沉和外婆聊完就揣上一支烟，走去了村口，拨了江珅电话。

那头传来一声软软的"喂"。

他忽然觉得，冬天也没那么糟糕。

杨继沉冲完澡，换了身衣服去了张嘉凯所说的那个地方。是家音乐主题餐厅，门口用粉色的球花搭成一个通道。里头的吊灯、墙壁、围栏，都用各种花卉做点缀，全封闭式，只靠灯光照亮，在餐厅中央有个小舞台，会有驻唱歌手。

张嘉凯他们在二楼中间的六人桌，视野最好，位置也够宽敞。

杨继沉到的时候他们已经点好了菜，长方形的餐桌上摆着满满一桌菜。

杨继沉拉开椅子坐下，调侃道："你们不会是叫我来买单的吧？"

周树调皮劲上来，说："你不买单谁买单，谁让你最有钱呢。"

杨继沉说："现在我的银行卡上只剩五万块，应该是你们中间最穷的一个。"

"我去！你去豪赌了吗？"

张嘉凯觉得杨继沉不像在说笑，问道："你前阵子在忙什么？投资房产去了？"

杨继沉答："差不多吧，搞了点东西，另外存了一笔钱，打算以后在别的地方买套房。"

所有人都震惊地看着他。

杨继沉一直是个无欲无求无计划的人，就像一个浪子一样，漂泊着，居无定所，随心所欲，这样的人忽然要买房是要干什么，实在让人无法理解。

张嘉凯眉头一挑，想到些什么，觉得那是唯一可以解释得通的。

他给杨继沉倒红酒，说："吃饭啊，你们都愣着干什么？吃完饭你们早点去火车站，我还要去接芸仙放学呢。"

贺群觉得奇怪："你最近怎么接她接得那么勤快？"

张嘉凯说："还能为什么，还不是怕她被别人盯上。像小珅，最近就被一个小男生追着跑，我也是昨天听芸仙说的，那男孩整天给小珅送奶茶，晚上还送她回家。"

张嘉凯边说边笑，还是看着杨继沉说的。

杨继沉捏着玻璃杯，微微眯眼："小男生？"

张嘉凯故意刺激他："听说长得挺帅的，追得很勤快。"

杨继沉一饮而尽，懒洋洋地靠在沙发椅上，不屑地嗤笑了一声。

怪不得那臭丫头都不回他短信了。

张嘉凯说："这离得近就是不一样，白天一直在一个空间里，能接触的机会太多了。哥，我看你买房这事可能得再想想了，不然买了没人住。"

杨继沉冷哼一声，嘴角勾着笑："是吗？这就叫离得近？"

张嘉凯觉得他笑得很有把握，似乎筹谋了什么。

吃完这顿饭，大家都有些醉眼蒙眬，坐那儿歇了会儿，杨继沉起身要走，走了几步回头看向张嘉凯："一起走？"

张嘉凯笑笑："芸仙今天晚上要去吃一个酒宴，我不去接她。"

刚才那话是为了引出江珊的事瞎扯的，杨继沉看了他一眼，慢腾腾地走了。

徐栀夏拿上包，追了上去。

冬天的傍晚肃穆枯燥，云层里透出的光都是暗淡的，寒风凛冽的大街上行人神色匆匆，路灯已经亮起，落在柏油路上的光晕圆得像个圈。

"阿沉！"徐栀夏叫住他。

杨继沉正拢着手点烟，闻声抬眸看去，徐栀夏长发飘着，脸上有明显的醉意。

"怎么了？"他问。

徐栀夏双手揪紧着包，问道："她……她的妈妈还好吗？"

杨继沉合了打火机，拿下嘴上的烟："还行。"

"下次我和你一起回去吧，我也想去看望下她。"

杨继沉浅笑着："栀夏，你不用操心这些事情，本来和你也没关系。"

"我……"

杨继沉说："没事的话我先走了。"

"你要去找江珊吗？"

"嗯。"

"你说的买房真的是为了她？"

"不然还能为了谁？"

他的语气莫名带着一丝宠溺，徐栀夏怔住，冷风也吹不走她的醉意，脑子里"嗡嗡嗡"的，她感到一阵心慌。

徐栀夏脱口而出："你喜欢她什么？"

杨继沉没回答她，只说："你有点醉了，叫他们送你回去，我先走了。"

他没给她再说话的机会，夹着烟上了出租车。

而学校那头的江珃像做贼似的，一放学就飞快地逃离了教室。季芸仙一下课就会习惯性地看一眼手机，上面有一条来自张嘉凯的短信，说，沉哥回来了。

季芸仙还没来得及开口，江珃已经消失得无影无踪了。

江珃想赶早一班的公交车回去，这样也许就能躲过那个男孩，可还是在校门口被拦截了。

男孩笑得灿烂，依旧是那句话："学姐，一起走。"

江珃的脸快扭成苦瓜，两个人在公交车站僵持了会儿，车来了，她不得不上去。

身边有个大叔着急地想先上车，宽厚的身子撞开江珃，率先上去，男孩伸手扶了下江珃。

"学姐小心。"

"谢谢。"

江珃立刻躲开，和他保持了距离。周围学生来来往往，七嘴八舌，声音嘈杂，在这片嘈杂中，江珃总觉得有人在注视着她，她冷不丁地打了个寒战。

公交车拖着笨重的身子开往下一站。

杨继沉拎着刚从店里拿的奶茶，坐在出租车里，车窗半开着，就这么看着他们。

好，很好，还搂上了。

男孩跟着江珃从二斜口下车，没有多余的话，只是笑着说"学姐再见"。

江珃觉得头疼，如果被江眉或者这附近的人撞见，不知道的会以为她早恋。

"那个……"江珃叫男孩，他介绍过自己叫什么，但她总是记不住。

"嗯？"

江珃说："明天你不要再送我了，可以吗？"

她细眉微拧，语气颇为认真。男孩脸上的笑容逐渐散了，低下头说道："除了这些我想不到别的办法，不都说追女孩脸皮得厚一点嘛。"

除了每天给江珃买奶茶和送她回家，这个男孩没对她做过任何过分的事情，只是一个人不管做得有多好，永远也闯不进心里有其他人的人的世界里。

江珃无奈地笑着："可也得懂进退。比如你追我，如果我对你有感觉，那我想我今天就不会告诉你让你不要再来送我了，我会默认你的行为。如果女生对你没有感觉，你这样的行为会让人很困扰。我真的对你没有那方面的意思，而且我很快要高考了。"

"以后我们也可以考一个学校啊。"

江珃愣了一下，觉得可能和这个男孩说不通。

男孩说："我真的喜欢你，注意你很久了，之前我以为你和陈昊是一对，但后来发现不是。大家又都说你和那个玩赛车的是一对，后来发现似乎也不是。可能……可能你现在还没发现我的好呢？"

僵持了几秒，江珃语气强硬了点，也不再对他笑，说："我有喜欢的人，但我不会像你一样去纠缠自己喜欢的人。他如果不愿意我出现他身边，只要有一点苗头我就会站得远远的，他朝我抛出橄榄枝我才会去接近他。"

所以有时候她觉得杨继沉是喜欢她的，从认识他开始就对她有种莫名的兴趣。起初她以为他是个对任何女孩都会这样的人，但现在发现似乎有什么不一样，那些暧昧的小细节似乎只在他和她接触的时候会发生，她觉得自己对他来说是不一样的。

因为杨继沉在主动和她靠近，所以她也愿意去靠近他，或者在原地等他。假如他是个冷漠话少的人，不会帮她抓娃娃，不会帮她买奶茶，不会有事没事来她房间，她觉得自己是没有勇气和他接触的。

男孩神情凝重，一副想笑却笑不出来的模样。他说："我在班里也有很多女生喜欢，你是我第一个追的女孩，真的花了很多心思，我哪里不好吗？你喜欢的那个人如果真喜欢你，为什么不像我一样告诉你呢？玩暧昧的男人一点儿都不男人。"

江珊说："感情不是非黑即白，必须要有接触认识相互了解的过程，如果因为一时的心动和好感就去表白，那就太冲动了。而且，在同一时间和许多女生玩暧昧的男人才不是男人。"

杨继沉不是那样的人，如果他是，当初为什么要拒绝祝菁。

江珊下意识地忍受不了别人这样评价他，就连回答的口气都急了几分。

江珊浅浅吸了口气，说："如果明天你继续这样跟着我的话，我只能让我父母接送了。"

男孩眼睛瞪大，不可思议地看着江珊："你很讨厌我吗？"

"我不讨厌你，只是我不喜欢你这样的行为。我先回去了，你早点回家吧。"

男孩一直望着江珊的背影，直到看不见了才垂头丧气地上了公交车。

他在第五站转乘了别的公交车，到站后浑浑噩噩地下车，天色已晚，地上的影子都快看不清了。

突然，身后亮起两束灯光，车灯照亮整个小巷，将男孩的影子无限拉长。

"喂。"灯光的尽头，有个男人懒洋洋地唤了声。

江珊真是怕了这个学弟，无论放学她跑得多快，躲得多隐蔽，总能被他看见。说了好几次也说不通，以至于让她觉得午休和放学是件非常痛苦的事情，特别是每天中午饭桌上多了杯奶茶，一来二去，班里的同学总会调侃几句。

刚走进院子里，发现里头站了五六个人，有住附近的大婶，有孙婆婆的家属，还有江眉。

她差点都忘了，今天是孙婆婆出院的日子。

孙婆婆的子女在对一个中年妇女叮嘱着什么，江眉站在边上，心不在焉的，像个没有生命的木偶。

江珊心头一跳，走到江眉身边问道："孙婆婆没事吧？"

江眉抬眸看向江珊，看到江珊的瞬间瞳仁深深浅浅，里头似有骇浪翻滚。

"没什么事。"江眉轻轻地说，说完别开了视线。

"妈……你……"

"小眉啊，最近可能要麻烦你一下了，我们真的腾不开空呀，老人家有时候认人，真的麻烦你稍微费点心了。"孙婆婆的儿子办完事，走过来乐呵呵地说道。

江眉笑了下，神色有些僵硬，说："没关系，应该的。"

"今天真是谢谢你了，还专门请假来医院帮忙。老太太年纪大了，有时候都不认得我们做子女的，却一见到你就能叫出名字，也是稀奇。"

江眉脸色极差，但还是聊了几句。

院子里的人散了，江眉和江珂回了自己屋里。

孙婆婆的儿女开着车离开了二斜口，只留下那个中年妇女，她是他们请来的护工，负责二十四小时照顾孙婆婆。孙婆婆的子女又托江眉平日里多照看一下，生怕护工怠慢老人。

这段时间，江眉的情绪明显不好，过年的时候稍微稳定了点，今天又很不对劲。

江珂说："妈，你要不要去看看医生？"

排除一些荒诞的想法，江珂觉得江眉可能是更年期，所以才会睡不好吃不香，精神不佳。

简单的一句话却让江眉有点发火，她生硬道："我不会再去医院了。"

江珂沉默了一下。

江眉越想越乱，终于沉不住气，停下手中的活问道："等你去了华西，我们搬去那个城市生活怎么样？"

江珂以为自己听错了，直到江眉重复一遍，她似乎早就做了这个决定了。

"为什么要搬家？这里不好吗？"

江珂对自己的出生地没什么印象，从小就是在这个院子里、在墨城长大的，对她来说，这里就是她们的家，拔了根要去别的地方扎根，实在让她很难割舍。

江眉说："浙州也是个不错的城市，我托人去打听过了，房价还能接受，至于工作，也挺好找，你以后毕业留在那里发展也是个不错的选择。"

江珊仰起头，沉默了片刻，问道："妈，你是不是遇到什么人了？"

江眉忽然慌了一下："没有。"

江珊几乎确定，江眉的反常就是因为那个荒诞的理由，她自己都觉得难以置信。

江珊快淡忘那个人的存在了，她已经习惯只有她和江眉两个人的生活了。那个人突然出现，带来的是一种很陌生的感觉，因为江眉的关系，她甚至很排斥。

江眉从来没和江珊说过关于那个人的坏话，她只是说，他做了一件让她无法原谅的事情，再也不想见到他了。

江眉很痛苦，所以江珊总觉得那个人不是个好人，至少他让一个女人含辛茹苦地自己拉扯大孩子。

这些年江眉受的委屈只有江珊最清楚。

这个话题对江眉来说依然是禁忌，江珊想让她说明白说清楚，可江眉铁了心说没有，她似乎没有办法很平静地提起那个人。

江眉意识到今天说这件事情会带来的后果，叹了口气道："你先别分心，好好准备考试，以后我会和你说的。"

江眉最后那一句无疑是默认。

江珊没再多问，这是一个巨大的创伤，就算要摘下纱布，也需要时间做点心理准备。

只是她的父亲在墨城。

这个认知让江珊一下子乱了，他可能真的不是个好人，但究竟有多不好，他长什么样子，他在干什么，他知道她吗？

他又为什么会在墨城？

江珊在淋浴喷头下站了很久，直到热水泡得皮肤起皱，脑袋开始眩晕，她才不再去想关于父亲的事情。

初春的冷是刺骨的，江珊从浴室里出来，冷风吹在身上，皮肤毛孔都开始收缩，浑身起了鸡皮疙瘩。

风……

江珊定睛一瞧，她床上躺着个男人。

杨继沉双手枕在脑后，双目闭合着，呼吸均匀，颀长的身躯占满她的小床。

江珣轻手轻脚地走到门后，"咔嚓"一下，上了锁。一转身，躺在床上的男人已经睁开了眼睛，眼眸微醺，脸上有几分疲惫。

江珣慢腾腾地挪了过去，问道："你什么时候回来的？"

"今天。"

"噢……"

一阵寂静。

她像个犯错的孩子般站在那儿，头低着，露出的脖颈肌肤细腻白皙，曲线优美。

杨继沉挪开视线，微微蹙了眉。

大概是喝了点酒，又想着快点回来见她，他心里总隐隐躁动着。他说："我给你带了奶茶，要喝吗？"

江珣抬眸，书桌上放着两杯 JY 奶茶店的奶茶。

杨继沉又说："热过了。"

江珣吃饭前喝了一瓶雪碧，现在肚子撑得很。她摇摇头道："等会儿喝吧，我喝不下。"

"行，那我自己喝。"

杨继沉起身走过去，坐在书桌边，拿过一杯，插上吸管，闲散地靠着椅子，吸了两口。

江珣说："你坐过去一点，我要做作业。"

他不动，一口一口地吸奶茶，好整以暇地看着她。

江珣说："你往边上挪一点。"

他还是不动，一看就是故意的。

江珣伸手推他，蚍蜉撼大树，他屁股像粘了上面似的。

"杨继沉。"她小声叫他名字。

"嗯？"

"你让开点，我真的要做作业。"

"做作业？做作业做得连条短信都不回我了吗？"

他温热的气息洒在她脸颊旁，深邃的眸子里有她浅浅的身影。

他只穿了件灰色的毛衣，男人炙热的体温从纤维里散出，他身上的味道和热量一点点地侵蚀着她。

江珅结巴道："我……我手机停机了。"

杨继沉勾了勾唇，清隽的脸庞在昏暗的灯光下显得格外迷人，江珅甚至能看清他有几根睫毛。

"停机了啊，我还以为是你太忙，把我忘了呢。"

江珅觉得自己快喘不上气，脸涨得通红，压根儿思考不了他说的话的意思。

"我……我确实有点忙。"她最近一直在努力把寒假落下的功课给补上，作业量等于同学的两倍。

"忙着和那种小男生打交道吗？"

江珅颤抖道："啊……啊？"

杨继沉嗤笑一声。

江珅垂眸看着他，他的眼眸看起来有些迷离，有些酒意，好像还有些怒气。

寂静了许久，只听他低低笑了声道："我买的奶茶好喝还是他买的好喝？"

江珅有点惊讶地看着杨继沉。

"你怎么会知道？"

这句单纯的疑问句惹得杨继沉剑眉微挑，这句话搁他耳朵里更像是被捉现行了然后慌乱地反问他。

杨继沉眯眯眼："我有什么不知道的。"

"我没有。"江珅轻声道。

"没有什么？"

"我没喝他给的，也不认识他。"

"哦？不认识他还搂搂抱抱？"

江珅再次惊讶："搂搂抱抱？"

她也不知道自己急什么，解释道："我没和他搂搂抱抱啊，我都不理他，怎么会有什么。"

杨继沉听完笑了起来，笑得那么痞气。

他压低了点声音道："那我们现在算什么？"

江珅闻到他身上淡淡的烟草味和酒精味，他们靠得如此近，她甚至能听到他的心跳声，一下一下，那么有力。

他们算什么？她也很想问。

江珅张了张口，却发现根本不知道该说什么，她一个女生，先告白吗？

如果他只是喝醉了酒一时冲动说这些呢？如果他的喜欢并不是那么深呢？

她忽然发现自己对他还是不够信任，她需要他明确地告诉她，他非常喜欢她，并且是很认真的那种。

也许是看够了江眉的痛苦，从中体会了太多，深陷于一个人，时间都无法治愈。那个人却好像轻而易举地脱身了，一定是有什么东西从一开始就错了，或者两个人的起点不一样。

如果这段感情只是一场暗恋，它带来的痛苦会相对小一点。如果他们要正式开始一段感情，要考虑的实在太多了。

江珅不知道自己是古板还是放不开，她做不到像季芸仙那样，热烈地喜欢一个男生，没结果，就继续热烈地喜欢下一个，季芸仙能很快从一段感情中脱离。

江珅低下了脑袋，内心百感交集，但又在期待着他说些什么。

杨继沉见她不语，脸上的笑容微敛。

两个人沉默着。

良久，杨继沉恢复了以往那种懒散的神色，拍拍她的背："八点多了，做作业吧。"

"啊？"江珅失神。

杨继沉离她远了些，不知怎的，有种心满意足的感觉。

杨继沉靠在书桌边上，优哉游哉地喝着奶茶。

他不知道，此刻在那儿低头做作业的小姑娘已经在心里暗骂了一百遍浑蛋，连卷子都被戳破了个洞。

杨继沉大概真的累了或者喝醉了，江珅做作业的时候，他躺在她床上看那本《大清正史》，她做完半张卷子回头时，他已经睡着了。

江珅叫醒他后，他醒了会儿神就走了，临走时还摸了摸她的头，说："明天我再找你，今天有点累。"

她望着天花板，甚至不知该怎么形容此刻的感受，就像泡在蜜罐里，但被呛了一下。

往后几天杨继沉如往常一样，晚上来她房间，给她带杯奶茶，然后她做作业，他看《大清正史》，不过不一样的是他看着看着就会睡着。

闲暇时，他偶尔也会逗她两句，比如"今天中午奶茶喝饱了吗""晚上没人送是不是很不习惯"。

说起那个男孩，江珊后来再也没见过他了。

除了杨继沉，令江珊担心的还有江眉。江眉心里有事但一直闷着不说，经常半夜出来走动，眼睛一直红红的。

江珊也跟着恍惚了几天，彻底失眠了，眼眶底下越来越青。

周五早上，季芸仙见了她吓一跳，"哎呀呀"叫起来："你这是要去做国宝吗？"

江珊幽怨地看向季芸仙。

季芸仙放下书包后，立马跑到她身边说道："你别告诉我你每天晚上做作业做到凌晨，你都瘦了一圈了。"

听到别人夸自己瘦还是高兴的，江珊捧着自己的脸蛋："真的吗？看起来还有婴儿肥吗？"

季芸仙说："你神经病啊！我嘲讽你呢！说正经的，你晚上早点睡啊。哎，就那宋世宇，眼圈青得不得了，就是熬夜熬的。"

见江珊不说话，季芸仙拍拍她的肩膀："晚上一起去溜达一会儿呗，我想去那家奶茶店买奶茶喝。"

说起那家奶茶店，这些天江珊一直忘了问杨继沉，他以前是怎么买到的。

上次她和季芸仙碰壁后不久，那家奶茶店就开始营业了，刚开张的店，生意总是火爆的，中午那点休息时间都不够用来排队的，晚上要赶公交车，江眉又管得紧，她压根儿没时间去。

季芸仙放学后跑了两趟，人也总是很多，等不了排队。

这种新型奶茶即使价格贵一点，顾客也总是络绎不绝。生活水平和消费水平都在不断提高，如今的消费者可能会更追求品质，多花点钱买更好的享受，很多人其实都愿意。

江珊一直觉得那家奶茶店的店主挺有头脑的，她曾经还不切实际地想过，如果将来茶饮业无人创新开发，也许她可以试一试。但那太遥远了，店面、租金、配方、创新点、包装、投资风险，她哪里承担得起。

季芸仙摇晃她肩膀："你又发什么呆啊，去不去嘛，今天周五。"

"好啊。"江珊咬了咬笔杆，"可是……"

"可是什么？"

"可是去了也见不到啊。"

不知是谁传出来的，说那家新开的奶茶店的老板帅得不得了，但都没见过。

女生平日里聊的就是化妆品、电视剧、帅哥。帅哥近在咫尺，谁都想看一眼，特别是季芸仙，她铁了心要看。

张嘉凯跟杨继沉打完麻将已经下午四点，周树和贺群回了老家后他们的娱乐活动都少了很多。比完赛后，整个人都松懈了下来，他们也不似那些职业队，将比赛看得比命还重要，日复一日没完没了地训练。

刚接触赛车的时候一腔热血，谁不想搏出头。可真走到了这个地步，张嘉凯有时候觉得自己看不透，他看不透杨继沉在想什么，职业队有职业队的优势，但他很不屑，周树他们也不屑。

这是一个用生命冒险的职业，一辈子玩这个吗？张嘉凯觉得自己似乎也没有那么伟大，当一个人在某个领域取得成就时好像就没办法摆脱这个领域，一边享受这种荣誉感和满足感，一边感到疲倦却无法脱离，因为在其他领域，他一无所知。

失去赛车，他就是个废物。

杨继沉以前也总说他不想搞这个搞一辈子，张嘉凯摸不准他。

张嘉凯最近开始愁这事儿是因为季芸仙，那丫头疯疯癫癫，喜欢极了他身上那股子自由奔放劲，小女生也容易向往一些刺激的东西，更何况她本来就爱赛车。

可他不像杨继沉，别人请着供着，他和周树他们实在资质普通，也就能勉强混口饭吃，再加上是自己喜欢的东西，所以比别人多了几分拼劲。

那天一听杨继沉都打算买房了，回去后张嘉凯翻翻自己的存折，有次和季芸仙打电话时提了一下，问她对以后的另一半有什么硬性要求，她没心没肺地说四肢健全，长得帅就好了。

张嘉凯苦恼极了，存折上只有十万块，能给她什么？

把这个想法和季芸仙沟通后，季芸仙火大了，问他难不成还想放弃赛车去做别的，那样的你还是你吗，做自己喜欢的事情就好了啊！

　　张嘉凯觉得她小孩子心性，压根儿不懂现实的残酷，两个人就这样莫名其妙地吵了一架。

　　麻将散场，杨继沉接了个电话似要去哪儿，张嘉凯叹了口气问道："要不要一块儿吃个饭？"

　　杨继沉捏着手机，在手里转了两圈，笑道："今天星期五，不去找季芸仙？"

　　"找她？去找她挨骂吗？"

　　"前段时间不是挨骂也挺乐意的吗？"

　　张嘉凯说："我还没想通，想通了再找她好好聊聊。要一起吃饭吗？"

　　杨继沉掏出车钥匙，走向新买的车子："店里有点事，不吃了。"

　　"行……等会儿，店里？"张嘉凯不可思议道。

　　杨继沉早在一两个月前就租下了那家鸡排店，雇了人设计装修，自己也会操点心，但基本都是托别人搞，而这事儿他谁也没告诉，就怕提前被江珊知道，到时候把她吓跑了就坏了。

　　一想到这里，杨继沉就忍不住弯了下嘴角。

　　以前江珊怕他、躲着他，和他讲个话都紧张兮兮的，但现在似乎和他处得挺好。

　　但这事急不来，他就怕他一冲动，把人吓跑了，她就跟兔子似的，受不得惊吓。

　　奶茶店的营业执照和食品许可证也是前一段时间批下来的，在此之前，他从店里拿了一些招牌奶茶给江珊尝尝味道，看她的描述和神情，这奶茶还挺对她胃口的。

　　他最近正打算找个时机告诉江珊，也自然没打算再瞒张嘉凯他们了。

　　杨继沉说："要去看看吗？"

　　"看，当然要看啊！"

　　当车子驶向一条越来越熟悉的道路时，张嘉凯心中有了个大概，等到了目的地，下车一瞧，果不其然。

以前那家鸡排店不复存在，店面上挂着黑白简约风的招牌——JY奶茶店。

张嘉凯突然眼睛睁大，指着招牌恍然大悟道："等等！你这个JY指的不会是你和……那当初取队名时你也是这个意思？"

杨继沉双手抄在裤袋里，懒懒一笑："你衣服上印的字母就这两个，当时随手取了个名字而已，要怪就怪你。"

张嘉凯说："这锅我不背啊。"

张嘉凯跟着杨继沉进店，里头一个小伙子站在收银台前正在弄着什么，见人来了，说道："老板，他们今天送来的珍珠看着不对劲，我扔后面了，没敢用。"

杨继沉回："嗯，我等会儿看看，联系供货的，明天再拿一袋过来。"

张嘉凯里里外外走了一圈，感慨道："里面怎么还搭了个休息室，连床都有啊？哥，你怎么不声不响就开了个店？你不会是为了小珊吧？"

奶茶店里，空调送着暖风，杨继沉脱了外套往沙发上一坐，点了支烟，顺手给张嘉凯递了一支。

他说："闲着无聊，搞点东西玩而已。"

张嘉凯说："你别骗我了，真要开店干吗选这地段，步行街那边生意更好。小珊还不知道吧？"

杨继沉笑："你都不知道，她怎么会知道。"

"我听芸仙说，上回追求小珊的男孩子后来再也没出现过了，你去找过他了？"

"不然还指望他自己开窍？"杨继沉嗤笑了声。

张嘉凯笑得差点被烟呛到，问："那你现在是打算追小珊了？"

"顺其自然吧。"

张嘉凯不敢相信杨继沉会说出这么淡然的话，转念一想，他觉得杨继沉应该和江珊有了点什么，所以杨继沉才不慌不忙，要不然上回一听有男孩追她，他干吗急匆匆地过去学校。

张嘉凯也向季芸仙打听过，问过江珊对杨继沉到底什么看法。季芸仙就按照江珊平日里的说法，说她现在学习第一，对他没什么意思。张嘉凯怕季芸仙管不住自己的嘴，到时候添乱，杨继沉的心思他也就没和季芸仙说，想着，沉哥总有自己的办法去追女孩。

烟抽了一半，张嘉凯突然肚子痛起来，弓着腰逃命似的奔向了卫生间。

学校放学，已经有学生三三两两地结伴来店里买奶茶，狭小的店里挤满了穿黑色校服的学生，女生居多。

杨继沉懒懒散散地靠在沙发上，双脚搁在小茶几上，低头玩着手机。

"小姐，请问你要点什么？"

"小姐？"

"噢……我要一杯珍珠奶茶。"

几个女生半捂着脸偷偷瞄杨继沉，暗戳戳地讲着什么。

点单的小伙子笑道："我知道我们老板很帅，但是他脸上没有菜单。"

"那就是你们老板啊？真的和传言一样哎！"

小伙子无奈地笑笑。

杨继沉平日里几乎不来店里，一是忙着在外面挑选奶茶配料和了解市场行情，二是他也不会做这个东西，待在店里没意思。刚开业那几天店里生意火爆，他坐了几分钟就走了，实在受不了那种拥挤的感觉。

这两天稍微冷清了一些，大概是学生的新鲜劲过了，但生意依旧很红火。

杨继沉也没注意边上那些女生，看着和江珊来往的短信页面，想着要不要让她过来。

"嘿，老板。"

他的肩膀忽然被拍了一下。

一个高挑的女生站在一侧，长得水灵标致，一双水汪汪的大眼睛正含情脉脉地看着杨继沉。

杨继沉手肘往边上一靠，若有似无地笑着："怎么？"

女生把自己的手机递给他："留个手机号呗。"

一旁围观的女生"哦哦哦"地起哄，就连收银的小伙子都停在那儿看戏了。

杨继沉瞥了眼女生的手机，不动，故意使坏似的问："留手机号干什么？"

"讨厌！你留不留？"

边上一女生看热闹不嫌事大，喊道："这是我们的班花，想做你的老板娘呢！"

杨继沉笑着抽烟。

正闹着呢，玻璃门被推开，上头的门铃"叮叮当当"地响起，杨继沉抬眸看去，季芸仙惊喜地叫了出来。

"沉哥！"

杨继沉朝她笑了笑，随后目光落在季芸仙身旁的江珣身上。

杨继沉嘴角勾着笑，说道："要喝点什么，热可可怎么样？"

他的双眸始终看着江珣，这话一出，所有人都看向江珣。

江珣像被无数双眼睛钉在了十字架上般，动弹不得。

店里寂静了一秒，随后叽叽喳喳起来。

"我想起来了！是不是上次在篮球场抱江珣的那个男的？"

"啊？江珣是谁？他又是谁？"

"不是吧，为了喜欢的人在学校附近开奶茶店？好浪漫啊！"

收银的小伙子问道："老板，要做热可可吗？"

季芸仙从惊喜变成了惊吓："老……老板？沉哥，这店是你的？"

江珣瞠目结舌，脑子又转不过弯了。

所以他是在她学校附近开了家奶茶店吗？怪不得他能买到这里的奶茶，怪不得他一直送，怪不得奶茶店名字叫 JY……

江珣看着杨继沉，震惊到无言。

杨继沉颇有深意地看着江珣，对那小伙子说："做一杯热可可，甜度正常。"

江珣的心快跳出嗓子眼。

要手机号的女生收回手，瞥了几眼江珣，"哧"了声，梗着脖子走出了奶茶店。而店里的其他女生无一不在打量江珣，短短一分钟，已经集齐了相关信息。

江珣这辈子还是头一回这么瞩目。

店里叽叽喳喳的声音吵得人头疼，杨继沉起身说："今天不卖了，各位同学请回去吧。"

有个女生"咦"了声，打趣道："老板娘来了就关门，怎么做得好生意？"

有人说："你懂什么，这店又不是为你开的。"

那女生走过江珮身边笑道："同学，你男朋友超帅的！"

江珮恨不得找个洞钻下去。

这场热闹以杨老板的暂停营业收场，人陆陆续续地离开，店员乐得轻松，收拾一下就走了。

张嘉凯从卫生间出来，见到季芸仙和江珮时怔了片刻。

店里没人了，四个人坐在沙发上，你看看我，我看看你。

江珮看着眼前这杯热可可，脑子"嗡嗡嗡"地响，悄悄瞄了眼杨继沉，他正注视着她，挑了下眉峰。

张嘉凯和季芸仙正在闹矛盾，他冲她笑，她给他脸色看。

气氛一度很奇怪。

还是杨继沉率先打破了这个僵硬的局面，他微微抬了抬下巴，问江珮："不喝？"

"喝的……"

杨继沉朝两个女生问道："在这儿吃完饭再回去？"

季芸仙瞪着张嘉凯，气鼓鼓道："我不吃，我先走了。"

说完，她拿上书包，装作要走。

张嘉凯着急地去拉季芸仙，季芸仙扭了两下，跑了出去。

张嘉凯叹了口气，说："你们吃吧，我去追她。"

杨继沉看着他们的背影笑笑，转而问江珮："想去哪儿吃？"

江珮紧张道："都可以。"

两个人是在学校附近的小餐馆吃的，一份烤鱼，两份白米饭。吃完出来天已经黑透，江珮被这微辣的烤鱼辣得浑身冒热气，脸蛋红成西红柿，喝了一大杯水还在"嘶嘶嘶"地倒抽气。

餐馆里人多又嘈杂，两个人没说上几句话。

华灯初上，街道上车水马龙，周围小区里的人吃完晚饭出来散步，有人牵着狗，三三两两，浓稠漆黑的夜空繁星闪烁，空气里飘着初春的芳香味道。

江珮边走边喝水。

杨继沉见她泪眼汪汪的，低笑着："不能吃辣？"

"嗯……家里的饭菜都很清淡，我妈也不能吃辣，我像她，听她说我们那边都不喜吃辣。"

"你们那边？"

江珅拧上矿泉水的盖子，双手握着水瓶，说道："我不是墨城人。"

两个人漫步在街道上，路灯投下的光将他们的影子拉得老长，微风微冷，不过正好吹散吃烤鱼冒上来的火。

杨继沉双手抄在裤袋里，微微挑眉，他倒是挺意外，她居然不是墨城人。

"你老家是哪里的？"

"身份证上是西州的。"

"那怎么到了这里？"

"我不是很清楚，反正我从小在这里长大，对西州没什么印象。"

江珅小时候是真不知道，只是后来听孙婆婆提起那个人，再看江眉的态度，心里大约有了点数。关于西州，那实在太陌生了，江眉一次都没带她回去过。

照理来说，江眉这样的单亲妈妈应该经常带着孩子回娘家走动，再不济那也是自己的父母、自己的家，可江眉仿佛孑然一身，自始至终就只有她一个人。

什么爷爷奶奶外公外婆，江珅从来没有体会过有长辈是什么样的感受。

后来模棱两可地问过，只知道在江眉很年轻的时候她的父母就走了，关于过去，江眉从来都不愿意多说。

江珅常常觉得，越是无法轻易提及的就越是放不下。

"西州……"杨继沉闲散道，"我去过那里，是个二线城市，发展得还不错，比墨城好，我认识的一个人也是西州的。"

"我班里有个同学也是西州的。"

闲聊几句就走到了奶茶店门口，杨继沉说："等我一下，我锁个门。"

"好。"

江珅站在一棵树边上等他，他进店拿了点东西，站在玻璃门前捣鼓了会儿，拉下卷帘门。

江珃其实一直很忐忑，心中有什么东西不断冒出头，像水面上拱起的水泡，一个接一个。

杨继沉扔了个头盔给她，见她一副欲言又止的模样，问道："你想说什么？"

江珃踌躇了会儿说："你怎么会想到在这里开奶茶店？"

她的声音很轻，带着一丝不易察觉的紧张，问的时候也没敢看杨继沉。

月光淡淡，他往前走了一步，高大的身影笼罩住她，江珃眼前一暗。

杨继沉拿过她手里的头盔，给她戴上，边戴边说："你觉得是因为什么？"

江珃脑袋晃了晃，头盔稳稳地套住。

她低语道："我不知道。"

杨继沉勾唇一笑，食指在她头盔上叩了一下："星期一中午过来吃中饭，我就告诉你。"

"吃中饭？"

杨继沉也给自己戴上头盔，说："也可以把季芸仙一起叫过来。"

江珃又失眠了，辗转反侧，精神总是很亢奋，脑海里不断重现着傍晚的一幕幕。她甚至还不能接受杨继沉在她学校附近开了个奶茶店的事实，这一切未免太突然了。

还有那一句在大庭广众下叫的"老板娘"，他叫得吊儿郎当，理所当然。

她怎么会是老板娘呢？她凭什么是？应该只是想拿她当挡箭牌吧？

江珃把头闷在被子里，黑溜溜的大眼睛打转，脑海里是十万个为什么。

星期天晚上杨继沉来她房间溜达，还不忘提醒她星期一中午去他奶茶店吃午饭。

星期一那天，江珃在课间和季芸仙上厕所的时候向她表明了中午约她一起去吃饭的想法。

季芸仙说："啥？吃饭？去沉哥的店？我脑子进水了才和你一

起去！"

江珊："你小声点……"

"小声个屁，全校都知道沉哥为你开了个奶茶店啦！"

"为我？怎么会是为我？"江珊低着头洗手。

季芸仙用胳膊顶她："你脸红什么？你别跟我装傻啊，我知道你喜欢沉哥，要是不喜欢，沉哥那次进派出所，你跑去干什么？我可是昨晚听嘉凯说了才知道，沉哥这店一两个月前就开始弄了，瞒了所有人，什么JY，什么奶茶，还不都是因为你。你们的名字，你爱喝的饮料，不是为了你还能为了谁？你老实和我交代，你喜不喜欢沉哥？"

厕所里人来人往，偶尔还有老师，江珊把季芸仙拉到走廊的角落。

季芸仙瞧着她紧张兮兮的样子，得意地笑道："你这模样就是喜欢了，对不对？"

江珊做了个嘘的手势："你声音轻点儿嘛。"

季芸仙："大家都知道你是老板娘了，轻什么轻。"

江珊不作声了。

"你从什么时候开始喜欢沉哥的啊？"

"就……就那次他比赛，具体我也说不好。"

"我就知道，那时候就觉得你们不对劲。"

江珊微微皱眉："你说，他喜欢我吗？"

"当然喜欢啊，不喜欢他会为你开店？"

"他那样的人，为什么会喜欢我？"

江珊总想不通，杨继沉那样高高在上的人，身边什么女孩没有，为什么会对她有兴趣？这种兴趣能维持多长时间，他的真心又有几分。

到了中午，季芸仙打死也不愿意和江珊一起去，说是不想做电灯泡。

江珊一个人步履艰难地走去了奶茶店。有些学生上午第四节课是体育课，离校门近，跑得快，奶茶店里已经有学生在排队。青春期的男孩个高活泼，打完篮球身上一股汗味，毫不在意地挤在里头，手里挥着十块钱，喊道："老板，我要冰的奶茶！"

江珊推门进去，不见杨继沉，店员小伙子一眼就认出她来，热情道："老板娘，老板在里头呢，你进去吧。"

在几个男生的口哨声中，江珃进了那间小屋。

外头传来隐隐约约的说话声："你们这老板追女孩的方式可真豪气啊。"

里头的小隔间面积不算大，靠墙有一张单人床、一张长方形书桌，在门口左侧做了个小型的卫生间。

房间里特别暖和，空调一直在送暖风。

杨继沉正好从卫生间里出来，脖子上挂着毛巾，头发还在滴水，他刚洗完头。

"坐。"他指了指床。

这屋子小，摆不下凳子了，唯一能坐的就是床。

"噢……"

杨继沉倚在一边，边擦头发边说："桌上的是午餐，吃了。"

书桌上有两大袋子的打包盒，江珃一一拿出来摆好，一数，有四个菜一个汤。

江珃愣住，看向他："你不吃吗？"

"我吃过了，这是给你的。"

"我一个人吃？"

"不然呢？"

江珃不语，低头吃饭，时不时看他一眼。他一直靠在那儿，盯着她，似笑非笑着。

半晌，杨继沉问："饭菜合胃口吗？"

"味道很好，比食堂的好。"

杨继沉点点头，似很满意这个回答。

江珃试探地问："你……这些菜不会是你做的吧？"

"你觉得可能吗？"杨继沉说，"外面饭店买的。"

江珃安心了。

江珃胃口小，吃一点就饱了。吃完，她酝酿了会儿，说："你上次说……"

"嗯，我知道。"他打断她。

杨继沉笑了笑，几步走到她身边，在边上坐下，床立刻微微塌陷了点，江珃闻到他身上清爽的洗发水味道。

他收拾了桌上的餐盒，说："你明天来吧，明天我告诉你。"

江珊起初没察觉到什么不对劲，可当这个人每天都说明天来，说了一个星期后，江珊恍然大悟，明日复明日，明日何其多，他在吊着她。

以至于季芸仙问她杨继沉到底怎么说的时候，她压根儿不知道怎么回答。

四月春来，树枝已经生出嫩芽，在阳光下待着，冷风里会夹着一丝暖意，冬天穿的厚重的羽绒服也渐渐被叠起收好。

江珊洗完澡出来，拿吹风机吹头发，吹了一半觉得心里躁躁的，干脆让头发披散着自然晾干，她坐在书桌前发呆。

杨继沉今天中午怎么说来着？

他说明天中午过来，给你带红烧排骨，做菜的师傅是西州人，可以尝尝家乡的口味。

每次中午吃饭，他也不干什么，不说什么，就看着她吃。偶尔没吃午饭会和她一起吃，吃完再送她到校门口。江珊平白无故省了个把星期的饭钱，还每天得到一杯免费的奶茶。

杨继沉为什么要在学校附近开奶茶店，江珊好像逐渐有了点想法，这个想法让她心慌意乱。

少女的忧愁总是这么折磨人。

江珊叹了口气，转身趴在床上，拨了季芸仙的电话。

这几天她们没一起吃午饭，课间时间又特别少，两个人都说不上几句话。季芸仙和张嘉凯也和好了，变得更如胶似漆，张嘉凯一放学就把季芸仙接走了，而她，则天天被杨继沉接送。

在杨继沉眼里，似乎这一切顺其自然，可对江珊来说每一秒钟都是心花怒放，却又忐忑难安。她在这蜜罐子里游啊游，可游不到边。

再这么下去，江珊都觉得她要神经衰弱了，可又很享受这个过程。

江珊拿过大章鱼垫在胸口，时不时捏一下章鱼腿。

电话那头的季芸仙永远都充满活力："咦，你怎么今天打我电话啦？"

江珊朝房门那儿看了看，确定没什么动静后，压低声音道："我觉得心里很烦躁。"

"烦躁什么？你最近不是笑得很甜吗？"

江珊摸摸自己的脸："有吗？"

"有啊，你每天中午从沉哥那儿回来，整个人乐得像朵花，我看你坐那儿时不时地笑，像个傻子一样，一副少女怀春的模样。"

江珊脸微红："你才怀春呢。"

"嘿，你还不承认。沉哥最近和你说过什么吗？我帮你问过嘉凯了，可他死活都不说。我觉得其中一定有什么，比如沉哥是喜欢你的。"

江珊小声道："我也觉得他对我应该是有感觉的，我甚至觉得他最近在故意找我吃饭。"

季芸仙在那头哈哈大笑："当然是故意的啊，你不会现在才看出来吧？"

江珊没接话。

"不过当局者迷嘛，沉哥确实不太好琢磨。"

江珊戳了戳章鱼的眼睛："你说，他要是喜欢我，那喜欢我什么？我觉得自己一点儿都不好，别人还会个才艺表演，我什么都不会。"

江珊从小除了成绩好点，别的真的没一样能拿得出手。画画吧，能把猪画成化蝶；唱歌吧，能把流行歌唱成儿歌；跳舞吧，身段硬得跳不好，上次元旦晚会的舞蹈差点要了她的命，也是她人生第一次登上舞台表演。

她长相平平，不似那些女生会打扮，家庭普通还是单亲家庭，不像那些人家里人都很有本事儿，性格吧，普普通通，也就那样。

而这点学习成绩等进入了社会又能怎么样，都没有一技之长。

相比较而言，杨继沉长相俊朗，身高腿长，外表绝对没话说。而他在他的领域里称得上数一数二的人物，被人追捧崇拜，至于家庭家境，虽然很早失去了父母，可他靠自己一步步爬上来，真真实实是个奋斗青年。

喜欢一个人会让自己陷入自卑的情绪里，那个人在心中太过美好和十全十美，以至于总会觉得自己配不上他。

因为喜欢，所以觉得他是世界上最好的。

季芸仙安慰道："你哪里不好了？长得美，性格好，成绩也好，年级里不知道多少男生喜欢你呢，把你当女神。喜欢一个人哪需要那么多理由，也许是一个眼神，也许是相处的一个小细节，也许是一见钟情，正因为感情发生得莫名其妙，所以它才显得格外令人心动。你换个角度想，沉哥认识那么多女孩，为什么偏偏在意你？一定是你有什么地方特别吸引他，说明你和其他女生是不同的。嘉凯也和我说了，沉哥虽然风流但不下流啊，认识的女孩虽多，但从没正儿八经和一个女生恋爱过，甚至走得很亲近。小珊，你得相信自己，争取在高考后把沉哥拿下，我们四个还可以一起去毕业旅行……"

季芸仙越扯越远，江珊翻个身，平躺着，觉得季芸仙的话还有点道理。

她对杨继沉来说是特别的。

春天来了，女生总会偷偷脱掉妈妈塞的羊毛衫和保暖裤之类的衣物，穿上自己喜欢的，单薄得风一吹就能倒，可为了美总能咬牙坚持下来。

江珊以前不在意这些，只求保暖，不知什么时候开始，她每天要多花十分钟挑选衣服，即使早上再冷也能扛下来，然后中午沐浴着暖洋洋的太阳，一路欢快地走去奶茶店。

一个星期后江珊病了，星期三的早上醒来，她喉咙疼痛难忍，喝水吞咽都疼。

江珊从家里拿了感冒药，吃完早饭，吞了两粒。

江眉得知，发火道："你体质本来就差，怎么还穿这么少？你最近怎么了？"

江珊被她最后一句话吓得不轻。江眉年轻时容易发火生气，但现在很少会生气，江珊也很想问问她，最近怎么了？是因为那个人在墨城，所以才这样寝食难安吗？

江眉到现在也还未和江珊提起一言半语，家里的气氛一直很沉重。江珊不知道怎么帮江眉分担，曾试图想和江眉好好聊一聊，但江眉不想影响她学习，说等高考后再说。

这天早上，江珊被江眉裹得里三层外三层，摇晃着笨重的身子就去学校了。中午去吃饭的时候，江珊脱了一件毛衣，让穿着校服的自己看起来没那么臃肿。

奶茶店的生意一如往常般火爆，店员已经习惯她来了，中午看到她总会随口说一句："杨老板在里面。"

经常来光顾奶茶店的一些学生也已经认识了江珊，对于这位"老板娘"，学校里流传了好几个版本，总之，女生听了流泪，男生见了沉默。

江珊一进门就连打三个喷嚏。

杨继沉双手枕在脑后正躺在床上休息，听到声音，他睁开眼，哑声道："来了？"

江珊点点头。

他眼睛里有血丝，看起来很疲惫。

江珊轻声问道："你昨晚没睡吗？"

"嗯。"

"很忙吗？"

杨继沉嘴角微勾，闭上眼道："忙什么，昨晚通宵打麻将了。"

杨继沉又说："赢了一千块钱。"

江珊坐在床尾，打开书桌上的饭菜，"嗯"了声。

杨继沉低沉道："桌上有个盒子，给你的。"

"啊？"江珊转过身看他，又瞥向那个长方形的小盒子。

杨继沉不紧不慢道："你的手机不是电用得快嘛，与其换手机电板，不如换部新的。这个是最新款的，翻盖的，你看看喜不喜欢。"

江珊拿筷子的手都抖了："你给我买了手机？"

"用那一千块买的，与其说是我，不如说是我朋友合资买的。"

江珊转过身，默默吃饭，说："不用了，我的还能用，毕业了我妈会给我买的。"

她用的那部手机是二手货，拿到手的时候就问题颇多了，但能发短信、打电话就成。江眉只是怕找不到她，所以给她买了部二手的手机，上大学了就会买新的。

杨继沉从盒子里拿出手机，微微侧头靠近她："粉色的，喜欢吗？"

"嗯……很好看。"

"那你就拿着吧，不能退货，我也不能用。"

他如果给她一支笔、一根棒棒糖，她会收下，可这是一部手机，她觉得太贵重了。

杨继沉像知道她在想什么，不等她拒绝率先开口说道："这是我第一次正式送女生礼物。"

第一次。

女生似乎对第一次总是特别敏感和在意。

江珺低下头，说："下次别送这么贵重的了，行吗？"

杨继沉随口说了句好。

江珺吸了吸鼻子，接过手机，拿在手里凉冰冰的，非常有质感。

江珺转过头看向他，他靠得太近，她下意识地往后缩了点，认真地说："谢谢。"

杨继沉模样懒洋洋的，一双狭眸盯着她。

江珺被看得又心跳如擂鼓，脸上悄悄爬上两团红晕，不知不觉，鼻涕从鼻子里流了下来。

杨继沉"哧"地笑了声，好笑地看着她，伸手抽了两张纸巾，非常自然地捂上她的鼻子。

江珺因为紧张猛地一吸，呆若木鸡地看着他。

杨继沉歪头，有点憋笑着说道："鼻涕好吃吗？"

眼前的杨继沉漆黑的瞳仁带着深深的温柔，嘴角的笑容懒散。江珺一向最怕看他的眼睛，总是看不透也总是被他盯得浑身发热。

这样一个轻狂的男人，温柔起来叫人无法招架。

江珺控制不住鼻涕的流淌，它又悄悄流了下来。江珺按住纸巾，垂下眼，侧过头，尽量小声地擤鼻涕。

江珺绝望地闭眼，内心波涛汹涌，简直想找块豆腐撞死算了，真丢人。

杨继沉松开手，手肘靠在膝盖上，看着她。

她今天扎了个马尾，黑色的皮筋上有个红色波点的蝴蝶结。她的发质很好，乌黑得发亮，长度总是维持在中等，马尾垂在脖颈后，显得脖颈更纤细白皙。

她穿得比以前少了，校服外套是秋装类型的，没有她冬天穿得厚实，里头似乎只有一件白衬衫，白色的镂空花纹娃娃领稍微露了一点出来，是种很柔软的感觉。

她擦鼻涕的时候微微弓背，身子骨看起来格外纤瘦骨感。

"你穿了几件？"

"两件。"

"怪不得感冒了，穿这么少是想显摆你的小平板身材，还是为了上台表演啊？"

江珃抿抿唇，不满地看着他。

这人有时候可毒舌了。

杨继沉拍拍床："坐过来吃饭吧。"

江珃坐到他旁边。

"给我夹一口红烧土豆块。"

江珃拆一次性筷子的动作特别轻盈欢快。

她问："你没吃吗？"

"嗯，回来就睡觉了，然后出去给你拿了饭。"

江珃给他夹了一块最大的土豆，一手夹着一手托着喂他吃。

杨继沉嚼着土豆，满意地点点头。

"这师傅手艺不错啊，土豆都能烧得那么好吃。"

"嗯，是挺好吃的。"

十二点一刻要上午自习，江珃在奶茶店待了一刻钟就走了，走在路上，路边的小吃摊贩正在收摊，篮球场上有几个热血男孩在奔跑挥洒汗水。

一进教室，季芸仙就屁颠屁颠地给江珃送来了一个笔记本，粉色的皮质包装，特梦幻。

江珃哭笑不得，随口说道："今天我收到的东西都是粉色的呢。"

季芸仙手里转着小本本："怎么，沉哥给你送东西了？"

江珃掏出新手机，拿练习册挡了一下，给季芸仙看。

"他买了部手机给我。"

"哇！这款最近很流行的！超酷的哎！沉哥对你真好，开心吧？"

江珃抚摸着光滑的手机外壳，点点头："开心，但就是太贵重了。"

"没事的，一个男孩对你真心就会愿意付出。"季芸仙靠近点，问道，"那沉哥向你表白了？"

江珃单手托着下巴，望向窗外："没有。"

"这么好的时机居然没有……我去找张嘉凯说说。"

"别！"江珃说，"慢慢来吧，如果他喜欢我，会告诉我的，现在也很好啊，我很开心。"

她能感觉到杨继沉的节奏，可能过于急躁反倒显得不真诚，他们还是需要时间相互了解。

窗外的玉兰花长出了嫩绿的阔叶，亭亭玉立，温暖的空气中都带着野花和青草香。

江珅想，这大概就是春天，她人生中第一个真正意义上的春天。

杨继沉在江珅走后一觉睡到下午三点，起来时头发乱成鸡窝，店员小伙子乐呵呵地笑道："老板，你这造型够帅的啊！"

杨继沉不以为意地抓了几下头发，懒散地往沙发上一躺，这会儿店里没人，什么造型都没关系。

门突然被推开，铃铛响了三下。

杨继沉被一道阴影罩住，他眼皮都没抬就说："郑教练怎么来了？"

郑锋穿着一套黑色的西装，里头是淡粉色的衬衣，看起来非常有精神和魄力，走出去别人还以为是商人，哪像个教练。

郑锋在另一侧的沙发上坐下，明了道："来找你。"

杨继沉慢慢抬起头："要喝点什么？"

"随意。"

杨继沉说："小孙，两杯焦糖拿铁。"

"好嘞。"

郑锋打量了一眼这个店，说："圈里人都说你要退出赛车行业了，打算从商，是这样吗？"

杨继沉挠了挠眉毛，闲散道："别人爱怎么说就怎么说吧。"

郑锋问："你是为了那个小女友？"

杨继沉不遮不掩："是又怎么样？"

"没怎样，就是好奇，听冯娇说她还是个十八岁的小姑娘？"

杨继沉狭眸微眯："对啊，还是个小姑娘，所以谁动她我就扒了谁的皮。陆萧的伤怎么样了？"

郑锋知道他是什么意思，也不回避，说："养养就好，我今天就是为了他的事来的。"

咖啡端上，两个人都没动。

郑锋继续道："年前那档子事，我听说了，前阵子我太忙，最近才得空，来和你说一声抱歉，陆萧那边我已经说过他了。"

"你有什么好抱歉的，是你说私下解决，队员听教练的话，私下解决罢了，只是方式很蠢而已。"

"杨继沉，我实话实说，前几年我一直追求名利，一个好的赛车手对我来说实在太难得太可贵，所以陆萧在外面的胡作非为我都可以当作没看见。但现在我的想法不同了，这样下去这个圈子的风气成什么样了，还是职业选手。陆萧那边我只给他一次机会，以后再犯，我就不要他了。当年的事你要还介意，我郑某人可以向你道歉，只希望你能真的好好想想，那是何等殊荣。"

杨继沉指指奶茶店的招牌说："这家店我打算做成连锁，这是我的目标，我不会一辈子玩赛车，一个人一生能有一项成就很了不起，但生活可以有更多选择。"

"那圈里传的就是真的了？"

"赛车我会玩，但郑教练的车队就算了吧。"杨继沉笑着。

郑锋端起咖啡喝了一口，味道很香醇浓厚，和咖啡馆的差不多。他看了眼价牌，问道："你这杯只卖八块钱？"

"大众饮料价格而已。"

郑锋放下咖啡杯，笑了下："那祝你生意兴隆。陆萧那边，请高抬贵手。"

等郑锋走到门口，杨继沉说："抬手就算了吧，我抬了手，脚就要往下压，这分量大概更重。"

郑锋还想再多说几句，但口袋里的手机响了。

匆匆几句，郑锋脸色就变了，夺门而出。

店员八卦道："老板，你还是玩赛车的呢？是很有名的那种吗？"

杨继沉抓了抓杂乱的头发，漫不经心道："还行，也就正规比赛中拿第一而已。"

店员嘴巴张成鹅蛋，半晌反应过来，手舞足蹈道："我要签名！老板！"

郑锋看着手机短信上接收到的地址，火急火燎地往那儿赶。

成好制衣厂。

从杨继沉的奶茶店过去明明只要一个小时，但郑锋对这儿不熟，硬是多花了一个小时。

成好制衣厂在杏花路的尽头，再往前几乎没什么人家了，它躲在一座小桥后面，郑锋的车开不进去，只好掉头原路返回从另一座大桥过去，直奔制衣厂。

小路崎岖，郑锋将车停在厂门边上。银色的铁门轻轻合着，中间刻着制衣厂的名字。厂的面积不算小，车间长长的，很远才能望见尾巴，中间空旷的水泥地上停着一辆汽车，应该是老板的车。

路过的职工见有人张望，又见那人开着一辆崭新的好车，以为是老板的朋友或者客户，热情地招呼道："先生你找哪位啊？是不是找我们老板啊，他在那栋房子的二楼。"

郑锋正了正西装，客气道："请问，江眉女士是在这儿工作吗？"

职工面上虽是笑着，但眼神开始打量起来，最后指指右边的车间："江眉在那边第三个车间。"

"哦，好，谢谢，我可以进去吗？"

"我帮你去喊一声吧。"

"谢谢。"

四月下午的阳光有些强烈，郑锋望了眼天，因为光线刺眼而皱了眉。他从口袋里哆哆嗦嗦地拿出了烟盒，打火机打了好几下还是点不着烟。他看着指尖的香烟发愣，隔了会儿望向那个车间。

这是第几年了，郑锋已经有些记不清，好像快有二十年了。

郑锋把烟头塞嘴里，控制住颤抖的手，一稳，烟终于点着了。

他终于想起来，这是第十八年。

他和江眉已有十八年未见面，仿佛是一晃眼的事情。那些画面他还记得很清楚，江眉的神情和声音他回想起来依旧很清晰，可到底过了十八年了，无论是他还是江眉，都变了。

那次在医院的电梯间，是隔了这么久他第一次遇见江眉，就这么一瞬间的事情，实在让他措手不及。回去后他一直觉得是自己眼花，在一个陌生的小城市这般巧合地相遇，多荒唐多不可思议，但他分明记得电梯里那个女人的模样和神情，那就是江眉。

到现在已有两个多月了，他派人找了两个多月，江眉这个名字很大众，在这个城市里一抓一大把，那家医院里更是没有任何关于江眉的记录。

郑锋实在没办法，一边等消息一边派人在医院守着，虽然是大海捞针，但终于捞着了一次。

那天，郑锋正在陪一个老板打高尔夫球，接到电话说在医院看见了江眉，她刚从外面进来。郑锋打了个招呼就赶过去，也不远，就二十分钟，可这二十分钟他心急得恨不得把方向盘砸了。到了医院后，他连口气都来不及喘就奔向住院区。

守在住院区门口的张辉拦住了郑锋，支支吾吾着。

郑锋急火攻心，吼道："你要说什么就说！"

边上的保安指指他："这位先生，请你安静点。"

张辉叹口气道："嫂子刚出去了，扶着一老太太，身边是一个中年男人，有说有笑，我看像是一家人。"

郑锋本来热得一头汗，但那一瞬间后背都是冷汗。

张辉说："不过也不一定，人还没走远呢，大概去医院门口拦车了，现在去还来得及。"

郑锋晕晕乎乎地跑了过去，赶上个尾巴。他看着江眉坐上了一辆黄色的出租车，那个男的贴心地帮她关车门，随后坐在了前座，车子扬长而去，很快消失不见。

那幅画面任谁看了都会以为是一家人。

回去以后，很长一段时间郑锋都睡不好，好像忽然有什么东西从他生命里抽离了。

他和张辉去喝了一次酒，张辉头一回见他醉到胡言乱语。平日里的郑教练翩翩有风度，进退有度，不贪杯，也不嗜酒，虽然有时候人固执了点，但这些年张辉觉得他变了很多，少了年轻时那种张扬和狠厉，人到中年越发圆润和好说话，对一些事情的看法和做法都开始渐渐不同。

郑锋喝酒容易上脸，在那个烧烤摊上，他拍着桌子说："我今年四十三岁，二十三岁和江眉领的证，二十四岁离的婚，现在多少年了？多少年了？我是没办法要求她不结婚，但是张辉，我找了她这么多年，我们以前真的，你不知道，我们以前真的经历了很多，好不容易才走到一起，这是谁也比不上的！那时候……是我浑，但她怎么能说走就走，怎么就不能等一等我……"

张辉看见他抹了把脸，眼眶泛红。

后来缓过神来，郑锋觉得自己应该再找一找江眉，能说上几句话也是好的。

于是郑锋重新找了人继续打听江眉，等到准确的消息是在今天，就是刚刚那通电话。

找个人不容易，打听点消息也不容易，只知道了这家制衣厂。

这是家私人开的制衣厂，郑锋环视了一圈，想着工资最多一个月也就两千块左右。但那天看见的男人看起来神清气爽，有点钱的样子，这些年她应该过得不差。

郑锋垂着眼帘，深深吸了口烟，再抬眼时，那个车间的门口站着一个穿蓝色工作服的女人。她束着黑发，眉目清秀，虽然不似十九年前那样年轻貌美，但风韵犹在。她一直是个美人坯子，当初追她的人挤破头，可她偏偏挑了他，最后的时候她对他说："选了你，我江眉是自己眼瞎，都是我自己一意孤行，但现在看清也不晚，郑锋，我真的很后悔。"

那些话他现在回想起来仍觉得心酸。

江眉站在车间门口望着郑锋，脸色难看到极点。她一点都不想走向他，但身后看戏的人一堆，她厌烦那些流言蜚语。

郑锋刚跨了一步，她就直直朝他走来，也不停顿，路过他身边，冷言道："你跟我来。"

江眉接孙婆婆回去的那天看见了郑锋，出租车的后视镜里，是他木讷的身影。

她就知道他会找来，这些日子寝食难安，担忧的事情终于发生。

江眉走在他前面，她听到他皮鞋踩在水泥地上的声音。

身后男人高大的影子倾斜在她边上，她冒了一身虚汗，浑身止不住地颤抖，那是一种因为怒火而引发的战栗。

江眉带郑锋走到了厂门外，一个转角的角落里，边上是麦田。

江眉双手抱臂，不曾看他一眼，她淡淡瞟着麦田，抿着唇，不语。

郑锋扔了烟，用脚踩灭，一时之间也不知道要说什么。

他仔仔细细打量了一遍江眉，他们确实都变了，都变老了，眼睛里的东西都不一样了。

郑锋浅浅吸了口气，说："你后来一直在这里？"

不开口还好，一开口江眉心中的怒意一股脑冲上天灵盖，没回答他的话，冷着脸，低声怒道："你来干什么？见我活得太开心故意来折磨我吗？郑锋，已经十九年了，没什么意思的。"

不知怎的，郑锋忽然觉得欣慰，江眉的反应总比平平淡淡真的释怀要好很多，就算是恨，那她也是一直记得他。

郑锋说："我来找你，就想说几句话，你说十九年，对啊，十九年了，我才找到你，小眉，那时候……"

"我不想听关于那时候的事情，已经过去了。"江眉咬着牙，"我说过我再也不想见到你了，算我求你，以后别出现在我眼前。"

"你脾气还是这样，我只想把一些东西和你说说清楚，这样我才能跨过这道坎，已经活了半辈子了，我不想带着遗憾入土。"

"你也还是这样，一如既往的自私！你怎么样是你的事情，我没必要听你说那些有的没的，我只想下半辈子再也见不到你。"

"你真那么恨我？"

江眉强忍着涌上鼻头的酸涩，不语。

郑锋声音软了点，道："我知道那会儿是我不对，是我浑蛋，但小眉，我到现在都没结婚，你明白吗？"

江眉双手握成拳，指甲抠着掌心内的肉，她看着别处，一声不吭。

郑锋见她情绪稍微缓和了些，继续说道："如果你方便的话，明天晚上我来接你去吃饭，我们慢慢说，这是我的电话号码。"

"我不方便。"江眉想也没想就拒绝了，"郑锋，别来找我了。"说完，江眉转身走了。

郑锋没挽留，深深叹了口气，望着她走进了车间，短短几句话实在来之不易。

郑锋把名片托其他职工转交给江眉，在车里坐了一刻钟才离开。

她的脸、她的声音重新出现时带回了所有从前的画面，都还历历在目。

那会儿的江眉是好人家的女儿，长得标致，学习又好。江眉父母读过点儿书，把江眉培养得很好，但她不是娴静的性格，总是翘着两条麻花辫咧着嘴笑，一双浅棕色的眸子里灵气闪动，颇有生气。

谁惹了她，她就龇牙咧嘴，一定要反咬回去，有点任性、有点固执，还有点天马行空。

那会儿她放学后总是会和同学一起骑车路过一个堤坝，女生喜爱浪漫，夏天会坐在堤坝上看日落，然后讨论着书中爱情的样子，渴望遇见一个白马王子。

那个年代，一见钟情仿佛是件常见的事情。

郑锋和江眉的相遇实在是惊心动魄，他搞了辆二手的摩托车，快报废那种，正美滋滋地享受着风的速度呢，前面那个骑着自行车的女生突然停下来，"砰"的一声，两个人沿着草坪滚下坡。

摩托车翻了几翻，摔得四分五裂，江眉的自行车横躺在路上，车轱辘转个不停。

滚下坡时，郑锋紧紧抱着江眉护着她，等身体停止滚动时，两人都面红耳赤，她当即给了他一巴掌，说："流氓！"

这一巴掌打得他惦记了整整一个星期，他知道她叫江眉，在那边的学校读书，她校服上都写着呢。

江眉，多好听的名字。

晚上郑锋躺在小床上，被蚊子咬了一身的包，痒得很，但心更痒，心动不如行动，第二天他就去校门口等了。

一来一去，他就天天来接她放学，夏天在堤坝看日落，冬天在街边吃烤番薯。

江眉很爱郑锋，这是她周围的朋友都知道的事情。她说起他时总是红光满面，眼里有光。郑锋确实长得俊朗，身上有股风流的气质，是女生容易倾心的类型。

郑锋家里贫困，早早便出来打工，跟着一群朋友瞎混。那是江眉没接触过的世界，她第一次体会到什么叫自由，特别是他载着她穿过大街小巷时。

江眉的谈吐和举止大方得体，她的世界也是郑锋不曾接触的。这个女人对他来说像名门淑女一般的存在，是不可亵玩的，是要捧在手心里拿命疼的。

他做过的最刺激的事情就是江眉父母还在家，他翻窗去她的房间，听她弹钢琴，她有一双纤细好看的手，很多曲子都会弹。

江眉说她以后想做一名钢琴家，可惜不能出国深造，家里供不起。

郑锋躺在她床上拍着胸脯道："这有什么的，以后我供你去。"

江眉惊喜道："真的吗？"

"真的！"

江眉欢天喜地地跑过去，俯身在他额头上落了个吻，脸涨得通红。郑锋结巴着说不出话，他们平常只会拉手，但拉手也很少，更别说亲吻了。

男人更容易蠢蠢欲动，他一把拉过江眉，翻身把她压在床上，急躁慌乱地吻她的唇，一个吻摸索得两个人一身大汗，再睁眼时两人已经衣衫凌乱。

那次的情不自禁后江眉怀孕了，他们当时年轻不懂避孕之类的事情，发现怀孕之后江眉哭了一整晚，郑锋也愁得睡不好。

做人流，没钱；做药流，万一发生意外怎么办？

瞒了一个月，江眉的孕吐越发厉害，人也精神恍惚。江眉有时候摸着肚子想着豁出去算了，干脆生下孩子，可是之后呢？

那天江眉和父母吃晚饭，一时没忍住，当场干呕起来，这已经不是她最近第一次这样了。二老有经验，当场拍案而起，一通审问，江眉都承认了。

江父听完，气得直发抖，一个巴掌狠狠扇过去，打得江眉倒在地上。江母哭个不停，嘴里喊着老头子你消消气，消消气。

二老冷静下来后，果断地带江眉去了医院打胎，学校那边办了一年的休学。

郑锋去学校等江眉，同学说她不来了，去她家找她，没人。

郑锋一下子慌了，像只无头苍蝇一样在镇上乱转。

一个星期后他在江眉的家门口等到了江母，江母没见过他，但直觉很准，她抄起路边的棍子往郑锋身上砸，边哭边问道："你为什么要害我家孩子，我们江家哪里得罪你了？小眉怎么会认识你这种人！"

郑锋不躲，跪在门口任由江母鞭打。

江母打了会儿便没有力气了，撑着棍子气喘吁吁，老泪纵横。

郑锋说："阿姨，我和小眉是真心相爱，我想娶她的。"

"娶她？你拿什么娶？看你的样子就知道是什么人，我们小眉从小锦衣玉食，嫁给你你能给她什么样的生活？她原本上了大学可以找个和她一样有文化、有教养的男孩子，以后开开心心地生活！你给我滚！滚！"

一向温和的江母声嘶力竭地喊着。

郑锋跪了一天一夜，第二天江母从医院回来时他还在，她心软，给了他一碗水喝，他"咕噜咕噜"一口气灌下喉咙，抹了抹嘴巴恳求道："让我见见小眉，好吗？"

江母看着他，神色难辨。

这些天在医院，江父和江眉吵了好几次，都是因为郑锋。

江父找人打听清楚了郑锋的底细，郑家一穷二白，嫁过去就是受苦，江父怎么都不肯，不允许江眉再和他来往。江眉铁了心要跟他，在医院里闹了回自杀。这一闹，江父哭到眼睛发炎，收敛了点固执的脾气，不再和江眉争执。而江眉躺在床上越发虚弱，嘴里嘀咕着要见他，不然就不吃饭。

江母叹了口气，眼角又湿了，说："罢了罢了，你起来吧，我带你去医院见小眉，等会儿见到了她记得劝劝她吃点饭。她爸那边你别多说，别倔强，有什么就受着吧。"

郑锋站起来时往后摔了一跤，着急地爬起来问道："哎，好，阿姨，小眉怎么样了？不吃饭吗？她怎么能不吃饭？"

江母只是叹气，不再和他多说。

往后的一个星期都是郑锋在床边伺候江眉，江眉的身体很快好起来。江母已经想通了，觉得孩子好就好，和江父也表达过这个意思。可这个老顽固怎么都不肯，看郑锋就是不顺眼，像看仇人一般。

就这么僵持了一年。

这一年郑锋加入了一个地下车队，和那些满身都是文身的人一起参加一些地下赛车，赢了点小钱。江眉起初为他高兴，觉得他终于实现了一点属于自己的梦想，但后面郑锋屡屡受伤，江眉心疼极了，希望他别再参加那么多比赛，拿命去赚钱，说一切都不急的，慢慢来，她会等他的。

可郑锋握着她的手说："没事的，我想早点娶你呢，造一个新房子，买一辆小汽车给你，婚礼也风风光光的，我也想在这条路上走得远一点。小眉，如果我以后成了职业赛车手，那你说出去多风光，别人也不会看不起你。"

江眉抱紧他，说他傻。

浓情蜜意，傻也傻得乐意。

郑锋被老天爷眷顾，往后的半年里在地下赛车党里杀出一条血路。被职业队的教练招入的那一晚，他带江眉去吃饭，一家餐厅，一份烛光晚餐，一枚戒指，一束玫瑰，一个亲吻。

这是一场搁现在看起来无比普通的求婚，但在当时无比轰动和浪漫。

江眉没再读书，因为她要嫁给郑锋，她要早点去工作养家，他们的家。

江父听完她想结婚的想法，硬是从她手上扒下戒指，从窗口扔了出去，吼道："那种浑小子你也嫁？也不看看他什么调性！我告诉你，爸爸一辈子看人看多了，那种人以后只会让你吃苦头，有点成就就会忘乎所以，我不允许！"

江眉怒红着眼道："你根本不懂！他对我有多好你根本不懂！我不用你管！"

江眉跑出去找戒指，找了整整两天。

临近年底的时候，江眉趁着父母出去走亲戚，把户口本偷出来，和郑锋跑去登记了。

江父是在半个月后得知的，气到咯血，江母只好安慰他："你就随了女儿吧，她性格像你，认定了的事情就不会改变，证已经领了，我们又能怎么办？"

这场小小的婚礼上没有江父，他在厂里待了四天，婚礼办完才回去，撕掉了所有喜字。

郑锋拿赚的一点钱盖了个一层楼的小房子，房间刷成江眉喜欢的颜色，还给她买了一束六十块的塑料花搁花瓶里。江眉每天早上给他煮早饭，白天出去找工作，晚上给他准备晚餐，这样的生活他们在谈恋爱时向往过无数次，如今得偿所愿，无比享受。

　　但新鲜的感觉总是维持不了很长时间，郑锋越来越忙。江眉知道他三个月以后有一个比赛，这是郑锋入队后第一个正规的比赛，他比任何人都投入都努力。

　　江眉开始早上见不到他，晚上等不到他，她找了份口琴厂的工作，给口琴上蜡。

　　直到赛事结束郑锋才得以喘息，比赛那天江眉去看了，她像个孩子一样穿过人群朝他奔跑而去，但被保安拦住了。郑锋拿着奖杯朝她走来，一把拥住了她。

　　他说："小眉，我终于实现了我的梦想。"

　　她说："我真为你高兴，老公，你最棒了！"

　　这个庆功的晚上，一伙人喝酒瞎扯，每个人都笑嘻嘻的，喝到不省人事，郑锋喝醉了搂着江眉一直嘀咕着比赛时的想法和心里的喜悦。

　　江眉将他扛回了家，给他擦身煮醒酒汤。

　　也不知从什么时候开始，他们会吵架了，为了一些生活上鸡毛蒜皮的小事。比如江眉买米，扛不动，他不在；比如家里的灯坏了，她一个人很害怕，他不在；比如他十天半个月不回来。

　　江眉越想越多，越发觉得委屈，这不是她想要的生活。

　　她质问他："你到底在忙什么？我不需要你赚那么多钱，能用就够了啊。"

　　郑锋安慰她："你别乱想，我一直在忙着训练。上次那个只是个小比赛，后面陆陆续续会有很多比赛，这个圈子远比我想象的复杂许多，要处理的事情实在太多了。再说了，钱是赚不够的，以后我们有了孩子，又是一笔大开销，别人家都是两层楼房，我们也得再起一层。小眉，我真的穷怕了，从小到大穷怕了，你不知道我有多想出人头地，让那些看不起我的亲戚好好看看。你乖一点，嗯？"

　　江眉动容了，郑家那点糟心的事情她都知道，郑锋也确实一直都不容易。

　　她只好低声道句好，郑锋在她额头上落了一个吻。这短暂地安慰了江眉，在后来无数个漆黑的夜里，江眉总告诉自己要学着体谅他，男人就是要出去拼搏的，他是为了这个家，为了她，为了以后。

可有一天，江眉给郑锋洗衣服，发现他衣领上有半个口红印，上头还有酒味和香水味，江眉眼前一黑，瘫坐在地上。

郑锋听到动静，急匆匆地从厨房赶过去，想扶她却被她一把推开，她把衣服扔他脚边。

"你在外面有女人了？"她眼眶当即就红了，声音倔强。

"你瞎说什么，我怎么可能有别人？"

"那这口红印怎么解释，香水味怎么解释？"

郑锋叹了口气，实话实说道："昨晚和教练他们一起去玩，他们叫了一些陪唱，有个女的直扑我身上乱亲，我后来就把她推开了，没碰她。小眉，这是不可避免的。"

江眉冷笑，郑锋对天发誓，说了许多许多，江眉忽然发现才短短大半年，她已经完全不了解他了，他的生活她完全不了解。

这事儿过了没多久，有天晚上，江眉正在家里打扫卫生，座机响了，接到个陌生电话。

那头的人说："嫂子啊，锋哥喝多了，您来接一下他呗。"

问了个地址，江眉赶过去，推开包厢门，里头只有两个人。一个喝得烂醉的郑锋，一个是被他搂在怀里的女人，女人正试图解他衣服。

江眉捞起酒瓶子摔过去，女人吓一跳，逃出了包厢。

郑锋身上一股酒味，江眉冷着脸把他扶了回去。

她的情绪他不是没察觉到，但他忽然很厌烦总是去解释这些没有发生的事情。江眉以前从来不会这样乱想，现在一回家就是冷眼相待，她不和他说一句话，他想哄她，但总是吃闭门羹。次数多了，他开始不想回家，更多的时候睡在车队的房间里。

但他想，为什么会变成这样？

于是第二天他跑回了家，做了一桌菜等江眉，不管她怎么发脾气，他都死命抱着她，说了一堆甜言蜜语，她气消了也就好了。

这一晚郑锋摸着她的手说："老婆，咱们要个孩子吧？"

江眉没拒绝，这一次没有避孕。

次日清晨，江眉起来给他煮饭洗衣服，他睡得沉，桌上的手机响了都没听见。江眉顺手拿起看了一眼，有个名叫 Coco 的人发来短信：锋哥，什么时候再来找我玩啊？

江眉不傻，看过不少电视剧，这一看就是女性的名字。她盯着那个"再"字出神。

这个清晨，他们又大吵一架。郑锋吼道："我懒得再和你解释了！一次又一次！你这么不相信我，我还回来干什么？吃饱了撑的！"

他摔门而去。

江眉坐在床上，掩面哭了起来。

年底的时候，江眉给郑锋发了短信让他回来吃饭，顺便去趟父母那边。即使他们在吵架，父母那儿总要去的，可郑锋三天没给过她一个回音。

江眉没辙，去了他的车队，一问，他们说郑锋一群人去夜总会玩了。江眉心里一紧，脑袋一片空白地去了夜总会。

好不容易摸到包厢，里面没有郑锋，一男的喝醉了，摸着身边的女人说："锋哥啊，他和小红开房去了，就在对面酒店，那妞胸最大……"

江眉抑制住身体的颤抖，去了那家酒店，一番吵闹，酒店工作人员没办法，就把房间号告诉了江眉。

江眉按响门铃，是一个裹着浴巾的女人开的门，身上吻痕遍布，房间里弥漫着一股暧昧气息，郑锋就躺在那张床上，睡得又熟又沉。

江眉什么都没说，转身走了。

过年时，江眉回了娘家，只说了一句话："我打算和郑锋离婚了。"

得知原因，江父气得心脏病发作，骂道："我就知道那小子不可靠，浑蛋！"

这一气，江父不久后就走了，江母也一瞬间苍老了。江眉在灵堂前跪了三天三夜，她说："是我不孝，是我不听爸爸的话，是我害死了爸爸。"

郑锋在大年初六回了家，家里落了灰，像是许久没人来过，向边上的人一打听才得知江眉的父亲去世了。等他赶去，江眉不咸不淡地说："等我处理完爸爸的事情再和你去办离婚。"

郑锋不可思议道："小眉……别……"

"你说我怀疑你，可是你在外面干了什么，和别的女人在酒店开房吗？开心吗？你终于过上了你梦想的生活，什么都不缺，美女投怀送抱，你现在成功了。"

"你……你知道了？小眉，那事不是我想干的，我真的是喝醉了一时糊涂一时冲动！我真的只有那一次！"

江眉说："选了你，是我江眉自己眼瞎，都是我自己一意孤行，但现在看清也不晚，郑锋，我真的很后悔。"

她关上门，再不给他一丝机会。

这事已成定局，无论他怎么挽回。

当时正好有一个事关年度积分的比赛，郑锋两头忙，怎么都劝不回江眉，一气之下说了句随便你。

江眉很快收拾好东西搬出了那个家，三月初春，他们去民政局办理了离婚证，他没空耽搁，当即赶去了赛场。

江母因为丈夫去世、女儿离婚，很快身体也变得不好，江眉发现自己怀孕的时候母亲去世了。

这个孩子来得太突然，江眉犹豫了很久才决定留下。

这座城市对江眉来说实在没有任何值得留恋的地方，半个月后江眉只身一人去了外地，从此与郑锋一别两宽。

郑锋站上领奖台的时候再无人与他拥抱，他忽然觉得很落寞，什么都失去了意义。

小眉，他的小眉，已经不是他的了。

郑锋再次去了趟江家，邻居说江眉走了，不回来了。

她永远都不回来了。

郑锋在江眉家门口坐了很久很久，烟头散落一地。他抬头望向二楼的窗户，那时候多美好，怎么会变成这样，他怎么就把她放走了，他怎么就做出那种浑蛋事！

郑锋飞驰在公路上，与一辆卡车相撞，伤到了腿部神经，从此很难再开好赛车。

一个用了一年就成为传奇的男人，从此止步于此。

但他天生有野性，即使不参加比赛，依旧在这个行业混得如鱼得水，五年后成为业内大名鼎鼎的神手教练，创建的云锋车队快速崛起，成为国内数一数二的优质车队。

江眉从梦中惊醒，凌晨两点，她摸了摸额头的汗，喘着虚气。她习惯在房间里留一盏小灯，淡弱的光芒照亮床头一角。她翻个身，掖好被角，视线瞥见床头柜上那张名片。

金光闪闪的名片，印着"云锋队 郑锋"几个字，而那个电话号码，江眉熟得不能再熟，最后几位数字是她生日。

江眉鼻尖微酸，眼泪从眼眶里流出来，没一会儿，枕头就已经湿了。

江眉闭上眼，哭得有些哽咽。她陷在一个痛苦的旋涡里，每时每刻都在饱受折磨，时间并没有治愈任何东西。

她的感受和经历是别人永远不能体会和理解的，所有苦楚只有她知晓。

郑锋一出现，那些回忆如潮水一般涌来，从最初的相识到最后的分道扬镳，她都记得清清楚楚，一开始越是惊心动魄，最后就越是痛不欲生。

快十九年了，江珅都十八岁了，江眉还是没办法原谅郑锋，那种恨她已经无法用言语形容，刻在骨子里，深埋于心里，所有能联想到他的东西、事件，她都会厌恶。

第二天，那张名片被江眉扔进了垃圾桶里，郑锋托其他职工带的话，江眉也当没听见。

他想约她今晚在市里的时光餐厅吃饭，江眉正常上下班，并没有去。

厂里有些女职工天生一张喇叭嘴，议论了一上午，终于忍不住向江眉打听。江眉比她们想象的从容淡定，只说是朋友，可她们哪会信，都说江眉傍上了大老板。

郑锋在时光餐厅从下午四点等到晚上九点，他知道她不会来，但还是想等她。

他想把事情的来龙去脉说清楚，他想自己确实是做错了事情，但一切不是当初她看到的那样，他不想这么遗憾。

他这辈子就只爱过江眉一个，现在的感情也一如当年初识那般炽烈，他从未变过。只是那时候真的太年轻，他太想要荣誉和出人头地，太想让别人刮目相看，人生活的环境一旦开始变化，心境也会变。

郑锋走出时光餐厅，站在路边抽了一支烟，他还想再等一会儿。

路上车水马龙，这是江眉生活了十多年的城市啊，他忽然觉得连空气都那么好闻。

烟抽了一半时，裤袋里的手机响了，郑锋接通电话。

那头的张辉语无伦次地讲了一通，郑锋皱眉道："你好好说话。"

张辉："哥！嫂子她有个女儿！十八岁了，快十九了！你知道吗？这是你和嫂子的女儿啊！一定是的！"

郑锋整个人忽然像被钉住，手停在半空中，指尖的香烟被风一吹，折下半截烟灰。

郑锋喉结微动："真……真的？你打听清楚了？"

"这还有假？嫂子的地址都弄到了，那女孩叫江珊，1989年生的，就在星光中学复读高三，照片也有，长得可好看了，眼睛像你，脸形大概像嫂子！我发彩信给你看！"

"好好好！你快发我，把其他详细的资料都用短信发给我！"

郑锋掐灭烟，急匆匆地上车，开向张辉的住所。

这一晚，郑锋又喝醉了，看着江珊的照片痛哭流涕。张辉知道他的不容易，一直安慰着。

郑锋说："她得过得多苦啊，自己养一个孩子。那时候她什么都没有，一个人跑出去，阿辉啊，我真是浑蛋啊！"

"哥，这事儿也不能全怪你，你也有苦衷。谁知道老刘这么下贱，搞那些花样！"

郑锋指着照片，醉眼蒙眬地说："我女儿长得真像我，这么好看，成绩也好，真聪明！"

张辉说："嘿，那是，锋哥的女儿当然聪明漂亮。哥，好好追一追嫂子吧，把事情说清楚，然后复婚吧，好好补偿下母女俩。你找了十九年，现在是上天给你的机会啊！你也可以放心了，嫂子都没再婚过，我看啊，她也还是没放下你。"

那个年代不似现在，感情如流水，坏了就扔，那时候从一而终，相伴到老的多得数不清，很多都是初恋一生，对一个人的真心和执念对他们那辈人来说是很难被动摇的。

郑锋一觉睡到大天亮，十点多起来，洗脸吃饭，打扮得精精神神地就去了星光中学，到的时候正好碰上学校午休打铃。

郑锋不知道该不该去教室找江珊，想着太突兀，怕吓到孩子，于是在校门口对面的道上等。校门一开，学生如沙丁鱼般拥出，都穿的校服，女孩扎辫，男孩平头，远看都长得一模一样。

但江珊从里头走出来时，郑锋一眼就认出来了，他的目光死死跟随着她。

江珊沿路往奶茶店走，郑锋就在对面的道路上走，看着她转弯了，郑锋穿过马路跟过去。

江珊进了奶茶店，郑锋在门外等，等了好一会儿不见人出来，他忍不住推门进去了。

店员小伙子记得他，热情道："郑教练是吧？来找杨老板吗？他今天不在，明天再来，或者下午吧。"

郑锋环视一圈不见江珊，觉得奇怪极了，难不成这店还会吃人？

他问道："刚进来的一个女孩子呢？瘦瘦的、小小的，眼睛很大，长得特别好看的那个。"

店员想了想恍然大悟道："你是说江珊吗？她在里面吃饭呢，郑教练找她？你们认识？"

"吃饭？她怎么会……"

"老板娘不来吃饭谁来吃饭？"

郑锋瞪大眼睛，怀疑自己耳朵出毛病了，厉声问道："老板娘？"

"对啊，咱们杨老板可宠她了。这不是怕小老板娘为了高考读书太辛苦，特意请了五星级酒店的厨师专门每天为她做午饭，这奶茶店还是为她开的呢。"

郑锋耳边"嗡嗡嗡"的，想起杨继沉那张桀骜轻狂的面孔，又想到江珊软软甜甜的模样，他觉得头疼，疼到整个人都喘不上气！

这叫什么事情，剪不断理还乱！

店员说："你要找江珊吗？我帮你去叫她？"

郑锋摆摆手："小伙子，别告诉她我来过。"

郑锋用拳头敲了敲心口的位置，拧着眉走出了奶茶店。

郑锋站在梧桐树下抽了整整半包烟，一阵咳嗽差点把肺都咳出来，他脑子里这根筋就是转不过弯来，怎么都想不通两个压根儿不会有交集的人怎么会遇到一起。

转念一想，郑锋又忍不住开始担心起来，他女儿一看就是单纯可爱的类型，万一被骗了怎么办？杨继沉是什么人，要是只是图一时新鲜怎么办，她可不能被欺负啊！

郑锋重重地叹了口气。

他忽然想起来，前一阵子圈里传的杨继沉的什么小女朋友，大概就是说江珮吧。

郑锋摸不准杨继沉，觉得他有点认真，但又实在看不透。

想着想着，郑锋觉得要是杨继沉真动心了，日后还不得叫自己一声老丈人。

他狠狠抽完最后一口烟，心想可得好好整整这小子。

江珮和往常一样来杨继沉这里吃中饭，这是她一天中最快乐最轻松的时间段。

江珮也说不清杨继沉和她到底是什么关系，但这种感觉也许比恋爱更让人心动和铭记，以后回想起来大概会是一段非常甜蜜的日子。

今天杨继沉不在，车行老板约他去看车，新进的，就两辆，卖得很快，他实在割舍不下，和她发了条短信说了声就去了。

但饭菜他都给她放房间里了。

江珮推开门微微一怔，白色的床上躺着一个女人，女人听到动静侧过身，睡眼惺忪地看向江珮。

江珮略微有点惊讶："栀夏姐？"

徐栀夏扶了扶额头，脸色惨白，她虚弱地"嗯"了声。

"你生病了？"

"发高烧，刚在医院打完点滴，听说阿沉开了家奶茶店，我就过来瞧瞧。他让我在这里睡一会儿，我实在头疼就眯了会儿，你快坐下吃饭吧。"

"你吃了吗？我们一起。"江珮开始拆饭盒。杨继沉一般都会准备双人份的，因为他有时候嘴馋，会和她一起吃两口。

徐栀夏起身，坐在床边，淡淡一笑："不用，你吃吧，他为你准备的。"

江珮把筷子分给她："没事的。你生病了得多吃点，不然身体怎么好得快，有萝卜排骨汤，喝吗？挺清淡的。"

徐栀夏没出声，一直盯着她的背影。

江珣没听到回答，转过身来看徐栀夏，两个人视线撞一块儿，徐栀夏波澜不惊，没有回避。

"吃吗？"江珣问。

徐栀夏答非所问："你和阿沉到什么地步了？"

江珣脸一红，小声道："我们没什么。"

"身边的人都知道他在追你，你应该也知道的。你喜欢他吗？"

江珣咬着唇，看似不愿和她多谈论这个问题。

徐栀夏轻轻道："我们都看得出来，阿沉挺喜欢你的，从他第一眼见到你开始，就对你特别不一样。江珣，你相信一见钟情吗？反正我不信。"

江珣坐在床边开始吃饭，说："我不知道。"

"阿沉……你了解他吗？你觉得他喜欢你只是因为你是你吗？江珣，趁着没陷太深，出来吧。"

江珣手一顿，心里微微发慌："这是什么意思？"

徐栀夏说："你知道阿沉过年回老家干什么去了吗？"

"他……他去给母亲上坟了啊。"

"是啊，上坟，他还去看望了前女友的母亲，那个女人住在疗养院里，一直都是阿沉出钱赡养的，几年了啊，啊……大概有四年了。他只谈过一个女孩，在他十八岁的时候，她叫林之夏，和我的名字很像对吧？就因为名字像，那时候他才让我跟着他，照顾着我。江珣，你其实长得有点像她，特别是你的眼睛。"徐栀夏轻缓地说着，声音微微有点虚。

江珣一动不动地看着徐栀夏，眼眶瞬间湿了。她咬咬牙，憋了回去。

徐栀夏说："你很难过是吗？那时候我也是这么难过。那个女孩是谁也比不过的，因为她已经死了，活人是争不过死人的。"

江珣忘记自己是怎么走出奶茶店的，身后的店员喊了她几声，心想今天怎么走得那么早。

江珣从里头出来的时候腿都是软的，明晃晃的阳光打在身上，她却出了一身虚汗，掌心微湿，心悸心慌，像有什么要从胸口破裂而出。

春日中午的空气略显闷热，她走在回学校的路上，一度觉得喘不上气。

这是一种她从未有过的感受，用"天崩地裂"来形容也毫不夸张。

路面光影斑驳，身边车流驶过，学生三三两两地走着，有说有笑，春天的一切都那么有生气，但江珊觉得这比这个冬天还要冷。

她走了几步，腿脚抖得实在厉害，于是停了下来，一动不动地站着，身子因为情绪的波动微微战栗，路过的人好奇地打量她几眼。

徐栀夏的话不断在她脑海里重复，她一开始反应不过来，大脑把信息收集后只给她传递了一个结论：他不喜欢你，他对你特别只是因为那个逝去的女孩子，他唯一爱过的女孩。

这个结论犹如从天而降的巨石，一下子把她压垮。

江珊一下子回想起这段时间的点点滴滴，从一开始相识到现在的暧昧甜蜜，一切都那么顺其自然。他在某一天突然闯进她的世界里，又在某一天掠夺了她的心，他总是占主导地位，进退有度，游刃有余。

身边的人都说他对她不一样，说是真心，她也一度觉得她是不一样的，她确实不一样，她很像那个女孩吗？

眼睛像她吗？

怪不得他看着她的时候目光总是那么炙热，怪不得他曾说过她的眼睛很漂亮，怪不得从一开始他就对她有兴趣，这些通通都有了解释。

徐栀夏十八岁认识的杨继沉，那会儿杨继沉已经和林之夏在一起了，但起初徐栀夏不知道。

徐栀夏是孤儿院里出来的，无父无母，被一家人领养后养父母不幸出车祸去世，留下一点点钱。她十几岁就开始打工漂泊了，爱好也算另类，她和杨继沉是在一个地下赛车比赛相遇的，她当时正被一个老大的女人找的人群殴，女人之间的矛盾也无非就那些事。杨继沉说他原本不想多管闲事，但那个女人的一声"徐栀夏"让他停住了。他一开始听岔了以为叫的是林之夏，就走了过去，顺手救了她。

徐栀夏伤得很严重，是杨继沉送她去的医院。那会儿他也自身难保，每天过得浑浑噩噩，身上的一点钱都用在她身上了。身边的朋友还打趣他这是英雄救美啊，就不怕嫂子吃醋？

杨继沉觉得这也没什么，在外面混日子的滋味他最清楚，他都觉得难熬，更何况一个瘦得像纸片一样的女孩子。玩赛车的女孩少见，名字还和林之夏有几分相像，也许是缘分。

徐栀夏住院的那段时间，其实就见过杨继沉三次，他一般不来，也没想过以后再和她有什么干系。

可林之夏说那女孩多可怜，要不让她跟我们一起呗。

两人帮徐栀夏在附近租了房子，安顿好一切，也是这时候徐栀夏才知道林之夏的存在。林之夏是一个大方爱笑的女孩，身材高挑，青春靓丽，喜欢挽着杨继沉说说笑笑，心地善良，对她又十分好，所以这是一个她比不过的女孩。

徐栀夏不太爱说话，总是闷闷的，就如她对杨继沉的这份感情。

就这么过了一年，林之夏打算出国留学，她已经做了决定，表现得异常固执。徐栀夏以为杨继沉会挽留，但是他没有，应了声好后照样生活，林之夏不久后就走了。

徐栀夏发现杨继沉的不对劲是在三个月之后，他脾气变得越来越暴躁，时常喝得烂醉，同时他渐渐出人头地，在圈内小有名气。

他是个很会隐藏自己想法和情绪的人，可心爱的女孩离开，心里总是会不痛快的吧。

但没过多久，一切又恢复正常。

过了一年，一切看似都被抹平的时候，国外传来消息，林之夏出车祸意外身亡了。杨继沉把林之夏的骨灰带回了家乡埋葬，林之夏的母亲一夜白头，伤心到起不来身，杨继沉处理好了一切事务，好几天没合眼。

那晚杨继沉喝醉了，徐栀夏第一次听他讲心里话。

他说："我十几岁家破人亡，被外面的人追着要债，睡过马路、天桥，被人打断过肋骨，也照顾不好母亲，让她累得病逝。在我最无力无能的时候她出现了，要不是有她我也撑不到现在，也不过是个十几岁的小女孩罢了，能有多大本事，可我身边忽然多了个人，那感觉真的太不一样了。"

那也是徐栀夏第一次小心翼翼地袒露自己的心意，她说："我以后也会一直陪着你的。"

可杨继沉毫不在意地笑笑，继续喝酒。

自此以后，徐栀夏没见他交过一个女朋友，谈过一次正儿八经的恋爱，就连那些对他死缠烂打的小模特，他都不放在眼里。

那天杨继沉第一次见江珊时表现出来的兴趣，徐栀夏一眼就看出来了，到现在，他还因为她在学校附近开了店。

她不懂杨继沉，可她不信林之夏在他心里就这么过去了。

她陪了杨继沉那么多年，被人捷足先登，总归是很难咽下这口气的，女人一旦嫉妒起来就无法控制自己。她想，也不算是挑拨，她只是陈述一个事实罢了。

徐栀夏只对江珊讲了杨继沉和林之夏的种种，却从未提及一句自己的感情。

江珊身上有股倔劲儿，硬是忍着没掉眼泪，什么都没说，像什么事儿都没发生过一样，就走出去了。

可都是女孩，徐栀夏怎么会不明白她。

徐栀夏说不清自己到底是什么心情，好像有点欣慰又觉得很难过，自己何必这样做呢，却又忍不住告诉江珊。

江珊失魂落魄地回到了教室，同学都去吃饭了，教室里只有一两个人，教学楼十分清静。她坐在座位上，脸朝下趴在课桌上，只留给其他人一个后脑勺。

她呼出的气洒在课桌上，双臂环着，不一会儿，课桌上凝了小水珠。她咽了咽喉咙，一股酸涩冲上脑门，衣袖很快被浸湿。

她开始厌恶这个春天，看似暖和的春天其实春寒冻人。

杨继沉回到奶茶店的时候已经差不多下午五点，和店员打了个招呼就进了小房间。桌上的餐盒盖子都还没拆开，都是原封不动的样子，只有一双一次性筷子被拆开搁在一侧。

他走了出去，问道："小珊中午没来吃饭？"

店员回："来了啊，她没吃吗？我看她进去一会儿就出来了。"

"栀夏什么时候走的？"

"她俩前后脚走的。"

杨继沉手里转着钥匙圈，垂眸思虑了会儿，回到房间，坐在床边给江珺发短信：

"她只是发高烧了，我让她在店里睡一会儿而已，别生气，等会儿放学了过来，我带你去吃好吃的，再送你回去。"

杨继沉等到傍晚六点半都没等到人，再晚六点半一般都能出来了，短信她也没回。

杨继沉拿上外套去了校门口，左等右等，电话打过去，是关机。

他骑上摩托车直接回了家，正好赶上江珺进家门，她头也不回地进了院子里，明明都听到他的机车声了。

杨继沉倒是没看出来她脾气还挺大，怪不得张嘉凯总说女人吃醋真可怕。

江珺进了屋，木讷地站了会儿，身后的机车声音多熟悉，他就在那里，可是她忽然觉得厌烦极了。

他根本不喜欢她，还欺骗她，所以他才迟迟不告白是吗？

江珺紧握拳头，上了楼。

正准备做题，窗户被敲个不停。

那头的人说："开窗，我知道你在里面。"

江珺继续写题，字越写越用力，手都在颤抖，越是想充耳不闻越是难做到。

杨继沉说："别和我置气，栀夏只是病了睡一会儿。"

江珺写着写着眼眶又红了，听到他的声音，心里乱如麻，又恨又气，豆大的泪珠"啪嗒啪嗒"打在试卷上，把写的答案都洇开了。

江珺拿纸巾狠狠一抹，完了撕成两半塞耳朵里。

杨继沉吃了个彻彻底底的闭门羹。

晚上，他躺在床上在手机上搜索怎么哄女朋友，都是些不靠谱的回答。

杨继沉把手机一扔，双手枕在脑后，望着天花板叹气，又忍不住笑起来，没想到这丫头醋劲还挺大。

江珺第二天一早就去了学校，连门卫大叔都眯着眼，还没睡醒，她头一个扎进了教学楼，整个校园很安静。

高三的试卷永远都做不完，江珅提前做起了这个周末应该做的试卷，像往常一样，草稿纸写了整整三张。渐渐地，教室里有了人气，有人惊叹道："课代表你也太拼命了吧？"

江珅笑笑，低头继续。

后来这套试卷改下来，大错误小错误一堆，是她以前都不会犯的错误。

江珅一整夜没睡，眼睛又红又肿。每个叫她起来回答问题的老师都忍不住多看她两眼。

一上午下来，办公室里的老师纷纷向班主任反映，这是他们要捧向重点大学的好苗子，最近感觉她状态不对劲。

下午做眼保健操的时间，班主任把江珅叫到了走廊尽头，她那双布满血丝的眼睛把班主任吓一跳。

"你昨晚没睡？"

江珅"嗯"了声。

班主任语重心长道："熬夜学习不是好主意啊，要学会劳逸结合，我听几个老师说你最近状态有点不太对，是不是觉得压力太大了？"

班主任的语气很温和，江珅眼眶泛红，她摇了摇头说没有。

"那是家里有事？小珅啊，你现在得把注意力都放在学习上，还剩两个月高考，没多少时间了，马上就是二模考了。填志愿就看这两次考试的分数，你们考得好老师会自豪，你们考得不好老师会心痛，因为我们都是过来人，明白这个社会是什么样的。人自强才是真的强，任何依附于其他人获得的东西不会让自己有满足感和骄傲感。成为一个优秀的人，才会认识别的更优秀的人，才会成为更好的自己，成功会带来自尊，自尊会让你快乐。"

江珅瞳仁一动，轻声道："老师，我知道了。"

班主任拍拍她的肩膀："好好花点时间调整一下。"

这节课下课后，季芸仙跑去买了杯奶茶给江珅，江珅闻到香味抬头，看了几眼奶茶微微皱眉，没喝。

季芸仙轻轻戳她的手臂，小声道："小珅，你是不是不开心？我听她们说你中午都没去吃饭，沉哥那边怎么不去了？你饿不饿啊？眼睛也红红的，你……你怎么了啊？"

江珅扯出一个笑容："我就是没睡好，没什么胃口就不想吃了，也不觉得饿。"

季芸仙没再多问，她知道江珮还不想和她说，每次江珮有什么都会这样，什么都憋在心里，然后自己想通了后会以一种特别轻松释怀的姿态讲给她听。

这样的人有时候会让人觉得有距离感，有时又让人心疼。

季芸仙装作懂了的样子，开朗一笑，说："那你做作业吧，记得喝奶茶哦，我先回座位了。"

"好。"

那杯奶茶江珮没动过一口，这种香甜的气味让她觉得胃里不适，但因为是芸仙给的，所以她不能扔。

放学，江珮习惯性地想摸手机看时间，摸到空荡荡的书包隔层时才想到她昨晚把手机关机了。

那部粉色的翻盖手机被她装进了手机盒里，电话卡江珮用纸巾包好塞进了小抽屉里。

她不想看见杨继沉的短信和电话，不想和他说话，不想看见一切和他有关的东西。

包括那只大章鱼，她把它绑成一个球，扔在了柜子的最里面。

她想过去质问他，可她用什么身份质问？万一他轻描淡写地说，对啊，就是因为像所以才逗你，那她真是连最后一点自尊都没有了。

江珮走出教学楼，拍了拍自己的脸，喃喃自语道："专心学习吧。"

杨继沉早上特意起了个大早，在路口等她，等到太阳出来，七点整，都没等到她，反倒是等到了骑电动车去上班的江眉。

这是他第一次正面见江眉，江珮的眉眼确实和江眉挺像，母女俩都是美人坯子。

杨继沉上午去了奶茶店，给江珮发了五十多条短信都没得到她的回应，但碍于她在上课，他不敢给她打电话。

中午江珮没来吃饭的时候他差不多懂了，这丫头在故意躲他。

杨继沉坐在奶茶店里抽烟，一支接一支，没一会儿小半包就没了。

店员见杨继沉眉头皱成川字，神色冷淡，小心翼翼地劝道："老板，少抽点吧，一下子抽这么多真的不好。"

杨继沉说："你觉得她喜欢我吗？"

"谁？"

"江珃。"

"喜欢啊，你们不是在一起了吗？"店员摸不着头脑，明明一天天跟蜜里调油似的。

杨继沉："女人吃醋了怎么哄？"

"老板你问我？我都没谈过恋爱哪里会知道？"

杨继沉掐灭手里的烟，白他一眼，拿上夹克外套出门。

店员在后头大喊一声："实在不行就强吻嘛，电视剧里都这样演的！"

杨继沉在校门口等江珃，斜靠在树干上，模样散漫，深色的瞳仁掠过那些学生，落在边走路边打自己巴掌的江珃身上。

他勾了勾嘴角。

江珃自然在老远就看见杨继沉了，双手僵住，低下头装作没看见，混在人群里快步往校门口走。

杨继沉见她要逃，一把从后面拎住她，刚想开口就看见小姑娘通红的眼睛，像是哭过了一样。

他目光微动，一时迟疑了。

江珃甩开他的手，看向别处，先发制人道："我后天要考试，你别找我了。"

杨继沉眸色微深："别找你？你确定？"

"对。"

"还生气呢？"

"我没有。"

杨继沉说："我和栀夏没什么，以前不也好好的，她昨天发高烧，刚从医院里出来，懂吗？"

"我知道你们没什么。"江珃咬咬牙，想问的还是没问出口，她看了他两眼，扭头就走。

杨继沉追了上去："我送你回去。"

"不用。"

"你倔什么？"

"我没有。"

杨继沉拿江珊没办法，跟着她上了公交车。从头到尾她都没和他说一句话，到了二斜口她自顾自地往家走，像极了一个赌气的孩子。

杨继沉叹了口气，拨了张嘉凯的电话，约他和徐栀夏出来吃饭。

两瓶二锅头、一瓶啤酒、一盘烤串，春天的夜市热闹而醉人。

杨继沉觉得头疼，他没想到江珊性格这么倔，明明都解释清楚了怎么还生气。

张嘉凯听完哈哈大笑："你就跟她告白呗。"

杨继沉不是没想过这件事，但一直以来都是他在主动，生怕吓跑了她，总想着依着她的性子慢慢来，尽可能多给她留下点好的回忆和过程。同时他也得确定她的心意，她实在有点让人摸不透，看起来软软的很好说话很单纯，但其实是个很会藏心事的人，追这样的人怎么可以急躁。

也因为是她，所以一切才要慢慢来，他也愿意这样做。

张嘉凯说："女孩喜欢你才会吃醋，不然以前怎么不见她吃栀夏的醋，栀夏你说对不对？"

徐栀夏喝了口啤酒，"嗯"了声。

见杨继沉在思虑，徐栀夏说："我觉得告白什么的再说吧，小珊快高考了，不要让她分心比较好。"

张嘉凯说："对，高考后再说。我听芸仙说，小珊最近成绩浮动了，老师还找她谈话了。"

过了几天，二模成绩出来的时候，江珊倒退了几十名，整个年级组的老师都震惊了，把她的卷子反复看，还以为批错了。

杨继沉也是听季芸仙说的，说江珊那天在教室里哭了一下午。

杨继沉这才觉得这段时间江珊确实受到影响了。

晚上等她放学他就去找她了，小姑娘依旧倔着，拧巴着脸，眼睛肿得像两个鱼泡。

杨继沉摸了摸她的头，说："最近专心点读书，觉得食堂里的饭菜不好吃就和我说一声，晚上有事就敲我窗，嗯？"

江珊有几秒的恍惚，他的语气实在太温柔，他一旦温柔起来真的让人无法招架。

可望见他的眼睛，江珊忽然惊醒，委屈就像一个巨浪把她吞噬。她躲开他的触摸，一声不吭地上了公交车。

杨继沉没有跟上去，站在原地看着她离开。江珊站在车窗边，公交车开走时两人的视线也随之擦过。

江珊扶着公交车的栏杆，眼泪一颗接一颗地往下掉。

她让自己变得好糟糕。

江珊在路口站到天黑才走回去，一切都静悄悄的，矮山坡间的人家已经亮起灯火。

江眉最近下班回得早，此刻已经在忙着洗菜做饭。

照顾孙婆婆的人每天喂完老人都会坐在院子里休息，嗑着瓜子发呆，见江珊回来会热情地打招呼。邻里间就那么几个人，很快就熟了，女人们嘴碎，唠嗑来唠嗑去，把家家的家底都摸了个一清二楚。

那人说："小丫头回来啦！你妈又给你烧了好吃的咧！你妈多好啊，辞职了专门照顾你！"

江珊起初没在意，走了几步到门口后才后知后觉，她转过头看向那个人，红肿的眼睛微微睁大。

辞职？江眉辞职了吗？她怎么不知道？

江眉在里头洗洗弄弄，根本没听到外面的声音。这边的人家也就江眉鲜和那人聊天，她偶尔去看望孙婆婆，只会客气地说笑两句，接触过她的人知道她就是这样的性格，不知道的就说她摆着个臭脸，自以为是。

江珊浅浅地吸了口气，进屋。

江眉回头看了江珊一眼，关了水龙头，手往围兜上蹭了蹭，问道："二模成绩出了吗？卷子拿给我看看。"

江珊站着不动。

江眉走近点，开了客厅的大灯，这才看清江珊的神色和眼睛。她眉头微蹙，问道："哭过了？考得不好？"

江珊轻声道："不好。"

"把卷子拿给我看看。"

江珊拿下书包，从里头把四门科目的卷子递给她。

江眉翻了翻，先看了下分数，再仔仔细细地看了遍题目，有很多知识点其实她都不懂，有些忘记了，但好歹是读过高中的，她也知道哪些是简单的哪些是难的。

江眉放下卷子，细长的眸子盯着江珊，神色平淡，不紧不慢地说："最近是不是分心了？"

江珊低下头，心猛地一跳，开始紧张起来。

江眉说："是不是妈妈上次和你提的那事让你觉得有压力了？小珊，大人的事情你不用掺和，妈妈自己能处理好。你只需要好好读书，考个好大学，然后开开心心就好了。妈妈不想说太多，我知道你都懂，你从小到大都很懂事，说多了你也会难过。但妈妈还是要告诉你，还剩两个月高考，任何事情都比不上高考重要，你当时选择复读也是为了考上更好的学校。等高考一结束，你可以做任何你想做的事情，妈妈都会支持你。妈妈希望你前途光明，以后生活省力点，所以从小一直抓你成绩，这是个没有本事没有学历就很难熬出头的社会，并不是所有人能白手起家，世界上更多的是像我们一样普通的人。"

江眉顿了顿说："你还小，有些事情以后都会经历的，别用年轻去孤注一掷，去冲动行事。小珊，因为太年轻所以容易做后悔事，自己心里要有个度，懂吗？"

江眉话里有话，江珊不敢看她，心跳得厉害，缓了好一会儿才低低地说："我自己会调整好的。"

江眉看着女儿，不再多言，只说："把书包放了，下来吃饭。"

江珊没有动，犹豫再三后问道："她们说你辞职了，真的吗？"

"昨天辞职的。"

"因为那个人？"

江眉默认。

"他来找你了吗？他有为难你吗？"江珊担忧起来。

江眉说："没有，只是见了一面。妈妈说过自己可以处理好，你不用为这些担心。"

江珊怎么可能不担心，怪不得这几天江眉眼睛总是红的。

江眉想进厨房，江珊却叫住了她，问了一个她以前从来不敢问的问题。

"妈……他来找你，你是开心还是恨？"

江眉浑身一震，一时回答不出。

江珊说："他不是坏人对不对？"

虽然江珅一直觉得他对不起江眉，或者他真的是个坏人，但她也会幻想，自己的父亲其实是个正直威风的人，可以什么都没有，但必须得一身正气，她多希望当年父母之间的事情只是个误会。她曾很想很想，但后来长大后这种念头就淡了很多。

但这次那个人重新出现，实在是太惊心动魄，江珅一边担忧他是来欺负江眉的，一边期望他是来悔过的，这么多年他欠江眉的实在太多了。

江眉良久才回答她："你对坏人的定义是什么？如果说杀人抢劫放火，他没做过，如果说绝对正直，他不是。小珅，别想太多。"

江眉目光闪动，眼里的情绪实在太复杂了。

江珅知道，江眉害怕她会离开自己，害怕她太向往父亲，又内疚于让她生活在一个单亲家庭，从小多多少少受过一些异样的目光。

江珅不忍让江眉过多忧虑，扯了个笑容说："我没想太多，只是总会有点好奇，我也不会再想了。妈，你说得对，高考要紧。"

自从那天后，杨继沉房间的灯总会一夜亮到天亮，他没再敲过她的窗户，也没再去过她学校。开始的几天江珅依旧没办法集中精神，徐栀夏的话像魔咒一样围绕着她。晚上关了灯，静悄悄时江珅会控制不住地流眼泪，黑夜总是会把人的情绪放大，特别是他其实离她很近。

江珅也想不再去喜欢他，但来不及了，他就像在她心里扎根了一样，一扯就疼。

不知是谁说的，初恋总是渣的，初恋总是痛的。

江珅辗转反侧，终于想起来，那是他们班副班长的QQ签名。

在那些躺在床上抱着被子翻滚的日子里，江珅幻想了很多关于以后的事情，因为太年轻所以有异于常人的决心和憧憬，她想她喜欢他，以后一辈子就喜欢他一个。

以后他们会有一间装修温馨的屋子，会下班后一起去逛大超市买菜，会一起去旅行拍照，他会登上顶峰，她也会努力去做自己想做的事情，争取做一个和他相配的人。

江珅有时候觉得自己是真的蠢，被这样玩弄于股掌之中，但都是她自作自受。

而那个女孩，林之夏，江珅想了无数遍这个名字，想着这名字真美啊。听徐栀夏的描述，她长得也很漂亮，性格还特别好，她陪杨继沉度过了最难熬的一个阶段，这样一个人，任何男人都忘不了吧？

　　如果她没有因为车祸去世，是不是如今他们久别重逢会重新在一起；如果她没有去世，是不是他也不会买醉浪荡；如果她没有去世，是不是后来他们会互相厌倦，他会自然地忘记她？

　　江珅宁愿她活着。

　　徐栀夏说得对，活人是争不过死人的，林之夏永远停留在最美最好的样子，而不像他们，以后也许会为了鸡毛蒜皮的小事争吵，时间长了会失去新鲜感，会遭遇人生中种种意外。

　　最心酸的不是他可能不喜欢她，而是她永远也成不了他心中重要的那个人。

　　江珅胸口像被绳子勒着，被石块堵着，泛酸的时候胸口会疼。

　　季芸仙都不知道该怎么安慰江珅，她以为江珅还在因为成绩的事情难过。

　　杨继沉没有完全消失在江珅的生活之中，江珅能察觉到。比如他会让季芸仙假装自己带饭，然后给她吃；比如她每天上公交车的时候，他总是站得远远地望着她；比如上体育课，他有时会无意地从栏杆外路过，有学生点奶茶他也会亲自送过来。

　　她不想再喜欢他，可总是忍不住寻找他的身影。

　　郑锋隔了几天又去了趟江眉的厂子，但被告知江眉已经辞职。

　　他就知道她会走。

　　郑锋花了几天想清楚了，不管怎么样他都得把当年的事情说清楚，为了自己，为了江眉，为了女儿。他还有半辈子的时间，有的是耐心慢慢磨。

　　郑锋根据张辉给的地址摸索着去了二斜口，小路汽车开不进，他只好走进去。

　　这里的风景还可以，但到底是乡下，房屋老旧，设施陈旧，路面都是坑坑洼洼的，人家也没几户，冷清而偏僻。

　　一想到江眉在这里生活了十几年，郑锋就浑身难受。

这十几年他过的又是怎样的生活，锦衣玉食，挥金如土，江眉呢？

兜了一圈，郑锋才找到同静村 1124 号，是个有三套房的院子，两栋小楼一个小屋，院子有扇大铁门，虚掩着，小屋的烟囱正在冒炊烟。

郑锋推开铁门，环视了一圈，走到小屋门口敲了敲木门，里头没人回应。

"请问有人吗？"

孙婆婆的护工听到声音探出脑袋张望，见到一个穿西装的男人，好奇地问："你找谁？"

"请问江眉是住这儿吗？"

护工来了兴趣："你找江眉啊？喏，她就住对门。"

郑锋顺着她手指的方向转身望去，江眉正好开门推着电瓶车出来。

护工喊道："小眉啊，他找你呢！"

江眉手一抖，电瓶车"哐当"一声摔在地上，后视镜摔歪了一个。

有外人在场，江眉不好朝郑锋大吼大叫，也不想让别人看笑话，这些年她给江珊带来的流言蜚语已经够多了。

郑锋会找到这里也是早有预料的事情。

江眉从在医院里见到他开始就知道事情会发展成这样，这些年关于郑锋的消息她多多少少听过一些。他成了圈里首屈一指的人物，他组建了车队，车队在国内也是名列前茅，他家财万贯，身边美女如云，他成了当初想成为的人。

江眉唯一不理解的是他这份执着，他拼命想要找她。

她以为他很早很早就把她忘了。

郑锋帮江眉扶起电瓶车，朝屋里望了眼，说："我们进去说，成吗？"

护工嗑着瓜子倚在门边看着他们，道："小眉啊，这是谁啊？你亲戚？"

江眉咬咬牙，让郑锋进了屋，"砰"地关上门，吓得护工手一抖，瓜子掉了一地。

江眉克制不住地对他冷嘲热讽道："郑锋，我欠你的是还没还完吗？"

郑锋进来的第一眼就已经将这里打量完毕，虽然简陋，但处处充满了温馨。江眉一向是个会打理的女人，她有自己的生活理念和理想，桌上放着花瓶和干花，桌布是漂亮的粉红色，沙发上放着小抱枕，一些电器都用白色镂空的花纹布罩着。

郑锋沉默了会儿，看向江眉，缓缓道："小眉，我来，不是为了气你的。那天你没来，我知道你不会来，可小眉，既然遇上了，就是老天爷给我的第二次机会。即使你不原谅我，但有些事情我真的想和你说清楚，给我点时间可以吗？"

江眉冷笑："听你在这边信口雌黄吗？你到底想要什么？我江眉是前世做了什么坏事才遇上你！"

"你恨我，你因为当年的事情恨我，我承认是我不好，是我那时候变了。小眉，从一个什么都不是的穷小子变得被人追捧敬仰，当时我也是年轻，所以抵不住名利带来的变化。自己觉得自己不一样了，走出去背脊都能挺得直直的，看谁都俯视，那种硬气和骄傲是会让人改变，可我真没做过一件对不起你的事情！"

江眉听到最后一句话眼睛瞪大，呼吸开始变得急促，难以置信地说："郑锋，你还要脸吗？你和别的女人躺在床上不是谣言，是我江眉亲眼看见的！怎么到了现在变成你没有做过一件对不起我的事情了？"

江眉不等他开口，指着门口说道："我这辈子最不想见到的人就是你了！我不想听你胡说八道，也不想再和你有什么瓜葛！没有你，我江眉一样活得很好。"

见他不动，江眉去推他。

郑锋就是不肯出去，一来二去，他干脆双手钳制住她，一下子就把人抱进怀里。

江眉厌恶极了，尖叫起来："郑锋！你放开我！你有病吗！"

郑锋力道大，死都不放。

他着急道："小眉，你听我说，我真的没有！我承认那时候是我不好，让你伤心难过，作为一个丈夫我是失职了，但我真的没有做对不起你的事情，直到现在我都没有和别的女人发生过什么！我发誓，我这辈子就和你一个好过！那时候和他们出去玩，是会叫女人作陪，但那是他们，我没有碰过，他们还嘲笑我妻管严。你看到的那次，我也是隔了好几个月以后才知道的！小眉，我被设计了！"

江眉猛地僵住。

郑锋说："你父母过世之后，我去找过你，可是你已经走了。我随后就被车撞了，在医院里躺了一个月，出院一个星期后才得知那件事情的原委。有些人你也不认识，那个女人是轮胎大王的小女儿，想方设法地往我身边靠。你会来找我，也是他们透露给你的，可我怎么可能会和她发生什么呢？一个醉得都醒不过来的人能做什么事？醒来后我也一度以为发生了什么，躲了好几天，都不知道怎么见你。我真的也是后来才知道，那会儿我住院，她三番五次地来看望我，有人说漏了嘴我才知道的。小眉，你相信我，即使那时候我是浑，是伤了你的心，可是我从来没有对你变过心。"

江眉听得糊里糊涂，好一会儿才反应过来，怒气冲冲，不断挣扎着。

"你以为我会相信你的鬼话？我亲眼看见的！郑锋，你浑蛋！你给我滚！"

郑锋抱得更紧了，仿佛无赖上身，就如同当初追她的时候一样。

"是，我是浑蛋！我当时脑子就是有病！"

"过去这么久了，你到底想要干什么！算我求你，你放过我不行吗！"

"小眉，不行……我好不容易才找到你。你以为我这么多年不结婚，不找女人是为了什么？我是为了以后见到你的时候能有脸说这些话，也是为了我自己，别人都比不上你的，小眉，比不上你的。我们经历了那么多，是谁也不能比的。"

"什么这么多年不找女人，你以为我还是年轻时那么好骗吗？你给我滚！"

"那你要我怎么证明？我带你去见我身边的朋友，你出去打听打听我郑锋到底是什么样的人，或者我慢慢证明给你看。"

江眉觉得郑锋疯了，狠狠扇了他一个巴掌，挣脱了。

郑锋脸上立刻出现了红印子，可见江眉力道之大。

这是她堆积了十多年的怨气。

郑锋说："你再打两下。"

江眉气得发抖。

郑锋想再抱江眉，江眉警觉地往后退，她警告他："你再碰我，我就死给你看！"

她一向固执和偏激，郑锋不敢动了，小心翼翼地说："你缓一缓，好好想想我说的话。"

江眉双目怒红着，硬撑着不让眼泪落下来。

郑锋说："我和你认识以来就没骗过你，从来没欺瞒过你什么，今天也是。如果我郑锋有一句谎话，今天出门就被车撞死！"

江眉讥笑："你死不死和我有什么关系，我只想你现在立刻滚出去！"

"小眉，那件事你再好好想想。我今天来，一是为了和你说清楚，二是为了女儿。"

江眉的太阳穴突突地跳，心忽然绞了一下，他能打听到这里，就该打听到了小珥的事情。

江眉抄起边上的扫帚赶他，什么流言蜚语都不顾了。

"你给我滚！滚啊！什么女儿，没有女儿！"

郑锋一把夺过她的扫帚："你冷静点！我不是来和你抢女儿的，她是你的命根子，我怎么会去做那种事情！只是小眉，我能给她更好的物质生活，如果你想通了，觉得可以，不妨让我和她见一次面，以后她的学费、生活费，将来的嫁妆等都由我负责，我能让她未来衣食无忧。我要那些钱又有什么用，她是我的女儿，本来就应该都给她。至于我们，小眉，我想重新追求你！"郑锋豁出了老脸，一咬牙就说了出来。

江眉听到这些字眼都愣住了，一时慌了神，手忙脚乱起来。

"你脑子有病！"她说。

郑锋见她气消了不少，笑了笑说："你反正不上班了，明天我来接你去逛街。"

他笑起来，一如当初那般英俊，养尊处优的男人果然不显老，江眉有短暂的出神。

郑锋把扫帚放好，离开了。

江眉跌坐在沙发上，盯着一个茶壶发呆，就这么坐了一上午。

江珊用了十来天调整好自己，每天两点一线，吃好睡好，教辅资料又买了五本。

可她不笑了，也不太说话了。同学在课间聊天她都不会参与，教室里她的书桌已经被书堆满，脚边也都是卷子，她把自己隔绝在这个小小的世界里。

回到家吃完晚饭她就开始做作业，不再听那档广播节目，耳朵里塞的是英语听力。

那扇方格玻璃窗被她用书架子挡住了，上面一排排塞满了书，遮得密不透风。

一个多月下来，江珊瘦了五六斤，季芸仙心疼极了，明明江珊每顿都要吃两大碗饭，可还是瘦了。

季芸仙劝江珊别太累，可江珊像变了个人，她说："这时候不累以后就会后悔，我靠不了任何人，我只能靠自己，这是我目前唯一并且应该做好的事情。"

季芸仙都觉得自己快要不认识江珊了，江珊已经疯魔了。

她跑去奶茶店找杨继沉，"叽里咕噜"把情况说了一通。杨继沉倒是很平静，靠在沙发上说："这样的才是她。"

他的江珊应该是做什么都很努力，并且能做得好的人。

他的江珊一向很聪明，也应该成为一个优秀的人。

季芸仙拍了拍桌子道："我觉得她受刺激了！沉哥！高考后你可别再惹她了，也不要再和别的女孩子好了，友谊也不行！不是我在背后说栀夏姐啊，栀夏姐那么漂亮，又一直是单身，一直跟着你，换作任何女孩都会遐想的。小珊没谈过恋爱，也是前阵子在我的逼问下她才承认喜欢你，她心思细腻又敏感，你得让她有安全感才行啊！"

江珊喜欢他这个事情杨继沉也是半个月前从季芸仙这里得知，那会儿江珊依旧很恍惚，季芸仙跟着张嘉凯来吃饭，怒气冲冲地要找他算账，就这么把江珊的秘密捅了出去。

杨继沉开心得一夜没睡，又不好再去打扰江珊，只能等。

杨继沉仿佛很有把握，不紧不慢地说："你先操心操心你的学习吧。"

季芸仙语塞。

江珅后来再没管过江眉的事情，但在点点滴滴中总能察觉到她的一些变化。江眉整个人像活过来了一样，洗碗的时候会哼两句歌，也开始研究菜谱了，开始画眉涂口红了，气色和之前相比简直是两个人，红光满面的样子让她看起来年轻了十岁。

江珅从没见江眉这么开心过。

五月填志愿的时候，江珅拿着报选学校的册子和江眉商量，江珅说："第一志愿就填华西大学吧。"

江眉认真地思虑后说："你上次二模没考好，万一高考再出现失误，华西可能会考不上，保险点还是填墨大吧。"

江珅看着江眉，颇有些吃惊。

还真是应了那句话，女人心海底针。

江眉说："你想去哪所学校？"

江珅翻了几页册子，低低地说："我想离这里远一点。"

江眉眸光微动，似察觉到了什么，问道："那华西你觉得你考得上吗？"

"能吧，我最近做了几套前几年的高考试卷，分数都很稳定，应该能考上。"

"那好，你自己斟酌。"

江珅第一志愿填了华西大学，去一个离墨城远远的地方，远离他。

江珅的情绪其实从来没瞒着江眉，江眉虽然不是全部了解，但大概还是知道的，经郑锋提起才知道了整个事情。

上次郑锋找过江眉之后，每天都来，一开始江眉把他关在门外，不理不睬，但郑锋就在家门口站着，一站能站一上午，别人问起他就说："追女人不花点工夫怎么行，这算得了什么。"

比起他们的经历，这点算什么。

江眉装作不在意，但其实在偷偷听着动静。

那天郑锋走后，她冷静下来把他的话细细想了一遍。那时候是有个女人喜欢他喜欢得发疯，她还为此遭到恶作剧，有人三天两头来整她，都是些幼稚的把戏。后来郑锋把这事给解决了，她也不放在心上，郑锋一向容易招蜂引蝶，爱慕他的女孩子多了去了，她已经司空见惯。

可她不能接受的是他开始接受那些女人，享受灯红酒绿的感觉。

那段时间他们莫名其妙开始吵架，两个人的生活方向不再一致，所以出现了矛盾。或许这就是女人和男人的不同，一个拼命想知道他有多爱她，一个渐渐失去耐心去说这些话，无理取闹是真的，误会重重是真的，太年轻了，不能互相体谅也是真的。

如果他真的做了对不起她的事情，何必现在还要找她解释，何必到现在还没结婚，他要什么样的女人没有，为什么偏偏盯着她？

就像郑锋说的，她可以去打听，打听他到底是不是没结过婚，在外面是个怎么样的情况。

但江眉还气他轻而易举地答应离婚，气得她父母相继去世，这是她心里过不去的坎。

这十几年来她受的苦他又知道多少，是说多少做多少都弥补不了的。

可她知道自己开始动容了，少了那层误会，看到他重新站在面前的时候，她做不到无动于衷。

她这辈子也就爱过他一个人。

江眉冷落了郑锋好几天，但他站在门外总是乐呵呵的，精神好得很，几天下来，邻里都知道江眉有个追求者了。

又过了几天，郑锋一时嘴快，说自己是江珺的父亲。

这话传到卧病在床的孙婆婆耳朵里，气得老人家从床上跳起来，拽下自己的布鞋狠狠追着郑锋打，边打边骂道："你个龟孙子！王八羔子！"

吓得江眉赶紧开门去劝阻。

就这样，郑锋和江眉有了点来往。

即使江眉不给郑锋笑颜，不和他多说话，郑锋仍自得其乐，帮着一起拖地、做饭、买菜，顺带还参观了江珺的房间。

郑锋瞧着那个书架很是好奇："干吗把窗户挡住？明明挪开了光线会好一点。"

江眉说："她想怎么样就怎么样吧。"

郑锋逛了一圈，在小床上坐下，问道："什么时候让我正式地见见小珺？"

江眉淡淡道："她快高考了，不能再分心了，之前我已经把她吓到了。"

"她那么聪明，没问题的。学校报哪个？"

"她想去华西，我也不知道她能不能考上，前阵子她的成绩退步了很多。"

见江眉犹犹豫豫，郑锋说："你想说什么就说，我能帮一把的一定帮。"

"不是。"江眉拉过椅子坐下，"我觉得她是有喜欢的人了。"

郑锋真的是虎躯一震。

江眉一下子就察觉到了一些什么："你知道？"

郑锋挠挠眉峰，说："知道点吧，也是那天碰巧知道的。那小子就住你隔壁，你知道吗？"

江眉惊愕："你是说隔壁那个租客？"

郑锋点点头："那小子我认识，也是玩赛车的，技术是一等一的好，脾气也是一等一的傲。为了追小珊在学校旁边开了家奶茶店，我看也算有几分真心。"

江眉一下子站起来，差点没站稳，一个字也说不出来。

郑锋说："不过我看最近的情况，应该是分开了。没事，先让小珊好好学习吧。"

江眉揉了揉太阳穴："我知道。"

高考那两天烈日炎炎，六月多雨，高考第二天的下午突然下了一场大雨，瞬间凉快了起来。

考场外的家长一等就是两个小时，谁也不肯离开。

江眉在一棵树下等的时候，在人群里看见了杨继沉，他和几个朋友站在一家文具店前，说说笑笑。

这是江眉第一次好好打量他。就算是邻居，也很少见面，更别提他是玩赛车的了。那会儿江眉真的是烦透了这些人，压根儿想不到女儿会和他们扯上关系。

要说外貌，他长得很俊，没话说。可性格呢？听郑锋说是个很难弄的人，再想想江珊之前通红的眼睛，那样的人，江珊拿捏得住吗？

江眉一想就觉得头疼，为什么小珊会走她的老路，还真不是一家人不进一家门。

这场雨下了三个小时就停了，学生们踩着水花从考场里出来，彻底摆脱高中，寒窗苦读的成果都写在了几张卷子上。

季芸仙拉着江珋叽叽喳喳说个不停，江珋走在路上轻飘飘的，好像整个人一下子空了一样。

雨过天晴，阳光刺眼，有的学生在哭，有的在笑。

一出学校的大门，季芸仙就朝张嘉凯他们招手。江珋和杨继沉对视了一眼，他的目光深沉，里头带着笑意，像是在说，恭喜你毕业。

江珋和季芸仙打了个招呼就头也不回地朝江眉走去，杨继沉当然没跟过来。

江珋在家睡了三天三夜，她突然变得很疲惫，窗外的夏光和繁花都与她无关，她这场仗打得太累了。

高考完的第四天，江珋接到季芸仙的电话，她说要去海边野营。

用脚趾想都能知道同行的会有哪些人，江珋懒懒地拒绝了。她埋在被子里，忽然哭了起来。

不管她怎么不愿意，第二天季芸仙强行闯入她家门，帮她梳妆打扮，硬要把她拉出门。

江珋对季芸仙一向没什么脾气，但整个人恹恹的，什么都不说。

季芸仙边弄边说："你看看你，在家邋遢成什么样子啦，这还是我认识的可爱小仙女吗？咱们都考完了，可以自由自在地去玩了，你老闷在家里干什么？不要再这副模样啦，我保准你去了不后悔！"

江珋以为会和杨继沉他们一起去，却没想到是和季芸仙坐公交车去。

她觉得失落，又厌烦这种失落。

到达海边时已经是傍晚，夕阳挂在海面上，余晖洒满整个海面，随着浮动的海浪闪耀着。江珋站在沙滩上望着夕阳，纹丝不动，微风吹起她的裙摆，露出纤细白皙的两条腿。

她几乎不怎么穿裙子，可季芸仙说自己多买了一条，是条白色的蕾丝边的吊带中长裙，尺寸正好。

江珋心境微微开阔了点，胸口的那种郁闷感也没有了。

季芸仙招呼她："来啊，在这边，小珋！"

江珋慢悠悠地走过去，在另外一边的沙滩附近，杨继沉他们已经在那儿了。

他们起了个火堆，还围着在烤鸡翅，江珮挑了个离杨继沉最远的位置坐下，杨继沉都看在眼里，笑笑，喝了口啤酒。

张嘉凯说："今晚我们就住这儿，帐篷都搭好了。小珮，你喜欢哪个？"

张嘉凯指向东边，有蘑菇帐篷、长颈鹿帐篷、乌龟帐篷等。

江珮说："随意吧。"

周树和贺群从老家赶来，一回来就赶上这么热闹的活动，兴奋得不得了，周树喊着要住那个长颈鹿帐篷。

说笑间，夕阳已经落下海平面，夜空中的繁星显现了出来，他们眼前的篝火燃烧得旺盛，映得每个人脸上都红彤彤的。海风吹来，丝毫不热，反而有种别样的风情。

江珮喝了几口饮料被季芸仙换成了啤酒。她说："我们毕业了，得喝酒庆祝！来，小珮，为我们以后的生活干杯！"

江珮叹口气，喝了，一喝就是一罐。

这群人中间不见徐栀夏，江珮觉得稀奇，酒精上头，多嘴地问了句。季芸仙说："她不想来啊，不来就不来呗，我还不想看见她呢。"

吃了几个烤鸡翅，周树振振有词地发表了一通毕业感言和贺词。

他说："在这个秋风送爽，果实丰收的季节，我们迎来了崭新的生活，我们挥别过去，迎接未来，青春不止，永远十八。祝两位大美女永远美丽可爱，祝四位百年好合，早生贵子！"

"喱喱喱！"啤酒罐都砸在了周树身上。

江珮双手微微握紧，瞥了眼杨继沉又很快挪开。

杨继沉懒洋洋地靠着一个树桩，手里夹着香烟，燃着的烟头似天上的星星，一闪一闪，他几乎把所有注意力都放在了江珮身上。

已经有两个月没有好好看看她了，晚上不去她房间，总觉得缺了点什么。

热闹完，周树又来了主意，说："夜空这么美丽，夜晚刚刚拉开帷幕，我们何不来点游戏助助兴！"

"你想玩什么？"

"'真心话大冒险'怎么样？毕业必备游戏，情侣促成精品！"

几个人意味深长地看了眼江珮，起哄要玩，拿了个酒瓶转，转到谁，谁就要接受惩罚。

第一个是周树，第二个还是周树，第三个还是周树，几轮"大冒险"下来，他脱得快只剩裤衩了。

第四个，在大家齐齐的祈祷下，酒瓶瓶口稳稳地指向江珊。

江珊还在拨弄着身边的青草玩，心不在焉的，一回头都不知道发生了什么事。

贺群说："来，'真心话'还是'大冒险'？"

江珊犹豫了会儿，说："'真心话'吧。"

贺群笑："那请问，我们这里几个男生你比较喜欢谁？"

一双双眼睛都盯着她，都意味深长。

江珊对上杨继沉的眼眸，一股怒火冲上脑门，委屈、不甘、痛苦，这些日子一直努力压抑的情绪猛地涌上心头。

她说："没有比较喜欢，都差不多。对不起，我去一下洗手间。"

江珊起身走开了，越走越快，最后小跑着走了，留下一群人面面相觑。

周树说："沉哥，你这是和小珊掰了啊？"

张嘉凯也摸不着头脑："照理来说，高考都考完了，休息也休息够了，怎么还是不开心？哥，你不会没机会了吧？"

杨继沉也跟着起身，大步追了上去。

晚上海滩上有几个游人，但不多，这片海域并不出名，算冷僻地。

江珊一路小跑到附近的一个林子里，她听到身后有脚步声，更气更急了，想拔腿跑得更快时，手臂被人一把拉住。

"你站住。"杨继沉说。

江珊甩开他，扭着头不说话。

杨继沉放低点声音，说："还在和我闹别扭？到底在别扭什么？嗯？"

他高大的身影笼罩着她，见她不回话，他一步步逼近，她无处可退，身后是一棵粗壮的大树。

杨继沉拿她这副倔强的模样没办法，只能多点耐心哄她。

杨继沉一手撑在树上，圈住江珊，弯腰俯身靠近她，低沉道："我等了两个多月了，你再和我闹脾气我也不会放掉你的。"

江珊气极了，蓦地看向他："我招你惹你了吗？不喜欢我就别对我好。杨继沉，我不是谁的替代品！我也不稀罕你的喜欢！"

小姑娘的一通话把他弄得莫名其妙。

"我不喜欢你？我不喜欢你为你开奶茶店，天天去找你，生怕你吃不好喝不好，我看起来很有空？专门找你这种小女生搞暧昧玩？"

江珅推他，可他的胸膛硬得像石头一样，温度烫了她一手。

江珅说："对，你就是找我搞暧昧的，你明明不喜欢我，你就是逗我玩！"

她吼出来的时候声音都颤了，眼泪控制不住地流下来，像受了天大的委屈。

杨继沉叹了口气，伸手给她抹眼泪："谁告诉你的？"

江珅哭得话都说不完整，边打嗝边问："你不喜欢我对不对？只是因为我和那个女孩长得像对不对？你能不能别再玩我了？"

杨继沉眼睛微眯："栀夏和你说的？"

江珅以为他是默认了，心痛得快要站不稳，胡乱地抹了把脸要走。

但脚还没挪开，唇上便一热，他温热的气息扑面而来，唇齿间都是啤酒味和烟草味，还有他身上的专属气味，熟悉的味道。

杨继沉把她推在树上，捏住她的下巴低头就是一个吻，猛烈而急切。

他另外一只手握着江珅的腰，手掌游离在她的腰侧。

江珅双手揪着他的T恤，她无法拒绝他，更推不开他，边哭边吻。

没一会儿，两个人都出了一身汗，江珅睁开婆娑的泪眼，嘴唇红肿不堪。

杨继沉咬了下她的嘴唇，低低地说："老子就只喜欢你一个。"

他的声音那般沙哑，语气笃定、狠厉，又充满柔情，而那一字一句炸得江珅耳朵里"嗡嗡"响。

江珅蒙了一会儿，突然放开抓着他的衣服，徐栀夏的话再次浮现脑海里。

"你不要骗我了好不好，我不是你，玩不起。"她垂着头，看起来狼狈又灰心，就连声音也不如刚刚那样激动亢奋。

杨继沉轻笑了声，问道："徐栀夏怎么和你说的？"

江珅不说话，也不知道如何去阐述。

杨继沉不徐不疾地说："我不管她说了什么，现在你只需要听我说的，相信我说的就可以了。江珅，只有我自己最了解自己，他们都不是我，不会知道我在想什么。"

江珅的心突突突地跳了起来。

杨继沉说："那个女孩对我来说确实是个很重要的人，在我最困难的时候出现的人永远都是重要的、值得感恩的，任何一个有良心的人都不会忘记。"

那一段时期杨继沉连自己是什么都不知道，他把命悬在裤腰带上，想方设法地弄钱，生活，还债，到处躲到处藏。

那是一段他一辈子都不会忘记的时光，他活得根本不像个人，从富家公子落到这般田地，一向心高气傲的他仍揣着自尊高高在上，但脖子越是仰得高，越是被人碾得低。

林之夏不是传统的乖乖女，她和江珅是两个不同的类型。她出身在一个很贫困的家庭，当一个女孩想要的太多，家庭无法负担，偏偏她还长了一副好皮囊的时候就会走错路。她那会儿还在上学，认识了不少道上的小流氓，因为长得漂亮更是呼风唤雨。

明明像个女流氓，但她心地比谁都善良，还爱管闲事。

杨继沉就是她管的闲事之一，两个人匆匆一面、后来一直碰到，几次下来会说几句话。时间长了她什么事儿都会和他吐槽，谁谁谁长得丑还想泡她，谁谁谁文了个癞蛤蟆，谁谁谁又打她了……

她总是笑着说那些事情，把杨继沉当兄弟一样，不开心了还要找他喝两杯。

杨继沉在那个陌生的城市，根本没有一个知心好友，也就林之夏对他坦诚相待。

为了避免麻烦，当别人说他们是一对时，杨继沉通常不否认，他当时只想赚钱，其余的都是杂事。

所以当林之夏出国时他根本没多大反应，她终于去了想去的地方，他为她高兴。

她走了之后，他遇到了很多糟心事，也经历过一阵子自暴自弃，不知道自己活着干什么，不知道自己为什么会活成这副样子。

后来，国外传来林之夏去世的消息，他亲自去国外把她的骨灰接回来。这件事对他的影响实在太大，他发现生命是真的脆弱，明明前一阵子还打电话和他分享快乐的人忽然就没了。

安葬好林之夏，杨继沉一个人待了许久，想了很多，一些缥缈的，不切实际的，却又万分真实的想法。

　　林之夏对他而言就是这样一个存在。

　　这件事也就徐栀夏知道，就连和张嘉凯他们他都没提过，并不是因为多痛多难以开口，而是已经过去，不必再提，逝者不再来，何必。

　　他这辈子没真心爱过谁，直到遇到江珊。

　　他一向对爱情没多大兴趣，只有这次是动了真心。

　　说到最后，杨继沉弹了下江珊的脑门："现在你听清楚了？不和我闹别扭了？"

　　江珊睁着水灵灵的大眼睛，眼泪还在里头打转，他一弹，泪珠就滚了出来。

　　"可是……"

　　"可是什么？"

　　可是徐栀夏说她和林之夏长得像。

　　江珊静下心好好想了一番，这句话没说出口。思来想去，江珊好像明白了什么。

　　徐栀夏和她说那些事情的目的，徐栀夏胡诌了谎言，所以今天不愿意来。

　　江珊望着杨继沉，破涕为笑，又觉得很尴尬，脸涨得通红。

　　她刚刚朝他发火的样子一定像极了电视剧里无理取闹的女人。

　　杨继沉笑叹："你还有什么问题，今天都说清楚。"

　　江珊抿抿唇，瞳仁里闪着光，她轻轻问道："你真的喜欢我吗？"

　　杨继沉无赖道："你猜。"

　　江珊立刻瞪他，腮帮子鼓成气球，皱着眉要走。可他往前靠了一步，双臂撑在树干上，环着她，弯着腰，和她平视，让她无处可逃。

　　江珊脑袋扭来扭去，避开他的视线，推他："你走开。"

　　她声音娇嗔，杨继沉眉眼间都是笑意。

　　他轻佻道："好啊，那我走了。"

　　他真松手慢腾腾地走了，江珊气得直跺脚，追了上去，指尖刚触到他的手臂，他就转过身来一把抱住她。她整个人被腾空抱起，吓得尖叫起来。

这是江珅第一次被公主抱。

杨继沉笑说："忘记带你一起走了。"

江珅手臂搂着他脖子，海风阵阵吹来，凉爽的风也吹不走他身上的炙热，也不知怎的，江珅忽然也变得很热，像被传染了一样。

杨继沉抱着她走到海边，作势要把她扔海里。她脸上的笑意刚扬起又立刻被他吓没了，他往前假装扔了几下，她捶了他一顿。

"杨继沉，你讨厌死了！"

这个人真是讨厌死了，让她哭又让她笑。

话音未落，他就这样抱着她，落下了吻。

面前是浩瀚的大海，一轮明月挂在海面上，海面波光粼粼。

两个人回去的时候，那几个人正探着脑袋，一双双眼睛牢牢盯着他们，大气也不敢出。

杨继沉牵着江珅的手从远处走来，江珅步伐拘谨，一直低着头，一副小媳妇见家长的模样。

其实江珅特想一头扎进大海里，她觉得没脸见大家。

看清两个人紧握的手后，周树大呼一声："成了成了！"

杨继沉拉着江珅坐下，大伙识相地让座。

杨继沉跟个没事人一样，很自然地问江珅："要吃点什么吗？我看你刚才都没吃什么。"

江珅摇摇头："不用了。"

杨继沉逗她："怎么不用，每天中午要吃两碗饭外加一盆菜和一个白面馒头，晚上要喝一大碗鱼汤，苹果、香蕉能塞则塞，半夜还要吃夜宵，我也不能饿着你是不是？"

江珅脸发烫，幽怨地看着杨继沉。

杨继沉给她烤了根香肠。

周树拿着树枝画圈圈，小眼睛盯着他们转，嬉笑说："哥，还给小珅吃香肠呢，人家嘴巴都肿成香肠了。"

江珅手一抖，香肠差点掉地上。

杨继沉往后一靠，懒洋洋地笑着，右手搁在江珅腰后，虚搭着。

江珅默默吃完了香肠，周树他们你一句我一句地打趣着，映着篝火，显得格外热闹和欢乐。

晚上八点整，天空中突然炸出一朵朵烟花。

闪烁的烟火在夜空中拼出一行字：毕业快乐。

停留了三秒，似流星一般划落。

江珸仰着脑袋，望着璀璨的夜空一时愣住了，季芸仙早在那儿兴奋得大喊大叫。

"找人定做的，觉得还行吗？"

耳边突然一热，江珸下意识地转过脑袋，鼻尖撞在杨继沉脸上，他顺势亲了她一下，嘴角勾着笑。

江珸耳朵红成胭脂色，轻声问道："你早就准备好了？"

"不然是海的女儿给我送来的？"

江珸气恼地拍了下他，这人说话总是不正经。

突然，周遭亮了起来，缠在树上的小灯串闪烁起来，照亮这一片，小灯串通通指向一个方向。江珸顺势望去，只见右边那片沙滩上灯火辉煌，地上似乎铺了什么。

季芸仙说："小珸，快去看啊！"

江珸脑子一片空白，虚着步伐走了过去，每走一步心跳就快一分。

沙滩上铺了玫瑰花瓣，被风吹得已经有些零散，但依旧很美。

花瓣尽头是灯盏，灯盏环绕着一样东西，精致的，庞大的，是一架白色钢琴。

江珸忽然停下来，回头寻找杨继沉，他站在不远处，做了个手势，意思是让江珸上去试试看。

季芸仙说："沉哥挑了很久的，小珸，去试试！"

江珸张了张嘴，发现一个字都说不出来。她走到钢琴前，轻轻抚摸着，食指按下一个白键，"叮"地发出清脆的乐声。

江珸看向他们，边笑边哭说："我不会弹。"

她很喜欢钢琴，但是她从没真正接触过，也没有正式地学过，对钢琴的唯一印象就是小学二年级，老师要组织一个乐团，让她试了试弹琴，学了一首《小星星》。

杨继沉笑着走过去，压着她肩膀坐下，说："最简单的谱子总会一点吧？"

江珸颤抖着手，勉强弹了几个音，前前后后连起来也算一首曲子，虽然不连贯。

杨继沉说："这不是很好吗？以后好好学一学就不一样了。"

江珅摇摇头，觉得这是在做梦。

杨继沉揉了揉她的脑袋："小笨蛋，毕业快乐。"

江珅忽然转身抱住他的腰，哽咽不已。

令她控制不住自己的不是这架钢琴，而是他居然知道她想要什么。

她从前只是和他提过她想学音乐，但从未提过钢琴，和季芸仙也是，这是她一个人的秘密，看起来遥远而无法触及的秘密。

江珅抽泣地问："你……怎么知道的？"

杨继沉说："第一次见你那天，看见你盯着 KTV 里的钢琴看了很久。"

江珅埋在他腰间，哭得肩膀一抽一抽的。

后来江珅回想起这一幕，真的觉得万分羞耻，明明是很有意义的时刻，但实在太尴尬了。

就在她抱着杨继沉痛哭的时候，突然窜出一圈人，举着香槟和烟花，说："小嫂子！毕业快乐！"

她一抬头，妆也花了，头发也乱了，一脸茫然地看着他们。

杨继沉说："这是我女朋友，江珅。"

他正式地把她介绍给他的朋友们。

方格玻璃

下

帘十里 著

四川文艺出版社

第 07 章

惊心动魄的一天

这个夜晚，众人狂欢到凌晨，结束后，江珮和季芸仙睡进了蘑菇帐篷里，帐篷顶上有一小块透明的薄膜，可以看外面的景色，江珮望着星空，觉得晕头转向的。

季芸仙早就呼呼大睡，只有江珮翻来覆去睡不着。

几番下来，江珮出了帐篷打算去吹吹风。

那堆篝火只剩下零星的火光，微弱的火光旁坐着一个男人。

杨继沉正坐那儿抽烟，看起来姿态惬意，神情轻松。

江珮快速跑了过去，轻盈得像只蝴蝶。杨继沉一把拉过她，人就这样跌坐在了他的怀里。

杨继沉把烟头按在地上碾了碾，偏头吐了口烟，又转回头看她，问道："睡不着？"

"嗯。"

"想我想的？"他挑着眉峰，笑得有些坏。

"才没有……"

杨继沉捏住她下巴，咬了下她的唇。两人对视一眼，很快亲吻在了一起。

他双臂环着她，手掌贴着她的背部，渐渐地，手往下滑，落在她大腿上。裙摆被风吹得一飘一飘，女孩光滑的肌肤是夜晚最具魅惑力的东西。

两个人厮磨着，安静的夜晚只剩下两个人急促的呼吸声。

唇齿交缠间，江珊听见杨继沉问："要不要去我那儿？"

"去……去哪儿？"江珊小心翼翼地问。

杨继沉抬了抬下巴指向那个帐篷，说："晚上和我一起睡？"

杨继沉有个习惯，就是独睡，无论在哪儿，他都喜欢一个人，所以他单独睡一个帐篷。

"不太好吧。"

"怕我？"

他和她贴得极近，低哑的嗓音环绕着她，几分戏弄几分调侃，半真半假。

这句话江珊听过好几次了，她不以为然，可心里的想法刚冒出来，他忽地靠近她耳边，一字一句地说："怎么办，现在我还真的挺想吃了你的。"

他的手掌贴着她的大腿肌肤，男人手心的皮肤略显粗粝。

江珊整个身子就这么软了，连呼吸都是软绵绵的。

杨继沉吻她的耳朵，慢慢地，脑袋埋在她脖颈间，炽烈的吻落在她一寸寸的肌肤上。那感觉似有蚂蚁在爬，从脚底痒到心尖，她出了一层薄汗，微微喘着，双颊潮红。

亲着亲着，他忽然停了下来，深深吸了口气，似乎在笑。

江珊眼神迷离，已经不知自己身在何处。

杨继沉低声道："要不要？"

江珊小声道："别了吧。"

杨继沉眯眯眼："可我看你的表情似乎很想啊。"

"我哪有……"江珊扭过头。

"行，没有就没有。我有点困了。"杨继沉拍拍她示意她起来。

江珊蒙了，好半晌才反应过来，他又在逗她。

江珺作势要站起来："那你去睡吧。"

杨继沉怎么会放开她，他稍稍使点力就能扣住她。江珺在他怀里耍着小脾气，又被他哄得笑个不停。

杨继沉说："你现在脾气大了啊，之前的温顺呢？江珺，你不会是故意给我下套吧？"

江珺反驳道："明明下套的是你，从头到尾你都是故意的，你从一开始就是——"

话说到一半，江珺觉得哪里不对劲，她想了想看向杨继沉，问道："你喜欢我什么？"

问这个问题时她睁着大眼睛，圆不溜秋的，瞳仁里漾着淡淡的月光，既期盼着答案又止不住地紧张。

她实在太普通，他到底喜欢她什么？女生似乎都会执着于这个问题。

杨继沉想起第一次见到江珺的情景，不禁逗她道："你当时都脱光了站我面前了，不喜欢你对不起你这么……这么……"

"这么什么……"

"这么扁平的身材。"

"杨继沉！"江珺又对他使了一通"江氏小拳头"，脸红地反击道，"我也是啊，那天看到你在窗前换衣服的时候吓得我想赶紧溜开，头一回见到连八块腹肌都没有的人。"

"哟，现在你的胆子这么大了？从小绵羊变成大灰狼了？还敢说这些话了。"杨继沉好笑地看着她。

江珺抿着唇不理他。

杨继沉伸手抚摸她的脖颈，女孩子的脖颈纤细美丽，他笑着反问道："那你喜欢我什么？"

"我才不喜欢你。"

杨继沉捏了捏她的脸，瘦了，没之前那种婴儿肥的感觉了。

他说："我第一眼见到你的时候就对你有了兴趣，信吗？"

江珺放慢呼吸，注视着他。

杨继沉说："说起来还挺扯的，早些年我算过命，那大师透

· 253 ·

露给我一个信息。"

"什么？"

杨继沉勾着嘴角："大师说那女孩身上有一个雪花状胎记，说是前世的缘分延续至今，让我遇到了不要错过。"

江珅吃惊地拍他肩膀："我有！我肩膀这里有！"

"我知道你有，这不是第一次见你那天就看到了嘛。"

江珅恍然大悟："怪不得……"

杨继沉笑："小傻瓜你还真信。小珅，我说不出喜欢你什么，但就是喜欢你，和你在一起很开心。"

江珅嘴角上扬："我也是，和你在一起很开心。"

江珅咬咬唇，主动亲了他一下，跟小鸡啄米似的。

还没过一分钟，江珅脸又垮了下来。

杨继沉看不透她："怎么了？唱戏呢？一会儿白脸一会儿黑脸。"

江珅皱着眉，说道："怎么办？我第一志愿填了浙州的大学。"

杨继沉会待在墨城是因为比赛，八月的比赛结束后他会离开，而九月她也会离开这里。当初江珅问过季芸仙，毕业了她和张嘉凯要怎么办？当时觉得半年还远，如今近在眼前。

他们总有他们要去的地方。

杨继沉却不以为意道："那就去浙州。"

"你什么意思？"

"你去那边上学，我去那边睡觉。"

江珅仍看着他。

杨继沉说："你在担心什么？"

"你的奶茶店怎么办？你的比赛和你的车队怎么办？你去了浙州难道只是为了我吗？这样不好。"

"奶茶店就搁这儿，比赛又不是每天有。"杨继沉抱紧她，"你操什么心，我都计划好了。"

"啊？"

杨继沉笑道："到时候在你大学附近再开一家怎么样，老板娘？"

江珇说："你是在开玩笑吧？"

"那到时候看我到底是不是在开玩笑。"杨继沉眉峰微挑，把握十足。

海风阵阵，穿过远处的林子，几片青绿的树叶被卷来，篝火已经完全熄灭，黑暗中他们的身影被糊化。

江珇心尖被这阵风吹得痒痒的，他的目光、他的神情似一片羽毛落在她心头。

她都不知道原来他已经想得那么长远了，他已经把她规划进他的生命里。

江珇低低道："那以后你……"

"会一直在你身边。"他接话道。

江珇笑出来："你怎么知道我要说这个？"

杨继沉朝她耳朵吹了口气："我还知道你很喜欢被我亲。"

江珇心"怦怦怦"地跳个不停，羞耻地紧闭着眼，恨不得拿根针把他的嘴巴缝起来。

杨继沉凑近她："嗯？我说错了？"

江珇捂住他的嘴巴："你无赖！"

杨继沉亲江珇掌心，江珇怕痒，缩了回来。

闹了会儿，杨继沉说："已经快深夜两点了，要睡吗？"

"哦……好啊……"

"那我们回奶茶店睡？"

江珇睁开眼："要……要去那里？"

杨继沉目光沉沉，随意道："这里热，睡得不舒服，明天早上又要很早收帐篷，这活儿扔给他们就好了。"

江珇咽了咽口水，有些不安，但就这么控制不住地跟他走了。

深夜两点的街道寂静无人，学校因为放暑假了，更是清静一片，周围的楼房都黑漆漆的。

奶茶店就在学校附近，可江珇足足有两三个月没有来过了，一踏进去扑面而来一股香味。

杨继沉锁上大门，扔了钥匙，一转眼就把上衣脱了，那件 T 恤被他扔在沙发上。

他边走向浴室，边解皮带。

金属皮带扣发出的碰撞声充斥整个房间，江珥捂住眼睛。

杨继沉忽然止步，转身，走到茶几边上拿了个打火机。他瞥了眼江珥，笑道："你捂眼睛干什么？"

江珥悄悄挪了缝隙看他，他光着上半身，皮带扣翘在那儿，裤子微微往下掉了些，露出一圈内裤边。

杨继沉叼了支烟在嘴里，按了两下打火机点燃烟。

江珥说："你要洗澡去里面脱……"

杨继沉本来没当回事，可见她这副样子觉得好玩极了，抽了几口烟，一步步逼近她，把人逼到贴在墙上。

他弯腰，逗她道："我在里面脱怎么让你看八块腹肌，难道你要和我一起洗澡？"

他把烟叼嘴里，伸手拉着她的手往自己腹部上放。

"来，你数数，是不是八块？"

江珥刚触到他的皮肤就缩回了手，她拔腿进了小房间里。杨继沉笑了声，慢悠悠地跟了进去。

"砰！"

杨继沉把小房间的门一关。

江珥一抖。

杨继沉说："我这里有换洗的衣服，在顶上的小柜子里，你挑一件，等会儿洗完澡再睡。"

说完，他进了浴室，没一会儿，磨砂玻璃门上起了水汽，里头的人影模糊。

江珥紧张地在房间里走来走去。

杨继沉洗完澡出来就看见她不安的模样，他随手拨了拨半湿的头发，开了空调。他身上的热气和香味一点点地侵占这个房间，江珥坐立难安，拿起衣服说："我去洗澡了。"

江珇洗了很久，他那件 T 恤正好可以遮盖到她大腿那儿，可稍微一动就会露。

在浴室徘徊好一会儿后，外面的人终于沉不住气了。

杨继沉敲敲玻璃门。

江珇打开门，扭捏着，杨继沉嘴角微扬，掌着她脑袋揉了揉，懒洋洋道："都深夜三点多了，不睡？"

杨继沉看了她一眼，小姑娘正仰头欣赏这间屋子的装潢。

杨继沉轻笑了下，悠然自得地躺了下去，拍拍身旁说："爱妃，来吧。"

江珇被呛了下，低头就看见他吊儿郎当的模样，一双黑眸盯着她，让人不禁心里发毛。

杨继沉说："怎么，还要我抱你上床？"

江珇磨磨蹭蹭地上了床，咻地拉上被子，盖住她自己。

白色的纯棉被套上绣着银色的小花纹，整个房间的墙壁都是白色的，挂在顶上的复古吊灯散发着温暖而暧昧的灯光。

江珇抓着被褥，糯糯地道："把灯关了吧，不然睡不着。"

杨继沉侧着身，单手撑着额头，好整以暇地看着她。

江珇躺得笔直，目不斜视地看着天花板。

杨继沉问："你紧张？"

江珇说："没有。"

"那你抖什么？"

话落，杨继沉伸手过去，一把握住她的手，握在手里揉捏。女孩子的皮肤和触感总是那么细滑柔软，他忍不住多捏了几下。

"不要……"江珇怕痒，受不了他这么捏她的掌心和手指。

杨继沉松了手，却攀上她的腰："那摸这里。"

江珇起了鸡皮疙瘩，心快跳出嗓子眼。

杨继沉握住她的腰，猛地朝自己这边一捞。

江珇被迫和他对视，他正乐得笑个不停，似戏弄似宠溺。

江珇结巴道："不……不睡了吗？"

杨继沉说："我看你不想睡啊，精神好得很。"

"我没有！"

江珮把被子一蒙，这下连眼睛也不露了。

杨继沉撩开被子，也钻了进去，一个翻身就压住了她。

白色的被褥隆起一坨，几缕幽光从掀开的缝隙里溜进去，昏暗的光线中，江珮看见他如墨一般深的眼睛，正灼灼地看着她，呼吸也比刚刚急促了些。

他没有把全部重量都压她身上，双手撑在两侧，膝盖顶着床，但这种紧密的贴合让她动弹不得，并且快要热熟了。

杨继沉压低了点身子，鼻尖贴着她的鼻尖，他声音里带笑，低哑道："让我仔细看看，到底有没有。"

他亲了下她的唇，说："很热。"

他又亲了下她的脸颊，说："很烫。"

他说："事实证明，你处于很兴奋的状态中。"

江珮觉得羞耻，一把捂住他的嘴："你胡说，我要睡了，你走开。"

杨继沉笑出声："不逗你了，睡吧。"

他关了灯。

黑暗中，两个人静静地呼吸着，其实都睡不着，外面的天已经露出一丝亮光。

听到窸窸窣窣的声音，杨继沉侧头看江珮，勉强能看清个轮廓。

他问："在想什么？"

江珮闷闷道："什么也没想。"

杨继沉失笑："我想和你多待会儿，所以带你来这里，懂了吗？"

江珮埋在他胸膛前不说话，细细软软的呼吸洒在他肌肤上，杨继沉滚了滚喉结。

他吻了下她额头，说："来日方长。"

江珮心里漾着一潭柔水，手环住了他的腰。

凌晨五点多两人才睡着，一觉醒来已经日上三竿。

江珮比杨继沉先醒，习惯性地坐起身。她揉了揉眼睛，昏昏沉沉的，还没想明白她在哪儿。江珝猛地转头看向身边的男人，愣了一会儿，昨天的记忆涌来。

她抿抿唇，小心翼翼地探过脑袋看他。杨继沉睡着的时候神情是比较严肃的，清隽的五官紧绷着，没有平日里的痞样。

江珝捏住他的鼻子，又悄悄捂住了他的嘴巴。

他还是不醒。

江珝倚过半个身子去看他，谁知这人突然伸手把她捞了过来，江珝整个人被翻到另一面，差点滚下床。

杨继沉睁开眼，故意松了松手吓江珝。江珝紧紧抓着他的臂膀，两腿蹬啊蹬，想往床里面爬，但他夹住她的腿，就是要让她身处"悬崖"边。

杨继沉低笑着："还敢不敢了？"

"不敢了，不敢了！"她屁股快着地了。

杨继沉手一使劲，把人捞了回来。

江珝一翻身坐在了他身上，她身子一紧。

杨继沉眸色一沉，叹了口气后，拽着她坐起身，握着她的腰把人往前一送，她扑他怀里。

杨继沉抱着她，额头抵着她肩膀，闻着她身上的香气，身心格外愉悦。

他说："别乱动了，让我缓一缓。"

身边突然多了个人，他睡觉时还是有些不习惯。

温存了会儿，杨继沉问道："几点了？"

江珝扒过床头柜上的手机，被上面的未接电话吓到，一共有52通未接电话。

"中午一点多了。"江珝翻了翻记录，"芸仙他们给我打了好多电话。"

杨继沉懒懒道："不用管他们。"

江珝推开他，下床，去给季芸仙回电话。

杨继沉拨了拨头发，掀开被子，下床，赤脚走进了浴室。

那帮人早上起来见两个人不见了，先是着急了一阵，然后转念一想，这两人肯定在一块儿，也就没放心上了，但整理东西的时候，那架钢琴让他们不知所措。

这是杨继沉送给江珮的，搬江珮家里吧，怎么和江珮母亲解释？搬他们自个家里吧，这也太奇怪了。搬奶茶店里吧，放不下。搬杨继沉家里吧，钥匙呢？

几个人辛辛苦苦整理了一上午，扯了灯串，捡了花瓣，扔了垃圾，就只剩这架钢琴没处理。

打两个人手机没一个接电话的，于是他们打了个赌。

季芸仙接到电话开口第一句话就是："小珮，你们在哪儿呢？"

江珮诚实道："奶茶店。"

电话那头传来："一百块啊！来来来，一百块！"

季芸仙又问："那你和沉哥……他没欺负你吧？"

"欺负"这个词太暧昧，江珮咳了两声，反问道："你给我打这么多电话什么事啊？"

电话那头又传来"五百块五百块"的声音。

季芸仙说："没什么啊，就那架钢琴，你问问沉哥搬到哪儿？哎，小珮，你累不累啊，腿酸不酸啊，腰痛不痛啊，还站得稳吗？"

江珮在原地跳了两下，拍了拍腰，说："挺好的。"

那头周树叫了出来："沉哥这节奏不对啊！我的五百块啊！呜呜呜！"

关于那架钢琴，杨继沉想也没想就说："搬到我卧室，在院子大门口的一块砖头下有把备用钥匙，搬放在卧室靠右的地方，就空着的那儿。"

江珮在边上听着感觉有点不对劲，怎么想都觉得这人早就盘算好了，还把房间给整理了出来。

张嘉凯应了声好，找了专业搬钢琴的，运去了二斜口。而周树他们则兴冲冲地开着摩托车冲去了奶茶店，杀到现场的时候，奶茶店的门开了一半，那卷帘门半开半合，探进脑袋一看，一伙人"哟哟哟"地叫了起来。

那两人待在做奶茶的后厨那儿，江珮半坐在水池边上，搂着杨继沉的脖子，杨继沉微弯着腰，正亲得火热。

听到动静，江珊蓦地睁开眼，下意识地推开杨继沉，垂下脑袋，将自己藏在他怀里。

杨继沉扭头看向那帮人，不是很客气地说道："门口挂的牌子看不见？"

周树笑嘻嘻道："英文咱看不懂啊，咱是乡巴佬。"

杨继沉拍了拍江珊的后脑勺，转身走向小厅，给周树和贺群递了两支烟。

"钢琴张嘉凯搬过去了？"

"对对对，出事你找他别找我们。"

杨继沉"哧"了一声，指尖的香烟刚燃起，他一顿，说："出去抽。"

三个男人站在玻璃门外有说有笑，江珊多看了杨继沉几眼，刚刚把他头发抓乱了。在阳光下他的头发泛着淡淡的棕色，虽然凌乱但看起来别有韵味，人懒懒散散地站那儿，捏着烟时不时吸上一口，俊朗的眉眼间漾着一股浑然天成的自信和气势。

他似乎比较偏爱白色的 T 恤和牛仔裤，看起来简单随意，但江珊看了一晚上的肌肉，即使他穿着衣服，她脑海里也能勾勒出他赤身的模样。

杨继沉抖了抖烟灰，抬眸瞥了眼江珊，两个人相视一笑。

季芸仙双手搁在收银台上，托着下巴，眨巴着大眼睛一动不动地盯着江珊。

江珊笑盈盈地扭过头，被她吓一跳。

季芸仙伸出食指戳她："就一个晚上啊，你活生生像蜕了层皮。"

江珊毫不掩饰道："因为我开心啊。"

"看出来了，开心得都开起草莓园了。"

江珊捂着领子，脸色微红，转过身继续做奶茶。

起床后杨继沉去买了午餐过来，本来吃完她都要走了，但他说多待会儿，一时无聊他就教她做奶茶，水还没放进去呢，这人就把她推到了水池边上。

季芸仙跑到她身边，悄悄地问："你们昨晚没发生什么？"

江珈说："真没有。"

江珈把调好的奶茶双手递给季芸仙："喏，我第一次做的给你了。"

季芸仙伸手拿奶茶的时候左肩的衣领一滑，江珈吃惊得张大嘴巴，指着她肩膀，道："你还说我，你自己都……"

季芸仙捂住她嘴巴："嘘，周树他们不知道，我等会儿和你说嘛。"

三个男人抽完烟走了进来，携进来一股烟草味。两个女生正坐在沙发上说悄悄话，看见他们立刻止了话题。

杨继沉从皮夹子里抽出两张钱给江珈，说："我们要去练车，约好了场地，你和季芸仙打车回去，到了给我发个短信。"

江珈没接："我有——"

杨继沉将钞票塞她手里，食指弹了下她额头："等会儿走的时候你记得把我换下来的衣服带回去，晚上找你。"

周树说："嫂子对不住啊，今天下午借沉哥一用，晚上还给你哟！"

江珈"噗"地笑出来，起身去里头收拾昨晚的脏衣服。

杨继沉踹了他一脚："有毛病？"

周树贱贱道："晚上找你哟！"

贺群笑得都快岔气了。

为防江眉生疑，季芸仙屁颠屁颠地跟着江珈一起回去了，可到家时家里没人。

那护工又在门口嗑瓜子，看见了江珈欲言又止，喃喃自语道："算了，我不多事，关我屁事儿啊。"

江珈没放心上，拉着季芸仙上了楼，进房间的第一件事就是给杨继沉洗衣服。

季芸仙也嗑起了瓜子，嗑了十几分钟"呸呸"两下收了嘴，江珺把杨继沉的衣服洗得干干净净。

季芸仙说："还没嫁人呢，就开始帮他洗衣服啦，你这样以后会被他欺负的。"

江珺拎着衣服跑到阳台上晾好，但又觉得不妥，重新拿回浴室，挂在里头的一根绳子上。

完事了以后两个小姑娘齐齐躺在床上，浴室里时不时飘来一阵洗衣粉的清香。

江珺说："热吗？"

"还行。"

"要吹电风扇吗？"

"好。"

江珺起身去开电风扇，她盘坐在床上，开始正经话题，她问："你和张嘉凯……"

季芸仙"哎呀"几声，似在思量，最后她嘟嘟嘴，小声道："昨晚发现你不见了以后我有点害怕，就去找他了。后来他陪我睡的，两人睡一块儿就有点睡不着了，就……就……亲了，你懂的。"

季芸仙突然笑得贼兮兮："你们躺一张床上难不成真的盖着棉被纯聊天？"

两个女生交头接耳。

十八岁的女孩对一切都是有好奇心的。

和季芸仙的这场里程碑性质的谈话让江珺脸红心跳了好几天。

晚上，睡在床上江珺悄悄拿手机查了一些知识，2G 的网络要用很久才能搜索出一个答案，那些学术词语光是看着就引人无限遐想。

江珺屏住呼吸，闷在被子里，一目十行，又回过头去重新看一遍。

床上隆起的一小团时不时动一下，薄毯子里散发着亮光。

杨继沉跳窗进来时，她都没发现。

杨继沉隔着毯子一把抱起她，江珺一抖，手机"咚"地掉在了床上，而她整个人似蚕蛹一般，被裹在毯子里。

杨继沉亲她额头："还不睡？看什么看得这么起劲？"

江珅扑腾几下，杨继沉把她放在了床上，她着急地去捡手机，想快点退出页面。身后的人长臂一捞拾起手机，熟稔地找到网页历史浏览记录，点了那个网址。

江珅跳起来要去抢，可他伸得高高的，江珅够不着。

"你还给我！"江珅不敢大声说话，只好揪着他的衣服，威胁他。

可杨继沉已经看到了，照着上头的念道："男人的生理构造……男人和女人……"

江珅羞得脸冒热气，一股脑地把头埋在了枕头底下。

她趴在床上，一副"我不听我不听"的样子。

杨继沉低低笑了几声，调侃道："长大了啊，开始探索人类文明的起源了。"

江珅翻个身，拿枕头捂住脸。

杨继沉扯她枕头，她垂死挣扎，杨继沉说："我给你带了奶茶，不想喝了？"

江珅稍稍松开了点，露出一只眼睛转啊转。她闷闷道："在哪儿？"

杨继沉说："你起来，在书桌上。"

江珅慢腾腾地挪开枕头。

杨继沉笑了几声，翻个身躺在她刚刚躺的地方，拿过边上的大章鱼垫在脑后，他伸开臂膀，说："过来。"

江珅瞥了一眼那地儿，忐忑地挪了过去。

杨继沉一把揽住她，江珅枕在他胳膊上，和他一起望着天花板。

杨继沉问："什么时候来练琴？"

"看情况吧。"江珅思忖了会儿道，"练了也没用，我不是有天分的人，我觉得自己做不好这些，将来也不会靠这个吃饭，想想就觉得遥远。"

"你不是喜欢吗？喜欢就去做。"

江珅眉头舒展不开，轻轻道："难道真的因为喜欢就能做好吗？

你知道为什么在电视电影里总喜欢把主角努力的过程，比如背书比如学功夫，用快镜头展现吗？因为这通常是个孤独、痛苦、艰难的过程，人往往只看结果，只有身在其中的人才能了解其间的不容易。我觉得，对我来说，弹钢琴只能算个兴趣，不管做得多好，以后它也只能是个兴趣。"

杨继沉下巴抵着她脑袋，温和道："你就是太没信心了，做事情缩手缩脚的。谁知道以后会是怎样的，活好当下就可以了，努力地去做一件事总没错的，就像你读书。"

江珺从来不觉得自己是优等生，是聪明的小孩，她只是比别人更努力更辛苦一点。就像那阵子，因为杨继沉有了情绪的波动，她成绩直线下滑，一不留神，她就落后了。

她不像他，好像能轻轻松松地做好一件事，那些在她看来是困难的问题，他从不放在心上，活得自由自在、肆意洒脱，既来之则安之形容的大概就是他。

可江珺偏偏特别喜欢他身上的这种劲，虽然浪荡无所谓，但事无巨细，在他身边，既觉得舒坦又觉得轻松。

隔了几天，江珺帮着江眉剥毛豆的时候，江眉忽然说她重新找了份工作，在镇上的超市里做收银员。

前一段时间白天江眉几乎不出门，在家里打扫打扫卫生，织织毛衣，看起来正常得不得了。

因此，江珺也不好出门玩。季芸仙忙着和张嘉凯腻歪，杨继沉忙着练车，如果白天她去练琴，江眉铁定能听到声音，这样就露馅了。

和杨继沉的事儿，江珺也时常犯愁。她不知道怎么和江眉说，但总不能瞒一辈子，可偏偏江眉就是讨厌玩赛车的，事情总是这么凑巧。

江珺一直在偷偷打量江眉，观察着妈妈的变化。

她不知道江眉和那个人发生了什么，但显而易见，江眉情绪稳定了很多，也比以前多了很多笑容。

第一天去超市上班的那个早晨，江眉忘带手机了，江珊喝了几口粥才看见，赶紧追了出去。追到前面的小路路口，她看见路口停着一辆黑色的轿车，看起来价值不菲。

江眉骑着电瓶车，停在边上，似和里面的人在说话。说了几句江眉骑着车自己走了，那人发动车子跟了上去，一直跟在江眉后面。

江珊恍恍惚惚地走回家，快到家门口时被杨继沉截和了。

杨继沉一把拎住她的衣领，把人扯了回来。

"大清早的眼睛就看不见了？"

江珊"啊"了声，心不在焉道："怎么了吗？"

"什么怎么了，进来。"杨继沉弹她脑门，说完，手插裤袋里，回屋里。

江珊左顾右盼，像做贼一样，溜进了他的屋里。

杨继沉从冰箱里拿出一个泡沫盒，打开，里头是一个黑色的长方形盒子。

杨继沉把东西推到江珊跟前，说："看看要不要。"

江珊揭开盒盖一看，是一块厚实的小熊巧克力，有十几厘米长，厚度也吓人。纯黑的巧克力香气浓郁，刚从冰箱里拿出来，冷气和热气相撞，没一会儿，小熊巧克力上冒出一层水汽。

江珊吃过的最贵的巧克力就是费列罗，还是别人办喜酒发的。

这么大这么厚的巧克力她连见都没见过。

"你哪里来的？"

杨继沉拿起盒子里的小榔头递给她："昨晚去练车，一朋友给的，说是家里开了巧克力厂，在搞什么七夕特别款，拿给我们尝尝。他说，拿这个榔头敲着吃，还可以泡水喝。"

江珊哪舍得敲碎它，重新包装好，塞回冰箱里。

刚合上冰箱门，杨继沉就从身后抱住了她，问道："你妈去上班了？"

"嗯。"

"那去我房间？"

江珉心跳漏了一拍："去你房间干什么啊？"

杨继沉声音低沉，朝她耳朵呵着气，说："你说去干什么？妈妈不在家，不是应该做点刺激的事情吗？"

江珉推托道："我还没洗衣服。"

杨继沉笑着，一把抱起她，直接扛上楼。

那架钢琴上头堆了数十本书，杨继沉把她放在凳子上，塞了本书在她手里，说："看书，学谱子，弹。"

江珉直接蒙了。

杨继沉往边上的老板椅里一坐，拿过透明的保温杯喝了口茶，上面漂着几粒枸杞。

谱子江珉大约能看懂，小学和初中的音乐课也不是白上的，只是真要实践起来，她只能用食指一个个去戳，连了几遍，勉强能把十个手指都用上。

但她弹出的曲调死板、虚弱，没有感情。

试了几天，江珉灰心地趴在钢琴上，"咚"地压到几个键，发出杂乱的声音，是自暴自弃的声音。

这就是理想和现实的差距。

"啪！"

江珉屁股挨了一记打，她哀呼出声，瞪着杨继沉，像只小老虎般直接扑上去，被杨继沉一把拎住。

也不知道杨继沉哪儿弄来的戒尺，她一偷懒就给她一下，力道不大，但还是有点痛。

江珉生气道："你这是旧社会才用的手段。"

杨继沉把人拎回座位上，嘴角勾着笑，说："我这是情趣。"

江珉噎住。

杨继沉从后抓住她的手放在琴键上："手指稍微弯一点弧度，自然下垂放松，手呈握球形状，手指关节凸起，肩膀、手肘放松，寻找一下自己认为比较舒适的手势感觉。"

江珉惊奇道："你知道这些？"

杨继沉说："前几天是让你熟悉熟悉这架钢琴，闹着玩，现在差不多了，好好学，实在不行学点基础的东西也行，省得以后找了老师一问三不知。”

"找老师？"

"大学不似高中，总有空余时间去学。"

江珊肩膀塌了下来，有种任重而道远的感觉。

杨继沉知道她喜欢归喜欢，但她没动力，对她来说，没用的东西学了也是白学。有时候江珊活得太现实，或者说江眉给的环境不足以让她放肆地去生活。

杨继沉在她身边坐下，江珊自觉地挪了点位置。

他说："你对这个也不是一窍不通，学好了以后指不定能考个教师资格证当音乐老师。"

"我行吗？"

"我杨继沉的女人不能说不行。"他的语气淡淡的，有种不容置喙的感觉。

这是江珊第一次觉得他对她是有要求的，或者说他对他的伴侣是有要求的。江珊对这一句话再三分析，得出几个结论：他希望他的伴侣性格是坚韧的、有毅力的，他希望他的伴侣不是平凡普通的，他也许还希望她能与他相抗衡，势均力敌。

江珊坐在那儿，目不转睛地看着他，若有所思。

杨继沉给了她脑瓜一掌，说："看好了。"

他双手放在琴键上，修长的手指看起来十分有力量感，手背上青筋凸起。江珊眨了眨眼睛，他的十指在琴键上飞舞起来，按下去的瞬间看起来有力又轻盈，音准而流畅。

他弹钢琴的样子并不严肃，是一贯的闲散模样，从而看起来让人觉得弹钢琴是个特别轻松的活儿。

一首《致爱丽丝》，杨继沉弹了一半，他忽然停下时，江珊一愣。

杨继沉说："好听吗？"

"好听。"

"行，那你就学这个。"

杨继沉起身，去喝他的枸杞茶。

江珮实在累极了，跑过去讨口水喝。

江珮想拿杨继沉的水杯，但杨继沉不给，手臂往上一举，她就摸不到了。江珮跳起来抓，杨继沉有意逗她，就是不让她碰到。

江珮把他推到窗户边上，压着他："我要喝水。"

"要喝水啊，求我啊。"杨继沉一手举着茶杯，一手揽着她的腰。

江珮捶了他一下，气笑了，说："我求求杨老板，赏我一口水喝。"

杨继沉喝了一口水，低头就吻住了她。

他倚靠着的窗户后面是她的房间，那面斑驳的墙上早就被墨绿色的爬山虎爬满，中间夹杂着几朵牵牛花，粉色和紫色的花骨朵儿镶嵌在其中，微风一吹，叶子"唰唰唰"地飘动，携来夏天清爽干净的气息。

几缕明媚的阳光照到两个人身上，江珮被晕红了脸。

江珮有时候想，这哪是学钢琴啊，分明是她自动走入狼窝。

吻够了，杨继沉问道："还喝吗？"

江珮脑袋顶着他胸膛："不喝了。你会弹钢琴，怎么之前没和我说，你学过？"

"小时候学过。"

江珮仰头，目光略有些崇拜："可小时候学的，现在你也弹得很好。"

杨继沉挑眉："靠脑子。"

江珮只从张嘉凯和徐栀夏那儿听过关于他从前的只言片语，可究竟是什么样的从前，她一无所知。

微风和煦，江珮问道："你小时候是什么样的？"

杨继沉眯起眼睛，回想了一番，言简意赅道："要风得风要雨得雨。"

他的童年至青春时期真的是这样的，钢琴、小提琴、跆拳道、游泳，王丽韵几乎把他所有的空余时间都安排得满满的，她有心塑造一个十项全能的儿子。

令王丽韵满意和喜出望外的是，儿子一学就会。

只是他懒得去认真学，通常都是敷衍了事，只选择了自己喜欢的事情去做，比如打篮球，比如赛车。他小时候的梦想还真不是玩两个轮子的，而是四个轮子的，原本家底殷实，也足够支撑他这个狂妄的梦想。

江珮笑道："难不成你是富二代？"

杨继沉打趣她："要是没破产，你这会儿就是富二代的女朋友。"

江珮以为他是开玩笑，于是也开玩笑道："那我岂不是可以穿着黑色的礼服在大舞台上弹钢琴。"

杨继沉弯了点腰，说："你会穿着黑色的礼服被我按在钢琴上亲。"

江珮发现这个人现在动不动就对她言语挑逗，但他总是会很合时宜地收手。

她推开他，走回钢琴边上。身后的男人放了水杯，搂住她的腰一揽，直接把人推到了床上。

杨继沉笑得难以抑制，往边上一躺，揽过人，说："不逗你了，睡午觉了，下午再练。"

江珮靠在他怀里没动。这几天他白天陪着她练琴，晚上出去练车，一天只睡四五个小时。

杨继沉扯过边上的空调被，搂着江珮，下巴搁在她额头那儿，她亲昵地蹭了蹭他。

七月中旬，江珮收到了华西大学的录取通知书，在杨继沉的魔鬼训练下，她的琴技也略有进步。

不管江珮考去哪儿，江眉其实都是高兴的，江珮趁着她近期心情不错，试探着说要和季芸仙等同学出去玩一个晚上。

江珮说这话时，江眉正在扫地，江眉手里的动作一停，看了江珮几眼，目光略有深意。

江眉张了张口，一时不知从何说起，她想叮嘱的太多，但又不好挑明说，她想给江珮留一点退路。

十八九岁的女孩会萌生爱意再正常不过，但不是爱上了就是对的，也不是真的勇往直前就是对的，江眉希望她能保护好自己。

江珊从小便是个乖宝宝，虽然偶尔耍点小聪明，但因为懂事所以做事很有分寸，脾气有点像郑锋，认定了的事情就不会轻易改变。

关于那个杨继沉，江眉向郑锋仔仔细细问过，说白了不过是个有点小成就的混子，就和当年的郑锋一样，还无父无母，居无定所，脾气也是一等一的傲。太过自负的男人一旦遇到什么困难解决不了，整个人都会变，这样一个人江珊怎么可能压制得住。

江眉在这事上吃过亏，直到现在她还是不希望江珊步她的后尘，选择这样一个人共度一生，风险太大。

赛车，说得好听点是个风光刺激的职业，收入也颇高，但它投资也多，更是要拿性命做赌注。有些赛车手不断地追求刺激和新目标，有名气的赛车比赛个个参加，但有些赛事真的是玩命。

江眉自从认识郑锋之后没少了解这方面的事情，那时候她常听郑锋说谁谁谁死了，谁谁谁残了，那场面怎么怎么样，听得她胆战心惊。但因为是郑锋喜欢的，她只能一忍再忍，那颗心每天都悬着，特别是他去比赛的时候。

可话到嘴边，江眉只有一句："注意安全，早点回来，别让妈妈担心。"

江珊喜笑颜开，欢快地跑上楼。可上楼的脚步渐渐缓下，江珊想起那个在小路路口等江眉的男人。

那天送手机以后，江珊第二天悄悄地跟了过去，那个男人和那辆车依旧在，日复一日，坚持不懈。

江珊躲得老远，只看过一次男人的侧影，是个高大挺拔的人，江珊甚至能够想象他年轻时的英姿。

江眉到现在还没和她提那个人。

江珊望了眼江眉，佯装忘却了这件事，走进了房间。

隔天傍晚，江珊穿着牛仔裤和 T 恤早早地出了门，那一段小路她都是蹦跶着走的。江眉站在院子门口望着她，扶了扶额头，觉得头疼。

更令她头疼的是郑锋后脚就来了，那护工已经和他混熟，打着招呼说："小珊她爸你又来了啊。"

邻里都知道江珊有个爸，唯独江珊不知道，江眉头一回费那么多唇舌去一个个解释封口。

郑锋指着路口的方向问道："大晚上的你让小珊和那小子出去玩？"

江眉说："她成年了，她有权利。"

"不是，我只是不放心。"

"她好好地活了十八年，现在不放心有点晚了。"

这段时间江眉虽对郑锋不再是冷言冷语，但字里行间难免有些讽刺，这是她心里的酸与涩，郑锋都受着，不反驳也不辩解。江眉肚子里这窝火估计得消一阵，毕竟憋了那么久。

郑锋说："什么时候让我和小珊吃个饭？"

江眉在厨房洗菜洗锅，"哗啦啦"的水流声淹了没郑锋的声音，他走到她身后又问了一遍。

江眉瞥了他一眼，说："再说吧，找个合适的机会。"

郑锋喜出望外，连着"哎、哎"了两声。

这父女俩笑起来都一个样儿。

郑锋说："我来洗。"

江眉不愿意，就这样，两个人的手搭在一起，江眉快速抽出手，郑锋笑笑。

江眉在围兜上抹了抹手，问道："你知道他们晚上去哪儿吗？"

"我估摸着小珊是跟着去看比赛玩了，最近那帮小子忙着训练呢，没空在外面瞎搞。"

连着练了大半个月的钢琴，杨继沉看江珊疲惫不堪，白天练琴，晚上琢磨谱子和书籍，前几天还遇上生理期，江珊高考的时候都没累哭过，这会儿矫情地哭了。

回头想起来，江珊都觉得丢脸，天知道那会儿她为什么要哭。

不过这一哭让杨继沉心软了，这段时间他也忙，腾不出空带江珅出去玩，又想着让她放松放松，于是就问她，要不要晚上跟着他一起去练车，小姑娘头点得似小鸡啄米。

　　巧的是第二天来了大学录取通知书，她有了光明正大的出去玩的理由。

　　训练场就是上回的比赛场地，为了不让各队发生争执，场地方分配好了时间，如教练有要求也可以安排模拟比赛。

　　赛事在八月初举行，墨城是第一站。之前的CSBK非常成功，所以今年的规模扩大了，除了郑锋他们几支老队伍，听说这次有许多知名摩托车企业组建了车队参与进来，都是些新人，却不免会有天才。

　　两个人到赛场的时候，天还没完全黑，几丝霞光映在天际，形成一道蜿蜒的弧线，成片的灰云从东方飘来，薄似轻纱，一点点地笼罩住最后的光芒。赛道和观众席上隐隐约约有一些人，漆黑的影子被拉得老长。

　　杨继沉拉着江珅的手走过去，季芸仙隔得老远就朝他们招手，向江珅狂奔而去。

　　她们已经好些天没见面了。

　　杨继沉从来都是人群中的焦点，走了几步而已，江珅就感受到四面八方投来的灼灼视线。

　　江珅一抬头就和徐栀夏的视线撞了个正着，她一向冷静，不卑不亢，此刻也是用这种眼神望着徐栀夏，仅靠一个眼神，两个人霎时都心知肚明。

　　这是江珅几个月以来第一次见徐栀夏，江珅对她谈不上生气或者憎恨，因为她只是阐述了她认为的事实，虽然有点添油加醋。

　　而且江珅已经和杨继沉在一起了，徐栀夏就显得不那么重要了。

　　徐栀夏似有话和杨继沉说，但杨继沉避开了，转头和周树说笑，这个细节江珅看在眼里。徐栀夏也不再自讨没趣，佝着背影走去了另外一边，为练习做准备。

这次的 CSBK 徐栀夏也参与。

大伙瞧见了杨继沉，没一会儿，都围了上来，热情地喊江珮嫂子，好像谁不喊谁就要被发配边疆一般。

杨继沉掌着她脑袋："这些人你都见过，还记得吗？"

江珮当然记得，那天她哭得像个二傻子。

一帮爷们儿打趣着，突然从中冒出一句话："哥，你这是老牛吃嫩草啊！"

周树拍拍张嘉凯的肩膀，说："还有这头老牛。"

哄笑几句，大伙散了。

杨继沉给两个小姑娘安排好了位置，自个儿换了衣服，戴上头盔进了赛场。车轮一打，赛场上起了一层轻薄的尘埃。

"唰！"赛场上的大灯忽然开启，在明亮的光线下尘埃粒粒浮沉。

江珮拿手机拍了几张照片，那会儿的翻盖手机像素也就那样，拍出来的人只有个轮廓，但江珮依旧很满足，因为她知道哪个是杨继沉。

季芸仙朝张嘉凯做着飞吻，做完这个动作她肚子突然疼了起来，拔腿就奔向洗手间。

江珮打量着四周。

晚上的赛场其实挺冷清的，只有一些车队在这里训练。训练的赛场总是弥漫着一股残酷和艰辛，漆黑的天空也望不见星星，江珮琢磨着是不是要下雨了。

忽然，有人拍了下她的肩膀。

江珮条件反射地扭头向后看，然后脖子一缩，猛地从座位上站起来，警惕地往后退了一步，险些摔下台。

陆萧拨了拨飘逸的阴阳头，嘴里嚼着口香糖也掩盖不住那股腥臭味。

他一脚踩在橙色的凳边上，弓着腰，一双小眼睛盯着江珮，说："我倒是挺意外，杨继沉那小子还真和你搞上了。"

他自上而下地打量了江珮一番："小妹妹，你喜欢他什么啊？

他有的我都有，要不要来哥哥怀里暖和暖和？"说完还朝江珺吹了口气。

江珺懒得和这样的流氓争辩，陆萧这人让她见识到了什么叫作下三烂，先是找人埋伏杨继沉，再是找人跟踪她，然后又是制造车祸，谁知道他以前还整出过什么荒唐事。

江珺想走，却被陆萧一把拉住了，她顿时觉得恶心，想也不想地甩开他的手。

陆萧看了眼手掌，乐呵呵地道："皮肤还挺滑啊，怪不得杨继沉迷你迷得要死，好玩。"

"陆萧！"

突然，左边传来一声呵斥，低沉有力。

陆萧明显神色一僵，笑嘻嘻地讨好道："教练你今天怎么来了？"

江眉和郑锋说不放心女儿，把他也赶了过来，谁知道他一过来就瞧见陆萧在欺负江珺。

从前陆萧说什么做什么，郑锋都睁一只眼闭一只眼，一心想着珍惜人才。可如今他做的事情越来越浑，总有一天这颗毒瘤会害到自己，郑锋心里原本对他还有一丝期待的，但这份期待如今快被磨光。

陆萧竟敢欺负到江珺头上！欺负他恨不得捧在手心哄着护着的宝贝女儿！

郑锋沉着脸，盯着陆萧，一字一句道："陆萧，我上次给过你警告，你再犯一次事，我就踢你出云锋，我郑锋一向说到做到！"

这语气，陆萧跟了郑锋这么久头一回听到，他心里慌了一下，面上强装着嘻嘻哈哈的模样，说："知道了，郑教练，不过是个妞儿，逗两句罢了。"

郑锋说："你再多说一句，今年的CSBK别参加了！出了云锋，以后想吃这碗饭，还得问问我郑锋同不同意！"

陆萧眼珠子在两人身上瞟了几下，不屑地说了句"知道了"，手一挥，边上的几个喽啰跟着他走了。

走了几步，陆萧回过头望了眼，眉头忽然皱起，招呼了边上的一人问道："听说郑教练最近在找人，找的什么人？"

"我听说是以前的情人。"

"情人？"陆萧嗤笑一声，"我看是上辈子的情人吧！"

他眼皮一垂，眸光暗沉，嘴角的笑容甚是讥讽，余光瞥着郑锋，嘴里呸了一下。

"老子辛辛苦苦干了这么多年，拿了这么多奖，到头来还比不过一个杨继沉，什么老东西！"

郑锋，郑教练。

江珸对这个人略有耳闻，听说一直在竭力挖杨继沉过去，只是行事作风似乎不怎么样。不过今天的他看起来正义感爆棚，眉目棱角都散发着正义的光辉，以一种坦荡关怀的眼神看着她。

江珸微微往后退一步，和他保持些距离，想说谢谢，但又觉得不熟，没必要。她扬了个淡淡的笑容以示感谢，刚转过身，这位郑教练就叫住了她。

郑锋咳了两声，正了正音色道："小姑娘，那人我回去会好好训他的，你别放心上，我跟你道个歉。"

"哦……"江珸尴尬地回应着。

郑锋殷勤道："你别怕，他以后不会再骚扰你了。"

江珸点点头。

郑锋还想再说些什么，但紧张得脑子都冻住了，千言万语口难开。江珸也不知情，他说再多只会吓到她，不过初次见面，他想留个好印象。

她从小没父亲，肯定遭过一些议论。

江眉那么恨他，总不会和她说你父亲是个好父亲吧，一个十八年对她不闻不问的父亲怎么都不会是个好父亲。

郑锋叹口气，想拍拍江珸的肩膀，手却僵在半空中又缩了回去。他露出笑容，尽量表现得和蔼可亲，说道："我叫郑锋，是刚刚那个人的教练。如果他以后再欺负你，你找我，这是我的名片。"

他就这么递着，江珊出于礼貌接了过来，不动声色地走开了，然后越走越快，直到跑到洗手间那边。

几棵粗壮的香樟树立在一边，风从树叶间贯穿而过，吹下几片叶子，落在江珊跟前。

江珊靠在不锈钢的栏杆上盯着这张名片看，实在觉得莫名其妙。

她朝赛场那边望了一眼。郑锋的身形很好认，他和其他教练不一样，看起来更英气更时尚，别人都穿着运动装，秃着头，可他看起来保养得当，品位上佳。

那个侧影，江珊觉得有些熟悉，似乎在哪里见过，但怎么也想不起来，转念一想，或许曾见过，毕竟是陆萧的教练，三番五次地找过杨继沉。

徐栀夏从洗手间出来，眼眶微红，见到江珊时一愣，气氛略有些僵硬。

徐栀夏冷眼看着她："你怎么在这里？来看我笑话？"

微风吹起江珊耳边的几缕发，她收了名片，沉默了会儿，反应过来后轻声问道："你喜欢他对吧？"

徐栀夏毫不避讳地承认："是，我喜欢杨继沉。"

"说什么眼睛很像，是骗我的吧？"

"你去问杨继沉啊。"

江珊声音很柔软，不带一点儿敌意，说："我问了的话，他对你会更冷淡吧。"

徐栀夏和杨继沉这么多年的情谊，能一直忍到现在，想想真是不容易。江珊也不觉得自己是"真善美"，只不过是站着说话不腰痛，因为她赢得了杨继沉，所以她会去同情徐栀夏。

江珊没和杨继沉多说关于徐栀夏那天说的话，只是说徐栀夏告诉了她这么一段故事而已。

可杨继沉那么聪明，怎么会不知道其中的原因，一个女人喜欢他这么多年，他怎么可能真的一点都不知道。

但他们的友谊是真实存在的，杨继沉面上没挑破，可一言一行都看得出来，他在冷落徐栀夏，在警告她。

徐栀夏早就料到他们会在一起，只不过是时间早晚而已，所以那天的海边派对她没有去。只是她没想到杨继沉直到现在也不和她说一句话，那种冷淡是不经意间流露出来的，他没给她任何难堪，却让她清清楚楚地明白了自己在他心中的分量。

这么多年情谊抵不过一个认识了半年多的女孩。

徐栀夏冷笑着，缥缈的灯光下，她的脸又瘦又白，眼神却是犀利的。

她说："他三言两语就哄好你了吗？那个女的，真的没在你心里留下疙瘩吗？他喜欢你什么？你又能带给他什么？"

江珈垂下眼，神情淡然。

徐栀夏把手里的纸巾撕成碎片，说："不过是一时新鲜而已。"

徐栀夏把碎片握紧，扔进了一旁的垃圾桶，不看江珈一眼就走了。

江珈低着头，脚尖抵着地面，时不时蹭一下。

她想，只有她知道他到底喜不喜欢她，因为他的感情只用在她身上，只有他们两个人才能体会彼此心意。

就算是一时新鲜，能在一起过大概就足够了。

江珈被自己的想法吓一跳，原来她这么喜欢杨继沉吗？竟然喜欢到这种程度了。

江珈挠挠头。

季芸仙从洗手间出来直呼热死了，见到江珈，拉着她往赛场走。

"你干吗在洗手间门口等我，不臭啊，我都要被熏死了。哎，早知道不吃那个冰激凌了，都怪张嘉凯，都不拦着我！哎，小珈，你干吗笑成这样啊？"

郑锋忙着江眉那边的事情，训练这么久了他这是第三次来。张辉见到他，打趣道："和嫂子浓情蜜意连正经事也忘了？哎，我刚看你和小妹子讲话呢，相认了吗？"

郑锋点了支烟："认了她还会跑？"

"那嫂子怎么说，什么时候给你们安排？我看小妹子不是那种暴脾气，软软的，可爱得不得了，指不定知道了就扑你身上了，大喊一声爹！"

这话把郑锋逗乐了："倒真这样就好了，只怕有些困难啊。小丫头从小跟着母亲一起生活，哪里知道有父亲是什么滋味。江眉吃了那么多苦，大的恨我，只怕小的也恨我，恨得深啊。"

"嘿，不都是误会嘛，嫂子那边哄好了，小妹子也就好哄了。对了，小妹子够厉害的啊，竟然把杨继沉收服了。前些日子听他们说杨继沉谈了个女朋友，倒是没想到竟然是她。我说哥，你这女婿怕是难弄啊，小心被女婿撬了墙脚，枕边风一吹，女儿就不认你了。"

郑锋眯眼看向赛道上飞驰的选手，为首的正是杨继沉。他说："那小子虽然桀骜不驯，但人不坏，你以为他是陆萧，就会搞那些下三烂的东西？"

"刚刚陆萧和小妹子说什么呢？他们也知道了？"

"知道个屁，这事就你知道。那浑球出口都是脏字，被我训了几句，我估计是看她和杨继沉有关系，憋不住对她下手。"

张辉说："我听说陆萧曾经找人跟踪过小妹子，哥，提防着点，毕竟陆萧恨透了杨继沉，别把火烧到江珣身上。"

"知道了。"郑锋狠狠吸了口烟，笑道，"我看杨继沉比我还紧张。"

"那可不，我听说杨继沉把她当宝似的宠着，毕业的时候还送了一架钢琴呢，搁海滩，贼浪漫，那架钢琴少说值六万块。"

郑锋挑眉："钢琴？也是，这孩子像她妈。"

三圈下来，杨继沉越过终点，摘下头盔，甩了甩头发，俯下身子慢悠悠地将车子开到边上，下车，挂了头盔，大步走到观众席里，大大咧咧地往江珣边上一坐，喝起了她的水。

江珣笑得灿烂，明眸皓齿，楚楚动人。她特开心地说："你真的好厉害啊！别人都超不过你，压弯的时候最好看了！"

男人的虚荣心总是在女人那里容易膨胀。

杨继沉笑了几声，往椅子上一靠，目光流连在江珣身上，看着她手舞足蹈地比画着刚刚的精彩瞬间。

前几天还蔫了的人，今天眼里都是闪着光的。

大夏天的，闷在头盔里，就这么一会儿工夫他的发梢就湿了。江珣见他额头滴汗，给他递纸巾。

杨继沉懒洋洋道："不帮我擦？"

江珣斜过身子，凑近他，纸巾还没贴到他脸上，她一个一百八十度旋转就坐在了他身上——杨继沉这一拽，拽得江珣蜷缩成虾子，几乎窝陷在他怀里。

他的队服表面光滑，材质有些冰凉，但贴一会儿就热了。

赛道上的大灯光芒延伸到观众席，但只是寥寥几束，头顶是弯曲延伸的遮挡板，阻隔了月色与光线。他们坐在角落里，堪比电影院里的最佳情侣座位，黑夜下，远处看去只有一对模糊的人影。

季芸仙识趣地走开了。

杨继沉低头亲了江珣一下，江珣羞红了脸。

底下的人握着水瓶起哄，呜呜的声音贯穿整个赛场，江珣扭着身要起来，杨继沉扣着她就是不让她走。

底下的人说："有媳妇的人就是不一样啊，打个盹的工夫也能开心一下。"

杨继沉笑着，低低道："逃什么？"

他说话时的热气洒在她脸上，是干净清爽的薄荷味。

江珣说："他们都看着呢。"

"看着就看着，关我屁事。"

江珣不作声了。

"刚刚郑锋和你说了什么？"他鼻尖轻轻嗅着她的脖子。

"也没什么，就和我道歉，还给了一张名片。哎，痒，别。"

杨继沉嗤笑："道歉？为什么？"

江珣解释道："那个陆萧说了些难听的话，他就和我道歉了。"

杨继沉脸一黑，视线转到不远处的陆萧身上，挑起眉毛："他又找你麻烦了？"

"就说了几句，也没什么，你别……"

陆萧的话太恶心，江珛都不好意思复述，但又担心杨继沉像上回一样报复陆萧，她特怕他出事。

杨继沉轻轻笑着，深邃的眼眸里流转着几分轻狂。

他说："胆子这么小干什么，下回你问问他：'还想哪儿骨折？要不要我男人帮你一把？'"

江珛"扑哧"笑出来，微微低下头，"嘁"了声，说："你才不是我男人呢。"

"我怎么不是？"杨继沉收紧她的腰，嘴角勾着笑，又亲了她一下。

而站在底下的郑锋惆怅地抽了口烟，差点没把自己呛死。

张辉说："哥，你还是别看了，年轻人有年轻人的活法。"

江珛看杨继沉练车看上瘾了，每天晚上偷偷翻窗跟着他出去，凌晨再悄悄地爬窗进来，进来前还要和杨继沉腻一会儿。月朗星稀，皎洁的月光下知了鸣叫，伴着淡淡的花香，两个人时常一吻就收不住。

江珛情不自禁的时候，杨继沉会及时地收手，瞳仁深邃而温柔，就这么笑看着她，眸光里明明燃着火焰，却表现得一副沉静的模样，像只准备猎食的豹子逗弄小白兔。

一次两次，江珛气得恨不得捂住他的眼睛。

有次江珛回来直接逃回了房间，根本不给他机会，朝他做鬼脸，然后关上窗。

江珛在窗户那头做鬼脸的时候，杨继沉双手叉腰，低笑着，指了指她，用口型说："你明天等着。"

江珛"唰"地拉上窗帘。

夜晚越是放肆，白天的时候就越是心虚，江珛见到江眉几乎是躲着走的，母亲的目光总是犀利的，仿佛总是能一眼看穿她。

事实上，江眉真的看穿江珛了。

郑锋白天总会去超市里溜达一圈，小超市人少，闲闲散散的，和旁人聊几句话店长从不说，都是乡里邻间的。

郑锋的反应比江眉激动多了，他一想到杨继沉对江珊动手动脚的样子就气不打一处来，最后安慰自己道："还好那小子没有做什么逾矩的事情，不然我就把他手砍了，浑小子一个！"

江眉对那位赛车天才好感一般，虽然觉得杨继沉不是值得托付一生的人，但她不能强硬地去拆散他们，一切都是未知数，只能暗示江珊要爱惜自己。她相信，她的女儿不会让她失望。

郑锋对杨继沉越是愤愤不平，江眉就越是嘲讽他。

虽说当年的事情郑锋完完整整地都告诉了她，也很后悔当时自己的功利性，江眉知道也不全然是他的错，两个人少了交流难免会出现分歧，他不理解她，她也不理解他，但她只是释怀罢了，要谈原谅，谈何容易。

她的苦和辛，不是他几句话就能掩盖过去的。

但郑锋对她和小珊都没有恶意，他想认女儿，她为了江珊就同意了。她这一辈子没什么好给江珊的，将来也许在一些事上还得靠郑锋帮忙。她这辈子也就这样了，只希望江珊活得多姿多彩，别像她一样走错了路。

郑锋夜夜都去赛场监督，张辉笑他愁得头发都白了。

杨继沉是有本事，把江珊哄得魂都给他了。

郑锋想想还是气不过，对江眉说："这上了大学怎么办？"

第二天晚上江珊打算翻窗过去的时候，门正好被推开，江眉切了点西瓜进来。

晚上九点，切西瓜，江珊隐隐觉得大事不妙。

江眉瞥了眼窗户，没多说，只说："把窗纱关好，小心有蚊子。"

"噢，好。"

江眉说："这西瓜是超市里的王阿姨给的，挺甜的，你吃一点。"

江珊装模作样地啃西瓜，时不时偷偷瞄一眼江眉。

江眉坐在她床边，环视了一圈她的房间。

自从知道江珊的那点事后，江眉就很少进来了，生怕发现点什么自己承受不住，让江珺也跟着尴尬，还不如假装不知。江珺也不是三岁小孩了，有点秘密都是正常的事情。

江眉虽然这样想，但依旧很担心。

江眉说："快八月了，学校那边25号就可以去报到了吧？"

"嗯。"

"月初的时候正好是你爸爸生日，到时候一起吃个饭怎么样？"

江珺手里的瓜掉了，一粒西瓜籽粘在她唇上。

江眉说："你上次问过我，是不是他来了，小珺，不管妈妈怎么恨他，但都是我们大人的事情，以前不提他是因为他也不知道你的存在。我们离婚十几年了，想着他也许有自己的家庭，也许性格大变，我也不愿意让你去认他，省得自讨没趣。但他来了，很想见你，这一个月我也想了很多，他是好人还是坏人，他是个好父亲还是坏父亲，应该由你自己去判断。"

江珺不由得紧张起来，她对那个人一无所知，开口叫一声爸爸她大概也做不到。

江眉抹去她嘴上的西瓜籽："你啊，还像个小孩子，都要上大学了，有些事自己要好好琢磨琢磨，一个人在外面什么都要学着点。"

八月初，由一款知名红茶冠名的CSBK正式拉开序幕，赛前的热身和相关事宜的准备活动忙碌了两天，江珺不好再跟着杨继沉去赛场，因为杨继沉没法顾及她。

江珺一个人在他家练琴，摸着琴键却始终弹不下去，右眼皮跳个不停。

俗话说左眼跳财，右眼跳灾。

江珺一心想着要去见父亲这个事情，她隐约觉得这是个不祥之兆。

果不其然，她和亲生父亲的第一次见面实在是惊心动魄。

比赛前夕，江珺正在房间里看书，手机振动，杨继沉发来一条短信，说是让她去二斜口等他，他一会儿就来。

时间是晚上十一点零三分。

江珺已经习惯了和杨继沉在晚上见面，也没多想，换了衣服偷偷摸摸溜出了门。

盛夏的墨城青山绿水环绕，小路错落在林间，风一拂，捎来远处茶庄的香气，山脚下火柴盒般大小的房屋鳞次栉比，随着夜的浓深，灯火越熄越少。

一只猫头鹰停在树干上，抖抖翅膀，眼睛转两下，静静地审视着这个黑夜。

江珺踢了块小石子，晚风吹在身上凉飕飕的，她抚了抚臂膀，加紧脚步往路口走。

前面那片杉树林里忽然飞出一群鸟，叽叽喳喳地冲上天。

江珺瞥了眼，再回神时，后面突然伸出一只手捂住了她的鼻息。

她瞪大眼睛，脚蹬着地，那人勾着她的脖子往后拖，她挣扎几下就晕了过去，细碎的石子路上留下一道拖痕。

郊区的废弃房屋里，杂草丛生，角落里的霉味充斥整个空间。江珺迷迷糊糊醒来时，发现自己被绑在一根柱子上，从头到脚，把她绑得严严实实。

江珺低头看着身上的绳子，脑子突然一片空白，然后抑制不住地战栗起来。

边上的两个男人在斗地主，矮个子哀呼两声："今天输惨了！"

江珺不敢出声，眼一闭，死死咬着唇。

高个子说："那姑娘怎么办？我们只要待到天亮就可以拿三万块钱？"

"你紧张个屁，又不是杀人放火勒索，只是看会儿人，警察没证据的。"

"陆老板什么时候来？"

"再等等，快了。再打一把，来来来。"

陆老板……

江珃咽了咽喉咙，脑海里冒出陆萧的模样。

天蒙蒙亮的时候，屋门口出现一道人影，那人拨了拨头发，甩了一沓钱给那两个人，说："做得挺好啊，干净利落，滚吧。"

"哎，好，陆老板，以后还有这样的事情记得再找我啊！"

"滚吧你们。"

"好好好。"

陆萧走到江珃面前，踢了她一脚："装什么呢，知道你醒了。"

江珃睁开眼睛，狠狠地瞪着他："你这是犯罪！"

陆萧挑起她下巴："要怪就怪你跟了杨继沉，上次那仇，你说我得怎么还给他……你长得这么漂亮，你替他还？"

"你！"江珃脚发软，生怕他做出什么发疯的事情。

陆萧哈哈大笑。

比赛在早上八点开始，杨继沉起了个早，刷牙的时候朝江珃的窗户望了几眼，敲了敲，没人应，昨晚发的短信她也没回。

杨继沉又敲了敲窗。

窗户突然被打开，是江眉。

杨继沉一愣。

江眉恶狠狠地道："小珃在哪儿？"

江眉本想让江珃早点起来，然后带她去市中心买件衣服，毕竟晚上约了郑锋吃饭。

早上五点多敲她的房门，怎么都没人应声，推开一看，空荡荡的房间哪有人影。

江眉顿时有点冒火，跟着出去玩就罢了，还学会夜不归宿，是不是这些天太放纵女儿了？

正碰上窗户"咚咚"作响，江眉对隔壁那个男人更是火冒三丈，要不是他，小珃也不会学坏。

两个人大眼瞪小眼，江眉恨不得捞起身边的拖把砸过去。

"小珃在哪儿？"她朝杨继沉的房间张望，怒气冲冲地质问。

杨继沉脸色一沉，反问道："她不在家？"

"她没跟你在一起？"

"没有。"

江眉敛了些怒气，打江珈的电话，一直无人接听。

杨继沉翻看手机，他昨晚最后给江珈发短信是十二点多一点，那会儿他刚从场地回来，给她发了一条信息就睡了。她没回，他以为她睡了。

临近比赛，事情多得很，他这两天几乎没和江珈见过面。

江眉心跳加快，总觉得哪儿不对劲，江珈从小没乱跑过，就连坐电瓶车挪挪屁股都会提前和她打声招呼，怎么会大晚上说不见就不见了。

江眉看向杨继沉，一字一句地问："你们的事我一句话也没多问过，你是不是把她惹生气了，她就走了？还是你骗我？"

杨继沉双颊绷紧，目光透着冷光。他说："我问个人，阿姨你等会儿。"

杨继沉拿起挂在脖子上的毛巾擦了擦嘴角，眯了眯眼，拨了郑锋的电话。

那头的人很快接通，杨继沉开门见山道："陆萧在哪儿？"

郑锋一脸茫然："怎么，陆萧又招惹你了？"

杨继沉压着怒火，冷声道："郑锋，我问你，陆萧在哪儿？"

听到郑锋的名字，江眉眼睛睁大，死死地盯着杨继沉。

不知说了什么，杨继沉对电话那头说："你告诉他，要是江珈掉了一根头发，我就把他打到连他妈都认不出！"

他的声音极低极沉，带着一股狠厉和冷漠，犹如风霜掠过冰河，让人不寒而栗。

江眉微微一颤。

杨继沉说完就把电话挂了。

郑锋抹了把脸，回味了一下刚才杨继沉的话，吓得立刻从床上跳起来，一个电话打给陆萧。

那边的陆萧正压着江珈猴急地乱啃，江珈被绑得结实，动弹不得，头扭来扭去，他伏在她脖颈间亲来亲去，湿漉漉的。

江珺抵着石柱，无力感油然而生，死死咬着唇，眼泪流了一脸。

"你会坐牢的，杨继沉也不会放过你，你到底想要什么！

"求求你，放了我吧，我不会和其他人说的。

"求求你，别这样对我……"

她越是求饶，陆萧就笑得越猖狂，他就喜欢看她这委屈的小模样。

陆萧说："我想要什么？我想要杨继沉去死啊，那狗东西就只会挡我财路，嚣张个屁！从前抓不到他把柄，现在有啦，我陆萧天不怕地不怕，就喜欢搞别人的女朋友，特别是杨继沉的。"

陆萧扯江珺的衣服，可被绳子挡着扯不开，陆萧左瞧右瞧，开始解绳子。

绳子解了一半，郑锋来了电话，陆萧嗤笑一声，捏着江珺的脖子说："你看看，你看看，你的救命电话来了！"

手机显示屏上"郑锋"两个大字映入江珺的眼帘。

陆萧开了扩音，大剌剌地回了声"喂"。

郑锋怒不可遏道："江珺在你那边？"

陆萧掐紧江珺的脖子，说："来叫几声给你亲爹听听。"

江珺喘不过气，脸涨得通红，供氧跟不上，耳边也是"嗡嗡"作响，压根儿听不清陆萧在说什么。

她艰难地发出几声。

陆萧又松开了江珺的脖子，江珺猛地咳起来，恐惧地望着他。

郑锋听见江珺的声音，心顿时揪了起来，勃然变色，怒吼道："你把人给我放了！"

"把人放了？郑教练，你又拿我寻开心呢？这样吧，咱俩好歹认识这么多年了，你帮我把外头四百万的债还了，我就不动你宝贝女儿分毫，等今天比赛完就完璧归赵。"

郑锋深吸一口气，毫不犹豫地答应了。

江珺瞳仁一震，愣愣地看着陆萧，试图想听清他们到底在说什么，什么宝贝女儿？

陆萧说："瞧你爽快的，早知如此我又何必活得那么累。"

"我要你现在就把人放了！"

"这不行，我弄她又不是为了钱，杨继沉实在让我心里堵得难受，他和我玩了一回，那我也和他玩一回，只不过是看在郑教练你的面子上才不动她而已。"

陆萧挂了电话，关机，然后饶有兴致地打量着江珊。

"我说，你可真值钱啊。"

江珊早就汗如雨下，额角的碎发粘着，鼻尖上豆大的汗珠一颗接一颗地冒出来，她吸了吸鼻子，背靠着石柱，没有退路。

陆萧吹了个口哨说："这次也不亏，钱到手了，名利也到手了。啊，对了，还睡了个大美女。比起你，一定是她的滋味更好一点，看着身材就比你好太多。"

陆萧靠近江珊，笑得贼贼的，说："关键是啊，她也是杨继沉心头的宝啊。"

"你……你什么意思？"江珊脑海里陡然冒出一个人，心止不住地往下沉。

陆萧说："你以为我是怎么抓到你的？女人啊，真可怕。小妹妹，你乖乖待在这儿，等哥哥赢了比赛就放了你。"

他解开了她脚上和腰间的绳子，她的双手还被绑在后头。

做完这些，陆萧摇头晃脑地哼着小调离开了废弃房屋。

日光渐渐从裸露的窗户和门外爬进来，边边角角屹立着的野花和野草被风一吹，露珠从尖端滚下，蒸发在日头里。

陆萧一走，江珊整个人忽地一软，靠着柱子往下滑。

杨继沉立即报了警，江眉不知所措地跟着他到了派出所，看着他进进出出的，似乎和派出所里的人认识。

上次负责杨继沉案件的张警官是他的粉丝，执行完公务后还约了一起吃饭聊天，杨继沉也不是个不要人际网的人，花一顿饭的时间就多交了几个朋友。

说几句话的工夫，一位警察跑出来说有结果了。

年后乡村改造，在一些路口都装了摄像头，二斜口的那个小路口就有一个，平常也无人来往，监控一调，快进几下就锁定了一辆银色的面包车，随着车号一查，很快确定了车辆停留的大概位置。

警察出警，杨继沉跟着去，而江眉留在了派出所等候。

杨继沉说："阿姨，别担心，人一会儿就给你送回来。"

江眉不知道该说什么，只点了点头，他离开没一会儿，郑锋来了电话。

他怎么都打不通杨继沉的电话，只好打给了江眉。

听闻警察已经出动，郑锋大松一口气，安慰江眉道："没事的，我许诺了他四百万，他不会对小珘怎么样的，他这人就是爱钱！"

郑锋赶到了派出所，江眉见了他一言不发，觉得这事是因他而起，还有那杨继沉，都是因为他们才这样的。

要是小珘真有什么，她一定不会原谅这两个人。

杨继沉赶到那座废弃小屋时，江珘靠着柱子快要站不稳，泪眼模糊地望去，看不清人影，以为是谁又来了，害怕得抖了起来。

杨继沉站在门口愣了一下，握紧拳头，快步走过去。

"小珘。"他叫她的名字。

听到熟悉的声音，江珘"哇"的一声大哭起来。警察三两下就割开了绳子，江珘扑到杨继沉怀里，死死揪着他的衣服，双腿打战。

杨继沉将人搂在怀里，一下一下轻轻地抚摸着，说："没事了，我来找你了。"

江珘泣不成声，想说什么但就是说不出话来。

杨继沉一把抱起她上了车。

江珘哆嗦了一路，杨继沉按着她的脑袋让她睡一会儿，她不肯。

小姑娘细皮嫩肉，绳子勒了几个小时身上就出现了一道道红痕，露着的就触目惊心，更别提衣服里面的了。

杨继沉握着她的胳膊给她吹："疼吗？"

江珘晕晕乎乎的，觉得像在做梦，双脚还没着地一般。她断断续续夹着哭声说："他……他……他想强奸我……好恶心……"

这话一出，车里的警察眼神交流了一番，心里大约有了点数。

杨继沉哄着她，尽管声音哑到快把人撕碎，他说："他不敢的。"

到了派出所，杨继沉横抱着江珅下车。江眉一见到江珅，心口的石头终于落地，可看见她一身伤痕，一下子红了眼眶，恨恨地从杨继沉怀里接过江珅，踉跄几步，紧紧搂着江珅，郑锋在后面扶住了她。

相关事宜还得江珅协助调查，一时半会儿没那么容易离开。

警察让他们在走廊里坐一会儿，郑锋倒了杯热水给江珅，颤颤巍巍道："丫头，有哪里不舒服吗？"

江珅接过水杯，情绪比刚才已经好很多了。她打量了几眼郑锋，摇摇头说没事。

杨继沉在另一侧忙着打电话，江珅看了他好一会儿。

等他打完电话走过来的时候，江珅说："已经七点多了，你八点有比赛，你快去吧。还有……还有郑教练，你们一起去吧。"

郑锋说："没事的。"

杨继沉走过去，蹲下，看着江珅的眼睛，说："那你等我回来，拿了奖杯给你玩。"

江珅笑笑："那一定要第一名的，第二名的奖杯我不要。"

"行。"杨继沉揉了揉她的脑袋，起身离开。

江珅说："郑教练，你也去吧。"

郑锋看向江眉，江眉说："你去吧。"

郑锋想了想："那我一会儿就过来。"

两人一走，走廊空了，江珅问道："那人是我爸爸吗？"

夏日早上七点多的阳光已经非常炽烈，万丈光芒从空中倾泻而下，空气中的尘埃肉眼可见，昨夜地面上的一点儿湿气瞬间蒸发消失。

"嗒嗒嗒！"高跟鞋踩在水泥地上。

徐栀夏一把扯过在那儿谈笑的陆萧，把人推到一个没有人的角落里,她咬牙切齿地说:"杨继沉已经找到人了,你打算怎么办?"

陆萧毫不意外,笑嘻嘻道:"找到了就找到了呗,我也已经得到了想要的。"

那四百万,郑锋已经找人汇给他了,以后吃喝不愁了,一个女人算什么,至于杨继沉,他有的是时间慢慢和杨继沉玩。

徐栀夏问:"江珮呢?你把她怎么了?"

"哟,听你的口气似乎挺希望我把她怎么样啊?徐栀夏,我不蠢,你那点小心思留起来过年吧!装什么清心寡欲的好人,狐狸尾巴都露出来了,面上一句话都不说,其实早就算准我会对那小妹妹干些什么吧?"陆萧靠近徐栀夏,轻佻地摸了把,"我觉得你比她的滋味好多了。"

"滚开!"徐栀夏扇了他一巴掌。

陆萧摸摸脸,舌尖抵着腮帮子,转而猛地把徐栀夏按在墙上,脸上没有丝毫的笑意。

他说:"你别不识相,老子想怎么做就怎么做!你有本事就把杨继沉抢回来,少在这儿耍心计!"

徐栀夏咬牙切齿道:"你以为你可以脱身?陆萧,你对我是强奸!是强奸!"

"那你去告我啊!"陆萧吼得很大声。

"你!"徐栀夏双眸通红,想再打陆萧一巴掌,却被陆萧一把握住手腕。

"打我?一次不够还想来第二次?你以为你是什么东西!"

陆萧狠狠甩下她的手,大步离去。

徐栀夏双手握拳,指甲都抠进了手心里。

树叶唰唰作响,阳光越是明媚,她就越是感到寒冷。

在杨继沉带江珮来赛场的那个晚上,她亲眼看着他们恩恩爱爱,这也是她第一次看见杨继沉那么温柔地对待一个女孩子,就连那时候对林之夏都没有这样。人群、灯光、尘土,他的眼里只有江珮,而他整个人都是发光的,看着江珮的时候他是发光的,由衷地笑着。

她真不知道杨继沉喜欢江珃什么，江珃除了长得可爱一点，只不过是个傻乎乎的小姑娘罢了，这样的女孩子怎么和他相配？

　　而她不一样，她不求什么，只想安安静静地陪在他身边，这么多年一直都是如此，总以为默默等待，他总会看到她，她一直这样坚信不疑，甘愿做一个隐藏在黑夜里的长灯，在他需要的时候出现。

　　她想，没人比她更了解他，更懂他，懂他的心酸和抱负，就连周树他们都不如她。而杨继沉对她一向比对别人多了几分温柔，他不逗她，不和她开玩笑，也不和她说粗话，她能察觉到，他对她有一种很认真的情绪在里头。

　　因为一个江珃，杨继沉这个夏天几乎没和她说过一句话，像对待那些女人一样对待她，那么冷漠，那么不在意。

　　偏偏江珃总是一副不争不抢的样子，那种淡然的模样让她心里不舒服极了，江珃倒还不如极尽去嘲讽她，这样争辩几句还能泄愤，可江珃似乎没怎么把她放在心上，这比憎恨更侮辱人。

　　那个晚上，她一气之下就跑出了赛场，去了附近的一个小酒吧喝酒，没人发现她走了，没人发现！

　　她真的觉得自己像个透明人活在他们中间，他们此刻的注意力和目光都集中在江珃身上，口口声声叫着嫂子。而那一帮人曾经也这样打趣她和杨继沉，当时杨继沉只是笑笑，让他们别说这些有的没的，风轻云淡的模样看起来真的对她没意思，大家便住了口，转而聊起了别的。

　　那会儿她不知他的想法，只是红着脸躲避。那种不断冒上心尖的甜蜜她难以形容，虽是打趣，但好像莫名被大家认可了一样，好像她真是杨继沉的谁。

　　而江珃正真切地享受着这种甜蜜，光明正大的，名正言顺的。

　　那天晚上，昏昏沉沉中，她察觉有人扶着她的腰，轻声细哄着，说带她走。

　　她笑得眼泪直流，说："好啊，你带我走，杨继沉你带我走……"

　　那人不知"叽里咕噜"说了什么，她听不清了，身体轻飘飘的，像是要上天，随后陷进一片柔软里。头顶的光芒被一道黑影覆盖，身上这儿疼那儿疼，极其不舒服，就像有人把蛇皮袋搓成一个球不断地蹭她。

醒来后，她毫不犹豫地捞起烟灰缸朝陆萧砸过去，嘶吼着让他滚。

陆萧就是个二流子，边套裤子边说："脾气真挺大的啊，哪像昨晚，温柔得像只小猫。哥哥我先走了，想爽了再找哥哥。"

她把自己洗了一遍又一遍，哭到眼睛睁不开。最后，她告诉自己，没事的。

她照常去赛场训练，强忍着心中的崩裂，装作若无其事的样子，每天看着杨继沉和江珊谈笑，看着他们兄弟朋友一家亲的模样，而她像个外人。

陆萧贪恋她的滋味，在赛场时不时来骚扰一下，她厌恶极了，却没有人帮她一把。

到后来陆萧说："怎么，很讨厌那小妹妹？我看你气得眼睛都红了，这样吧，你把她约出来，我帮你教训她。"

她一时迷了心窍，犯糊涂，竟然答应了。

在杨继沉训练的时候，她拿他的手机发了一条短信给江珊，然后删除了记录。

她一边害怕事情会变得不可控制，一边却在期待发生点什么事情，陆萧那人恨透了杨继沉，也曾对江珊下过手。

她不想做个好人了，她的痛苦需要有人分担。

凭什么别人可以那么开心？

可是，她现在忽然害怕起来，害怕一切。

喜欢他的一切

陆萧换衣服的时候有点心不在焉，时不时看一眼手表，心里想着杨继沉能不能赶到。他就不信小女朋友受了那么大的惊吓杨继沉还能过来比赛，就算来了精神状态又怎么会是最佳。

但准备上赛道的前一刻杨继沉出现了，只见他从车上下来，边走边摘头盔，扔在一边，拉过陆萧的衣领，一把将人从车上拖到地上。陆萧后背着地，骨头被摔得阵痛难忍。

现场的观众难以置信地瞪大眼睛，媒体的镜头更是齐齐对准那边。

杨继沉绷着脸，目光如利剑，挥起拳头就砸在陆萧的脸上。一拳下去，陆萧嘴角顿时紫红一块，几道血丝渐渐渗出来。

"沉哥！"

"哥！别这样！"

张嘉凯他们赶紧跑过来。

几个人都拉不住杨继沉，杨继沉揪着陆萧的衣领，手背上青筋暴起，又给了陆萧几拳。

陆萧本就瘦小，又不锻炼，被打几下脑袋就晕了。

"哥！这样会出事的！"张嘉凯着急道。

周遭议论纷纷。

媒体觉得又刺激又惊讶，这实在是体育界大新闻——天才赛车手怒揍对手，一度致人昏迷，却仍不肯停手。

杨继沉狠狠把陆萧往地上一甩，一脚踩中陆萧的手，陆萧顿时痛得清醒过来，脸都扭曲了，骂道："杨继沉，你脑子有病！"

杨继沉加重脚下的力道，弯腰，一字一句道："陆萧，要不是因为报了警，今天我会剁了你的手脚。"

他对着陆萧说的，声音压得低。

陆萧咽了咽口水，觉得狮子的獠牙快要戳破他的大动脉。

现场一片混乱，突然外面警笛鸣响，警察冲进赛场，陆萧在众目睽睽下被警察带走。

比起杨继沉当场殴打陆萧的新闻，警察当场抓捕陆萧的新闻更博人眼球，有媒体连忙跟进，并以迅雷不及掩耳之势挖出了其中内幕，说是为了一个女人。

一时之间，这场轰动新闻占满了体育新闻的头条。

尽管发生了变故，但比赛在稍事调整后还是在继续进行。

枪声响起，广播里再次响起冯娇的声音，赛事如火如荼地进行。

半圈之后，杨继沉就甩下其他人一截。

冯娇解说着，说着说着就有点目瞪口呆了。

杨继沉是要刷新纪录吗？

他就像一头雄狮，冲在最前方，带着嗜人的怒气和意气。

郑锋抹了把汗，在太阳下站了会儿，他的衬衫就湿透了。

毫无意外地，杨继沉第一个冲过终点，其余人陆续到达。

边上的人拍拍郑锋的肩膀说："老郑啊，这小子你再不收就真的浪费了！"

郑锋说："早晚会过来的。"

"哟，这么笃定啊？我看悬啊。我看今年你这队的排名又得往后站了。除了杨继沉，你瞧瞧，那两支队伍里的53号和7号，都是不容小觑的。"

郑锋说："这行本就年年出新人，玩得好的不在少数，我的队伍是该好好调整下了。"

比赛一结束，杨继沉摘了手套，大步离开现场，就连颁奖典礼也没参加。

郑锋倒抹了把额头上的汗，去追杨继沉。

杨继沉步子跨得大，似乎浑身冒着火，烈日一烧，他额角的青筋暴起，似要爆炸。他呼吸着，胸口起伏，身上那股凛冽气息似劈开闷热空气的利刃。

郑锋追了好一会儿才跟上杨继沉，他喘着气，头一回觉得自己真的老了，走几步竟然都喘成这样。

两人出了赛场大门，拐进了一旁的更衣室。

杨继沉扯开队服，利落地脱下，结实的身躯彰显着男人的力量。

"你冲动了。"郑锋说。

杨继沉换上自己的衣服，狭眸剜了眼郑锋，无声地嘲讽。

郑锋说："刚刚那样子媒体会怎么写，你的形象往哪儿摆？"

"形象？"杨继沉狠狠关上柜子的门，"郑锋，我还没找你算账呢！陆萧这些年干了什么事，你心里比我清楚，我不和混账计较，但我的女人他也敢动，我不揍他，我就不姓杨！你也是。"

杨继沉一步步靠近郑锋，气势逼人。他说："为名为利，自诩君子，其实你郑锋不过是个泥潭里出来的市井小人而已，你和陆萧的区别在哪里？"

郑锋眯眼："我不是绝对的正人君子，但绝不做这种龌龊事！人活在这世界上，没有谁是绝对干净的。"

"不做这种龌龊事？"杨继沉冷笑，"郑教练，你捅我的那两刀，现在伤疤还在呢，睚眦必报，不就是你和陆萧的特性吗？你们能凑在一起这么久真是臭味相投。"

郑锋眸色微沉，他年轻的时候血气方刚，心狠手辣，也容易冲动行事，讲究的是一口气，谁惹了他谁就是找死，但他不是陆萧，不义之事他绝不做。

和杨继沉的恩怨，说到底难分对错，站在谁的立场都有其道理。

郑锋现在年纪大了，想法和过去不一样了，也看开许多，学会了妥协。

风风雨雨打拼这么多年，杨继沉大概是唯一能让他低头的小子了。

一是为了那份荣誉，二是为了江珅，他得妥协。

郑锋不和杨继沉争辩，沉稳道："我知道你小子记仇，那事儿站在你的角度是我的错，但已经过去了，我得朝前看，你也是。"

杨继沉嘲讽道："不过两刀而已，我杨继沉受得住，可你郑锋手底下净出一些下三烂的人，活了半辈子不如想想自己到底错在哪儿。"

郑锋一震，点烟的手僵在半空中。

杨继沉扬长而去。

做完笔录，江眉带着江珅回去了。江珅在派出所撑了很久，在路上昏昏沉沉地睡了过去。

江眉看着女儿身上大大小小的伤痕就心痛得不得了，仿佛挖去了心头的一块肉。

江珅是早产儿，她生江珅的时候费了很大劲。

江珅生下来小得和只猫一样，因为江眉母乳少，所以江珅奶粉喝得多，从小体质比别人差一些，也瘦弱一些。

那时候的江眉正处于万念俱灰的状态，肚子里小小的孩子是她挣扎着活下去的唯一动力。她原以为她会很不喜欢这个孩子，甚至在孩子七八个月大的时候还在考虑要不要打掉。毕竟这是郑锋的孩子，她恨死郑锋了，再也不想见到他了，但一想到过去甜蜜的瞬间，她的心顿时软了下去。

他们也曾有过一段赤诚快乐的日子。

临近分娩的时候，江眉还在坚持做零工，给玩偶娃娃粘眼睛。

就这样一直劳累,她能坚持住孩子坚持不住,那一天她做完工作起身,羊水就破了。

江珊提前一个月出来了。

是孙婆婆骑着三轮车载江眉去医院的,那段路坑坑洼洼,颠簸得江眉差点丢了半条命。当时她想,她就是死也要生下孩子。

所以常说母亲最伟大,女人一旦做了母亲,就比以前能忍能干,天塌下来她都能顶着。

对江眉来说,江珊是她的命,是她在这个世界仅剩的一点儿希望,她存在的意义现在只剩江珊了,她呵护爱护了十几年的孩子如今却遭遇这样的事情。

幸亏没发生什么事,不然江眉觉得自己会精神崩溃。

所以当杨继沉踏进院子,敲江珊家门的时候,吃了闭门羹。

杨继沉和江珊的事情,原本没打算这么快告知江眉的,江珊也曾把她的忧虑告诉过他,说江眉特讨厌玩赛车的。

就算没这个原因,杨继沉也没打算把他们的恋情坦白,江珊还小,还要上大学。他怕江眉以为他是不正经的人,诱拐她女儿,那么这事就难了,倒不如等一些时间,等江珊读两年书,等他在副业上搞出点名堂,风风光光、堂堂正正地上门。

如今看来,他既成了江眉讨厌的赛车手,又成了不务正业的人,还是个招来祸事的二流子。

杨继沉心里想着江珊,眉头皱成"川"字,站在门口烦躁地点了支烟。

他没来得及好好问问江珊,不知道江珊身上有没有其他的伤,不知道江眉有没有带江珊去医院看过,也不知道江珊的心理状况怎么样。

他反复想着江珊的感受,那种恐惧应该是无法用言语形容的,她那时的孤立无援、惶恐不安、绝望无助,就像在悬崖边抓住了根野草,摇摇欲坠。

也许就像十八岁的他。

在桥底下盖个麻袋就能睡,一点风吹草动就会惊醒,惶惶度日,却没有人能帮他一把。

杨继沉抽第三支烟的时候，郑锋焦急地赶了过来。

杨继沉正火大到无处发泄，他拿下嘴上的烟，眉头深锁着，讥刺道："你来干什么？"

郑锋瞧了眼紧闭的大门，不紧不慢地问："被关在门外了？"

杨继沉之前把注意力都放在江珊身上了，这才想起，在派出所的时候郑锋也在，他去那里干什么，怎么又跟来了这里？

杨继沉抖了抖烟灰，打量他。

郑锋看得出杨继沉在想什么，觉得也没什么好瞒的，也点了支烟，说："小珊是我女儿。"

杨继沉眉峰一挑，波澜不惊的样子。

郑锋问："你不惊讶？"

"是又怎么样？"杨继沉的语气一向轻狂。

"杨继沉，你如果真想和小珊处下去，以后还得喊我一声岳父，懂了吗？"

"岳父？"杨继沉嗤笑一声，慢悠悠地抽了口烟，低沉道，"想做我杨继沉的岳父，还是多练练吧。"

"你！"郑锋气得不轻，"你等着！"

郑锋上前，敲了敲门，柔声道："小眉，是我，我来看看小珊，她怎么样了？"

里头没反应，但是客厅里电视机的声音他们能听见，说明江眉就在客厅。

杨继沉的目光更加讥刺了。

郑锋咳了一声，继续敲门："小眉，你开一下门，把后来的事情和我说说。"

"啪！"

电视机被关了。

"嗒嗒嗒！"

是上楼的声音，然后寂静无声。

郑锋尴尬地收回手。

杨继沉"哧"了声，靠在墙上，手抄裤袋里，眯着眼抽烟。

郑锋说："还有烟吗？给一支。"

江珊听到小路上的机车声就知道是杨继沉回来了，可没一会儿江眉就气冲冲地上了楼，来到她房间。

江珊侧躺着，抱着大章鱼，数它的脚。

江眉在派出所大大方方地承认了郑锋的身份，后来江珊没多问什么，不知怎的，母女间多了很多沉默，似乎都有很多话要说要解释，但都不知从何说起。

可现在杨继沉来了，她和杨继沉的事情就不得不放在台面上说，江珊想，她这会儿这样子，江眉应该会格外开恩。

见江眉走过来，江珊坐起身，糯糯地问："妈，他在楼下？"

江眉"嗯"了了声。

"爸爸也来了？"

江珊叫得很自然，江眉有短暂的愣怔。

江珊问："为什么不让他们进来？"

她觉得他们几个人之间需要好好谈一谈。

这世界真是个圆圈，兜兜转转都聚到了一起。关于郑锋，江珊略有耳闻，知道他和杨继沉不和，这让江珊在派出所时脑壳疼了好一会儿。

因为她的爸爸看起来并不是穷凶极恶的人，他在派出所时对她是那么温柔，她都看见他眼里晃动的水花，这样一个英气的人竟然险些落泪。

江眉说："这事说到底是因为他们引起的，那个姓杨的招惹了人引祸到你身上，而那个人是你爸爸的队员，我现在不想看见他们。当时你坐在那儿等我，什么都不知道，可警察都和我说了。那两个绑架你的帮手都交代了，那个人绑架的原因很简单，一是看不惯姓杨的，二是因为你爸爸有意让他退队恭维姓杨的。那人知道了你是郑锋的女儿，故意这样做的，只不过人比较贪财，你爸爸给了他四百万，他才没对你做什么。门口那两个，都是祸水。"

江眉因为这次的事情气得不轻。

江珈做和事佬，劝道："这事儿也不能怪他们。爸爸手下那么多队员，为什么偏偏就那个人心生不轨，世上有好人就有坏人，坏人做了坏事怎么能怪好人太仁慈。再说了，妈妈，我现在没事啊，他们不也来找我了嘛。你也说了，爸爸还给了那个人四百万，他又不是生意人，四百万也许是他一辈子的积蓄呢，说给就给，不是所有父亲都能做到这样的。至于杨继沉，妈，他真的是个很好的人。"

江眉说："妈妈以前没和你捅破是想给你留点余地，既然都摊开来了，妈妈和你明说，你想选择什么人做伴侣，妈妈只会给你参考的意见，我再不同意你也会跟着他走，所以我不给你添堵。但小珈，你真的太小，接触的世界也太小，以后去了大学，或者工作了，会接触各种各样的人，世界上好的男人有很多，不止他一个。妈妈比你更了解赛车这一行，其中的危险和风险远比想象的大，它虽然是个正规职业，但在我们心里总不是个安稳的活儿。你爸爸当初一心想博出个名堂，我由他去了，但其实我一点也不希望他做这行，太提心吊胆了。"

江珈摇摇头说："他不是那种冲动的人，他对什么都有规划，既然他选择了赛车，我想他早就想好了所有。他喜欢，我就支持他，就好像他也经常和我说让我去做喜欢的事情一样。这也是为什么我会喜欢他，妈妈，和他在一起我感受到了前所未有的轻松和快乐，他是我见过的最潇洒的人。"

杨继沉的稳重超乎江珈的想象，这个看起来风流不羁的男人其实活得游刃有余，心里如明镜一般。

江珈和他在一起，犹如飞鸟似的直冲云霄，展开翅膀随风坠落的时候，他会用风托住她让她安稳落地，这是每个女人都渴望的安全感。

江珈有过一段没发芽的朦胧感情，曾以为那就是喜欢，可原来真正的喜欢是不可控制的，不是说断就能断的，就算高考那段时间她伤心欲绝，可还是忍不住想他。

她喜欢他的模样，喜欢他的性格，喜欢他的风姿，喜欢他的一言一行，喜欢到蒙了她的眼睛，她愿意做一个永远只看得到他的瞎子。

　　江眉苦笑，现在的江珅就是当初的她，一意孤行，以为眼前的爱情就是真爱。

　　自由潇洒，世上谁不想活成那样。

　　江珅说："妈，没试过就放弃，才会真的后悔。"

　　江珅想，如果那时候江眉没和郑锋在一起，如今她也会后悔，这是一道选择题，无论怎么选都会有不尽如人意的地方。

　　与其小心翼翼，不如放手一搏。

　　江眉似乎消了点气，叹了声气，下楼去开门。

　　江珅洗了把脸也跟着下楼。

　　而门外的两个老爷们抽了一地的烟，杨继沉看起来不在意，但有意无意地把郑锋的话都套了出来，从前的恩怨，对江珅的想法和打算。

　　杨继沉觉得他还算有点良心。

　　说到最后，杨继沉耻笑道："江珅的教育就不劳您费心了。"

　　郑锋皱眉："我是她爸爸，自然要教她道理，要为她打算和操心。杨继沉，别和我倔，女儿是我的，你想娶，还得问问我。"

　　这支烟抽到了头，杨继沉掐灭，似笑非笑道："江珅是我的人，您想认，先问问我吧。"

　　"你！你！"郑锋被噎得不知怎么反驳。

　　简直狂妄胆大，心高气傲，不知天高地厚。

　　"吱！"

　　门开了，一股浓浓的烟味扑面而来，江眉好不容易压下去的情绪又上来了，看着一地的烟头，目光剜向郑锋。

　　杨继沉双手插在裤袋里，而郑锋手里夹着烟正指着杨继沉，手指微点，气到说不出话。

　　江眉说："隔壁阿婆年纪大，在养病，小珅今天受了惊吓，你抽这么多烟是想呛死谁？"

郑锋无辜："又不是我一个人抽的。"

隔壁的护工一年到头都在嗑瓜子，瞧着这出好戏，看热闹不嫌事大，说："小眉，你女婿长得很俊啊，我看着有点眼熟，好像在哪儿看过。哎哟哟，你男人烟瘾是大啊，同志，是该少抽点，小伙子你得劝劝你岳父！"

郑锋是跳进黄河都洗不清了，江眉不想让人看笑话，把两人都拉了进去。

江珃泡了茶，两杯热茶上漂着枸杞。

四个人两两坐着，面对面。

郑锋说："小珃啊，有没有冰水？我有点热。"

杨继沉喝了口茶。

江眉没好气道："自己去超市买。"

江珃眨了几下眼，去冰箱里给郑锋拿了罐可乐。

郑锋笑了笑，殷勤地问："小珃，身上还有哪里不舒服吗？"

江珃摇头。

"后来警察怎么说的？刚比完赛的时候警察来抓人了。"

江眉说："能怎么说，还不都是因为你们！"

杨继沉放下茶杯，目光沉了点，开口道："阿姨，是我的疏忽。"

江眉这会儿干脆把话都说明白了，说："你晚上带着小珃去玩真以为我什么都不知道？你们的事真以为能瞒天过海了？我不是放任支持你们，我只是尊重小珃，杨……杨……"江眉忽然忘记了他叫什么。

杨继沉补充道："阿姨，我叫杨继沉，继承的继，沉默的沉。"

江眉接着说："杨继沉，你也不是孩子了，有些道理应该都懂，但小珃还小，你到底怎么想的？"

"阿姨，小珃是在高考后才和我在一起的。我知道她还小，所以分寸我会把握好。"

他尊敬江眉，但不低眉顺眼，一字一句铿锵有力，不卑不亢，似不容谁怀疑反驳。

江眉的气焰被压了下去，想起早上他打电话时的那股狠厉，心里有种说不出的滋味。

那会儿她真能感觉到这个小伙子怒了，是那种让旁人都害怕的怒气。

杨继沉做事还算靠谱，发生了这样的事情，江眉慌得连方向都摸不着了，可他冷静地分析，去报警，走流程，去找小珊。

这种胆量和思维确实不一般。

小伙子也确实长得英俊清秀，个子也是拔尖。

江眉倒是看他顺眼了点，声音也软了些，说："你能有这样的觉悟，作为长辈当然觉得很开心。你们都还年轻，不管你们成不成，但你是男人，得多点担当，别害了小珊。"

杨继沉笑了笑："我知道。"

郑锋心里真是五味杂陈，怎么这小子三言两语就让江眉变了态度，花样真是多。

江珊乖乖地坐在一旁，朝杨继沉悄悄露了个笑容，两人视线撞一起，爱意和柔情都缠绕在一块儿。

这惊心动魄的一天终于结束，郑锋待到很晚才回去，讨好着江眉，做这做那。

杨继沉是下午走的，队里还有事情要处理。

江珊不觉得疲倦，坐在沙发里看电视，看着父母吵吵闹闹。这清冷的屋子忽然有了人气，江眉虽然板着脸，但眼睛是不会骗人的，她其实挺开心的。

就这么坐了一下午，日落西沉，江珊早早上了楼洗漱睡觉。

躺在柔软的床上时，她还有种恍惚的感觉，像做梦一样，像从鬼门关兜了一圈回来。

窗外最后一道夕阳消失时，江珊陷入了梦乡，她睡得不是很好，迷迷糊糊间总是回想起昨夜在小路被人绑走的情景，陆萧对她恶语相向的模样，他在她身上留下的恶心的痕迹。

方格玻璃窗开着，清凉的晚风一缕一缕地送进来，白色的碎花窗帘轻轻摇摆，月光洒了一地，夹杂在爬山虎里的牵牛花收了花瓣，扭扭捏捏地缩成一朵。

忽地，爬山虎叶子被什么刮到，"唰唰唰"地抖动，月光下落地的脚步声都是温柔的。

迷迷糊糊地睁开眼，眼前的男人在轻柔地吻她，她率先看见的是他的眼睛，他睁着眼，睫毛微颤，深邃的瞳仁里泛着一点星光，各种柔软的情绪交织在里头，几乎要将她吞噬。

他坐在床边，俯着身体，一只手撑在她脑袋一侧，另一只手掌抚着她的脸颊，见人醒了才摸了几下，男人的手指粗粝却特别有安全感。

杨继沉亲了亲她的鼻尖，额头抵着她的额头："刚才害怕了？"

江珮没否认，却也不想让他多担心，索性不说话。

那一瞬间她以为是陆萧在凌辱她，在看清是谁后，心里竟然有一丝丝委屈。

杨继沉掀开毯子，把人抱到自己腿上。

江珮穿的是吊带连衣裙，白色纯棉的，上头印着一块块红色的西瓜图案，很清爽可爱，可她身上也都是一块块红色的伤痕。

他的目光扫过她裸露着的肌肤，杨继沉抱着她都不敢使力，手掌搭在她小腿上，那上面的勒痕太明显了。

他说："有抹什么药膏吗？碰到是不是很疼？"

"都是小伤，不用抹什么，过几天就会好。"

江珮往他怀里缩了缩，搂着他的脖子。

他身上很热，散发着男人的炙热，炎炎夏日，江珮却贪恋极了这种温度，很舒适很安心。

杨继沉把她的发丝捋到耳后："中午你妈在，我也不好和你多说什么。晚上去找了趟张警官，把事情了解了一下，他也都和我说了。"

江珮在派出所把所有都说了，完完整整地说了。

江珮头靠在他肩膀上，看见的是他的脖颈和一动一动的喉结。

她说："是徐栀夏吗？"

杨继沉默认了，眉头皱得紧，目光深深沉沉的。

江珻："她对你……你都知道的是不是？"

小姑娘的声音清脆而柔软，杨继沉第一次听见她声音的时候就稍微留意了下。江珻长得白净可爱，可声音不娇气不黏人，软糯中带着股倔劲，没有任何戾气不满。认识到现在，她无论怎么样，说话总是很和气的，哪怕那次在海边和他吵，哪怕惹恼了她，哪怕受了委屈，她的声音和言语里蕴藏着一个温和的世界。

当下问这话的时候也听不出她有任何的怨恨，反倒像是在感叹和可惜一般。

他喜欢这样柔软的她，发自内心的善良和柔顺。她这个人生来就是这样温暖，像极了冬日午后的阳光，暖而不烈，亮而不刺。

杨继沉低头吻她的额头，低声道："我还没去找过她。这事儿应该没那么简单，小珻，你应该也能察觉到，她不是那种大恶的人，我想，应该是哪里出了问题。"

徐栀夏趁着杨继沉训练的空当用他的手机给江珻发短信，还删除了记录。她和陆萧通气了，可以前她从不和那边的人打交道，甚至说句话都觉得反感。

江珻想起陆萧说的话，说："你这两天有空去找她聊聊吧，我想她应该知道我们都知道了，她也许遭遇了些事情。她虽然比我大几岁，但放社会上也不过是刚出校园的大学生的年纪，说成熟也没多成熟。她没有亲人，一直在依附你，你是她的精神支柱，支柱倒塌了，人也就承受不了。"

杨继沉见她这般大度，低笑了声："不讨厌她不恨她？还让我去找她聊聊？"

江珻手指沿着他T恤的领子来回抚摸，说："讨厌啊，恨啊，她差点把我推入地狱。如果陆萧真的发疯硬要对我做些什么，我反抗不了，你们也救不了。我让你去找她聊聊，是想让你告诉她，走错了一次就别错第二次了。上帝给了我一次机会，那我也给她一次机会。可杨继沉，我再也不想看见她了。"

除了江珻自己，没人能懂她当时醒来的感受，当陆萧对她动手动脚的时候，她恨不得和他同归于尽，可她什么都做不了。

江珥不明白徐栀夏，喜欢一个人怎么会喜欢到剑走偏锋。

她回来后也曾站在徐栀夏的角度想过，也许徐栀夏有种爱而不得的痛苦，所以把情绪都发泄在她身上，可回过头来真的不会后悔吗——让自己成为共犯，让那个自己深爱的人从此对自己没有任何好感。

后来江珥转念一想，她不是徐栀夏，徐栀夏也不是她，正因为每个人都是不同的，所以想法不同，所以才成了世界，有了善恶之分。

而她不想再看见徐栀夏，这个人对她来说太恐怖了。

江珥摸着摸着，手指勾住杨继沉的衣领，指甲轻轻刮着他的肌肤，她说："你为什么不喜欢她啊？"

杨继沉反问："我为什么要喜欢她？"

"她长得漂亮，又陪了你这么多年，为什么不喜欢呢？"

"满足这两点的我就得喜欢？"

如果没发生这两件事，江珥一直觉得徐栀夏是个不错的人，安静内敛，虽说没有太多接触，但她不排斥徐栀夏。

江珥说："她认识你最久了，很了解你，又很喜欢你，你都没有心动过吗？"

杨继沉手掌裹住她的小手，低头亲了口，眉眼间带着淡淡的笑意，深深的暮色下，他的眼睛漆黑而深邃，眼底的桀骜是刻在骨子里的东西，这个人温柔起来都带着一股自信和不羁。

他不徐不疾道："感觉不对，就什么都不对了。也没什么特别的理由，不喜欢就是不喜欢吧，以前总觉得自己太年轻，自己还在磕磕绊绊地走，爱情这东西不牢靠，耗时间耗心力，倒不如不碰。"

江珥轻哼了声："那是因为你身边都是小姑娘，不缺的人才不稀罕，我要是从小每天喝五杯奶茶，这会儿我也不稀罕。"

杨继沉笑了起来，揶揄道："你满脑子都是奶茶，到了大学里不要喝太多啦。"

"是谁那时候每天给我送奶茶，还开奶茶店，现在还让我少喝。"

"那不是对症下药吗，这叫手段。"

"啊，你看，你就是套路我。"江珣从他怀里弹起，装模作样地要打他，杨继沉双手环着，只要她不摔下去，怎么打都成。

打着打着，杨继沉的目光落在她滑下去的裙子肩带上："这是新买的睡衣？"

"嗯，前几天妈妈买的，好看吗？"

"好看。可我记得你似乎不怎么喜欢穿裙子。"

江珣不像别的小姑娘，喜欢化妆品和花裙子，她永远都是简简单单的T恤和牛仔裤，冬天更是喜欢把自己裹成粽子，但又好像有哪里不对。

江珣抿抿唇，眼珠子左瞟右瞟："我是女生啊，要穿裙子的。"

前段时间季芸仙把江珣的衣柜来了次大清理，那些陈年旧衣服都给扔了，幼稚的、样式不流行的，通通扔了，她带了一堆杂志过来，说要提高她的审美，于是两个人一起琢磨搭配妆容。

江珣折腾了几天就歇菜了，太复杂了。

但江珣想起那天在海边杨继沉看她的眼神，他似乎很喜欢那天她的打扮，白色的裙子，大概是所有男人的幻想，纯洁而动人。

于是江珣重整旗鼓，开始学着打扮自己，做一个精致的女孩。

她希望自己变得更好，也希望他能永远这么喜欢自己，喜欢一个越来越好的人。

杨继沉伸手给她扶正肩带，一手掐住她的腰，忽地俯身，凑过去亲了上来。

杨继沉吻得很轻，流连着，徘徊着，十分小心翼翼。江珣也不知道自己怎么了，心里酸得很，不知不觉眼角就湿了。

即使刚才在说笑，但他们都明白这事儿才刚刚落幕，他们都还没从其中走出来，因为不忍和喜欢，所以彼此愿意把最快乐最美好的一面展现给对方，而不是无尽的苦楚和哀痛，但他们又懂对方的心意。

许久，杨继沉拥着她，头埋在她脖颈间，低沉道："都过去了，有我呢。"

江珮笑了笑，贴着他耳朵轻轻地说道："杨继沉，我超喜欢你的。"

没人能懂她当时的恐惧，也没人能懂她对他的喜欢。

这事儿的前因后果不到一天就传遍了这个圈子，张嘉凯他们第二天来探望了下江珮，站在杨继沉的房间里，和江珮隔空对话慰问，场面有点搞笑。

江珮还穿着昨夜的那条裙子，风一吹，阳光一照，衬得她楚楚动人，像夏日清晨里刚苏醒的青草，上头还挂着露水。

她的精神比昨晚好很多，身上的灵气又回来了。

三个男人挤在窗口，你一句我一句。

"小嫂子，你放心，有我们在，没人敢欺负你的。"

"以后你一定要多注意点。"

"这事儿说到底还是我们不好。"

"小珮——啊！"周树话音刚落屁股就被踹了一脚。

杨继沉给了他一脚："小珮？嗯？"

周树狗腿道："我错了我错了，是嫂子！"

杨继沉说："行了，哪有这么多话。"

三个男人乖乖地挪开。杨继沉走到窗前说："今天你在家好好休息，那边的事儿还没处理完，我晚上找你。"

江珮乖巧地应了声好。

两边关了窗，清静了，周树、贺群和张嘉凯都一言不发地坐在杨继沉家，人手一支烟，没一会儿，屋里就烟雾弥漫了。

周树挠挠头："哥，栀夏真这么做了？"

"嗯。"

贺群说："自昨天江珮出事后到现在我还没见到栀夏，她今天比赛，要去吗？"

杨继沉说："你去一趟，就说晚上一起吃个饭吧，就烧烤摊吧。"

从前他们比完赛去不起什么饭店，烧烤摊成了唯一能放肆撒野的地方，几瓶酒，几串肉，能度过一晚上，徐栀夏也是他们中的一分子。

张嘉凯抬起头，问道："那栀夏的事到底怎么办？说到底她也受了委屈。"

徐栀夏和陆萧的事也传遍了，好事不出门坏事传千里，他们几个人想帮她瞒一瞒都瞒不住。媒体写起花边新闻来更是不择手段，徐栀夏不是无名小卒，在女赛车手中算得上是佼佼者，拿过的奖不在少数。

陆萧要为这事儿负责，有凭有据，但徐栀夏不一样，江珊收到匿名短信，没有任何直接的证据指向徐栀夏，仅凭陆萧的一面之词还不够，警察抓陆萧也是调了相关监控，证据充足才抓的人。

派出所徐栀夏不是没去过，问了几次，她都不承认。

杨继沉知道她在害怕。

可她做错了事，得学会去承担，这是杨继沉理解的第二次机会。

他们几个来墨城说短不短，说长不长，转眼已经有半年多了。

来墨城的第一天晚上他们就是在这家烧烤摊吃的，和往常一样，啤酒和烤肉，吹牛和欢笑，一整晚都是闹哄哄的。特别是周树这人，嘴皮子溜，气氛都是他带动的。贺群话少，会开玩笑会附和，但不皮。张嘉凯稳重些，温和些，不打不闹，是个好人。而徐栀夏安静内敛，很少参与他们男人之间的话题，默默待在一侧也不嫌无聊。

就是这样一个奇怪的组合，磕磕绊绊也走了四五年了，他们一起从底层爬起，一起经历过许多，心酸的、骄傲的、无奈的、欣喜的，彼此都比较交心，很少有团队像他们几个一样要好。

杨继沉的人生大起大落，知心好友没几个，遇见他们后才觉得自己的生活有了点人气，没想过这车队能走多远，他能玩赛车玩多久，但绝不是现在这个模样。

他也一直以为徐栀夏是个明事理、知轻重的人，这么荒唐的事情一点都不像她做出来的。

因为江珊没出事，所以他对徐栀夏多了份宽容，如果江珊真有什么，无论什么情谊，杨继沉觉得自己都顾不了。

谁能接受得了自己的好友设计自己的恋人？

贺群把徐栀夏接了过来，大伙干笑了几声缓解尴尬。张嘉凯给徐栀夏腾座位，倒酒，大家似乎都有话说却又都说不出口。

他们都想不到她会这样做，觉得惊愕又恐惧，一个好好的人怎么突然生出这样恶毒的想法。

杨继沉坐在徐栀夏对面，他神色淡淡的，眼底没有恨没有喜，就这么波澜不惊地看着她，直到看到徐栀夏绷不住脸垂下了眼眸。

她说："你们约我过来总不会像以前一样喝酒聊天吧？想说什么就说吧。"

张嘉凯说："栀夏，我们都是孤零零的一个人，所以才聚在一起，这么多年了，我们在一起什么事没经历过？你就把我们当家人，和我们好好说说，就当发泄了。"

她是做错了事，可站在他们的角度，也很心疼她，毕竟陆萧那人，实在太龌龊了！

徐栀夏喝了口酒，苦笑："说什么？你们怎么想已经不重要了，反正我一直都是孤零零的一个人。"

张嘉凯说："栀夏，现在弄成这副样子算什么？你才多少岁？"

"我也觉得没必要，可是嘉凯，你不是我，不会知道我当时的心情。"

周树叹口气："栀夏，你糊涂啊。"

徐栀夏看向杨继沉："你呢？你想说什么？"

杨继沉靠在白色的椅子里，正叼着烟，捂手点火。他抬起眼皮看了她一眼，把打火机往桌上一扔，不轻不重道："你打算这么一直逃下去吗？"

"那我去坐牢你就开心了吗？觉得替她报仇了吗？"

"你什么时候变成这样了？"

徐栀夏笑了声："我什么时候变成这样了？你有在意过我吗？你们几个什么时候在意过我了？"

周树似觉得惊讶："栀夏，我们怎么会不在意你？"

他们把她当妹妹似的宠着，捧着，不管做什么都会喊她一起。

"吱——"椅子和地面摩擦，徐栀夏从座位里站起来，冷笑道："我不过是你们中的透明人而已，以后不管我怎么样都和你们无关，这车队，你们不散我散。"

话落，她大步离去。

杨继沉抖了抖烟灰，隔了几秒也起身，跟在她身后。

徐栀夏咬着牙，却早就泪流满面，也知道杨继沉就在身后。

走了一段路，路过蛋糕店、服装店、五金店，前头是个小巷子，她停下脚步，忽地转过身，泣不成声地质问道："你跟着我干什么？"

杨继沉直视着她说："你自首，罪行不会很重，请律师，我们这边也会配合，但你得去面对。"

"配合？你真相信一个爱你的女人会那么大度吗？如果是我，我早就恨不得亲手杀了她了。"

杨继沉将手插在裤袋里，低沉道："所以你不是她。"

徐栀夏说："装什么装，她不过是博取你的同情心罢了。你不喜欢我，我认了。可她有什么好，她比我好在哪里，你们才认识多久你就那么喜欢她，甚至从一开始就对她有意思了，她好在哪里啊？不过是个十几岁的小女生，什么都没有，什么都不会。"

"栀夏。"杨继沉缓缓道，"你总是活在过去的痛苦里，不肯和别人说，却希望有人懂你，这就是你和她的不同。江珅是年纪小，但她活得很明白，她知道自己要什么，得成为什么样的人。她性子软但也不怕事，好说话但也有脾气，可真正能让她生气的事又有几件。能拉自己出深渊的其实只有自己，别人只是一个契机，说得自私点，这世上只有自己才最懂自己。"

想要获救就得自救。

江珅生来也不是一帆风顺，家家有本难念的经，她也有她的委屈和苦楚，可她看得明白，想得明白，所以成了这样一个温柔大度的人。

江珅曾问他喜欢她什么，这个问题他其实哪里说得清楚，喜欢这种感情实在太难以捉摸了。

后来他翻来覆去地想，她身上肯定有他没有的东西，所以才会吸引他。

在他漂泊动荡的世界里，她温柔地守候着，单纯地喜欢着，她不喜欢以悲伤示人，对他，对季芸仙，对其他人，总是笑着的，也不会埋怨别人不理解，她会自己去消化自己去衡量，能做到这样，仅仅是因为她把一切想得很通透。

和她在一起，他实在太轻松太自由了。

这些年他总在想活着是为了什么，为了钱？为了不舍得死？为了这花花世界？

活着是为了受苦还是享乐？

杨继沉，他活着大概就是为了遇见江珂，遇见一个能让自己觉得活着有意思的人，和有意思的人相伴才能过一生，这一生才显得值得。

传来徐栀夏去自首的消息时，江珂正在家里喝茶，饭桌前郑锋边拍桌边唾沫横飞，讲得津津乐道。

郑锋把自己的一生添油加醋地说给江珂听，自然获得了小姑娘崇拜欣赏的目光，这让他很膨胀。

江眉总是一言不发地在边上择菜，时不时给郑锋一个白眼。

当郑锋说到和江眉那段婚宴时，他的目光忽然暗淡了，千言万语化成一句"我对不起你妈妈"。

杨继沉这几天忙着处理些琐事，白天也不敢登门拜访，没意思，和江珂两个人只能坐在沙发上干瞪眼，他只能晚上像做贼似的爬窗过来。

但现在风水轮流转，以前是江珂怕江眉听见动静，这会儿是杨继沉怕了。

江珂总是故意逗他，说："你再欺负我，我就大叫了。"

杨继沉只好狠狠捏她，不再招惹她，可一转眼她自己又咯咯咯地笑着主动去抱他，给了点甜头就及时收住，却又无可奈何。

杨继沉说："你这是在报复我？"

江珊无辜道:"是你和我妈说会把握分寸的。"

杨继沉咬牙切齿地说:"行啊,你等着。"

所以当第二天杨继沉大大方方迈进江家大门时,江珊再无心听郑锋讲故事,杨继沉一来她就脸红了,悄悄回避视线,眼珠子却又悄悄转了回去。

郑锋脸上的笑立刻顿住了,看似很不欢迎杨继沉。

杨继沉拉了椅子坐在江珊边上,打量了江珊几眼,嘴角微扬,也没逗她,反倒是正儿八经地和江眉说起了徐栀夏的事情,他的那点乖张戾气也只有在江眉面前略有收敛。

江眉对他印象再好也因为这些个莺莺燕燕打折。继上次的叮嘱后,江眉又说:"小珊现在要去上大学了,已经是个大人了,她要和谁在一起我做不了主。你现在既然选择了她,我们做长辈的也都知晓了,我希望你能一心一意地对她。从事你们这一行的别以为我不知道,外面的诱惑多的是,一会儿这个模特一会儿那个粉丝,最难猜的是人心,谁知道你们男人以后怎么想,如果你真的喜欢小珊,别伤了她的心。"

这话一语双关,话是对杨继沉说的,却让郑锋低下了头。

杨继沉听得明白,笑了笑,说:"阿姨,你放心,一行归一行,最重要的不是人自己吗,能控制自己的只有自己。"

江眉说:"你能明白就好。"

这人,相貌没的说,事业也还行,人品至少是刚正的,就不知道他能不能做到一心一意。

两个人情投意合,如果能彼此忠贞,江眉觉得,这一生还能再求什么,这样已经足够了。

这样一对比,江眉已经懒得去看郑锋了,起身去楼上晾衣服。

郑锋手指叩了叩桌面:"你小子,故意在影射我是吧?"

见缝插针的。

杨继沉对郑锋从不会收敛,也从不把郑锋放眼里,他眼尾上挑,散漫道:"不做亏心事不怕鬼敲门,别对号入座。"

江珊也是服了他们,每次见面都要顶上几句,一个气得头顶冒烟，一个悠然自得。

江珊劝道："爸爸，你少说一句吧。"

说又说不过他。

郑锋说："现在就胳膊肘往外拐了？他一进门你的眼珠子都要贴到他身上了，爸爸难道不帅吗？"

杨继沉拿过江珊的茶杯喝了一口，说："听说郑教练年轻的时候是车队的门面，也难怪，那些模特、粉丝要往你身上爬。"

江珊眨眨眼，眼睛瞟向窗外的梧桐树，不知是哪儿的知了叫个不停，扰得人心绪不宁，哑口无言。

郑锋摆摆手，懒得和杨继沉争辩，跑上楼去找江眉了。

等楼上传来关门声，杨继沉放在桌底下的手很自然地拉住了江珊的。

他的拇指轻轻摩挲着她的手背，说："我晚上来找你？"

"好啊……"江珊小声回答。

杨继沉说："我明天得走了。"

江珊点点头，她是知道的，这赛事分六个城市，六站路程，前前后后得到十一月才能正式结束，十二月就是年底，会出年度积分排名等。

江珊问："那你还会回来吗？"

"我回来干什么？到时候你都不在这儿了。"

"那你租的房子呢？"

"就租着呗，也不差那点钱。"

江珊家隔壁那套老房子，地方偏僻，杨继沉租半年也不过3000块钱。

杨继沉说："所以啊，今晚好好陪陪你？要不要？"

他狭长的眸子微微弯起，阳光下这张清隽的脸看起来真是无比正经。

但她总感觉话里有另外的意思。

但到了晚上，杨继沉只是抱着她聊天，变着法逗她开心。

她都知道的，他每次看到她身上未消散的伤痕都会不自觉地皱眉，有时也会习惯性地去摸烟抽，也不会多说，生怕说多了让她觉得有负担。

江珅也不和他多说，也怕他有负担。毕竟事情是因他而起，徐栀夏说到底和他是多年好友，他们是一个团队的，如今缺了个人总不是好事。

江珅记得睡前和杨继沉迷迷糊糊说了许多，从小时候拉屎拉身上被其他小朋友嘲笑，到十一岁还尿床，再到后面的其实自己都觉得自己一点儿都不好。

她说："你真的喜欢我吗？你喜欢我什么呀，我真的没什么好的。"

杨继沉搂着她，哄她睡觉，回答道："现在我抱着你觉得很舒心，这就够了，这就是喜欢。"

江珅也不知道自己为什么总问这个问题，在他面前她似乎没有多大的信心，在她心里他实在太好了，是以前她压根儿不敢触碰和幻想的人。

她总是想从他嘴里多听到一些他对她的看法和爱意，让她确信这个人是真的喜欢自己，让她有点勇气继续走下去。

她闭着眼睛，依偎着他，又说："你会不会觉得我很烦，总是问这些？"

杨继沉笑了，他没什么经验，不过听说女人就是这样。

他说："你问吧，反正多回答一句我也不会少块肉。"

江珅掐他："少块肉就不回答了吗？"

"缺胳膊断腿都回答。"

江珅满足了，乐呵呵地道："你真好。"

杨继沉也乐了："我也觉得我挺好的。"

"所以那些姑娘才追着你跑，你十几岁的时候，在读书的时候有女生追吗？"

杨继沉说："有啊，小学的时候就收到情书了，初中更多，一日三餐她们恨不得都给我包了。跑个一千米广播里都在喊，杨继沉你要是跑第一名我就嫁给你。"

"那你没有早恋啊？"

"没有。"

"那你那时候在干什么？"

"学习啊。"

江珊蓦地睁开眼，越发睡不着了，说："你以前学习很好吗？"

"年级前三，和隔壁班两个班长轮流换位置。"

"那真是可惜了。如果你没有辍学，你会考什么大学，会学什么专业，毕业了你又会做什么？"

杨继沉望着天花板，想了想，淡淡一笑，敲了记她的小脑瓜："还睡不睡了？"

江珊换个更舒服的姿势靠着他，说："睡了睡了。"

后半夜，等她睡着了，杨继沉才回去。

第二天一早，江珊醒来就跑到窗口张望，一切静悄悄的，只有树枝上的鸟儿在叫，他已经走了。

江珊在床尾坐了很久，心里有种说不上的空荡感，就像被谁挖了一块。

当阳光照进来的时候，江珊又缩回了床上，拿过手机和杨继沉发短信，一来二去她觉得自己的心又被填满了。

杨继沉走了，郑锋也走了，家里一下真的空了，江眉不声不响，江珊却看得出她的不自在。

江珊说："你打算和爸爸和好吗？"

江眉一边看电视一边剥蒜，语气淡淡的，说："没有这个打算。"

"那以后就一直这样吗？"

"我让他进门，是为了让你们父女相认，不是为了我和他。小珊，即使过去是个误会，但已经过去十几年了，再原谅也没有任何意义，那时候他真的一点错都没有吗？我所经历的不是他三言两语就能弥补的，算了吧。"

江珊和她一起剥蒜，闲聊似的说道："我很高兴爸爸不是什么乱七八糟的人，我想如果不是爸爸正好出现了，我和杨继沉，妈妈你也不会赞成的对不对？可他真的很好，他还给我买了一架

· 317 ·

钢琴。"

江眉给江珊自由，江珊也愿意把一切都和她分享。

江眉早就听郑锋说过了，说："你喜欢你就去弹，妈妈不会拦你。你现在觉得他好是因为刚刚开始，我和你爸爸一开始也是这样，我拼命和你外公外婆说他是个多么好的人，你外公他们就是不肯。"

"那你肯吗？"

"小珊，日久见人心，先处段时间吧。你还小，等大学毕业就知道这人对你到底是什么样的了。如果成不了，分开，你还正值青春年华，一切还来得及。"

江珊抿唇一笑："好。"

八月八日迎来奥运，江珊和季芸仙一起看的开幕式，在杨继沉的家里，他家的电视机比较大，又没人，自在得很。

季芸仙说："行啊，你现在都是女主人了，钥匙都给你了。"

江珊说："爆米花还堵不住你的嘴。"

季芸仙看起来心思不在电视上，时不时看一眼手机，江珊说："你和张嘉凯又怎么了？"

"还能怎么，还不是为了你。"

"为了我？"

"他们几个护着徐栀夏，我护着你，就和他翻脸了。什么人啊，明明是那个女人做错了事情，他还要维护她，和我争和我解释。解释个屁啊，我才不要听他瞎扯。"

江珊安抚道："算了算了，都过去了，她也进去了，别为了这事和张嘉凯吵了。"

"你倒是宽心，换作是我，肯定没那么大方，你都不吃醋不恨的吗？"

"还好吧……就是有点讨厌她。"

"完了完了，你前辈子是唐僧转世吗？这么大慈大悲。那以后沉哥身边冒出张三李四你都不会吃醋吗？"

江珊笑笑："吃啊，我喜欢他当然会吃醋，可我知道他不喜欢徐栀夏啊，他也一直护着我，我为什么还要和他吵，发脾气也适可而止吧。人的耐心都是有限的，他如果真的珍惜我会懂的。"

季芸仙说："你没救了，以后跌进了醋缸里我可不拉你。"

江珔塞了一把爆米花给她。

季芸仙唔唔几声，好一会儿才咽下去，嬉闹了会儿，她问："情人节呢，你们怎么过？"

"他很忙啊，不要他赶回来了，我也不喜欢过这种节日。"

"哎，那我们真是一对苦命的姐妹，还得独守空房。"

八月中下旬，情人节，江珔本来没当回事，可电视里、街上、QQ空间里都是关于情人节的，什么玫瑰花、巧克力，然后她猛然想起杨继沉的冰箱里还有一块小熊巧克力，那会儿她都不舍得吃。

两个小姑娘逛完街美滋滋地回去吃巧克力，确定没过期后，两个人不一会儿就消灭光了。

没过三个小时，江眉急匆匆地叫了车送两人去医院了，两人上吐下泻的，马桶都不够用。

杨继沉抽了点空赶回来，回到家一看，两栋楼都乌漆墨黑的。

一个电话打过去，江珔奄奄一息道："我在医院。"

江珔和季芸仙住的四人间病房，小地方小医院，住院的人不多。

季芸仙向江珔伸出手，虚弱道："战友啊，你可还挺得住？"

江珔虚得都不想动弹，但还是被逗笑了。

季芸仙连生起病来都是闹腾的，八卦道："刚才是沉哥的电话？"

"嗯。"

"他回来了？"

"嗯。"

江眉在外头不知道忙什么，江珔正迷迷糊糊要闭上眼睛时，只听见季芸仙气冲冲道："张嘉凯，你在哪里！"

她浑身无力，凶巴巴地问起话，嗓子也是哑的，像被烟熏过一样。

不知道张嘉凯说了什么，季芸仙说："沉哥能回来你就不能回来吗？你现在都不把我放在心上了，哪像刚开始的时候，呜呜呜……"

那头的张嘉凯只差拜祖宗了，好生哄着。

江珃叹口气，想眯一会儿，还没进入睡眠，隐约感觉到病房里来了人，似有一道黑影覆盖住了她。

但她睁不开眼睛，想睁却睁不开。

江珃是被尿憋醒的，定定地看了会儿天花板，转眼就瞧见坐在病床边上的杨继沉，他正坐在椅子上玩手机。

窗外只有零星的灯火，似乎已是深夜。

江珃手指动了动。

杨继沉察觉到什么，抬头，撞上小姑娘惺忪的双眸，整张小脸苍白。

病房里其他人都睡了，江珃不敢大声说话，示意杨继沉她要起来，杨继沉掀开被子，一把横抱起她。江珃小声地"哎哎哎"，双脚还是腾空了。

杨继沉把她抱到了厕所，病房里有单独的浴室厕所。

门一关，只剩上头排风扇的"嗡嗡"声。

江珃扭捏着："你出去。"

杨继沉把马桶坐垫用纸巾擦了一圈，洗了个手想帮她。

江珃躲得远远的："我只是有点虚，可以自理，你出去。"

杨继沉好笑地看着她："你妈让我好好照顾你，我不能不从啊。"

"她走了？"

"我来的时候在走廊遇上她了，我说今晚我陪，明天让她接你回去。"

"你先出去。"

小姑娘使出吃奶的劲去推杨继沉，杨继沉就这么被推出了门。江珃蹲在马桶上，小心翼翼的，生怕他在门外听见什么声音。

江珃从厕所出来，左右都不见他人，脑袋探出病房，才发现他站在走廊的窗边。

江珃悄悄走到他身后，伸手从后面抱住了他。她脑袋贴着他的背脊，医院里的空调风特冷，他身上却是暖和的，她觉得自己精神也好了点。

晚上的走廊顶灯都是熄的，但底下的夜灯亮着，光线说暗不暗说亮不亮，杨继沉早就从窗户的反光里看见了她蹑手蹑脚的模样。

江珅问："在想什么？"

杨继沉转过身，把人拉到了怀里。

他说："你可不得了啊，巧克力都拿回来多久了还吃。"

"我看过了啊，没过期。"

"那包装我也看了，已经过期了。"

"不可能，真的没有。"

"你不会看岔了吧？"

江珅还真回想不起来。

杨继沉敲了敲她的脑袋："那时候不舍得吃，现在吃了找罪受，不就一块巧克力，有那么稀罕吗？"

江珅说："可今天是情人节啊，所以才想起来吃，它长得那么可爱，那时候当然舍不得吃。"

杨继沉捏她的脸，又抬起她的下巴，仔细瞅了瞅："拉得都脱水了，脸都瘦了一圈，要不再吃点巧克力补回来？"

江珅直摇头："不吃了。"

宽大的病号服套在她身上衬得她格外瘦弱纤细，头发披着，一双大眼睛清澈柔和，可脸上的神情有点引人发笑。

杨继沉笑着，拇指抵着她的下巴，来回蹭了几下，目光落在她的唇上。他低声道："那用什么给你补？这样补成不成？"

话落，他的吻便落了下来。

杨继沉两手揽着她的腰，江珅仰着脑袋，上身微微往后仰，他双手一收，她几乎和他贴在一起，脚尖也微微踮了起来。

他实在太高，每次站着亲吻，总有一个人要委屈着点。

走廊里偶尔有一两个护士查房路过，瞥几眼，窃窃私语几句。

江珅觉得不自在，但这个男人坦然自若，越吻越深，他不急切，反而是温柔的、有耐心的，深深和她纠缠在一起。

窗外是灯火零星的城市背景，两人纠缠在一起的身影是窗前的剪影，在这千千万万的方格玻璃中渺小普通。

吻到最后，江珅把头埋在了杨继沉胸膛里，杨继沉下巴搁在她脑袋上，笑说："这就不行了？"

江珅手握成小拳头，轻轻捶他肩膀，似撒娇似带着甜味儿的责怪。

抱了会儿，杨继沉说："回去睡觉吧。"

江珅抬头，说："那床其实可以睡两个人的，你和我一起睡吧。"

杨继沉轻轻笑着："你确定？"

江珅知道他只会嘴上逗她，她正儿八经地说："我是说真的，没和你开玩笑，坐一夜哪里吃得消。"

杨继沉笑起来，跟着她进病房，说："我给你带了礼物，在床头柜那边，看看吧。"

江珅欢快地跑过去，拆那个玫红色包装的长方形盒子，扯开蝴蝶结丝带都是轻手轻脚的，那种舍不得的情怀又冒了上来。

里头是一双高跟凉鞋，还有一支口红。

江珅怕吵着别人，就没和杨继沉说话，不过那笑容比天上的月亮还亮。

杨继沉拿过高跟鞋，蹲下给她试穿，江珅就坐在床边，晃着小脚。

杨继沉握着她的脚，盈盈一握，纤细白嫩，连指甲盖都是干干净净的，像牛奶一样。

他低头亲了一口，江珅一滞，轻轻推了下他肩膀，小声道："你干什么，很脏的。"

杨继沉无所谓地笑着，给她穿上鞋，只是那搭扣他研究了好半天，江珅想自己来，他却和它杠上了，就是要亲手给她扣上。

黑色的凉鞋面上有一层亮闪闪的亮片，上面是个蝴蝶结，脚踝处系带，很适合年轻女孩子，看起来青春可爱，又带着点女人的性感。

江珣问："好看吗？"

"好看。"

"会不会有点奇怪啊？"

"回头给你买条裙子，搭着就不奇怪了。"

"不用，我自己去买。"江珣心满意足地看着高跟鞋，又拿起口红看，是偏暗一点的正红色，看起来很有气场。

江珣握在手里，问道："你怎么想起买这些啊？"

杨继沉："你要上大学了，算是个成人礼吧，女孩子的第一双高跟鞋是要别人送的。"

江珣笑着笑着，苦恼地低下了头："我都没为你准备什么。"

杨继沉双手撑在她身侧的床沿上，俯身，亲了她一下，说："我疼你就够了，你只需要享受，不用想着为我做什么，我什么都不缺，有了你真的什么都不缺了。"

江珣咬咬唇，知道他对自己好，可恋爱本就是相互付出的事情，怎么只能让他疼她呢。

江珣主动啄了一下他的脸，想说什么但又不知道该说什么。

杨继沉像往常一样哄她睡觉："明天我很早就得走，下回有空了再来找你，估计那会儿你都去浙州了。"

江珣握着他的手，细声道："那你路上小心点啊，坐火车记得眯一会儿。"

季芸仙考上了一所本地的大学，八月底，江珣提前几天去学校报到。季芸仙在火车站和她挥泪告别，就同电视剧里男女主角分别一样，就差点音乐了。

天下无不散的宴席，江珣说："等我寒假回来再聚。"

季芸仙说："革命战友，一辈子不散！"

江眉对季芸仙说："一个人在大学，记得照顾好自己。"

季芸仙眼圈红了。

在火车上，江眉和江珣说："芸仙那孩子和你挺好的，这么好的孩子，可惜家里人不上心。芸仙和那个男孩子怎么样了？"

江珊手撑在小桌板上："挺好的，那个男生是个很好的人。"

江眉喃喃道："也不知道他们比赛比得怎么样了？"

江珊问："妈，你是希望爸爸赢还是杨继沉赢？"

"当然是继沉赢啊，另外那个人能有什么本事。"

江珊耳朵竖起来，回想了一遍，没错，江眉叫的是继沉的，多亲密。

上回在医院待了一夜后，江眉对杨继沉好像也没那么排斥了。江眉说至少他当下是有心的，来回一趟花不少时间和精力，送的礼物也很贴心。江珊的鞋码尺寸问都不问却早就记在了心里，一个男人能为你花心思去挑，已经不错了。

江珊觉得杨继沉太会讨好人了，这头把她哄得团团转，那头把江眉也收服了。兴许是他听到江眉提过一句腰疼还是脚疼，第二天就有人来家里送东西，一张按摩椅、一个洗脚桶和一些保健品。

后来江眉好几天没接郑锋电话，郑锋就把电话打给了江珊，气急败坏道："那小子抢我的事情做，小珊，我不同意你们在一起！"

想想还是十分好笑。

淅州比墨城热许多，说不上来的一股闷热，一下火车江珊就汗流浃背了。母女两个出站就看见了举着学校牌子的学长学姐，说是有去学校的大巴，路程不长，半个小时不到。

华西大学比江珊在图片上看到的更加辉煌和阔气，一进去就是一个广场，湖水环绕，荷花盛开，四面延展开来的路上都是来往的行人，分不清是学生还是教师，抑或是家长。

办完相关手续，两人拎着行李正式入住一栋宿舍楼，江珊的宿舍在五楼，爬上去要了半条命。

四人间的宿舍里已经有个姑娘坐在那儿玩手机了，戴着副黑框眼镜，脸绷得紧，看起来很严肃。

江珊默默把自己的东西收拾好。

紧接着其他姑娘都来了，都相互打量着，不似那位戴黑框眼镜的姑娘，两个人都十分开朗，其中胖胖的女孩叫张佳佳，高挑美丽的女孩叫徐单。

都收拾得差不多了，江珮把从墨城带来的特产分给她们，黑框眼镜姑娘轻声道了声谢谢。

江珮说："我叫江珮，你呢？"

"林芸。"

张佳佳挤上来，吵着要加 QQ 号。就这样，四个姑娘交换了联系方式。

江眉住在学校的招待所，一晚上五十块，江珮和江眉很累，也没精力逛校园，两个人都早早回去休息了。

江眉忍不住叮嘱道："以后要和她们住在一起，记得学会忍让体谅，这不是你一个人的房间，如果实在处不好就不必处，朋友是要有，可真心的朋友有那么几个就好了。"

"妈，我都知道的。"

江珮拖着疲惫的身子，咬咬牙一口气爬上了五楼。

暮色侵袭而来，整栋楼亮了起来，起初四个女孩都有点拘谨，聊着聊着就熟络了。

江珮惊讶地发现徐单也来自墨城，徐单微微张着嘴涂睫毛膏，说："既然是老乡，以后我罩你，小可爱。"

徐单人长得高又非常漂亮，像画报里走出来的一样，在她眼里她们都是小妹妹。

徐单见到江珮的第一眼就在心里给她拟了外号，手机存的备注名也是小可爱。

这让江珮莫名其妙地红了脸。张佳佳说："她是小可爱，那我是什么？"

徐单说："你啊，你是小猪猪。"

张佳佳追问："为什么我是小猪猪啊？听起来好暧昧哦。"

林芸一向寡言少语，不过似乎有点一针见血，她补刀道："因为你爱吃。"

她说这话没有恶意，人虽然淡泊，但眼底带着一股淡淡的笑意。

张佳佳也不放在心上，说："民以食为天，我吃我快乐，如果不吃，嘴巴又有什么意义啊？"

徐单说出了让全宿舍震惊的回答，她眨眨眼睛道："嘴巴还可以用来接吻啊……"

张佳佳惊讶道："天啊，你这个女人！"

徐单拎上包："拜拜，我要去约会了，明天见。"

张佳佳问："你不回来了？"

话语落下，徐单已经跑没影了。

江珺拿上脸盆和换洗的衣服去洗澡，外头张佳佳在吃东西看剧，而林芸总是一言不发地沉浸在自己的世界里。

江珺抹了一身的泡沫，舒舒服服地洗了个热水澡，她觉得这是个不错的开端，她的室友多好啊。

临近熄灯，江珺接到了杨继沉的电话，江珺怕吵到她们，走到阳台，关上玻璃门才接。

晚上十一点的校园清凉宁静，浙州的星空没有墨城的亮，但有股别样的新鲜感。

江珺手肘靠在栏杆上，眼看着校园里的路灯一盏盏地熄灭，虽然不远处仍有学生的欢声笑语，新生开学，夜夜都是不眠夜。

江珺甜甜地说了声"喂"，那头的杨继沉笑了。

"很开心？新室友怎么样？"

江珺回想今天的所见所闻，实在有太多话和他说了，可电话费贵啊，哪有工夫让她唠叨这么久。

她说："室友都很好，学校也很漂亮，明天要去教学楼那边报到集合，不知道辅导员是个什么样的人，再过几天就要军训了，感觉会晒得很黑。"

"能有多黑，会比那巧克力还黑？"

"你再拿那个事情说我，我就不见你了，反正我现在在外面，你想找也找不到我。"

杨继沉不以为然地"哟"了声："现在你的翅膀真的硬了，还学会飞了？"

江珺控制不住地微笑，脚尖轻轻踢着栏杆，说："你在干什么？今天累不累啊？"

"刚训练完，过两天就比赛了，然后去珠城。"

"那等全部比完以后，你打算去哪儿啊？"

杨继沉慢悠悠道："反正找不到你，我就回墨城待着吧。"

"你……"江珊轻哼了声。

"想我吗？"

他没由来地问，声音很低很沉，十分勾人。

江珊回头瞥了眼宿舍里的两人，捂着手机说："想。"

"这时候我是不是应该说看看楼下？"

江珊笑出声来："我在看着啊，没有你。"

电话那边传来一丁点女声和窸窸窣窣的声音。

江珊竖起耳朵听着。

而杨继沉也是隔了会儿才回她："你妈呢，什么时候走？"

"后天。你在哪儿啊？宾馆吗？"

"嗯，刚刚充电器忘记拿了，别人给我送来了。"

"姑娘给你送的啊？"

"吃醋了？"

江珊"喊"了声："才不呢，反倒是你，小心我跟别人跑了。"

杨继沉说："谁敢要你，一张嘴那么爱吃，谁能供得起？"

"今天还有学长帮我拿行李，给我递饮料呢。"

杨继沉"哧"了声："你故意的是不是？"

"只许州官放火，不许百姓点灯，下回我也让男生给我送充电器。"

"今天怎么醋劲这么大，你不是很大度的吗？"

江珊手托着下巴，琢磨了会儿道："大概……是太久没见你了吧。"

"噢，这样啊，怪不得高考的时候能忍着两个月不见我。"

见江珊默不作声，杨继沉说："过一段时间我来找你，怎么样？"

"真的？"

杨继沉回："嗯。"

两人都轻笑着，江珅说："那来了我带你参观校园。"

"不参观参观你？"

"杨继沉！"江珅小声叫他的名字。

江珅又气又笑。

夜深，杨继沉也不忍心占用她的睡眠时间，哄她去睡觉。

室友睡了，江珅蹑手蹑脚地爬上床，第一晚有些不适应，翻来覆去睡不着，眼巴巴地盯着天花板发愣。

第二天上午八点在教学楼门口集合，发军训服装，辅导员讲规矩，教室只有四台电扇，两台还是坏的，大伙都热出一身汗。辅导员是个研究生刚毕业的小伙子，言语间都带着刺和狂，是这个年纪的男人有的性格。

不过江珅不怎么喜欢他，那种刺和狂太刻意太装，让人亲近不起来，哪像某个人，虽然轻狂却不刻意。

杨继沉这个人，不惹他，还是很好说话的，他对朋友都很大方，他的轻狂和放肆来自他的自信和笃定，而不是为了给自己增添气势或者排面。

辅导员说："班长和班委的职位等正式开学之后大家再做商量，现在先找两个人暂时管理一下，女生找一个，男生找一个。我看看，宋逸晟是哪个？"

"老师，是我！"后排有个男生热情地举手，声音也是明亮清爽的。

大伙转过脑袋望去，女生们窃窃私语，男生们一脸淡然。

张佳佳揪着餐巾纸："呜呜呜，好帅哦，好白好阳光啊！是我的理想型！"

林芸吐槽："看着就不阳刚，男人不能这样。"

江珅笑道："那男人应该哪样？"

林芸说："外貌不说，反正肯定得帅，骨子里要有骨气，人要硬朗有气魄，长得白白嫩嫩的算什么？"

江珅脑海里陡然浮现出杨继沉的样子。

"江珮，江珮是哪个？"

张佳佳捅江珮的手臂："辅导员叫你，你傻笑什么？"

江珮回过神："我是江珮。"

这回轮到男生们窃窃私语了，女生们冷眼看着。

辅导员说："你俩的成绩是班里的前两名，先负责下班里的琐事，男生管男的，女生管女的。大家都有手机吧？我们建个QQ群，没有QQ号的申请一个，这两天把班里人聚齐，有事尽量群里通知。"

散场时，有几个男生你推我搡，一个男生跑到了江珮面前，特自信地说："给个手机号呗。"

不知怎的，这场面江珮觉得很熟悉。

另外几个男生说："你们宿舍的都和我们互换一下联系方式呗。"

徐单嗤笑一声："癞蛤蟆想吃天鹅肉，走开。"说完，搂着江珮走了。

后头的男生哈哈大笑："有意思，那女生叫什么，长得真漂亮，另外那个很清纯，两个班花无疑了。"

张佳佳苦恼道："我手机号都没来得及给呢！"

其余三人只能干笑。

张佳佳心想不能放过人生中的第一朵桃花，打算折回去把手机号塞给他们，被徐单拎了回来："这么上赶着，男人才不会珍惜你。"

"那咋办？"

"等呗。"

直到军训开始张佳佳都没等到，用食物弥补了自己的失落，每天饱到睡不着。

江珮有男朋友这事是在军训的第一个晚上被大伙发现的，林芸一向事不关己，张佳佳没心眼，也不会去询问她和谁打电话，每天打那么晚。

军训第一个晚上，徐单终于不出去嗨了，洗完澡出来见江珮在打电话，随口问道："小珣在和男朋友打电话？"

张佳佳的妙脆角都掉了："啥？小珣有男朋友？"

江珣在阳台上和杨继沉浓情蜜意完，回到宿舍，撞上两双颇有含义的眼睛。

徐单说："小可爱，没看出来啊，你已经有男朋友了。"

江珣也没想瞒，点点头："是有。"

女孩总是对这些特感兴趣，问东问西的。

江珣说："他没在读书，是玩赛车的，是个赛车手。"

此话一出，躺在床上的林芸惊坐起，摘掉耳机，直勾勾地望着江珣。

徐单说："你怎么跟见了鬼似的？"

林芸小心翼翼地问："他叫什么？"

"杨继沉。"

这三个字仿佛击中了林芸的中枢神经，她一颤，紧接着不动了，眼睛放空。

徐单问："你怎么回事？难不成小珣她男朋友和你有一腿？"

江珣都不免提心吊胆起来，眨着大眼睛看着林芸。

林芸摆摆手，说："我真是好命。"

然后直接"僵尸躺"。

后来江珣她们才知道，林芸这人内向，但追求很狂野，很迷恋赛车，也很崇拜杨继沉。她是杨继沉贴吧的吧主，一直沉浸在属于她自己的世界里，为杨继沉摇旗呐喊。

为期十天的军训结束时，江珣黑了好多，班上唯独徐单没晒黑，天生的白皙皮肤。

教官站得笔直，说着最后的告别词，最后祝同学们在开学典礼上拿出该有的风姿，因为军训时所训练的东西要在典礼上展示。

一声解散，大伙立刻软了下来，像自由的小鸟朝操场大门奔去。

"江珣！"宋逸晟喊道，快步跑了过去，把一张表格交给她，

"这是班上同学的联系方式和家庭住址，男生已经填完了，轮到你们女生了。"

"好，知道了。"

江珊低头看着这张表格，胳肢窝里夹着军帽，晚风吹起宽松的迷彩服裤管，勾勒出她娇小的身影。

快走到操场门口时，江珊被一道人影拦住，白球鞋，牛仔裤，白T恤。

江珊惊喜地抬起头。

杨继沉双手抄在裤袋里，居高临下地看着她，伸手捏了把她的脸："晒成小黑皮了啊，这要是搁晚上我准找不到你。"

江珊好半天说不出话，也没和他计较，只是愣愣地望着他，傻笑。

杨继沉一把搂过她："走，去尝尝你们学校的食堂。"

她站了一下午，身上都是汗，他手臂搭在她肩膀上，热得不得了，可她不想推开他。

大概是这一对太抢眼，路过的新生都会打量他们几眼。

杨继沉毫不在意。

江珊把表格折叠好塞到口袋里，手里揪着军帽，说："往那儿走是杏花路，那边是中韵湖，那边是学校的超市，白天有集市晚上有乐团表演，食堂有好几个，你想去哪个吃？"

"哪个好吃？"

"我觉得我宿舍楼底下的不错。"

"那就去那儿。"

正值军训解散和饭点，食堂里黑压压的都是人，连个空座都没有，更是闷热潮湿。

江珊把杨继沉拉到了宿舍楼后的秋千那儿，说再等个一刻钟人就少了。

两个秋千，一人一个，边上一小孩只能眼巴巴地看着，江珊觉得不好意思，就把自己的让给了小孩。

杨继沉拍拍自己的大腿："坐上来。"

边上有小孩和阿姨,江珊觉得这样不妥,一个不字还没说出口,人就被杨继沉拉过去了。他双脚撑着地,她坐他腿上,秋千丝毫没有晃动。

日薄西山,光焰柔和,余晖从茂密的枝叶中斑斑点点地漏下来,越晚越清凉。

杨继沉捏着她手上的一根红绳玩,绳上还挂了个珠子:"新买的?"

"和室友逛街时买的,一块钱一根。"

"怎么不买质量好一点的,这分量轻,看着就没什么意思。"

江珊不让他碰了,宝贝着手链,说:"你不懂。"

杨继沉抱着小姑娘,眉眼里漾着笑意,闲散道:"才多久没见,我就不懂你了?接触了新世界就要把我淘汰了?"

江珊哼哼两声:"已经一个月了,都从夏天变成秋天了。"

"那你想不想我?"杨继沉下巴靠在她脖颈处,温热的气息喷洒在她肌肤上。江珊身心一颤,像有片羽毛轻轻刮过她的脚底。

"想……"她的声音是那样低,仿佛这是只属于他们两个人的小秘密。

"那去酒店和我待会儿?"

杨继沉看着她,目光坦荡,却又十分诱惑,似笑非笑着。

江珊扭过头,不回答。

杨继沉手伸进她的迷彩服外套,里面是学校统一发的白 T 恤,他手掌轻轻抚摸着她的腰背。

"出了很多汗?"

"嗯。"

"那等会儿回宿舍洗完澡再走?"

"嗯……"

霞景瑰丽,万紫千红,衬得江珊的小脸蛋红扑扑的。

在食堂吃完饭,杨继沉在宿舍楼底下等江珊,江珊说可能得要一会儿。

杨继沉站在花坛一侧等她,天已经黑了一小半了,女生宿舍楼前漂亮的姑娘进进出出，神采飞扬，都是今年的新生。

　　林荫道上学生来来往往，空气里带着香气，有个清瘦的身影站在道路对面看着杨继沉。杨继沉隐约察觉到什么，寻望时却没看见什么。

　　江珃"噔噔噔"一鼓作气上了五楼，忙不迭地找衣服，准备洗澡。

　　徐单"哎哎哎"地叫住她："你翻箱倒柜找什么？你男朋友呢？"

　　林芸目不转睛地盯着江珃，想听她讲个一言半语。

　　江珃翻来翻去，最后选了一条收腰的黑色连衣裙。

　　"他在楼下等我。"

　　林芸双手递给江珃一张白纸，四面镶金，说："麻烦你帮我要个签名，如果不介意，也可以留个唇印。"

　　江珃说："好，我会问他要的。"

　　江珃一头扎进浴室里开始洗澡。

　　洗完，她换上了黑裙子和杨继沉送的那双高跟鞋，这是她第一次穿这双鞋。

　　江珃怕明天的典礼时间太赶，干脆把要换洗的干净的迷彩服叠好塞在双肩包里。

　　杨继沉抬头就看见了推门而出的江珃，微风吹起她的裙摆，露出两条纤细修长的腿，她虽然个子不高，但比例很好，即使晒黑了一些，但还是清丽可人。

　　他也没见过几次她穿裙子的模样，以前多数是校服，宽宽松松的，上次在海边穿的那条白裙子大概是她为数不多的比较正式的一条了。后来暑假，她在家一般都穿睡裙，衣柜里的衣服裙子也都是偏素雅，哪像眼前这一条，把她的身体线条都勾勒出来。

　　视线往下，他就看见了那双高跟凉鞋。

　　妩媚性感，可偏偏她生得清纯，一身黑色在夜幕下别具诱惑。

　　杨继沉看着江珃一步步朝他走来。

　　他忽然想起寒冬的那个夜晚，她在派出所待了一夜，看见他出来时也是这么笑着，笑着朝他走来，眼中的柔软让他一下深陷。

当时说不清那到底是什么滋味感受，莫名地触动了他的神经，那一刻他只想着，我要这个女孩。

江珥主动牵起他的手，说："走吧。"

杨继沉笑了笑，握紧。

两个人走入了人流，在花花绿绿的人群中并不显眼，是所有普通情侣中的一对。

小熊巧克力

酒店里，杨继沉抽完一支烟，瞥了一眼江珮。她已经睡着了，睡得很沉，纹丝不动，哪怕他托着她的脑袋。

杨继沉在学校边上订了酒店，江珮没想到他会订最高档的酒店和最贵的套房，那装修那服务，她差点以为自己是总裁夫人。

她知道他不缺钱，见过的世面多，曾经家世显赫，可不知怎么，这种落差感还是油然而生。

他虽然没上过大学，没有现在社会需要的越高越好的学历文凭，但他似乎什么都懂，历史天文地理，音乐艺术体育，无论说什么他都能接上话。时间长了，江珮爱他越来越深，他有太多面了，似乎永远都看不透，深深吸引着她。

她崇拜这样的他，也自卑于自己的普通和渺小。

经济是其次，见识才是他们之间的鸿沟。

也许是女生心思敏感，她很怕以后相处他会对她越来越失望，然后有一天像电视剧里那样对她吼道："你和她怎么比？你什么都不懂！她才是我需要的女人！"

这么一想，江珊一路都没说话，垂下了脑袋，深陷于自己构造的苦情剧里。

可进房的一瞬间，江珊像重新活了过来，满客厅的香槟玫瑰，在水晶灯下闪闪发光，是一种朦胧梦幻的美丽。

沙发上摆了许多小熊玩偶，茶几上是甜点，旋转的摩天轮餐盘道具上放着一块块精致的小蛋糕，满屋子的甜味儿。

江珊像小孩子一样跑过去，摸摸这儿摸摸那儿，看向杨继沉的时候眼眶都红了。

杨继沉笑着，在单人沙发上坐下："果然，女人还是最喜欢花了。"

江珊高兴过后，笑容慢慢敛了，走到他身边。

杨继沉"啧"了声，拉过她，将人搂入怀里："果然，女人还很难猜。这是不高兴还是怎么了？"

江珊问："你以后会厌烦我吗？"

没由来的一个问题让杨继沉摸不着头脑，但是很耐心地回答了她。

"我为什么要厌烦你？"

"因为我太普通了，我一点儿也不好，你为我做了那么多，可我什么都不能为你做。"

"你这不自信的毛病什么时候养成的？"

江珊噘嘴："认识你以后。"

杨继沉低低笑了："一个月不见，怕我被别的女人抢了？"

"外面比我好的人多的是……"江珊声音很轻。

"你也说了，外面比你好的人多的是，可我为什么偏偏喜欢你？"

他这么简单的一句话忽然把江珊给治愈了，她说："谁知道你。"

杨继沉握紧她的手，亲她的耳垂。他低哑道："为什么偏偏喜欢你，可能这就是命吧。"

"那以后你会一直喜欢我吗？"

"会。"

江珬的额头和他的额头抵着，她说："万一你变得越来越好，而我停滞不前呢？"

杨继沉的手放在她的腰上："我变得越来越好肯定是为了你，如果你愿意永远在原地等我，那已经是我的幸运了。小珬，我不是神，我也只是个普通人。"

言语间，两人的嘴唇碰到了一起，杨继沉没顾得上温柔，长驱直入。

江珬轻声道："我好想你，阿沉……"

她的声音微微颤抖着，那一句"阿沉"喊得杨继沉倒吸一口气。

"我也想你啊，小笨蛋。"

这次来学校找她，就是想抱一抱他的小姑娘，这一个月他实在太想她了。

男人总是把情情爱爱挂嘴边显得小家子气，他也一向不喜欢和别人说太多自己的私事，一起训练的也会问起江珬，问他想不想她啊，和她处得怎么样了，杨继沉都是敷衍几句。

生活里习惯了一个人，自己也把她纳入生活的时候，忽然她不在身边了，做什么都缺一股劲，可又想着挨过这阵就能见到她了，忽然又有了动力。

在珠城训练时，他时常想起江珬的模样，哭着笑着吵着闹着，和他撒娇撒泼，和他温柔缠绵，那段时间她晚上总偷偷溜出去陪他训练，她不在时他觉得身边空荡荡的。

此刻一声温柔的"阿沉"似乎让一切都变得值得了。

他重新吻住了她。

"咕噜噜——"江珬的肚子不合时宜地响了起来。

杨继沉笑了，说："还没喂饱你啊？"

江珬又气恼了，这人的嘴巴真该拿针缝上。

杨继沉不逗她玩了，点点下巴，指向茶几上一个深棕色的纸盒："里面有好吃的。"

江珮拆盒子前拿了一块小蛋糕塞嘴里，拆开一看，是上次害她拉肚子的小熊巧克力。

杨继沉说："新鲜的，没过期，还是最新款，据说甜而不腻，入口即化。"

江珮对它没了当初的那种不舍情怀，反倒是兴致缺缺，看在杨继沉精心准备的份上，打算今日一雪前耻。

江珮握着小熊巧克力，递到杨继沉面前："你先尝一下。"

像小朋友分享食物一般，第一口得给最喜欢的人。

杨继沉不喜欢零食："你吃吧。"

他开了客厅的电视，正在放一则口红广告。

江珮说："快八点了，电视剧正好要开始了。"

她坐回他身边，捧着巧克力一口咬了下去，本以为会是巨大的满足，但牙齿咬下去的瞬间触到什么柔软的流质东西，滴滴答答，里面的爆浆爆了出来，溅了她一裙子。

江珮吸了吸手指，一脸无辜地看向杨继沉。

杨继沉目光一沉，心中的火苗轻而易举地就被她挑了起来。

江珮："我去洗个澡，但是这怎么办啊？"

杨继沉拿过纸巾盒，抽了几张包住巧克力扔回了盒子里："下回再买给你吃。"

"不用了，我已经吃到了，确实不错，你尝尝？"江珮也逗他，把沾了巧克力的手指伸到他嘴前。

杨继沉微挑眉，就这么看着她。

四目相对，不言而喻的暧昧。

江珮收回手："我去洗澡。"

洗完澡，江珮换好浴袍，杨继沉接着去洗，两人看着像在穿情侣装。

泡完澡的身体格外疲倦，陷在柔软的床上，江珮觉得脚底发疼，不知道是穿了一会儿高跟鞋的缘故，还是军训了一天的缘故，躺着都没法起来。

房间在二十五楼，杨继沉没拉上全部的窗帘，窗外灯红酒绿，大厦林立，城市的灯光将夜晚点亮。

江珣抱着他的腰腹，脑袋搁在他胸口，怔怔地看着夜景发呆。

谁也不说话，江珣安心地睡着了，他把她的手脚放好，她都没察觉。

平日训练得晚，这个点杨继沉还睡不着，但此刻无事可做，他翻看着短信，从一开始和江珣发的短信他都没删，现在回过头来看还觉得挺好笑的，那会儿小姑娘多么矜持，一字一句都小心翼翼的。

"嗞！"

手机进来一条新短信，巧得很。

祝菁：早点回来，别耽误了训练，我能不能发大财就靠你了啊，杨老板。

杨继沉看了眼，没回她，觉得没劲，把手机扔了，侧身搂住江珣，想想还是睡吧。

"晚安，宝贝儿。"他吻她额头。

清晨第一缕阳光洒进来的时候，江珣被弄醒。

"七点了，该起了。"

"啊！"江珣一下子弹起，着急地换衣服。

杨继沉抓了抓头发，也跟着起床。

"八点要集合，来不及了，你都不早点叫醒我。"江珣说。

杨继沉打了个哈欠，挑眉道："完了，我都能预感到以后我是什么地位。"

江珣推他进浴室："快点刷牙洗脸啦，等会儿就出门。"

早上八点集合，八点半开始开学典礼入场仪式，整个2008届新生都集中在学校的大操场上。杨继沉坐在观众席里等待着，烈日炎炎。

满场都是人头，他也瞧不见江珣在哪儿。后来江珣的班级走过场，她站在最前头举牌子，杨继沉终于看见了，像模像样的，神情严肃，步伐规整。

校长演讲，辅导员讲事儿，结束时已经快十点，那日头毒得都能把人晒掉一层皮。在满场黑黢黢的男生中杨继沉最显眼，个头高，皮肤比那些男生亮一点，穿得简单却不乏气场，倚在操场必经的门口等江珮。

一解散，江珮就奔了过去。

班里那些眼尖的同学开始议论了，男生吹着口哨说："得，一开学就被抢走了一个，没戏！"

宿舍另外三个女孩慢悠悠地跟在后面，拿着帽子当扇子摇。

张佳佳说："恋爱真好，小珮眼里都是有光的。"

林芸说："这是我第二次见杨继沉……"

徐单拍了拍林芸的脑袋："你运气真好，偶像的女朋友和你一个宿舍，你说你一个女孩子，咋就爱上了赛车？"

林芸摇头："我不爱赛车，我只是喜欢杨继沉，因为他才喜欢的赛车。"

"你……"

林芸："喜欢归喜欢，崇拜归崇拜，不是男女之间的感情，我也喜欢小珮。"

徐单松口气："我差点以为以后还要来个姐妹争宠，为男人翻脸要心计呢。"

林芸："……"

宋逸晟跑过来拍了下徐单的肩膀，笑得特灿烂说："同学，麻烦给江珮同学带个话，让她统计下还有多少女同学没 QQ 号，没加群，另外每个人要收三十块班费，让她通知下女生。"

"行。"

宋逸晟这人不怕生，热络道："那是江珮的男朋友吗？"

徐单说："关你什么事儿。"

"嘿，我帮广大男同志问问啊。那男的瞧着挺眼熟啊，不会是啥名人吧？还是隔壁学校的校草？"

林芸注视着那两人的身影，崇拜道："那是杨继沉，迄今为止，唯一蝉联四年 CRRC 冠军的人。"

宋逸晟露出一排白牙齿，笑嘻嘻道："怪不得觉得眼熟。"

林芸多瞧了他一眼："你也喜欢赛车？"

"还凑合吧。"宋逸晟摸摸脑袋，"走了。"

而那头的杨继沉搂过江珅大摇大摆走了，穿梭在人群中，绿荫蔓延，一高一低的两个人走出了校门。

杨继沉订了下午五点的机票，后天就是比赛，他待不了很长时间。

江珅跟着他回了酒店，收拾东西，准备退房。

可那些玫瑰花都还娇艳得很，江珅蹲在那儿闻了好一会儿，可怜兮兮地问："这些花怎么办啊？"

杨继沉："扔了。"

"好浪费哦。"

"你怎么什么都那么不舍得，怎么不见你不舍得我一下？"

江珅是真不舍得他，伸手环住了他的脖子，轻声说："下回别来了吧，等你都比完了再来吧。"

她想他，不舍得他，但也心疼他来回跑一趟，容易分心消耗体力，反正以后多的是时间在一起。

杨继沉说："吃饱喝足了就不需要我了？"

他挠她痒，江珅和他在一起后越来越怕痒，他的手指轻轻一动她汗毛就会竖起来。

两个人翻滚成一团，江珅"咯咯咯"笑个不停。

江珅说："我是说真的，最多还有两个月，很快的，你……好好比赛。"

杨继沉琢磨了会儿，说："行，到时候你别想我想得哭鼻子。"

"那比完赛以后来了浙州，你以后就待在这儿了？"

"你在试探我？"

江珅揪着他的 T 恤，眨眨眼："没有。"

杨继沉双手枕在脑后，说："这儿挺好的，有青山有绿水，城市交通也都挺发达，你毕业后想去哪儿？"

"你去哪儿我就去哪儿。"

下午两点江珺要开班会，只能送杨继沉到校门口，杨继沉在校门口打车去机场。

大中午的，校门口没什么人，地面被烤得"嗞嗞"冒气。

江珺牵着他的手："你到了机场，到了珠城都要记得给我发短信，回去好好休息，后天也好好比赛，注意安全。"

杨继沉看着她，小姑娘脸蛋红扑扑的，眼睛里像是有星光，认真贴心地叮嘱他。热风热浪下，他有一瞬间的错觉，仿佛他们不是热恋期，而是在一起很久很久了，彼此相熟到紧密不可分，一个眼神就能懂对方在想什么。

杨继沉笑笑，说："知道了。"

他转身要上车，江珺拉住了他的衣角，软糯道："这……就走了啊？"

杨继沉说："嗯，走了，要两个多月后才回来，反正有些人也不想我。"

"谁不想你了？"江珺不知道什么时候把红绳解了下来，握在手里，递给他，"给你。"

杨继沉问："你这么宝贝的东西要给我？"

虽然问是这么问的，但他眼里的笑意都快溢出来了。

江珺拉过他的手，给他系上，系最宽松那个扣，正好，男人刚劲有力的手腕配上红绳，竟有种禁欲之感，江珺觉得好看极了。

杨继沉拉过傻笑的江珺："再等我一段时间，很快。"

"嗯。"

杨继沉握住她的手，亲了一下，说："走了，快点去教室吧，这里太热了。"

"好，你到了机场别忘记给我发短信。"

车子呼啸而去，只留下呛人的尾气，江珺走在路上也不觉得热，整个人像被掏空了一样，上回他离开墨城时，她也是这种感受，整个人仿佛一下子没了精神和动力。

江珮到的时候教室早已坐满了，张佳佳招呼她。全教室只有江珮一个人还穿着军训的服装，其余的都回宿舍换上了自己的衣服，男的俊女的美。

江珮把林芸要的签名给她。

林芸目光含泪，双手虔诚地接过，就差一鞠躬了。

这是江珮第一次体会到杨继沉的个人魅力和分量，这世上除了她爱他外，还有人不求回报地、真诚地喜欢着他。

宋逸晟突然冒出来："江珮，你和你男朋友怎么认识的啊？"

徐单说："你怎么这么八卦？你不会喜欢小珮吧？"

宋逸晟脸不知怎么红了："你瞎说什么，我纯属好奇。再说了，我对赛车这方面也算有点研究。"

江珮简单地和宋逸晟聊了几句，只是句句都离不开杨继沉。

辅导员进来，他们停止了聊天。

宋逸晟最后补了一句："你男人可真帅啊！"

杨继沉到珠城的酒店时已经快晚上十一点了，周树他们听到动静兴冲冲地追过来，"砰砰砰"地把门敲得震耳欲聋。

杨继沉还没喝上一口水，开了门，第一句话就是："有毛病？"

周树被骂惯了，嬉皮笑脸道："一起去吃点烤串儿怎么样？楼下那羊肉串可香死我了。"

杨继沉拨了拨头发，懒洋洋地往屋里走，拿过桌上的水一喝就是半瓶，他头仰着，喉结滚动。

周树叽叽喳喳描述着那羊肉串，眼睛一转。

一声吼叫差点叫杨继沉把水喷了出来，他目光斜过去："有病就去吃药。"

周树像好奇宝宝一样凑到杨继沉身边，说："沉哥你手上怎么多了一条红绳？"

一伙人闹哄哄地出了酒店，周树这人疯，一喝酒更疯，哭天喊地地要找个女朋友，大排档的其他食客不知翻了多少白眼。

周树说："沉哥你不知道，贺群也有女朋友了，就我打光棍了！"

杨继沉喝了口白酒，眉头微皱，随后笑了，对贺群说："怎么没听你说起过？"

贺群笑笑说："没成的事，什么女朋友，不过就是认识了发发短信而已。"

杨继沉叼了支烟，对周树说："你上次回去不是说家里人要给你相亲吗，没中意的？"

周树这人好骗，这话题把他成功带跑，说起那相亲的女的，他一口气可以写个八百字作文。

四个人喝了个半醉，杨继沉回到房间，翻了翻手机，江珃没回他消息，他估摸着她睡熟了。

深夜两点，杨继沉冲了个澡睡了。

这一觉醒来已经是第二天下午，和江珃在一块儿，他没怎么睡着，在飞机上也没休息好。

拿起手机一看，有江珃的两个未接电话，杨继沉抓了把头发，裸着上半身坐在床边，习惯性地摸了支烟抽。

电话很快接通，江珃的声音很清脆愉悦，甜甜的一声"喂"让杨继沉笑了。

"在干什么？"

"刚领完书，往回走呢。"

"书重不重？"

"还好，就那么几本，比高中时少多了。你刚睡醒？"

杨继沉吐了口烟圈，"嗯"了声。

江珃说："明天就要比赛了，不去练习一下？"

"等会儿就去。"

"昨晚几点睡的啊？"

"回来后和他们去吃了个饭，两三点睡的。"

江珃说："我昨天睡得早，就没回你短信。"

杨继沉说："我知道。"

"你怎么知道？"

"我什么都知道。"

江珅小声地"喊"了声。

杨继沉去见女友的事在那儿训练的人都知道，都是头一回看他谈恋爱，有些关系处得不错的，时不时拿这事说笑，男人间的话题虽然直截了当，但也会适可而止。

有一哥们儿打算年底结婚，发了邀请函，就有人把话题扯到杨继沉身上，问道："YANG，你什么时候结婚啊？"

杨继沉拧着机车的油门试了试，说："还早。"

"早什么啊，差不多了，结婚，生孩子，人生大事就完成得差不多了。"

杨继沉笑了笑，没回答。

训练的休息空当就数杨继沉那一块人最多最热闹，几张嘴离不开"结婚"二字，喊来喊去，一旁的郑锋听见了。

夕阳西下，赛道上的人影都被拉得老长，郑锋眯眼瞧着那边，思虑了片刻走了过去。

再过几个月就又是新的一年，得，2008 年他还没搞定这小子，原以为借着江珅的光能让杨继沉收敛几分，没想到这小子反而更加不把他放眼里。

郑锋虽和江珅开玩笑说这小子这儿不好那儿不好，但其实打心底里欣赏着杨继沉，所以江珅每次听到这些话的时候都忍不住笑。

见郑锋走来，大伙自觉散场。

周树拍拍杨继沉的肩膀说："你老丈人不好弄啊，加油。"

杨继沉抬起眼皮看了一眼，低头继续把玩他的新车子。

郑锋现在也不和他客套了，开门见山道："小珅在那边怎么样？"

"还行。"

"刚刚听你们聊结婚，什么结婚？"

杨继沉懒散道："和郑教练有关系？"

郑锋认回女儿不久，从前没能好好待她，这会儿是真的宝贝到不行，对着杨继沉语重心长道："你别和我扯东扯西，你要是真喜欢小珊，就该往长远想，小珊还小，你要好好照顾她。"

杨继沉郑重地"嗯"了一声，难得地在郑锋面前露出认真的表情。

杨继沉一个人在那儿多跑了半个小时，回到酒店差不多晚上十一点。

他房间门口站着个女人，身材高挑性感，穿着条黑色的露脐短裙，手上拎着些东西，靠着墙壁，似乎等得有些无聊，嘴巴嘟起。

杨继沉没什么表情，径直走了过去，刷卡。

祝菁见到人立刻喜笑颜开："我给你带了个东西，预祝你明天比赛顺利。"

祝菁摊开手，是一枚平安符。她说："我前两天去了庙里，向大师求的，保平安保顺利。"

杨继沉说："不用，谢了。"

他前脚刚跨进去，祝菁后脚就跟了进来。

祝菁说："平安符不要，这点水果和酒总得收下吧。这红酒是我朋友珍藏的，送我了，我就借花献佛，祝杨老板明天勇夺第一。"

她自说自话地进了房间，找了开瓶器和酒杯。

杨继沉站在门口看她，眉峰微挑，神情不冷峻也不愉悦，一脸的淡然随意。他走了过去，把车钥匙和皮夹往茶几上一扔。

祝菁把酒杯递给他："干杯。"

杨继沉接过，祝菁喝得干脆，模样坦荡荡，杨继沉一饮而下，随后放了杯子转头去卧室。

祝菁没跟过去，大声道："这平安符我给你放桌上吧，就当镇镇邪气了。你看上一站比赛多险啊，你差点失误，这次可一定要顺利，我可是在你身上押了两百万啊，这可是我全部的小金库了。"

杨继沉从卧室出来时手上多了个打火机，他转了几圈，点上了叼在嘴里的烟。

"你的小金库只有两百万？"他嘴角带了点笑意。

祝菁说："我存点钱可难了。"

杨继沉闲散地往沙发一坐。祝菁侧坐在对面的沙发扶手上，笑着问道："我听说今天郑锋又找你了，你真不打算去他的队伍？现在陆萧进去了，他正缺人，也一直很看好你，再说了，他是你女朋友的爸爸，近水楼台先得月啊，不试试？就甘愿一直这么玩下去？"

杨继沉答非所问："大晚上的你很闲？"

"白天睡多了，晚上就很精神，聊两句你也不少块肉吧，我好歹给你带了这么多礼物。"

"祝小姐，你不睡我得睡了。"

祝菁笑笑，走到杨继沉跟前，拿了支他的烟，点上火后说："这两天你很累啊？是不是你的小女朋友太黏人了？"

她的裙摆蹭着他的手臂，一下一下似晚风拂过。

杨继沉挪开了手。

自他们比赛开始到现在，快一个半月了，祝菁从一开始就跟着他们了。这个他们并非指杨继沉这伙人，而是整个比赛的队伍。这次比赛专用的车辆是祝家提供的，祝菁是大老板的女儿，想看几场比赛无可厚非，主办方也欢迎得很。

祝菁这人大方开朗，和谁都能处得很好，对谁都客气热情，有什么问题找她，她都义不容辞，生得性感但身上有股正气。

杨继沉对朋友都一个样儿，说笑几句，调侃几句，对女性朋友也是，比如冯娇，处得都不错，没必要得罪人。

但祝菁的心思实在太明显。

杨继沉弹了弹烟灰，说："知道我女朋友黏人，就给我留点私人空间，晚上还得打个电话报备。"

祝菁依旧保持着微笑，看不出什么负面情绪。她拿上包，说："谢谢你的烟了，那明天见，别熬太晚。"

临走时她拍了拍杨继沉的肩膀，女人的手纤细轻柔，指腹微微刮过他的耳朵。

"祝菁。"杨继沉低笑一声，忽然叫住了她。

走到门口的祝菁一愣，转过身看向他。

杨继沉坐在沙发上，两条腿轻搭着，声音低沉有力："下回别来找我了，我女朋友爱吃醋，难哄，这样没意思。"

"没意思？我倒是想问你，你是什么意思呢？怎么连找你说几句话都不行？"

杨继沉似笑非笑地看着她，目光却是偏冷的，不带感情的。祝菁被看得不自然，点了点头，道："行，那我走了，祝你明天好运。"

人走了，他也清静了，祝菁这人做朋友不错，但再往下走就真没意思了。

他给她点面子，不捅破不说破，自个儿能拎得清那就最好了，省得让自己难堪。

祝菁一走，杨继沉又点了一支烟，感觉有点想念江珊。

他喜欢江珊身上的那种干净气息，不算计人，不耍心思，喜欢一个人能付出十二万分真心。

说曹操曹操就到，手机屏幕上来电显示的备注是"宝贝儿"。

那头江珊的声音软软脆脆的，她略有点苦恼道："今天宿舍里没人。"

杨继沉掐灭烟，问道："害怕了？她们去哪儿了？"

"晚上吃了食堂的饭菜，都上吐下泻的，我看着像食物中毒，就让她们去校医那边看看，结果校医那里都爆满，我陪着她们去了趟医院，才回来没一会儿。她们几个都住院了。"

"那你呢？还好吧？"

"我下午在辅导员那里，没和她们一起吃，回来的路上买了个煎饼，逃过了一劫。好像今晚食堂的菜有问题，大伙吃了都中毒了。"

"那就好，你躺床上了吗？"

"刚躺下，已经熄灯了，觉得有点睡不着就给你打电话了。没吵到你吧？明天就比赛了。"

"没，我也刚回来。"

"那你洗漱一下早点睡？"

杨继沉笑笑："明天星期一，你们开始上课了吧？"

"嗯，第一天上课。啊，对了，我成了副班长。"

"你们辅导员还挺有眼光，班长是谁？"

"是班里的第一名，是个男生，人还不错。"

"才开学多久，人还不错，这就认识了？"

江珃故意气他："是啊，学校里好看的男生那么多，有才华的也那么多，前几天晚上和室友去广场那边看他们唱歌，一男生边唱边朝我眨眼呢。"

杨继沉声音里含着笑意："那男的你还找得到吗？"

"嗯？"

"找到了告诉他，这是面部神经麻痹，找医生看看。"

两人聊了几句，杨继沉说："快十二点了，你得睡了，明天我比完赛再找你，嗯？"

"那你也早点睡，养好精神。明天要注意安全，名次是其次，一定要注意安全啊，平常训练也是。"

杨继沉拨了拨额前的头发，嘴角微勾："知道了。"

江珃以为上了大学就会轻松点，其实不然，和高中没多大差别，只是没有那么紧张罢了。大一课程多，一个星期除了周末就只有三节课左右的休息时间，还有早晚自习，标准的早六点起晚十点到宿舍，挨个洗漱完，爬到床上都已经累成狗，还要捧着书继续念。

江珃以前没做过正式的PPT，查完课题的相关资料，做个PPT就花了一个周末。

白天上课晚上晚自习学习，不像以前能和杨继沉唠嗑很久，他们之间定的一个三元情侣电话套餐似乎也没什么用了。

本来江珃还可以上课时偷偷和他发几条短信，可学校没多久出了新政策，搞了个手机袋，按照学号上交手机，没交的算旷课。家境富裕的学生可能有两部手机，可普通学生都只有一部，甚至有些贫困生连个手机都没有。

江珊忙着适应新生活，对杨继沉既想念但又顾不上，有一回晚上两人打电话，她就这么睡着了，还打鼾。

杨继沉第二天笑她像小猪。

杨继沉两场比赛拿下单人冠军是意料之中的事情，江珊和林芸也看了比赛直播，但网络经常卡顿，别人留言在欢呼胜利的时候，她俩还在等加载。

江珊和林芸之间的话题三句离不开杨继沉，江珊喜欢他所以总爱提，林芸崇拜他所以以他为目标，一个夸他千好万好，一个夸他能力强。

林芸还向江珊展示了自己在贴吧写的文章，每一场关于杨继沉的比赛解说，都透着对他的爱慕和崇拜之情。

林芸兴致勃勃，往下一翻，江珊瞪大眼睛，林芸赶紧收起来。

两个小姑娘你抢我藏，闹成一团，林芸最后妥协，说："写的一点儿小文章，关于你和 YANG 的。"

江珊往下翻看，看着看着忍不住笑了。林芸的文字风格很清新，以第三视角描写的他们，一些她和杨继沉打电话的日常，还有上回他来找她。

网友们反响很热烈，一边喊着想知道多点，一边闹着不承认这个女朋友。

林芸说："你知道的，粉丝也分正与负的，喜欢一个人到了偏执的地步就分不清现实和幻想了。人对喜欢的东西都想占为己有的，不用在意那些评论，YANG 承认的女朋友，真爱粉都会喜欢祝福的，这个圈子也没娱乐圈那么复杂。"

江珊笑了会儿忽然僵住，点开一个帖子，名字是：杨继沉的那些绯闻女友，有图为证。

第一个是个女模特，娃娃脸，大胸，在酒吧和杨继沉贴身坐着，两人看上去有说有笑。

第二个是个什么千金，锥子脸，大胸，在一场派对的天台，两人喝着红酒调笑。

第三个又是个模特，御姐风，大胸，在夜总会搭着杨继沉的肩膀扭腰。

江珃忽然想起第一次见杨继沉的时候，在KTV，他和边上的女人调笑着，看起来特吊儿郎当，当时她真觉得他不是个好人。

虽然知道他现在对她一心一意，好得不得了，但不知道怎的，看到这些还是有点吃味，心里那团小火苗闷闷地烧着，气不打一处来。

谁允许他以前这么勾三搭四的。

徐栀夏那样对她，她当时都没怎么生气，可偏偏是这些乱七八糟的女人，让她忽然吃起醋来。

杨继沉对徐栀夏从不会流露暧昧之色，客客气气，所有人都能看得出他是真把她朋友，当妹妹相处，不开玩笑不逗弄，所以江珃打心底里相信他对徐栀夏没感情，都是徐栀夏一厢情愿，所以她会觉得徐栀夏是个可怜人。

但瞧瞧这些图片，他笑得多开心，眼里都冒光了。

那会儿季芸仙问她，如果杨继沉身边冒出张三李四她会不会吃醋，当时觉得会吃醋，但没想到原来这么严重。

林芸小心翼翼地拿过手机，解释道："这些都是花边新闻，你知道的，YANG从未公开承认过谁，你是绝对的正牌。"

江珃抿抿唇，看了林芸几眼，忽地笑了出来，她不知道自己瞎生什么闷气，看了几张照片就恨不得冲到杨继沉身边问个清楚。

江珃无奈地说："果然女生是小心眼的动物。"

她说的是她自己。

林芸一笑："小珃，你生气也这么温柔。"

江珃说："不是温柔，只是想明白了，没什么可置气的。不过……我回头得盘问盘问他，让他从前左拥右抱的，浑蛋。"

这一句"浑蛋"不像骂人，反倒像情侣间的情趣。

杨继沉那边忙着训练和辗转下个城市，江珃忙着读书，两个人打电话的频率越来越低，发两句短信，不是你有事就是我有事，个把星期下来，江珺把这花边新闻的事忘了。

整个宿舍就数江珺最认真了，事也特多，三天两头地往辅导员办公室跑，一会儿要收这个费用，一会儿要发那个东西。好在宋逸晟是个能干的人，很多小事儿他一人就揽了，秋老虎热得厉害，他常常一头一脑的汗。

辅导员都打趣过他："你是不是喜欢副班长？大学生恋爱可以，但别耽误了学习，我读大学的时候心无旁骛，那会儿啊……"

宋逸晟喜欢江珺这个流言，传得隔壁班都知道了。

宋逸晟人虽然搞笑，但长相是实实在在的干净俊朗，少年个子高精瘦，是年级里最帅的一根草，几个宿舍当八卦一说，就都知道了。

去食堂吃饭时，徐单碰碰江珺："你看你看，他又在看你呢！"

江珺正吃饭呢，闻言，扭头看去。宋逸晟不躲不闪，露出一排洁白的牙齿，"嘿"了一声，说："真巧。"

徐单小声道："哎，你有没有发现他的眼睛和你男朋友有点像啊。"

江珺摸着下巴盯了会儿宋逸晟："是有点，都是那种内双，很好看很深邃的那种。"

"还深邃，我看他就是喜欢你。"

江珺扒了口饭："不是吧，我不觉得。"

转眼又是一个周末，徐单又买了机票去隔壁城市见她的男友。徐单这人虽大大咧咧，但感情绝对专一。江珺看过她男朋友的照片，很英俊的一人，剑眉星目的，和徐单很般配。

到了国庆，学校一瞬间空了，该回家的都回家了，宿舍里其他三人也都回了老家，只有江珺没回去，季芸仙约了她，说是来这边找她。

可季芸仙买票买得晚，傻乎乎地买了六号的票，怎么着都要过来找她。

江珮在宿舍闲着无聊，时不时给杨继沉发个短信。可他一般隔一个小时才回一次，三言两语聊不出什么，江珮眼巴巴地等着他的短信，忽然有种和他生分了的感觉。

果然人不能闲着。

江珮在这几天恶补了一系列迪士尼动画，从前家里没电脑没网，看电影都是在电视机前苦苦等待，高中三年更是戒电视，她上回看电影还是和他们去电影院那次。

六号那天，季芸仙风风火火地来了，在学校边上的酒店订了房，有钱就是不一样，做派和杨继沉一样，住的最好的套房。

季芸仙给江珮带了一行李箱的特产，说这个饼难吃那个糕干腻，但毕竟是特产，凑合着吃吃，都是情意。

江珮带她溜达了一圈，扫荡前街后街，逛了两天，两个人腿像断了一样，呈"大"字形躺在床上。

江珮问她："怎么不趁着这个假期去找张嘉凯，自从他八月份走了以后你们就没有见过面了吧？"

季芸仙望着水晶吊灯："找他干什么，我才不去找他，王八蛋。"

"你们又吵架了？"

"不知道他那个榆木脑袋怎么想的，口口声声说要赚钱给我花。我缺钱吗，我缺的是他来陪我的时间。但想想也怪不得他，他喜欢这个东西才去做，谁不想得个好名次，也算有志气，不枉费我当初第一眼就粉了他。"

江珮说："这两次比赛他名次不错。"

"算有进步吧。"季芸仙语气有点心不在焉，像有心事。

江珮一眼就察觉到了，说："你来找我不是单纯来玩的吧，到底怎么了？"

"没，我就是想你了。"

"老实交代。"

季芸仙烦躁地蹬腿，叹气道："我爸妈说明年把我送去澳大利亚做交换生，我又不想去，吵了一次又一次，非要我去，我还没和张嘉凯说。"

"啊？那得去多久？"江珂坐了起来。

"到大四毕业吧，我才不要去呢。"

"可……"

季芸仙的父母都是生意人，不太管她，但从小有什么决定都不会顾及她的想法和意见，既然说了那就是板上钉钉的事情了。

季芸仙鼓着腮帮子："我不管了，等一满年龄我就和嘉凯去领证！"

"你爸妈知道你和张嘉凯的事情吗？"

"不知道，知道了还不打断我的腿。"

江珂说："你找个机会试着好好沟通一下，虽然知道成功的概率不大，但还是得好好说一次。我那时候以为我妈怎么着都不会同意，可真当事情摆在了她的眼前，她比我想象中的淡定许多，也没有很强硬地拆散，即使她还是怨我爸爸。"

"你妈那是爱你，为你考虑，我爸妈压根儿就对我不上心。"季芸仙吸了吸鼻子。

静默了几秒，季芸仙眼睛红了，眼泪一颗接一颗地滚了下来。

季芸仙这人情绪来得快，去得也快，是个实打实的乐天派，前一秒还哭唧唧，后一秒就能笑嘻嘻。

江珂喜欢她的这种性格，神经大条却自由自在，很容易获得快乐。

国庆假期结束时，季芸仙滞留在浙州，说是这儿的食物太好吃，假期后开学的第一天还跟着江珂去蹭了节公共课。

这儿的教室比她学校的大得多，季芸仙像个小孩一样在里头跑了一圈，其余人像看神经病一样看她。

"小珂，我们坐哪儿？"

江珂指向靠墙的几排："我们班的坐那里。"

"副班长！这里！"宋逸晟早早占了座位，手舞足蹈地朝她们招手。

徐单去找男友还没回来，一排四座，季芸仙正好顶徐单的位置。

张佳佳吸着哇哈哈饮料，说："这是你的好朋友？"

介绍一番，季芸仙很快和那两个姑娘打成一片，林芸也跟着聊了几句，因为季芸仙是张嘉凯的女朋友，林芸觉得稀奇。

宋逸晟凑过来："哎，你好朋友是哪个学校的啊？性格和你真是截然相反。"又从后伸手过去，"吃不吃糖？"

季芸仙正好瞥见，视线在两人之间晃，往椅子上一靠，把糖拿了起来，侧着脑袋看向宋逸晟："你在追小珮？"

宋逸晟挠了挠头："你瞎说什么，把糖还我！"

"小气鬼，不就一颗糖，我就吃你的！"

季芸仙穿着雏菊花纹的连衣裙，浅棕色的长发泛着光，脸精致得像洋娃娃，俏皮起来有几分可爱。

宋逸晟头一回见这样机灵古怪的女孩，话多，开朗，还有点无赖。

他"喊"了声："随便你吃不吃。"

他低头翻书。

上课铃一打，教室安静了，季芸仙给江珮传小字条，问她后面这个男生是怎么回事。

江珮觉得头疼，这一个个的，眼珠子都是玻璃珠做的吗？这世道难道男女生关系好点就是暧昧什么的吗？

她回了个"没有"。

一来一回后，季芸仙传来字条：你小心沉哥回来打屁屁。

江珮干咳了声，揉了字条没再回她。

脑海里却浮现出杨继沉的样子，江珮特想现在就看到他。

距离上次见面才过去不久，但处于热恋中的人，一天二十四小时都觉得不够。

不是有那样一句话吗，有时一分钟很短，有时一分钟很长。

大课中间有段休息时间，宋逸晟拿笔戳江珮的背脊，说："等会儿中午要不要一起吃饭？"

这一戳，不知怎么一甩，钢笔的墨水甩到了季芸仙的裙子上，一道墨蓝色的弧线。

季芸仙身影一僵，阴沉沉地转过了头。宋逸晟立刻认怂："姑奶奶，我不是故意的！"

季芸仙拍案而起："你个……你……你叫什么名字！"

她抓过他的作业本，一看，宋逸晟。

"名字倒是很好听！可姑奶奶我今天要拿你祭天！"

宋逸晟拔腿就跑，季芸仙直接踩到桌上，跨了出去，两个人在教室里兜圈子。

"救命！小珂！救命！你朋友怎么那么泼辣！"宋逸晟绕了一圈过来，急匆匆地喊道。

江珂还来不及回话，他们已经跑到了教室的另一边。

季芸仙指着他道："你说谁泼辣，你才泼辣！"

宋逸晟迈着长腿跑，回身说："你脾气这么暴以后嫁不出去的，问问在场男同志，谁会喜欢你这类型！"

"我又不嫁你，关你屁事！你给我站住！"

"小姑娘家家的，别说粗话！"

跑得累了，宋逸晟摆摆手，示意停战，季芸仙猝不及防地撞在他身上。宋逸晟拉住季芸仙，少年掌心灼热，季芸仙猛地抽回手，凶巴巴地看着他。

宋逸晟看了看自己的掌心，嘿，他第一次牵女孩的手就给了这小辣椒？

他叹口气，举手投降："你要怎么着就怎么着吧。"

最后季芸仙玩着他的钢笔，给他画了个大老虎脸。

公共课上老师点名回答问题，宋逸晟站起来，一抬头，全场爆笑。宋逸晟脸皮一向厚，但还是哼唧几声，对季芸仙说："臭丫头，下回你等着！"

"没下回了，拜拜了您！"

第二天季芸仙收拾行李就走了。

宋逸晟屁颠屁颠地跟着江珂一起去吃中饭，问了才知道季芸仙走了。这回轮到江珂八卦了，她说："你不会喜欢上我朋友了吧？"

宋逸晟还是那副表情："搞笑吧朋友，喜欢她？我堂堂财经学院的学霸喜欢她？我就瞎问问，画的老虎可真难洗。"

江珺说："她性格就这样，跟谁都能熟，把你当朋友才这样开玩笑的，她……最近心情不太好，比较容易上火，见谅。"

"咱俩谁跟谁，你朋友就是我朋友。你男朋友怎么不来找你了，你们以后就这样异地？"

"他可能比完赛会过来吧，以后大概也会一直待在这里，具体的还没商量，等他比完再说，还早，也不急。"

"你怎么和他在一起的啊？"

张佳佳瞥他一眼："你怎么比女人还多事？"

宋逸晟说："朋友之间聊聊情感问题怎么了，我可是妇女之友，为广大女性提供了追男策略。"

江珺"噗"地笑出来，几粒米喷到他身上："对不起，对不起，我不是故意的。"

徐单在假期后第四天回来了，没化妆没穿高跟鞋，提着行李箱，失魂落魄的，宿舍里大伙大气都不敢出。

张佳佳小心翼翼地问："要不要吃点葡萄？"

"啪！"徐单把手机往桌上一砸，直直地站那儿，不动了，像个木头人。

江珺走过去，轻轻拍她的肩膀："怎么了？脸色怎么这么差？"

徐单忽然抱住她，痛哭，大骂道："那个贱人！王八蛋！他怎么不去死！不去死！"

其他三个人面面相觑，大约知道发生了点什么。

四个姑娘溜出宿舍，来了个夜不归宿。前街的大排档烟气呛人，却别有一番香味，两瓶二锅头，四瓶啤酒，一盘烤串，几人吃到了后半夜。

徐单醉得人事不省，江珺开了个房勉强把人扛到了里头。她也没喝过这么高浓度的酒，就一小杯人就晕晕乎乎的了，自个儿脚跟都站不稳，摇晃几下，倒在了徐单边上。

徐单这次国庆去找她男友，一开始浓情蜜意的，玩得很开心，徐单想见见他在新学校的朋友，可男生不肯，说是朋友都回老家了，没必要见了。徐单要他在空间里发张他们的合照，男生也不肯，说这样秀恩爱太幼稚。

徐单脾气上来，哭闹着说他不爱她了，变了，女人多容易哄啊，亲一亲抱一抱，发个照片，就哄好了。

可男生偷偷摸摸又把照片删了。

第二天两人又为这事吵架，徐单质问他："你是不是对我腻了？是不是认识了新的女孩，就觉得和我在一起没意思了？"

她咄咄逼人，无理取闹，男生也觉得厌烦，吼道："我就是烦了，你能不能不这么闹，大家都很忙，有意思吗？"

他一吼，徐单心灰意冷了，想着他连哄都懒得哄了，干脆挑明道："你小号里的女孩是谁，你约她一起放孔明灯，是你们班里的？"

"你翻我手机？"

"怎么，翻不得？不翻我还不知道呢。"

"随便你，我和她没事。但是徐单，对你我是真的累了，我们算了吧。"

徐单赏了他一个大耳光，一个人在宾馆里躺了几天才回来。

徐单哭着说："男人都这样三心二意，初恋总是遇渣男。小珺，我做错了什么，为什么他越来越没耐心了，就他忙，我不忙吗？开学后都是我找的他，他身边一直有很多女孩，我就知道他会变心，我就知道！呜呜呜……"

不知道是不是酒精作用，听完徐单讲的，江珺心里也有点彷徨。

杨继沉会不会有一天也会这样？男人如果变心了，是怎么都挽不回来的吧。

杨继沉现在对她千依百顺的，可要是以后变得冷淡了，江珺觉得自己会受不了的吧。

这么胡思乱想着，江珺突然很想念他，特别想听他说，我不会那样对你，我会永远爱你。

于是江珺躺着拨了个电话给杨继沉，深夜一点多，他应该睡了，可她就是想听听他的声音，就任性这一回。

嘟了几声，电话接通了。

江珺率先开了口："阿沉……"

那头的人沉默着，隔了好几秒才说："我不是YANG。"

是一个女人的声音。

江珺一个激灵："你是……"

"他喝醉了，在洗澡，有什么事明天再找他吧，我看他今晚应该回不了你电话了。"

"啪！"

电话断了。

江珺呼吸逐渐变急促，愣愣地看着手机上的通话记录，头昏脑涨的，眼圈就这么红了。

祝菁看着没电自动关机的手机，耸耸肩，对酒店服务员说："杨先生的东西我都放这儿了，他要是问起，麻烦你们说一声。噢，对了，再麻烦你找个男服务员过来照看一下，费用算他的，他酒醒了会结算的。"

服务员点点头，退出了房间。

祝菁走到浴室门外，敲门，倚在边上说："YANG？你还好吧？"

里头没有回答。

祝菁说："我走了。"

走到门口，她又觉得不放心，折了回去，犹豫几秒，拧开了浴室门的把手，里头热气腾腾。杨继沉泡在浴缸里，闭着眼，脸颊和脖子有些泛红，是酒精上脸的表现，他一动不动的，似睡着了一般。

"杨继沉？"祝菁轻轻叫他名字。

杨继沉眉头微皱，低声道："出去。"

"行，你没事就好，我走了。"祝菁笑笑，踩着高跟鞋出了房间。

她父亲一直说杨继沉这人做事稳妥，有血性有骨气，懂得运筹帷幄，不像个赛车手反倒像个商人，处处精明，有时候却又置身事外。

祝菁笑了出来，这还是她头一回见到杨继沉醉酒。

祝菁走出酒店大门的时候接到了表哥的电话，她裹了裹风衣，沿海城市就是冷。

"这是来验收今晚的成果？"祝菁说。

那头的男人沉沉笑着："你得到想要的了吗？"

"你们这是利用我挖杨继沉呢，还是利用我坑杨继沉？盛覃，你们的事儿我不管，我只是为了帮爸爸看看这批车子的性能到底怎么样，做个数据统计，别拿我做文章。"

"你不是很想要杨继沉吗？今晚这个局送你也不要吗？"

"嘀嘀"两声，祝菁解了车锁，上了红色跑车，行驶在宽阔的大道上。

她说："我喜欢的男人我自己会追，上赶着的女人你会珍惜？再说了，这世界上好男人那么多，不止他一个。"

盛覃"嗯"了声，挂了电话。

祝菁是喜欢杨继沉，很欣赏他，可也不是所有男人都愿意拜倒在她的石榴裙下。杨继沉没那么好追，但相处起来是个不错的人，祝菁打心底里明白，如果她不识趣，怕是连朋友都没的做。

她从小混迹在商人圈里，见多了表面功夫和复杂的人际关系，她和杨继沉一样，都不喜欢无端得罪人。

这次她确实有私心，想再探探他的心意，可那晚杨继沉把话说得挺明白了，她没必要再死皮赖脸地贴上去。

自己即使不是谦谦君子，也绝不做卑劣小人。

前两个月徐栀夏的事情闹得沸沸扬扬，祝菁也大概知道了事情的始末，是有多愚昧无知才会去做这种自毁前程的事情，为了个男人，祝菁不理解也想不通，明明这世上还有更多值得费精力的事情。

杨继沉后来是被服务员扶到床上的，他在浴缸里泡得皮肤都皱了，人也没缓过劲来。

一觉睡醒，身体像被敲碎了一样，但好歹神志是清醒的。

收拾东西回了队伍住的酒店，杨继沉刚跨进自己房间，贺群就闯了进来："哥，周树和海凌队的人打起来了，要送医院了。"

杨继沉捏着眉心："怎么回事？"

"我不知道！我和嘉凯在花坛边抽烟呢，就听到另外那边吵起来了，再一看就打成一团了，说有人受伤了，就叫了救护车，这会儿救护车正在赶来的路上。我听前台说你回来了，就赶紧来找你了。"

杨继沉把东西一放，跟着贺群下了楼。

那几个人就在酒店门口附近打的架，一人坐一边，一个捂着额头，一个在抹嘴角的血。

围观的人堵了个水泄不通，杨继沉挤进去，只见周树脸上青一块紫一块，额角渗血，捂着手臂咬牙切齿的。

周树见了杨继沉喊了声哥。

还没等两人说上话，救护车就来了，周树一瘸一拐地上了车，而另外那人也被抬了上去，看着伤得挺严重的，眼神却是凶狠凌厉的，仿佛在得意些什么。

杨继沉三人跟着上了救护车。

初步检查下来，周树没什么大碍，但手臂肌肉损伤，得休养一阵子。周树一听就急了："怎么能休养，我过几天还有比赛呢！"

医生推了推眼镜："那也得休养，不可以做用力气的活儿，年轻人，这会儿不珍惜身体，老了有的罪受。"

杨继沉说："好，知道了，多谢。"

杨继沉把人带到了走廊，是个清静地儿，三个人围着周树，没有责怪的意思，只是觉得这事太突然，很是无奈。

杨继沉眼睛还有些红，是昨晚宿醉的后遗症，他声音都是沙哑的，双手抄在裤袋里，淡淡地看着周树。

"说吧，怎么回事？"

周树被气得眼睛也红了，但男儿有泪不轻弹，他咽不下这口气，不爽地说："海凌不过是去年新建的队伍，论资历，这儿的每一支队伍都比他们老，实力还没拿出来给人看，就轻狂成那样。"

周树看向一侧。

杨继沉："继续说。"

"十几岁的小孩，毛都没长齐，气焰倒是不小，说咱们车队已经散了，已经四分五裂了，不用一年时间就可以把我们搞垮。还说我们不过是些三流赛车手，要什么没什么，留我们和他们这些职业的比就是侮辱他们。哥，我们辛辛苦苦爬上来，没有正规的教练和场地又怎么了，一不偷二不抢，靠的是自己。我们因为喜欢才去做这个事情，以前你觉得车队的名利不重要，对什么都不在意，我们也无所谓，都是些虚名而已。可说到底我们是一支队伍啊，现在国内能和我们和你相比的，有多少队伍多少人？就连郑锋也要对你低声下气，他们算什么？栀夏是走了，我们是缺了一角，可怎么会散呢？我们以后会散吗？"

天下无不散之筵席，其实他们心里都明白，总有一天车队会散的，只是时间早晚罢了，而杨继沉也不止一次说过他不打算玩这个玩一辈子。

江珅的出现让杨继沉变了很多，他们都能感觉到，杨继沉变得爱笑了，更有人情味了，人也比以前柔软了许多。可他们也感到了危机，害怕杨继沉寻到了人生的另一个意义就放弃了赛车。如果没有杨继沉，他们这支队伍算什么。

周树看着嘻嘻哈哈，可躺床上的时候也想了很多，有些想法谁都没提，怕伤了几个人之间的感情。

海凌那几个人的一番话激恼了周树，他一时没控制住就上去争辩，那边的人也是火气大的主儿，就打了起来。

杨继沉神色不变，反问道："你们想一直往上走吗？"

一直往上走，荣誉一生。

周树说："想，你不想吗？"

杨继沉沉默了，半晌，他哑着嗓音说："赛车是我小时候的一个爱好，当初我被逼到走投无路才去玩地下赛车，我不像你们，一开始就是一腔热血。那时候我只是为了钱，为了活下去，用命换钱，用钱换取命，要说情怀，我比不上你们。打从一开始我就说了，我不会做这个做一辈子。"

周树双手渐渐握拳，盯着杨继沉看。

杨继沉自嘲似的笑了声，说："如果你们想走得更远，不如别跟着我了，试试职业队，资金方面也不用愁。"

周树喘着气："哥，你明明也想的，为什么就是不愿意？以前不屑郑锋，看不起他，是因为他做事风格不像个人，可现在不一样了。不说小珊这层关系，我觉得郑锋变了很多，就像那时候老五说的，如果想爬得更高，我们需要这样一个桥梁。"

杨继沉下颌微微绷紧，想点烟，想到这里是医院，忍了下来。

良久，他说："我想想吧。"

见他松口，三个人都瞪大了眼睛，周树也是始料未及。

杨继沉经历过大苦大难，人生起起落落，普通人只会思考活着的追求和未来，可他总在想他现在活着是为了什么，荣誉吗？钱吗？到底为了什么？这人啊，看似风光，但像飘在云朵上，找不到什么意义，拼命活了下来，从别人脚底下爬了出来，却忽然失去了方向。

他一向没什么追求，随意松散，所以对郑锋的建议没什么兴趣，对什么赛事热情也一般。可现在似乎有了什么不同，他至少不是一个人了，两个人的感觉真好，不是吗？

海凌队虽是去年新建的，但犹如破竹之势，来势汹汹，队员都是些血气方刚的年轻人，有闯劲有激情。

带领海凌队的教练名叫盛罩，杨继沉曾经听说过，前两年刚从国外回来，加拿大华裔，家庭背景不小，实力更是不可小瞧，不过二十七八岁的年纪，却做了教练。

盛罩和祝菁的这层关系杨继沉早在半年前就知道了，所以不太愿意得罪祝菁，也不是怕，只是觉得没必要生事，他懒得去处理这些事情。

昨晚的饭局也是盛罩办的，有电视台的记者来做个人采访，采访结束了一起去吃了个饭，和盛罩、祝菁、电视台记者、郑锋，还有另外一支队伍的主力。

杨继沉平常酒量还算可以，但没什么酒瘾。他们玩车的，酒精一向都是少碰为好，可那几瓶酒确实烈，不好推托，一顿饭下来，五六个人都喝了个酩酊大醉，盛罩给他们开了房间。

他进去了就泡澡缓酒劲，后来发生了什么记不清了，隐隐约约记得有人把他扶上了床。

这盛罩是什么用意，都心知肚明。

杨继沉带着周树回酒店，遇上刚睡醒的郑锋，他就在他们房间门口等着。

郑锋说："我有话和你谈。"

杨继沉挑眉一笑，让人进了房间，习惯性地找手机看时间，可摸索了一圈，没找到。

郑锋坐在沙发上，说："那盛罩对你……你找什么？"

"手机。"

"不会忘在昨天的酒店了吧？"

"没有，早上有带回来。"

没一会儿，张嘉凯跑来说："我和周树的手机被偷了！哥，借个手机，我给芸仙打个电话。"

杨继沉停了手上的动作，笑道："这小偷挺利索啊。"

张嘉凯和郑锋瞬间明了这句话意思，张嘉凯没多说什么，退了出去。

杨继沉自己点了一支烟，把烟盒扔给郑锋："试试？这儿的烟，味道挺浓。"

郑锋弓着背，夹着烟，点火。他吸了口说："你也看到了，盛罩是什么行事风格的人。"

"这不和你当年挺像的嘛。"

杨继沉时不时嘲讽他，郑锋已经习以为常，现在也不当回事了。

郑锋说："谁年轻时没个嚣张的时候，你现在比盛罩也好不了多少。我那会儿虽然急功近利，但不做这种卑鄙的事情。你要明白，越是活在上流，城府越是深，盛家百年家业，背后是什么关系。盛罩是赛车教练，但他更是个商人。商人，以盈利为重。他手底下的那伙人，我在墨城的时候就查过资料了，都有各自的绝活，在国外也是佼佼者，年少气盛，却活得像个傀儡。这种团队，我看得多了，一开始总是蹿得快，后面跌得也重，可盛罩这人野心大，难说。他对你什么态度，昨晚的饭局上你品出来了吧？"

杨继沉懒懒地靠在沙发里："我还挺吃香啊。"

"你们队伍散着，盯着的人多得很，成不了友人就会是敌人。杨继沉，要不是有小珊，这会儿你也是我的敌人。"

杨继沉抽着烟，没回话。

郑锋说："别这么散着了，好好想想以后，到底想成为什么样的人，到底想爬到什么高度。你要说你无欲无求，我是不信的。我可是听说摩协的人打听过你了，可别错过了进国家队的机会，这次的 CRRC 还有最后一站，拼点力。"

杨继沉扬眉，像是有了点兴趣："摩协？"

"如果你真进了国家队，我想你进 MotoGP 就有更大的希望了，去体验下不同的比赛，不同的机制和训练。杨继沉，你还算不上是个真正的摩托车手，别太自负，路还长。"

郑锋拍拍他的肩膀，走了。

这次郑锋心平气和地和他讲完话，像个老父亲般，对他充满期许。

郑锋那个年代，中国的摩托车运动刚刚正式起步，获得的荣誉影响力太小，不像现在，这数十年的发展，摩托车运动已经开始被国家重视，也有了更多重量级的赛事。

国家队。

杨继沉微拧着眉陷入沉思。

江珊昨夜没睡好，晕晕乎乎地眯了过去，可上午一醒来就猛地想起了昨晚的那通电话。

电话里女人的声音性感妖媚，却不艳俗，似曾相识。

江珊盯着昨晚的通话记录，蜷缩着身子，想了很久。

徐单醒来，推她肩膀，江珊眼睛陡然睁大，忽然想起了那是谁。

徐单问："你怎么了？"

江珮没回应，鞋也没穿，进了卫生间里，重新拨了电话过去，心跳一下比一下快。

今天没昨天那么情绪化，也没那么多百感交集，可她怎么能不胡思乱想，祝菁说杨继沉在洗澡，他回不了她电话，听起来太容易让人多想了。

可电话里提示对方处于关机状态，江珮打了十多个都是关机。

现在是上午十点十八分，他关机，或许是还没有醒来。

江珮脑海里冒出一幅画面：他赤身裸体的，怀里拥着祝菁。

江珮愣了好一会儿，又拨了郑锋的电话，也无法接通，张嘉凯的也是，这伙人像一起消失了般。

回去后，江珮心事重重。

比起自己的胡乱想象，江珮更担心他们是不是发生了什么，为什么都联系不上，可也没有出什么大新闻，那个城市风平浪静，一切祥和。

下午四点多的时候，手机来了条短信，江珮心一松，随后又提了起来，是季芸仙的短信。季芸仙问江珮能不能联系到杨继沉，张嘉凯不知道滚哪儿去了，她说她快到他们所在的城市了。

江珮不顾老师在上头警告，"噼里啪啦"打下一行字：如果你见到了他们，让杨继沉给我回个电话，我也联系不上他。

老师说："副班长是吧？手机没上交？想算旷课？"

"对不起，老师，我有要紧事，今天不能交。"

那老师刚毕业，火气大着，想着自己还管不住学生了，几步走来，强制性地收了江珮的手机。见徐单也在玩手机，一并收了，他说："尊重老师，老师才会尊重你们，就算是班干部也不能松懈，身为班干部更得以身作则，你们来上大学是来玩的，还是来读书的？想玩的都给我出去，别浪费你们父母的钱，浪费我的时间。"

徐单不爽地趴在桌上。

江珮则眼睛无神地看着书本。

第 10 章

Janggebali

去找我的小姑娘

郑锋走了之后，杨继沉听到走廊里忽然传来一声怒吼："张嘉凯，你给我出来！"

这声音熟得不能再熟。

杨继沉觉得稀奇，想着季芸仙怎么过来了，这样一想，他觉得江珊是不是也来了，便掐了烟去开门。

张嘉凯闻声冲了出来，一把抱住季芸仙，哄道："你怎么自己过来了？我还打算去找你呢！"

"找个屁！你手机呢？"季芸仙掐他，打他，似撒娇又似撒气。

张嘉凯脾气好，任由她打骂。

张嘉凯无奈："被偷了，真的，不信你问沉哥。"

杨继沉倚在门口看戏，问道："就你自己来了？"

季芸仙打够了骂够了，抱着张嘉凯的胳膊笑嘻嘻道："对啊，难不成……你觉得小珊也来了？我告诉你啊，其实……"

她故意拉长尾音，杨继沉眼尾上挑，似信了点什么。

季芸仙说："其实……真的就我一个人来了。"

杨继沉眯眯眼，懒得和她计较。见他往回走，季芸仙叫住他："小珅找不到你，让你给她回个电话，她好像还挺急的。"

"把你手机给我。"杨继沉说。

季芸仙翻出自己贴满水钻的手机递给杨继沉："等会儿打完了给我送来。"

她拉着张嘉凯进了房间。

杨继沉回了自己房间，走到窗前，秋天的萧瑟席卷了整个城市。

打了三个，没人接听。

来者是客，杨继沉请季芸仙去吃饭，几个人就在酒店的餐厅里吃，杨继沉一向大方，点了一桌子的菜。

季芸仙说："今天是有什么喜事吗，这么豪气。"

周树觉得自己虽然受伤了，但今天确实是个好日子，因为杨继沉松口了。

闲聊几句，季芸仙说起江珅，对杨继沉说："我前几天去找小珅了，待了几天。她学校可真大啊！她还是他们班的副班长呢，你们猜……班长是男的女的？"

张嘉凯："你这么问那就是男的了。怎么，又八卦到了什么？"

季芸仙看着杨继沉，笑眯眯道："沉哥，你可得当心点啊。小珅班里啊，狼多肉少，小珅如花似玉的，都快被他们盯出洞了。特别是那个男班长，听说无论上什么课，都喜欢坐小珅后头，还玩她头发，给她糖吃，有时候还会一起吃中饭。男生玩女生头发可不就是喜欢吗？所以，为了帮你教训他，我吃了他的糖，还在他脸上画画了！我对得起你这一桌菜吧？"

杨继沉要笑不笑的，漆黑的瞳仁没什么情绪波动。

大学校园，江珅没人追那才是真的有问题，可他倒是没听她说起这号人。

季芸仙说："你回去了可得好好对小珅啊。男人不用心啊，女人就会跑。"

杨继沉说："把你手机再借我一下。"

杨继沉拿了手机走到走廊，四下没什么人，地上铺着红底黄色的古典花纹地毯，电话响在第三声时被接通。

杨继沉开口："是我。"

听到他的声音，江珊的声音拔高了几分："你在干什么？怎么你们的电话都打不通？"

杨继沉嗓音哑却含着柔情："手机都被偷了。今天发生了点事，还没来得及去买新的，明天要比赛，后天再去弄。"

江珊呼吸一滞："发生什么事了？"

"周树和别的队闹了点矛盾，受伤了，去了趟医院。"

"那没有别的事了？"

杨继沉反问："那应该还有什么事？"

电话那头的小姑娘没了声，只有清浅的呼吸声。

大概沉默了有一分钟吧，江珊说："昨天呢？"

她故意把声音放软，让口气听上去不那么像质问。

"昨天晚上去吃饭了，喝了点酒，回来就睡了。"

他很平常地讲述着，没有半点心虚。

江珊的醋意更深了，直截了当地问："祝菁也在？"

杨继沉回："嗯。"

他不否认，也不多解释，坦坦荡荡的。江珊心里还是相信他的，但就是在意。

杨继沉见她不说话，问道："你怎么知道？"

"上次是她给你送的充电器吧，昨天也是她陪着你的？"

女人敏锐起来，真是堪比侦探。

杨继沉笑着："吃醋了？"

江珊说："有点。"

"我和她没什么，心里只想着你呢。"

他一哄，江珊就舒心了。

杨继沉："玩你头发的那小子叫什么，等我过去会会他。"

江珊眼珠子一转就知道是季芸仙说的了，那个大嘴巴。

江珊说："宋逸晟和谁关系都很好，我和他没有什么。"

杨继沉脸上的笑意逐渐凝固，喉结滚了滚："你再说一遍，他叫什么？"

"宋逸晟啊。"

"哪个'sheng'？"

"日字头底下一个成功的成。"

"晟"字，光明兴盛的意思；"逸"字，安闲，也有失散的意思。

这个名字并不大众，杨继沉印象深刻，以至于江珈一说出口他就想起来了，仔细算一算年龄，那个人应该和江珈同年。

杨家破产那年，欠了一屁股债，当时杨继沉虽年少，但已经开始接触公司相关事宜，多多少少明白里头的一些玄机。

王丽韵性格温软，是位好母亲，杨继沉现在回忆起来，也依旧想不起半点类似父母当着孩子面吵架这种事情，她从不会这样做，小心翼翼地保护着孩子的心理。

可夫妻间的矛盾如果存在，就不可能完全隐藏。

杨家面临破产危机，杨帆气得发病住院，王丽韵站在他的病床前边哭边问："你倒是说啊，你的另外一笔钱到底在谁手里？你想让我和继沉下半辈子活得人不人鬼不鬼吗？"

杨继沉站在病房外，静静听着。

杨帆始终不给王丽韵回应，像要誓死维护着什么。

王丽韵崩溃地大哭："杨帆！你不是人！我跟了你二十几年，你就这么对我吗？你真以为我不知道？我只是不愿意和你计较，不愿意让继沉为难，所以我都自己一个人承受着。钱在那个女人手里对不对？比起我的儿子，你更喜欢她的儿子是不是？"

杨帆呼吸变快："你……"

王丽韵没有声嘶力竭，倒像是绝望。她说："那孩子今年差不多十二岁了吧，在浙州读书吧？杨帆，我不是傻子。宋逸晟，是这个名字吧，你取这名字是什么意思你比我清楚多了。晟，是我当初流掉的我们的孩子的名字！因为我不能生了所以你才去找别人吗？逸晟，继沉，你这一生是不是圆满了？"

杨帆虚弱道："阿韵，是我对不起你……"

王丽韵临死，都没有和杨继沉提起这件事。她以为只有她和杨帆知道而已，她没有办法告诉儿子，你父亲对婚姻不忠，还在外头有了个孩子。

后来杨继沉去查过这个孩子，一点小道消息，不全面，再后来就再也没有关注了。

那个孩子随他母亲姓宋，而这位宋小姐，曾是杨帆的秘书，公司的相关事宜都经由她的手。

只是杨继沉也没想到这世界这样小，有一天会这样遇见。

江珬听他久久不说话，轻声问："怎么了吗？"

杨继沉在电话那头不自觉地皱了眉，说："你离他远点儿。"

"可我们真的没什么——"

"我知道。"

"你也吃醋啊？"江珬试探着问。

杨继沉不确定到底是不是那个人，他家里的事情他也不曾仔细和江珬说过，眼下倒也觉得没必要和她说，省得她担心，胡思乱想。

他敛了敛神色："你再乖乖等我一段时间，别胡思乱想。"

"可昨晚祝菁说你在洗澡，你们……"

"我想想啊……昨晚我喝醉了，大概是她帮我接的电话。不信我？"

"没……我只是问问嘛。要是你打我电话是个男生接的呢？换位思考。"

杨继沉颇有耐心道："这边的事情我一时也说不清楚，你别乱想就行了，我只有你一个。"

江珬雨过天晴，笑道："那你这两天忙完了记得用新号给我打个电话。"

虽然杨继沉解释了，江珬也相信他，但多多少少还是在心里留下了疙瘩，刚在一块儿的时候就做好了他会被女孩簇拥的准备，但真发生时还是吃了一缸醋。

这头的徐单夜夜买醉，夜夜诉衷肠。她和那个男生之间最主要的矛盾就是因为时间太长，女的太缠人，男的解释到不想再解释。

大概就是传说的"小作怡情，大作伤身"。

江珅不想成为这样一个人，也想在这段感情里给杨继沉足够的信任。

她深深地了解，他们在一起不是一时冲动，他们还有很长的一段路要走，他的耐心可以在往后的人生中慢慢挪给她。

十一月中旬狂风大作，浙州一下从夏末转入深秋，一个晚上的时间，学校里的树都变得光秃秃的，地面上的落叶厚厚一层，混着湿漉漉的雨水，连着几个晚上雷电交加。

徐单在外面花天酒地，男友换了一个又一个，她们劝不了，只能在她醉酒的时候赶去接她。

张佳佳一如既往地追剧吃薯片，林芸也依旧沉浸在自己的世界里，追逐着她内心的浪潮。

江珅则织了一个星期的围巾，拆了织，织了拆，学了最简单的平针，嫌丑，又学了稍微复杂一点的面包针。

织围巾的线团是在后街买的，一到秋冬，那些小饰品店门口都摆上了线团，好像知道女生会做这些。

江珅心血来潮，载着满腔的爱意也学了起来。

也不知道那时候江眉怎么弄的，看起来很简单的东西江珅却得折腾半天，她一向好耐心，可有几回烦躁得抓着被子咬，像只牙发痒的小狗。

杨继沉十一月底就会回来，江珅日夜赶工，技术终于有了进步。

周五下午没课，江珅和林芸窝在宿舍里看直播，正好是杨继沉秉州站的比赛，也是最后一站。

江珅眼睛和手同时运作，兰花指翘着，一勾一挑，手法娴熟，时不时拉一拉线。

林芸推了推眼镜，说："我贴吧连载的文又有素材写了，到时候YANG什么反应你记得和我说。"

江珅笑了笑。

林芸盯着电脑屏幕说：“这站如果 YANG 还拿第一名，年度总积分冠军跑不了，成绩好的话，可能会是新的纪录突破。”

江珺从前被季芸仙“科普”，这会儿被林芸“科普”，她俩名字相似，连爱好也相似。

江珺对他们这一行还是不太懂，但看个输赢还是可以的。

秉州也是狂风骤雨，天气恶劣，考验着参赛者的技术和应变能力。

江珺说：“天气那么差，安全最重要了。”

镜头扫过杨继沉，他戴着黑色的头盔，半伏着身子，漆黑的瞳仁直直地盯着前方。

车服背部的 08 号在镜头里放大，冯娇的解说也开始了，现场的热闹声依稀可闻，赛车运动充满了速度与激情，是大雨也无法浇灭的热血。

比赛在雨中拉开序幕，杨继沉很快把其他人甩在了后面，不断在直道和弯道上变换着姿势，稳而快。

江珺手上的动作渐渐停了下来，目不转睛地盯着屏幕。

冯娇的解说越来越激动，她大概是真心地为杨继沉欢呼。现场大热，镜头扫过杨继沉的粉丝席，依旧是上回那群跳舞的小姑娘，脸上都是雨水，但口号仍然整齐划一，身姿青春活泼。

林芸咽了咽口水：“最后一圈了！快！快把海凌的人给甩下去！”

穿蓝色车服的 11 号选手追杨继沉追得紧，疯咬着不放，车轮摩擦着地面，刺耳的声音昭示着比赛的激烈。

江珺问道：“前三场也是这个 11 号吧？”

总有一个人盯着杨继沉，拼命想追，实力和后面那些人不一样，也曾险些超过杨继沉。

林芸说：“对啊！海凌今年势头很足，这短短的比赛也能看得出他们每天都在进步，你看那个 11 号，其实很厉害了。”

话音刚落，冯娇的解说来了个急转弯，只见两人有轻微的贴身碰撞，杨继沉肩膀被撞，差点没稳住车子摔出去，而他的车速明显慢了下来，11 号扬长而去。

以八秒的差距，杨继沉拿到了秉州站的第二名。

林芸和江珊一时都说不出话，太意外了。

其他组的比赛相继结束，最后是颁奖，杨继沉站在第二名的墩子上，比第一名矮一头，第一名是个十几岁的少年，趾高气扬地举起奖杯，笑得那么自信。而杨继沉一脸的风轻云淡，看似很无所谓。

记者蜂拥而上，问的都是一个问题："这次你拿了第二，是不是有什么地方出了问题？"

杨继沉说："长江后浪推前浪。"

"可你依旧是年度总积分冠军，也很了不起。这次赛事结束后你有什么打算，压力会不会很大？"

杨继沉看向镜头，轻轻一笑："打算啊……我打算去找我的小姑娘，缓解缓解压力。"

记者更来劲了："据小道消息称……"

江珊松了一口气，本来还担心他要不要紧，可这人还会开玩笑，气氛轻松得不得了。

江珊摸了摸手里织了一半的围巾，手心暖洋洋的。

海凌队因为这个第一名声大噪，一时之间，风头大得很。

调整和处理好相关事宜，所有队伍要离开酒店，杨继沉和盛覃打了个照面。笑里藏刀是商人的特色，盛覃客气地与杨继沉握了握手，一边说着恭喜，一边说"希望你能好好调节自己"。

杨继沉似笑非笑着，聊了几句，摆摆手，和盛覃分道扬镳。

郑锋在停车场叫住了他："你现在要去小珊那儿？"

"不然呢？"

"不要失了联络。摩协那边应该快了，你如果去了那边，张嘉凯他们我来带。"

郑锋说这话是试探的意思。

没想到杨继沉没和他抬杠，"嗯"了声。

郑锋眼睛一亮："你答应了？"

杨继沉说："差不多吧。"

"什么差不多！答应了就是答应了，那几个孩子也都有天赋，好好训练，以后前途大得很，你也是，杨继沉，我……我是真为你高兴。"

对郑锋来说，杨继沉这匹野马虽然难驯服，但已经是他圈里的了。

说是十一月底过来，可转眼进入十二月了，人还没见到，学校里已经开始为圣诞活动做准备，财经学院教学楼底层的玻璃窗上贴满了六角雪花，闲置的咖啡读书厅里也搬了棵圣诞树进去。

那条围巾江珮也织完了，装在了一个黑色的礼盒里。

江珮询问了好几次，可那人总说手头上还有点事要做，在做什么也不和她说，任由她浮想联翩。

有次江珮被逼急了，气冲冲地挂了电话，一天没理他，可他似乎依旧不紧不慢的。

江珮也发现了，杨继沉不会像其他男生那样围着女生左哄右哄，他爱你宠你，但绝不盲目。

江珮有时会想起江眉那句话，那样子的一个人，如果有一天他跌到谷底，你会承受不了他的。

他习惯将自己放在让人仰望的位置，习惯了成功，有时候他确实太轻狂。

可她就是爱他的这份轻狂，如果可以，她希望他永远是不可一世的。

临近十二月底的时候，江珮的QQ空间自动弹出生日提醒，以前的朋友同学纷纷送上祝福。

这是她第一次在外头过生日，江眉给她多打了五百块钱，说让她和同学出去吃顿好的。

郑锋更是兴冲冲地说要过来陪她一起过，被江眉训斥了回去。

两人一吵一闹，颇为热闹，江珮也听出了点别的意味，问道："爸爸住你那儿吗？"

江眉犹豫了会儿，承认了。

"那……妈妈，你觉得开心吗？"

那头的江眉看向在厨房里忙东忙西的郑锋，恍惚之中仿佛看到了当年的模样。

江眉说："一朝被蛇咬，十年怕井绳，谈不上什么开不开心。"

郑锋冲着电话喊道："你别听你妈瞎说，她其实心里乐着呢！哎！别打！疼！"

江珀想，从前听闻郑锋多狠厉多硬气，可遇见了江眉，真是改变了很多，像个普通男人、普通父亲一样，照顾着江眉照顾着她。

可怎么杨继沉的脾气还这么硬？

圣诞节，十二月二十五日，江珀在前街的小饭馆订了位置，四个姑娘风风火火地出去过节吃饭。

江珀没等到杨继沉的生日祝福，反倒等到了一则花边新闻。

等上菜的时候林芸神色紧张，捧着手机刷，那会儿智能手机还未普及，大部分人用的都是翻盖或者直板的，网络也是2G的，刷个网页得等很久。

张佳佳说："你别玩了，难得大伙一起出来吃饭。哎哎哎，徐单，你也别抽烟了，呛死了。你爱惜着点你的生命吧，年纪轻轻的。"

徐单掐灭了烟，不爽道："这菜怎么还不上，难不成是从国外空运过来的？"

江珀给林芸倒水，无意间瞥见她的手机屏幕。霸占屏幕的照片色调鲜艳，一男一女站在酒店房间门口，脸上挂着笑，看起来俊男美女，天造地设。

茶杯里的水溢了出来，林芸"啊"了一声，裤子被打湿了，她慌张地收了手机。

江珀说："你给我看看。"

林芸说："这都是不靠谱的事情，我正在删帖子呢，以前那些花边新闻你又不是没看见过。"

"那你为什么要删帖？"

江珀自己上了杨继沉的贴吧，第一页都是关于他和祝菁的，贴吧似要爆了一样，全都在说这个事情。

传言杨继沉与祝菁在酒店幽会，几进几出，有图为证，又有传言比赛完了，两人一块儿离开的秉州，祝菁有权有势还长得漂亮，可怜了那个什么教练的私生女。

如果是其他花边新闻也就算了，可偏偏是祝菁，那个跟着杨继沉走了三个多月的女人，爱慕着他的女人。他那次到底也没有好好解释，为什么祝菁接了他的电话，而她也选择相信他，不再过多质问。

那这一个多月他不见踪影，又到底在忙什么？

徐单说："瞧瞧，这么快就移情别恋了，男人果然靠不住。男人啊，以为自己有本事长得帅，女人就会蜂拥而至，所以很少有真心的，你看看那些什么富二代、校草、风云人物，哪个是一路痴心的？我说小可爱啊，你也别太用心了，他玩你你也可以玩他。"

徐单已经疯魔了，最近的理论一套比一套消极，她们拉不回她，反倒差点被她绕进去。

江珋被空气中的烟味呛得胸闷，沉默了会儿，走出了饭馆想缓一下。

十二月的夜幕，浓稠得似化不开的墨，夜空几颗星星孤单地挂着，甚是凄凉。

拿出手机，在杨继沉和郑锋的名字之间，江珋先选择了郑锋，左试右探，都没打听出什么来。

江珋也不好把话说得太明白，郑锋和杨继沉之间好不容易能和平共处，惹毛了郑锋，两个人又要斗翻天。

不过郑锋敏锐，反问道："是不是那小子欺负你了？"

"没，他走的时候真和你说要来我这儿？"

"怎么，他没来？"

"没事，我知道了。我先挂了，要和同学一起吃饭。"

一片落叶缓缓飘到江珋脚边，她的心像石头似的沉了下去，刚跨出一步，手机响了，是杨继沉。

江珧正在气头上，果断地按断了他的电话，却一直捧着手机看，在等待他第二个电话。

江珧想，如果他不打来，她就真的再也不理他了。

但手机再次响了起来，江珧松了一口气，过了会儿接了。

电话那头有风吹过的呼呼声，他说："你在干什么呢？"

"吃饭。"硬邦邦的两个字。

"哦，吃饭啊……吃出气来了？"

江珧这会儿真是烦了他这种不徐不疾的语气，气呼呼道："没事的话我挂电话了。"

"好啊，挂吧。"

江珧心猛地一揪，像有根绳子在拉扯她的心脏，多轻描淡写的语气啊。

江珧冒出的第一个想法是，他变了，他们之间是不是要完了？随后无数分别的场景涌入她的脑海，催得她鼻尖发酸，心里堵着，郁结着。

那头的杨继沉顿了顿说："挂了以后转过身来。"

江珧大脑被抽空，那一瞬间似乎心也不跳了，脑袋"嗡嗡嗡"的，她慢慢转过身。

饭馆朝南，南边是正在建设的小区和一片田地，这儿还在开发和建设，消费主要靠附近的几个大学拉动，像是在城里，又像是在乡下。

无垠的田地漆黑得望不见尽头，周遭一些店面的霓虹灯牌一闪一闪，为这寒夜添了些暖气，在那棵梧桐树下站着个高大的身影。

他一手握着手机，一手抄在裤袋里，黑色的羽绒服敞开着，里头的毛衣也是黑色的，身姿挺拔，颀长的双腿让他看起来格外盛气凌人，深邃的眸子自始至终看着她。

仿佛去年冬天她第一次见他的时候。

那时候他也是站在梧桐树下，也是这么看着她。那时候江珧就觉得他和他们不一样，他有一双让人害怕又会沦陷的眼睛。

江珧吸了吸鼻子，眼眶泛酸，心底有股说不上的委屈和怨气，既想见到这个人又不想见到。

杨继沉收了手机，薄唇勾着："过来。"

江珺咬咬牙，掉头就走，她才不要再对他唯命是从，太过分了。

杨继沉不慌，反倒笑了起来，慢悠悠地追了上去。小姑娘走得再快，奈何腿比他短啊。

杨继沉从后揽住她的腰，两人并肩走着，姿势自然而亲昵。

江珺出来打电话忘了披外套，身上只有件白色毛衣，气得哆嗦，冷得也哆嗦，他这一揽，她整个人暖了很多。

杨继沉说："吃饭了吗？"

江珺赌气，不和他说话。

走到包厢门口，江珺推他，说："你别跟进来。"

"我见不得光？"

"我们吃饭，和你没关系，你爱忙什么就忙什么去吧。"

小姑娘眼睛红了，杨继沉敛了笑，微微俯身，将人抵在墙上圈着，他伸手摸了摸她的脸，声音也放软了。

他说："气我现在才来？"

江珺发脾气时不喜欢大吼大叫，声音比平常还要低。她说："你早一个月晚一个月来有什么差别，可我都不知道这一个月你在干什么。就像那天打不通你电话我很着急，我怕你们有事，两个人在一起，沟通不是最重要的吗？谈恋爱不就是把生活里的细枝末节分享给对方吗，不了解对方了，感情就会变。"

江珺抬起眼，泪珠在眼眶里打转，没忍住掉了下来，说："其实我觉得我一点都不了解你，你的过去你的想法，你总是……总是让我觉得不真实。"

杨继沉眸色暗了点："那如果以后我们的联系变得更少，就像这段时间我比赛的时候一样，并且会持续很长时间，你也会这样想吗？"

"你一开始去比赛的时候，我有这样想过吗？我不需要知道你每时每刻在干什么，但我想知道你每天做了些什么，而不是一无所知。"

杨继沉拉过她的手，让她环住自己的腰，将人搂入怀里，手贴着她的后脑勺，轻轻安抚着。

他一抱，江珺就忍不住了，眼泪滚滚而下。

杨继沉低声道："我带你去看看我这一个月在忙什么，嗯？"

他说这话的时候，江珺隐隐约约猜到了什么，但嘴上还是倔强着说不去，使劲推开他，抹着眼泪转身就往包厢里走。

他也没有拉她。

里头的三个人面面相觑。

张佳佳问道："小珺……你怎么哭了？"

徐单问："那臭男人真变心了？"

林芸不说话。

江珺大口往嘴里夹菜，塞得满满的，面无表情地嚼咽，时不时瞟向门口。

他忙了些什么？为什么不拉她？他走了吗？

他要是真走了，他们就完了，彻底完了！

越想越气，一口菜噎住，江珺差点把肺都咳出来。

"吱！"

门被打开了，杨继沉走进来，把一张收据放饭桌上，很自然地拿起江珺的外套和背包。

他说："饭钱已经结了，你们随便吃，这位寿星我先带走了。"

杨继沉牵过江珺的手，把人拉了起来。

林芸这么近距离地见到真人，一度快要窒息。

徐单掐了把她："瞧你那点出息。"

徐单把玻璃杯往桌上一放，"咚"的一声，让杨继沉停住了脚步。

徐单说："你怎么搞的？还以为你多行，小珺平时都不哭的，你是不是男人啊？在外面勾三搭四，现在还有脸来要人？"

江珺听着这话不对劲，仔细一瞧徐单，她眼神迷茫，脸颊泛红，那玻璃杯里装的不是雪碧，是白酒。

果然喝醉了。

杨继沉垂眸瞥了眼，没有任何慌张神色，反倒嗤笑了声，不解释也不回应，拉着江珅往外走。

江珅不想让他在她朋友面前难堪，朝徐单她们做了个手势，跟着杨继沉走了出去。

他手握得紧，江珅怎么都挣脱不开，他一手牵着她，一手拎着她的包和外套。

江珅气道："杨继沉！"

"嗯？"他倒是一副好耐心的样子。

江珅倔起来像头牛，死死钉在原地不肯走了，气鼓鼓地看着他，眼眶还红着。

身边路过的餐馆人员都瞧他们，不过这种戏码见得多了，大学里的小年轻吵架的多得很，喝了酒发疯的更是数不胜数。

杨继沉把大衣给她披上，把单肩包往自己肩上一背，手掌着她的脑袋摸了摸。

"乖，出去说。"

"我不去。"

"不去也得去。"

杨继沉腰一弯，一把横抱起她，大步往外走。

一出餐馆，冷风呼啸而来，江珅轻轻呵着气，裹紧了衣服。

他人高，手臂又有劲，被他抱着很有安全感，江珅那时候很喜欢被他哄着抱着入睡的感觉。

路上的人都看着，江珅不好意思了，扭动着："你放我下来。"

杨继沉使力一锢，江珅动不了了。

他拐进一个转角，那里靠墙停着一排车，他走到一辆黑色的车前，放下了她。江珅踉跄几步，身子撞到车子，车发出几声"嘀嘀"声。江珅以为是车的警报声之类的，可杨继沉手里拿着一把黑色的车钥匙。

"咔！"车门解锁。

杨继沉说："我把车开出来，你在边上等我。"

江珅退到一边。

他坐进驾驶座，搭着方向盘，熟稔地打转，三两下就把车从小路里开了出来。

杨继沉摇下车窗："坐副驾驶。"

江珬蹲着不动。

杨继沉眉头皱起："不打算给我个解释的机会了？这就把我判死刑了？"

路上其他驶过的车子按喇叭，江珬没办法，上了他的车。

车子很新，应该是近期才买的，里头没什么杂物，干净到连根发丝都找不到。

杨继沉看得出她在想什么，说："一个月前提的车，开过几次。"

"和我没关系。"江珬平静道。

"有驾照吗？"

"没有。"

杨继沉想了想："趁着读书有空，把驾照考了吧。"

江珬看向窗外，整个人背对着他，不语。

杨继沉说："你是看了那几张照片生气，还是因为我没好好告诉你我在干什么生气？"

江珬一副"我不想听"的表情。

她的嘴巴快噘到天上了，脸上的神情都映在车窗上，杨继沉一手扶着方向盘，一手去牵她的手。

江珬是个好脾气的人，确实是第一次生这么大的气。

他也忽然发现自己不怎么会哄女孩子，好像从来没有过这种经验。

杨继沉缓缓道："那照片大概是一个月前被拍的吧，没发生什么，我又不喜欢她，她也是个聪明人，说几句就懂了。"

江珬因为生气胸口起伏着，说："那天晚上她接了你电话，说你在洗澡呢，我问你，你却三两句就打发了，不能和我好好说一说吗？如果你说了，现在看见照片我也不会这样难过，乱想。"

"那天？什么时候？"

"就打不通你电话那天。"

"噢……那时候啊，那时候她有帮我接电话？"

"你！"江珺甩开他的手，恨不得从车上跳下去。

杨继沉说："我倒是不知道还有这事，她怎么说的？"

"说你在洗澡，说你今晚接不了我电话。"

"那天我喝醉了，回到房间就去洗澡了，也没顾上别的，好像听服务员说是位女士帮我把手机和外套送回来的，应该是祝菁吧。"

"她喜欢你。"

"嗯，可我喜欢你。"

江珺一噎。

杨继沉重新握住她的手，搁在自己大腿上，目视着前方说："自那天后我和她就没什么联系了，所以说她是个聪明人。"

"是啊，她聪明。"江珺腮帮子鼓着。

杨继沉摇头笑着："你什么时候这么爱吃醋了？假新闻而已，不用在意。"

几句话的工夫，穿过了大桥就差不多到目的地了。绿城新天地，是近几年浙州新开发的一个地段，将来会是浙州新的市中心，又临近地铁，马上要造的七号线和八号线也紧挨着，这儿的房价"噌噌噌"往上涨。

杨继沉把车子拐进了一个高档小区，楼房似乎也是近几年新建的，小区设施都很完善，设有五个大门，还有花园、池塘。

杨继沉在九号楼前停下，这和江珺想的有差别，她原以为他是租了店面要开店，因为那时候他说过，可这小区……江珺摸不着头脑了。

杨继沉给她开车门，手搁在上头护着，说："咱们上去看看房？"

江珺木讷地看着他。

杨继沉握着她的手，进了九号楼，电梯停在第十二层。

一层楼有三到四户人家，杨继沉带她来到电梯边上的房门前，按下密码，门自动开了。

江珺盯着智能锁看，她以前没见过。

一开门，里头扑面而来一股木头的香气，倒没什么刺鼻的气味，好像通风了很久。墙壁上有花纹，是粉色的小花，像极了她在墨城房间里的窗帘，很干净清新的碎花纹样。

木地板崭新光洁，头顶的吊灯颇有设计感，明亮的颜色交织，简约而时尚。

里头什么家具都没有，空旷而干净，江珊站在客厅中间一时不知该说什么，该问什么。

她觉得这很荒唐，荒唐到她成了个哑巴。

杨继沉说："看着喜欢吗？三室两厅，最大面积的了，装修是九月份来找你的时候开始的，一个月前回来查看时，还在通风。卧室地板出了问题，厨卫还没装，就跟着一起忙了一阵。"

"你……这房子……"

杨继沉笑着："以后就住这儿怎么样？家具你来挑。"

江珊眼睛又红了："你怎么可以什么都不和我说，我才不需要这种惊喜，杨继沉，你讨厌死了。"

他一个月都不和她说清楚他到底在干什么，神神秘秘，也不会和她打很长时间的电话，她心心念念想着他，可他原来一直都在这个城市，都这样了还不去见她。

杨继沉敛了笑，搂住江珊，江珊一下一下捶着他的胸口。

杨继沉说："是我只想着自己了。"

他倒不知江珊会想这么多，他只是习惯如此做事，既然想给她一个惊喜，就会做到最好最完美，甚至可以一个月忍着不去见她。

他有时候这样自我惯了。

江珊吸着鼻子，眼泪鼻涕流了他一毛衣。她抽泣道："你都不知道我这一个月想了多少，你怎么可以这样！我真的一点都不了解你！"

杨继沉不知道该怎么安慰，只能拥抱她。可小姑娘脾气上来，"叽里咕噜"抱怨了一通，又撒气似的狠狠推他。

杨继沉往后一靠，后肩撞到墙壁，他眉头一皱，"嘶"了声。

江珊一怔，上前查看："怎么了？撞疼了？"

杨继沉顺势把人拥进怀里，手指抚过她的眼角，调整好呼吸，哄道："不哭了，嗯？眼睛都肿了，像个猪脑袋。"

江珅咽了咽喉咙："都怪你。"

"嗯，都怪我，是我不好。"

嘴上怪他，可江珅这会儿早就不生气了，心里只剩满满的不可思议和感动。

距离让人疏远，可这个人就站在她的面前，从他的眼睛里就能看出来他的真心实意。

少年一如既往的轻狂，可也学会了低头说甜言蜜语。

江珅心软了，双手揪着他的外套低低地说："我不是真怪你，我只是觉得你不能什么都不告诉我，惊喜不应该是这样的。你永远不知道给一个人很多时间去胡思乱想是多么令人难过的事情，我真的很害怕，害怕你像别的男人一样因为时间和距离移情别恋了，害怕别的女人比我好，你终于发现了我的普通，不知道为什么，我就是很害怕。我也不是想要你每时每刻都黏着我，我知道两个人在一起需要空间和自由。我也想做一个信任你的人，不会和你无理取闹，不会和你吵架，我也希望自己不会带给你猜忌和伤心，我希望我们对彼此都能坦诚，人和人之间除了沟通就只剩沟通了。"

江珅的睫毛扑闪着，如同蝴蝶振翅，上面沾着晶莹的泪珠。

一言一语都十分真挚赤诚。

她颤声道："阿沉……我真的很爱你，我想永远和你在一起，所以我希望我不会让你觉得疲惫和不舒服。可我也是人，也有自尊。我可以为了爱的人放弃自尊，但如果到了这种地步，我想我已经失去了我的价值，我也会对这样的自己失望。"

杨继沉目光微动，抚摸着她的脸庞，手指轻轻捏着她的耳垂，喉结滚了滚。

"是我想得不周到。"

江珅说："我没有什么恋爱经验，但我不想走我爸妈的老路，有什么我们都得说明白，我想和你这辈子都在一起。"

她主动抱住了他，脑袋贴着他的胸口。

杨继沉弯腰，头埋在她颈窝里，哑声道："小珅，我也很爱你，这辈子就爱你一个。"

"阿沉……谢谢你，我很喜欢这里。"

杨继沉笑了，声音低哑轻柔："别再害怕了，小笨蛋，你比她们好多了。"

江珅也笑了，脑袋顶着他胸膛，闷闷道："我哪里好啊？"

"哪里都好。"

他难得没有逗弄她，正儿八经地夸了她一句。

江珅抬头，踮脚亲了他一口。

杨继沉手掌贴着她的腰，将人往后一提，低头咬了下她的唇："现在不生气了？"

江珅喜笑颜开，大方地拍拍他肩膀："本宫原谅你了。"

"哟，还本宫，我还是头一回见小猪当娘娘的。"杨继沉给她抹眼泪，也不嫌弃她，直接用手帮她擦鼻涕。

抹完，他把手伸到她面前："尝尝？"

江珅躲开了，像只欢快的小鸟在这房子里转来转去。杨继沉笑笑，走去厨房洗手。

他正洗着手呢，腰间突然一紧，小姑娘从后面抱住了他，乐呵呵地道："这里好漂亮啊，阳台那边可以看见大桥的灯光，还有江水，米色的厨房也很好看哎。"

"这里到你学校坐地铁十分钟，就几站路。等你大二大三课少了可以住这边。"

"那以后我们就待在浙州了吗？"

"这儿这几年发展得不错，比墨城发达，环境也好，房价在我还能接受的范围内，在这里定居不会有一线城市的压力，以后如果你毕业了，能找到好的工作，那就正好了。"

江珅浅浅笑着："这事情你和我妈他们说了吗？"

"还没，你还小，对他们来说可能太快了，以后再说吧，也不迟。"

"我过完今天就虚岁二十了。"

杨继沉嘴角勾起，转过身看她，双手抱臂倚着流理台："你这是在暗示我什么吗？"

江珅双手背在腰后搭着，说："今天我有其他的生日礼物吗？"

"那杨太太还想要什么？"

江珅往前走一步，雪地靴碰到他的鞋头。她只到他胸口，也只能仰望他。明亮的顶灯清晰地照亮她的脸和眼睛，有几道泪痕，有些红肿，亮晶晶的瞳仁里闪着盈盈的光，笑的时候眼睛会弯成月牙。

江珅仰头去吻他，他睁着眼看她，她吻得很轻，也很短，蜻蜓点水般。

她还未看清眼前的人，就被抱起转了一百八十度，头顶的光晕成一个圈，然后离那道光线越来越远。

打开朝南的房间，冬夜月光淡淡，从窗户里流淌进来，将方格窗户的模样映在地上，也顺带拂亮了钢琴的一角，雪白的钢琴闪着钻石的光。

江珅惊讶道："钢琴……钢琴怎么在这儿？"

他亲她的耳垂："离开秉州后我先回了趟墨城，把钢琴运过来了。"

原来……他还回了墨城。

他背着月光，额前细碎的头发遮挡住他的眼，他一遍一遍吻着她。

"你什么时候喜欢我的？"他问。

江珅闭着眼，胸膛起伏："你在墨城比赛的时候。"

"喜欢看我比赛？"

"嗯。"

江珅有句话说得很对，他们两个不能走父母辈的老路，不能犯了郑锋和江眉的错，他也不能犯了杨帆的错，他不能让和他相伴一生的人伤心流泪。

功成名就的滋味确实美好，但也确实容易让人迷失方向感。

当他开始闯出点名堂的时候，会自傲自负，心性也改变了不少，那会儿也太年轻，身上的那股气焰根本压不住。如果那时候遇上江珊，也许他会是第二个郑锋。

谁的一生不是在追名逐利，可为了什么，为谁，不能忘。

江珊的头靠上杨继沉的肩膀时，他疼得倒吸了一口冷气。

她听到动静，眉头一皱，将他的衣服脱下，发现他右肩膀那里瘀青一片，又红又青的。

她摸了摸他肩膀那块："你这里怎么回事？"

杨继沉随意道："前段时间摔了一跤。"

"前段时间是什么时候？"

"没事了。"

"你又不和我说，你又瞒着我，我们刚刚还说好不这样的。"

杨继沉垂着眼眸："回了墨城有次骑车，右手忽然抽了抽，没注意就摔了出去。"

"那还伤到哪里了吗？"

"你觉得我像是还伤到哪里的样子吗？"

"可你怎么会……"江珊敏锐，忽然想起在秉州最后一站比赛时的情景，她问，"是不是那时候被 11 号弄伤了？"

"扯到了点筋而已，休息一阵就好了，别担心，周树手骨折了还上了战场。"

"你们这是胡闹！"小姑娘中气十足，像个老爷子。

江珊抓住他的手臂："你比我更懂这有多危险，受伤了怎么还可以比赛，你也是，周树也是，难不成玩这个的真的都不惜命？你都不知道那时候在屏幕前看到你被挤压被撞的时候我有多担心。"

"怎么会不惜命，只是不想让你担心。"

"你又这样，我和你在一起不只是为了享乐，更是要一起承担痛苦的。"

杨继沉轻轻笑了："你上了大学成熟了很多，不再是黄毛丫头了。"

去年这个时候的江珊穿着打扮俨然一副好学生的样子，有点唯唯诺诺，也可能是只对他唯唯诺诺，身上的稚气实在太明显。哪像现在，短短半年不到，眉眼长开了，穿衣打扮都成熟了起来。

可到底还小，是享受青春年华的时候，承担什么痛苦。

杨继沉说："还没过十二点，虚岁还没满二十呢，就想着什么痛苦了？"

"你别和我扯东扯西的，要是下次被我发现还瞒我这些，我就……我就……"

"你就怎么？"

"我就不理你了！"

"哦？那你不理我啊……"他从后面紧紧抱住她。

江珨说："疼！疼……"

"啪！"

她狠狠朝他臂膀上拍了一记。

"你小声点，还没正式住进来，邻居大概就已经对我们印象不好了。"

"你……你是不是早就计划好了？"

"哎，我是计划好了，可计划赶不上变化，有人主动挑战，我能怎么办？"

江珨总是走进他的圈套，或许，这个人本身就是一个圈套。

杨继沉在几个房间都装了空调，只是客厅的立式空调还没选购，屋子里没家具，只有一架钢琴和座椅。

洗完澡，杨继沉抱着江珨坐在椅子上，江珨累坏了，动也不动。

圣诞夜全城都很热闹，情侣活动，商场打折。

十二点的钟声准时响起的时候，落地窗外的江水上头"砰砰砰"绽放出一排烟花，粼粼的江水在姹紫嫣红的光芒下忽暗忽明。

江珨想起那次跨年夜的时候，他们几个人一起放烟花，那时候她也不知道自己会喜欢上这个可能是偷窥狂的男人，那时候她很怕他，躲着还来不及。

江珨轻轻道："那接下来你要干什么啊？"

"休假。"

"然后呢？"

杨继沉："前段时间我搞了个连锁店，你们学校前街的奶茶店要开始装修了，不过以后我可能没什么时间打理，你要是有空就帮我吧，老板娘。"

"你真开了？"

"说到做到。"

"那怎么会没时间打理？"

杨继沉抬眼看向江珺，说："你想我就这样陪着你，还是……"

"你想说中国摩协的事情吗？"

"你知道？"

"爸爸和我说了，他怕你拿不定主意，让我劝劝你，你想去吗？"

"你想我去吗？"

江珺凝视着他："前几天我看了部电影，里头的一句话很适合你——做正确的事，你永远不会错。"

江珺说完这句话，他没有再说话，剑眉微拧。

江珺想他其实早就做好了决定，不然刚刚在饭馆那边也不会说这样的话。

她不知道为什么他以前不去争取不往上走，甚至很排斥郑锋和其他人，固执地走单行道，看起来对什么都无所谓，哪怕他靠自己争取到了荣光，成为中国一等一的赛车手。

但他是个有野心和冲劲的人，她希望他永远做个光芒万丈的人。

杨继沉低头笑了声，看向江珺时有种慵懒自若的感觉。

江珺说："我知道你其实很喜欢赛车，喜欢就去做，这是你告诉我的。"

他如若不喜欢，在他还完债的时候就可以放弃这个危险的职业了，他那么聪明，她想，他在任何行业都可以做得很好。

赛车吸引着他，就像他吸引着她，她喜欢他的自由洒脱，他喜欢赛车的刺激放纵。

也是后来，江珊问起他喜欢的理由，他说，冲出去的那一刻不知道自己会死会活，会让他觉得无畏，让他想明白很多事情，放下很多事情，也会害怕生命的结束，所以他珍惜自己的命，就像人只有从楼上跳下去的那几秒里才会后悔结束生命。

第二天是周五，江珊顶着两个黑眼圈，杨继沉开车送她到校门口，精神倍儿棒，朝她摆摆手说："好好上课，回来我检查功课。"

江珊朝他做了个鬼脸，跑掉了。

快上课的时候，徐单感慨道："啧啧啧，你是奉献家吗？"

林芸问："YANG 都解释清楚了吗？"

张佳佳说："我不懂，我什么都不懂。"

江珊把三个脑袋聚一块儿，小声道："他在这儿买了房子，以后我和他就定居在这儿了。"

"哇！"

四个姑娘都被吓一跳，回头一看，宋逸晟双手捂着嘴巴，眼珠子都快瞪出来了。

宋逸晟坐江珊身后，戳她肩膀："你男朋友回来了？求婚了？你们要结婚了？你们以后就住这儿了？"

江珊吞吞吐吐："这个……嗯……"

宋逸晟问："你是不是特喜欢他啊？"

徐单拿书拍他："你问的什么废话，八卦死了。"

宋逸晟看着江珊，眼神里有股说不出的认真。

江珊点头，说："我很喜欢他。"

宋逸晟缓缓笑了："这样真好，你们以后就有家了哎，真好。"

上课铃响，江珊转过身，宋逸晟垂下脑袋，课桌上有以前的学生留下的涂鸦字样，用刀刻的，还被人用黑色水笔描了一遍，写着：前尘往事，一笔勾销。

十二月底跨年夜一过，就迎来了 2009 年的元旦假期。

江珊头一次扔下书本，欢天喜地地过起了假期，她和杨继沉约好去家具城。

早晨八点，几缕晨光艰难地从云雾中崭露，霜水结成露珠，干枯的枝头一抖，露珠落了下来。假期的校园清晨总是人烟稀少，该睡觉的在睡觉，该回家的都回家了。

杨继沉等在宿舍楼门口的柏油路边上，指尖的香烟烟雾缭绕，像早晨的雾。

不远处传来行李箱辘辘滚在地面上的声音，由远及近，杨继沉把玩着打火机，没在意，直到这声音在他身边停下。

男生比他矮一点点，清瘦而干净，拖着黑色的行李箱，和他一样，穿着黑色的羽绒服。

杨继沉手中动作微顿，一阵冷风卷过，两个人站在晨光里，没有半点交流。

江珊从宿舍出来就看到两个人一高一低地并列站着，她从台阶上跨下，一步比一步走得慢，脸上的笑容也渐渐收了起来，眼珠子在二人身上转，她看上去有点困惑。

宋逸晟朝她挥手，热情道："小珊！我有事找你！"

江珊顿了顿，快步走了过去。她看了眼杨继沉，随后问宋逸晟什么事。

宋逸晟拿出一个暗红色的木头盒子，递给她："喏，新年礼物。"

"不用……"

宋逸晟将东西塞她怀里："你应该拿的。"

他又笑着对她说："我要赶公交车，先走了，外公外婆还在家等我吃饭。"

"哎！宋逸晟！"

人越走越远，江珊像捧着个烫手山芋，她都不知道该怎么解释，真怕杨继沉下回直接把人给拖巷子里打一顿。

"这个……我……"

杨继沉说："送你就拿着。"

他看起来很从容，神色没有一点变化，拍拍她后脑勺，说："走吧，车停在外面。"

江珺为了表示忠心，说："我只喜欢你一个，我也为你准备了元旦礼物。"

"哦？什么？"

江珺从书包里掏出一个黑色的方形盒子："诚意十足的礼物。"

杨继沉拆开盒子，里头是软乎乎的一团，拎出来一看，是一条手工围巾。

他觉得稀奇："小猪蹄子还能织围巾呢。"

"不要就还我。"

宋逸晟送的东西被江珺放在书包里忘记了，直到元旦假期最后一天，她和杨继沉从家具城挑选完最后需要采购的东西回学校，她在书包里翻找宿舍钥匙，那盒子才被倒了出来。

杨继沉在开车，盒子滚落到江珺脚边，她捡起来。

杨继沉看她一眼："不拆开看看？"

"不了吧，明天上课我还给他。"

"他好像对你很热情。"

江珺连忙否认道："他对谁都很热情的，他的性格就那样。"

"那你觉得他是个好人吗？"他风轻云淡地问着。

"难道会是坏人吗？"

这个问题未免奇怪了些。

第二天上课，宋逸晟缺席了，江珺左等右等就是没等到他。

徐单她们好奇，怂恿着江珺打开了那个盒子，是一条项链。

徐单只瞧了一眼就判定说："这个东西价值不菲啊，看这成色看这光彩，我觉得应该有一些年头了吧。"

而此刻的杨继沉正在前街忙着奶茶店的装修，风格和墨城的那家店一样，黑白色调为主，还在门口铺了地砖，设立了室外休息区，有遮阳伞和玻璃小圆桌，有点异国风情，还没装修完就吸引了很多学生。

在杨继沉给工人发烟的时候，门被推开，工人朝门口挪挪眼，示意杨继沉。

宋逸晟看着他，朝他笑，露出一排好看的牙齿。

"我……能和你聊会儿天吗？"他问。

　

在华西大学隔壁有个前年新建的购物广场，从美食到购物一应俱全，五楼有家茶馆，生意冷清，却开到现在。里头的服务员穿着古典，即使没什么人也一如既往地精神饱满，笑容满面。

宋逸晟跟在杨继沉后头，他摊开掌心看了眼，已经出了层细汗。他在裤子上抹了几下，目光落在杨继沉的背影上。

杨继沉要了个包厢，和宋逸晟面对面坐着。

茶师坐在一侧，烧水泡茶，有条不紊。头顶的八角宫灯亮着微光，在古色古香的木桌上投下一道光影。

杨继沉盯着他看了会儿，笑了："你不是要聊天吗？"

"我……"

宋逸晟要说的实在太多，机会在眼前却不知从何说起。

杨继沉开门见山道："你有什么目的，想要什么，直接说。"

"没有！我没有想要什么！"

"那你靠近江珅做什么？"

宋逸晟低下头："我……我只是想认识你……"

杨继沉靠在褐色的沙发上，双腿轻搭。他看起来很放松，或者是根本没有把宋逸晟放眼里。

他说："你早就认识我了，不是吗？"

宋逸晟沉默了。

在杨继沉第一次去找江珅的时候他就已经认出来了，杨继沉的长相，他比任何一个人都记得牢。九月的天，炙热火辣，他从江珅宿舍走回去的时候不断地出汗，最后腿抖到在原地蹲了下来。

对宋逸晟而言，杨继沉太遥不可及了。

他想过有一天要去找杨继沉，也想过杨继沉和他翻脸的样子。

他和他母亲是欠他们的，他母亲欠杨继沉母亲一条命，而他欠杨继沉一个交代。

宋逸晟从小过得丰衣足食，在杨继沉被人追被人打的时候，他还在玩游戏机吃大餐，在王丽韵去世杨继沉痛苦不堪的时候，他母亲带着他远离那里，他还以为是一场刺激的旅行。

　　宋逸晟十五岁的时候送走了母亲，宋苑得了肝癌，都没过四十岁，她躺在床上边流泪边说："这都是报应，报应啊，都是要还回去的。"

　　宋苑给他留下了一张银行卡，里头还剩下一百二十万。宋苑说："妈妈再也不能照顾你了，这是你爸爸给你的，人生接下来的路要靠你自己走了。"

　　那时候他对杨家还没有很准确的概念，只是模模糊糊知道一些大概。他是个私生子，他的母亲一直被人戳脊梁骨，连外公外婆第一次见到他的时候都把母亲打骂了一通。宋逸晟对于杨帆的记忆停留在十岁之前，很多都已经记不得了。

　　关于杨家的种种，他还是从外公外婆嘴里听来的，他们明明不离家门，却对一百多公里外的事情了如指掌。听到杨继沉这个名字的时候，宋逸晟有种很奇怪的感觉，就好像世界上多了个自己。

　　他也觉得自己像个小偷，偷走了别人的人生。

　　再后来，他在网络上，在电视里，在报纸上，一直关注着杨继沉，杨继沉的每一场比赛，每一次采访，每一点风吹草动，他越了解越发现杨继沉是个令人钦佩的人。

　　不知道是血缘的原因，还是他这个人本来就这种性格，宋逸晟觉得自己对杨继沉有种说不出的崇拜和向往。

　　就连外公外婆都说："那孩子可惜了，如果杨帆没搞到这种地步，如果公司还在，那孩子得多有出息，他也是吃了很多苦啊，是苑苑想不开啊，害了别人也害了自己。逸晟啊，你别怨你妈妈，也别怨他们，这都是命。"

　　宋逸晟笑着说："不怨。"

　　他也开始试着接触赛车，摔了几次狗吃屎以后，二老就不让他玩了，可他心里就是莫名地憧憬。

茶师给两个人端茶，青花瓷纹的小茶杯里茶水清澈幽香。

宋逸晟深吸了一口气，说："你都知道了是不是？"

杨继沉"嗯"了声。

"那……那你讨厌我吗？"他很紧张。

杨继沉说："没什么感觉。"

宋逸晟松了一口气，他重新扬起一个笑容，说："我有东西还给你。"

他把那张银行卡放在茶几上推给杨继沉，解释说："这是爸爸当年给的钱，我妈用了些，可是她给我以后我就没动过了，原本该是你的，一共一百二十万，噢，可能会多一点点钱，因为有利息。"

杨继沉眼眸微垂，视线落在那张卡上。

一百二十万，对当年的他来说是一笔巨款，可是现在的他不需要了。

杨继沉说："你自己留着吧。"

"可你不是买房了吗，你还要和小珅结婚，应该缺钱吧，这就当是我的贺礼，行吗？"

杨继沉看向他："把钱给我，然后呢？你想得到什么？"

"我不想要什么。"

杨继沉点点头："那你喜欢小珅吗？"

宋逸晟说："喜欢啊。"

杨继沉眉峰微挑："嗯？"

"喜欢啊！她是我嫂子！是我的家人！"宋逸晟傻呵呵地笑着，眼睛里有光。

杨继沉眸色暗了下来，看着他，没有说话。

宋逸晟还想再说些什么的时候，杨继沉站起身，把茶钱搁桌上，走了。

江珅星期一去上课的时候见到了宋逸晟，他正跷着二郎腿和室友谈天说地，江珅把盒子往课桌上一放。

宋逸晟知道她要说什么，抢先道："这真的是礼物，没有别的意思。"

"这条项链得好几万吧。"江珅说。

几个室友大吃一惊，拍着宋逸晟肩膀说："兄弟，你这么有钱？富二代，富三代？"

宋逸晟把江珅拉到教室外面，说："确实值点钱，但重在心意，不要在乎价格。"

江珅觉得自己看不懂这个人了，她直接问道："你知道我有男朋友的，你送我这个他会怎么想？"

"他会懂的。"

"嗯？"

宋逸晟说："他不会说什么的，和我打赌吗？"

江珅听不懂，把盒子塞到他手里："别随随便便送女生这么贵重的东西，好好收着，不要被偷了。"

说完就走了，留宋逸晟在原地挠挠头。

银行卡和项链，一个都没送出去，有点愁人。

杨继沉以为这事就算翻篇了，他也没有把这个人放心上，一边忙着奶茶店的事情，一边处理新房的问题。江珅则忙于考试复习，一直住在宿舍。

隔了几天，杨继沉去奶茶店查看进度的时候，看到其中有个粉刷小工，穿着蓝色的毛衣，戴着报纸做的帽子，卖力地上下滚刷着。

宋逸晟见到他，笑嘻嘻道："我来帮忙。"

工人师傅说："这小伙子臂力不错啊，干的活也好，正好缺人手，他一天工钱才三十块，划算的。"

杨继沉指向他："你出来。"

宋逸晟拍拍手，掸掸灰，跟着他走了出去。

杨继沉问："你有毛病？"

"我没有毛病。"

宋逸晟接着道："我也没有什么目的。"

"这叫没什么目的？"

"嘿，反正我没毛病也没目的，你爱信不信。"

杨继沉语气沉了些："你妈让你这么做的？你们到底还想要什么？"

"我妈已经死了。"宋逸晟说，"我想……我想跟着你，行吗？"

日光懒洋洋的，照得两个人格外俊朗清秀，宋逸晟说这话的时候双手微微握拳，眼里就差泪光了。

江珅就站在两米开外，正好听到后半句话，手里的蛋糕盒子掉在了地上。

三个人坐在咖啡馆里，面面相觑。

江珅干咳了两声："所以……宋逸晟，你是阿沉的粉丝？"

此话一出，两个男人都皱眉看向她。

宋逸晟摊手："你脑子里在想什么？"

杨继沉看着窗外，一言不发。

江珅问："那你刚刚说的那话什么意思？"

宋逸晟看向杨继沉，也不知道该怎么说。

静了许久，杨继沉说："你过你的生活，我过我的，我没义务对你负责，也没有时间和你耗。"

"我不想和你耗什么！我就是……就是想和你们在一起。"

杨继沉说："有意思吗？"

宋逸晟声音低了："你说你不讨厌我的。"

杨继沉喝了一口咖啡，觉得和他说不通。

宋逸晟说："哥……"

这一声"哥"，让杨继沉和江珅都一顿。

"哥……你是我哥……你觉得我不要脸也好，觉得我神经病也好，我想要兄弟朋友，想要家人，如果你恨我，你就拿我出气吧，我绝不反抗！"

江珅抬起眼，看向杨继沉，又把视线移向宋逸晟，仔细一看，两人的眉眼确实有点像。

可是……可是她记得杨继沉的母亲很早就过世了啊，也从未听他说起过有个和她同岁的弟弟。

杨继沉放下杯子，不悦道："你去看看精神科医生吧。"

杨继沉甩下这句话就离开了，江珅追了出去，她走之前拍了拍宋逸晟的肩膀，因为他居然哭了。

江珅原本和杨继沉约好了下午去看电影的，可被这一耽搁，电影已经开场了。

两个人坐在车里，杨继沉手肘靠在车窗上抽烟，冷风吹进来，伴着午后的日光，倒也不觉得冷。

杨继沉问："等会儿重新去买票？"

"不用了，下次再看吧。"江珅倾身，拿走他手里的烟，掐灭，"你都抽了好几支了，宋逸晟那边是什么时候的事儿？"

"有一段时间了。"

"那你怎么没和我说？"

江珅不是责怪的语气，反倒是心疼他。

杨继沉捏了捏眉心："说不清。"

"他是你爸爸的私生子？你以前就知道了，对吗？"

"嗯。"

江珅靠在座椅上，透过车窗望着蓝天。她说："你恨他吗？"

"你觉得我应该恨吗？"

"说实话，如果是我，我会恨吧，他的存在对我来说太多余了，也是不该有的存在。可是理智一点，这事和他又有什么关系，一切都不是他能决定的。你也是这么想的吧？"

杨继沉握住她的手，揉捏着她的手指骨，哑着嗓子"嗯"了声。

江珅轻轻一笑，侧头看向他："你上次问我觉得他是好人吗，我现在回答你，我觉得他是个好人。"

虽然才相处短短半年，但能看得出一个人到底是不是善良。班里有的人做一套说一套，有的人阳奉阴违，有的人善良傻乎乎。宋逸晟很聪明，总是嘻嘻哈哈的，为人大度，和每个同学都相处得很好。虽然他年轻，看起来并不那么成熟，但他的性格和杨继沉有几分相像。

江珃想，这是不是杨家人专属的气质？

杨继沉嗤之以鼻："好人？我看他脑子缺根筋吧。"

"他好像很喜欢你，这有点出乎意料，我以为他会很讨厌你。啊，你们不会有什么兄弟之争吧，哎，或者你们两个抢我一个，高中时候看的电视剧就是这么演的。"

杨继沉低笑一声，把人拉了过来，江珃跨坐在他身上，后背抵着方向盘。

"你不吃惊？还给我演起了电视剧，嗯？怎么冬天也开始穿裙子了？"

"好看吗？"

江珃前几天染了个棕色的头发，此刻头发被扎成丸子头，阳光下泛着熠熠的光，这发色比黑色更显肤色，二十岁左右是少女胶原蛋白最丰盛的时期，她抹了淡淡的一层粉，脸上的几颗小雀斑不见了，眉毛也描过。

杨继沉说："好看。"

江珃亲了他一口："后天考试，考完所有的科目就可以回家了。在回墨城之前，我想请我的室友们去我们的新居做客，嘉凯他们不是也要来看看吗，正好一起。"

"你安排就好。"

"你说……我下半个学期就搬过去，行吗？"

杨继沉笑了："这么迫不及待？"

江珃捶了他一拳："我住哪儿不都一样吗，你都不会在这里了。"

"现在不舍得我进国家队了？"

江珃抱住他："谁会愿意分离，可我们还年轻，如果现在不去拼，那什么时候去拼？你其实是想参加 MotoGP 的，是不是？"

杨继沉回抱她："你怎么什么都知道。"

"我是不是比以前漂亮了很多，你看，这是我和徐单一起去种的睫毛。"江珃凑到他面前，用长长的睫毛扫他脸。

"哦，这就是你说的一直在宿舍好好学习？"

杨继沉捏住她下巴，亲了上去。

考试前夕，江珅买了烤红薯去男生宿舍楼找宋逸晟，宋逸晟接到电话，套个外套就飞奔了下来。

江珅把烤红薯递给他，两个人走了一段路，在路边的长椅上坐下。

旁边是篮球场，男生们吼着，奔跑着，球砸在地上又弹起，三三两两的女生站在铁网外观望。

宋逸晟吃东西大口，被烫得直跳："你怎么来了？你不会知道我便秘专门给我买红薯吃吧？"

江珅被呛得不轻。

宋逸晟哈哈大笑，笑完他问："你是为了他来的吧？"

"你……"

"你想说什么就说吧，我都无所谓。"

"为什么要这样做？你知道，一般人都接受不了的，倒不如装作不知道，两个人各过各的，像以前一样。"

宋逸晟说："他不是一般人啊。"

江珅笑了："你怎么好像比我还崇拜他，上一辈的人留下了很多恩怨，你对他难道只有崇拜和喜欢吗？"

"你不知道我这人，我很乐观的，我外婆说人想开了才能过得开心。我妈就钻牛角尖，所以她一辈子都过得郁郁寡欢。我对杨继沉的想法很奇妙，一开始只是好奇，后来就渐渐觉得自豪了，觉得他是我哥真好。虽然他可能不知道我的存在，也不会喜欢我，但他真的太厉害了，我也想成为那样了不起的人。"

"我也觉得他很了不起，他是我见过最意气风发的人。"江珅吹着红薯说。

宋逸晟说："你每次说起他的时候眼睛都冒光，我真的挺开心的，他有你陪着，你那么喜欢他。"

江珅感叹："你真的很不一样。"

他嘿嘿一笑，小心翼翼地问："我哥他……他有和你说什么吗？"

　　"有。"

　　"什么？"

　　"这个……嗯……他说你的脑子和别人不太一样，可能是夸你独特吧……"江珃支支吾吾。

　　宋逸晟挠挠头："你不用安慰我，他肯定不是这个意思。"

　　"你为什么一定要跟着他，也许……"

　　宋逸晟打断她："因为我得做些什么才行。小珃，我妈说这都是报应，她欠他们的，我来还，我也愿意去偿还。我也想重新拥有家人朋友，那样多幸福。"

第 11 章

Fangqababala

我想让她安心

M y l i t t l e g i r l

最后一场考试结束，校园的宿舍空了一半，校门口的出租车纷纷在拉人："火车站走不走？二十块钱！机场一百块！高铁站九十块！走不走？走不走？再上一个就发车！"

江珅收拾好行李，奔向校门口，红色的围巾飘着，高跟短靴走在路上"嗒嗒嗒"地响。

杨继沉倚在车门上等，小姑娘把行李往前一推，扑过来抱住了他，像猴子一样挂他身上。

"中彩票了吗，这么高兴？"

"刚刚我妈打我电话，说过完年打算和我爸去复婚。"

"哟，郑锋速度倒是挺快啊。"

"你别这么说。我妈苦了那么多年，两个人把心结打开，下半辈子能相守相依，多好。我说要给我妈办个小型的婚礼，她居然还不好意思了。阿沉，我真高兴，她以后再也不用一个人了。"

"你拿什么给你妈办婚礼？背着我偷偷出去卖艺了？"

江珅朝他伸手，一副乞讨模样："你能借我五千块吗？我四月份就还你。"

"怎么还？"

"我四月份有奖学金。"

杨继沉弹她额头："你那点钱留着买衣服吧。你愁什么，你爸有的是钱，他欠你妈太多，应该出点血。"

"可我想带我妈去拍婚纱照，或者我们一家人一起拍。"

杨继沉搂过她，往车里塞："你好好想想，到底要给你妈什么，别高兴得连东南西北都摸不着了。"

车子行驶在大道上，江珅难得会唠叨这么久，手舞足蹈地想一出是一出。

江珅忽然拍脑袋："我们得去趟超市买菜，明天徐单她们过来，嘉凯他们今天晚上到是吧？你把我订的宾馆地址给他们了吗？"

"给了。"杨继沉说，"挺像个女主人啊。"

"你说，如果以后能一直像现在这样该多好，大家都在一起，热热闹闹的，昨晚我们宿舍还在探讨呢，以后我们会做什么工作，会嫁给什么样的人，会有机会再相遇吗？"

"有些人是生死之交，隔多远都不会生疏，有些人是暂时的知心好友，散了也就断了，有些人是一秒的朋友，不会被记住，珍惜眼下就可以了。我瞧着你们宿舍那个徐单很嚣张啊，你告诉她，想进我家门得好好练酒量。"

江珅说："谁让你上回让我伤心的。"

"那你好好和她说说，我是怎么让你开心的。"

江珅总是说不过他，只好赏他一个拳头。

次日江珅起了个大早，忙着洗洗刷刷，地板被拖得光亮得能照人，杂物收拾得不留痕迹，阳台上飘着昨晚他们换洗下来的衣物。

杨继沉睡醒，伸手一摸，摸到个娃娃，江珅不在。

他抓了抓头发，打着哈欠套上运动长裤，赤裸着上半身走到卧室门口，倚着，不徐不疾地点了一支烟。

江珅坐在长桌那儿在剥蒜，右肩膀夹着手机，在打电话。

她穿着蓝色的毛衣，下面搭了条银色的长裙，长发拢在肩后，颜色鲜明而和谐，有种说不出的动人。

江珺把蒜放好，起身，一转头就看见在那儿悠然自得地抽烟的杨继沉。

她挂断电话，伸手去拿他的烟："你早上抽烟的毛病什么时候能改改？快去刷牙洗脸啦，再过半小时他们就到了，洗完帮我去楼下小卖部里买辣椒酱和香油。"

半个小时后，门铃响起，季芸仙、张嘉凯他们陆续进来，江珺把拖鞋一一递上，张嘉凯把两盒东西递给江珺："大闸蟹，不多，尝个味道。还是活的，放水里爬一爬。"

"你一来就叽叽喳喳的，安静点吧。"杨继沉懒洋洋地走到客厅，给张嘉凯他们发烟。

季芸仙"呀呀呀"地叫起来："你是不是虐待小珺啊！人家跟着你可不是帮你刷碗洗衣服的！你要发自内心地去疼她，你对她不好我会把她带走的。"

杨继沉朝厨房看了眼，眼尾上挑："你去问问她我有没有好好疼她。"

周树笑得贼兮兮："芸仙啊，你真是没有眼力见。"

季芸仙："你懂个屁！"

张嘉凯哄她："你去找小珺说说话？"

季芸仙说："喊。小珺——"

周树环视一圈，大大咧咧地在沙发上坐下："这地儿真舒服，这房子也够大的，多少钱啊？"

杨继沉："一百二十万。"

"我去！"三个男的都咽了咽口水。

张嘉凯问道："哥，你没那么多钱吧？"

杨继沉挑眉："贷款买的，后面慢慢还就可以了。这是地铁房，又是新建小区，边上就是以后浙州的新市中心，这个房价不算贵。"

"这房子的房产证上不会写的小珺名字吧？"

"不然写你的？"

"那你们就这么定了？"

"差不多吧。"

"光速啊光速啊。"周树看向张嘉凯，"你和芸仙呢，什么时候定啊？我得攒点红包钱。"

张嘉凯苦笑："你就别揶揄我了。"

几个男人说说笑笑间，门铃响了，周树一马当先："我去开门。"

一开门，三个大美女站那儿，周树惊喜地叫了出来："哎，小珊，这仨美女是谁啊？赶紧介绍介绍啊！"

张佳佳的薯片掉在了地上，她痴痴地望着周树，抓住徐单的胳膊猛摇："单儿，你听到了吗，他说我是美女！天啊，他一定是我的真命天子！"

徐单默默扶额。

林芸推了推眼镜："她可能是薯片吃太多了，引发了脑回路堵塞，简称，智障。"

江珊擦手出来迎客，笑道："这三个是我大学室友，徐单、林芸、张佳佳。那边几个是阿沉的朋友。"

周树伸手："幸会幸会。"

徐单抽出手，没让他碰到，高冷地与他擦肩而过，林芸客气地笑笑，也走了过去，张佳佳激动地一把握住他的手。

"幸会幸会，我叫张佳佳，张就是弓长张，佳就是佳人的佳。"

杨继沉往沙发上一坐，双腿搭着。张嘉凯坐他边上，嘴里嗑着瓜子，问道："摩协那边来消息了吗？我听郑锋说，大概十有八九有你。不过你知道吗，海凌队那边的 11 号，听说也要去。"

"11 号……"杨继沉把玩着打火机，"那人有点本事，听说才十八岁。"

"我觉得对那边得提防点，盛覃是个阴晴不定的人，他们太剑走偏锋了，我从来不信有哪支队伍可以一下子跃出来，我们当初也是辛辛苦苦爬了很久，越是这样的对手越是得小心。"

杨继沉捏着烟头，弹了弹："这次 CRRC 你名次不错，与以前比进步了很多。"

张嘉凯笑笑："你都那么拼，我能不拼吗？芸仙和小珅情况不同，她家是做生意的，我什么都没有，我要是不努力，以后可怎么办。"

"急什么？"杨继沉拍拍他肩膀，"有我在。"

张嘉凯目光一怔，傻笑起来，点点头："好。"

"杨继沉。"江珅从厨房里走出来，在电视柜那边翻找东西，顺带不悦地喊了他一声。

杨继沉立刻掐灭烟："不抽了。"

江珅找到一包新筷子，又匆匆跑进了厨房。

贺群扔给杨继沉一包西瓜子："管得挺严啊。"

杨继沉扬眉一笑。

那边厨房里四个女生嘻嘻闹闹，洗个菜也很快乐。

而另一个张佳佳，正挽着周树的手臂热情地聊天："我家有三亩田，爷爷奶奶养了两头牛，以后给你带免费牛奶怎么样？"

周树说："不用了不用了。"

江珅把洗好的菜一一装盘，顺带炒了火锅底料，一共九个人，两个火锅，正好。锅和电磁炉都是昨晚新买的。

电视机里放着《喜羊羊与灰太狼》，灰太狼大喊道："我一定会回来的。"

话音刚落，门铃又响了。

江珅端完菜顺手去开门，看到来人，她一下子愣在原地。

宋逸晟把蛋糕凑到她面前："惊喜！"

人已经到家门口，没有拒绝的道理，江珅笑着让他进来。

宋逸晟说："上次让你吓得蛋糕都掉了，这次还你一个大的。哎，这是哥的朋友？"

江珅说："是啊，你坐吧。"

江珅偷偷瞄了眼杨继沉，只见他那张脸已经黑透了。

张嘉凯打量了几眼宋逸晟，小声问道："小珅还有关系很好的男同学？看着人倒是挺好的。"

杨继沉"哧"了声。

"阿沉，帮我去买辣椒酱和香油啊，你怎么忘了？"江珈喊道。

杨继沉起身，去卧室换衣服，宋逸晟跟了进去。

贺群抬抬下巴，朝张嘉凯问道："什么情况啊？情敌？合作伙伴？"

张嘉凯耸耸肩。

杨继沉把毛衣和T恤扔床上，转过身看向宋逸晟："谁让你来的？"

"不请自来。"

"你这脸皮是你们宋家遗传的吧？"

宋逸晟目光一沉，浅笑道："随你怎么骂，我都能承受。"

杨继沉说："给你一分钟，从这里出去。"

宋逸晟把银行卡和盒子放在江珈的梳妆台上："上次忘了说，密码是六个'5'。"

"宋逸晟。"杨继沉抬眸看他，"你不欠我什么，这钱你自己留着吧，就当是杨帆欠你的。"

"那他欠你的呢？谁来还？如果不是因为他把这笔钱给了我妈，你们那时候也不会……对不起……"宋逸晟低下了头，像个自责的小孩。

他还欠杨继沉一句对不起。

对不起，他的母亲成了插足别人婚姻的第三者，成了间接害死王丽韵的刽子手。

杨继沉忽然笑了声："你这是非观倒是挺明朗的，你妈教你的？"

"我妈……我妈其实不是……"

"一个碗不会响，两个碗叮当响。这道理你明白吧？"

"明白。"

"明白就拿上你的东西走。"

宋逸晟说："所以你不会恨我，是不是？"

杨继沉看他一眼，拿上皮夹子，没回他，直接从他身边走了过去。

宋逸晟抓了抓头发，狠狠地拍了几下脑袋，突然豁然一笑。

江珅望了眼半合的房门，脱下围裙，说："徐单，帮我弄一下，我出去看一下。"

"哎哎哎，买个辣椒酱你们也要一起？你们是情侣还是连体婴儿啊！"

"砰"的一声门响——江珅已经追了出去。

那头的宋逸晟把银行卡和盒子规规矩矩地摆好，把密码写在纸上，压在盒子底下。

"小珅呢？"宋逸晟在客厅里寻了一遍。

季芸仙白他一眼："她出去了。"

"帮我和小珅说一声，我走了啊。"

季芸仙拉住他："刚来怎么就走了？"

"我……我觉得我应该走的。"

季芸仙把香菜扔给他："走个屁。快去阳台上把这个切了，我闻着难受。"

"噢……"宋逸晟走了几步回头说，"小姑娘家家的，没事别老说粗话。"

"关、你、屁、事！"

张嘉凯嗑着瓜子的动作渐渐慢了下来，看了几眼宋逸晟的背影，目光又落在了季芸仙身上。季芸仙在切水果，时不时偷吃一块，正切着橙子呢，尝了尝，觉得特甜，屁颠屁颠地跑到张嘉凯身边，塞给他一块。

"好吃吗？"她问。

"好吃。"

电梯门快合上的时候，江珅硬生生把它扒开了，杨继沉伸手帮她挡住。

"你这手不想要了？以为自己在拍电影？"杨继沉拉过她，按下一楼。

"你跟出来干什么？"他问。

江珣拍了拍毛衣衣袖，上头有面粉。她说："你不高兴了？"

"有什么好不高兴的。"

"他和你说了什么？"

杨继沉直视前方，电梯在八楼停了停，没人，门合上继续往下走。

想起宋逸晟的那句对不起，杨继沉微微皱眉。

只会做一些多余又没用的事情。

到一楼时，杨继沉搂过江珣走了出去："外套也不拿，出来吹冷风？"

江珣依偎在他怀里，嘴里哈着热气："你知道的，他人不错。我真觉得他挺不一样的，他不恨你们也不怨你们，反倒是对你崇拜得很，即使不喜欢他也别做得太过火了，嗯？"

"我做了什么过火的事情了？"

"我就是这么说嘛，他来都来了，就让他吃个饭再走吧，反正是吃火锅，多一双筷子也没什么。"

杨继沉说："随便。"

江珣戳他胸膛："他到底和你说什么了，我看你心事重重的。"

"上回他送你的东西你没收？"

"我还给他了。徐单说那项链很值钱，我觉得不太好就还了。他不会还是要把那个东西给我吧？"

"项链……"杨继沉想了想，"什么项链？"

"有个翡翠吊坠的，还挺漂亮的。"

杨继沉握住她的手，她冷得瑟瑟发抖，他搂着她，手上下搓着她的肩膀。

"原来是那个啊。"

江珣问："什么那个？"

两人走出小区，拐进了边上的小超市。杨继沉说："那项链是我奶奶的，后来我爸妈结婚的时候给了我妈，就有点像那种传家宝，一代传一代的。后来有一天我妈说项链找不到了，伤心了好一阵，之后也就淡忘了。我说呢，好好的东西搁那儿怎么会不见了。男人对小三总是那么大方。"

"那宋逸晟为什么要给我？"

杨继沉淡淡一笑："他脑子可能真的缺根筋吧。"

江珅抱紧他："阿沉，你觉得现在这样好吗？"

"挺好的。"

"和以前比起来呢？"

"好很多。"

江珅说："遇见你之后一切好像都开始变好了，有时候想想，都是你给的。你为什么要对我这么好？"

她仰起头，眨巴着眼睛。

杨继沉拿上辣椒酱和香油："我脑子大概也缺根筋。"

"那你们俩倒是挺默契的，都缺根筋啊。"

杨继沉看向她，小姑娘眼眸含笑，里头意味深长。他眯眯眼："你到底想说什么？"

"一个人对另一个人无条件奉献，一定是存在某种感情基础，对吧？不管是什么，但至少是善意的。"

江珅帮他拿香油，温柔地说："我知道你其实不讨厌他，我也不是要做你们的和事佬，我只是希望你能用正面的心态去看待这个人和这件事，这样你也会比较开心，是不是？就像那时候我爸爸突然出现时，我不爱他，但也不恨他。他来了，我欢迎；他不来，那也无所谓。我也逐渐发现他其实不是冷血无情的人，他其实爱我和妈妈，我没办法替妈妈做决定，但我不能不理爸爸，因为我知道他不是故意不抚养我，不是故意丢弃我的，他只是从来都不知道我的存在而已。恩怨，是他和妈妈之间的恩怨，不是我和他之间的。"

杨继沉目光深深，"嗯"了声，嘴角勾着笑，揉了揉她脑袋。

结完账，两个人往小区里走，江珅又戳他胸膛："你会不会觉得我烦啊？"

"烦什么？"

"和你说大道理。"

"没办法，谁让你是村中恶霸，村民只能默默忍受。"

江珥打他："你才是恶霸！"

"你看你，动不动就拳打脚踢，不是恶霸是什么。"

"你讨厌死了！你才是恶霸！"

杨继沉手臂一收，勾住她脖子进了电梯。

一开门，长桌上已经热气腾腾，扑鼻而来的火锅香味，姑娘们洗洗弄弄，把菜端上桌，橙汁一杯杯摆好，客厅里四个男人正在玩飞行棋。

周树一脚踩在沙发上，把骰子放在塑料杯里摇："天灵灵地灵灵，六六大顺！六六大顺！"

结果摇到个一，周树说："嘿！一也行，一能开后门，让开，我的飞机要出动了！"

宋逸晟"啊"了声，像收获了新知识般，惊讶道："还有开后门这个玩法？"

周树说："小弟弟，多学着点。"

张嘉凯把周树的棋子放回原位："你别听他瞎说，我们这局入乡随俗，不开后门。"

宋逸晟说："可周哥的子儿一个都没出呢，我这一个都快走到终点了。"

"嘉凯！你让我开个后门呗！还是不是兄弟了！"

听到开门声，宋逸晟抬头朝门口望去，又低下了头。

江珥和杨继沉打闹儿下，拎着两瓶东西进了厨房。杨继沉脱了外套，随手挂在了架子上。

一会儿，江珥端着螃蟹出来："准备吃饭啦。"

十来个人都是热闹的性格，说说笑笑，男生女生打成一片。饭桌上的人分为两派，一个是直男热血派，一个是美女性感派，男人有他心中的激情和梦想，女人有她的小烦恼和向往。

张嘉凯给季芸仙剥了只完整的蟹，边聊边剥，耐心十足。

宋逸晟打趣道："凯哥，你们俩真配。"

张嘉凯笑笑，把蟹肉搁季芸仙盘里。

杨继沉也涮了几片羊肉夹到江珅碗里。

周树说："我还记得去年过年的时候就是我们几个一起放烟花吃火锅。哎，对，吃的也是火锅，那时候小珅和沉哥还没在一起呢，不过我火眼金睛，早就看出了点猫腻！厉害吧！哈哈哈！"

贺群说："那你咋不看看明天彩票开儿？"

"你别老拆我台，这么多美女呢！"

江珅笑说："佳佳，你们几个要是有空，不如和我们一起去墨城？今年也可以一起过年。"

张佳佳说："听着好心动哦，可惜现实太残酷。哎，单儿不也是墨城的，她去方便。"

徐单说："得了吧，我爸妈过年不让我出门。"

周树拍桌："管他能不能去，年总归是要过的，咱们聚在这儿就是有缘分，今儿个就当过年了，来，干杯！"

女生喝果汁，男生喝啤酒，宋逸晟一喝就上脸，两杯一灌，已经飘飘欲仙，摸不着方向了。

宋逸晟坐在杨继沉边上，歪在他身上，捏捏他胳膊，又拍他肩膀，笑呵呵地道："哥，我尿急！"

张佳佳"哈哈"大笑："小珅，快给他录下来，咱们班长原来这么有趣。"

杨继沉一把拎起宋逸晟，把人往卫生间拽，门一开，往里一甩。

宋逸晟大喊道："飙了！下雨了！"

宋逸晟上完厕所，打开门，握住杨继沉的手，抖了抖，忽然哭了起来。

"哥……对不起！对不起！对不起！啊！啊啊啊啊，当山峰没有棱角的时候，当……"

江珅叹口气，说："你帮他洗把脸，我把次卧整理一下，让他先躺会儿吧。"

杨继沉说："我给他洗脸？"

江珅一副"不然呢"的表情。

杨继沉把人重新拎进卫生间："我才是欠你的吧。"

那头的周树举杯道："再干！今年我要脱单！我要成为king!"

季芸仙捧场道："成为king!"

一群人喝到最后都醉了，七七八八地横在客厅里。江珺和林芸、张佳佳扫地洗碗，江珺留她们吃晚饭，但她们要赶明天的火车，于是架着徐单走了。

江珺和她们告别，从房间里拿了几条毯子，给睡在客厅的几个醉鬼盖上。

季芸仙窝在张嘉凯怀里，做梦还要打他，江珺用温水给她抹了把脸。

江珺回到卧室躺床上的时候已经快下午两点，卧室里也一股酒味，杨继沉双手枕在脑后，在眯眼休息。

江珺睡到他身边，抱住他。

杨继沉抽出手搂住她，慵懒道："洗完了？累不累？"

"不累，我很开心。"

"嗯。"杨继沉翻个身抱住她。

江珺捧着他的脸，轻轻在他嘴唇上碰了一下。

杨继沉哑声道："你这是趁我喝醉了，占我便宜。"

"村中恶霸就是这样的。"

他笑了，睁开眼："他们在外头？"

"都睡了。"

"你也睡一会儿？忙了一天。"

江珺眨着眼："我睡不着。"

"怎么就睡不着了？我家小猪一到下午就要打瞌睡的。"

"想起了去年的时候，时间过得好快，那时候没想到现在会拥有这么多。"

杨继沉"嗯"了声。

江珺问："阿沉，你觉得现在这样好吗？"

"怎么又问这个？"

"那你觉得好吗？"

"好。"

"你好敷衍。"

"我哪里敷衍了。"

"你就是敷衍。"

"我看你是找事。"

杨继沉一翻身压住她，用吻封住她的嘴。

第三天一早两人就去了机场。这是江珺第一次坐飞机，很兴奋，又有点紧张不安，过完安检，她趴在大片的玻璃窗那儿看外面的飞机。

杨继沉拍她脑袋，直接把人带走。

江珺问："据说飞机起飞时人会耳鸣，是真的吗？"

"有点。"

杨继沉把靠窗的座位让给了她。小姑娘好奇地张望着，飞机冲入蓝天白云里，她看个不停，杨继沉帮她要了杯果汁。

江珺说："真好看。"

"你怎么跟个小孩子一样？"

"我就是觉得新奇嘛。"江珺挽住他的胳膊，脑袋枕在他肩膀上，"我妈说晚上让你一起吃饭。"

"行啊。"

"你很累吗？要睡？"

杨继沉已经合上了眼。

家里的模样没怎么变，江眉从下午就开始准备洗菜烧饭，郑锋在边上帮衬。半年没见，江眉很想念江珺，但说不惯那些肉麻的话，只是关心了几句。

不过倒是差点没认出江珺来，哪里还像个孩子，穿着高跟短靴、裙子、格子外套，头发也染了色，像电视剧里的姑娘。

江珺之前太兴奋，一回家就蔫了，在沙发上看着电视就睡着了，倒在杨继沉怀里。

杨继沉横抱起她往楼上走，郑锋瞧见了，正想说什么，就被江眉掐了一把。

郑锋不解："干什么啊？你掐我干什么？"

"小珅睡着了你还想吵醒她？"

"哪有像他那样直接往人家楼上房间走的，要抱也是我抱上去啊，这样多不合规矩。"

江眉把芹菜甩他怀里："要发生什么早就发生了，隔得那么远还真能管得着？"

郑锋说："那小子不敢的。"

"随他敢不敢，别辜负了小珅就行。我看那孩子人是不错，只是总归是眼高的人，在性格上小珅是要吃点亏的，他们还没经过大风大浪，才刚开始谈恋爱所以那么要好。"

"要什么大风大浪，平平安安就好，这小子以后会有出息的，也算金龟婿吧。"

江眉白他一眼："我看是你自己喜欢得紧吧，找了个和你趣味相投的女婿。"

杨继沉刚把江珅放下，还没来得及给她盖被子，她就醒了，眼睛睁开一条缝，习惯性地去抱他。她睡觉喜欢抱着点什么，她说不喜欢胸口空空的。

江珅睡眼惺忪，懒懒道："你陪我一会儿行吗？"

"你爸妈都在楼下呢。第一天回来，怎么也得装个样子，不然他们会觉得自己女儿的男朋友怎么这么不靠谱。"杨继沉捏了下她鼻子，给她盖好被子，"我在楼下，等会儿吃饭叫你。"

杨继沉下楼时面色自然，郑锋动不动就瞥他。

杨继沉说："您眼睛抽风了？"

年前，江眉和郑锋办理了复婚，而江眉的婚宴是在墨城的一家酒店办的，没穿婚纱，没请司仪，只是简简单单的一桌饭，请了她和郑锋的几个朋友，几个人正好坐满一张大圆桌。

郑锋的朋友个个嘴皮子厉害，硬生生地把江眉讲脸红了，左一句恭喜右一句恭喜，还玩了五六个小游戏逗新人。

　　宴席散后，杨继沉开着车送他们回去。

　　郑锋多喝了几杯白酒，已经开始胡话连篇。江眉始终保持着清醒，有条不紊地把人扶进房间里，面上很嫌弃，说："都四五十岁了还这样。"

　　郑锋暂住这边儿，婚房也是用的江眉的卧室，家里一切如旧，只是窗户上被江珮贴上了"囍"字。

　　江珮站在门口和杨继沉道别，拉着他的衣角磨磨蹭蹭的，月光洒下一道青灰，拉长两个人的影子。

　　杨继沉笑着："怎么，要吻别啊？"

　　"对啊，吻别。"江珮踮脚，亲了他一下，"今天也很开心，感觉有你在，显得很完整。"

　　她蜜桃味的唇釉印在他唇上，香气甜美。而她今天穿了件旗袍，淡粉色的绣花旗袍，开衩到大腿根，外面套了件黑色的呢大衣。

　　江眉不想穿婚纱，于是选了旗袍，那天买的时候特意也给江珮买了一件，说女儿是小伴娘也得美美的。

　　杨继沉伸手一拽，把人拽到房屋另一侧，将人抵在墙上，两个人的呼吸纠缠在一起。

　　这时候杨继沉裤袋里的手机正好响起，他接起，那边不知说了什么，他道了声好，明天见面说。

　　江珮回到房间时，隔壁的老宅子已经亮起了灯光，她给自己灌了两个热水袋放进被窝，然后卸妆洗澡，洗到一半，那水管"嗞嗞嗞"地喷水，又裂开了，标准的"一年一裂"。

　　江珮裹上浴巾，哆哆嗦嗦地出来，正打算换衣服去楼下找工具，就瞧见床上躺着一人。

　　男人洗澡不比女人要磨蹭半天，短短的工夫他已经冲洗完，换上了白色浴袍。

　　杨继沉掀开被子，拍拍床。

　　江珮冷得直发抖，说："那水管又坏了，我得去找东西补一补。"

"怎么又坏了？你先进被窝里暖一会儿，我去看看。"杨继沉起身，随后拿了件外套给她披上。

江珥跟着他走到浴室："看到了吗，就那儿。"

"小口子，和去年比起来算好的了，你们家胶带什么的放哪儿？"

"我去楼下拿吧。"

杨继沉转身把她抱到床上："怕冷就好好待着，我下去找。"

"你动静小点，别吵到我爸妈。"

"嗯。"

水管的小裂缝，杨继沉三两下就补好了。江珥缩在被窝里玩手机，杨继沉脑袋凑过去时她吓一跳。

"和谁发消息呢？"

杨继沉顺势在床上坐下，被子一拉就挤了进来。

他带来一股冷气，两人的手脚碰到一起，他身上是凉的，江珥把热水袋挪到他那边，自己也去抱他。

"修好了？我刚刚和宋逸晟发短信，他问我辅导员说的双学位要不要参加。辅导员在群里发了消息，但我这两天不是忙嘛，就没看。"

"什么双学位？"

"他看我们家里有钢琴，问我要不要学音乐，学完以后就可以有两个学位。有很多人学双学位是为了以后好找工作，但对我来说，这是一个学钢琴的机会。"

"行啊，多给自己找点事做，多学点东西，大学也别浪费了时间。"

江珥给他披被子："和徐单她们也聊过，大家都不知道以后要做什么。我想了想，我要是学得好的话，做个音乐老师怎么样？除了学校，也可以去一些培训机构里当钢琴老师。实在不行，当会计也行。"

杨继沉握着她的手，小姑娘的手十指纤纤，修长而干净，他说："还是弹钢琴吧。"

"你觉得我的手适合弹钢琴吗？"江珃俏皮道。

杨继沉勾着嘴角："对啊，弹钢琴可考验臂力和指力了，不然，你在我身上先弹一曲？"

江珃踢他，想把他踢出被窝："修完水管了，你可以回去了。"

杨继沉抓住她的手："那我真走了？不哄你睡觉了？"

江珃"喊"了声："今天怎么那么好心？"

"本来不打算来的，但有个好消息想当面和你分享。"

"什么……"

"摩协的人来找我了，这事儿基本就算定了。"

江珃惊喜地抱住他："天啊，真的找你了？你要进国家队了？"

杨继沉也抱住她，下巴搁在她肩上，压低声音道："是的。"

"啊——"

他抱着她直接翻个身，双手撑在她脑袋两侧，吻了下来。

夜越来越深，二斜口陷入一片寂静，皎洁的月隐藏在云雾中，今年冬天的雪来得悄无声息。

接着，杨继沉对江珃说："过完年跟我回趟外婆家好吗？我一般一年回去一次，老人家孤独，还有林之夏的母亲，我也得去探望一下。"

江珃本来闭上的眼睛又睁开了，她扭头看向杨继沉："你要把我带回去？"

"去年已经和外婆报备过了，今年带给她看看。"

"去年？"江珃眨眨眼，回想了一下，去年这个时候他们才认识没多久，更没有在一起。

江珃问："去年你就和她说过了？"

小姑娘这语气，似在期待除这个回答外更多的东西。

杨继沉嗯了声，慵懒道："说了以后她把我揍了一顿。"

"为什么啊？"

"她让我不要影响你学习。"

江珃笑得肩膀都在颤抖，轻轻推他："你……你那个时候就喜欢我了啊？"

"还行吧。"

"你用词准确点行不行，什么叫还行？"

两人这么有一搭没一搭地聊着，江珂迷迷糊糊睡了过去。

杨继沉靠在卫生间的窗边抽了支烟，窗台上的雪已经积了薄薄一层，玻璃窗的边角开始霜化，纷纷扬扬的小雪在月光的轻抚下显得温柔缠绵。

他很快抽完这支烟，回到房间，关灯，轻轻搂住江珂。

习惯真是个神奇的事情，以前他只习惯一个人睡，和江珂在一起后，早上醒来找不到她人会不习惯，总觉得差了点什么，回到墨城也是，晚上没人在怀里抱着，有种空荡荡的感觉。

郑锋虽然昨晚醉得不省人事，但早上醒来，喝了点水，整个人又神清气爽起来，正式复婚的第一天，一切都是名正言顺的。

江眉倒是和往常一样，没什么太大反差，该干什么就干什么。

郑锋干咳两声，用自以为磁性的声音说道："老婆，我有什么能为你效劳的吗？"

江眉把盛好的南瓜粥递给他："端上桌，再帮我洗三个玻璃杯。"

"好嘞！"

郑锋瞄了几眼江眉，笑了笑，乍看之下，她其实没有变太多。

郑锋说："小眉，等小珂的事情定下来以后，我带你回西州怎么样？我们的那套房子我一直都留着，你也很多年没回家了，我们回去看看。"

江眉一怔，眸色淡淡的。她摇摇头："不想再回去了，在这里挺好。"

"我知道你觉得那儿是伤心的地方，可那毕竟是我们的家，不是吗？小珂也从来没去过，她也应该去看一看的。"

"你要留着就留着吧，我不回去。"

"可我们都复婚了，总不可能一直住在这儿，这毕竟是租的房子，我又不是没有能力给你一个新的家。小眉，我现在能给你一切了，这是我以前拼命想要做到的，我想为你和小珊多做一些事情。"

江眉说："现在这样挺好的，我知道你的好意。"

郑锋没辙了："你开心就好，想怎么来就怎么来吧。我去叫小珊起床。"

郑锋心里还在盘算着以后在哪儿定居，脑海里闪过一些山清水秀的地方，他敲了敲江珊的房门，拧开了门把。

"叮！"郑锋的心跳像停止了般，大脑一片空白。

那张小床上躺着的分明是两个人！

他揉了揉眼睛，颤抖着手，一步步走过去。

杨继沉一手搂着江珊，一手枕在脑后，听到动静缓缓睁开眼，一睁眼就看到吹胡子瞪眼的郑锋。

桌上三碗南瓜粥变成了四碗，郑锋气得调羹都拿不稳，试了几次，干脆把调羹往桌上一扔。

江珊和杨继沉就没动过粥，江珊恨不得把自己脑瓜拍碎，都不敢看江眉。

江眉率先打破僵局，问杨继沉："你还记得小珊去大学之前你和我承诺了什么吗？"

"记得。"杨继沉顿了顿，说，"所以不打算隐瞒你们了，男人敢做敢当，年后我想带小珊回趟我老家，带给我外婆外公看一下，可以的话就先订婚，然后等小珊毕业了再结婚。"

其余三个人同时一愣。

订婚，结婚。

这事儿他从来没和她提过，连江珊都觉得突然。

可看他的样子，似乎早就想好了。

江珊去碰他手，被他握住，江珊轻声道："你怎么突然说这个？"

江眉干咳一声："小杨啊，小珊还小，你们会不会太快了？"

杨继沉说："房子和车子我已经买了，都归小珊名下，我们以后打算定居浙州。"

江珅好像渐渐明白了什么，他从一开始决定买房的时候就已经想好了要和她过一生，所以现在一切落实了，他也可以正大光明地说出自己的想法了。

江珅这时才发现，他其实比她更渴望与她相守一辈子，有一个固定的居所，有一个正常的人生。

郑锋气得上下牙打架，这小子居然动作比他还快。

江眉还在消化杨继沉刚才所说的内容，她问："小珅，那你怎么想？"

"我……"江珅点了点头。

江眉没再说什么，让两个孩子吃早餐。

吃完，江珅在江眉的眼神示意下帮她一起洗碗，两个男人在客厅看电视。

江眉说："你和他已经在那边住一起了是不是？"

"嗯。"

"小珅啊，你真的想好了吗？他马上要去国家队了，你的大学生涯才刚开始，你有把握你们走得到毕业吗？"

"妈，他去国家队是好事，我也希望他能够越走越好。如果他真的把我放在心上，我们就能走很远。我觉得和他在一起很开心，他为我付出了很多，妈，我就想嫁他。"

江眉叹口气，笑了："他能有胆量说出结婚，妈妈是佩服的，他也不过二十五岁。说实话，这个年纪的男孩并不是很成熟，在同龄人中他确实很出类拔萃，你们如果都想好了，就去做吧，妈妈不反对，但女孩子还是得自爱，要保护好自己，懂吗？"

江珅脸渐渐红了，小声道了句"知道了"。

客厅那头的郑锋板着脸："你跳窗进来的？"

杨继沉一脸淡然："不然穿墙？"

"你以前也跳？"

"嗯，经常。"

"你以前也睡那儿？"

"嗯。"

郑锋哆嗦着抽烟，试图让自己冷静下来。他又问："你真买好房子车子了？合着你前一段时间就是在忙那些？"

"嗯。"

"不是，你那么急干什么？小珀才几岁你就想着结婚？"

杨继沉垂眸，捏着烟头往烟灰缸里弹了弹，他漫不经心道："她爱胡思乱想，我想让她安心。"

新年假期一过，人们陆陆续续开始恢复上班，杨继沉买了高铁票带江珀回老家，路程有点远，要七个小时。

出发之前，江珀拉着他去了大超市，两个人买了一书包的零食，绝大多数是江珀想吃的，杨继沉只要了条薄荷糖，这是他用来掩盖烟味的，江珀开始管他抽烟这个问题了，像个小老太婆。

外婆的住所偏僻，问了好几个出租车师傅才有一个肯走。

快到村口时就见一个白发老人站在那儿张望，白色的长发盘起，梳得一丝不落，看起来干净整齐，也有几分庄重的感觉。

江珀跟在杨继沉身后，两个人都提着大包小包，外婆迎上来。

"这就是小珀吧？姑娘长得真好，快跟外婆进来，外面多冷。坐了那么久的车是不是累坏了？饿不饿？困不困？外公在里面烧柴火呢。"

老人家热情得很，普通话也出奇地好，不难看出这对老夫妻是有学识的。

房子是一栋两层楼的老楼房，和江珀在墨城住的差不多，都是老式的建筑，也没有新装修过。里头虽然开着灯，但依旧黑漆漆的，天一暗，借着头顶的吊灯反倒能看清里面的样子。

老人家准备了一桌的美味佳肴，江珀撑得食物都要溢出喉咙口，却不能推托，边笑着边使劲吃，边吃边夸好吃。

杨继沉瞧了几眼，眼眸含笑，用筷子压住她的饭碗："少吃点吧，不是说坐车坐得反胃吗？这样等会儿胃会受不了，要是晚上饿了我再给你热饭吃。"

外婆一听，急了："小珀啊，你还有哪里不舒服啊？来一趟真是受罪了，外婆已经把楼上的床铺好了，都是干净的，新的被褥，快上去歇歇，傻孩子。"

江珮感谢他的"救命之恩"，但也没上楼，安安静静地坐在饭桌上陪着两个老人吃饭聊天，偶尔会动一动筷子，以示尊重。

外公话少，只会和杨继沉碰杯喝几口，外婆热情好客，简单地问了问江珮家里的情况，江珮不遮掩，一五一十地都说了。

外婆大概是想起早逝的女儿了，眼睛有些湿润，感慨道："都不容易啊，你和小沉也都不容易。"

在外婆眼里，杨继沉是顶好的外孙，但毕竟没什么家底了，还整天游手好闲，玩那个不要命的东西。

她和江珮说："杨家不比以前，我们两个老人也给不了你们什么荣华富贵，小沉的所有都是靠他自己拼来的。外婆也不知道他以后会发展成什么样子，你年纪小，但也得想明白。不是外婆说自己外孙不好，只是希望你们别学那些半路夫妻，结了离，离了结，辜负了一段好姻缘。两个人如果决定了要过一生，要学会彼此尊重彼此宽容，风风雨雨也不能松了手。"

周围所有的长辈都在担心江珮的年龄问题，也许年纪轻确实是个问题，但江珮总不能因此而退缩，况且这还没发生什么呢。

江珮乖巧地点点头，柔着嗓音道："外婆，这些我和阿沉懂。"

"他懂什么，都二十五岁的人了，在外面浪荡惯了。"外婆笑骂着，"小沉啊，好好待小珮，别再没个正行了。"

杨继沉笑着，应了声。

小村子的夜晚不热闹，街坊邻里都早早熄了灯休息。这边的雪下得比墨城厚，白色的山峦绵延千里，一轮弯月悬在山峰中间，娴静安逸，但夹杂着几丝森森气息。

老人家睡在一楼的房间，腿脚不便，所以早些年就搬到了楼下住，楼上有两间房，中间是个小客厅。

老房子里没有卫浴，洗漱靠自个烧水，大冬天的，江珮冷得受不住，抹了把脸，泡了个脚，麻溜地钻进了被窝。

两人是分房睡的，但江珮知道他会过来。杨继沉上楼时，江珂正捧着手机打嗝，样子很搞笑。

杨继沉倚在门边，胳膊碰到门，木门轻轻发出"吱"的声音。

"你这是饿嗝啊还是饱嗝？"

江珂把手机一扔，撒起娇来："胃里好胀啊，很不舒服。"

杨继沉慢悠悠地走过去，坐在床边，伸手去摸她肚子，有点微微隆起。他打趣着说："这是怀胎三月了吧，我再摸摸啊，哟，这可能是个男孩。"

江珂拍掉他的手："你喜欢男孩啊？"

"我不喜欢孩子。"

江珂觉得意外："那以后我们不生？"

杨继沉说："都行。"

她靠在他怀里："我也不喜欢。我自己还是孩子呢，但也许以后就不会这么想了。"

想想这一路走来，江珂觉得很不可思议，眼看着他就这样把事情敲定了，双方见了家长，他也突然地宣布了订婚与结婚之事。

江珂裹了裹被子，将自己和他包在一起。她说："就像外婆说的，你真的想好了吗，娶了我可就甩不掉了。"

"你怎么总给我出些致命题，我要是这会儿说没想好，是不是会被抛尸荒野？"杨继沉抬了抬下巴，指指窗户外面的山林，"喏，就那儿，挖个坑，埋了都不会有人知道。"

江珂不想和他打马虎眼，狠狠地瞪他："你好好回答。"

杨继沉笑了出来："你不想嫁就算了。"

"你这人……你好好说嘛。"江珂又和他撒娇，其实她就是想听点甜言蜜语。

杨继沉放慢语调道："你在担心什么？"

江珂抬眸，伸手去摸他脸，映着光，棱角分明的，英气十足。她柔柔道："我只是觉得太突然了，像个梦一样。"

"我就是怕你这样才想尽快定下来的。"

那天和江眉他们表明心意后，第二天他去见了摩协的人，一个教练，一个助手，千里迢迢从北城赶来，确实诚意十足。

在餐厅里聊了一两个钟头，教练简单地和他说了说接下来的安排，日本雅马哈公司发来邀请，让他到日本接受TZ250试车训练，并且抛出橄榄枝，要赞助杨继沉参加 MotoGP。

这意味着他差不多有好几个月的时间都在异国他乡，回国后，大大小小的赛事也将会接踵而至。

他的忙会与她的闲形成鲜明的对比。

她那次说觉得不了解他，他让她觉得不真实。

江珅说的那几句话他一直放在心上，思来想去，也不知道到底怎么做才能让她安心，不过眼下看来早点给个名分是个正确的选择。

他希望他的小姑娘能安心，他也会试着改一改自己的臭毛病。

他和江珅都不喜欢争吵，有什么问题其实大家心里都明白，也会给个台阶下，他不会和她真的动气，她也不会抓着一个点喋喋不休。

江珅想得很透彻，说："吵架太伤感情了，如果不是重大问题，互相宽容一下就过去了，这世界上哪有谁和谁是绝对完美契合的，人其实都是独立的个体，当两个人想要融为一体时就会有摩擦。"

杨继沉发现自己多了个爱她的理由。

他和她说得通，她能很通透地看待一些事物，不会钻牛角尖。

夜渐渐深了，白雪皑皑，泛着一层朦胧的灰白色的光，贴着天花板上的白炽灯管静静亮着。

杨继沉低哑道："我和那边的人见过面了。你也知道，我要去日本一段时间，大概六月会回来，到时候我去浙州找你，就那时候吧，天气也好，把外公外婆接过去看看新房，大伙一起吃个饭。"

江珅笑着说："我怎么有种我年纪轻轻却忽然老了的感觉。"

从外婆家回去后，杨继沉在墨城待了几天就去了北城。他离开的那天，雪花都融得差不多了，路面湿漉又光亮，泥土里透出早春的气息，但依旧冷得人手指骨发红。

江珅把杨继沉送到了机场，同行的还有季芸仙和张嘉凯。

意外的喜事，张嘉凯也入选了国家队。说实话，张嘉凯的实力也很不错，可能和杨继沉比起来逊色一点，但他喜欢赛车，努力上进，也算圆了自己一个梦。

为此，他把银色的头发染回了黑色，还剃短了，干干净净的模样像是要去当兵。

季芸仙和张嘉凯在机场里搂搂抱抱，亲吻相拥，难舍难分。

季芸仙是直性子，有什么说什么。她搂着张嘉凯的脖子亲个不停，要他每天一个电话，两天一张照片，不许看别的女人，不许不想她。

张嘉凯向来宠她，她说什么都应好。

不过他们之间的气氛还是有点微妙，季芸仙大二一开学就得去澳大利亚，她父母已经做主了，她再倔也反抗不了。

这样阴错阳差的，虽然张嘉凯不用去日本，但两个人都不知道下次见面是什么时候，只能强颜欢笑地道别。

江珊目光从他们身上流转回来，抬头看向杨继沉，说：“你也得多和我联系啊，虽然要去日本，可能话费什么的比较贵，但你不能不舍得。你要知道，追我的人其实挺多的。”

“那你报几个名字给我听听。”

追江珊的大有人在，但她对这方面不关心不在意，连那些人长什么样都不知道，更别说名字。她眼里只看得到杨继沉，徐单她们还嘲笑她，说她是围绕着地球转的月亮。

江珊每次说起杨继沉的时候眼神都是不一样的，这是徐单她们告诉她的。

徐单说：“因为你崇拜他，你在追逐他，他是你向往的人，这样的爱情关系很好。”

徐单说得对，她崇拜他，从而滋生出爱情，一种盘根错节、根深蒂固的爱情。

江珊拉过他的手，他还把那红绳戴在手上，洗澡睡觉都不摘，一转眼已经快半年了，江珊摸了摸红绳上的小挂饰。

她说：“你一个人去日本，别再那么晚睡了，好好训练。”

杨继沉揉她脑袋："行了，我会注意身体的。"

江珺看了眼手表，说："你快进去吧，快到时间了。"

杨继沉还真有点不舍得，说："待三个月就回来了，到时候会先去浙州的，会提前和你联系。你自己一个人在那边也当心着点，总归是异地一人，没人在身边，缺什么和我说。"

江珺点头："我已经和辅导员说好了，这学期住外面，我在家里等你回来啊。"

杨继沉有几秒的愣怔，但转瞬即逝，他由衷地笑了。

他要转身走了，江珺又拉住他，小声地说："阿沉，再见。"

杨继沉看了她几眼，随后弯腰低头吻了她。

那边的季芸仙在关键时刻却很果断，一脚把张嘉凯踹进去："走吧走吧，婆婆妈妈的。"

两个男人随着人流入了安检口。

三月初，江珺独自一人回了浙州。郑锋带着江眉去了别的地方，他还得给队员训练，周树他们都一块儿跟过去了。

郑锋让江眉辞了工作，晓之以理，动之以情，终于说服了她，把她带回了训练基地。

一个假期不见，宿舍的姑娘都很想念对方，开心小聚了一次，聊的无非还是那几句话：又要上课了，我又分手了，我想谈恋爱，我好想他。

江珺在开学的第一节课上见到了宋逸晟，他永远是那么热情阳光，见面开口就是："嗨，嫂子。"

叫得特别顺口，周围的人都听傻了。

这个事情江珺费了很大的劲儿才和宿舍里的人说明白，然后那三个姑娘一时都不知道该回什么。

徐单说："他真的不求什么？那他突然冒出来干什么？"

江珺选择相信宋逸晟那晚说的话。她说："他求的，大概就是像现在这样吧。"

宋逸晟听说杨继沉去了日本，伤心了半天。他叹气道："好不容易相认了，这会儿人又没影了，怎么培养感情啊？"

江珺说："你们不需要培养感情吧？"

宋逸晟说："上回，他好不容易没赶我走，哇，我还睡在你们的次卧了，真的是历史性的时刻。小珺，嫂子，恩人，你真是伟大。"

江珺笑了："你真那么想和他处好关系？"

宋逸晟拨弄着笔，说："外婆他们年纪大了，也不知道还能陪我多久，我不想以后孤零零的一个人。"

"你会有你自己的家庭的。"

"可我的小孩没有大伯啊，他得有大伯。"

"你这是什么逻辑啊？"

宋逸晟扔了笔，抬手撑住下巴，惆怅道："你不懂的。"

江珺拍他肩膀："我说少年，下午体育课要测试了，你不会又要逃吧？"

宋逸晟这人什么都好，辅导员也满意得很，但他不爱动弹，军训的时候也是，总能扯出一堆理由躲在树下乘凉，所以他们都晒黑了，只有他还是白亮亮的。

宋逸晟的脸瞬间垮了，说："逃什么，我不逃，我光明正大地拒绝，这是一个大学生该有的叛逆。"

他真的不求什么吗？

江珺在跑 800 米的时候忽然迟疑了。

江珺报了音乐的双学位，宋逸晟也跟着报了，说是天资聪颖不能浪费了，就当帮杨继沉看着她了，省得别的男生觊觎她。

江珺和杨继沉打电话的时候还说了这个事情，杨继沉懒洋洋地说："傻子总是做一些傻事。"

他对宋逸晟的态度从一开始就没改变过，无所谓，随意，淡淡的讥讽。

杨继沉在日本的训练并不轻松，就像那时候郑锋说的，他经历得太少，也需要去尝试更多，不同的模式不同的方式，有那么几回甚至压得他喘不过气。

杨继沉不喜欢输，也不喜欢认输，他对输赢是有执着的，一个从小到大没有输过的人，是不允许自己倒下的，也就是这股倔强让他坚持着，很快就适应了新的训练强度。

一如既往的轻狂。

江珅这边也不好过，学音乐真不是个轻松的活儿，满口梦想，可巧妇难为无米之炊，做什么都得有基本功，也好在去年杨继沉教过她一点，让她在老师面前没那么难堪。

这女老师脾气暴，手段也很厉害。

江珅有时候会怀疑，自己喜欢的到底是不是正确的，因为它做起来是那么困难。

好在她坚持了下来，也渐入佳境。

学期快结束的时候，这女老师嘴里难得蹦出了一句好话，她夸江珅："你还是有点天分的，好好努力，十指是用来创造奇迹的。"

当然她说的有天分，是指在双学位里的天分，而不是和那群音乐专业的学生比。这老师也说过，你要和他们比，你这点天分是不够用的。

季芸仙的奇迹是爱情。

她说过，爱情是世上最神秘的感情，它的存在本身就是一个奇迹。

六月底的时候杨继沉回来了，不过他们没有办订婚宴。

这是灰色的 2009 年夏天。

季芸仙的爱情没有了奇迹。

得知消息的那天，江珅刚考完期末考试的最后一门，打算去帮杨继沉的外公外婆预订车票和酒店，还有订婚宴的菜肴，她都得去一一核对。

郑锋先给她打了电话。郑锋在那边沉默了很久，才说："小珅啊，我打不通杨继沉的电话，有个事情你得通知他一声。"

江珅走在林荫大道上，学生从考场拥出，熙熙攘攘的，一抬头，是个大好的艳阳天。

那种忐忑莫名地席卷了她的身体,江珮忽然走不动道了,颤抖着问道:"怎么了吗?"

她脑子里闪过很多念头,比如他们不同意婚事了,比如外公外婆生病了,比如赛车上的一些严重问题。

却没想到,郑锋说:"张嘉凯走了。"

江珮没反应过来:"他走了?他要去哪儿?他怎么会走呢?"

郑锋默了默,重复道:"他走了。"

江珮这下明白了,喉咙一干,好半天说不出话。

张嘉凯走了。

这五个字一下子在她脑海里炸开。

荒诞,没有说服力,太突然。

张嘉凯死在曼岛的赛道上。

曼岛 TT 是世界级的公路赛,环岛赛事,全长 60 公里,有 200 个以上的弯道,比赛用时很长,所以相当考验耐力和注意力,这是一项没有奖金却吸引无数勇士前去冒险的赛事。

亚洲的赛车手要参加这项赛事很难,赛事规定的摩托公路赛证书很难拿到。

但今年赛事方为了扩大在亚洲的影响力,给了一些选手绿卡。

赛事本身没有奖金,但传递绿卡的赞助商有,一些企业抛出橄榄枝,拟定了高额的奖金。

参加的中国选手一共有三个人,除了张嘉凯还有两位老赛车手。

曼岛的赛事每年都有人出事,前前后后有不少赛车手的性命已经搭在了上面,但追求刺激和荣誉的赛车手仍在前赴后继地赶来。

江珮联系上杨继沉的时候他刚下飞机,江珮和郑锋一样,一开始都不知道怎么开口,她自己都不敢相信,又怎么去说。

一字未语,江珮就哭了起来。

身边人来人往,江珮蹲在地上,抬手捂着眉眼,啜泣声隐没在人潮里。

张嘉凯的遗体被运送回国内时已经是夜晚，他和杨继沉一样，没有固定居所，家乡不再是家乡，他是个没有地方去的人。

杨继沉替他做了主，运回了浙州。杨继沉说："我在哪儿他就在哪儿。"

郑锋他们都在赶来的路上，只有江珊和杨继沉两个人在等他。

夏日的夕光残留不去，浮浮沉沉间，机场亮起了灯，一眼望去，那些建筑都成了影子，风从四面八方涌来。

飞机缓缓停下，在一群人中间他们只看到了白色的长布，微微隆起，轮子在地上滚动，光在亮，飞机在起飞降落，旅人在呼吸，只有他是静寂无声的。

杨继沉往前走了一步，垂在身体两边的手渐渐握拳。他咽了咽喉咙，没有再往前走。

杨继沉和工作人员交接，他们要把遗体送去殡仪馆，丧事要尽快办。

江珊站在原地，看着架子上被白布裹着的遗体，脑海里浮现不出任何想法，她还是没有办法接受。

杨继沉谈完，转过头来看向她，轻轻说："走吧。"

江珊垂下眼睑，跟在他后面。

直到把张嘉凯送进殡仪馆，江珊随着他去交钱，两个人走在阴暗空荡的走廊里，江珊忽然觉得有点累。

"阿沉……"她叫他。

她嗓子已经哭哑了。

"嗯？"

"昨天这时候不是这样的。"

"我知道。"

"昨天这时候你和我说你要回来了，我和爸爸他们也都联系好了，我和芸仙说你看，我要比你先迈入爱情的坟墓了。我说，你和嘉凯得好好的，即使要去国外读书，其实也没关系的，嘉凯不是那种三心二意的人，你那么喜欢他，他也那么喜欢你，要是我们以后能一起举行婚礼多好。"

江珃越说越急，上去拉住了杨继沉的手，他的手掌有些凉。

江珃问他："怎么会变成现在这样？阿沉，我不要这个样子，我不要……"

杨继沉薄唇抿着，眸子和身后的黑暗融为一体，空旷的走廊里回响着江珃的声音。

杨继沉眉头微微皱起，伸手抱住了江珃。他张了张口，又沉默很久才开口说："小珃，你不能再哭了，芸仙那边需要你。"

江珃揪着他的衣服却越哭越大声，她哽咽得说不出话。

她不明白，明明一切都那么幸福，张嘉凯走了，芸仙要怎么办，杨继沉又要怎么办，他们这些人又该怎么办。

他消失了，永远地消失了，可他又不会消失，往后每一年的跨年都不会那么幸福了。

当初季芸仙拉着她去见他们的时候，江珃很害怕，生怕他们是一群不入流的小混混，可季芸仙从很早以前就迷恋他们了，他们是她的偶像，张嘉凯是她第一眼就喜欢的赛车手，她费了很大的功夫才和张嘉凯认识。

那天，季芸仙打扮得比任何一天都要美，他们从表演厅里出来，他们就站在不远处。她看见一向大大咧咧的季芸仙脸红了，就像西边下垂的夕阳，有种淡淡的美好和悸动。

季芸仙喜欢过很多人，幼儿园的时候喜欢班里的西装小王子，小学时喜欢班主任的儿子，初中的时候喜欢路边卖烤里脊的小伙子，她像风一样自由，肆意地去喜欢，从不隐瞒自己的内心。

那时候季芸仙怎么说的，哦，季芸仙迷恋上赛车的头几天，她拿着一张自己画的画像，和江珃说："你看，这是我现在喜欢的人，酷毙了，银色的头发简直酷毙了。可是他其实是个很容易害羞的人，太可爱了，要是能和这样的人生活，得多有意思。"

江珃眼睛哭肿了，她看不清杨继沉的神色，抽抽搭搭地说："芸仙要怎么办，我不知道怎么面对她，我不知道……"

她和季芸仙十几年的友情，她了解季芸仙，季芸仙承受不住的。

季芸仙看似什么都不在乎，天马行空，可到底是女孩子。

她和张嘉凯在一起后变了很多，有些毛病都改了，虽吵吵闹闹，却满口嘉凯嘉凯的，在她空空的人生里，张嘉凯像根救命稻草。

他们是先瞒着季芸仙的，一边祈祷着她没有看到新闻，一边把她骗了过来。

季芸仙是下了飞机，在机场看到的新闻。

深夜一点多，江珅和杨继沉在停车场接她，季芸仙提着行李箱跑来，她抓住江珅的双臂，是笑着说的："小珅，我刚才好像看错了点东西，你们不知道吧，那新闻说今年曼岛 TT 又有人死了，死者叫张嘉凯。小珅，这怎么会呢？是不是那电视台有毛病？啊？是不是啊？我改天就砸了它！我要砸了它！"

季芸仙嘀咕着要砸了它，迷茫地看了看四周。她说："我们现在就去电视台！"

江珅浅浅地呼吸着，反手拉住季芸仙："芸仙。"

这一声凉凉的"芸仙"仿佛敲定了什么事情。

季芸仙看着前方，步子僵住，慢慢转过身，她嗤笑了声："真是个有毛病的电视台。"

江珅看见她的眼睛红了，边笑边哭，最后双手掩面，失声痛哭。

江珅陪着她一起住酒店，杨继沉住她们隔壁的房间。

江珅哭得眼睛疼，头也疼，可是她睡不着，也没有办法控制眼泪，江珅洗了无数次的冷水脸。

季芸仙蜷缩在床上，像个木头人。

到清晨，江珅已经流不出泪了，她坐在床上背靠着墙，晨光一缕一缕地照亮这个房间。

季芸仙忽然动了动，抬眼看向窗户，失控地笑了起来。

她有气无力道："小珅。"

"嗯。"

"你知道上次我们打电话，嘉凯和我说什么了吗？"

"说了什么？"

"他说，沉哥和小珅这么快就决定订婚了，我们也得快点，等他这次回来就去见我父母，哪怕他们再怎么不同意，他也要试一试。你知道我怎么回答的吗？"

"嗯？"

"我说，我才不要嫁给你，你老是惹我生气，我一点都不喜欢你。可他说，没关系啊，我喜欢你就好了，抢也要抢过来做老婆。"

季芸仙说的时候声音是幸福的，说起幸福的事情人会不自觉回到那个情景中。

江珅也笑了："你记得那年的跨年夜吗，你喜欢烟花，他真的买了好多烟花。那时候其实我好羡慕你们，想在一起就在一起了，他也总是以你为中心。我当时想，如果你们以后能走到最后，那真好，我最好的朋友终于可以开开心心的了。"

开开心心地活着，有人疼有人爱，有一个正常的家。

季芸仙似在回想那时候，她说："你知道的，他其实是个很傻的人，我说什么他都听。"

季芸仙抹了把脸，吸了吸鼻子，忽然不说话了，房间又陷入一片寂静。

在寂静中，他们感受了从黑暗到光明的变化。

太阳依旧升起，昨天、前天、明天、后天，都是如此，都会如此。

"小珅。"她忽然又叫了一声。

"嗯。"

"小珅……"

江珅看着她蜷缩着的单薄的身影，再次轻轻"嗯"了声。

季芸仙慢慢撑起身体，坐起身，和江珅面对面。她看着江珅，瞳仁里蕴着昨晚无边的夜色，迷茫、沉默和坠落。

"小珅……"

"我在。"

季芸仙有些哽咽，但她不让自己哽咽，她说："是我害死他的，我觉得是我害死他的。"

"你没有。"

江珅下床，走到季芸仙面前，想伸手去安抚她，可季芸仙拍着胸膛说："是我，他不应该认识我的，他不认识我，今天也不会走到这一步。"

"芸仙……他不会后悔认识你的。"

"他参加比赛前，和我说，和我说……"季芸仙再难抑制地哭了，"他和我说他要给我买戒指，他会很努力的，他马上要有钱了……"

季芸仙抓着自己的头发，撕心裂肺道："他是傻子，他才是傻子，我也是傻子！"

张嘉凯的葬礼在浙州最大的殡仪馆举行，车队里的朋友都前来悼念。

郑锋和周树他们是在早上赶到的，他们都一夜未眠。

周树帮着杨继沉处理丧事相关事宜。

周树说："哥，咱们是不是走到头了？"

杨继沉说："没有。"

"嘉凯突然走了，栀夏也不在，就剩下我们三个了。"

一切都变了，意义也变了，变得没什么意思了。

杨继沉抬手捏了捏眉心，声音低沉而疲惫，他说："别说了。"

周树吸了吸鼻子，说："嘉凯进国家队，我和贺群真的很开心，比你进国家队还开心，他真的很拼，实力也够。那天，他打电话过来，说拿到了曼岛 TT 的绿卡，我和贺群当时都能给他隔空放礼炮庆祝。你知道，这是很多人做梦也进不去的比赛，可我现在宁愿当时把他揍到不能去比赛。我们几个认识几年了，几年了……我都快数不清了。你说，他活得好好的，活得好好的，怎么会死了？"

他不是走了，而是死了。

杨继沉和周树站在殡仪馆外，夏日清晨的阳光透彻而明亮，他们的心却很凉。

"就算他缺胳膊断腿，我们兄弟也能养他一辈子，阎王爷可真会挑人。"

周树继续宣泄，一脚踢在树上，树干抖动，落下几片树叶。

杨继沉垂着眼眸，一口接一口地抽烟，仔细看的话，会发现他的手有点抖。

周树抹了把脸，声音哽咽，他说："他这样，怎么对得起我们，怎么对得起芸仙，留下一摊事，就这么走了，这不是他的作风。"

应答他的只有徐徐的微风，而这世界看起来阳光明媚。

明媚得他们不知道用什么词语去形容。

整个葬礼季芸仙没有说一句话，跟着流程走，行尸走肉般。她甚至没有多看张嘉凯几眼，或者说，她在刻意地不看他。

张嘉凯从极速中摔出去，撞到旁边的山体，摩托车和人都飞出去几十米，脸和身体都被撞坏，不过请了专门的化妆师，他躺在棺材里，看起来和平常没有什么区别，淡淡的神色漾着一种温柔。

他曾这么温柔地亲吻过季芸仙，也曾这么温柔地对待他们每一个人。

他们手捧着菊花，围着棺材，伴着音乐慢慢地走了一圈，葬礼的主持人在念悼词。

哀悼完毕，出来几个穿白衣服的人，他们把棺材从簇拥的鲜花中推出来，像是要移到什么地方去。

季芸仙突然愣了，她跑过去，死死抓着棺材，嘶吼道："你们要干什么！"

工作人员见多了这样的家属，无奈又心酸，他们去劝她："姑娘，人死不能复生，得火化了。"

季芸仙觉得可笑："为什么要火化？他挺好的，你看他，这样子不是挺好的吗？"

整个厅瞬间安静了，只有季芸仙尖锐的声音。

"他好得很！他还在笑！你们都是瞎子吗？"

季芸仙咽了咽喉咙，拉过江珊："小珊，你说，你说是不是这样？"

江珊轻轻拉住她的手腕，对工作人员说："再等会儿吧，谢谢你们了。"

季芸仙睁着通红的眼睛看向张嘉凯，她终于有勇气看向他。

"小珅，我是不是马上……马上就看不到这个人了，再也看不到了？他的头发，他的皮肤，他的手，我从此以后再也碰不到了，是吗？"

江珅轻声安抚着她。

季芸仙趴在棺材上，死命盯着张嘉凯："可怎么会看不到碰不到呢，他明明就在这里啊。"

"芸仙……"

季芸仙哑声道："我想摸一下他可以吗？可以把棺材打开吗？"

这个要求，从来没有一位家属提过。

工作人员刚想开口，江珅就说："麻烦给开一下。"

僵持了很久，江珅声音冷了点："我说请开一下棺材，你们不会损失什么的。"

工作人员沉默了，几个人合力抬起透明的棺盖，里面的冷气蹿出来，淡白色的气体消散后，露出张嘉凯的面容。

季芸仙把他从头到脚看了一遍，伸出手，哆哆嗦嗦地去触碰他的手。

硬邦邦的，寒冷的，像冰块像石头。

她握住他的手，细细抚摸着他掌心的纹路，最后和他十指紧扣在一起。

她握得很用力，可他没有回应她。

他以前不会这样对她，他总是会给她最热情的回应，她说一他不敢说二。

季芸仙皱了眉："你又要惹我生气吗？我主动拉你手，你都不理我吗？"

回答她的是他的温柔神色。

季芸仙气得甩开他的手，他的手臂被带起，又重重坠落，季芸仙深吸了一口气。

她重新去拉他的手，说："我就原谅你这一次，下次你还这样我就不理你了。"

他不语，但是好像在说好啊。

季芸仙愣了很久，她的手指好像也逐渐变得冰冷麻木起来。

她忽然失声痛哭起来："张嘉凯，你浑蛋，你真的不要我了！你浑蛋！"

江珥捂住嘴巴，哽咽着，侧过身，杨继沉伸手揽住了她。

"你浑蛋……"季芸仙喃喃自语着，"你让我怎么办？你太过分了……我也不再理你了，我再也不想看见你了，你这是活该！"

季芸仙对工作人员说："把他推进去烧了，他都是自找的，他活该这样！"

工作人员用眼神询问杨继沉和江珥，杨继沉点了点头，他们盖上棺盖，推进了火化房。

季芸仙背对着他，没有再回头看一眼。

宋逸晟站在角落里，眼眶也红了，目光始终跟随着季芸仙。

第 12 章

Aiyyzcborli

爱了这样一个人

M y l i t t l e g i r l

张嘉凯的葬礼前前后后花了四五天的时间，等一切尘埃落定，他们开始接受这件事情。

江珺把季芸仙带回了浙江的家，七月，她们都放假了，江珺没有事情做，就每天给她做做饭，陪她看看电视，也会拉着她去散步逛商场。

杨继沉把银行卡给了江珺，说让她们两个好好玩，可江珺觉得她就算把整个世界买下来，季芸仙也不会动容。

杨继沉处理完张嘉凯的事情在浙州又待了个把星期。

这些天江珺一直忙着照顾季芸仙的感受，把他排在了其次。

杨继沉话比从前更少了，一天能抽一包烟，江珺没再管他。

在他要回北城的前一晚，两个人躺在床上，崭新的房间，精致的挑灯，温暖的壁纸颜色，寂静清新的夏日夜晚，江珺靠在他怀里，竟不知道该说些什么。

她知道他也不好受，只是他没有说出来。

江珺动了动，被褥摩擦的窸窸窣窣声被无限放大。

杨继沉低低道："要睡吗？"

江珺摇摇头："睡不着。"

"那我给你讲故事？"

"讲什么？"

杨继沉望着天花板，也不知道该讲什么。

江珺侧过身，抬头看向他，淡淡的月色下，他的侧脸棱角分明。

江珺说："如果给你绿卡，你会去吗？"

"嗯。"他几乎没有犹豫地回答。

"你们玩赛车的，真的不惜命吗？"

杨继沉说："不是不惜命，是想要的太多。"

杨继沉以前是为了生存才去玩赛车，郑锋多次抛出橄榄枝他都未理睬，不是说他真的没有目标没有野心，只是有点想不明白，还有些短暂的自我满足。放在国内，他已经是顶尖的赛车手，换言之，因为他算得上成功，所以不屑，所以自傲。

能抓得住的荣誉谁会舍得让它溜走。

他也不过二十五岁，拒绝郑锋一百次，也必然会在第一百零一次答应。

一个没有野心和征服欲的人是走不到现在的位置的。

可杨继沉比那些人想得稍微透彻一点，他有目标有想法，但也给自己准备好了第二条路，他不想让赛车成为他一生里仅有的东西，他还可以体验一些别的。

杨继沉说："我不会从事这行太久的，以后年纪到了也不适合，我还有你，以后还有我们的孩子，有舍有得，才是人生，别担心，嗯？"

但在目前，他想再拼一拼。

江珺说："我不是反对你，我只是害怕，杨继沉，如果出事的是你呢？你看到芸仙的样子了吗？如果你出事了，我也会变成她那样，我觉得我甚至会疯。能不能把名利放一放，把安全放第一？失败了可以再来，失去了怎么再拥有？"

她情绪有点激动，其实这几天她也一直处于崩溃的边缘，她还太年轻，没经历过身边亲近的人骤然离世的痛苦。

杨继沉能压得住心中的波澜，他搂紧江珣，沉着声安抚她。

他说："我会记住的。"

江珣却哭了，她一下一下地捶着他胸口："你不要安慰我，不要……"

他明明也那么伤心。

这是他第二次迎接来自异国他乡的遗体，接连两个好朋友去世，都是车祸。

断了左膀右臂，人得花很多时间去适应。

江珣埋在他胸口，哭着说："这里没有别人，你想说什么做什么，都没关系。"

杨继沉敛了眼眸，下巴抵着她脑袋，他疲倦道："那让我抱一会儿。"

第二天杨继沉收拾了行李去北城，江珣只送他到小区门口，她不放心季芸仙一个人待着，离开前杨继沉轻轻吻了她一下。

杨继沉到了机场却没有过安检上飞机，反而打了祝菁的电话。

祝菁犹豫了很久，还是接了。

两个人都还没开口，就知道了对方的想法和想说的。

祝菁先发制人地说："这事……算了吧，没办法的，我和你道歉，对不起。"

杨继沉说："和你没关系。盛覃在哪个城市？"

祝菁说："他说他知道你要找他，他在墨城等你。杨继沉，你回北城吧，算了吧。"

杨继沉按断了电话，买了张回墨城的机票。

这件事，只有郑锋和杨继沉知道，没有告诉周树他们，没有告诉季芸仙和江珣，也没有大肆宣扬。

就像祝菁说的，算了吧，没办法的。

这是一件算了吧，没办法的事情。

张嘉凯比赛的视频，杨继沉和郑锋看了一遍又一遍，一位紧跟其后的欧洲选手在长直路上与张嘉凯发生碰撞，曼岛 TT 的特点就是速度快，地段险，耗耐力和精力。

那是他们跑的第五圈，不难看出当时张嘉凯已经有些松懈，那个选手从后撞了上来，似故意又不是故意，张嘉凯想再避开已经晚了。张嘉凯连人带车飞了出去，撞上边上的山体又反弹回赛道上，在赛道上拖出很长一段距离，最后滚在边上的碎石里。

那位欧洲选手也摔在一边，不过只是翻了个车而已，受了点皮肉伤。

郑锋看完后，把画面定格，指着画面里的人说："这个人你可能不知道，你们不混曼岛 TT 的圈子所以不熟，但我知道他，这个人在曼岛 TT 里是出了名的垃圾，给钱就能办事。外行人看不出来，你总看得出来吧？"

看这段录像是在处理完张嘉凯后事的第一天，杨继沉已经有五六天没睡好了，或者说压根儿就没睡着过，眯一会儿就会醒来，一点动静也会醒来，睡眠很浅。他眼底有些发青，眼神涣散，想要看清画面还要集中视线，仔细端倪一会儿。

杨继沉觉得嘴里干涩，摸了摸烟盒，里头已经空了。他抬手按着太阳穴，哑声道："他们图什么？"

郑锋说："嘉凯这孩子这两年势头不错，除了你，他也是我看好的选手。这次你们都进了国家队，你被日本邀请过去训练，留下他和海凌那边的人。我很早以前就和你说过，参加 MotoGP，做中国第一人，是什么样的荣誉。"

"就为了这个？"杨继沉低低嗤笑了声。

他笑得嘲讽，在嘲讽他们，也在嘲讽自己。

这些杨继沉早就想到了，只是还是忍不住问，他想确定是不是真的是这样，还是只是他的妄断。

郑锋没听出来，说："我也和你说过，盛罩是什么样的人。这事儿别往外说了，省得那几个孩子心里难受。你也知道，抓不到什么把柄的，这只能是意外。"

曼岛 TT 赛事上死的人太多了，其他比赛也是，死亡，受伤，只能用意外概括，这本来就是用生命做赌注的职业。

杨继沉"嗯"了声，起身要走。

郑锋说："如果没什么意外，明年春天你就得去参加 MotoGP 了。今年下半年的赛事，自己多留个心眼儿，任何比赛都有作弊误判的可能性。"

"嗯。"

郑锋叹口气，又叫住他，走到他身边，拍拍他肩膀，说："这几天你辛苦了，我也能理解你的感受，可继沉啊，你不能倒下，也不能冲动做事。对外你是选手，我是别的队伍的教练，八竿子打不着，过去还有点恩怨，可对内，我们是一家人了。比起教练的位置，我更愿意坐在父亲的位置上，小珊和芸仙那俩丫头经历得少，难免有处理不到位、想不通的情况，你多费点心，包容一些。"

"我知道。"

"哎，你们两个都好好缓缓，调整一下，订婚的事情不急。"

"嗯。"

杨继沉决定了要去找一趟盛覃，所以他瞒着江珊和其他人没有先回北城，而是去了墨城。

盛覃在墨城的酒店订了个包厢，美味佳肴，珍藏红酒，香气袅袅，就这么颇有耐心地等杨继沉。

祝菁放心不下，赶了过去。

而她到时杨继沉也正好到，两人在电梯口遇见。

祝菁原本不想管这事，她也只不过是略有耳闻，直到盛覃主动打她电话说让她告知杨继沉见面的时间地点，她才确定，这事和盛覃有一定的关系。

都是一起长大的，盛覃是什么心性、什么品行，祝菁清楚得很。

赛车不是盛覃的全部，他不是个合格的赛车教练，他只不过是个闲着无事打发时间的商人，是个不择手段的商人。

仅此而已。

大家都心知肚明，张嘉凯的事情不会有什么结果，那只能是一场意外。

祝菁也不信盛罩会狂妄到害人的地步，有脑子的人都不会这么做。

所以只能是一场意外。

电梯停在十六楼，祝菁深吸一口气，拉住杨继沉，说："你别冲动，我知道你都明白的，其实无论你做什么说什么都于事无补。"

杨继沉甩开她的手，不语，直接走向包厢。

盛罩西装革履地坐在那儿喝茶，见到人，微微一笑，敞开手示意他请坐。

杨继沉也没什么特别的反应，反倒是笑了声，看着一桌的菜说："不会又给我摆了一场鸿门宴吧？"

祝菁在他边上坐下，脸色有些尴尬。

上回的饭局是盛罩自作主张，目的性确实很明显。

盛罩也笑了："上回是我的不是，误会了你和小菁，还以为你们郎情妾意，只是差个机会，后来小菁也说了我。"

他给杨继沉递了杯茶："亲手泡的，以表歉意。"

杨继沉接过，晃了晃茶水，缓缓放下，没喝。

他往后一靠，抬眼看向盛罩，手指一下一下地叩着桌面："上回的事情一杯茶了了，那这次呢？"

"节哀顺变，无能为力。"

杨继沉眉眼微敛，轻嘲了下："节哀顺变……那个人你找的？"

盛罩不徐不疾地说道："我在这儿等你，是因为我知道你会怀疑我。我也愿意和你多交谈几句，免得针锋相对，闹得不愉快。可杨继沉，我没有害他。"

"那真是天意啊。"杨继沉说。

盛罩说："很可惜，走了一个人才。"

杨继沉说："黄教练和我说，那个和我一起进队的蒋龙很有拼劲，是个不错的人才，可惜没进曼岛兜一圈。我也觉得可惜，能在 CRRC 上超过我的人，怎么没有拿到绿卡。"

"蒋龙那孩子，年纪轻，还需要磨炼。"

"他是你队里出来的，也是你一手栽培的，你作为教练应该很自豪吧？"

盛罩说："那是自然。"

杨继沉淡笑着："倒是很期待能和他再比一场，不过好像没有什么机会了，明年的 MotoGP 他能进吗？"

盛罩手指沿着茶杯的边缘来回打转："如果有机会，我想他会愿意一试的。"

杨继沉点点头，懒洋洋道："那就祝这位人才马到成功。"

盛罩看向杨继沉，端起茶杯抿了口，眉头微皱。

这和他预料的差很多。

盛罩笑："YANG，日本走了一趟，变了不少啊。"

杨继沉抬起眼皮，目光深深沉沉的，轻蔑而狠厉，却慢悠悠地说："因为无能为力啊。"

"你还在误会我？这可真是冤枉，我没必要……"

"那如果是我去了曼岛呢？"杨继沉盯着他，似笑非笑。

盛罩被打断，被他一问，忽然答不上来，只能一笑置之。

杨继沉捏住烟头，直接碾灭在桌上，些许烟灰飘到盛罩的手边。

杨继沉站起身，笑着说："行了，你说没有那就没有，不打扰你们兄妹相聚了。"

祝菁开口："杨……"

杨继沉没理睬，迈着长腿往外走，脚步在门口停顿，他忽地转过身，说："盛总，忘了说，MotoGP，中国第一人的名额，我杨继沉要了，到时候记得来恭喜我。对了，还有，天意难捉摸，小心行事。"

语气是那么嚣张和不羁。

盛罩脸上的笑容渐渐凝固，冷眼看向祝菁："你喜欢的男人倒是真的不太一样。"

祝菁扶了扶额头："张嘉凯的事情到底怎么回事？你别告诉

我你已经丧心病狂到这种地步了！"

盛覃冷哼一声："一个小角色而已，不值得费那么多心思。"

整个暑假，季芸仙都住在江珂那里，江珂也没回墨城，江眉跟在郑锋身边，来看过她们几次。

季芸仙的情绪一直很低落，季家的人一个电话都没有。

倒是宋逸晟常常过来，陪她们说说话，吃吃饭。

季芸仙经常把自己关在房间里，很少言语。江珂想了很多办法，但她自己也知道，这是没有用的。

他们都不是季芸仙，他们都没有办法去体会她的感受。

这世上只有她自己可以帮自己走出来，可要怎么走，需要时间，需要很长很长的时间。

快临近九月开学的时候，宋逸晟买了一些手工巧克力过来，没敢敲季芸仙的房门，只是放在了客厅，江珂坐在客厅的沙发上看乐谱。

宋逸晟也坐了过去，说："那巧克力可贵了，你们两个一起吃，吃甜的心情会好点。"

江珂"嗯"了声。

宋逸晟说："你怎么学什么都那么认真？"

"我也不能白活啊，机会已经摆在我面前，不认真怎么行？"

"你真喜欢钢琴？"

"嗯。"

宋逸晟说："你知不知道每年四月，学校都会和国外的一个什么乐团的音乐会合作，推送一到两个资历好的学生去历练，是真的跟着去演出，很刺激的。"

江珂抬起头："听起来好像不错，可我哪里行。"

"试试呗，不试不知道！"

江珂点点头，看着宋逸晟，脸上的笑容渐渐没了："你……"

"怎么了？"

"你怎么流鼻血了？"

"啊？"

宋逸晟手忙脚乱地抽纸巾擦，但越擦越多。

江珮说："你躺下，把手举高，头往后仰。"

江珮给他止血，轻轻问道："你生病了？"

宋逸晟眨着眼睛："没有。"

"好端端的怎么流鼻血了？你别告诉我，是看见我太漂亮了受不住。"

"噗——小珮，你说这话，我哥听到会把我打死的，到时候就不止流鼻血了，我大概浑身都是洞洞，'嗞嗞嗞'地喷血。"宋逸晟捏着纸巾，塞住鼻孔，"也没什么，就是这几天有点补，你知道的，老人家就喜欢搞那种东西。"

九月初，季家来了人，季芸仙去了澳大利亚，和原计划一样。

季芸仙离开浙州的那天艳阳高照，她走到楼下，神情茫然，额头出了一层薄汗，江珮轻轻握住了她的手。

她说了一句让江珮无论回想多少次都感到后怕的话。

季芸仙看着江珮，平静地说："我又是一个人了，也许以后也都会是一个人。小珮，我不知道我现在站在这里有什么意义。"

她不知道此刻她的呼吸、她的心跳、她的一举一动有什么意义。

还没等江珮说什么，季芸仙又笑了，她说："我走了，到了那边再和你联系。"

她拥抱了江珮，抱得很用力，然后深吸一口气上了车。

江珮望着那辆车驶出小区，消失在街道上。刺眼的阳光照得人浑身不适，江珮也很惘然，她在那儿站了好一会儿，她不知道接下来该做什么。

他们顺着时间继续往前走，而张嘉凯永远留在了那个赛道，他所有的呼吸和笑容，都留在了那里。

江珮环视了一圈这个小区，双手插在薄外套的口袋里，慢慢走了回去。

秋意渐浓，江珅开始了大二生活，课程比大一少了一半，也没了晚自习。

杨继沉在十月去了趟西班牙，江珅和他视频通话过几次，江珅和他开玩笑说让他带头牛回来。

杨继沉说："真给你带头牛怎么样？"

他一点都没变，说话的口气永远那么懒洋洋的，偶尔也会毒舌，就喜欢拿她开玩笑。

玩笑过后，江珅总会很惆怅地表达思念之情，恨不得把他从屏幕里揪出来。

杨继沉不放过任何一个提弄她的点，每当此时他总会笑着问她："现在后悔了？"

后悔无条件地支持他，放他走，然后一个人在这儿苦苦守着，思念着。

可江珅也总会很坦然很温柔地说："有什么好后悔的，只是你得注意安全。"

他在国外会参加一些比赛，有什么比赛杨继沉也都会提前告诉她。江珅守着电脑看直播，只不过每一次看都是提心吊胆的。

天外有天，他到了外面也不是所向披靡，偶尔成绩也不理想，但江珅觉得没什么，难得的是杨继沉心态好，端得平，他也觉得没什么。

他和江珅说："只不过是一些小比赛，拿来练手的，只有多练练才知道自己到底是什么水平，以后能拿什么名次。"

他说的以后指的是 MotoGP。

江珅利用这个学期考了驾照，也考了钢琴六级，很幸运地通过了。那位脾气火暴的女老师用一个字表达了对她的认可，那就是：嗯。

元旦假期出了点小意外。

徐单她们想搞个自驾游，来趟浙州周边游，她们几个里头就江珅有驾照，去就去吧，新手上路，不料江珅把前面的车撞了。

那会儿江珣还不知道杨继沉想给她个惊喜，从北城赶了回来，而他一回来就接到了小姑娘的电话。

她弱弱地说："阿沉，我撞车了。"

杨继沉刚到家门口，被她说得一急："受伤了吗？撞哪儿了？严重吗？"

江珣看了一眼在和交警叔叔说说笑笑的徐单她们："人挺好的，就是车坏了，别人的车也坏了。"

杨继沉抬手扶了扶额头，竟有些哭笑不得。他说："在哪儿呢，我去接你们。"

"交警大队……接？你回来了？"

杨继沉放了行李，掉头就走："我本来想给你一个惊喜，没想到你先给了我一个惊吓。"

江珣兴奋得像冒着泡的汽水，一下子站起来，走到门口张望，好似他下一秒就会出现一样。

她说："你怎么突然回来了，你回来了还走吗？"

"想你了就回来了。回来了就不回去了，和教练闹翻了。"

"啊？你……"

他笑了："教练说我没志气，只顾儿女私情。"

江珣松了口气，他又和她瞎扯。

江珣像望夫石一般立在门口，终于，黑漆漆的夜里，映着远处的几缕微光，有个男人从正前方走来，微光渐渐勾勒出他的轮廓。

江珣和杨继沉已经有半年没有见面了。

一眨眼就是半年，即使他们经常通电话视频，但那种摸不到的感觉还是会带来陌生感，他一步步走来，江珣倒有些生怯了。

视频里看不出什么，但搁眼前，他的变化还是挺明显的。

江珣初见他时他身上还是有些少年气的，当时的他介于男生和男人之间，那种不知天高地厚的感觉被他发挥得淋漓尽致。哪像现在，面孔轮廓更加棱角分明，有些冷硬，透着男人的刚毅和性感，眉眼也比从前更锋利些。那是一双被宽广世界反复染过的眸子，漆黑，沉稳，看到她时又会浮上点不正经。

江珈愣愣地站在那儿，眼看着他的面容越来越清晰。

杨继沉穿得比较单薄，一件黑毛衣和一件黑风衣，他没有停留，直接走到门口，伸手揽住人往里走。

他身上的寒气传给江珈，江珈一哆嗦，但浑身的血液都沸腾着，她闻到他身上淡淡的香味。

杨继沉揽着江珈的腰，江珈的脸红了，就像刚认识他那会儿，她总是会不自觉地脸红，心跳加速。

直到杨继沉有条不紊地帮她处理好追尾事宜，江珈脸上的红晕还没消。

徐单她们溜得很快，徐单说："谢谢杨老板的救命之恩，祝你们有个美好的夜晚，拜拜。"

两人看着那三个姑娘迅速消失在夜色中。

江珈一时不知道该说什么，像见网友一样，明明很熟悉，却又有点拘谨。

杨继沉揽上她的肩膀，说："你愣着干什么，不和我说点什么？"

他眼里带着笑意，就这么直勾勾地看着江珈。

江珈推他，想把脑袋埋在围巾里，可还没来得及动手，他就低头吻了下来。

他的薄唇贴着她，轻轻吸吮了一下，他又直起了腰。

江珈心猛地一跳。

杨继沉拉住她的手放进风衣口袋里，像没事人一样，边走边说："你这室友开朗了很多啊，从失恋的阴影里走出来了？"

九点钟正是大排档热闹的好时候，大街小巷冒着烟气，黄灯树影下，人们三三两两结伴走着，两个人从路口拐出去，看到的就是这样一派安逸的景象。

江珈跟着他，慢慢悠悠地走着，狂跳不止的心逐渐平静下来。

这个吻真是神奇。

江珈紧了紧围巾说："徐单说，恨是不可避免的，难过也是逃不掉的，但她还想活着，活着就得往前看。"

她说这话的时候嘴里哈着气，声音很轻，似话里有话。

杨继沉和她停在斑马线前，是红灯。

他左右张望了一下，像是随口问道："季芸仙和你联系过没？"

"十天半个月聊一次吧，她有时候都不回我消息，也不常上线。"

"她怎么样了？"

"不太好。"

绿灯了，他牵着她的手走过去。

杨继沉问："哪里不太好？"

"依旧那样，总归是不太好，需要花多少时间，谁也不知道。阿沉……"

"嗯？"

"你呢？"

江珃抬头看他，杨继沉侧头，两人的目光交汇。他淡淡笑了笑，说："少了个人说话，总是感觉有点空。"

杨继沉松开她的手，习惯性地去摸烟，直到抽上一口他的眉头才舒展开来。

江珃这次也没阻止他，自己搓了搓手，刚搓两下他就又伸手牵住她的手。

两个人站在路边等车。

江珃叹口气，望了眼黑黝黝的夜空。她说："希望老天能公平一点儿。"

她说得很虔诚。

杨继沉说："会的，老天是公平的。"

他说得很笃定。

两个人相视一笑。

江珃实在是很久没见到他了，也想和他说些开心的事情，她深吸一口气，扯了个笑容。

"阿沉。"

"嗯？"

"我养了只狗。"

女孩子总是对猫啊狗啊情有独钟，季芸仙走了以后，江珅一个人住在那个房子里，多少有点害怕，都是跟林芸看恐怖片看的，总会幻想楼道里有僵尸，窗外有鬼脸，柜子里有幽灵。

这种事情容易越想越害怕，躲在被子里不敢出声，直到闷得喘不过气，上个厕所都很小心谨慎。

有阵子江珅都觉得自己要精神分裂了，前些天和徐单她们逛街，也是偶然，在街上看到了一家宠物店，被一只浅棕色卷毛的泰迪给可爱到了，它趴在窗前一直对着江珅摇尾巴。

江珅第一次动用了杨继沉的卡，把那只狗买下了。

养了还不到一个星期，不过是只听话乖巧的狗。

江珅抱着它，爱不释手："你看你看，杨杨，这是你爸爸，闻闻味道，是不是啊？"

那狗老是想往杨继沉身上爬，杨继沉觉得头疼。

江珅说："杨杨认识你，我给它闻过你的毛衣，所以不认生，不然它会叫的。"

"它叫什么？杨……杨？"

"对啊，杨家的狗，就叫杨杨，好听又好记，它也听得懂。"

杨继沉笑了："你这人还没过户，狗就先姓上杨了？"

不提还好，提起这个事情江珅想开口，却又不知道该怎么开口。

他们的订婚因为张嘉凯出事耽搁了，直到现在杨继沉也没再提过，江眉那边倒是不急，总说她还小，时间长着呢。

江珅也觉得自己还年轻，可她心里就是着急了。

徐单说她这是没救了，爱得太深沉。

杨继沉忙着比赛和训练，张嘉凯的事情虽说过去了半年，但真就是一眨眼的事情，江珅不想给他增加负担，她希望他们的订婚或者结婚，是在他比较放松愉悦的时间段，而不是怀揣着那么沉重心思的时候。

想到这儿，江珊又释怀了，抱着狗往他怀里靠。

家里的一切模样如旧，杨继沉回来放行李时来去得匆忙，也没仔细看，这会儿舒舒服服躺在沙发上，全身的筋骨都放松了。

小狗在家里乱窜，闻闻这个闻闻那个，一直在江珊脚边转。

江珊忙着在厨房榨果汁，烧热水泡茶。

"杨杨，不许闹！乖！"江珊边榨汁边训狗。

杨继沉躺着，双手枕在脑后，视线徘徊在人和狗身上，嘴角扬起了弧度。

没一会儿，江珊端着苹果汁和热茶过来了。客厅的液晶电视上正放着一部家庭伦理剧，江珊把茶递给他，在他身边坐下。

杨继沉坐起身，左膝屈起，手臂搁在膝盖上，吹了口气，喝了一口热茶。他不渴，喝了几口就放下了，直视着前方。电视里的台词有一句没一句的，很无聊，他也没听进去。

江珊倒是很渴，"咕噜咕噜"一口气喝完了果汁，握着空玻璃杯问道："那车怎么办啊？"

"送去修。"

"新车就被我弄成这样。"

杨继沉顺手搂过她："车是其次，人没事就好。你说你，这脑子本来就不太好使，万一真撞出点什么问题，我下半辈子就照顾个傻子吗，傻子什么样你知道吗？"

又损她。

江珊没好气道："我知道啊，就你那样。"

"傻子要是长我这样，那估计全世界的男人都想当傻子。"

"你自恋！"

两个人说说笑笑的，闹作一团。

元旦也就三天假，杨继沉在第三天假期的中午走的，估摸着晚上七八点到北城的宿舍。

这两三天的光阴嗖地一下飞走了,还真是如同那句话形容的,像梦一样,不真切、短暂。

紧接着就是复习和考试,期末考试考完,几个姑娘吃了顿散伙饭,总结发言,深刻检讨。

要找男朋友的还是没找到,要摆脱失恋痛苦的还是没摆脱,要订婚的还是没订婚,要见偶像的……见到了。

只有林芸完成了心愿。

江珃打算回墨城的前一天,接到了一个陌生电话,是医院打来的。

江珃听完,急匆匆赶了过去。她什么都没想,但又好像想了很多,很多事情连起来了。

江珃懒得排队等电梯,一口气爬上住院部十楼,走进病房时眼眶微红。

宋逸晟正躺在床上跷着二郎腿啃苹果。

他说:"嘿,小珃,你来了。都怪他们乱打电话,其实没事的。"

江珃把包一放,双手叉腰,开始了审问般的对话。

"你有心脏病?"

"嗯。"

"有时会发作?"

"好像是这样……"

"你……你……那你想……"

"小珃,我什么都不想要。"

"那现在算什么?"

宋逸晟把苹果放下,正视江珃:"我说我什么都不想,你信吗?"

江珃望着他,半晌,点了点头。

宋逸晟笑了:"这事你别告诉我哥,不然我就把你看小黄书的事情告诉他。"

江珃抿抿唇:"这病……严重吗?"

"不严重。"宋逸晟说,"要真很严重,我就应该是忧郁小王子的模样，而不是现在这样。只是……小珅，这病它说不准，说不准哪天我就突然嗝——升天了，可也说不准我就长命百岁了。"

"那你今天怎么……"

宋逸晟挠挠头："前段时间通宵复习累到了就晕了过去，嘿，到阎王爷面前溜达了一圈，这是我和他第三次见面了，他还说约我下回一起喝茶呢。"

"宋逸晟……"

"我真没事，你别和其他人说。"

江珅叹口气，忽然觉得一切又被蒙上了一层灰色。

在医院待了三天，江珅接他出院，这事儿只有他们两个知道。

在学校宿舍楼底下，江珅买了两个烤红薯，一人一个，和去年今日一样，却有物是人非之感。

宋逸晟啃了两口说："这玩意儿吃多了放屁，你还是少吃点。"

江珅说："你胡扯的本事倒是和杨继沉一样。"

两个人都喜欢一本正经地搞笑。

宋逸晟说："我要是像他就好了，我要是他就好了。"

"羡慕他干什么？就因为这病吗？"江珅轻轻笑了，"每个人都不容易，不用羡慕别人，你也很好，你都不知道班上多少男同学羡慕你。"

"你吓死我了，我以为你要说，你都'不知道班上多少男同学喜欢你'。不过你说得也对，不用羡慕别人。"

江珅望着晴朗的天，忽然想起宋逸晟搁他们家梳妆台上的银行卡。她说："那钱……应该是你爸爸留给你看病的吧？"

"看什么病啊，又不是天天要住院，又不是不能自理。"

"真的不告诉杨继沉吗？他其实不讨厌你，只是有些事情总是有心结的。"

"别告诉了，省得让他心烦。"

江珅笑了："我真不明白你，人怎么会真的无欲无求？"

宋逸晟吃着热乎乎的红薯，开朗道："你知道的，我很崇拜他，我也羡慕他，我也想哪天归天了能投个好胎。小珅，我不喜欢欠别人的，我总觉得我身上背负着命债，所以现在遇到的都是报应吧，我得还债。"

他顿了顿继续道："我也想重新拥有家人……一个人真的太孤单了。"

江珅说："你是天使投胎的吧？"

"你怎么知道？"

江珅低头笑了笑："宋逸晟，谢谢你。"

谢谢你能够这样坦坦荡荡地来到杨继沉身边，让他不是孤单的一个人。

宋傻白甜："咱俩谁跟谁！不就两个红薯钱，谢啥！哎，你那书也借我看看呗！"

"我不看那些的。"

"少来，你上课和张佳佳看的，我都看到了。"

"那是言情小说啦。"

宋逸晟跟着江珅回了墨城，美其名曰护送她回家，其实就是想凑热闹，和大伙一起过年。

颇有默契的，大家都聚在了墨城。江珅舍弃不下那座老房子，还有孙婆婆他们，毕竟那是她从小待到大的地方。

周树他们没地儿住，又不想住宾馆，求了好半天杨继沉才同意让他们住他那儿。

除夕那天的鞭炮声就没断过，江眉做了一桌子菜，大伙入座，江珅却在院子门口张望。

杨继沉走到她身边说："还没来？"

"嗯，也不知道是不是……来了来了，芸仙！"江珅跑了出去。

杨继沉倚在石柱上，笑了笑。不远处的两个小姑娘相拥在一起，寒风凛冽，情谊却真切。

为了这顿饭，郑锋特意买了张大圆桌，大伙围在一起吃饭，热热闹闹。

周树一向话最多，喝醉了话更多。他说："教练，感谢您，特别感谢您，这杯敬你！"

"哎，好！"

贺群也敬了郑锋一杯。

周树说："教练他女婿，这杯敬你，也特别感谢你。"

杨继沉懒散地靠着椅子，笑说："有毛病？"

周树说："我说教练他女婿，你啥时候正式成为教练他女婿啊！"

江珅正和季芸仙说话呢，听到这个话题不自觉地竖起了耳朵，佯装一脸淡定地看着杨继沉。

杨继沉拉过她的手，说："急什么，要催也轮不到你催。"

"哎！我怎么能不催？大过年的不催啥时候催！这时候就应该问工作催婚！这是过年必备！"

大伙笑了起来。

郑锋说："行了，再过两个月杨继沉就要开始MotoGP的比赛了，先别分心。我也催催你们，你们俩也自己抓紧点，找个女朋友，事业往上走着，家就不要了？"

周树说："你们都一对对的，就欺负我和贺群，呜呜呜，群群，小群群……"

宋逸晟想喝酒，却被江珅的眼神吓住了，她在告诉他：你还想喝酒？你不能喝酒。

宋逸晟只好作罢，端起果汁喝，刚喝上一口就听见边上的姑娘说："你眼瞎？这是我的杯子。"

宋逸晟赶紧放下："姑奶奶，拿错了拿错了，我给你重新拿个杯子。"

季芸仙说："不用了，我不喝。"

宋逸晟一笑："是我的错是我的错，要不你再给我画个大老虎？"

"谁稀罕啊。"季芸仙哼了一声别过头。

饭桌上吵吵闹闹，男人喝多了个个话多，郑锋更是煽情落泪，江眉连翻了好几个白眼。

江珉一直控制着杨继沉的酒杯，杨继沉也不是爱喝酒的人，倒也无所谓，只是陪着他们几个聊聊天，说说赛事。

外面烟花"砰砰"作响，吃得也差不多了，江珉帮着整理餐桌，留下些下酒菜给他们边吃边唠嗑。

江珉拿了包新纸巾放桌上，转身要走却被杨继沉拉住了手。

他揉捏着她的手指骨，说："你去哪儿？"

轻轻的，淡淡的，最平常的一声询问，却让江珉莫名心动。

江珉说："不是给芸仙买了烟花嘛，我去拿给她玩。"

杨继沉点点头："去吧。"

江珉说："少抽点烟，我给你们泡点茶过来，醒醒酒。"

"嗯。"

江珉走了几步回头，见杨继沉坐在斜前方，闲散地靠在那儿，一手夹着烟，一手转着打火机，毛衣袖口挽起一截，露出的手部青筋微微凸起，彰显着男人的力量感。不知道郑锋说了什么，他勾着嘴角笑了起来，身上已经没了那种少年气，反倒透着风光霁月般的稳重感，只是他的桀骜不驯是天生的，那种痞气怕是这辈子都改不了。

季芸仙一个人靠在墙上，纤细的手指间夹着一支烟，她刚递到嘴边，就被抓了个正着。

宋逸晟把一罐果汁递给她："喏，赔你的。"

"我不喝。"

"去了国外就是不一样啊，还学会了抽烟，国外的女生都抽烟的？"

"关你屁事。"

宋逸晟伸手夺走了她的烟："行了，女孩子家家抽什么烟，牙黄口臭，还可能得肺癌。"

季芸仙烦躁地抓了抓头发："关你什么事儿？你是谁啊？你有病吧？"

"脾气见长啊。"宋逸晟笑着看她，"脾气再大也不是事，但不能学坏，这些东西对你来说没什么用，还不如吃几颗糖，什么尼古丁了解人忧愁，这只是一种让人上瘾的玩意儿而已。"

"有病！"季芸仙推开他。

宋逸晟往后跟跄了几步，差点摔倒。

"你这手劲怎么那么大，我有心脏病的，你可别吓我。"

"我看你确实有病，吓死活该！"

"你这嘴还真是不饶人啊……算了算了，谁让我脾气好呢。"宋逸晟摸了摸她脑袋，"喝果汁吧，咱们不吵架，行吗？"

季芸仙怔了怔，冷着脸接了过来。

宋逸晟也往墙上一靠，抬眼看着月亮，他说："我真有心脏病，那时候被你在教室追，差点升天，还好我及时控制住了，不然你会追得到我？以前一位天师说过，我可是天生的运动健将，要是我没这病，我能为国争一百次光。"

季芸仙"喊"了声："你就瞎扯。"

"笑了啊？笑了就成。开心点呗，过年总是好的是不是？"

"好个屁……"

大伙守岁到天亮，后半夜打起了麻将，周树输了个精光。

他哇哇大叫："小珅，你太不够意思了，咱们第一次打麻将的时候你可不是这样的！那会儿多客气啊，还要把钱还我，现在下手可真狠啊。"

江珅笑着："周树哥，今时不同往日。"

"什么不同往日，你们就是打夫妻牌！"

杨继沉说："你哪只眼睛看到我们打夫妻牌了？"

季芸仙在边上嗑瓜子，江眉和郑锋上楼去了，似在看电视，估摸着郑锋早睡着了。

周树拍案而起："你们这不叫夫妻牌？"

杨继沉坐在椅子上，江珅坐在他身上，他搂着她，她打牌，偶尔轻声细语地交谈。

杨继沉扬起眉峰，问其他人："这是吗？"

宋逸晟说："嘿，当然不是！怎么会是呢？"

贺群说："不是。"

季芸仙说："不是。"

周树气急："好啊，你们这群人。不行，我要翻身！要革命要崛起！"

周树把大衣一甩，撸起袖子，洗牌："来来来，再来！"

杨继沉单手揽着江珺，笑着看她的后脑勺，她染的头发颜色越来越浅，但依旧很好看，黄棕色的头发被她随意扎成一个球，白皙的脖颈间有几根发丝垂荡着，衬得少女气息十足。

"和了和了！"江珺把牌一摊，转过头看杨继沉，笑得眼睛弯成月牙，"我又赢啦！"

杨继沉说："可以啊，江师傅这手气，看来今年运气会很好。"

江珺没想太多，全心全意地打着。她不迷恋打牌，也只会在过年过节打着玩，偶尔玩那么几次还真挺有意思的。

杨继沉耐心十足，拥着她坐了一晚上。

快天亮时，众人去放鞭炮，放完就都散了，宋逸晟住在江珺家，周树他们睡杨继沉那儿，季芸仙说什么也不肯留下，回去了。

江珺把赢的钱分别放在几个红包里，进浴室洗漱，出来时，果不其然，她床上已经躺了个人。

这次回墨城，杨继沉倒没有跳过一次窗，都是光明正大进来的。

江珺边擦脸边走出来，问道："怎么过来了？"

"腿麻，来找江师傅松松筋骨。"

江珺坐在书桌前涂抹护肤品："江师傅今天手很酸。"

"赢钱赢得手酸？"

江珺愉悦一笑。

杨继沉坐起身，屈起右腿，直接把人拉了过来。

"等会儿……我还没涂完呢。"

杨继沉按住她脑袋，吻了上去。

"我在你这儿睡，周树打呼噜，吵得不行。"

"我这儿是什么？是宾馆啊，还是按摩院啊？"

杨继沉嘴角弯起："按摩院吧，这个听着贴切些，或者，洗脚房也行。"

"你还去过洗脚房啊？"江珮顺着他的话杆子往上爬。

"我还真去过。"

"然后呢？"

"那些女的都围上来，问我要哪个女的帮着洗脚，我就指定了一个。"

"然后呢？"

"然后……就洗脚了啊，按摩手法真的不错。"

江珮一愣，这才反应过来他又在逗她。

杨继沉敲敲她脑门，笑得不行："你怎么那么好骗？"

"你讨厌！走开！"

"当然，还是江师傅的手法最舒服了。"

江珮背过身不理他，杨继沉靠着床背坐了会儿，然后顺势躺下，从后面抱住她。

冬日清晨的光淡薄，穿透浅色的窗帘，空气中的细小尘埃飘浮着。

不知怎的，杨继沉突然低低地说："再等一等我，很快了。"

这个春节只下了一点点雪，想捏个雪球还得收集好一会儿，雪下了融，融了下，路面和屋檐一直湿漉漉的，雪融的时候最冷了，那种湿冷能渗骨。

最近流行十字绣，江珮绣了一个寒假，终于在雪融的时候得了冻疮。

右手食指那儿红烂了一小块，又痒又疼，江眉给她抹药膏，郑锋没收十字绣，杨继沉给她买了副超级厚的棉手套，一天二十四小时戴着不准摘。

于是江珮就成了独臂大侠，右手总是裹在手套里，只能分清拇指，剪刀石头布也只能出布和拳头，像哆啦A梦的手。

江珮既觉得好笑又觉得无奈，一个冻疮让全家人围着她团团转，那要是缺胳膊断腿了还不知道要怎样。

杨继沅和季芸仙先后离开墨城，江珮走进机场，这手特瞩目。

连季芸仙也笑了，说："小珮，你这样子怪滑稽的。"

穿得跟个电视剧女主角一样，手上却戴着一只蓝色的卡通棉手套。

这个假期江珮几乎没见季芸仙笑过，她的心情时好时坏，可是怎么也笑不出来，任何美好的事物摆在她眼前，她都浑然不觉。

难得，这次季芸仙笑了。

江珮倒觉得这冻疮生得值。

季芸仙没有在家里多逗留，反而一门心思远赴澳大利亚。

她说："我走了。"

江珮现在是真害怕听到这三个字，她没忍住，叫住了季芸仙。

季芸仙知道江珮要说什么，她说："我不好，一点儿都不好，到了那边不会开心，睡不好觉，小珮，一切都不会好的。"

"那……你去看过嘉凯了吗？"

季芸仙直到春节前夕才回到墨城，她不知道季芸仙有没有去浙州看过张嘉凯。

季芸仙抬头，看了眼江珮，又低下头："看了。"

江珮柔声道："芸仙，我们都要往前走的，你也得往前走，只是这段路又远又长，也只有你自己一个人能走过去，相信我，会有一天一切会像重新来过一样的。"

"那需要多久？我不知道需要多久，所以觉得难受，一点儿都看不到头。"

"那我们打个赌，我赌两年，芸仙，我们就赌两年，等我们毕业的时候再来看这件事怎么样？"

"两年……好啊……"

江珮塞了一条薄荷糖给她："新生活应该是糖和鲜花，不应该是烟和酒。"

季芸仙垂下眼，"嗯"了声。

"快进去吧，到了那边给我发短信。"

"好。"

浙州的四月多雨，阴雨绵绵了好几日才得以放晴。

江珺的日子日复一日地过着，两点一线，上课吃饭睡觉遛狗。

四月初杨继沉开始了 MotoGP 的赛事，第一站是卡塔尔。

他很忙，忙得都无暇顾及她。江珺也没多想，只是担心。也许是张嘉凯的事情留下的影响太大，她每次一见到他要上赛道都会这样担心。

很多东西都是一瞬间的，发生了就来不及了。

这场赛事从四月持续到了十一月，整整七个月，十八个站。

江珺经历了一个人从冬天到春天到夏天再到秋天的滋味，暑假在家两个月，郑锋本想带她去国外观战，可想来想去都觉得麻烦，她不想让杨继沉分心。

他前面十几站的成绩比较稳定，虽然名次一般，但听郑锋说，这已经足够了。如果能稳到最后一站，总积分不会太差，应该能排得上名次，总之，这"第一人"非他莫属。

九月开学升大三，江珺的课程也少了，多了很多闲暇时间。

她还在继续练钢琴，十月底的时候江珺得到了个好消息。

那位女老师来电话时，江珺正躺在床上剪指甲，小狗叼着球到处跑，江珺让它乖点，手机响了。

女老师说："江珺是吗？我这边有个名额，你要试试吗？"

就这样，十一月时江珺被安排去了澳大利亚，一场演奏会正在等着她。

江珺就差抱着徐单哭了。

这两年她弹得手指都快断了，也算熬出点头了。

江珺是个特别容易满足的人，她觉得这可能是她人生最辉煌的时刻，当晚她就把这个好消息告诉了杨继沉。

杨继沉刚结束葡萄牙站的赛事，正在机场候机室等着飞往澳大利亚的航班，小姑娘在电话那头兴奋了半天，声音很有生气，反复说做梦也没想到。

江珣诉说完自己的喜悦，问道："你最后一站是几号？"

"十一月七号。"

"老师说，要先去彩排练习个把星期，演奏会在十一月中旬。还好寒假的时候爸爸带我办了护照，原本他是想带我去看你比赛的，没想到现在演奏会用上了。"

江珣呈"大"字形躺在床上，小狗跳上来舔她的手，江珣笑呵呵地翻了个身："杨杨，痒，乖，下去。"

杨继沉笑着问："我七号的比赛你要来看吗？"

"我不太确定能不能出去，如果可以的话我就去，阿沉，我们好久没见面了。"

"急什么，最多还有半个月，实在不行等我比完了去找你，和你一起回国。"

"好啊……"江珣摸着小狗，"那回来了以后呢？你要继续去训练吗？"

杨继沉慵懒道："不去了，我在家相妇教狗。"

"你又胡说。"

候机室里进来两三个人，杨继沉抬眼看了一下。

"和女朋友打电话呢？"一人问。

杨继沉微微挑眉示意。

江珣听到动静，问道："你在哪儿啊？"

"机场。"

"今天就过去吗？"

"对啊。"

江珣说："累不累？在飞机上睡一会儿吧，到了那边和我说一声。"

"好，早点睡，别搞那什么十字绣了，听话。"

江珣"嗯"了声，眼珠子瞟着墙上裱好框的花开富贵十字绣。

挂了电话，杨继沉和边上的人闲聊了几句。

边上的人说："YANG，等最后一站完了回去得好好休息一下，到时候要不要搞个庆功会？"

闻言，坐在另外一侧的蒋龙抬起眼皮瞥了一眼他们，颇为讥讽地笑了声。

这一笑，候机室里的气氛就奇怪了起来。

"YANG，我说这比赛好歹能和F1齐名，怎么如今什么人都能进。"

杨继沉笑道："有钱能使鬼推磨。"

蒋龙一听就炸毛了，把手里的东西一摔，怒瞪着眼："你说谁呢？"

杨继沉淡淡地看着他，似笑非笑着。

蒋龙冷笑一声，站起身，少年趾高气扬的模样看起来特有冲劲，但过了头就显得愚蠢。

杨继沉看着他这副模样，仔细回想了自己的过去，自己是不是也曾这么狂傲，有吧，但没这么显摆和无事生非。

蒋龙说："你真以为自己厉害得不行了？搁这里还不是被人甩下一大截。"

杨继沉抬手，把手里捏成方块的包装纸扔进了垃圾桶。

"能甩你一截就行了。"杨继沉说。

国外高手如云，杨继沉也有幸和MotoGP之王罗西同赛道跑圈，他们都是代表雅马哈车队参赛的，也算得上是同门，只是国籍不同，个人荣誉不同，名次先后，只要能得，那都是雅马哈受益。

只可惜，今年罗西在穆杰罗赛道受伤，只得了第三名。过去九年蝉联九届MotoGP的世界冠军，如果这次没有受伤，十连冠听起来会更激动人心。

那些MotoGP的老将，比杨继沉都有经验，实力也都更胜一筹，中国在赛车这方面确实不如国外，但近几年发展得也算快，以后未必没有立足之地。

原本能去参加的人只有杨继沉一个，他是被雅马哈赞助去的，而蒋龙能去倒是让盛罩费了很大一番功夫。

张嘉凯离世的那个夏天，蒋龙也被邀请去日本训练，盛罩不差钱，以公司的名义赞助了两千万让蒋龙进 MotoGP。

这中国第一人的位置就像龙椅一样，有点想法的，都会被吸引。

蒋龙觉得可笑："甩了我又怎么样，不到最后一刻谁知道结果究竟怎么样。"

"是啊，不到最后一刻真不知道结果怎么样。"杨继沉笑笑说，"毕竟上帝的心意很难揣测。"

十一月的澳大利亚正是春光乍泄的时候，澳大利亚的春天温度很宜人，简单的衬衫裤子就够了。

江珮去的是悉尼，而杨继沉比赛的地方是墨尔本的菲利普岛，他们之间隔了八百多公里，开车要八九个小时。

江珮的资历还不足以上台表演什么，得那位女老师看重，江珮能站在钢琴家边上帮着翻乐谱。

当那位女老师用流利的英语和那些音乐家交谈的时候，江珮才发现这位老师似乎有点深藏不露。

当江珮把翻谱子这事告诉杨继沉后，他笑了很久。

杨继沉和她打电话的时候刚跑完几圈，热得一身汗，他摘了头盔在边上乘凉，小姑娘在电话那头哭笑不得地说着。

杨继沉安静地听着，电话那头的江珮笑得甜蜜，声音也娇嗔了几分。

他会喊她"小珮""小傻瓜""小猪"，也会喊她"宝贝儿""老婆"，当然说甜言蜜语得看他心情，他的声音低哑性感，每次这么叫她的时候江珮都觉得轻飘飘的。

杨继沉手肘靠着边台，身子往后靠，春光明媚，空气都是清新微香的。赛道上一辆辆车子飞速驶过，他眯了眯眼，视线落在蒋龙身上，他是第 24 号。

少年心性，狂妄自大，像被宠坏了的孩子一样，稍有不顺就哇哇乱叫，实力有，但还不足以站在这里。

蒋龙在倒数第三个赛道出发，起起伏伏，最终也没能挤进前面，是什么样的起点就是什么样的终点。

杨继沉喝了口水，朝江珈问道："后天我比赛你能来吗？"

江珈说："你猜。"

杨继沉低头笑了声："现在也跟我玩这个了？"

那时候江珈问他什么，他都喜欢说你猜，包括她高考完的那个暑假，她问他真的喜欢她吗，小姑娘眼神渴求得很，可他还是心念一动，说了句你猜，气得她吹胡子瞪眼，就差没给他两拳了。

江珈重复道："你猜啊。"

杨继沉懒懒道："那算了，门票我送别人吧，你好好翻谱子。"

江珈急了："我来的！和老师说好了！"

"这样啊……那行吧，票给你。"

2010 年 11 月 7 日，周日，气温宜人，菲利普岛赛道靠海，碧海蓝天，一条条蜿蜒的赛道镶嵌在修葺整齐的绿草间。菲利普岛赛道一共有七个左弯五个右弯，最长的直线赛道有九百米，在 1956 年建造完成，这个岛屿是澳大利亚赛车运动的发源地。

天气好，观众席的气氛也高涨起来。

季芸仙在墨尔本读书，江珈提前跟她约好了来看比赛。季芸仙到了这边就不太爱出门，但还是来了，久违的阳光和大海，走进观众席里时她仍觉得恍恍惚惚。

江珈买了两杯果汁饮料。

季芸仙喝了几口就不喝了，环视了一圈，她忽然想起那年冬天和江珈一起去看比赛。

季芸仙摘下棒球帽，顺了顺头发，说："小珈，你还记得那次我带你去看沉哥他们比赛吗？"

江珈点头："记得。"

她想她这辈子都不会忘记杨继沉在赛道上冲刺奔驰的模样，笃定，游刃有余，漂亮的压弯姿势，绝对的赛道碾压，超与反超的刺激，在那个寒冷的冬天，他点燃了冬日里的第一把火。

也点燃了江珈的心。

回想起来，她喜欢一个人的理由可以说是很明确了。她喜欢他在赛道上飞驰的模样，喜欢他摘下头盔，目光扫过所有人却停留在她身上的感觉。

女生喜欢一个男生，总有很多奇奇怪怪的原因，比如他今天穿了一件白衬衫，比如他的一个投篮动作，比如他抬头的一个微笑，就因为这么一个点从而喜欢他的全部。

江珺喜欢他的眼神，他看她的眼神。

阳光刺眼，季芸仙眯眯眼，说："我记得当时嘉凯在赛道上的样子，他总是那么认真，从我看他的第一场比赛开始，他一直都那么认真，认真地对待比赛，认真地对待生活。当然，你肯定没在意他，我猜，你当时只看见了沉哥吧？"

大半年没见，季芸仙的状态比先前好点，至少会说会笑了，乍看之下，似乎没什么异常，可说话的语气还是带着淡淡的无力感。

江珺笑着："人的目光总是会跟随着自己感兴趣的事物，那时候他对我来说确实是个耀眼的人。"

"那时候我没脑子地把你往沉哥身边推，你似乎也没多反感，你不会真的很早以前就喜欢他了吧？"

江珺回想了一下，当时她确实不太想靠近他们一伙人，但她对他们并没有太反感，特别是杨继沉，有些人天生就吸引着人去靠近，他的外貌、他的气质、他的职业，他身上的种种，全都叠加起来，汇成一种独特的魅力。

比起温润的男生，江珺觉得自己确实更喜欢张扬一些的男生，她喜欢这样的男生身上的自由放肆感。

人啊，总是会对一些自己无法做到或者无法拥有的东西充满向往。

江珺说："如果可以，我还真想早一点喜欢他。"

季芸仙说："是啊，如果可以，我也想早点认识嘉凯。"她顿了顿，轻轻道，"小珺，我最近一直在想，到底是重来好还是压根儿不认识的好，后来我发现，我只愿意重来，如果不认识他，真的好遗憾。我从前喜欢过那么多人，可那些其实都不是喜欢。我从前总觉得如果分手了，我可以很快从中抽身，就很没心没肺，可真的喜欢了后，才发现这真的太难了。小珂……如果现在的赛道上有嘉凯该有多好，如果能回到那场比赛的时候该多好。"

季芸仙也许是幻想了那一幕，也许是回想了那一幕，她的嘴角是上扬的。

江珂握住了她的手，轻轻拍了拍。

季芸仙垂下眼眸，视线落在江珂的手上，她说："可是真的太突然了，其实我后来有听到一些流言，总觉得事情没那么简单。"

她的笑容又淡了下去。

江珂目光一深，欲言又止。

季芸仙捧着果汁杯，轻轻拂去杯上的水珠。她说："小珂，我好像什么都不能为他做，那些流言半真半假，我却什么都不能做。"

江珂盯了她良久，最后抿了抿唇，叹口气，缓缓道："那天，阿沉和我说了些话。"

"什么？"她抬头。

"他让我等一等他，他说很快了，我不懂是什么意思，他和我说，他要做 MotoGP 的第一人。即使这次蒋龙也参加了，但他要做第一人，为了他自己也为了嘉凯。"

季芸仙有些听不懂，但注意力都放在了江珂身上。

江珂组织了下措辞："玩赛车丧命不是什么稀奇事，可阿沉总觉得嘉凯走得不值得，也有些猫腻，但那确确实实是一场意外，他说每个行业都有龌龊事，他改变不了，所以他只能去争取，争取荣耀，让那些做龌龊事的人什么也得不到。"

"你这是什么意思……你是说嘉凯真是被人害的？"季芸仙瞪着眼睛，额头上很快渗出一层薄汗，她的呼吸越来越急，她猛地抓住江珂的胳膊，"小珂，你说清楚！"

江珂犹豫过要不要和她提起，她是最爱嘉凯的人，到了现在这一步，她有权知道一切，即使这事是个意外。

江珂安抚道："不是被谁害，只是一些巧合加意外。芸仙，我希望你今天来，能看到一些美好的东西，我想这样嘉凯也能安心。"

季芸仙渐渐松了手，像被剥了层皮一样。她深吸了口气，喃喃自语道："我就知道，我就知道这事没有那么简单，这圈子里什么人没有，他这两年这么突出，总会招惹上一些是非。是谁？是那个蒋龙吗？"她抬头，在赛场上寻找蒋龙的身影。

蒋龙这号人季芸仙知道，传的流言里也有他。

这时，赛道上车手上场，各自停在各自的赛道上，一共七排，二十六个车手，最后检查后，赛道上的人员开始散场，赛道上只留下了全副武装的赛车手。

杨继沉位置居中，而蒋龙则在倒数第三个。

赛道全长四千四百四十八米，他们一共得跑二十七圈。

红旗扯出，红灯亮起，灯灭起跑，车手一齐发车冲出去，由于赛道起跑位置不同，一辆辆紧追不舍的车子拉成一长条队伍。

季芸仙问："24号是蒋龙？他为什么那么做？不……我问的这是什么问题，为什么这么做，还能为什么？沉哥是几号？"

她自顾自提出疑问，又自我否定。

有些答案不言而喻。

江珊指着那儿说："偏中间，穿红白色衣服的，12号就是他。"

季芸仙淡淡笑着，难掩苦涩："沉哥一定能做到的，我知道的，他能的。"

江珊说："我想，嘉凯也很想看到这一幕吧。他们这个队伍，这么多年，包括周树他们，都是想往上走的，也终于走到了这一步。"

但这不是杨继沉一个人的荣耀，也不是他们队伍的荣耀，这是属于国家的荣誉。

这就是她爱的男人，威风凛凛，和所有为国争光的勇士一样，让人崇拜让人钦佩。

镜头一直跟着，不断切换各个角度，屏幕里的赛车手已经进入了第四个弯道，杨继沉位于第十位，紧咬在后方，试图进行超车，终于在十号弯杨继沉超了两位。

屏幕上不断变换着名次排名，蒋龙不断上升，在第二圈一号弯时速度太快，差点冲到缓冲区，冲线之后进行第三圈，紧紧保持着十八左右的排名。

今年的 MotoGP 无疑是这两位亚洲赛车手比较瞩目，屏幕中给的镜头也比较多，但几名曾经拿过冠军的赛车手在前头赶超，始终是赛事的一大看点。

赛车驶过观众席，车轮胎摩擦地面的声音刺耳而喧闹，是速度的象征。

车轮胎、地面、天气都会影响比赛的结果，气温逐渐上升，赛道也越来越干燥。

第六圈再次进入十二号弯，十二号弯过去就是直线，九百多米的直线赛道上，飞驰的赛车紧追不舍，杨继沉加速，直接超过了葡萄牙的一位赛车手，排名又前进一位，全场惊呼，喧哗不已。

现场的解说员用英语激动地讲着，江珊紧紧盯着屏幕，心悬在喉咙口。

两个姑娘都专注地看着，烈日照得她们嘴唇微微发干。

镜头里，杨继沉匍匐在车上，勇往直前，在第十个弯道压弯的时候回头看了一眼，24 号的蒋龙后轮抖了一下，勉强控制住速度，名次掉了两位。

这次雅马哈失去了罗西，有点后继无力，但好在有杨继沉拉着。

比赛还剩十五圈，名次不断变化。

蒋龙握着车头，紧咬牙关，再次回到十八左右的排名，而在前头的杨继沉他连根手指头都碰不到。

"最后一站了！搞什么啊！"蒋龙驶过观众席，扭了扭头。

江珊捕捉到这个小动作，看向观众席边上的后台，教练和相关维修人员都站在那里，而在那群人中间，有一个人江珊有些熟悉，那就是盛罩。

她本来对这些一无所知，也是那晚杨继沉颇有耐心地和她都说了一遍，她才知道这些人，出于好奇她还去查过盛罩。

视线回到赛道上，一直跟在杨继沉后面的第 14 号赛车手忽然从内线猛地超车，现场又是一阵惊呼。他的超车很激进，八号弯不适合超车，他的轮胎也不太能负荷这样的超车。

杨继沉没预料到，两辆车碰到一起，进入了第九弯道，杨继沉立刻把车立起来，保持车身平衡，14号紧跟着他，似乎有意朝他发起攻击。

比赛还有七圈。

杨继沉掉到了第十五名，速度急剧下降，而蒋龙加速，切车，迅速和杨继沉齐平。

蒋龙看了几眼杨继沉，在速度和激情中一时反应不过来这是怎么了，心里有种说不上的奇怪。

江珊也看不明白杨继沉想做什么，他们明明说好只比赛，不做其他的，那样实在太危险了！

14号因为刚刚的顶碰，名次也往后掉。

杨继沉在每一次拐弯的时候都压着蒋龙，好几次都险些发生碰撞，几次下来，大伙也都看懂了，这是故意的，解说员感到疑惑，但也觉得不可思议。

倒数第二圈，杨继沉压弯起身，朝蒋龙竖了根中指，加速，一跃而起，猛地挤入前面，在他擅长的十二号弯道上压内线超车，出弯加速，来到第十名的位置。

而就在他加速甩掉蒋龙时，14号车手突然朝他冲去，杨继沉躲了过去，被压着的蒋龙驶过去，14号和蒋龙碰撞到一起，两个人贴着行驶了一段距离，没控制好平衡，14号车直线摔了出去，蒋龙的车身也抖个不停，他没办法，只好停下，却不料没稳住，摔在地上翻了几圈，其余赛车手咻咻驶过，一转眼就看不见了。

工作人员迅速上场处理。

再看过去，那边的盛罩已经不见人影了。

赛道上，杨继沉随着车流一起压弯，直行，找准每一个机会超车。

最后一圈最后一个弯道，他排第五，第二名压制第一名，却被第三名渔翁得利，一跃成了第一。

在解说员的惊呼和恭喜声中，赛事落下帷幕。

杨继沉的总积分在 2010 年的 MotoGP 中排第十一，当之无愧的中国第一人。

　　第一名下车，飞奔向自己的团队，他们有自己的庆祝方式，扭腰拍手，欢呼。

　　而杨继沉停了车后，摘下头盔，捋了捋被压扁的头发。他边往回走边朝观众席那边张望，隔得老远，他也能看见那个穿橘色 T 恤、扎着丸子头的中国女孩，她正在拼命挥手。

　　杨继沉笑了笑，目光停顿片刻，朝观众席做了个手势，转身走向自己的团队。

　　墨尔本的阳光灿烂而耀眼，照耀在这个海水围绕的小岛上，空气中飘浮着咸湿的海风，因为这场赛事，小岛变得热闹而欢腾，碧海蓝天，举杯同庆。

　　周遭欢声笑语一片，江珀收了手，瞳仁里映着杨继沉的背影。

　　他总是爱穿红白相间的车服，无论什么衣服，都是拿来衬他这个人的，挺拔英气，走路也带着三分痞气和不羁。

　　季芸仙双手贴着嘴，呈喇叭状，她竭尽全力地欢呼，就像当初一样，她毫无保留地为杨继沉，为他们这个团队，为张嘉凯欢呼。

　　她笑到最后哭了起来。

　　季芸仙捂住脸，抽泣道："如果……如果……嘉凯还在，他一定比我更开心。"

　　"是啊，如果他在，他一定希望我们都好好的，他肯定最希望你是过得最好的那个。"江珀笑着说。

　　"小珀，爱过这样的一个人，这辈子大概也值了。"

　　杨继沉回到车手休息区，队里的人都来祝贺，教练更是喜上眉梢，拉着他说了很多很多，无非是以后的前途，未来的发展。

　　杨继沉摘了手套，光听不回答，嘴角挂着若有似无的笑。

　　"杨继沉！"

　　身后传来一声呵斥。

　　杨继沉不紧不慢地转过身，没多大惊讶，还是那副表情，要笑不笑的。

盛罩三十岁左右，长得英俊，却散发着一种凌厉之感，眼神仿佛刀子，能剐人。

他就这么看着杨继沉，一字一句道："这么多站，你就在等这最后一站？你可真能忍啊，杨继沉。"

杨继沉笑了："这只是一场意外，盛教练不信就算了。"

盛罩冷笑："何必。"

"是啊，何必。"

"YANG！要采访了！这边！"工作人员喊道。

杨继沉拿上手机，挑眉道："盛教练，抱歉，没空安慰你了，我也……无能为力啊。"

话落，杨继沉敛了笑容，眸色暗了下来，迈着长腿出了休息室。

前三名正在上头领奖发表感言，他们这些排后头的没有奖杯，但都安排了采访。

作为中国选手，有一个专访，蒋龙受了点轻伤，被送去医院了。

宽大的浅蓝色广告幕布上印着"2010年菲利普岛MotoGP"，底下是一系列赞助商的名字，杨继沉站在这块幕布前被记者簇拥着。

"YANG，你作为中国第一个参加MotoGP拿到名次的人，有什么感想？"

"前几站你的名次一直偏中后，为什么这次突然进步了很多？"

"刚刚你在赛道上有一阵状态很不好，是怎么回事？"

杨继沉看了眼手机，开机，这是他新买的手机，全屏智能，手机壁纸是江珂和他的合影照片。

那是2008年跨年时贺群拍的，他们俩站在屋门口，一高一低，一俯视一仰视，烟花绚烂，屋内灯光明亮，他们被定格在画面里。

话筒被递到他面前，杨继沉接过，嘴角挂着笑，说："很荣幸，也觉得很荣耀，我想，中国在赛车这块以后会越来越好。"

记者孜孜不倦地提问题，杨继沉耐心地回答。

临近结束的时候，他笑着说："能不能打断一下？我要打个电话。"

底下的记者点头。

看完比赛，季芸仙哭了一阵，使劲抹去脸上的泪水，吸吸鼻子说："我不哭了！我不想哭了！今天这么好的日子！"

江珊给她擦眼泪。

季芸仙轻轻地说："我想回趟浙州，我想把这个好消息告诉嘉凯。"

"好啊，那我们一起回去？"

"嗯……"

"走吧，我们去那边等——"江珊话还没说完，包里的手机就响了起来。

是杨继沉。

江珊像往常一样接了，但还未等她开口，那头便传来杨继沉磁性的嗓音，低沉的，又带着几分漫不经心。

他说："小珊。"

这两个字一出，他那边似乎有起哄声。

江珊莫名心跳快了起来，她咽了咽喉咙，小声道："怎么了？"

"我说等你到二十岁，这算等到了吧？"

"什么？"江珊一愣。

杨继沉开了免提，自己拿着话筒问的。

他问："嫁给我，怎么样？"

观众席的显示屏切换到杨继沉接受采访的画面，季芸仙一指，江珊抬头正好看见，他额前的碎发微湿，一双深邃的眸子在阳光下熠熠生辉。

他拿着话筒，又问了一遍："嫁给我，行吗？"

江珊浑身一热，脸红成秋柿子，喉咙渐渐发酸，她缓了缓，紧张道："好……"

杨继沉笑着："那么杨太太，请来采访处领取老公一个，婚戒一枚。"

屏幕里的他从车服口袋里掏出一枚钻石戒指,闪着夺目的光彩。

2011年的春节,杨继沉在淅州办了订婚宴,郑锋夫妻、他外公外婆,一家人在酒店吃了顿饭,还请了周树、季芸仙他们,出乎意料的是宋逸晟也来了。

这是杨继沉的外公外婆第一次见宋逸晟,难免也有几分怨恨,毕竟是插足自己女儿婚姻的人的儿子,好在宋逸晟乖巧,不多言语,这场订婚宴没生出什么事。

杨继沉已经习惯了宋逸晟的存在,对他不冷不热,只当普通朋友那样相处,但宋逸晟性格开朗,总是让杨继沉无言以对。

江珣觉得好笑,说宋逸晟是来压制杨继沉的,要知道,平时她都说不过杨继沉的。

宋逸晟的秘密,江珣守口如瓶,真的没和杨继沉说过,可纸包不住火,订婚宴的第二天宋逸晟又被送进了医院,原因有些哭笑不得,他熬夜打游戏,没把握好分寸,就这么晕了过去,把网吧老板吓坏了。

这回医院来电话,江珣在洗澡,是杨继沉接的。

两个人赶过去,宋逸晟还是那副无所谓的模样,乐呵呵地道:"我没事,刚刚还吃了碗黑椒牛柳饭呢。"

江珣给两个人留了谈话的空间,江珣一出去,宋逸晟就笑不出来了。

他头一回感到害怕。他说:"哥,我厚着脸皮叫你一声哥,你别烦我,我真的没什么想法,我就想以后我要是死了,能有亲人葬我。"

杨继沉嗤笑:"连葬礼都想好了?那你吃什么黑椒牛柳饭,来,起床,继续去网吧熬夜,我给你葬在淅州最好的墓园。"

宋逸晟说:"可是……可是我现在还不想死。"

"不想死就好好活着。"

宋逸晟张张嘴,到底没说什么。

这病说大挺大，说小也算小，是个需要当心注意的病。

江珅发现，杨继沉对宋逸晟的态度就是从知晓他的病开始转变的，偶尔也会询问几句宋逸晟的状况，宋逸晟的犬杨继沉也没动。

也是很久很久以后，杨继沉才告诉她，宋逸晟是个很温暖的人，即使过往牵扯不清，但这辈子有这样一个兄弟陪着，也算两清了。

2012 年，江珅顺利从华西大学毕业，入职了一所艺术高中，成了一名钢琴老师。

2013 年，两个人开始筹备婚礼，杨继沉退出了国家队。

2014 年，奶茶店步入正轨，成了连锁品牌。

2015 年，江珅怀了第一胎。

2018 年春节，大家相约在墨城，今年的墨城又下了好大一场雪。

那座老房子没有任何改变，孙婆婆正在门口晒太阳，她没了牙齿，笑起来迷迷糊糊的，人已经痴呆了，不认识人了。护工还是那个护工，喜欢嗑瓜子，见到江眉他们，一个劲地说，这些年大大小小的事足够她说个三天三夜。

江眉忙着拌饺子馅，一转眼发现自己忘了买酱油，喊道："郑锋！郑锋！"

"哎！怎么了？"郑锋坐在沙发上，戴着副眼镜，正在看电视里的赛车比赛。

"帮我去路口新开的小店买瓶酱油。"

"好好好！等会儿！"

"有什么好看的！别看了！听到没？"

军令不敢违，郑锋拿上钱包和大衣，赶紧出了门，一出门正好碰上从浙州回来的杨继沉和江珅。

他们的车子停在老宅边上，这条小路终于不再是小路，被修成了水泥路，还拓宽了。

江珅牵着孩子的手，杨继沉从后座拎了几盒保健品，揽上江珅的肩膀："走吧。"

刚跨进院子就和要出门的郑锋碰上。

"爸。"江珅叫道。

"欸，你们回来了，快进去，外面冷。哟，我们衡衡又长高了，来，外公抱一抱！"

郑锋抱起杨衡，掂了掂，笑道："好小子，再过几年外公就抱不动了。"

杨继沉笑了声："年纪大了骨质疏松，当然抱不动，这不，您女儿挺贴心的，给您买了钙片。"

郑锋对着杨衡说道："你看看你爸爸，不尊老爱幼，以后可别学他。"

杨衡"咯咯咯"笑着，朝杨继沉张开双手："爸爸，爸爸抱。"奶声奶气的，任谁听了心都得化。

杨继沉单手抱他，小家伙搂着他脖子，笑个不停。

郑锋说："你们进去吧，我去买酱油。"

屋里比屋外暖和许多，一进门江珅就走向厨房："妈，我来帮你。"

江眉抬头，就看见了在屋子里转悠的小家伙，喊着外婆抱一抱，抱了抱才觉得舒心。

杨继沉站在沙发边上盯着电视看，里头正在回放 2017 年的 MotoGP 赛事，他看得入神，江珅看了他几眼，也没说什么。

他当时选择退出，震惊了赛车界，那段时间体育新闻里都是他，一个人在事业上升期却选择了放弃。

江珅和他谈过，她从来都不反对他的决定，也希望他能做自己喜欢的事情。

可他那时候把她压在身下，说："我正在做我喜欢做的事情。"

随后是铺天盖地的吻。

他和其他人不一样，在他的观念里，他一生还可以做许多事情，不仅仅是赛车，退出国家队并不意味着他不再碰赛车，比起永无止境的赛车，他更想安定下来，好好经营生活和家庭。

因为曾经失去，所以现在无比珍惜。

但他现在偶尔也还是会和周树他们联系，比试上一场，也会带江珅去兜兜风。

杨衡握着玩具小汽车走到杨继沉身边，指着电视里的人说："爸爸也有这个衣服，爸爸也开过车车，呼呼呼！"

杨继沉掌着他的小脑袋揉了揉："那爸爸帅不帅？"

"帅！"

"知道爸爸为什么这么帅吗？"

杨衡睁着圆圆的眼睛，单纯地摇头。

杨继沉懒洋洋道："因为爸爸不常笑，一个很帅的男人不能经常笑，你也少笑笑，不然没气质，男孩子得酷一点。"

"杨继沉！"这话被江珃听个正着，她端着一盘水果走过来，掐了把他的胳膊，"你就整天给衡衡说这些。"

杨继沉眼尾上挑，捏了捏江珃的脸，江珃塞给他一块苹果，警告道："不许再乱教衡衡。"

说完，她走回去继续帮江眉包饺子。

杨衡仰着头，揪他裤管："爸爸，可你总是对妈妈笑，一点都不酷……"

杨继沉"啧"了声："你懂什么，男人就该对自己的女人笑。来，衡哥，咱们该吃水果了。"

"啊——"小家伙乖巧地张大嘴。

郑锋买好酱油回来，又正好撞见季芸仙。她开着辆红色的跑车，从路口转进来，是她降下车窗先打的招呼，亲切地叫了声叔叔，随后副驾驶那边探出个脑袋，也叫了声叔叔，是宋逸晟。

郑锋问："你们俩怎么一起来了？"

宋逸晟挠挠头："我的车坏了，正好碰上，就让她带过来了。"

"噢，小珃他们已经到了，你们快进去吧。"

"哎，好。"

季芸仙升上车窗，驶了过去，车子稳稳停在院子西侧。

江珃已经很多年没见到季芸仙了，季芸仙毕业后就再也没回国，除了那年江珃结婚回来过一趟。

她在国外做导游，是个辛苦的活，但适合她，朋友圈里都是一些旅游照，还有一些生活上的抱怨，她很累，但她需要很累。

而宋逸晟也是，他和杨继沉也很久没见面了。自从宋逸晟的外婆过世后，他也就不常回来了。特别是近几年，他这个解说员大火，变得很吃香，又是要去解说比赛，又是要参加访谈和综艺节目，也算个知名人物了。

两人都带了礼物。江珺接过，打趣道："能在今年同时见到两位，真是荣幸啊。"

宋逸晟一摆手："嘿，咱们都谁跟谁，想见我，一个电话的事情。不过嫂子，你想见我，这四个字说出去就不对劲，这不行的。"

江珺哭笑不得。

季芸仙嘲讽道："你脸皮还是一如既往的厚啊。"

"叔叔！"杨衡迈着小短腿，扑进宋逸晟怀里。

宋逸晟把他举高："咱们衡衡长得像爸爸，脸蛋可俊了。"

江珺说："长得像我的话就不俊了？"

宋逸晟说："也俊也俊！你们一家人都俊！哎，你们啥时候生二胎啊？"

杨继沉坐在沙发上，双腿轻搭着："你还是先操心操心你自己的婚事吧。"

宋逸晟瞥了眼季芸仙，大大咧咧道："还早，男人越老越值钱！"

两个姑娘去帮江眉一起做饭。

宋逸晟抱着杨衡也在沙发上坐下，杨继沉开门见山道："现在见到了，不主动点？"

宋逸晟瞪大眼睛："我去！你什么时候知道的？"

杨继沉哼笑了声："订婚宴那晚，你陪着她玩了一晚上吧？"

杨继沉睨他一眼。

宋逸晟问："你没告诉小珺吧？"

"没有。"

"那就好，那就好。"宋逸晟回头看了眼季芸仙，"现在还太早，反正我等得起。"

杨继沉说："随便你。"

周树和贺群是傍晚来的，这两个人也是忙里偷闲，还带了点礼物过来，是两箱尿不湿，结果小家伙已经长大了，用不着尿不湿了。周树甩了自己两个大嘴巴，直呼："周叔叔老了，糊涂了，衡衡恕罪！"

像以前一样，一桌人围着，吃了一顿火锅，吃完也和以前一样，打打牌聊聊天，这回不赌钱，输得最多的人要穿尿不湿。

周树可是铆足了劲，可最后倒霉的总是他。

大伙笑个不停。

深夜时分，外面又开始下雪了，牡丹花样的窗帘布被束在两侧，老旧的方格玻璃上沾染上些许雪花，袅袅的香气从烟囱里飘出，明亮温暖的灯光从玻璃窗里溢出。

周树不愿意穿尿不湿，喊道："玩啥牌！走走走，放烟火玩去！"

一伙人说说笑笑地走出去，夜空中早已绚烂一片。

江珊不敢放烟火，只站在一侧看。杨继沉点了支烟，江珊皱眉，轻声说了几句，他笑笑，低语哄着，说："就抽这一支。"

江珊推他："老说就这一支，这——唔——"

杨继沉一手揽着她，一手夹着烟，偏头吻了她一下。

小家伙在雪地里欢快地跑着，叫道："爸爸，妈妈，下雪了！下雪了！"

江珊被杨继沉搂在怀里，她抬眸看他，男人清隽的脸庞有棱有角，那双漆黑的眸子里浮现着些许笑意，他察觉到她的目光，低眸与她对视，嘴角勾起痞笑。

"你这什么眼神，这么痴迷。"

江珊笑了笑，抱紧他，脑袋贴在他胸口上。

她说："大概就是痴迷吧。"

"傻瓜。"

爱了这样一个人，这辈子值了。

- 正文完 -

2012 年的夏天江珣从华西大学毕业，那个夏天格外热，也格外忙碌。

本来一切都很稳定，江珣忙完了毕业论文，杨继沉各项比赛都十分顺利，但不凑巧的事儿都赶在了一个时间点。

先是江眉出了个小车祸，人没大碍，就是骨折要休息好久。

江珣听到这个消息，急忙从浙州赶回墨城，亲眼见到江眉躺在病床上自如说笑才放下心。

但晚上缓过神来后，她和杨继沉打电话时却突然哭了起来。

她独自住在医院附近的酒店里，站在落地窗前，眼泪一颗颗地往下掉，看着外面的万家灯火和车水马龙的街道那种难以言说的感觉像潮水般侵袭了她。

杨继沉在别的城市训练，但每天会在固定时间和江珣视频。

其实两个人在一起久了不会有那么多话说，但他们仍然热衷于和对方分享生活中的小事。不一定要感同身受，不一定要给强烈的回应，不一定要记住，只需要耐心地听对方讲完就可以。

江珺原本正说着过两天的毕业典礼，说马上就可以见到他很开心，紧接着就忽然哭了。

杨继沉掐灭了手中的烟，仔细地看着屏幕里的小姑娘，他看了好一会儿才低声说道："你妈妈只是骨折，最多半年，肯定会好。哭什么。"

江珺闷闷道："不知道。"

她都这么大的人了，这样哭有些丢人，可她心里有点难受。

杨继沉笑了下，一语点破道："是觉得对不起你妈吧？养了你这么多年，她出事了你却不能及时在她身边陪着，而以后这样的事情可能还会发生。"

江珺想了想，差不多是这样。

她捂了会儿脸，调整好情绪说："今天想着还好有爸爸在，还好现在有爸爸了。如果没有他，我妈怎么办？是啊，只是骨折而已，但是我妈妈一个人的话只是骨折都很难挨。感觉自己长大后只想着自己……真的很奇怪啊，小时候妈妈一直管着，这不允许做那不允许做，自己就幻想着有天能不被管，自由自在地生活。我整个大学的状态似乎就是这样的，可现在又突然觉得妈妈真的不管我了，我自由了，但丝毫没有考虑到她，反而成了一个自私的人。"

杨继沉说："别想这么多，别给自己增加负担。也许你妈妈现阶段的幸福是不给你增加烦恼。而且她现在有郑锋陪着，郑锋是她的丈夫，你妈妈未来的依靠，很多事情应该由他负责。再说了，回馈家人的方式有很多种，你也不是不对你妈负责，不是吗？"

"我有点替妈妈感到心酸，小时候不懂，长大了才明白她之前有多不容易。"

江珺顿了顿说："可能也只是一时情绪，过会儿应该就好了。"

杨继沉靠近了点镜头，笑着说："哭得眼睛都红了，傻不傻。人生本来就要做很多选择，哪能两全其美。人呢，有各自的角色要扮演，你现在是她的女儿，我的未婚妻，以后会是我们孩子的妈妈，然后变成奶奶、外婆，总要有舍有得。"

江珃也笑了下："你的意思是我舍了妈妈选了你？"

"我可没这么说。"

"你别和我玩文字游戏，你真以为我说不过你？"

杨继沉架好手机，拿过桌上的红酒饮了一口，眼眸一直落在江珃身上。他别有深意地说："只会隔着手机和我嚣张？毕业典礼不想参加了？"

说到这个江珃又有了新的烦恼，是关于毕业后工作的一些恐惧和担忧，杨继沉笑她俨然是个社会人了，年纪轻轻烦恼特多，头发要不保。

江珃瞪了他一眼，想还嘴但不知道怎么反击。

愤愤不平之下她打开手机上网查了一下，照着词条念道："你真是种地不出苗——坏种！"

杨继沉愣了一下，乐得不行，让她继续。

江珃说："你三年不漱口———一张臭嘴！"

"继续。"

"二十一天不出鸡——坏蛋！"

骂着骂着，江珃最开始那股伤感劲没了，跟着一起笑，笑得眼泪都出来了。

她觉得这些歇后语还挺贴合杨继沉的。

杨继沉哼笑两声："有这么说自家老公的吗？"

江珃甜甜一笑："还没结婚呢，你才不是。"

"婚都订了，戒指也收了，怎么不是？"

"婚可以退的，反正你还不是。"

"行，过两天我有的是方法让你叫老公。"

江珃对上他狭长的眼眸，听着他略显浪荡的话，心头微动。

在一起那么久了，有时候还是会被他的一个眼神、一句话搅得心跳如擂鼓。

江珃挪到床上，整个人趴在被子上，低声嘀咕道："你又不正经。"

杨继沉看着她微红的脸蛋打趣道："为什么每隔一段时间没

见面，再见面的时候你对我都会有种拘谨感啊？"

她回答道："因为我本来就不是很开放的性格啊。"

"是吗？我怎么没察觉出来？"

江珅恨不得隔着屏幕给他一拳头。

她威胁道："你再这样我后天就不见你了！"

杨继沉敛了玩笑姿态，眼底浮现几分夜晚独有的温柔和眷恋，他问："我们有两三个月没见了吧，舍得后天不见我？"

江珅摇头，像个刚陷入恋爱的小女生似的。

她说："不舍得，我好想你啊。"

江珅前段时间被毕业论文折磨得都快没人样了，唯一的动力就是挨过这段日子她就可以见到杨继沉，就这么每天自我鼓励着。

现在愿望快成真了，她哪里会真的不见他。

解决完江眉的事，江珅又匆匆回到浙州，去宠物店接杨杨，却意外发现杨杨生病了。

就寄养了一两天，狗就生病了。

江珅倒是能理解生病这个事情，但是她不理解宠物店一直推脱责任。

她没想讹他们，只是想让他们说清楚为什么狗狗会突然生病，如果是店家的问题，需要他们负责检查费用而已。

江珅抱着杨杨出宠物店时，外头烈日灼灼，她有种焦灼的无力感。

后来带着狗去宠物医院做检查，挂水，回到公寓已经晚上十点多了，杨继沉给她打电话她也没接到。

洗漱完，她倒在床上试探性地给杨继沉拨了个电话，没想到他还没睡，真的接了。

她委委屈屈地讲完了过程，又说好在杨杨只是有点发炎，胃口不佳也是正常的，挂两天水观察一下就好了。

杨继沉低声问她："他们没欺负你吧？"

"没，就是态度很强硬地不承认。"

"没被欺负就好，社会嘛，有时候就是这样。很多时候想讲理也没地方讲的。"

望着黑夜，江珮思绪有些乱。

一是被宠物店工作人员的态度气到了，二是那种初入社会的恐慌感又来了，她不知道怎么去解决。

类似于刚上大学很担心室友不好相处，担心发生矛盾。

也不知道为什么，大学毕业似乎真的像一个槛一样，这一年心理上的变化特别大。

周围的同学也似乎在这一年瞬间成长，男孩子不再顶撞老师，沉迷游戏，女孩子开始仔细规划未来。

而她要的未来很简单，找一份自己还算满意的工作，有一定的闲钱购物，杨继沉能够稍微空一点。

江珮重重叹了口气，轻声说："可能是天气太热，接二连三发生不愉快的事情让我有点烦闷。"

杨继沉笑着哄她。

与此同时，他突然意识到江珮应该很需要他。

不管是面对妈妈生病觉得愧疚无助时，还是像今天只身一个人面对社会的不公平时，江珮应该很需要他。

需要他陪在身边，哪怕只是给她一个拥抱，又或者站在她身后让她有底气去面对这些事。

二十八岁的杨继沉在开往江珮所在地的列车上做了一个决定，他要给江珮一个理想国度。

第二天，江珮起了个大早，挑了半天才发现她已经很久没买新衣服了，最后套了条中规中矩的连衣裙。

她本来想化个精致的妆容，但眼睛的水肿半天都消不下去，遮黑眼圈的手法也不好，越遮越奇怪。

捣饬了半天，最后又全都洗了，简单地画个眉毛就出门了。

去学校的路上，她给杨继沉发了个消息问他今天几点到。

原本说的是早上九点多就能到，但昨晚挂了电话后杨继沉那边出了点状况，列车前方遇到故障，滞留了好几个小时。

江珮听到这个消息，忍着，拼命告诉自己好事多磨。

这会儿，杨继沉说快到浙州了，让她先去学校办相关事宜，应该能一起吃个中饭。

江珮上午有一些材料需要办理，按照流程几乎将教学楼上下都跑了个遍，中间还抽空给宠物医院打了个电话询问杨杨的情况。

好不容易忙完，满心欢喜地去校门口见在那儿等着的杨继沉，但刚走近点就听到杨继沉略有些严肃地在和谁打电话。

江珮被阳光晒出了一身汗，一种不好的预感涌上心头。

杨继沉穿得很休闲，黑色的 T 恤和白色的运动长裤，握着手机的手白皙，手指骨节分明，青筋微微凸起，有种性感的男人味，也有几分大学男生的慵懒随性感。

他见到江珮，习惯性地牵住她的手，紧锁的眉宇也稍稍松了些。

他对电话那头说："我知道了，我现在过来处理。"

听到这句话，江珮觉得这几天真是糟糕透了。

挂了电话，杨继沉没立刻开口说话，就这么直勾勾地看着她。

江珮被看得脸烫了起来，小声说："你干什么啊？"

"看看你啊，看看我的小宝贝怎么脸皱得像苦瓜一样。"

"你还说，你刚刚在和谁打电话啊？出什么事情了？"

杨继沉揽过她，往校门前的马路走，顺手拦了个车，把江珮塞了进去。

他慢慢解释道："奶茶店的小张和我说店里出了事，有两个学生在店里偷了东西，死不承认，闹起来，把店给砸了。"

他又说："师傅，去东湖派出所。"

江珮惊讶："把店砸了？"

"是啊，现在的年轻人啊，真沉不住气。"杨继沉捏她手玩，说，"等会儿到了派出所我先去处理，你去周边看看有没有什么小吃店，先吃点东西。下午几点拍毕业照？"

"三点左右。"

"好，杨杨是下午去接吗？"

“嗯。”

“那我去接，到时候在家等你，行吗？”

江珊点点头，她靠在杨继沉肩膀上，闭上眼，有点撒娇又有点委屈地说：“这两天也太倒霉了吧……”

杨继沉握紧她的手，低声笑了会儿，安慰道：“都是小事，我回来了，我来解决，你开开心心拍毕业照就可以了。”

虽然明知道他陪她几天就又要走，但是听他这么说，江珊心里还是舒坦了点。

杨继沉又说：“晚上带你吃好吃的。”

江珊重重点头，心想着，不只是要吃好吃的，还要抱着她睡，抱一晚上。

到了派出所，江珊跟着一起进去，大约了解了事情过程。

那两个学生也是华西大的，被诈骗电话骗光了生活费，走投无路，就想着偷点钱。被发现后，害怕被抓，不敢承认，又觉得为什么自己那么倒霉，一时悲愤，情绪上来就把店给砸了。

警察列出了他们要赔偿的数额，又联系了校方和家长，那两个学生哭得更大声了。

江珊看着这两个学弟，莫名觉得有点能理解他们，她最近倒霉的同时还心烦意乱，再来一桩她大概也要发脾气了。

杨继沉看了眼若有所思的江珊，拍拍她的腰，让她去外面先吃饭。

刚来的时候他看到外面有一排平价餐馆。

江珊也不知道处理这事需要多久，她早上没吃什么东西，确实饿了。她和杨继沉说在外面店里等他。

等江珊走了，杨继沉看向那两个痛哭流涕的学生，他莫名地不怎么想去计较。

是因为年纪大了，变宽容了，还是懒得去计较了？

等他们哭得差不多了，稍微接受点现实了，杨继沉慢悠悠地说：“行了，哭哭唧唧的，我也没说非得你们赔钱吧？”

两个学生震惊地抬起头。

杨继沉说："你们把店砸了，我得重新装修，装修的时候你们过来做苦力，钱就不用赔了。还有，世界上哪有那么好赚的钱，别人说什么就信什么，好歹也是一流大学的学生，动点脑子吧。"

杨继沉解决完去餐馆找江珅时，她刚刚喝完一小碗汤。

听杨继沉说完，江珅也蛮震惊的。

重新装修得花很多钱，就算再同情，有些流程该怎么走就得怎么走。不过她转念一想，杨继沉确实钱蛮多的，而那两个学生刚步入大学校园，这儿就像个小社会，很容易遇到超出自己能力范围的事情，也很容易误入歧途，这样解决也行。

下午，杨继沉送江珅去学校后，还要再等会儿才拍毕业照，江珅便拉着他不让他走。

她说："晚点去接杨杨，再陪我一会儿。"

站在树荫下，边上的学生来来往往，她眼巴巴地看着他。

杨继沉敛了下眼眸："你再这么看我，我就要亲你了。"

好吧，其实江珅心里很期待。

因为他们实在太久没见面了，她特别怀念他手掌的温度和亲吻。

杨继沉见她不反驳，瞬间懂了。

他调笑道："你这么开放？我很腼腆的，只是嘴上说说，做不到在这么多人面前亲女孩子的。"

江珅拍了他一下，假装生气要走的时候就被杨继沉拉了回去。

他把她抱在怀里，两个人贴在一起热烘烘的，但是闻着他身上的味道，她好安心。

他附在她耳边说："等晚上慢慢亲啊。"

江珅和他唱反调："你想得美。"

"这可由不得你。哎，怎么别人都穿着学士服，你的呢？"

杨继沉看到那些学生的帽子衣服都有模有样的。

江珅说："我的在宋逸晟那里，我等会儿找他拿。"

杨继沉看着不远处拼命挥手的宋逸晟，哼笑了声，然后拍拍江珊的头："他来了，找他拿衣服然后去换吧。两点半了，我该去接杨杨了，早接早回。"

江珊依依不舍地松开他。

宋逸晟不乐了，他见到杨继沉开心地挥手，然后屁颠屁颠地跑来想打招呼，哥怎么就走了？

江珊笑着说："他只是有点傲娇而已。"

宋逸晟摸摸下巴觉得很有道理，他这个哥哥只不过是有点毒舌、傲娇、不把人放在眼里而已，其他还是很好的。

江珊拍完毕业照还和江眉打了个视频电话，两个人都是第一次用视频功能，琢磨了好一会儿才成功。

看到江眉气色红润，和郑锋挨在一起笑着的模样，她心里那块大石头彻底落地了。

她也觉得那个晚上是不是自己太多愁善感了些。

正如杨继沉说的，每个人都有不同的角色，而她的人生才开始不久，她也有她追求的生活，不可能时时刻刻陪伴着江眉。

郑锋被女儿穿学士服的样子惊艳到了，赶紧要了江珊几张照片发朋友圈炫耀，又和江珊道歉这么重要的时候他们却不在她身边陪着。

江珊笑着说："没关系啊，杨继沉回来了。"

他陪着她，就像郑锋陪着江眉。

来接江珊的杨继沉在路上无聊就随手刷了刷朋友圈，正好看到郑锋发的，他把照片一一保存后加快了脚步。

江珊挂了视频，抬头正好看到走来的杨继沉。

她转了个圈，问："好看吗？"

杨继沉说："比其他人穿上更好看。"

江珊抱住他的手臂，欢喜地拉着他准备走，杨继沉却不动。

他不紧不慢地滑动手机，点开拍摄功能，说："这么重要的日子，拍几张。"

江珊很乐意，凑过去发现是原相机，她嘟囔几句，想换美颜相机，但杨继沉的手机里没有。

她拿起自己的，说："用我的拍。"

杨继沉凑过去后语塞了一下，问："确定要用这个吗？我脸上不适合有这种红晕吧。"

"就用这个嘛，现在可流行了。"

"行吧……"

拍完后江珲笑了老半天，然后把照片都发给了杨继沉。

她没想到杨继沉会发朋友圈，还配字：祝我们小宝贝毕业快乐。

说实话，她很喜欢也很享受他的这种秀恩爱，让她特别有安全感。

但是没一会儿，共同好友们纷纷评论：沉哥，你美颜太过了。

杨继沉也不在意，揽着江珲心情愉悦地往家里走。

江珲正疑惑为什么要回家，不是说好去吃好吃的吗？

回到家她就懂了，他已经做好了一桌的菜。

杨继沉其实不是个擅长做饭的人，他连切水果都不擅长，所以更多的时候是江珲照顾着他。

不过今天……

江珲二话不说，圈住他脖子，给了他一个吻。

嬉闹了一番，江珲闷闷的，小声地说："从明天开始我就真的长大了。"

杨继沉揽着她的肩膀，拇指一下又一下抚过她光滑的皮肤。

他说："还在害怕？"

"对啊，拍毕业照的时候和同学聊天，他们似乎都没有这样的烦恼，觉得人生就是这个顺序。"

"工作上怕什么？人际关系？工作量？"

"差不多是这些吧。"

"没事儿，不开心了就不做了，回来，我养你啊。"

"我不做米虫。"

杨继沉说："我认真的，真的养你。不开心了就回来，我在这里。

不用受其他人的气，不用为了点钱一忍再忍，也不用像今天那两个学生一样，遇到麻烦事后不知道该怎么办，一个人硬扛着。你愿意这样，我这些年吃的苦才有意义。"

他想，再等等他，再过两年，他应该就可以给江珅更好的生活，而不是像现在时常分隔两地。

听到这番话，江珅抱他抱得更紧了，她嘴角上扬，不知道该说什么，只重重地"嗯"了声。

半晌她突然反应过来，问道："你今天不要那两个学生赔钱，不会是把我代入进去了吧？"

杨继沉听到这个说法后沉默了一下，然后开始思考是不是这样。

他当时也说不上来到底是为什么，现在一想，确实是看到学生模样的人他就会想到江珅，也有点上了年纪的宽容。

江珅笑他老了。

杨继沉捏着她脸说："我这叫做好事，我对别人宽容点，以后你遇到麻烦，老天看在我做过好事的分上就会放你一马。"

江珅点头："那谢谢你的日行一善。"

"小没良心的。"

江珅知道二十八岁的杨继沉心态有些变了，他不再是那个喜欢一件事杠到底的少年了，也不喜欢极端地去处理问题。

有很多人，很多事，如果不必声嘶力竭，如果不会影响自己心中的道德良知，那就随性点。

也许他和她一样，在一些年龄阶段会有迷茫担心，会慢慢改变，但无论怎么变，他们一定是彼此最重要的那个人。

往后的生活一定也会如这几天一般，有各种突如其来的意外，但他一定会站在她身后，她一回头就能看见他。

想到这儿，江珅忽然觉得从明天开始的新生活她一点都不害怕了。

因为杨继沉说他在，她相信他。

江珅蹭了蹭他的手，很轻地说："我爱你。"

也谢谢你，给了我面对这个复杂世界的底气。

那头的郑锋刷朋友圈看到杨继沉发的照片，生了半天气。
绝对是故意的，杨继沉绝对是在和他比！
仗着他能去陪小珊就嘚瑟呗，就故意发朋友圈炫耀呗！
结婚的时候还不得老老实实叫他一声爸，这个臭小子！

婚礼

1

2013 年 5 月 6 日，CRRC 第四站辛州站圆满收官，杨继沉打破辛州国际赛场 150cc 排量车型最快圈速纪录，获得个人年度总冠军，蝉联八年的 CRRC 总积分冠军。

就在粉丝期待他十连冠的时候，在收官之后的记者会上，杨继沉抛出了个重磅决定。他举着奖杯，站在台上，向观众席鞠了一躬，随后笑着，轻描淡写地说道："虽然我才三十岁不到，但是时候退役了。"

全场有短暂的寂静，然后轰动了起来，就连记者、解说员一时都不知道怎么接话，在这之前他们没有听到一点风声。

他宣布这个消息的时候，江珅正坐在办公室里看他的比赛直播。

她的办公室不大，一共有三个桌位，除了她还有两位老师，都是教舞蹈的，办公室隔壁就是舞蹈室，里头正传来激情昂扬的音乐，除了音乐还能听到舞者颇有节奏的脚步声。

江珣看着屏幕中的杨继沉，微微笑了笑，随手把桌上的钢琴书和谱子整理了一下，办公桌桌面的玻璃下压着几张照片，有那年他求婚后和她的合照，她毕业时和他的合照，还有一个月前婚纱店寄来的婚纱照。

　　直播终止，上午最后一节课的下课铃声也响起，江珣关了电脑，打算去吃午饭。

　　舞蹈室那边传来学生七七八八的讲话声，教舞蹈的小林老师抹了把汗，走进来，说道："小珣，一起去吃饭啊，等一等我。"

　　"好啊。"

　　"看完你老公的比赛了？"

　　"嗯。"

　　"比得怎么样？"

　　江珣倚在桌边，笑道："还不错。"

　　小林老师洗了把脸，也笑了："你别谦虚啦，你老公一定又拿了冠军吧，可真了不起。哎，你们领了证，婚礼什么时候办啊？"

　　江珣拿上饭卡，和小林老师走出办公室。她说："快了，到时候给你发请帖。"

　　他们的结婚证是在春节后领的，新年过后的第一个工作日，民政局人也特别多，有很多年轻夫妇都图一个新年新气象，图个好寓意，但他们不是，他们这证领得有点匆忙。

　　杨继沉的假期很短暂，春假一过，就得匆匆赶回北城，开始新一年的赛事和训练，这领证的时间还是挤出来的，领完他就赶飞机去了北城。

　　两个人排了许久队，天寒地冻的，江珣为了漂亮所以穿得单薄，手脚都冰冰凉，缩在民政局门口的角落瑟瑟发抖。

　　杨继沉打完电话转身就看见她这副模样，好笑又可怜。

　　他不徐不疾地打趣道："少穿条秋裤的滋味怎么样？干脆别做老师了，演话剧好了，就演那个卖火柴的小女孩，告诉导演，你有实打实的经验。"

　　江珣搓手哈气，才不理他。

嘴巴总是那么毒。

杨继沉笑着，拉过她的手放在自己手心里搓："你们女人真是狠啊，为了漂亮什么都做得出来，为了拍婚纱照你都多久没有吃过晚饭了？"

江珅软声道："你不懂。"

杨继沉注视着她："今年的CRRC结束后我就回来吧。"

江珅没听懂其中的含义，还以为他说的回来就是回来休息一段时间，她点头说好。

杨继沉说："回来了就不走了。"

这下江珅愣住了。

她从未想过他有一天会放弃赛车，或者是在上升期退出，她虽然总是担心着他，但她以为他会永远走下去。

"为什么？"

杨继沉微微扬眉："还能为什么，就是想和你天天在一起。"

"59号！59号！"里头的工作人员喊道。

轮到他们了。

江珅看着他，视线下移落在他有些歪斜的衬衫衣领上，她伸手给他整理。

白色的衬衫，黑色的西装，眼前的男人经过岁月的洗礼变得越发成熟和俊朗，一转眼，他们已经认识五年多了。

江珅问道："你想好了吗？"

杨继沉搂着她的腰往里头走："尝过那滋味就行了，太执着也不是什么好事，我还想做点别的事情。"

比如和她成为夫妻，比如早出晚归都能见到她，比如生儿育女，过平淡而有趣的生活。

他曾拥有过显赫的家世，享受过最尊贵的一切，也曾从高处摔下，失去这一切，繁华落尽，又是新的开始。

2

他们的婚礼定在了六月中下旬，五年前的这个时候他们刚在一起。

　　江珇换上婚纱梳妆打扮时看着镜子里的自己，那时候的种种还历历在目，她甚至想起了六年级时数学老师说的一句话，那位老师说："别总以为时间还长，其实都是一眨眼的事情，不信你等着看，一眨眼你们就初中毕业了，一眨眼就上大学了，一眨眼就结婚生子了。"

　　那时还都是小孩子，老师说这话他们似懂非懂，说到结婚生子，班里同学都掩嘴笑起来。

　　现在想想，可不真就是这么一回事。

　　婚礼在浙州的一家度假酒店举行，考虑到一些老人，不好来回折腾，所以就放在了国内，不然杨继沉还打算带她去国外办婚礼。

　　倒不是崇洋媚外，只是江珇很喜欢国外的风景，风情小镇，乡间小路，麦田山坡，而每个女孩心中都有一个世纪婚礼。

　　他总想着尽可能给她最好的。

　　当时江珇听完之后笑了很久，就这么一说她也觉得幸福至极。

　　杨继沉包了度假酒店三天，带草坪，带游泳池，带薰衣草花园，虽然比不上那些自然靓丽的风情，但还好鲜花和绿草都有了。

　　举行仪式的场地选在了酒店的后花园，六月的天，明媚而光亮，空气中飘着蔷薇花的香气。

　　像所有婚礼一样，新郎站在红毯尽头等待着他的新娘。

　　这是江珇第二次看他穿西装，一次是领结婚证，一次是办婚礼。

　　后来杨继沉告诉她，他也就穿过那么两次西装，都给了她。

　　江珇挽着郑锋的手慢慢走向他，这次，也是仅有的一次，杨继沉真心实意地喊了声"爸"。

　　说誓词，交换戒指，亲吻。

　　一切都庄重而美好。

　　捧花被季芸仙接到了，时隔两三年，她也比从前看开许多，只是那臭脾气就没改过。

　　一位杨继沉奶茶店那边的朋友，青年才俊，可能是瞧着季芸仙漂亮，忍不住说笑了几句，夸季芸仙人美，又说接到了捧花也会很快迎接喜事，转而又问她："季小姐有男朋友吗？"

季芸仙笑了笑，说："有。"

青年才俊开玩笑道："这样啊，那……季小姐看，我方便撬墙脚吗？"

宋逸晟憋了好一会儿，实在忍不住了，佯装笑意满满，实则在赶人。他说："我哥嫂结婚，你想撬她闺蜜墙脚，这不吉利啊，兄弟，做人还得低调些。"

青年才俊识相地住了嘴。

婚礼仪式散场，大伙回宴客厅吃酒席。

江珺和杨继沉走在前头，而在后头的季芸仙和宋逸晟又吵了起来，一个说"你挡我桃花，撬就撬，关你屁事"，一个说"我那是为那个兄弟挡灾，你这脾气谁娶谁倒霉"。

江珺颇有深意地看向杨继沉："我是不是想多了？"

杨继沉搂着她："没有，那傻子什么事都写脸上，一看就看出来了。"

江珺笑了，也没有多说什么。

感情的事从来不是旁人能左右的，宋逸晟不明示也是对的。

夜晚九点多，宾客散尽，两个人回到房间。

酒店的房间布置得很有情调，红帐喜被，还有一地的玫瑰花瓣。

杨继沉喝得有点微醺，一双狭眸透着深邃的光，因为醉酒反而衬出了几分性感的味道，他倚在墙边，解了两粒衬衫纽扣。

也许是今天日子特殊，江珺有种无所适从的紧张感。

她佯装镇定地拿睡衣和换洗的内衣，打算去洗澡，就像往常一样，把衣服扔给他，说："这是你的，快去洗吧，身上一股酒味。"

杨继沉眼尾上挑，挑了挑眉，走过去，从后抱住她。

她穿的是白色的鱼尾裙，修身紧致，曲线全然被勾勒出来，典雅而妩媚。

杨继沉朝她耳朵吹了口气："杨太太，今晚真美。"

　　3

　　整个 2014 年，杨继沉都在忙奶茶店的事情，一切也不是都那么顺利，出过一些问题，两个人都有过焦虑的时段，好在冬天降临的时候开始好转。

　　杨继沉说，冬天还真是好运。

　　2014 年，杨继沉迎来了三十岁，而江珊周围的同学朋友都开始结婚生小孩，朋友圈里都是晒娃的。

　　关于孩子，他们俩都很喜欢，但目前还不准备生养，即使江眉理解不了，反复催着。

　　2015 年过春节，江眉又在催。

　　忙了一整年，江眉这一催，还真让两个人开始考虑了，也许是成长了，也许是开始觉得家里冷清了，总之江珊变得母性泛滥，杨继沉倒无所谓，又不是养不起。

　　2015 年的春天他们开始了造人计划，杨继沉只享受了一起自由的亲密接触，然后就中奖了。

　　这对两个人都是一种新奇的体验，在江珊的肚子里有一个新的生命，是属于他和她的，仿佛有什么将他们绑得更紧密更亲密。

　　江珊的孕吐很厉害，所以怀了四五个月就请了产假，一直在家休养。

　　女人一闲就得出事，她开始为自己变肥胖的身体担忧，开始敏感多疑，脾气变得阴晴不定，并且爱上了网上购物。

　　江珊从前对那些并不喜欢，她买衣服买东西一直比较喜欢去商场和实体店，逛街对她来说是饭后散步，是散心，是和丈夫相处的另一个机会。

　　杨继沉几乎每天下班回来都要给她捎几个快递回来，而每天出门都要拖一大袋垃圾下去。

　　江珊买的都是一些杂七杂八的玩意儿，家里被堆得满满当当。

　　杨继沉请朋友来做客还被询问，说："嫂子买这么多，有啥用，该买些有用的东西。"

杨继沉觉得无所谓，淡然道："她喜欢就买，也不差这点钱。"

"行行行，杨老板就是阔绰。"

就这么一句朋友无心说的话，江珅晚上躺在床上，眼泪就出来了，挺着大肚子，泪汪汪，像受了天大的委屈。

杨继沉洗完澡出来，耐心地哄着："我们宝贝儿又怎么了？"

江珅啜泣道："我是不是很败家，钱都是你辛苦赚回来的。"

"你花你丈夫的钱有问题吗？"

江珅想了想："没问题……"

杨继沉捏她脸："怀了宝宝后反而自己像个宝宝了，来，江宝宝，爸爸抱。"

江珅踢他，这人总是在口头上占她便宜。

杨继沉擦完头发给她按摩水肿的腿，两个人继续讨论孩子的名字，这个问题他们已经讨论了好几个月，总是乐此不疲。

最后选定了两个名字，男孩的话就叫杨衡，寓意期盼他以后平衡平静，有与世无争的清雅品质，女孩就叫杨玥，寓意她是他们的掌上明珠。

关于生男生女，意外地，两个人都偏爱女儿。

可十月怀胎，呱呱落地时偏是个男孩，小脸皱巴巴的，一时看不出像谁。

长了十天半个月，眉眼稍稍长开了些，来看望的人都说长得像杨继沉，特别是眉眼。

小家伙特爱笑，见了谁都笑，一逗就笑，江眉说这是个开朗的孩子。

小家伙也特让人省心，晚上不哭不闹，睡得比谁都香，因此江珅他们也能睡个安生觉。

天气开始入秋，春乏秋困，江珅会有些贪睡，杨继沉任由她睡，早上尿布也都是他换的，只有小家伙哭了饿了，没办法了才会叫醒她。

那小嘴叭叭叭地吸着，杨继沉有几回看得眼睛都红了，简称眼红，无奈之下只好去阳台抽几支烟冷静一下。

秋意渐浓，天气越来越凉，就连日出也带着一种淡淡的萧瑟感。

这是极其平常的一天，江珊早晨迷迷糊糊地翻了个身，睡眼惺忪的，微微睁眼就看见小家伙一抓一抓的小白手，圆不溜秋的眼睛滴溜溜转着，咯咯咯地笑。

而杨继沉侧躺着，一手撑着脸，一手挠宝宝的小肚子，在逗他。

他穿着深蓝色的浴袍式睡衣，胸膛微露，晨光清澈，为他镀上一层金边，整个人的轮廓硬朗而温柔，小家伙笑，他也跟着笑。

江珊伸手去摸他的脸，两人四目相对，微微一笑。